lu en 24 heures
à la Rivière du
Lièvre —

Née en 1978, Lauren Groff est notamment l'auteur des *Monstres de Templeton* et d'*Arcadia* (Plon, 2010 et 2012). *Les Furies* a été le succès littéraire de 2015, choisi comme meilleur roman de l'année par Barack Obama. Il est actuellement en cours de traduction dans 30 langues.

DU MÊME AUTEUR

Les Monstres de Templeton
Plon, 2008

Fugues
Plon, 2010

Arcadia
Plon, 2012

Lauren Groff

LES FURIES

ROMAN

*Traduit de l'anglais (États-Unis)
par Carine Chichereau*

Éditions de l'Olivier

TEXTE INTÉGRAL

TITRE ORIGINAL
Fates and Furies
ÉDITEUR ORIGINAL
Riverhead Books, 2015
© Lauren Groff, 2015

ISBN 978-2-7578-6127-1
(ISBN 978-2-8236-0945-5, 1ʳᵉ publication)

© Éditions de l'Olivier, pour l'édition en langue française, 2017

Le Code de la propriété intellectuelle interdit les copies ou reproductions destinées à une utilisation collective. Toute représentation ou reproduction intégrale ou partielle faite par quelque procédé que ce soit, sans le consentement de l'auteur ou de ses ayants cause, est illicite et constitue une contrefaçon sanctionnée par les articles L. 335-2 et suivants du Code de la propriété intellectuelle.

Pour Clay

[Bien sûr]

FORTUNE

1

Une bruine épaisse tombant du ciel, tel un soudain mouvement de rideau. Puis les oiseaux cessèrent d'accorder leurs cris, l'océan se tut. Sur l'eau, les lumières des maisons s'atténuèrent.

Deux personnes s'en venaient sur la plage. Elle était blonde et osseuse dans son bikini vert, bien qu'on fût en mai dans le Maine et qu'il fît froid. Il était grand, vif ; une lumière l'animait, qui attirait le regard, le capturait. Ils s'appelaient Lotto et Mathilde.

L'espace d'une minute, ils contemplèrent une mare remplie de créatures pleines d'épines qui, en se cachant, soulevaient des tourbillons de sable. Il prit son visage entre ses mains et embrassa ses lèvres pâles. Il aurait pu mourir de bonheur en cet instant. Il eut une vision, il vit la mer enfler pour les ravir, emporter leur chair et rouler leurs os sur ses molaires de corail dans les profondeurs. Si elle était à ses côtés, pensa-t-il, il flotterait en chantant.

Certes, il était jeune, vingt-deux ans, et ils s'étaient mariés le matin même en secret. En ces circonstances, toute extravagance peut être pardonnée.

Ses doigts fins, à l'arrière de son boxer, lui brûlaient la peau. Elle le poussa pour gravir la dune couverte de pois de mer, puis ils redescendirent là où le mur de sable les abritait du vent, où l'on avait plus chaud. Sous son haut de maillot, la chair de poule virait au bleu lunaire, et ses tétons s'étaient rétractés sous l'effet du froid. Agenouillés à présent, même si le sable grossier leur faisait mal. Ça n'avait pas d'importance. Ils n'étaient plus que bouches et mains. Il l'allongea, remonta les jambes de Mathilde autour de sa taille et la recouvrit de sa chaleur jusqu'à ce qu'elle cesse de grelotter, forma une dune avec son dos. Elle avait les genoux pointés vers le ciel.

Il aspirait à quelque chose de puissant, dépourvu de mot : quoi ? Se revêtir d'elle, comme d'un vêtement. Il imaginait vivre dans sa chaleur pour l'éternité. Les gens qui peuplaient sa vie étaient tombés les uns après les autres, pareils à des dominos ; à chaque mouvement, il la clouait un peu plus afin qu'elle ne puisse plus l'abandonner. Il se représentait une vie entière à baiser sur la plage avant de devenir un de ces vieux couples pratiquant la marche nordique le matin, dont la peau est comme de la pâte de noix laquée. Même vieux, il la ferait valser dans les dunes et assouvirait son désir pour sa fine ossature d'oiseau sexy, avec prothèses de hanches et genoux bioniques. Des drones garde-côtes apparaîtraient dans le ciel, braqueraient leurs lampes sur eux en hurlant *Fornicateurs ! Fornicateurs !* pour les couvrir de honte et les chasser. Et ceci, pour l'éternité. Il ferma les yeux, fit un vœu. Ses cils sur sa joue, ses cuisses autour de sa taille, c'était la première fois qu'ils consommaient cette chose terrible qu'ils venaient d'accomplir. Le mariage, c'était pour toujours.

[Il avait prévu un lit digne de ce nom pour qu'il y ait un peu de cérémonial : il s'était approprié la maison de plage de Samuel, son camarade de chambre, car il avait passé là presque tous les étés depuis ses quinze ans et savait que la clé était dissimulée sous une carapace de tortue, dans le jardin. C'était une maison pleine d'imprimés écossais et Liberty, de faïence colorée Fiesta et d'une bonne couche de poussière ; et puis la chambre d'amis que le phare balayait de ses trois éclats, la nuit, avec en contrebas la plage pleine de rochers. Voilà ce que Lotto avait imaginé comme première fois avec cette fille magnifique qu'il avait transformée par magie en épouse. Mais Mathilde avait eu raison d'insister pour une consommation du mariage en plein air. Elle avait toujours raison. Il l'apprendrait bien assez tôt.]

Tout se termina trop vite. Quand elle cria, les goélands cachés derrière la dune fusèrent vers les nuages bas, telles des chevrotines. Plus tard, elle lui montrerait l'entaille qu'une coquille de moule avait laissée sur sa huitième vertèbre tandis qu'il la pilonnait. Ils étaient si près l'un de l'autre que lorsqu'ils éclatèrent de rire, celui de Lotto jaillit de son ventre à elle, et celui de Mathilde de sa gorge à lui. Il embrassa ses pommettes, ses clavicules, le creux pâle de son poignet aux veines bleues semblables à des racines. Cette terrible faim qu'il pensait rassasier ne l'était pas. La fin décelable dans le commencement.

« Ma femme à moi », dit-il. Plutôt que de s'en revêtir, peut-être pourrait-il l'avaler tout entière.

« Ah, oui ? Bien sûr. Puisque je suis un bien meuble. Puisque le roi, mon père, m'a échangée contre trois mules et un pot de beurre.

— J'adore ton pot de beurre. C'est mon pot de beurre à moi, maintenant. Si salé. Si doux.

— Arrête », répliqua-t-elle. Elle ne souriait plus, elle, si timide et constante qu'il fut alarmé de la voir si proche et dépourvue de ce sourire. « Personne n'appartient à personne. On a accompli quelque chose de plus vaste. C'est nouveau. »

Il la regarda, pensif, lui mordilla le bout du nez. Il y avait deux semaines qu'il l'aimait de toutes ses forces et, l'aimant ainsi, considérait qu'elle était transparente, une plaque de verre. Il voyait à travers elle, jusqu'à sa bonté intérieure. Mais le verre était fragile, il lui faudrait prendre des précautions. « Tu as raison », répondit-il ; tout en pensant, Non, songeant qu'ils s'appartenaient profondément l'un à l'autre. Avec certitude.

Entre leurs deux peaux, le plus fin des espaces, à peine assez pour l'air, pour ce voile de sueur qui à présent refroidissait. Et pourtant, un troisième personnage, leur couple, s'y était glissé.

2

Ils grimpèrent à travers les rochers pour retourner à la maison qu'ils avaient laissée allumée dans le crépuscule.

Une unité, un couple constitué d'éléments distincts. Lotto parlait fort, il rayonnait ; Mathilde était discrète, aux aguets. Il était facile de croire que Lotto représentait la meilleure moitié, celle qui donnait le ton. Certes, tout ce qu'il avait vécu jusqu'ici l'avait solidement destiné à Mathilde. Certes, si sa vie ne l'avait pas préparé pour le moment où elle avait fait son entrée, leur couple n'aurait jamais existé.

La bruine s'épaissit. Ils franchirent en hâte les derniers mètres de plage.

[Arrêtons-les là dans notre tête : minces, jeunes, passant de l'obscurité à la chaleur, courant sur le sable froid, les galets. Nous reviendrons à eux. Pour l'instant, c'est lui que nous ne pouvons quitter des yeux. C'est lui qui brille.]

Lotto adorait cette histoire. Il était né, comme il le disait toujours, dans l'œil du cyclone.

[Dès le début, il a su manipuler le temps à son avantage.]

Sa mère était très belle à l'époque, et son père était encore de ce monde. L'été, fin des années 1960. Hamlin, en Floride. La demeure au milieu de la plantation était flambant neuve, il y avait encore des étiquettes sur les meubles. Les volets n'avaient pas été vissés et quand la tornade passa la première fois, ce fut un fracas d'enfer.

Ensuite, une éclaircie. Les gouttes de pluie dégoulinaient des orangers amers. Pendant cette accalmie, l'usine d'embouteillage grondait sur deux hectares des terres familiales. Dans le couloir, deux femmes de chambre, la cuisinière, un paysagiste et le chef d'équipe de l'usine se pressaient, l'oreille collée à la porte. Dans la chambre, Antoinette se débattait entre les draps blancs, tandis que l'énorme Gawain maintenait sa tête brûlante. Sallie, la tante de Lotto, s'était accroupie pour attraper le bébé.

Lotto fit son entrée : gobelinesque avec ses longs membres, ses pieds et ses mains énormes, ses poumons d'acier. Gawain le tint à la lumière de la fenêtre. Le vent se levait de nouveau, les chênes vivants conduisaient la tempête de leurs bras moussus. Gawain se mit à pleurer. Il avait atteint le sommet de son existence. « Gawain junior », déclara-t-il.

Mais c'était Antoinette qui avait accompli tout le travail, en fait, et déjà l'ardeur qu'elle ressentait à l'égard de son mari était pour moitié détournée vers son fils. « Non », répondit-elle. Elle se rappela un rendez-vous avec Gawain, le velours bordeaux du cinéma, *Camelot* à l'écran. « Lancelot », dit-elle. Les prénoms de ses hommes suivraient le thème des chevaliers. Elle n'était pas dépourvue d'un sens de l'humour bien à elle.

Avant que la tornade ne frappe à nouveau, le médecin arriva pour recoudre Antoinette. Sallie oignit la peau du bébé d'huile d'olive. Elle avait l'impression de tenir son propre cœur battant entre ses mains. « Lancelot, murmura-t-elle. Quel nom. Tu vas te faire casser la figure. Mais ne t'inquiète pas. Je veillerai à ce que tu deviennes Lotto. » Et comme elle était capable de se mouvoir derrière le papier peint en bonne petite souris qu'elle était, ils l'appelèrent Lotto.

Le bébé était exigeant. Le corps d'Antoinette dévasté, ses seins mâchouillés. L'allaitement n'était pas une réussite. Mais dès que Lotto commença à sourire, elle vit qu'il était à son image, avec son charme et ses fossettes, et elle lui pardonna. Quel soulagement de retrouver en lui sa propre beauté. Les membres de la famille de son mari n'étaient pas gracieux, ils étaient issus de tous les peuplements de Floride, des Timucuas des origines aux Espagnols en passant par les Écossais, les esclaves en fuite, les Séminoles et les profiteurs nordistes ; dans l'ensemble, ils ressemblaient à des biscuits trop cuits. Sallie avait le visage osseux, sévère. Gawain était poilu, énorme et taiseux ; une blague courait à Hamlin selon laquelle il n'était qu'à moitié humain, fils d'un ours qui avait attaqué sa mère alors qu'elle se rendait aux cabinets situés dans la remise. De tout temps, Antoinette avait été séduite par les danseurs lisses et gracieux, pommadés, à la fortune ostentatoire ; pourtant, un an après son mariage, elle était toujours si attirée par son mari que lorsqu'il rentrait du travail le soir, elle le suivait tout habillée dans la douche, comme hypnotisée.

Antoinette avait grandi dans une maison traditionnelle sur la côte du New Hampshire : cinq sœurs cadettes, des courants d'air si terribles l'hiver qu'elle croyait mourir chaque matin quand elle se levait pour s'habiller. Des tiroirs remplis de boutons et de piles usagées. Des pommes de terre en guise de repas, encore et encore. Elle avait pris le train pour l'université de Smith, mais n'avait pu en descendre. Sur le siège voisin du sien, un magazine était ouvert sur une image de la Floride, des arbres dégoulinants de fruits d'or, le soleil, le luxe. La chaleur. Des femmes avec des queues de poisson ondulaient dans un camaïeu de vert. Le destin se présentait. Elle alla jusqu'au bout de la ligne, jusqu'où le lui permettait son porte-monnaie, puis fit du stop jusqu'à Weeki Wachee. Quand elle entra dans le bureau du directeur, il avisa ses cheveux blond vénitien qui lui tombaient jusqu'à la taille, ses formes sculpturales, et il murmura : *Oui*.

Paradoxe de la condition de sirène : plus elle paraît alanguie, plus c'est du boulot pour elle. Antoinette affichait un sourire ébloui et langoureux. Des lamantins la frôlaient ; des crapets arlequins lui grignotaient les cheveux. Mais à 23 degrés, l'eau était froide, le courant fort, et la quantité d'air retenue dans les poumons devait être exacte pour contrôler la flottaison et l'immersion. Le tunnel que devaient traverser les sirènes pour aboutir à leur bassin était long, noir, parfois leurs cheveux s'y accrochaient et elles étaient tirées en arrière. Antoinette ne pouvait voir le public, mais elle sentait le poids des regards à travers la paroi vitrée. Elle jouait de son charme face à ces spectateurs invisibles ; elle les faisait rêver. Pourtant de temps en temps, en souriant, elle songeait aux sirènes qu'elle connaissait : non pas la Petite Sirène pleine de sensiblerie qu'elle prétendait être, mais celle qui avait renoncé à sa langue, à ses chants, à sa queue de poisson et à son foyer pour devenir immortelle. Celle qui par son chant avait amené un navire et tout son équipage à se perdre sur les brisants, puis les avait observés, féroce, tandis qu'ils s'abîmaient dans les profondeurs.

Bien sûr, elle se rendait dans les bungalows quand on l'y demandait. Elle rencontrait des acteurs de télévision, des comédiens, des joueurs de base-ball, et même une fois ce chanteur qui roulait des hanches, à l'époque où il était devenu une star de cinéma. Ils lui murmuraient des promesses qu'ils ne tenaient jamais. Aucun jet privé ne venait la chercher. Aucun entretien avec un metteur en scène ne s'ensuivait. Elle ne s'installerait pas dans une maison à Beverly Hills. Elle aborda la trentaine. Trente-deux. Trente-cinq. Elle ne serait jamais une starlette, comprenait-elle tout en soufflant ses bougies. Tout ce qu'elle avait devant elle, c'était l'eau froide et la lenteur du ballet.

C'est alors que Sallie entra dans la salle de spectacle située au-dessous du bassin. Elle avait dix-sept ans, le corps brûlé par le soleil. Elle s'était enfuie de chez elle ; elle voulait vivre ! Voir autre chose que ce frère silencieux qui passait dix-huit heures par jour dans son usine d'embouteillage et ne revenait à la maison que pour dormir. Mais le chef de la troupe des sirènes lui rit au nez. Si maigre, elle ressemblait plus à une anguille qu'à une nymphe. Elle croisa les bras et s'assit par terre dans son bureau. Il lui proposa de tenir le stand de hot-dogs et la releva. Puis elle pénétra dans l'amphithéâtre sombre et s'arrêta, médusée, devant la vitre éclatante où Antoinette était en plein numéro, vêtue d'un haut de bikini rouge et d'une queue de poisson. Elle captait toute la lumière.

L'attention fervente de Sallie se concentra soudain sur cette femme qui se trouvait derrière la paroi de verre, et elle ne s'en détacha plus jamais.

Elle se rendit indispensable. Elle cousit les queues ornées de sequins portées sur les photos, apprit à utiliser un masque de plongée pour pouvoir gratter les algues sur l'intérieur du bassin. Un an plus tard, un jour où Antoinette vautrée sur un banc du vestiaire retirait sa queue de poisson trempée, Sallie s'approcha. Elle lui donna un prospectus vantant le nouveau parc d'attractions Disney à Orlando. « Tu es Cendrillon », chuchota-t-elle.

Jamais Antoinette ne s'était sentie ainsi comprise. « C'est vrai », répondit-elle.

Elle le fut. On l'habilla d'une robe de satin à crinoline et d'une tiare de zirconiums. Elle avait un appartement dans une orangeraie et une nouvelle colocataire, Sallie. Antoinette prenait un bain de soleil sur le balcon, bikini noir surmonté d'une trace de rouge à lèvres rouge quand Gawain apparut en haut de l'escalier avec le rocking-chair familial.

Dans le chambranle de la porte, il occupait tout l'espace : plus de deux mètres, si hirsute que sa barbe rejoignait ses cheveux, si seul que les femmes qui le croisaient pouvaient percevoir sa solitude dans son sillage. On l'avait cru un peu lent d'esprit, pourtant après la disparition de ses parents, morts dans un accident de voiture alors qu'il avait vingt ans, lui laissant la charge de sa petite sœur âgée de sept ans, il fut le seul à comprendre la valeur de la propriété familiale. Grâce à son héritage, il contracta un prêt afin de bâtir une usine pour mettre en bouteilles l'eau fraîche de la source qui jaillissait sur ses terres. Vendre aux habitants de Floride ce qui leur appartenait de fait était certes à la limite de la moralité, mais c'était ainsi que les Américains gagnaient de l'argent. Il accumula des richesses sans rien dépenser. Quand son besoin d'avoir une femme devint trop dévorant, il fit construire cette magnifique demeure de planteur entourée de majestueuses colonnes corinthiennes blanches. Les épouses aimaient les colonnades impressionnantes, lui avait-on dit. Il attendit. Aucune épouse ne se présenta.

C'est alors que sa sœur l'appela, exigeant qu'il lui apporte des objets de famille pour meubler son nouvel appartement, et le voici, figé sur place, devant une Antoinette pâle et sculpturale. On ne pouvait guère en vouloir à celle-ci de ne pas comprendre immédiatement ce qu'elle avait sous les yeux. Pauvre Gawain, avec sa tignasse, ses vêtements de travail sales. Antoinette lui sourit et se rallongea pour que le soleil puisse continuer de l'adorer.

Sallie regarda son amie, puis son frère ; elle sentit que les pièces s'emboîtaient. Elle déclara : « Gawain, je te présente Antoinette. Antoinette, je te présente mon frère. Il a quelques millions à la banque. » Antoinette se leva, traversa la pièce, lunettes de soleil remontées sur la tête. Gawain était assez proche d'elle pour voir ses pupilles engloutir ses iris et distinguer son propre reflet au fond de ses yeux.

Le mariage eut lieu très vite. Les sirènes d'Antoinette étaient assises sur les marches de l'église, queues miroitantes, jetant sur les jeunes mariés des poignées de granulés pour poissons. La famille du Nord supporta la chaleur en maugréant. Le dessus du gâteau en pâte d'amandes sculpté par Sallie représentait son frère soulevant d'un bras une Antoinette horizontale, adagio qui constituait le grand finale du show des sirènes. Une semaine plus tard, le mobilier de la maison était commandé, les domestiques embauchés, et des bulldozers creusaient la piscine. Son confort assuré, Antoinette ne sut plus comment dépenser son argent ; tout le reste était d'une qualité digne des catalogues de vente par correspondance, et ça lui suffisait bien.

Pour Antoinette, ce confort était un dû ; ce qu'elle n'avait pas anticipé, c'était de tomber amoureuse. Gawain la surprit par sa gentillesse et son discernement.

Elle le prit en main. Quand elle eut rasé tous ces poils, elle découvrit un visage sensible, une bouche aimable. Avec les lunettes cerclées de corne qu'elle lui avait achetées et le costume approprié, il n'était peut-être pas beau, mais il avait de l'allure. Il lui sourit depuis l'autre bout de la pièce, transformé. À cet instant, la petite flamme qui s'était allumée en elle devint brasier.

Dix mois plus tard arrivaient la tornade et le bébé.

Il allait de soi pour ces trois adultes que Lotto avait quelque chose de spécial. C'était un bébé en or.

Gawain déversa sur lui l'amour qu'il avait ravalé pendant si longtemps. Le bébé, grumeau de chair modelé par l'espoir. Considéré comme un benêt depuis toujours, Gawain sentait le poids de son génie lorsqu'il tenait son fils dans ses bras.

Sallie, de son côté, s'occupa de faire tourner la maison. Elle embaucha des nounous, puis les renvoya parce qu'elles n'étaient pas « elle ». Quand le bébé commença à se nourrir d'autre chose que de lait, elle lui mâchait des morceaux de banane et d'avocat pour les lui mettre ensuite dans la bouche, comme s'il avait été un poussin.

Et puis, dès qu'Antoinette reçut des sourires en retour aux siens, elle consacra son énergie à Lotto. Elle mit du Beethoven à fond sur la chaîne hi-fi, hurlant les termes musicaux qu'elle avait appris dans les livres. Elle prit des cours par correspondance sur le mobilier américain d'avant l'indépendance, sur les mythes grecs, la linguistique, donnant à son fils lecture intégrale de ses dissertations. Peut-être que ce bébé au visage couvert de purée de pois dans sa chaise haute n'absorbait qu'un douzième de ses idées, mais nul ne sait ce qu'un cerveau d'enfant peut emmagasiner. Pour qu'il devienne un grand homme, ce dont elle était convaincue, il fallait œuvrer dès maintenant.

L'incroyable mémoire de Lotto se révéla lorsqu'il avait deux ans, et Antoinette fut satisfaite. [Don à double tranchant ; qui lui faciliterait la vie dans tous les domaines, mais le rendrait paresseux.] Un soir, Sallie lui lut un poème pour enfants avant qu'il aille au lit, et au matin, dans la salle du petit déjeuner, il monta sur une chaise pour le déclamer. Gawain applaudit, stupéfait, et Sallie s'essuya les yeux avec un rideau. « Bravo », dit tranquillement Antoinette, et elle tendit sa tasse pour réclamer un peu plus de café, dissimulant le tremblement de sa main. Sallie lut à Lotto des poèmes plus longs, le soir ; il les récitait le lendemain matin. Une certitude grandissait en lui à chaque nouveau succès, comme un escalier invisible gravi peu à peu. Quand d'autres exploitants d'eau de source venaient à la plantation passer de longs week-ends avec leur femme, Lotto descendait en cachette et se faufilait sous la table du dîner. Dans cette espèce de caverne, il voyait les gros pieds des hommes posés sur leurs mocassins, le pastel de coquillage humide formé par les petites culottes des dames. Il surgissait en récitant « Si » de Kipling, sous une ovation rugissante. Mais le plaisir que lui causaient les applaudissements de ces inconnus était amoindri par le mince sourire de sa mère, son doux : « Va te coucher, Lancelot », en guise d'éloge. Quand elle lui faisait des compliments, il cessait de fournir des efforts, elle l'avait remarqué. Les puritains connaissent l'importance de la frustration.

Au milieu de l'humidité nauséabonde du centre de la Floride, des oiseaux aux longues pattes et des fruits cueillis sur les arbres, Lotto grandit. Sitôt qu'il sut marcher, il passa ses matinées auprès d'Antoinette, ses après-midi à errer parmi les buissons sablonneux, les sources froides qui bouillonnaient à fleur de terre, les marécages peuplés d'alligators qui l'épiaient depuis les roseaux. Lotto était un adulte miniature, disert, rayonnant. Sa mère attendit un an de plus avant de l'envoyer à l'école et, jusqu'à son entrée en cours préparatoire, il ne connut pas d'autres enfants, car Antoinette était trop bien pour les gens de cette petite ville ; les filles du chef d'équipe étaient disgracieuses et turbulentes et Antoinette savait où cela mènerait, alors non merci. La maison était remplie d'employés qui servaient Lotto en silence : s'il jetait une serviette par terre, quelqu'un la ramassait ; s'il voulait manger à deux heures du matin, la nourriture arrivait comme par magie. Tout le monde veillait à lui faire plaisir, et Lotto, n'ayant pas d'autre modèle, agissait de même envers les autres. Il brossait les cheveux d'Antoinette, laissait Sallie le porter, même lorsqu'il fut presque de la même taille qu'elle, se tenait assis en silence près de Gawain tout l'après-midi, dans son bureau, apaisé par la calme bonté de son père, cette façon qu'il avait de temps en temps de montrer un visage si rayonnant de bonheur qu'ils en clignaient tous des yeux. Son père était heureux à la seule pensée que Lotto existait.

Une nuit, quand il avait quatre ans, Antoinette vint le chercher dans son lit. À la cuisine, elle versa de la poudre de cacao dans un bol, mais oublia d'ajouter du lait. Il mangea la poudre avec une fourchette, la plongeant dedans puis la léchant. Ils restèrent assis dans le noir. Depuis un an, Antoinette négligeait ses cours par correspondance, leur préférant les émissions de télévision d'un prédicateur – lequel ressemblait à un buste de polystyrène sculpté par un enfant et peint à l'aquarelle. L'épouse du prédicateur portait de l'eye-liner permanent et se faisait des coiffures élaborées, véritables cathédrales de cheveux qu'Antoinette imitait. Elle s'était procuré des cassettes prosélytes qu'elle écoutait au bord de la piscine avec un énorme casque et un magnétophone huit pistes. Ensuite, elle rédigeait des chèques démesurés que Sallie brûlait dans l'évier. « Mon chéri, murmura cette nuit-là Antoinette à l'oreille de Lotto. Nous sommes ici pour sauver ton âme. Sais-tu ce qui arrivera aux mécréants tels que ton père et ta tante, le jour du Jugement dernier ? » Elle n'attendit pas sa réponse. Oh, elle avait bien essayé de montrer la lumière à Gawain et à Sallie. Elle voulait désespérément partager avec eux le royaume céleste, mais ils se contentaient de lui adresser un sourire du bout des lèvres et de s'éloigner. Depuis leurs sièges dans les nuages, accablés de chagrin, son fils et elle regarderaient les deux autres brûler pour l'éternité. Mais elle devait absolument sauver Lotto ! Elle enflamma une allumette et commença à lire l'Apocalypse d'une voix tremblante et assourdie. Quand l'allumette s'éteignit, elle en gratta une autre pour continuer sa lecture. Lotto observait la flamme qui grignotait le mince bâtonnet de bois. Et alors qu'elle se rapprochait des doigts de sa mère, il sentit la chaleur se propager dans les siens, à croire que c'était lui qui se brûlait. [Ténèbres, trompettes, créatures marines, dragons, anges, cavaliers, monstres aux yeux innombrables ; ils peupleraient ses rêves pendant des décennies.] Il regardait les magnifiques lèvres de sa mère bouger, ses yeux perdus dans leurs orbites. Il se réveilla le matin avec la certitude d'être observé, d'être jugé à chaque instant. L'église pendant toute la journée. Quand il avait de mauvaises pensées, il affichait un visage innocent. Même seul, il donnait le change.

Lotto aurait été brillant mais ordinaire si les années avaient suivi ce cours. Juste un gosse privilégié de plus, aux petits chagrins banals.

Mais vint le jour où Gawain prit sa pause quotidienne, à quinze heures trente, et remonta la longue et verte pelouse qui menait à la maison. Sa femme était assoupie près de la piscine, côté grand bassin, bouche ouverte, paumes tournées vers le soleil. Il la recouvrit doucement d'un drap pour lui éviter un coup de soleil, et l'embrassa au creux du poignet. Dans la cuisine, Sallie sortait des biscuits du four. Gawain contourna la maison, cueillit une nèfle du Japon, fit rouler le fruit amer dans sa bouche, puis il s'assit sur la pompe près des hibiscus sauvages et observa le chemin de terre, jusqu'à ce qu'il voie apparaître son fils, moustique, mouche, mante religieuse sur son vélo. C'était le dernier jour de l'année au collège. Devant Lotto, l'été s'étendait tel un vaste fleuve paisible. Il allait se faire une orgie de rediffusions de séries, tous les épisodes qu'il avait ratés à cause de l'école : *Shérif, fais-moi peur* ; *Happy Days*. Des parties de pêche à la grenouille dans les étangs en pleine nuit. Le bonheur du garçon rayonnait dans l'allée. L'idée de son fils émouvait Gawain, mais le Lotto véritable tenait du miracle, grand, drôle, magnifique, supérieur à ses géniteurs.

Soudain, le monde se contracta autour du garçon. Stupéfiant. Gawain eut l'impression que tout se dessinait avec une clarté si intense qu'il pouvait voir jusqu'aux atomes.

Lotto descendit de bicyclette lorsqu'il aperçut son père qui semblait dormir contre la vieille pompe. Bizarre. Gawain ne faisait jamais la sieste. Lotto demeura immobile. Un pivert piquetait un magnolia. Un petit lézard passa en trombe par-dessus le pied de son père. Lotto lâcha son vélo et courut vers Gawain, il prit sa tête dans ses mains et cria son nom si fort qu'en levant les yeux, il vit sa mère accourir, elle qui ne courait jamais, tornade blanche hurlante, tel un oiseau qui plonge en piqué.

Le monde se révélait tel qu'il était. Miné par des ombres souterraines.

Lotto avait vu un jour la terre s'ouvrir et engloutir la vieille remise familiale. Partout : des effondrements de terrain.

Il se hâtait sur les chemins sablonneux qui serpentaient entre les pacaniers, rempli de terreur à l'idée que le sol s'ouvre sous ses pieds et qu'il soit avalé par les ténèbres – ou que ça ne se produise pas. Les anciens plaisirs avaient perdu de leurs couleurs. L'alligator de cinq mètres de long tapi au fond des marécages qu'il avait nourri en volant des poulets surgelés dans le congélateur n'était plus à présent qu'un lézard. L'usine d'embouteillage, une grosse machine parmi d'autres.

La ville vit la veuve vomir dans les azalées, son fils, si beau, lui tapotant le dos. Mêmes pommettes hautes, mêmes cheveux blond vénitien. La beauté donne à la douleur une grâce qui va droit au cœur. Hamlin pleura pour la veuve et son fils, mais ne pleura pas l'imposant Gawain, l'enfant du pays.

Mais ce n'était pas seulement le chagrin qui la faisait vomir. Antoinette était de nouveau enceinte et on lui conseilla de garder le lit. Pendant des mois, la ville observa la ronde des prétendants dans leurs voitures de luxe, avec leur costume noir et leur attaché-case, et spécula sur celui qu'elle choisirait. Qui n'aurait voulu épouser une veuve si riche et si belle ?

Lotto sombrait. Il essaya de torpiller ses résultats scolaires, mais les professeurs, habitués à son excellence, ne s'en laissèrent pas conter. Il alla s'asseoir auprès de sa mère et tenta d'écouter ses émissions religieuses en tenant sa main boursouflée, mais l'idée de Dieu s'était gâtée dans son esprit. Il ne retenait que les rudiments : les histoires, la rigidité morale, la pureté maniaque.

Du fond de son lit, aussi placide qu'un lamantin, Antoinette lui baisait les mains et le laissait partir. Ses émotions s'étaient enfouies au plus profond d'elle-même. Elle regardait tout de très loin. Elle enfla, et enfla encore. Enfin, à la manière d'un gros fruit mûr, elle se fendit. Bébé Rachel, la graine, tomba.

Quand Rachel se réveillait la nuit, Lotto était le premier à son chevet, il s'installait dans le fauteuil et lui donnait le biberon en la berçant. Elle l'aida à passer cette première année, sa petite sœur qui avait faim et qu'il pouvait nourrir.

Son visage était ravagé par l'acné qui battait avec chaleur sous sa peau ; il avait perdu sa beauté. Ça n'avait aucune importance. Les filles se bousculaient pour l'embrasser à présent, par pitié ou parce qu'il était riche. Dans la bouche douce et limoneuse des filles, langue chaude et chewing-gum au raisin, il se concentrait et parvenait à dissoudre l'horreur qui s'était installée en lui. Fêtes de la langue dans le salon, ou les parcs, de nuit. Il rentrait chez lui à vélo dans la nuit floridienne, pédalant aussi vite qu'il le pouvait comme pour dépasser sa tristesse, mais celle-ci était toujours plus rapide et le rattrapait invariablement.

Un an et un jour après la mort de Gawain, Lotto, quatorze ans, descendit à l'aube dans la salle du petit déjeuner. Il s'apprêtait à prendre quelques œufs durs pour les manger en pédalant vers la ville, où Trixie Dean l'attendait – ses parents étaient partis pour le week-end. Il avait dans sa poche un flacon de produit nettoyant

WD-40. Entretenir sa bécane, c'était important, lui avaient dit les autres garçons, au collège.

Dans le noir, la voix de sa mère résonna : « Chéri. J'ai du nouveau. » Dans un sursaut, il alluma la lumière et la découvrit assise à l'autre bout de la table, toute de noir vêtue, ses cheveux ramenés sur le dessus de la tête en une couronne de feu.

Pauvre manman, pensa-t-il. Si négligée. Si grosse. Selon elle, nul ne savait qu'elle avait continué de prendre ses antalgiques après la naissance de Rachel. Elle se trompait.

Quelques heures plus tard, Lotto était sur la plage, clignant des yeux. Les hommes avec les attachés-cases n'étaient pas des prétendants mais des avocats. Tout s'était envolé. Les domestiques avaient disparu. Qui allait faire tout le travail ? La belle demeure, son enfance, l'usine d'embouteillage, la piscine, Hamlin où ses ancêtres avaient toujours vécu, disparus. Le fantôme de son père, disparu. Échangé contre une somme d'argent obscène. L'endroit était joli, Crescent Beach, mais la maison était minuscule, rose, soutenue par des pieux plantés dans les dunes, pareille à une boîte de Lego en béton sur pilotis. En contrebas, c'était un enchevêtrement de palmiers et de pélicans volant en oblique dans le vent salé. On pouvait rouler sur la plage. Des pick-up dissimulés derrière les dunes crachaient du thrash metal, qu'on entendait jusque dans la maison.

« Alors c'est ça ? dit-il. Tu aurais pu acheter des kilomètres de plage, manman. Qu'est-ce qu'on fiche dans cette petite baraque sans intérêt, hein ? Qu'est-ce qu'on fiche *là* ?

– Bonne affaire. Faillite. Cet argent n'est pas pour moi, mon chéri, répondit sa mère. Il est à toi et à ta sœur. Tout est placé pour vous. » Sourire de martyre.

Qu'en avait-il à faire de cet argent ? Il détestait ça. [Toute sa vie, il éviterait d'y penser, abandonnerait ce souci aux autres, supposant qu'il en avait assez.] L'argent n'était ni son père, ni les terres de son père.

« Trahison », rétorqua-t-il, pleurant de rage.

La mère prit le visage de son fils entre ses mains, en s'efforçant de ne pas toucher à ses boutons. « Non, mon chéri. » Elle avait un sourire radieux. « Liberté. »

Lotto boudait. Il s'asseyait seul sur le sable. Il touchait des méduses crevées du bout d'un bâton. Buvait des granités dans les stations-service sur la A1A.

Et puis il partit chercher un taco au stand où allaient les jeunes dans le coup, ce mini-yuppie avec son polo, son bermuda de madras et ses chaussures de bateau, même si c'était le genre d'endroit où les filles venaient en haut de maillot de bain, et les garçons sans tee-shirt pour faire bronzer leurs muscles. Lotto mesurait déjà plus d'un mètre quatre-vingts et il fêterait ses quinze ans à la fin du mois de juillet. [Un lion, ce qui explique son caractère.] Genoux et coudes écorchés, cheveux coiffés en arrière. Son pauvre visage plein d'acné. Désemparé, aveuglé par le soleil, à demi orphelin ; on avait envie de le serrer contre soi pour l'apaiser. Quelques filles intéressées lui avaient demandé son prénom, mais il était trop prostré pour être attirant et elles l'avaient laissé tomber.

Il mangea tout seul à une table de pique-nique. Une petite feuille de coriandre resta collée à sa lèvre, ce qui fit rire un garçon asiatique à l'air gracieux. À côté du garçon, une fille aux cheveux hirsutes qui ne lésinait pas sur l'eye-liner, avec rouge à lèvres rutilant, épingle de nourrice au-dessus du sourcil et fausse émeraude éclatante dans la narine. Elle le regardait avec une telle intensité que Lotto ressentit bientôt un chatouillement dans les pieds. Elle devait être bonne au lit, comprit-il, sans trop savoir comment. Assis près d'elle, un gros garçon avec des lunettes et un air rusé, son jumeau. L'Asiatique s'appelait Michael ; la fille intense, Gwennie. Le gros garçon serait le plus important des trois. C'était Chollie.

Ce jour-là, il y avait au stand de tacos un autre Lancelot, surnommé Lance. Quel hasard ! Lance était maigre, pâle parce qu'il ne mangeait pas assez de légumes, feignait de boiter, portait un chapeau de travers et un tee-shirt si long qu'il lui arrivait au genou. Il alla aux toilettes en imitant des percussions avec sa voix et en revint, traînant après lui une mauvaise odeur. Le garçon derrière lui donna un coup de pied dans son tee-shirt et une petite crotte en tomba.

Quelqu'un hurla : « Lance s'est chié dessus ! » La rumeur se répandit jusqu'à ce que quelqu'un se souvienne qu'il y avait là un autre Lancelot, vulnérable celui-là, nouveau dans les parages et d'allure bizarre, et on l'interpella : « Alors le bleu, on t'a tellement fait peur que tu t'es chié dessus ? » « C'est quoi, ton nom entier ? Sire Lance-l'eau ? » Lotto baissa la tête, misérable. Partit en abandonnant son taco, le pas lourd. Les jumeaux et Michael le rattrapèrent sous un palmier dattier. « C'est un vrai Ralph Lauren ? demanda Chollie en tâtant la manche de son polo. Ça coûte quatre-vingts balles dans les magasins. » « Choll, dit Gwennie. Arrête avec ton consumérisme. » Lotto haussa les épaules : « C'est une imitation, je pense », même si le contraire était évident. Ils le regardèrent longuement. « Intéressant », fit Chollie. « Il est mignon », déclara Michael. Ils se tournèrent vers Gwennie qui plissa les yeux en fixant Lotto, jusqu'à ce qu'ils ne soient plus que deux fentes ourlées de mascara. « Oh, c'est bon, soupira-t-elle. Disons qu'on peut le garder. » Quand elle souriait, une fossette se creusait sur sa joue.

Ils étaient un peu plus âgés que lui et avaient encore deux années de lycée devant eux. Ils connaissaient des choses que Lotto ignorait. Il se mit à vivre pour le sable, la bière, la drogue ; il vola les antalgiques de sa mère pour les partager. Dans la journée, le chagrin d'avoir perdu son père devenait plus vague, mais la nuit, Lotto se réveillait toujours en larmes. Son anniversaire arriva et il ouvrit une carte où était glissée une somme d'argent ridiculement élevée pour son âge. L'année scolaire fut comme le prolongement de l'été, c'était du gâteau pour lui, cette année-là. La plage était son lieu de prédilection, de la fin des cours jusqu'à la nuit.

« Sniffe ce truc, lui disaient ses amis. Fume ça. » Il sniffait, il fumait, il oubliait, l'espace d'un instant.

Gwennie était la plus intéressante de ses trois nouveaux amis. Il y avait quelque chose de brisé en elle, même si on refusait de lui dire quoi. Elle traversait les quatre-voies en plein milieu de la circulation ; fourrait dans son sac des bombes de chantilly au Quickie-Stop. Elle lui paraissait totalement rebelle, même si les jumeaux habitaient une grande maison de plain-pied, avaient leurs deux parents, et que Gwennie suivait des cours supplémentaires réservés aux élèves les plus brillants. Elle n'avait d'yeux que pour Michael, mais Michael posait la main sur le genou de Lotto dès que les autres avaient le dos tourné, et la nuit Lotto rêvait de déshabiller Gwennie pour toucher sa peau ; un soir, très tard, il prit sa main froide et elle le laissa faire pendant un moment, jusqu'à ce qu'il la serre, puis la relâche. Parfois, Lotto imaginait à quoi ils ressemblaient, vus du ciel : ils couraient en rond, se poursuivant les uns les autres, seul Chollie demeurait à part, observant d'un air sombre les cercles sans fin auxquels il ne participait pas, essayant rarement d'y entrer.

« Tu sais, dit-il un jour à Lotto, je crois que je n'ai jamais eu de véritable ami avant toi. » Ils étaient dans une salle d'arcade où ils jouaient à des jeux vidéo tout en discutant philosophie, Chollie tirait ses connaissances d'un paquet de cassettes trouvées à l'Armée du Salut, Lotto d'un manuel scolaire qu'il citait de mémoire sans rien y comprendre. Lotto leva les yeux et vit Pac-Man se refléter sur le front et le menton luisants de Chollie. Ce dernier remonta ses lunettes sur son nez en détournant les yeux. Lotto était tout attendri. « Moi aussi, je t'aime bien », répondit-il, et c'est seulement en prononçant ces mots qu'il sut combien c'était vrai : Chollie, garçon brut de décoffrage, dont la solitude et l'innocent désir de gagner de l'argent lui rappelaient son père.

La vie débridée de Lotto ne survit pas au mois d'octobre. Quelques mois pour tant changer.

Le point de bascule se produisit un samedi, en fin d'après-midi. Ils étaient à la plage depuis le matin. Chollie, Gwennie et Michael assoupis sur la couverture rouge. Peau brûlée de soleil, salée par l'océan, goût amer de la bière dans la bouche. Bécasseaux, pélicans, un pêcheur plus loin sur la plage tirant de l'eau un poisson doré de trente centimètres. Lotto contempla la scène longuement jusqu'à ce qu'une image vue dans un livre se dessine peu à peu : la mer Rouge, percée d'un chemin de pierre serpentant telle la langue d'un oiseau moqueur. Il ramassa une pelle abandonnée par un enfant et se mit à creuser. Peau tendue, comme couverte de Super Glue ; les coups de soleil étaient douloureux, mais en dessous, les muscles adoraient ce mouvement. Un corps puissant est triomphant. La mer sifflait et gargouillait.

Peu à peu, les trois autres s'éveillèrent. Gwennie se leva, elle rajusta son bikini et ses seins débordèrent. Mon dieu, il avait envie de la lécher des pieds à la tête. Elle alla voir ce qu'il faisait. Elle comprit. Une dure à cuire, cette fille, avec ses piercings, ses tatouages de taulard, qu'elle avait fait elle-même avec des aiguilles et des stylos, pourtant ses yeux semblaient déborder de son maquillage. Elle s'agenouilla et dégagea le sable avec ses bras. Chollie et Michael piquèrent des bêches dans le camion des flics de la plage. Michael agita un flacon de speed qu'il avait volé à sa mère, et ils gobèrent les pilules. Ils creusaient tour à tour en faisant craquer leurs mâchoires. Quatre gosses à problèmes au début d'octobre, du crépuscule jusqu'à la nuit noire. La lune s'éleva, mal fagotée, pissant sa lumière blanche sur les flots. Michael ramassa du petit bois et alluma un feu. Des sandwichs périmés, pleins de sable. Des ampoules aux mains, qui saignaient. Ils s'en foutaient. Pour le cœur, le commencement de la spirale, ils renversèrent une chaise de sauveteur qu'ils enterrèrent en tassant bien le sable par-dessus. L'un après l'autre, ils essayèrent de deviner à haute voix ce que signifiait la sculpture de Lotto : nautile, crosse de fougère, galaxie. Brins d'un fuseau qui s'égaillaient. Forces de la nature à la beauté idéale, parfaitement éphémère, songeaient-ils. Mais il était trop timide pour dire *le temps*. Il s'était réveillé la langue pâteuse, mû par le désir de rendre l'abstrait concret, de construire sa nouvelle vision : voilà ce qu'était le temps, une spirale. Il aimait la futilité de son effort, la fugacité de son œuvre. L'océan gagnait du terrain. Il leur léchait les pieds. Il poussait les bords extérieurs de la spirale, se frayant un chemin à l'intérieur. Quand l'eau eut retiré le sable de la chaise du sauveteur, révélant sa blancheur pareille à celle d'un squelette, quelque chose se brisa et les fragments partirent en vrille vers l'avenir. [Cette journée se replierait sur elle-même, mais son éclat se réverbérerait sur tout le reste.]

Tout prit justement fin le lendemain. Dans l'obscurité, Chollie, grandiose dans son délire, sauta de la chaise du maître nageur, remise debout. Un instant, il se détacha sur fond de pleine lune, mais il retomba mal et se fractura le tibia dans un craquement sinistre. Michael l'emmena en urgence à l'hôpital, laissant Gwennie et Lotto seuls sur la plage, dans les ténèbres et le froid vent d'automne. Gwennie prit la main de Lotto. Il sentit une effervescence sur sa peau – le moment était venu –, il allait perdre son pucelage. Elle se jucha sur la barre de son vélo et il l'emmena à une fête dans une maison abandonnée, au cœur des marais. Ils burent de la bière, regardèrent des jeunes plus âgés qui baisaient autour du feu de camp gigantesque, jusqu'à ce que Gwennie attire Lotto dans la maison. Petites bougies sur les rebords de fenêtres, matelas où apparaissaient des membres luisants, des culs, des mains. [Le désir ! Une histoire ancienne ravivée par la chair fraîche.] Gwennie ouvrit une fenêtre et ils l'enjambèrent pour s'asseoir sur le toit de la véranda. Est-ce qu'elle pleurait ? Son mascara formait d'effrayantes traînées noires sur ses joues. Elle colla sa bouche à la sienne, et lui, qui n'avait pas embrassé une fille depuis qu'il était arrivé sur la côte, sentit de nouveau ce liquide brûlant lui parcourir les os. La fête battait son plein. Elle l'allongea contre le papier goudronné sablonneux du toit, il regardait son visage dans la faible lueur, puis elle souleva sa jupe, tira le fond de sa culotte sur le côté, et Lotto, qui était toujours prêt, qui bandait à la moindre pensée abstraite de fille – des traces de pattes de bécasseau sur le sable lui rappelaient une vulve, des packs de lait lui évoquaient des seins –, eh bien, il n'était pas prêt pour cette abrupte première fois. Ça n'avait pas d'importance. Gwennie le fourra en elle, alors qu'elle n'était même pas humide. Il ferma les yeux, songea à des mangues, à des papayes fendues, à des fruits acides et doux dégoulinants de jus, et c'était parti, il gémit, tout son corps s'adoucit, et Gwennie le regarda en souriant de ses lèvres mordillées, ferma les yeux à son tour et s'écarta, et plus elle s'écartait, plus Lotto essayait de la rattraper, à croire qu'il chassait une nymphe parmi les fourrés. Il se rappela de furtives images de magazines pornos, la mit à quatre pattes, elle rit de lui en regardant par-dessus son épaule, alors il ferma de nouveau les yeux et la pénétra, il la sentit cambrer son dos comme un chat, enfouit ses doigts dans ses cheveux, et c'est là qu'il vit les flammes remonter le long de la fenêtre. Mais il ne pouvait plus s'arrêter. Impossible. Il espéra juste que la maison tiendrait le coup jusqu'à ce qu'il ait terminé. Gloire, il était fait pour ça. Tout craquait autour d'eux, une chaleur d'enfer, Gwennie frissonnait sous lui, et soudain, un-deux-trois, il explosa en elle.

Alors il lui cria à l'oreille qu'il fallait partir, tout de suite ! Sans même se rhabiller, il se précipita vers le bord du toit et sauta dans les cycas. Gwennie se laissa choir à son tour, sa jupe s'ouvrant comme une tulipe. Ils se frayèrent un chemin hors des buissons, Lotto avait toujours la queue hors du pantalon, et les pompiers les accueillirent par des applaudissements sardoniques. « Beau travail, Roméo.

– Lancelot, murmura-t-il.

– Appelle-moi don Juan », dit un flic en lui mettant les menottes, ainsi qu'à Gwennie. Le trajet fut rapide. Elle refusa de le regarder. Il ne la reverrait plus jamais.

Puis il y eut la cellule avec, dans un coin, l'espèce d'horreur dégoûtante qui servait de toilettes, Lotto cherchant des petits morceaux de bois effilés pour s'en faire un poignard, et le ronron de l'ampoule qui, à l'aube, éclata dans une pluie d'éclats de verre.

À la maison. Le visage lugubre de Sallie, Rachel couchée sur la poitrine de Lotto, suçant son pouce. Un an, et déjà pétrie d'angoisse. C'était décidé : il fallait éloigner Lotto de ces délinquants. Antoinette referma la porte derrière elle, fit craquer ses doigts, prit le téléphone. Toutes les pattes peuvent être graissées, il suffit de mettre le paquet. Dès l'après-midi, l'affaire était conclue. Et le soir, Lotto franchissait la passerelle pour gagner l'avion. Il se retourna. Sallie tenait Rachel dans ses bras, elles pleuraient à chaudes larmes toutes les deux. Antoinette était là, les mains sur les hanches. Ses sentiments distordaient son visage. La colère, pensa-t-il. [Il se trompait.]

La porte se referma sur Lotto, garçon banni pour ses péchés.

Il oublierait le voyage vers le nord, mais pas le choc. Réveillé au matin sous le soleil de Floride, couché, le soir, dans les ténèbres froides du New Hampshire. Un dortoir qui sentait les pieds de garçons. La faim qui lui tenaillait le ventre.

Au dîner, ce soir-là à la cantine, il avait reçu un morceau de tourte au potiron sur le front. Il avait levé les yeux pour voir un groupe d'élèves se moquer de lui. Quelqu'un avait hurlé : « Oh, pauvre tarte à la citrouille. » Un autre : « Pauvre bouseux de Floride » et enfin un troisième avait lancé : « Tarte-à-la-Bouse », ce qui avait déclenché une hilarité décuplée et lui resta telle une étiquette. Lui qui toute sa vie avait déambulé partout, dans une chaleur étouffante, en se comportant comme le maître des lieux [il l'était] rentrait la tête entre les épaules en rasant les murs durs et glacés. Tarte-à-la-Bouse, un petit Blanc sortant de sa campagne pour ces garçons de Boston et de New York. Boutonneux, le charme de l'enfance évanoui, trop grand, trop maigre. Un gars du Sud, un inférieur. Son argent, qui naguère le singularisait, n'avait plus rien d'extraordinaire chez les riches.

Il se réveilla avant l'aube et s'assit en grelottant au bord de son lit pour regarder la fenêtre s'illuminer peu à peu. *BOUM-boum*, *BOUM-boum*, faisait son cœur. La cafétéria aux pancakes froids aux œufs à moitié cuits, ensuite le chemin au sol gelé jusqu'à la chapelle.

Il appelait tous les dimanches à dix-huit heures, mais Sallie n'aimait pas bavarder au téléphone, Antoinette ne sortait plus guère et n'avait pas grand-chose à raconter en dehors de ce qu'elle voyait à la télévision, quant à Rachel, elle était trop petite pour faire des phrases. L'appel se terminait au bout de cinq minutes. Une mer sombre à franchir jusqu'au prochain coup de fil. Rien dans le New Hampshire ne dégageait la moindre chaleur. Même le ciel était d'un froid d'amphibiens. Lotto se rendait au bain chaud, près de la piscine, dès l'ouverture du gymnase à cinq heures et demie, pour essayer de faire fondre la glace de ses os. Il se laissait flotter en imaginant ses amis fumant au soleil. S'il était resté auprès de Gwennie, il aurait déjà épuisé toutes les positions sexuelles qu'il connaissait, même les apocryphes. Seul Chollie lui écrivait, bien que cela se résumât à des blagues sur des cartes postales pornos.

Lotto fantasmait sur les poutres du gymnase, à quinze mètres du sol. Le saut de l'ange dans le petit bassin mettrait fin à tout cela. Non, il grimperait tout en haut de l'observatoire, se passerait une corde au cou, puis il plongerait. Non. Il se glisserait dans les locaux de la maintenance, volerait la poudre blanche qui servait à nettoyer les sanitaires et en mangerait comme de la glace jusqu'à en faire écumer ses entrailles. Éléments du théâtre qui déjà se jouait dans son imaginaire. Il n'eut pas le droit de rentrer pour Thanksgiving ni pour Noël. « Je suis toujours puni ? » demanda-t-il. Il s'efforçait de garder un ton viril, mais sa voix tremblait. « Oh, mon chéri, répondit Sallie. Ce n'est pas une punition. Ta maman veut que tu aies une vie meilleure. » Une vie meilleure ? Ici, il était Tarte-à-la-Bouse ; il ne jurait pas, donc il ne pouvait même pas se plaindre de son surnom. Sa solitude se mit à hurler plus fort. Tous les garçons devant pratiquer un sport, il fut obligé de s'engager dans l'équipe d'aviron des débutants et ses mains se couvrirent d'ampoules, qui devinrent des callosités, des espèces de coquilles.

Le doyen le convoqua dans son bureau. Il avait entendu dire que Lancelot n'allait pas bien. Ses notes étaient parfaites ; il n'était pas stupide. Était-il malheureux ? Le doyen avait des sourcils semblables à ces chenilles capables de ravager des pommiers en une seule nuit. Oui, répondit Lotto, il était malheureux. Hum, fit le doyen. Lotto était grand, intelligent, riche. [Blanc.] Les garçons comme lui étaient destinés à diriger la société. Peut-être, hasarda le doyen, s'il s'achetait un produit pour ses boutons, réussirait-il à grimper quelques échelons dans la hiérarchie ? Il avait un ami qui pouvait lui préparer une ordonnance ; il chercha son bloc-notes pour y inscrire le numéro de téléphone. Dans le tiroir ouvert, Lotto distingua l'éclat familier d'un revolver huilé. [La table de nuit de Gawain, l'étui de cuir.] Et tandis qu'il essayait de survivre aux jours suivants, il ne vit plus que ça : l'arme entraperçue, dont il pouvait sentir le poids entre ses mains.

En février, la porte de son cours de lettres s'ouvrit pour laisser entrer un crapaud vêtu d'une cape rouge. Une face de larve. De pâte luisante aux cheveux rares. Il y eut des ricanements. Le petit homme fit voler sa cape, puis écrivit au tableau : Denton Thrasher. Il ferma les yeux et quand il les rouvrit, son visage était perclus de douleur, il tendait les bras comme s'ils étaient chargés d'un objet lourd.

Hurlez, hurlez, hurlez ! chuchota-t-il. *Ô ! Vous êtes des hommes de pierre :*
Si j'avais vos langues et vos yeux, j'en userais de telle sorte
Que la voûte du ciel se fendrait. Elle est partie pour toujours.
Je sais quand on est mort et quand on vit ;
Elle est morte comme la terre. Prêtez-moi un miroir ;
Si son souffle embue ou trouble le verre,
Alors, c'est qu'elle vit.

Silence. Plus de ricanements. Les garçons se tenaient tranquilles.

Une pièce inconnue s'illumina à l'intérieur de Lotto. Voilà la réponse à toutes les questions. On pouvait laisser son moi de côté et se transformer en quelqu'un d'autre. On pouvait réduire au silence la chose la plus effrayante du monde – une classe remplie d'adolescents. Lotto flottait dans le vague depuis la mort de son père. En cet instant, il recouvra toute son acuité.

L'homme poussa un soupir et redevint lui-même. « Votre professeur est brutalement tombé malade. Pleurésie. Œdème ? Je vais le remplacer. Je m'appelle Denton Thrasher. Bien, dites-moi à présent ce que vous lisez, jeunes damoiseaux.

– *Ne tirez pas sur l'oiseau moqueur*, murmura Arnold Cabot.

– Que Dieu ait pitié de nous », dit Thrasher, puis il prit la corbeille à papier et arpenta les rangées, l'une après l'autre, en y jetant les livres des élèves. « D'aucuns ne devraient se contenter d'œuvres inférieures quand ils ont à peine effleuré celle du Barde. Lorsque j'en aurai fini avec vous, vous suinterez Shakespeare par tous les pores. Et on appelle ça, la bonne éducation ! Les Japonais seront nos maîtres et empereurs dans vingt ans. » Il s'assit sur le bord de son bureau, s'appuyant sur ses mains posées entre ses jambes. « En premier lieu, dites-moi quelle est la différence entre la tragédie et la comédie. »

Francisco Rodríguez répondit : « La solennité d'un côté et l'humour de l'autre. Gravité et légèreté.

– Faux, déclara Denton Thrasher. C'est une astuce. Il n'y a pas de différence. C'est une question de perspective. L'art de conter une histoire est un paysage, la tragédie, c'est la comédie, et la comédie, c'est le théâtre. Tout dépend de la manière dont vous cadrez ce que vous voyez. Regardez », dit-il, et de ses mains, il forma un cadre, qu'il déplaça à travers la pièce jusqu'à le fixer sur Roulé-en-Gelée, le pauvre garçon dont le cou débordait par-dessus son col. Denton ravala ce qu'il s'apprêtait à dire, déplaça le cadre de ses mains sur Samuel Harris, un brun vif qui avait la cote, barreur dans l'équipe d'aviron de Lotto, puis déclara : « Tragédie. » Les garçons éclatèrent de rire, Samuel encore plus fort que les autres ; son assurance était un mur de vent. Denton Thrasher redéplaça son cadre jusqu'à ce qu'il soit face au visage de Lotto, qui vit se poser sur lui les yeux larmoyants du professeur. « Comédie », dit-il. Lotto rit avec les autres, non pas parce que la chute était bonne, mais parce qu'il savait gré à Denton Thrasher de lui avoir révélé l'existence du théâtre. Il avait enfin trouvé un moyen de vivre en ce monde.

Il joua Falstaff dans la pièce représentée au printemps ; mais une fois le maquillage retiré, son misérable moi d'antan émergea de nouveau. « Bravo ! » s'exclama Denton Thrasher lorsque Lotto interpréta le monologue d'*Othello*, mais Lotto eut un vague sourire et retourna s'asseoir à sa place. En aviron, son équipe de débutants battit celle de l'université lors des entraînements, et on le promut en position de tête, la place la plus importante. Néanmoins, tout lui semblait déprimant, même quand les oiseaux revinrent et que les bourgeons apparurent sur les arbres.

En avril Sallie l'appela, en larmes. Lotto ne pouvait rentrer pour l'été. « Ce serait... dangereux », dit-elle, et il comprit que ses amis traînaient toujours dans les parages. Il imagina que Sallie les avait vus sur la route, que ses mains, prenant leur indépendance, avaient donné un coup de volant pour les écraser. Oh, comme il avait envie de prendre sa petite sœur dans ses bras ; elle grandissait, elle ne se souviendrait plus de lui. Et de goûter la cuisine de Sallie. De respirer le parfum de sa mère, qu'elle lui parle de Moïse et de Job de sa voix éthérée, comme si elle les connaissait personnellement. « S'il te plaît, je t'en prie, je ne sortirai pas de la maison », murmura-t-il, et Sallie répondit, pour le consoler, qu'elles viendraient toutes les trois lui rendre visite et qu'ils iraient ensemble à Boston. Dans sa tête, la Floride brillait tel le soleil. Il se disait que s'il la regardait en face, il deviendrait aveugle. Son enfance était obscurcie par cet éclat, impossible à discerner.

Il raccrocha, désespéré. Sans ami. Abandonné. Hystérique à force de s'apitoyer sur son sort.

Un plan se dessina au dîner après une bataille de brownies à la menthe.

Quand il fit nuit, que les fleurs dans les arbres ne furent plus que de pâles phalènes, Lotto sortit.

Dans le bâtiment administratif se trouvait le bureau du doyen ; dans le bureau du doyen, le tiroir avec le revolver. Il imagina le doyen ouvrant la porte de son bureau le matin et découvrant un carnage, puis son sursaut d'effroi.

Sallie et sa mère seraient terrassées par la douleur. Super ! Il voulait qu'elles passent le restant de leur vie à pleurer. Qu'elles meurent de chagrin à cause de ce qu'elles avaient fait. La seule chose qui le faisait vaciller, c'était sa sœur. Oh, mais elle était si petite ! Elle ne saurait pas ce qu'elle avait perdu.

Le bâtiment était un gros morceau d'ombre. Il chercha la porte à tâtons – pas verrouillée – et elle s'ouvrit. La chance était de son côté. [Quelqu'un était de son côté.] Il ne pouvait prendre le risque d'allumer la lumière. Il se dirigea en suivant les murs au toucher : les panneaux d'affichage, le portemanteau, encore des panneaux d'affichage, une porte, un mur, une porte, un angle. La lisière d'un grand espace noir, l'immense hall. Dans sa tête, il voyait les choses comme en plein jour : un double escalier tout au bout. Le long des coursives, à l'étage, étaient accrochés des portraits à l'huile d'hommes blancs bien en chair. Un bateau ancien était suspendu aux poutres. Dans la journée, de hautes fenêtres à claire-voie échangeaient leur lumière, les unes avec les autres. À présent, c'étaient des puits de nuit.

Il ferma les yeux. Il irait avec courage au devant de sa fin. Il tenta un pas en avant, un autre. Il aimait beaucoup la sensation soyeuse du tapis, l'obscurité vertigineuse qui s'étendait devant lui, il bondit joyeusement de trois pas.

Et là, il se prit un grand coup en pleine figure.

Il tomba à genoux, s'agita sur le tapis, complètement désorienté. Nouveau choc sur le nez. Il tendit les bras, mais il n'y avait rien ; si, là, quelque chose, il se renversa en arrière et sentit un frôlement. Ses mains s'agitèrent, effleurèrent une étoffe. Du tissu sur du bois, non, pas du bois, de la mousse, non, pas de la mousse, un morceau de pudding bien dur. Ses mains descendirent. Touchèrent du cuir. Des lacets ? Une chaussure ? Petit choc contre ses dents.

Il se jeta en arrière à quatre pattes, se déplaçant en crabe, un hurlement strident jaillit d'on ne sait où et, frénétique, il suivit le mur, jusqu'à ce que, après une éternité, il atteigne enfin l'interrupteur, alors dans l'horrible lumière il se retrouva face au bateau suspendu, lequel avait chaviré sur le côté car il était chargé de la plus atroce des décorations de Noël. Un garçon. Un enfant mort. Visage bleu. Langue pendante. Lunettes de travers. Un instant plus tard, il le reconnut : oh, le pauvre Roulé-en-Gelée, pendu à la boule de la proue d'un huit. Il avait grimpé là-haut, fait le nœud. Il avait sauté. Du brownie à la menthe partout sur lui. Le cri s'éteignit dans la poitrine de Lotto. Il détala.

Après la police et les ambulances vint le doyen. Il apporta à Lotto des donuts et une tasse de chocolat chaud. Les chenilles de ses sourcils dansaient sur son visage, grignotant les procès, les suicides mimétiques, les fuites dans la presse. Il ramena Lotto à son dortoir, mais quand les feux arrière de sa voiture eurent disparu, Lotto ressortit. Il ne pouvait rester auprès des autres garçons qui, en cet instant, n'étaient que d'innocents rêveurs aux songes anxieux, remplis d'anatomies féminines et de stages de perfectionnement d'été.

Il se retrouva assis sur la scène de l'amphithéâtre au moment où la cloche de la chapelle sonnait trois heures.

Les longues rangées de sièges conservaient la forme des corps. Il sortit le pétard qu'il avait l'intention de fumer juste avant d'introduire le canon dans sa bouche.

Rien n'avait de sens. Un sifflement aérien résonna sur sa droite. Denton Thrasher, sans lunettes, vêtu d'un pyjama usé, longea le parterre, sa trousse de toilette à la main.

« Denton ? » dit Lotto.

L'autre scruta l'ombre, serrant contre lui sa trousse de toilette. « Qui est là ?

– Non, à vous de répondre. Halte ! Qui êtes-vous vous-même[1] ? » déclama Lotto.

Denton monta sur scène. « Oh, Lancelot. Vous m'avez flanqué une de ces frousses. » Il toussa et se ressaisit. « Seraient-ce les exhalaisons luxurieuses du cannabis que je sens là ? »

Lotto glissa le joint entre les doigts tendus de Denton et celui-ci en prit une bouffée.

---

1. Shakespeare, *Hamlet*, acte I, scène 1, traduction de François-Victor Hugo. *(Toutes les notes sont de la traductrice.)*

« Qu'est-ce que vous faites en pyjama ? demanda Lotto.

— La question, mon cher, est plutôt : que faites-vous ici, vous ? » Il s'assit près de Lotto puis lui dit avec un petit sourire en coin : « Peut-être que vous me cherchiez ?

— Non.

— Ah.

— Mais bon, vous êtes là. »

Le pétard terminé, Denton ajouta : « J'économise. Je dors dans les vestiaires. Je me suis résigné à une vieillesse pauvre. Il y a pire. Pas de punaises de lit. Et j'apprécie la présence constante des cloches. »

Comme si elle lui donnait la réplique, la cloche sonna trois heures et demie, ce qui les fit rire.

Lotto reprit : « Ce soir j'ai trouvé un garçon qui s'était pendu. S'est pendu. S'était pendu. »

Denton se figea. « Oh, le pauvre.

— Je ne le connaissais pas bien. Ils l'appelaient Roulé-en-Gelée.

— Harold. Ce garçon. J'ai essayé de le pousser à me parler, mais il était d'une telle tristesse. Vous, les garçons, vous avez été terribles. Des sauvages. Oh, pas vous, Lotto. Jamais vous. Je suis vraiment désolé que ce soit vous qui l'ayez découvert. »

La gorge de Lotto se remplit de bile et il se vit se balancer au bout de la corde jusqu'à ce que la porte s'ouvre, que la lumière s'allume. Il lui vint à l'esprit que même s'il avait grimpé l'escalier, trouvé le bureau du doyen déverrouillé, ouvert le tiroir et senti le poids de l'arme dans sa main, quelque chose en lui aurait résisté. Ça n'aurait jamais pu finir ainsi. [Il est vrai. Son heure n'était pas venue.]

Denton Thrasher prit Lotto dans ses bras et lui essuya le visage avec l'ourlet de son pyjama, révélant un ventre blanc et velu, puis il berça Lotto sur le bord de la scène, parmi des effluves mêlés d'hamamélis, de Listerine et de pyjama porté un peu trop longtemps.

Le petit Lancelot sur les genoux de Denton. Si jeune, versant des larmes qui dépassaient son chagrin immédiat, une peine plus profonde. Ce qui effraya Denton. Quatre heures. Doux Lancelot, si talentueux, mais là, c'était un peu trop, même si Denton percevait chez lui une étincelle rare. Il avait l'air on ne peut plus prometteur, mais en même temps, on se demandait si quelque promesse essentielle ne l'avait pas quitté pour ne laisser derrière elle que le ravage, ce qui était étrange car le garçon n'avait pas plus de quinze ans. Enfin, la beauté lui reviendrait peut-être. Dans dix ans, il pourrait être ravissant, avoir investi de charme ce grand corps ridicule : déjà, il montrait sur scène le talent d'un comédien véritable. Hélas, Denton savait que le monde était rempli de comédiens véritables. Seigneur, quatre heures trente, il allait devenir fou. Il ne pouvait contenir la tristesse de cet enfant. Il était trop faible. [Le chagrin est pour les forts, qui l'utilisent comme carburant.] Il songea, Je vais rester coincé ici avec ce garçon indéfiniment. Il ne connaissait qu'un seul moyen d'arrêter ce flot de larmes et, pris de panique, il releva l'enfant, fouilla dans son jean et en sortit un pâle vermisseau surpris qui, une fois dans sa bouche, atteignit une taille impressionnante, dieu merci, ce qui suffit à tarir ses pleurs. Bâton de jeunesse ! Et d'une rapidité adolescente. Oh, déjà cette chair si ferme et solide fondait, coulait, se transformait en une visqueuse rosée. Denton Thrasher s'essuya la bouche et se redressa. Qu'avait-il fait ? Les yeux de

Lotto disparurent dans l'ombre : « Je vais me coucher », murmura-t-il, et il partit en courant dans l'allée, franchit la porte et se retrouva dehors. Quel dommage, se dit Denton. Quel geste théâtral, cette fuite forcée dans la nuit. Cet endroit lui manquerait. Il regretterait de ne pas voir Lancelot grandir. Il se leva et salua. « Sois béni », dit-il à l'adresse du grand amphithéâtre vide, et il fila au vestiaire faire ses valises.

Samuel Harris, qui s'était levé tôt pour l'entraînement, regardait par la fenêtre quand il vit le pauvre Tarte-à-la-Bouse traverser en larmes et au pas de course la cour carrée plongée dans l'ombre. Depuis son arrivée au milieu du premier semestre, le nouveau était si bleu qu'il en était presque iridescent de tristesse. Samuel était le barreur de son équipe, il était presque tous les jours niché entre ses jambes, et le gamin avait beau être une sorte de paria, Samuel s'inquiétait pour lui, avec son mètre quatre-vingt-dix pour à peine soixante-dix kilos, son air congelé, ses joues comme des escalopes. Il était évident qu'il allait se faire du mal. Quand Samuel entendit Lotto grimper l'escalier quatre à quatre, il ouvrit sa porte et le tira à l'intérieur de sa chambre, là il lui donna des biscuits d'avoine que lui envoyait sa mère, et c'est ainsi qu'il apprit toute l'histoire. Oh mon dieu, Roulé-en-Gelée ! Lotto raconta qu'après le départ de la police, il était resté assis des heures sur la scène de l'amphithéâtre pour se calmer. Il parut vouloir ajouter quelque chose, réfléchit, se ravisa. Samuel se posa des questions. Il se demanda comment son père, qui était sénateur, aurait réagi, et choisit d'arborer le visage d'un homme soucieux. Il posa la main sur l'épaule de Lotto et la tapota jusqu'à ce qu'il se sente mieux. Il avait l'impression d'avoir franchi un pont quelques secondes avant qu'il ne s'effondre.

Pendant le mois qui suivit, Samuel observa Lotto errant sur le campus jour après jour. Et quand les cours se terminèrent, il l'emmena dans sa maison de campagne du Maine. Là, auprès de son père, le sénateur, et de sa mère, ancienne star du bal des débutantes de la haute société noire d'Atlanta, semblable à un lévrier, Lotto fut initié à la voile, se fit des amis habillés en Lilly Pulitzer et Brooks Brothers, découvrit les fruits de mer au barbecue, le champagne, les tourtes qui refroidissent sur le rebord de la fenêtre et les labradors. La mère de Samuel lui acheta de la crème pour ses boutons, des vêtements de qualité, elle le nourrit et lui apprit à se tenir droit. Il devint peu à peu lui-même. Il eut du succès auprès d'une cousine de Samuel âgée de quarante ans, qui le coinça dans la remise à bateaux ; les peaux brunes avaient le même goût que les peaux roses, constata Lotto à sa plus grande joie. Quand ils retournèrent en classe à la rentrée de septembre, Lotto était si bronzé qu'on ne prêtait plus attention aux cicatrices d'acné sur ses joues. Il avait blondi, était plus détendu. Il souriait, plaisantait, apprit à se lâcher sur scène et en dehors. Il ne disait jamais de gros mots, et ça, c'était cool. À l'approche de Noël, l'ami de Samuel était devenu encore plus populaire que ce dernier, malgré son assurance du diable et ses grands yeux noisette au regard brillant, mais il était trop tard pour s'en préoccuper. Chaque fois qu'il regarderait Lotto, durant toutes les années que durerait leur amitié, Samuel verrait quel miracle il avait accompli en le ramenant du côté de la vie.

Cette année-là, juste avant Thanksgiving, en retournant à sa chambre après un cours de maths, Lotto trouva

Chollie recroquevillé dans le couloir devant sa porte, il avait le teint cireux et sentait mauvais. « Gwennie », dit-il, puis il grogna, se plia en deux. Lotto le tira à l'intérieur. Il lui raconta une histoire embrouillée ; Gwennie avait fait une overdose. Non, elle ne pouvait pas être morte, Gwennie la dangereuse, palpitante de vie. Et pourtant, si. C'était Chollie qui l'avait trouvée. Il s'était enfui. Il n'avait nulle part où se réfugier, à part auprès de Lotto. Le linoléum beige se transforma en océan, qui venait déferler contre les jambes de Lotto. Il s'assit. Comme le monde changeait vite. Deux minutes plus tôt, c'était un gamin qui songeait à sa console Nintendo et s'inquiétait des asymptotes et des sinus. À présent, il se sentait lourd, adulte. Plus tard, quand ils se furent calmés, après avoir mangé une pizza en ville, Lotto dit à Chollie ce qu'il avait envie de dire à Gwennie depuis la nuit de l'incendie : « Je vais prendre soin de toi. » Il était plein de courage. Il laissa Chollie coucher dans son lit jusqu'à la fin du trimestre ; ça ne le gênait pas de dormir par terre. [Pendant toute la scolarité de Lotto, du lycée à l'université, Chollie accepterait sans difficulté l'argent que son ami lui donnerait, il s'en irait voir le monde, pour, en fin de compte, revenir. Il assistait à tous les cours qu'il pouvait ; il n'avait pas de diplômes, mais il apprenait beaucoup. Personne ne dénonça Lotto parce que tout le monde l'aimait – et pas parce qu'ils s'inquiétaient pour Chollie, que seul Lotto parvenait à supporter.]

La vie était fragile, Lotto l'avait appris. Les gens pouvaient être soustraits au monde à cause d'un mauvais calcul rapide. Si l'on risquait de mourir à tout moment, alors il fallait vivre !

Ainsi commença l'ère des filles. Virée en ville, en boîte, le polo plein de sueur, rails de coke sur la table basse années 1950 en l'absence des parents. *C'est bon, mec, flippe pas, le gardien, il s'en fout.* Plan à trois avec deux filles dans une salle de bains. « Peut-être que tu pourrais revenir cet été », dit Antoinette. « Ah, parce que maintenant tu veux bien de moi ? » répondit-il, sarcastique, avant de refuser. La fille du directeur sur le terrain de lacrosse. Suçons. Le Maine de nouveau, la cousine, quarante et un ans, dans un motel miteux, la fille du voisin dans un hamac, une touriste qui la nuit quittait son bateau à la nage. Samuel écarquillait les yeux sous le coup de l'envie. Un break Volvo acheté avec son généreux argent de poche. Plus de sept centimètres gagnés en septembre : un mètre quatre-vingt-dix-huit. Othello dans la pièce éponyme, et une Desdémone venue de la ville, âgée de dix-sept ans, rasée en bas comme une petite fille. Printemps ; été dans le Maine ; à l'automne, vainqueur de la Charles, célèbre course d'aviron. Thanksgiving chez Samuel, à New York. À Noël, Sallie l'emmena à Montréal avec Rachel. « Et pas manman ? » demanda-t-il en essayant de dissimuler qu'il était blessé. Sallie rougit. « Elle a honte de son image, expliqua-t-elle doucement. Elle est grosse à présent, on dirait un beignet. Elle ne sort jamais. » Admis à Vassar avant tout le monde, seule université où il s'était présenté, sûr de lui ; on organisait des fêtes extraordinaires là-bas, qui éclipsaient toutes les autres, c'était la seule raison de son choix. Fêter l'événement dans les toilettes pour handicapés avec la petite sœur de Samuel, quinze ans, là pour le week-end. Ne le dis jamais à Samuel. Regard qui tue. Tu me prends pour qui ? Surprise ! Samuel allait à Vassar, lui aussi, il était accepté partout, mais il serait mort plutôt que de renoncer à s'amuser avec Lotto. Seule la mince Sallie et la petite Rachel, âgée de quatre ans, qui refusait qu'on la pose par terre, vinrent assister à la remise des diplômes. Pas manman. Pour chasser sa tristesse, Lotto imaginait sa mère en sirène, comme autrefois, et non sous les traits de la dame obèse qui l'avait avalée. Dans le Maine, la cousine de Samuel, quarante-trois ans, était hélas en Suisse. La sœur de Samuel, en bikini orange, et derrière elle, son petit ami, cheveux en bataille et yeux de cocker, dieu merci. Une seule fille, cet été-là, une ballerine à la langue de vipère ; mais elle faisait de ces trucs avec ses jambes ! Parties de croquet. Feux d'artifice. Tonnelet de bière sur la plage. Régates.

Enfin, l'été se termina. Les parents de Samuel, l'œil brumeux, dégagèrent leur nouveau chiot labrador dont la laisse s'était emmêlée dans les pieds de la table. « Nos garçons, dit la mère dans le restaurant de homard. Ils sont grands. » Les garçons, qui se considéraient grands depuis quatre ans déjà, peste ! se montrèrent tolérants avec elle et restèrent de marbre.

Du pensionnat étriqué au monde merveilleux de l'université. Les salles de bains mixtes : poitrines savonneuses. La cantine : des filles léchant leur glace fondante. Au bout de deux mois, Lotto fut baptisé « Maître Queue ». Il serait faux de dire qu'il baisait tout ce qui passait, en réalité il voyait dans chaque fille le meilleur de ce qu'elle avait. Des lobes d'oreilles pareils à des fruits. Un duvet doré le long des tempes. De tels détails lui faisaient oublier un état général moins satisfaisant. Lotto imaginait sa vie comme celle d'un antiprêtre qui aurait voué son âme au sexe. Il mourrait en vieux satyre, et une maisonnée de nymphes gracieuses le porterait en terre, folâtres. Et si ses plus grands talents étaient ceux qu'il déployait au lit ? [Illusion ! Les hommes très grands ont des membres si longs que le cœur fournit de gros efforts pour pomper le sang jusque dans les extrémités.

Par son charme il parvenait à persuader les autres qu'il était meilleur qu'il ne l'était en réalité.]

Ses camarades de dortoir ne parvenaient pas à croire à ce défilé de demoiselles. Une fille inscrite en études féministes avec des piercings aux tétons ; une nana du coin, un bourrelet dépassant de son jean délavé ; une étudiante en neurosciences, raie au milieu parfaite, lunettes épaisses, spécialisée dans la position de l'amazone à l'envers. Les garçons les voyaient traverser la salle commune les unes après les autres, et quand Lotto disparaissait dans sa chambre avec la fille, ils sortaient un carnet où ils répertoriaient les différents groupes taxonomiques.

Australianopithecus : Australienne aux cheveux en bataille qui deviendra une célèbre violoniste de jazz.

Virago stridentica : punkette à l'identité sexuelle ambiguë que Lotto avait levée en ville.

Sirena ungulatica : première de la classe, un visage de velours surmontant un corps de cent cinquante kilos.

Les filles ignoraient tout de ce manège. Ces garçons ne trouvaient pas leur jeu cruel. Mais quand, deux mois plus tard, ils montrèrent ce carnet à Lotto, sa colère éclata. Il hurla, les traita de misogynes. Ils haussèrent les épaules. Les filles qui baisaient méritaient le mépris qu'elles s'attiraient. Lotto se comportait en homme. Ce n'étaient pas elles qui décidaient des règles.

Lotto ne ramenait jamais les garçons. Ils n'apparaissaient dans aucun carnet. Ils demeuraient invisibles, ces fantômes du désir qui le saisissait dans son lit, à l'écart.

C'était la dernière de la pièce de Lotto à l'université. *Hamlet.* Les spectateurs qui arrivèrent après que la sonnerie d'appel eut retenti étaient trempés ; les nuages qui toute la journée avaient pesé sur la vallée avaient fini par crever. Ophélie jouait nue, ses énormes seins veinés de bleu comme du stilton. Hamlet était Lotto et vice versa. À chaque représentation, c'était une ovation de la part du public.

Dans l'obscurité des coulisses, il fit craquer sa nuque et pratiqua la respiration ventrale. Quelqu'un pleurait, quelqu'un allumait une cigarette. Images d'une grange au crépuscule. Murmures. *Ouais, j'ai trouvé un boulot dans une banque... Elle est debout sur le balcon, en train de l'imiter d'une manière pas sympa du tout quand il a le hoquet, et en même temps elle l'accueille amicalement... Je te dis merde !*

Réverbération du silence. Le rideau s'ouvrit. Les sentinelles entrèrent sur scène d'un pas lourd. « Qui va là ? » Quelque chose s'alluma en Lotto, et sa vie reflua. Soulagement.

Son enveloppe extérieure restait spectatrice en coulisses tandis que lui, Hamlet, s'avançait.

Il revint à lui alors qu'il saluait, son pourpoint trempé de sueur, et le tonnerre d'applaudissements enfla jusqu'au moment où les gens se levèrent. Au premier rang, le professeur Murgatroyd, soutenu par son amant, et l'amant de son amant, s'écria de sa voix de bas-bleu victorien : « Bravo, bravo ! » Des brassées de fleurs. Des filles avec qui il avait couché, l'une après l'autre l'étreignant, traces huileuses de gloss sur sa langue. C'est qui, celle-là ? Bridget, avec sa tête de cocker, oh mon dieu, elle l'étreint. Ils avaient baisé ensemble, quoi, deux fois peut-être ? [Huit.] On lui avait rapporté qu'elle prétendait être sa petite amie, la pauvre. « On se voit à la fête, Bridge », dit-il gentiment en s'extirpant. Le public se dissipa sous la pluie. Ophélie lui saisit le bras. À tout à l'heure ? Il avait bien apprécié les deux fois où ils s'étaient retrouvés dans les toilettes pour handicapés pendant les répétitions. Sûr, il la verrait plus tard, lui chuchota-t-il, et elle s'éloigna avec son corps de jeune fille folle.

Il s'enferma dans les toilettes. Le bâtiment se vida, on verrouilla les portes d'entrée. Quand il ressortit, les loges avaient été nettoyées. Tout était noir. Il essuya lentement son maquillage, s'examina dans la faible lueur. Il se remit du fond de teint pour lisser les imperfections de sa peau, et comme il aimait la façon dont l'eye-liner faisait ressortir le bleu de ses yeux, il ne l'enleva pas. C'était bon d'être le dernier dans cet endroit sacré. Partout ailleurs, il détestait se retrouver seul avec lui-même. Mais ce soir, ultime moment de gloire de sa jeunesse, tout ce qu'il avait vécu jusqu'ici le remplissait : sa Floride étouffante et perdue, le trou béant laissé par la disparition de son père, la foi fervente de sa mère à son égard, le regard de Dieu, les corps magnifiques dans lesquels il s'était momentanément oublié. Il laissa tout cela le recouvrir par vagues. Puis il partit à la fête que donnait la troupe un peu plus loin, emportant ce brasier d'émotions sous la pluie noire, et fit son entrée sous les applaudissements tandis qu'on lui mettait une bière entre les mains. Quelques minutes plus tard, ou quelques siècles, il était debout sur le rebord d'une fenêtre ; derrière lui, le monde zébré d'éclairs.

Les silhouettes des arbres pareilles à des neurones étincelants. Le campus, braises vives, cendres lentes.

À ses pieds, la fête se déployait, à la pointe de la mode du début des années 1990, ventres dénudés, piercings, casquette de base-ball pour masquer des tempes dégarnies, dents empourprées par la lumière noire, rouge à lèvres marron assorti au crayon à lèvres, manchettes d'oreilles, bottes de biker, caleçons visibles, danse cuisse contre cuisse, Salt-N-Peppa, pellicules vert fluo, traces de déo, pommettes maquillées pour briller.

Dieu sait comment il s'était retrouvé avec un pichet d'eau vide sur la tête attaché par une bande Velpeau. Quelqu'un chantait : « Longue vie au prince de l'eau. » Aïe : c'était mal parti. Ses amis avaient découvert d'où venait son argent. Il l'avait dissimulé pourtant et conduisait une vieille Volvo pour tromper les apparences. Il s'aperçut qu'il était torse nu : c'était mieux, pour exhiber ses muscles. Il était conscient de l'image qu'on avait de lui selon les différents angles de la salle, ce que le pichet lui ôtait en dignité, il le lui restituait par l'insolence martiale qu'il lui conférait. Il bomba le torse. À présent, il avait une bouteille de gin à la main, et ses amis se mirent à crier : « Lotto ! Lotto ! Lotto ! » lorsqu'il la porta à ses lèvres pour en boire une longue gorgée, qui au matin se transformerait en ciment dans son esprit, rendant ses pensées impénétrables, impossibles à détacher les unes des autres.

« La fin du monde est proche, beugla-t-il. Et si on baisait ? »

Ovation des danseurs à ses pieds.

Il leva les bras. [Et les yeux, geste fatal.]

Et soudain, à la porte, elle.

Grande, à contre-jour, cheveux mouillés réfractant la lumière en halo, un flot de corps dans l'escalier derrière elle. Elle le regardait, elle aussi, même s'il ne pouvait distinguer son visage.

Elle tourna la tête et il vit son profil, marqué, éclatant. Pommettes hautes, lèvres pulpeuses. De minuscules oreilles. Elle était trempée car elle avait marché sous la pluie. Au milieu de la frénésie des danseurs, elle le sidéra, et c'est d'abord pour ça qu'il l'aima.

Il l'avait déjà vue, savait qui elle était. Mathilde Machin-Chose. Pareille beauté étincelait sur les murs, même à travers le campus, laissait des traces phosphorescentes sur ce qu'elle touchait. Elle était tellement supérieure à Lotto – supérieure à tous les autres étudiants –, c'était une créature mythique. Sans ami. De glace. Elle allait à New York tous les week-ends ; elle était mannequin, d'où les vêtements de luxe. Elle ne participait jamais aux fêtes. Olympienne, élégante sur son sommet. Oui – Mathilde Yoder. Mais ce soir, grâce à sa victoire, il était prêt pour elle. Elle était là pour lui.

Derrière lui, dans la tempête qui faisait rage, un bouillonnement – ou peut-être était-ce en lui. Il sauta dans le magma des corps, flanquant un coup de genou dans l'œil de Samuel, écrasant une pauvre fille trop petite.

Il remonta le courant de la foule jusqu'à Mathilde. Plus d'un mètre quatre-vingt-deux et des petites chaussettes blanches. Avec ses talons, elle avait les yeux à la hauteur des lèvres de Lotto. Elle le regarda avec détachement. Déjà, il aimait le rire qu'elle retenait en elle, que personne d'autre ne percevait.

Il sentit la puissance dramatique de la scène. Et aussi combien d'yeux étaient posés sur eux, si beaux ensemble, Lotto et Mathilde.

En un instant, il était devenu un autre homme. Le passé n'était plus. Il tomba à genoux et saisit les mains de Mathilde pour les appuyer contre son cœur. Il lui cria : « Épouse-moi ! »

Elle rejeta la tête en arrière, découvrant son long cou de serpent, rit et répondit quelque chose d'une voix étouffée. Sur ses lèvres magnifiques, Lotto lut : « Oui. » Il raconterait cette histoire des douzaines de fois par la suite, évoquant la lumière noire, le coup de foudre. Tous ses amis, partiaux et secrètement romantiques, souriraient au fil des années. Mathilde, qui le regarderait depuis l'autre bout de la table, demeurerait indéchiffrable. Chaque fois qu'il narrerait cet épisode, il déclarerait qu'elle lui avait répondu : « Bien sûr. »

Bien sûr. Oui. Une porte se refermait derrière lui. Une autre, beaucoup plus intéressante, s'ouvrait grand.

3

Question de point de vue. Après tout, vue du soleil, l'humanité est une abstraction. La terre, un confetti qui tourne. De plus près, une ville est un point lumineux parmi d'autres ; d'un peu plus près, des bâtiments étincelants se détachaient peu à peu. L'aube à la fenêtre dévoilait des corps, tous identiques. En faisant la mise au point, on parvenait à les identifier, par un grain de beauté et une narine, une dent collée contre une lèvre inférieure sèche dans le sommeil, la peau diaphane d'une aisselle.

Lotto versa de la crème dans le café et réveilla sa femme. On mit un disque, on jeta des œufs dans la poêle, puis on nettoya la vaisselle et on balaya le sol. On prépara de petites choses à grignoter et on fit le plein de bière et de glace. Au milieu de l'après-midi, tout était prêt, rutilant.

« Y a personne encore. On pourrait... », murmura Lotto à l'oreille de Mathilde. Il écarta ses longs cheveux, embrassa les os qui saillaient dans sa nuque dégagée. Ce cou était à lui, c'était celui de la femme qui lui appartenait, brillante entre ses mains.

L'amour qui était né avec une telle puissance dans son corps s'était répandu en tout avec une voluptueuse exubérance. Ils étaient ensemble depuis cinq semaines.

La première, ils n'avaient pas fait l'amour, Mathilde l'excitait mais se refusait. Après il y avait eu ce week-end de camping, l'ivresse de la première fois, et quand il était allé pisser, le lendemain matin, il avait vu son engin couvert de sang, de la racine au gland, et il avait compris qu'elle était vierge, voilà pourquoi elle n'avait pas voulu coucher avec lui plus tôt. Dans la lumière du jour naissant, il s'était tourné vers elle : tête plongée dans l'eau froide du ruisseau pour se laver le visage, elle s'était redressée, joues rougies par l'eau glaciale, et il avait compris qu'elle était la créature la plus pure qu'il ait jamais rencontrée, lui qui avait été conçu pour la pureté. Il avait compris alors qu'ils s'enfuiraient ensemble, qu'ils obtiendraient leurs diplômes, partiraient pour New York où ils vivraient heureux. Et en effet, ils étaient heureux, bien qu'ils soient encore des étrangers l'un pour l'autre. La veille, il avait découvert qu'elle était allergique aux sushis. Le matin, au téléphone avec sa tante, il avait regardé Mathilde se sécher en sortant de la douche et il avait été frappé par la pensée qu'elle n'avait aucune famille. Le peu qu'elle disait de son enfance était assombri par des maltraitances. Il l'imaginait sans peine : la pauvreté, une vieille caravane pour maison, un méchant oncle – pire que ça, sous-entendu. Son souvenir d'enfance le plus net était celui de la télévision allumée en permanence. Sauvée par l'école, une bourse d'études, des séances de mannequinat pour gagner un peu d'argent. Ils avaient commencé à construire une histoire à deux. Quand elle était petite et vivait isolée à la campagne, elle était si seule qu'elle avait laissé une sangsue vivre sur sa cuisse pendant une semaine. Elle avait été découverte comme mannequin par un homme qui ressemblait à une gargouille, dans un train. Il lui avait fallu une force immense pour liquider ce passé si triste et si sombre, le mettre derrière elle. À présent, elle n'avait plus que Lotto. Savoir qu'il représentait tout pour elle le bouleversait. Il ne lui demanderait rien de plus que ce qu'elle consentait à lui donner.

Dehors, New York étouffait dans la chaleur de juin. Bientôt, ce serait la fête, des douzaines d'amis de la fac arriveraient chez eux pour leur pendaison de crémaillère, et ils mettraient le feu à cette maison déjà chaleureuse. Pour l'instant, ils étaient tranquilles.

« Il est dix-huit heures. On les a invités pour dix-sept heures trente. On ne peut pas », répondit Mathilde. Mais il ne l'écoutait pas, il glissa les mains sous sa jupe bleu paon, puis dans sa culotte de coton blanc, humide de sueur. Ils étaient mariés. Il avait le droit. Dos tourné, elle se cambra légèrement, cala ses mains de chaque côté d'un long miroir bon marché, seul mobilier de leur chambre en plus du matelas et d'un empilement vertigineux de valises où ils conservaient leurs vêtements. Un tigre de lumière descendant de l'imposte arpentait le plancher de pin bien propre.

Il lui baissa la culotte jusqu'aux genoux et dit : « On va faire vite. » Inutile de protester. Dans le miroir, il la vit fermer les yeux, et le rouge envahit ses joues, ses lèvres, son cou. Les cuisses de Mathilde tremblaient, transpiraient contre ses genoux.

Lotto se sentait comblé. Par quoi ? Tout. Cet appartement dans West Village, avec son jardin parfait dont s'occupait la vieille mégère anglaise du dessus et dont les cuisses grasses apparaissaient parmi les lys à cet instant précis, à la fenêtre. Un deux-pièces, mais gigantesque ; en sous-sol, avec loyer encadré. Depuis la cuisine et la salle de bains, on voyait défiler les pieds des gens, leurs oignons, leurs tatouages de cheville, mais on était à l'abri, là, en bas, protégé des calamités, isolé des cyclones et des bombes par la terre et les strates de la rue. Après avoir été si longtemps nomade, il avait pris racine en cet endroit, en sa femme aux traits délicats, aux yeux de chat triste, aux taches de rousseur, son grand corps dégingandé au parfum d'interdit. Sa mère avait proféré d'horribles choses quand il l'avait appelée pour lui annoncer leur mariage. Des paroles terribles. Quand il y songeait, une espèce de brouillard l'envahissait. Mais aujourd'hui, la ville elle-même ressemblait à un buffet auquel il pouvait goûter ; les brillantes années 1990 commençaient ; les filles se mettaient des paillettes sur les joues ; dans les vêtements scintillaient des fils d'argent ; partout des promesses de sexe, de richesse. Lotto avalerait tout. Partout, la beauté, l'abondance. Il était Lancelot Satterwhite. Un soleil rayonnait en lui. Et ce magnifique *tout*, il était justement en train de le baiser.

Son reflet le regardait derrière le visage empourpré de Mathilde qui respirait si fort. Sa femme, un petit lapin pris au piège. Ce battement, cette pulsation en elle. Ses bras s'affaissèrent, son visage redevint pâle et elle s'écroula contre le miroir, qui craqua, et une fêlure lézarda leurs visages en deux moitiés inégales.

La sonnette retentit en une longue et lente note.

« Une minute ! » s'écria Lotto.

Sur le palier, Chollie déplaça sur son autre bras le poids de l'énorme bouddha en cuivre qu'il avait trouvé dans une poubelle en chemin, et dit : « Je te parie cent balles qu'ils sont en train de niquer.

– Tu es un porc », répondit Danica. Depuis la remise des diplômes, elle avait perdu beaucoup de poids. Elle n'était plus qu'un paquet d'os emballés dans de la gaze. Elle comptait bien dire à Lotto et à Mathilde, dès qu'ils auraient ouvert la porte – enfin, à condition qu'il y consentent un jour –, qu'elle n'était pas venue avec Chollie, qu'ils s'étaient rencontrés par hasard devant l'immeuble, parce que franchement, plutôt mourir que de se retrouver seule avec cette espèce de nabot. Ses lunettes rafistolées par du scotch. Sa méchante bouche pareille à un bec de corbeau, croassant sans cesse son triste refrain. Elle le détestait quand il venait voir Lotto à l'université, et puis ses visites s'étaient prolongées pendant des mois, de sorte que les gens avaient fini par croire qu'il étudiait aussi à Vassar, alors que ce n'était pas vrai, il avait à peine le niveau de fin de lycée, mais Lotto le connaissait depuis qu'ils étaient gosses. Elle le détestait encore plus à présent. Quel gros prétentieux. « Tu sens les poubelles, dit-elle.

– J'ai sauté dans une benne, répliqua-t-il en brandissant son bouddha à la manière d'un trophée. Si j'étais à leur place, je passerais mon temps à baiser. Mathilde est un peu bizarre, mais je me la ferais bien quand même. Et Lotto s'est tapé assez de nanas. Il doit être expert en la matière maintenant.

– Tu crois ? C'est le pire des queutards. Il s'en sort à cause de cette façon qu'il a de te regarder. S'il était vraiment beau, il serait pas aussi mortel, mais tu restes cinq minutes dans une pièce avec lui, et après t'as plus qu'une envie : te mettre à poil. Et puis, c'est un mec. Une fille qui baise à droite à gauche comme Lotto, c'est une pute. Personne n'en veut. Mais un mec peut s'envoyer un million de nanas, tout le monde trouve ça normal. » Danica appuya sur la sonnette, encore et encore. Elle baissa d'un ton. « En tout cas, je leur donne un an. Non mais c'est vrai, quoi, qui se marie à vingt-deux ans ? Les mineurs de fond. Les paysans. Mais pas nous ! Dans huit mois, Lotto couchera avec la dame un peu effrayante qui vit là-haut. Et puis avec la metteure en scène ménopausée et agressive qui lui offrira le rôle du roi Lear. Et puis avec toutes celles qui lui attireront l'œil. Alors Mathilde obtiendra très vite le divorce et elle épousera un prince de Transylvanie ou un truc du genre. »

Ils éclatèrent de rire. Danica appuya sur la sonnette en morse : SOS. « Je relève le pari, répondit Chollie. Lotto ne sera pas infidèle. Je le connais depuis qu'il a quatorze ans. C'est un salopard arrogant, mais il est fidèle.

– Un million de dollars », dit Danica. Chollie posa le bouddha et ils se serrèrent la main.

La porte s'ouvrit d'un coup et Lotto apparut, luisant, des gouttes de sueur sur les tempes. À l'autre bout de la pièce vide, ils aperçurent une tranche de Mathilde qui refermait derrière elle la porte de la salle de bains, morpho bleu repliant ses ailes. Danica dut se retenir pour ne pas lécher la joue de Lotto quand elle l'embrassa. Salée, oh là là, délicieuse, comme un bretzel tout chaud. Elle fondait toujours quand elle le voyait.

« Cent mille fois bienvenue ! Je pourrais pleurer et je pourrais rire ; je suis allègre et accablé[1]. Bienvenue », déclama Lotto. Oh mon dieu. Ils étaient si démunis. Des étagères en parpaings et contreplaqué, le divan de la salle commune de la fac, une table branlante et des chaises de jardin. Pourtant, l'endroit respirait le bonheur. Danica ressentit une pointe d'envie.

« Spartiate », dit Chollie en hissant le bouddha géant sur la tablette de la cheminée, d'où il illumina la pièce de son sourire. Il frotta le ventre de la statue, puis alla à

---

1. Shakespeare, *Coriolan*, acte II, scène 1, traduction de François-Victor Hugo.

la cuisine et fit une toilette de chat avec un peu de savon et d'eau pour se débarrasser des odeurs de poubelle. De là, il vit arriver le flot des poseurs, des imposteurs et des joyeux lurons avec lesquels il avait dû composer depuis que Lotto avait été envoyé en pension, puis à l'université ; son ami l'avait recueilli quand il n'avait plus personne. Et cet affreux Samuel qui prétendait être le meilleur ami de Lotto. Erreur. Mais Chollie avait beau l'insulter, Samuel restait imperturbable : Chollie savait qu'il était un être trop inférieur pour que Samuel se soucie de lui, il n'était qu'une limace. Lotto était plus grand que tous les autres, il dardait des rayons laser de joie, de chaleur, et tous ceux qui arrivaient cillaient, aveuglés par son sourire. Ils lui offrirent des plantes araignées dans des pots en terre, des packs de bière, des livres, des bouteilles de vin. Embryons de yuppies imitant les manières de leurs parents. Dans vingt ans, ils auraient des maisons de campagne et des enfants aux noms littéraires prétentieux, ils prendraient des leçons de tennis, auraient des voitures affreuses et des liaisons avec de jeunes stagiaires sexy. Des tornades de passe-droits, tout en tourbillon, bruit et destruction, avec du vide au milieu.

Dans vingt ans, annonça Chollie en silence, je vous posséderai tous. Il ricana. Braises sous la cendre.

Debout près du réfrigérateur, Mathilde, sourcils froncés, observait la flaque autour des pieds de Chollie et les traces d'eau sur son short kaki. Au menton, elle avait une éraflure framboise qui brillait sous son fond de teint.

« Salut, gueule de raie, dit-il.

— Salut, tête de nœud, répondit-elle.

— Tu embrasses mon ami avec cette langue de vipère ? » reprit-il, mais elle se contenta d'ouvrir le frigo et d'en sortir un bol de houmous et deux bières, lui en tendit une. Il huma son odeur, le romarin de ses cheveux blonds soyeux, le savon, et l'âcre relent caractéristique du sexe. Voilà. Il avait raison.

« Va voir les autres, dit-elle en s'en allant. Et ne leur donne pas envie de te taper dessus, Chollie.

– Prendre le risque de détruire pareille perfection ? répliqua-t-il en montrant sa figure. Jamais. »

Les corps se mouvaient dans la chaleur de l'appartement tels des poissons dans un aquarium. Un cercle de filles se forma dans la chambre. Elles regardaient le massif d'iris par la fenêtre, au-dessus de leurs têtes.

« Comment ils peuvent se payer ça ? » murmura Natalie. Elle était si nerveuse à l'idée de venir – Lotto et Mathilde dégageaient un tel charme – qu'elle avait bu quelques verres chez elle avant. En fait, elle était déjà bien partie.

« Loyer encadré », répondit une fille en minijupe de cuir, cherchant quelqu'un qui puisse la secourir. Les autres s'étaient éparpillées quand Natalie était arrivée ; elle était de ces gens qu'on aime bien croiser quand on a un peu picolé à une fête à la fac, mais maintenant, on était dans la vraie vie, et tout ce qu'elle faisait, c'était se plaindre d'être fauchée. C'était fatigant. Ils étaient tous fauchés, c'était normal quand on venait de terminer ses études, allez ça va, remets-toi. Minijupe accrocha au passage une fille avec des taches de rousseur. Toutes trois avaient couché avec Lotto. Chacune d'elles pensait en secret être sa préférée.

« Ouais, dit Natalie. Mais Mathilde n'a même pas de travail. Je comprendrais qu'ils arrivent à payer si elle continuait à bosser comme mannequin, mais bon, elle a attrapé un mari alors elle a arrêté, etc. Va savoir. Moi, si quelqu'un voulait de moi, j'aurais pas interrompu ma carrière de mannequin. Et Lotto, non mais franchement, il est comédien, et même si on trouve tous qu'il est hallucinant, il va pas décrocher un grand rôle genre dans le prochain film de Tom Cruise. Pas avec cette peau affreuse. Le prenez pas mal, hein ! Non mais c'est vrai, il est carrément génial, seulement ce serait déjà dur de joindre les deux bouts en étant affilié au syndicat, et lui, il n'en est même pas à ce stade-là. »

Les deux autres regardèrent Natalie comme si elle était à des kilomètres, elles virent les yeux protubérants, la moustache pas épilée, et elles soupirèrent. « T'es pas au courant ? dit Minijupe. Lotto est l'héritier d'une vraie fortune. Embouteillage d'eau minérale. Tu connais l'eau de source Hamlin Springs ? Ben, c'est eux. Sa mère possède toute la Floride. Elle est milliardaire. Putain, ils auraient pu se payer un quatre-pièces avec portier dans l'Upper East Side avec la monnaie qu'ils trimballent dans leurs poches.

– Du coup, c'est plutôt humble de vivre comme ils vivent, ajouta Taches-de-Rousseur. Lotto, c'est le meilleur.

– Elle, par contre… », commença Natalie en baissant d'un ton. Les deux autres se rapprochèrent, baissant la tête pour écouter. La communauté sacrée des commères. « Mathilde, c'est une énigme enveloppée de mystère enveloppé de pognon. Elle avait aucun ami à la fac. Non mais franchement, tout le monde a des amis à la fac ! D'où elle sort ? Personne n'en sait rien.

– Je sais, dit Minijupe. Elle est tellement calme et silencieuse. Une reine de glace. Et Lotto, lui, c'est un extraverti. Chaleureux, sexy. Bref, l'opposé.

– Sincèrement, je comprends pas, déclara Taches-de-Rousseur.

– Eh ! C'est un premier mariage, répliqua Minijupe.

– Et devinez qui sera là avec les casseroles quand ça partira en vrille ? » conclut Taches-de-Rousseur. Elles éclatèrent toutes de rire.

Eh bien, songea Natalie, c'était clair à présent. L'appartement, la façon dont Lotto et Mathilde semblaient flotter sur leur petit nuage. Le cran qu'il fallait pour se lancer dans une carrière artistique, le narcissisme. Naguère, Natalie voulait être sculptrice et elle était plutôt bonne. Elle avait fondu une double hélice d'ADN en acier d'un mètre quatre-vingts pour le département des sciences de son lycée. Elle avait rêvé de construire une gigantesque structure mobile, genre gyroscope ou moulin, qui serait uniquement mue par le vent. Mais ses parents avaient raison, il fallait un vrai métier. Elle avait donc étudié l'économie et l'espagnol à Vassar, ce qui était parfaitement logique, et malgré tout, elle devait louer un placard aux relents de naphtaline dans le Queens jusqu'à la fin de sa période de stage. Son unique paire de chaussures à talons avait un trou qu'elle réparait tous les soirs avec de la Super Glue. C'était fatigant et ennuyeux, une vie pareille. Ce n'était pas ce qu'on lui avait promis. Les brochures qu'elle dévorait comme des revues pornos dans son lit de banlieue, à l'époque où elle avait présenté son dossier, étaient pourtant explicites : si tu entres à Vassar, promettaient ces jeunes gens magnifiques en riant, tu auras la belle vie. Au lieu de ça, cet appartement pourri et de la mauvaise bière : pour le moment elle ne pouvait espérer mieux.

Par la porte ouverte du salon, elle vit Lotto qui riait à une plaisanterie de Samuel Harris, le fils du sénateur à la réputation la plus douteuse de Washington. C'était le type d'homme qui, après avoir dépensé tout son capital d'empathie en épousant quelqu'un de très différent de lui, voulait s'assurer que c'était impossible pour les autres d'effectuer leurs propres choix. Il était homophobe, misogyne et contre l'immigration. Et ce n'était qu'un début. Tout à son honneur, Samuel avait lancé le club des démocrates sur le campus, seulement Lotto et lui avaient tous les deux adopté l'attitude de condescendance inhérente à l'aristocratie qui était celle de l'arrogante mère de Samuel. Elle avait donné à Natalie le sentiment d'être une moins que rien, à l'époque de sa brève liaison avec Samuel, parce qu'elle s'était mouchée dans sa serviette au dîner. Au moins Lotto avait-il suffisamment de charme pour vous laisser croire que vous étiez une personne intéressante. Avec Samuel, on se sentait inférieure. Natalie eut soudain envie de leur flanquer un bon coup de Doc Martens en plein dans leurs petites gueules de gosses de riches. Elle soupira. « L'eau en bouteille, c'est terrible pour l'environnement », dit-elle, mais les deux autres avaient disparu, elles étaient parties consoler cette fille, Bridget, qui pleurait dans son coin parce qu'elle était toujours amoureuse de Lotto. C'était gênant pour elle de côtoyer cette grande blonde filiforme de Mathilde. Natalie fronça les sourcils lorsqu'elle aperçut son reflet dans le miroir fêlé, où elle ne distinguait qu'une fille en morceaux, au visage amer.

Lotto flottait à travers la pièce. Quelqu'un avait mis un CD d'En Vogue, geste sûrement plein d'ironie, mais il adorait les voix de ces filles. Il faisait une chaleur d'enfer dans l'appartement, le soleil de la fin d'après-midi y pénétrait tel un voyeur. Rien n'avait d'importance ; tous ses amis de la fac étaient de nouveau rassemblés. Il s'arrêta un moment pour les regarder, adossé à la porte, une bière à la main.

Natalie faisait le poirier, les gars du café du coin lui tenaient les chevilles, et son tee-shirt dévoilait son ventre blême. Samuel, les yeux cernés de bleu, racontait d'une voix forte qu'il avait travaillé quatre-vingt-dix heures, la semaine précédente, dans la banque d'affaires où il avait été embauché. La belle Susannah avait passé la tête dans le congélateur pour se rafraîchir, radieuse parce qu'elle avait décroché une pub pour un shampoing. Il ravala son envie. Cette fille ne savait pas jouer, mais elle était fraîche et innocente comme une biche. Ils avaient couché ensemble une fois en première année. Elle avait un goût de crème fraîche. Son cocapitaine d'aviron, Arnie, enhardi par sa formation de barman, préparait dans son shaker des Pink Squirrels, le visage strié de rayures abricot à cause de son autobronzant.

Derrière lui, une voix que Lotto ne connaissait pas dit : « Quel est le seul mot interdit dans une énigme sur les échecs ? »

Une seconde voix attendit un peu avant de répondre : « Échec ? »

La première reprit : « Tu te rappelles notre séminaire sur Borges en première année ! » et Lotto éclata de rire, plein d'amour pour ces petits cons prétentieux.

Ils referaient cette fête chaque année, décida-t-il. Ce serait la fête annuelle du mois de juin, rassemblant tous les amis, et qui grossirait jusqu'à ce qu'ils doivent louer un hangar à avions pour caser tout le monde et pouvoir boire, crier et danser jusqu'au bout de la nuit. Lanternes de papier, crevettes, l'orchestre de country du gosse d'un pote. Quand votre propre famille vous reniait, comme celle de Lotto, il fallait s'en créer une nouvelle. Ce grand délire, bourré de monde en sueur, voilà tout ce qu'il voulait dans la vie ; c'était le pied. Mon dieu, qu'il était heureux.

Eh, c'était quoi, ça ? Un jet d'eau par la fenêtre ouverte sur le jardin, la vieille dame qui leur criait dessus, armée de son tuyau d'arrosage, sa voix à peine audible à cause de la musique et des cris. Les filles hurlèrent, leurs robes d'été collées sur leur peau magnifique. Tendre. Moite. Il aurait pu toutes les dévorer. Il eut une vision de lui au milieu d'un enchevêtrement de bras, de jambes, de poitrines, de lèvres rouges entrouvertes, glissant sur... mais oh, c'est vrai, il ne pouvait plus. Il était marié. Il sourit à sa femme qui se hâtait vers la vieille vociférant par la fenêtre : « Sauvages ! Un peu de tenue ! Baissez le son ! Bande de sauvages ! »

Mathilde tenta d'apaiser sa colère, on ferma les fenêtres côté jardin, pour ouvrir celles côté rue, où la température était moins élevée de toute manière, car c'était à l'ombre. Déjà, ça s'embrassait, ça dansait lascivement, alors que le soleil n'était pas couché. Ils montèrent un peu le son, les voix devinrent plus fortes.

« ... à la veille d'une révolution. L'Allemagne qui se réunifie, il va y avoir un gigantesque retour de bâton pour le capitalisme. »

« Hélène Cixous est sexy. Simone de Beauvoir. Susan Sontag.

– Les féminazis, ipso facto, ne peuvent pas être sexy. »

« ... le fondement de la condition humaine, c'est la solitude.

– Cynique ! Si seulement tu disais ça au beau milieu d'une partouze. »

Le cœur de Lotto faisait des bonds de grenouille dans sa poitrine ; venant vers lui dans sa jupe bleue brillante, Mathilde. Sa lionne d'azur se dressait. Sa longue tresse ramenée sur son sein gauche, elle était au centre de tout ce qu'il y avait de bon en ce monde. Il allait l'attraper au passage, mais elle le dirigea vers la porte d'entrée. Elle était ouverte. Une toute petite personne se trouvait là. Surprise ! Sa jeune sœur Rachel, avec couettes et salopette, contemplait cette scène de beuverie, de danse et de cigarette avec une horreur de bébé baptiste, tremblante de nervosité. Elle n'avait que huit ans. Autour de son cou, une étiquette de mineure non accompagnée. Derrière elle, un couple d'âge mûr portant des chaussures de marche assorties, sourcils froncés.

« Rachel ! » s'écria-t-il, et il l'attrapa par la boucle de son sac à dos pour la tirer à l'intérieur. Leurs amis s'écartèrent. Les baisers s'interrompirent, enfin, dans cette pièce tout au moins ; impossible de savoir ce qui se passait dans la chambre. Mathilde libéra Rachel des bras de Lotto. Elles ne s'étaient rencontrées qu'une fois, quand la tante de Lotto était venue avec la petite fille assister à la remise des diplômes quelques semaines plus tôt. Rachel porta la main au collier d'émeraudes que Mathilde lui avait donné sur un coup de tête lors de ce dîner. « Mais qu'est-ce que tu fais là ? » crièrent Mathilde et Lotto par-dessus le vacarme ambiant.

Rachel s'éloigna un peu de Mathilde qui dégageait une odeur aigre. Le déodorant, disait-elle, ça provoquait Alzheimer ; et le parfum, de l'urticaire. Des larmes dans les yeux, Rachel répondit : « Lotto ! Tu m'as invitée ! »

Elle ne dit rien des trois heures restées à attendre à l'aéroport, ni des randonneurs aimables mais austères qui l'avaient vue en larmes et lui avaient proposé de la déposer. Enfin, Lotto se rappela qu'elle était bien censée venir, et sa joie se ternit parce qu'il avait oublié que sa petite sœur serait avec eux ce week-end-là, il l'avait oublié dès qu'il avait raccroché le téléphone après avoir tout mis au point avec Sallie, il n'était même pas allé voir Mathilde dans la pièce voisine pour lui en parler avant que ça ne lui sorte de l'esprit. La honte l'envahit et il imagina la peur de Rachel, sa détresse, tandis qu'elle l'attendait, seule, à l'endroit où on récupérait les bagages. Et si un homme mauvais avait mis la main sur elle ? Et si elle avait fait confiance à quelqu'un de méchant plutôt qu'à ces gens simples avec leurs mousquetons et leurs bandanas, qui se tenaient à présent près du tonneau de bière et riaient en se remémorant les folles soirées de leur jeunesse ? Et si elle avait suivi un pervers ? Image de la traite des Blanches, de Rachel à genoux, frottant le sol d'une cuisine, enfermée dans une boîte sous un lit. Elle avait les yeux rouges et semblait avoir pleuré. Quelle expérience terrifiante d'avoir effectué le trajet depuis l'aéroport avec ces étrangers. Il espéra qu'elle n'en parlerait pas à manman, il ne voulait pas décevoir sa mère encore plus. Les paroles qu'elle avait prononcées juste après qu'il se fut enfui avec Mathilde brûlaient encore en lui. Quel âne.

Mais Rachel enserrait sa taille de toutes ses forces. Déjà, l'orage s'était dissipé sur le visage de Mathilde. Il ne méritait pas ces filles qui l'entouraient, qui savaient redresser les mauvaises situations. [Peut-être que non, en effet.] Conférence à mi-voix, et ce fut décidé : la fête pouvait se poursuivre en leur absence, eux, ils allaient emmener Rachel dîner au coin de la rue. Ensuite ils la mettraient au lit et à vingt et une heures fermeraient la porte de la chambre, baisseraient la musique ; ils passeraient leur week-end à s'occuper exclusivement d'elle. Brunch, cinéma et pop-corn, un tour chez FAO Schwartz, le plus grand magasin de jouets au monde, pour danser sur le piano géant.

Rachel rangea ses affaires dans le placard avec les imperméables et le matériel de camping. Quand elle se retourna, elle fut immédiatement accostée par un petit homme brun – Samuel ? – à l'air très fatigué, qui parlait de son travail *extrêmement* important dans une banque ou un truc du genre. À croire que c'était un boulot difficile d'encaisser des chèques et de faire de la monnaie ! Rachel aurait pu s'en charger elle-même, et elle n'était qu'au cours élémentaire !

Elle lui faussa compagnie et partit glisser dans la poche arrière de son frère une enveloppe contenant son cadeau de pendaison de crémaillère. Elle se réjouissait déjà en imaginant sa tête quand il l'ouvrirait : six mois d'argent de poche économisés, c'est-à-dire presque deux mille dollars. C'était une somme délirante à huit ans. Comment aurait-elle pu dépenser tout ça ? Manman serait folle de rage, mais Rachel était sur des charbons ardents quand elle pensait à ces pauvres Lotto et Mathilde, elle ne parvenait pas à croire qu'on leur avait coupé les vivres parce qu'ils s'étaient mariés. Sa mère croyait-elle sincèrement que l'argent aurait pu les en dissuader ? Mathilde et Lotto étaient faits pour se nicher l'un contre l'autre, telles des cuillères dans un tiroir. Mais ils avaient besoin de sous. Regardez un peu ce trou à rats minuscule, sans le moindre meuble. Elle n'avait jamais vu un endroit aussi vide. Ils n'avaient même pas de télévision, ni de bouilloire, ni de tapis. Ils étaient pauvres ! Elle revint entre Mathilde et son grand frère, fourra son nez contre Lotto parce qu'il fleurait bon la lotion tiède, alors que Mathilde sentait la salle de gym du lycée où se retrouvait son groupe de scouts. Difficile de respirer. Enfin, la peur qui s'était emparée de Rachel quand elle attendait à l'aéroport s'évanouit peu à peu, chassée par un puissant amour. Ici, les gens étaient si sexy, si ivres. Elle était choquée d'entendre tous ces « putain » et « chiant » dans leurs bouches : Antoinette avait réussi à inculquer à ses enfants l'idée que les grossièretés étaient réservées aux personnes dont le vocabulaire était limité. Jamais Lotto ne jurait ; Mathilde et lui étaient des adultes comme il faut. Elle deviendrait pareille à eux, elle vivrait dans la moralité, la propreté, elle vivrait dans l'amour. Elle regarda le tourbillon des corps dans le crépuscule, dans la touffeur de juin, l'alcool et la musique. Voilà tout ce qu'elle attendait de la vie : beauté, amitié, bonheur.

Le soleil se couchait. Il était vingt heures.
Calme. Douceur. Fin d'automne. Une fraîcheur dans l'air semblable à une prémonition.

Susannah franchit la porte du jardin. L'appartement, avec son nouveau tapis de jonc, était tranquille. Elle trouva Mathilde seule dans la cuisine, occupée à verser de la vinaigrette sur la salade.

« Tu as entendu ça ? » murmura Susannah, mais elle se figea dans le silence quand Mathilde se retourna. Un peu plus tôt, en entrant dans l'appartement repeint en jaune d'or, Susannah avait eu l'impression de marcher dans le soleil, elle était éblouie. À présent, la couleur jouait avec les taches de rousseur de Mathilde. Elle s'était fait une coupe asymétrique : du côté droit, ses cheveux blonds lui arrivaient à la mâchoire, de l'autre, à l'épaule, mettant en valeur ses pommettes hautes. Susannah ressentit une soudaine attirance. Étrange. Depuis tout ce temps, Mathilde lui paraissait ordinaire, vivant dans l'ombre de son mari, mais à présent leur ressemblance lui sautait aux yeux. Mathilde, en réalité, était ravissante.

« Est-ce que j'ai entendu quoi ?
– Oh, Mathilde. Ta coiffure. C'est superbe. »
Mathilde passa la main dans ses cheveux et répondit : « Merci. Tu disais, est-ce que j'ai entendu quoi ?
– Ah, oui », reprit Susannah, et elle attrapa les deux bouteilles de vin que Mathilde désignait du menton.

Tout en la suivant dans l'escalier pour remonter au jardin, elle lui expliqua : « Tu te souviens de Kristina, qui était en cours avec nous ? Elle faisait partie de ce groupe a cappella, les Zaftones ? Cheveux noirs, avec des formes généreuses. Je crois que Lotto et elle... » Sur le visage de Susannah s'esquissa une grimace, Oh, espèce d'imbécile, tandis que Mathilde marquait un temps d'arrêt, avant de lui adresser un geste de la main qui signifiait : Oh, oui, Lotto et les autres baisaient comme des bonobos à l'époque, ce qui était la vérité, Susannah devait bien l'admettre, et sur ce elles arrivèrent dans le jardin. Elles s'arrêtèrent, frappées par l'automne. Lotto et Mathilde avaient étendu sur l'herbe des draps achetés une bouchée de pain, leurs amis avaient disposé au milieu ce qu'ils avaient apporté à manger à la fortune du pot, et tout le monde était tranquillement installé là, les yeux fermés, profitant des derniers rayons du soleil froid d'automne en buvant du vin blanc frais et de la bière belge, attendant que l'un d'eux se serve à manger.

Mathilde posa son saladier par terre : « Mangez, les chéris. » Lotto lui sourit et prit un mini spanakopita en haut d'une pile toute chaude. Les autres, une douzaine environ, se précipitèrent sur la nourriture et se remirent à discuter.

Debout sur la pointe des pieds, Susannah chuchota à l'oreille de Mathilde : « Kristina. Elle s'est tuée. Elle s'est pendue dans sa salle de bains. Sans prévenir, hier. Personne ne savait qu'elle allait si mal. Elle avait un petit ami, elle avait tout, un boulot au Sierra Club, un appartement dans un coin sympa de Harlem. Ça n'a pas de sens. »

Mathilde ne bougeait plus, elle avait perdu son éternel petit sourire. Susannah s'agenouilla pour prendre de la pastèque, coupant les gros morceaux en tranches plus fines : elle suivait un régime sévère depuis qu'elle avait obtenu un rôle à la télévision, mais elle se sentait trop gênée pour en parler devant Lotto. D'une part, ce n'était pas *Hamlet*, où il avait été si brillant au cours de leur dernier semestre à l'université. C'était un rôle d'adolescente dans un soap à la télé, elle savait bien qu'elle se galvaudait. Pourtant, c'était mieux que tout ce que Lotto avait trouvé depuis l'obtention de leur diplôme. Il avait été pris comme doublure dans plusieurs pièces confidentielles ; il avait eu un rôle minuscule à l'Actors Theatre de Louisville. C'était tout, en dix-huit mois. Elle le revoyait à la fin d'*Hamlet*, saluant, le costume trempé de sueur ; pétrifiée, elle s'était écriée : « Bravo ! » au milieu du public, alors qu'elle avait manqué le rôle d'Ophélie au profit d'une fille aux seins énormes qui apparaissait à poil dans la scène de l'étang. Une chaudasse. Susannah mordit dans sa tranche de pastèque et réfréna un sursaut de triomphe. Elle aimait encore plus Lotto quand elle avait pitié de lui.

Au-dessus de l'agitation, Mathilde frissonna et s'enroula plus étroitement dans son cardigan. Une feuille bordeaux se détacha de l'érable palmé, pour se planter dans la sauce artichaut-épinards. Il faisait frais à l'ombre de l'arbre. Bientôt viendrait le long hiver, blanc et froid. Qui effacerait cette soirée, le jardin. Elle brancha la guirlande lumineuse qu'ils avaient enchevêtrée dans les branches du dessus, et l'arbre s'alluma, dessinant des dendrites. Elle s'assit derrière son mari pour se cacher, et puis son dos était si beau, si large, si musclé qu'elle y appuya son visage pour se réconforter. Elle écouta sa voix assourdie à travers sa poitrine, la douceur de son léger accent du Sud.

« ... deux vieux assis sur une véranda, qui discutent à bâtons rompus », Lotto racontait une blague. « Et y a ce vieux chien qui arrive, tourne sur lui-même, s'assied par terre et se met à se lécher la bite. Et vas-y que je te donne des grands coups de langue, que je te la suce bien à fond, il adore s'occuper de sa petite queue rose. De la taille d'un rouge à lèvres. Alors, un des deux vieux dit à l'autre : *Nom d'un chien, qu'est-ce que j'aimerais pouvoir faire ça.* Et son pote lui répond : *Mais, ça va pas la tête ? Le chien, il te mordrait !* »

Ils éclatèrent tous de rire, pas tellement pour la blague, mais pour la façon dont Lotto la racontait, du plaisir qu'il y prenait. Mathilde savait que c'était la préférée de son père, que chaque fois que son fils la racontait, Gawain pouffait dans ses mains et devenait tout rouge. La chaleur de son mari, qu'elle sentait à travers son polo vert émeraude, finit par rompre la glace qui la pétrifiait d'effroi. Kristina vivait dans le même dortoir qu'elle. Mathilde était tombée sur elle dans la salle de bains commune, un jour où elle pleurait ; elle avait reconnu sa belle voix d'alto, mais elle avait tourné les talons, préférant la laisser seule plutôt que de tenter de la réconforter. Avec le recul, elle comprenait qu'elle avait fait le mauvais choix. Elle sentit monter en elle une colère sourde à l'égard de Kristina, et elle s'appuya derrière Lotto en respirant tout contre lui pour la maîtriser.

Lotto passa la main derrière lui et attrapa Mathilde, qu'il amena sur ses genoux. Son estomac gargouillait, mais il ne pouvait guère manger plus de quelques bouchées ; il attendait un coup de fil depuis une semaine et refusait de sortir de peur de le rater. Afin de le distraire un peu, Mathilde avait lancé l'idée d'un buffet ouvert où chacun apporterait ce qu'il voulait. Il s'agissait du rôle de Claudio dans *Mesure pour mesure*, dans le cadre du festival en plein air Shakespeare in the Park, l'été suivant. Il s'y voyait déjà, revêtu de son pourpoint devant des milliers de spectateurs. Les chauves-souris voletaient. Le crépuscule dardait ses rayons roses au-dessus d'eux. Depuis la fin de ses études, il avait travaillé régulièrement, même s'il n'avait décroché que des petits rôles. Il avait réussi à s'inscrire au syndicat. C'était la prochaine étape avant d'atteindre des sommets.

Il regarda à l'intérieur de l'appartement où le téléphone, sur la cheminée, refusait toujours de sonner. Derrière, le tableau que Mathilde avait rapporté quelques mois plus tôt de la galerie d'art où elle travaillait depuis un an. Un jour, l'artiste en rage avait quitté les lieux, balancé la toile contre le mur, brisant le cadre, et le propriétaire de la galerie, Ariel, avait dit à Mathilde de tout jeter à la poubelle. Elle avait alors emporté le tableau détruit chez elle et avait de nouveau tendu la toile sur un cadre pour l'exposer sur la cheminée, derrière le bouddha de cuivre. C'était un tableau abstrait bleu, il rappelait à Lotto cet instant qui précède l'aube, chaque matin, moment brumeux et terne de l'entre-deux-mondes. Quel était le mot juste ? *Surréaliste.* Comme Mathilde elle-même. Certains soirs, il arrivait chez lui après une audition et il la trouvait assise dans le noir, le regard fixé sur la toile, un verre de vin rouge niché entre les mains, l'air vague.

« Est-ce que je dois m'inquiéter ? » avait-il demandé en rentrant après un casting pour une émission qui ne l'intéressait même pas, et en la voyant ainsi, dans l'obscurité grandissante. Il l'avait embrassée derrière l'oreille.

« Non. Je suis si heureuse, c'est tout », avait-elle répondu.

Il ne lui avait pas confié que la journée avait été longue, qu'il avait passé deux heures dans la rue, sous une petite pluie fine, et que, en ressortant, après avoir enfin pu dire son texte, il avait entendu le metteur en scène déclarer : « Extraordinaire. Dommage que ce soit un géant. » Il ne lui avait pas dit que son agent ne le rappellerait pas. Qu'il aurait aimé un bon dîner pour une fois. Parce que, en vérité, il s'en moquait. Si elle était heureuse, cela signifiait qu'elle ne le quitterait pas ; or il était devenu tout à fait manifeste depuis le peu de temps qu'ils étaient mariés qu'il ne valait même pas le sel qu'elle transpirait. Cette femme était une sainte. Elle économisait, elle s'inquiétait mais elle parvenait à payer les factures alors que lui ne gagnait pas un sou. Il était resté assis auprès d'elle jusqu'à la nuit tombée, soudain elle s'était tournée dans un frou-frou de soie pour l'embrasser, et il l'avait transportée jusqu'au lit sans avoir mangé.

Maintenant, Mathilde lui présentait une bouchée de burger au saumon et, bien qu'il n'en voulût pas, comme elle le regardait de ses grands yeux scintillant de paillettes d'or, il prit malgré tout le morceau. Il l'embrassa sur son nez parsemé de taches de rousseur.

« Dégoûtant », lança Arnie de loin. Il avait le bras passé autour d'une fille tatouée qu'il avait draguée dans son bar. « Vous êtes mariés depuis un an. C'est fini, la lune de miel.

– Jamais », répondirent en chœur Mathilde et Lotto. Ils firent semblant de le maudire et s'embrassèrent de nouveau.

« C'est comment ? demanda doucement Natalie. Le mariage, je veux dire.

– Un banquet sans fin, et tu manges, tu manges, et tu n'es jamais rassasié, dit Lotto.

– Kipling appelait cela une très longue conversation », ajouta Mathilde.

Chollie se pencha vers Danica, qui s'écarta. Il lui chuchota : « Tu me dois un million.

– Quoi ? » s'exclama-t-elle en sursautant. Elle mourait d'envie de manger une cuisse de poulet, mais elle devait d'abord défricher des montagnes de salade avant de s'autoriser tout aliment gras.

« L'année dernière, à la pendaison de crémaillère. On a parié un million qu'ils auraient divorcé dans moins d'un an. Tu as perdu. »

Ils contemplèrent Lotto et Mathilde, si beaux, axe tranquille de leur jardin, du monde qui tournait autour d'eux. « Je sais pas. Dans quelle mesure est-ce que c'est pas du vent, tout ça ? répliqua Danica. Y a un truc bizarre quand même. Sans doute qu'il joue la comédie de la fidélité et qu'elle feint de s'en foutre.

– T'es vraiment méchante, toi, déclara Chollie avec admiration. C'est quoi, ton truc avec Lotto ? Tu comptes parmi ses millions de conquêtes ? Elles sont encore toutes amoureuses de lui. Je suis tombé sur une fille, Bridget, qui prétendait être sa petite amie à la fac, et quand elle m'a demandé de ses nouvelles, elle a fondu en larmes. C'était l'amour de sa vie. »

Danica plissa les paupières et sa bouche se crispa. Chollie éclata de rire, exhibant un morceau de lasagnes. « Nan, c'est le contraire. Toi, il t'a jamais draguée.

– Si tu la fermes pas, tu vas te prendre de la salade en pleine tronche. »

Pendant un long moment, ils continuèrent à manger, ou à faire semblant. Puis Danica reprit : « OK. C'est quitte ou double. Mais sur un temps plus long. Six ans. Jusqu'en 1998. Ils auront divorcé, tu me devras deux millions de dollars et je m'achèterai un appartement à Paris. *Enfin*[1]. »

---

1. Les mots en italique suivis d'un astérisque sont en français dans le texte original.

Chollie cilla, écarquilla les yeux. « Tu penses donc que j'aurai les moyens de te payer.

— Bien sûr que oui. Toi, tu es ce genre de petit mec visqueux qui à trente ans a déjà cent millions en poche.

— C'est la chose la plus gentille qu'on m'ait jamais dite », conclut Chollie.

Quand l'ombre fut suffisamment épaisse pour dissimuler son geste, Susannah pinça les fesses de Natalie. Elles avaient un accord tacite ; un autre soir, elles finiraient chez Susannah. Seule Natalie savait que Susannah avait décroché un nouveau rôle dans un soap, celui de la fille mal élevée du méchant ; seule Natalie savait aussi quels sentiments naissaient peu à peu entre elles. « Ma carrière s'arrêterait avant même d'avoir commencé si tout le monde découvrait qu'en réalité, je suis rien d'autre qu'une grosse lesbienne », avait dit Susannah. Quelque chose n'avait pas plu à Natalie, mais elle n'avait rien répondu, et elle avait laissé la pensée de Susannah brûler en elle toute la journée tandis que, dans son triste bureau gris, elle vendait des produits financiers, son compte bancaire gonflant un peu plus à chaque seconde.

Natalie s'était embellie, songea Lotto en la regardant frôler de la main les derniers pieds de menthe. Elle s'était décoloré la moustache, avait perdu du poids et s'habillait avec goût. Elle avait enfin trouvé en elle la beauté qu'il y voyait depuis le début. Il lui sourit, elle rougit et sourit à son tour.

Ils mangeaient plus lentement, en silence. On fit circuler les brownies au caramel. Certains observèrent le sillage crémeux d'un avion qui s'épanouissait dans le ciel assombri, il y avait quelque chose de poignant, dans la façon dont cette trace s'évanouissait, qui leur évoqua la jeune femme morte aux cheveux bruns que plus jamais ils ne serreraient dans leurs bras. Elle sentait l'orange.

« J'ai découvert un garçon qui s'était pendu quand j'étais en pension », lança soudain Lotto. Ils le regardèrent avec intérêt. Il était pâle, lugubre. Ils attendaient la suite de l'histoire, parce que, avec Lotto, il y avait toujours une suite, mais il n'ajouta rien. Mathilde lui prit la main.

« Tu ne me l'as jamais dit, murmura-t-elle.

– Je t'en parlerai plus tard. » Ce pauvre boutonneux de Roulé-en-Gelée resta en suspens dans le jardin, tel un fantôme ; puis Lotto passa la main sur son visage, et le garçon disparut.

Quelqu'un s'écria : « Regardez ! La lune ! » et en effet, elle était là, flottant comme un navire sur la bordure marine du ciel, et cette vision les remplit tous d'espoir.

Rachel s'assit à côté de son frère, se pencha vers lui pour partager sa chaleur. Elle était là pour les vacances d'automne, elle avait les oreilles percées sur tout le pourtour, et des cheveux longs devant et rasés derrière. C'était radical pour une fille de dix ans, mais il fallait absolument qu'elle fasse quelque chose, sinon elle avait l'air d'une gamine de six ans dont les mains ne tenaient pas en place, et après avoir étudié ses congénères, elle avait compris qu'il valait mieux être étrange que trop mignonne. [Une fille intelligente. C'est sûr.] Elle était allée déposer une enveloppe contenant toute une année d'argent de poche dans le tiroir où Mathilde rangeait sa lingerie, enfouissant ses mains dans la soie ; il ne lui avait pas échappé que les placards de son frère étaient vides, que Mathilde avait appelé Sallie le mois précédent, que Sallie leur avait envoyé un peu d'argent. À présent, elle fixait la fenêtre du rez-de-jardin où elle avait vu bouger le rideau, un demi-poing, un œil. Rachel imagina un appartement au plafond recouvert de papier peint. Des chats avec des infirmités, des chats cyclopes, des chats avec un moignon en guise de queue, souffrant de la goutte, aux pattes gonflées. Relents de poudre à récurer. Une assiette de minestrone réchauffée au micro-ondes. Une vieille femme triste à l'intérieur. Manman se hâtait vers le même avenir ; la minuscule maison rose sur la plage devenant un tombeau de figurines et de chintz. Manman aimait le bruit de la mer, voilà ce qu'elle disait à Rachel, mais jamais sa fille ne l'avait vue sortir sur la grève. Elle se contentait de rester dans son petit aquarium rose, tel un poisson ventouse s'accrochant à la paroi. Pauvre manman.

Jamais je ne serai vieille, se promit Rachel à elle-même. Jamais je ne serai triste. Je prendrai plutôt une capsule de cyanure, je me tuerai comme cette amie de Lotto que tout le monde pleure. Ça ne vaut pas la peine de vivre, à moins d'être jeune et entouré d'autres jeunes gens dans un beau jardin froid aux arômes de terre, de fleurs, de feuilles mortes, qu'une guirlande lumineuse fait scintiller dans le bruit tranquille de la ville, durant la dernière belle soirée de l'année.

Sous les trompettes des anges déjà presque fanées, la chatte de la vieille dame les observait. Bizarre ces gens qui se prélassaient autour de leur nourriture, pareils à d'énormes félins repus après la chasse. Elle avait bien envie de s'approcher pour voir tout ça de plus près, mais ils étaient trop nombreux, et les humains étaient si brusques, si imprévisibles. Et voilà : d'un seul coup, ils se relevèrent en criant, prirent leurs affaires et décampèrent. La chatte fut surprise qu'ils soient surpris, car elle avait senti la pluie longtemps avant de la voir. Une cuillère glissa d'un saladier de taboulé, tomba par terre, où elle fut abandonnée, éclaboussée de boue par les premières gouttes. Les humains n'étaient plus là. Une main sortit par la fenêtre à hauteur du sol et débrancha les lumières dans l'arbre. Dans l'obscurité, le fil jaune rentra par la fenêtre en se tortillant pareil à un serpent, et la chatte eut aussitôt envie de le pourchasser, mais il disparut et la fenêtre se referma. Elle posa délicatement sa patte sur une grosse goutte de pluie au bord d'une feuille, puis traversa le jardin en galopant et rentra chez elle.

La porte de l'appartement s'ouvrit ; un gobelin bondit à l'intérieur. Il était vingt et une heures et il faisait un froid inhabituel. Derrière le gobelin arrivèrent Miss Piggy, un squelette et un fantôme. Albert Einstein, mimant le *moonwalk*. Samuel, coiffé d'un abat-jour et entouré d'une table de nuit en carton, avec un magazine et deux capotes collés sur le dessus.
Lotto, en toge, portant une couronne de laurier dorée, posa sa bière sur la table de nuit de Samuel et déclara : « Salut ! Tu es une table de nuit. La table d'une seule nuit ! Ha, ha ! »
Une reine de lycée assassinée entra en froufroutant et en marmonnant : « Tu parles d'une nuit ! » Samuel ajouta : « Je crois que c'est mon ex », et il alla se chercher une bière dans le frigo en souriant.
« Depuis quand il neige à Halloween ? Ah ouais, c'est vrai, c'est le réchauffement climatique », dit Luanne en tapant ses bottes sur le paillasson. C'était une amie de Mathilde, elles travaillaient ensemble à la galerie et elle s'était peinte avec art, en Dora Maar de Picasso, celle dont la joue figure une pomme croquée. Elle embrassa Lotto en s'attardant et dit : « Oh, oui, *ave* César ! » Il rit trop fort et s'écarta. Luanne était une fouteuse

de merde. Presque tous les jours, Mathilde rentrait à la maison en racontant comment elle avait essayé de séduire leur patron, un type obèse aux yeux protubérants et aux sourcils de théâtre qui s'appelait Ariel. « Mais pourquoi ? demandait Lotto. Elle est mignonne. Elle est jeune. Elle pourrait trouver mieux. » Et Mathilde de le considérer avant de répondre : « Chéri. Il est riche ! », ce qui bien sûr expliquait tout. Ensemble, Lotto et Luanne allèrent voir Mathilde, resplendissante en Cléopâtre, qui mangeait un cupcake près du gros bouddha de cuivre posé sur la cheminée, décoré de lunettes de soleil et d'un collier de fleurs. Lotto appuya le gâteau contre la bouche de Mathilde, puis il lécha les miettes sur ses lèvres, ce qui la fit rire.

« Beurk, dit Luanne. Putain, vous êtes pas possibles, tous les deux. » Elle se rendit à la cuisine, prit un Zima dans le frigo, qu'elle se mit à siroter avec une grimace boudeuse. Elle jaugeait l'humeur de Lotto à la grosseur de son ventre et au nombre de livres d'occasion qui s'empilaient dans l'appartement ; quand il se sentait mal, lire était la seule occupation qu'il supportait. C'était drôle, parce qu'il avait plutôt l'air d'un crétin, et soudain, il ouvrait la bouche pour citer un paragraphe de Wittgenstein, par exemple. Ça l'énervait, cette énorme différence entre celui qu'il paraissait être et celui qu'il était en réalité.

Quelqu'un mit un CD de Nirvana, et des filles assises sur le canapé en cuir récupéré sur un trottoir par Lotto se levèrent. Elles essayèrent de danser dessus, mais au bout d'un moment, elles renoncèrent et remirent *Thriller*.

Chollie, déguisé en gobelin vert, s'approcha de Lotto et de Mathilde sans se faire remarquer, largement ivre. « J'avais jamais remarqué comme tes yeux sont rapprochés, Mathilde, et les tiens écartés, Lotto. » De ses deux doigts tendus, il fit comme s'il voulait poignarder Mathilde et s'exclama : « Prédatrice », et il répéta le même geste vers Lotto en disant : « Proie.

— C'est moi la proie, et Mathilde la prédatrice ? releva Lotto. Franchement, Chollie. C'est moi, son prédateur. Son prédateur sexuel ! » précisa-t-il, et tout le monde grogna en signe d'acquiescement.

Luanne observait Arnie à l'autre bout de la pièce. Elle eut un mouvement d'impatience. « Fermez-la, vous autres. Je me rince l'œil. »

Mathilde soupira et s'éloigna.

« Attends. Qui ça ? Arnie ? » demanda Chollie avec ressentiment. Et déception ? « Je t'en prie. Il est trop con.

— Con comme un manche, compléta Luanne. C'est exactement ce que je pense.

— Arnie ? dit Lotto. Il a étudié les neurosciences à l'université. Il est loin d'être con. Ce n'est pas parce qu'il n'est pas allé à Harvard comme toi que ça en fait un débile mental.

— Je sais pas. Peut-être qu'il s'est grillé la cervelle à force de picoler. En tout cas, à votre dernière fête, je l'ai entendu dire que Sting était son totem. »

Lotto siffla à travers la pièce ; Arnie déguisé en Hulk leva les yeux au-dessus de la mer de filles à qui il préparait des cocktails au chocolat. Il vint jusqu'à Lotto et lui tapa sur l'épaule. Chollie et lui étaient tous les deux maquillés en vert. Côte à côte, Arnie campait le pneu gonflé, et Chollie le pneu crevé.

« Luanne dit qu'elle couche avec toi si tu es capable de lui donner une définition satisfaisante du mot "herméneutique", déclara Lotto en les menant tous les deux jusqu'à la chambre et en refermant la porte.

— La vache, fit Chollie. Mon rêve.

– Ils ne sont pas encore sortis de là, rétorqua Lotto. Cupidon terrasse certains par ses flèches, et d'autres par ses pièges[1].

– Encore Shakespeare ?

– Toujours. »

Chollie s'éloigna. Lotto était seul. Il leva les yeux et vit seulement son reflet dans la vitre noire de nuit, le ventre qu'il avait pris au cours de cet été de mélancolie, ses tempes luisantes, là où il commençait à se dégarnir. Il y avait trois ans et demi qu'ils avaient fini leurs études et Mathilde continuait de les faire vivre. Il frotta tristement la tête du bouddha et longea un groupe de sorcières rassemblées autour d'un Polaroïd où les visages émergeaient peu à peu de l'ombre.

Mathilde lui tournait le dos, elle discutait à mi-voix avec Susannah. Il s'avança doucement et comprit qu'elle parlait de lui. « … mieux. Une pub pour du café en septembre dernier. Le père et son bébé vont à la pêche à l'aube. Apparemment, le gosse tombe de la barque et Lotto le repêche avec une rame, il lui sauve la vie. Notre héros ! »

Elles rirent toutes les deux, et Susannah s'écria : « Oui, je sais ! Folgers. Je l'ai vue. À l'aube, une cabane dans les bois, le gamin qui se réveille sur la rame de la barque. Il est magnifique, Lotto. Surtout avec la barbe.

– Dis-le à tous les metteurs en scène que tu connais, trouve-lui du boulot », dit Mathilde, et Susannah demanda : « Quel genre ? », et Mathilde répondit : « N'importe quoi », alors Susannah eut un demi-sourire : « Je vais voir ce que je peux faire. »

Lotto, piqué au vif, s'éloigna en hâte avant qu'elles l'aient vu.

1. Shakespeare, *Beaucoup de bruit pour rien*, acte III, scène 1.

Mathilde n'était jamais méchante, mais elle était passive-agressive, c'était une seconde nature chez elle. Si elle n'aimait pas ce qu'on lui servait au restaurant, elle ne touchait pas à son assiette, gardait les yeux baissés en silence, jusqu'à ce que Lotto soit obligé de dire au serveur que son plat était trop salé ou pas assez cuit, du coup est-ce que ce serait possible d'avoir autre chose, merci, mon pote. Une fois, elle s'était débrouillée pour qu'ils soient invités à un mariage à Martha's Vineyard en restant toute une soirée près de la future mariée, une célèbre actrice de Broadway, souriant gentiment sans rien dire, jusqu'à ce que la jeune femme, sur un coup de tête, les invite à la noce. Ils s'y étaient rendus, avaient dansé ; Lotto s'était attiré les bonnes grâces d'un producteur et il avait passé un casting pour une reprise de *My Fair Lady* ; hélas, sa voix n'était pas terrible et il n'avait pas obtenu le rôle ; ils avaient envoyé à la comédienne un très joli lot de cuillères à pamplemousse en argent qu'ils avaient chiné chez un brocanteur et fourbies pour qu'elles paraissent très coûteuses.

Lotto se vit soudain retenu par cent fils brillants attachés à ses doigts, ses paupières, ses orteils, les muscles de sa bouche. Tous ces fils conduisaient à l'index de Mathilde, qui le bougeait avec une grande subtilité pour le faire danser.

Chollie le gobelin s'approcha de Mathilde ; ensemble, ils regardèrent Lotto à l'autre bout de la pièce, entouré d'un cercle de garçons : une bouteille de bourbon suspendue entre ses doigts, sa couronne dorée de laurier renvoyée à l'arrière de sa tête.

« Qu'est-ce qui te fout en l'air comme ça ? demanda-t-il. On dirait que ça va pas. »

Mathilde soupira. « Non, c'est lui qui a un truc qui va pas.

– Moi, je le trouve pas mal. Faut juste savoir s'il est en phase ascendante ou descendante. Il est sorti du mal-être dans lequel il était cet été. » Il s'arrêta, observa Lotto. « Au moins, il a perdu du ventre.

– Dieu merci. Tout l'été, j'ai cru qu'il allait se jeter sous un train. Il lui faut un rôle. Il y a des jours où il ne quitte même pas l'appartement. » Elle se secoua avec détermination. « Enfin bref. Comment ça se passe avec les voitures d'occasion ?

– C'est fini. Je suis dans l'immobilier, maintenant. Dans quinze ans, la moitié de Manhattan sera à moi.

– Très bien », déclara Mathilde. Et puis soudain, elle ajouta : « Je démissionne de la galerie. » Tous deux semblèrent surpris.

« OK. Et qui va entretenir le génie ?

– Je vais travailler ailleurs. J'ai trouvé un boulot dans une start-up. Un site de rencontre. Je commence dans une semaine. Je n'en ai encore parlé à personne, ni à Luanne, ni à Ariel, ni à Lotto. C'est juste que… J'ai besoin de changement. Je pensais que j'avais de l'avenir dans le monde de l'art. Je me suis trompée.

– Et tu as de l'avenir dans Internet ?

– Tout l'avenir est dans Internet. » Ils sourirent tous les deux en buvant.

« Pourquoi tu me racontes ça ? s'étonna Chollie, un instant plus tard. C'est vrai, c'est bizarre comme choix, de me prendre moi pour confident. Tu vois ce que je veux dire ?

– Je sais pas. Je n'arrive pas à savoir si tu as une influence bénéfique ou maléfique. J'ai l'impression que là je pourrais te livrer tous mes secrets et que tu les garderais pour toi, en attendant le meilleur moment pour les divulguer. »

Chollie ne bougeait plus, il était aux aguets. « Confie-moi tes secrets, alors.

– Dans tes rêves. » Lui tournant le dos, elle alla voir Lotto et lui murmura quelque chose à l'oreille. Il écarquilla les yeux, ravala un sourire et ne regarda pas sa femme qui quittait la fête, sortait de l'appartement en baissant la lumière au passage, si bien que le seul éclairage à présent venait des bougies dans les citrouilles.

Une minute plus tard, il s'éclipsa à son tour avec une nonchalance ostentatoire. Il monta un étage et retrouva Mathilde devant la porte de la vieille dame. En bas, la fête battait son plein ; de l'intérieur, il ne se rendait pas compte à quel point ils étaient bruyants. Il se demanda pourquoi la vieille n'avait pas encore appelé les flics, comme à son habitude. Peut-être qu'il n'était pas encore vingt-deux heures. Il y eut un courant d'air froid quand la porte de la rue s'ouvrit, un troupeau de clowns descendit l'escalier qui menait chez eux, et Lotto sentit ses fesses exposées se hérisser. Puis la porte extérieure se referma ; celle de leur appartement s'ouvrit et avala les clowns. Il dégagea le sein gauche de Mathilde de son bustier, ses lèvres sur la courbure de sa gorge.

Il voulut la retourner pour qu'elle soit face à la porte, mais elle refusa, des éclairs dans les yeux, et il se soumit à ce missionnaire vertical. Peut-être pas aussi excitant, mais néanmoins une belle prière aux dieux de l'amour.

Dans son appartement du rez-de-jardin, seule dans le noir, Bette mangeait un sandwich à l'œuf dégoulinant, tenue en éveil par les festivités d'en bas. Soudain, un craquement dans l'escalier, ça ne trompait personne, et Bette aussitôt sur le qui-vive songea à un cambrioleur, à l'arme minuscule qu'elle cachait dans son pot de fougère. Elle posa son sandwich et colla l'oreille à la porte. Nouveau craquement, chuchotements. Coups préparatoires. Mais oui ! Ça se passait en ce moment même. Cela remontait à si loin avec son Hugh ; mais ce qu'il y avait eu entre eux était encore frais dans sa mémoire, comme une pêche où l'on vient de mordre. C'était hier, cette joie du corps. Ils avaient commencé si jeunes qu'ils ne savaient pas ce qu'ils faisaient et ils refusaient de s'arrêter, si bien que quand ils en avaient eu l'âge, ils s'étaient mariés. Une telle énergie, ce n'était pas la plus mauvaise raison pour se marier. Les premières années avaient été du délire ; après, simplement du bonheur.

La femme sur le palier gémissait doucement. L'homme parlait dans un murmure mais de manière trop indistincte pour que Bette puisse comprendre, et puis les gémissements se firent plus forts, furent ensuite étouffés, comme si elle mordait quelque chose – son épaule ? La porte bougeait très légèrement. Bette s'appuya contre le bois qui soupirait [il y avait si longtemps que personne ne l'avait touchée ; à l'épicerie, elle tendait son argent dans le creux de sa main pour que le caissier l'effleure de ses doigts]. Quels athlètes. Cela lui rappela la cage des singes lors d'une visite au zoo, un dimanche, où les capucins jouaient les catins avec bonheur.

Un léger cri assourdi, et Bette murmura au chat qui lui tournait autour des pieds : « Des bonbons ou un sort, mon vieux. Franchement. »

Sur le palier, un souffle rauque, un froissement, et ces deux idiots. Oh, elle savait qui c'était : le géant bizarre d'en bas et sa femme, la grande moche qui feignait de ne pas la connaître quand elles se croisaient dans l'entrée de l'immeuble. Enfin, un bruit de pas s'éloignant dans l'escalier, la musique brusquement plus forte, diminuant quand ils refermèrent la porte, et Bette se retrouva seule de nouveau. Allez, un petit scotch bien tassé, et au lit, ma poulette, en bonne fille que tu es.

Vingt-deux heures, Mathilde à quatre pattes ramassait les morceaux du millionième verre brisé depuis qu'ils avaient emménagé dans cet appartement, cinq ans plus tôt. Après tout ce temps, encore cette camelote de chez Goodwill. Un jour, quand Lotto aurait un rôle, ils s'offriraient quelque chose de mieux. Oh qu'elle était fatiguée. Elle n'avait même pas pris la peine de mettre ses lentilles, ce soir, et ses lunettes étaient pleines de traces de doigts. Elle avait hâte que tout le monde s'en aille.

Depuis le canapé, elle entendit Lotto dire : « Une tentative pour changer les choses. Au moins, maintenant, ça n'est plus aussi étincelant qu'une poignée de bonbons au citron Lemonhead. »

Rachel passa la main sur le mur récemment repeint. « C'est quoi, cette couleur ? Suicide au crépuscule ? Église un après-midi d'hiver ? C'est le bleu le plus sombre que j'aie jamais vu. » Elle semblait encore plus nerveuse que d'habitude ; une voiture avait pétaradé dans la rue, et elle en avait lâché son verre. « S'il te plaît, laisse-moi nettoyer, dit-elle à Mathilde d'un air contrit. Je suis vraiment maladroite.

– C'est bon. Et je t'entends, au sujet de la nouvelle peinture. Moi, j'adore », lança Mathilde en balançant une pluie de morceaux de verre dans la poubelle. Une goutte de sang tomba par-dessus – elle s'était coupé l'index sans s'en rendre compte. « Fait chier, murmura-t-elle.

– Moi aussi, j'adore », dit Luanne. Elle s'était remplumée au cours de l'année écoulée, pareille à de la pâte qui lève. « C'est vrai, comme fond pour ce tableau que tu as volé, c'est joli.

— Mais arrête de dire ça ! s'écria Mathilde. Pitney l'a explosé sur le mur, Ariel m'a dit de le jeter. C'est ce que j'ai fait. Après, j'avais bien le droit d'aller le récupérer dans la poubelle, quand même. »

Luanne haussa les épaules, sourire forcé.

« Avec tout mes respects, dit Chollie. C'est la pire soirée de toute l'histoire des soirées. On est en train de parler des murs ! Susannah et Natalie baisent, Danica s'est endormie sur le tapis. Qu'est-ce qui t'a pris d'organiser une soirée dégustation de vins ? Avant trente ans, personne ne s'y connaît en vin. Les soirées étaient plus sympas quand on était au lycée. »

Lotto sourit, et la lumière fut. Les autres retrouvèrent leur entrain. « Qu'est-ce qu'on a fait comme conneries, à cette époque ! » dit-il. Il se tourna vers les autres et poursuivit : « Je n'ai vécu à Crescent Beach que quelques mois avant que Chollie me débauche et que ma mère m'envoie en pension. Mais ça a été la meilleure période de ma vie. On ne dormait pas de la nuit, et c'était comme ça presque tous les jours. Je pourrais même pas vous dire toutes les drogues qu'on a essayées. Choll, tu te souviens de cette fête dans la vieille maison abandonnée près des marais ? Je baisais une fille sur le toit quand je me suis aperçu que la baraque brûlait, alors j'ai bouclé l'affaire en vitesse, je me suis écarté de la nana et je suis tombé deux étages plus bas, dans les buissons, et quand je suis sorti de là, la bite à l'air, les pompiers m'ont applaudi. » Les autres éclatèrent de rire, et Lotto conclut : « C'est la toute dernière soirée que j'ai passée en Floride. Le lendemain, ma mère m'a exfiltré vers le Nord. Elle a promis à cette école de leur faire une énorme donation, rien à branler des critères d'admission. Je ne suis jamais retourné en Floride depuis. »

Chollie s'étrangla. Tout le monde le regardait. « Ma sœur jumelle. C'était elle. Que tu baisais.

– Merde, dit Lotto. Je suis désolé, Choll. Je suis vraiment trop con. »

Chollie reprit sa respiration et lâcha : « C'est cette nuit-là que je me suis cassé la jambe, juste quand on commençait à faire la fête sur la plage. J'avais une fracture en spirale et j'étais sur la table d'opération quand tout ça est arrivé. »

Long silence.

« Je suis tellement gêné, dit Lotto.

– T'inquiète pas. Elle avait déjà baisé toute l'équipe de foot à cette époque. » La copine de Chollie émit alors un petit cri. C'était une mannequin bien lisse, venant d'une ancienne république soviétique et dont la beauté, même Lotto devait l'admettre, éclipsait celle de Mathilde. [Pas difficile, à cette époque.] Lotto regarda sa femme dans la cuisine. Comme elle était négligée, avec ses cheveux sales, ses lunettes et son sweat-shirt. Il n'aurait pas dû insister pour organiser cette soirée. Simplement il s'inquiétait pour elle ; depuis des semaines, elle était silencieuse, absente. Il y avait un problème. Rien de ce qu'il pouvait dire n'allait, ses blagues ne déclenchaient plus son hilarité. Cela venait-il de son travail ? s'était-il demandé. Si elle était aussi malheureuse, il fallait démissionner et ils pourraient alors fonder une famille. S'ils donnaient à Antoinette un petit-enfant, ils reviendraient dans ses bonnes grâces. Ils auraient beaucoup d'argent après, nom d'un chien, assez pour que Mathilde se la coule douce un moment, prenne le temps de décider à quoi elle souhaitait vraiment consacrer sa vie. Elle lui faisait l'effet d'une artiste qui cherche sa voie et essaie sans répit ceci, puis cela, sans jamais être capable d'exprimer tout ce qu'elle a en elle. Peut-être qu'elle y parviendrait dans la maternité. Mais, *Non, Lotto, arrête, tais-toi, je t'en prie, cesse de me parler tout le temps de bébé, arrête ça tout de suite*, sifflait-elle entre ses dents ; et c'est vrai qu'ils étaient trop jeunes, rares étaient leurs amis qui avaient déjà des enfants, en tout cas qui en avaient eu volontairement, aussi avait-il mis le sujet de côté et tenté de la distraire en regardant des vidéos et en buvant. Il avait cru qu'une soirée dégustation de vins lui changerait les idées, mais il était clair à présent que tout ce dont elle avait envie, c'était d'aller se coucher sur leur nouveau matelas, dans leur chambre aux rideaux brodés et aux gravures anciennes représentant des nids, et de s'enfouir sous les draps. Il lui avait imposé cette fête.

Son sentiment de panique se renforça. Et si elle s'apprêtait à le quitter, et si sa morosité ne venait pas d'elle, mais de lui ? Il l'avait déçue, il en était certain ; et si elle savait qu'elle pouvait trouver mieux ? Il ouvrit les bras vers elle, surtout pour se consoler lui-même, mais elle apportait seulement de l'essuie-tout pour qu'il lui soigne le doigt.

« Je ne sais pas. Moi, je m'amuse bien », dit Rachel. Rachel, la loyale, avec son petit visage aux traits fins et aux yeux affamés. Elle avait quitté son pensionnat pour venir passer le week-end à New York avec eux. À quatorze ans à peine, elle semblait déjà pleine de lassitude. Elle se rongeait les ongles, remarqua Lotto. Il demanderait à Sallie s'il y avait quelque chose qu'il ignorait. « J'apprends beaucoup. C'est vachement mieux que les soirées pyjama du vendredi soir dans le dortoir !

– J'imagine. Une bouteille de schnaps à la menthe. *Breakfast Club* dans le magnétoscope. Une fille qui pleure toute la nuit dans la salle de bains. Minuit qui résonne dans la cour. Le jeu de la bouteille entre filles. Ma Rachel qui bouquine dans son coin avec son pyjama à motifs de homards, et qui juge les autres telle une petite reine, commenta Lotto. Le compte-rendu dans son journal serait terrible.

— Décevant, éculé, fade. Deux pouces vers le bas », conclut Rachel. Ils gloussèrent, et le désespoir qui crispait l'atmosphère se dissipa un peu. Ce n'était pas un don exceptionnel, mais cette capacité à apaiser les choses deviendrait l'une des grandes qualités de Rachel.

Dans le silence qui suivit, Luanne dit : « Naturellement, l'éthique professionnelle aurait dû t'empêcher de t'emparer de cette toile, Mathilde.

— Mais putain ! Et ça aurait été normal que quelqu'un d'autre la prenne dans la benne ? Toi, par exemple ? Qu'est-ce que tu as, Luanne ? Tu es jalouse ? »

Luanne fit la grimace. Bien sûr qu'elle était jalouse. Ça devait être tellement dur pour elle quand Mathilde travaillait à la galerie, pensa Lotto. Mathilde était le bras droit d'Ariel. Cultivée, intelligente, pleine de grâce. Évidemment qu'Ariel la mettait sur un piédestal. Comme tout le monde d'ailleurs.

« Ah ! Ça, c'est trop drôle, répondit Luanne. Moi, jalouse de *toi* ?

— S'il vous plaît, arrêtez, dit Chollie. Si c'était un Picasso, tout le monde trouverait que Mathilde a eu un flair génial. T'es vraiment trop conne, toi.

— Quoi, tu me traites de conne ? Mais je sais même pas qui tu es ! rétorqua Luanne.

— On s'est vus un million de fois. Tu dis ça à chaque fois. »

Danica suivait la querelle à la manière d'un match de ping-pong. Elle avait encore perdu du poids ; ses bras et ses joues étaient recouverts d'un étrange duvet. Elle riait.

« Je vous en prie, arrêtez de vous disputer, dit doucement Rachel.

— Je sais même pas pourquoi je viens à vos soirées débiles, de toute façon », déclara Luanne en se levant. Elle en pleurait presque de rage. « Tu es vraiment une usurpatrice, Mathilde, et tu sais parfaitement ce que je veux dire. » Ensuite elle se tourna vers Lotto et, telle une vipère : « Pas toi, Lotto, toi, tu es juste une espèce de Bambi hallucinant. N'importe qui à ta place aurait déjà compris qu'il n'avait pas assez de talent pour la scène. Mais personne ne veut te blesser. Et surtout pas ta femme qui prospère en te réduisant au rôle du môme dans ta propre vie. »

Lotto bondit de sa chaise si vite que le sang reflua de sa tête. « Ferme ta gueule de truie, Luanne. Ma femme est le meilleur être humain de cette planète et tu le sais bien.

— Lotto ! » s'écria Rachel, et Mathilde d'une voix plus tranquille : « Lotto, arrête », quant à Natalie et Susannah, elles s'exclamèrent : « Eh ! »

Seul Chollie explosa d'un rire aigu. Olga, qu'ils avaient tous oubliée, fit volte-face, lui tapa sur l'épaule, traversa la pièce en cliquetant sur ses talons hauts, puis ouvrit grand la porte et cria : « Vous êtes des monstres ! » avant de se précipiter dehors. Le vent glacial de la rue s'engouffra bientôt dans l'escalier et vint les éclabousser de flocons.

Pendant un long moment, rien ne se passa. Puis Mathilde dit : « Va la chercher, Chollie.

— Nan. Elle ira pas loin sans son manteau.

— Il fait moins dix, connard », déclara Danica, et elle jeta à la tête de Chollie la fourrure synthétique d'Olga.

Il se leva en grommelant et sortit, claquant les deux portes derrière lui. Mathilde à son tour se leva, alla chercher le tableau sur la cheminée, derrière le bouddha de cuivre luisant, et le tendit à Luanne.

Luanne considéra le tableau entre ses mains. « Je ne peux pas. » Dans la pièce, les autres avaient le sentiment qu'une bataille féroce se livrait en silence.

Mathilde se rassit, croisa les bras, ferma les yeux. Luanne posa le tableau contre ses genoux, puis elle sortit et la porte se referma sur elle pour toujours. En son absence, l'appartement sembla plus clair ; même les lumières du plafond parurent plus douces.

Les amis s'en allèrent, un à un. Rachel s'enferma dans la salle de bains, et ils entendirent l'eau couler.

Quand ils furent seuls, Mathilde s'agenouilla devant Lotto, ôta ses lunettes et blottit son visage contre sa poitrine. Il la serra désespérément dans ses bras en émettant de petits bruits réconfortants. Les conflits lui donnaient la nausée. C'était insupportable. Les frêles épaules de sa femme tremblaient. Mais quand enfin elle releva la tête, il fut stupéfait : son visage était rouge et gonflé, mais elle riait. Elle riait ? Lotto embrassa les traces couleur prune sous ses yeux, les taches de rousseur sur son teint pâle. Il ressentit un respect vertigineux.

« Tu as traité Luanne de truie. Toi ! Monsieur Gentil. Tu as bondi pour sauver la soirée. Ah ! »

Quelle femme merveilleuse. Il comprit avec une montée de chaleur qu'elle se sortirait de cette période de tension et de malheur si terrible qu'elle ne pouvait la partager avec lui. Elle lui reviendrait. Elle l'aimerait à nouveau. Elle ne le quitterait pas. Et partout où ils habiteraient dorénavant, le tableau apporterait une touche de bleu. Ce serait une preuve. Leur couple se releva de terre, s'étira et les considéra, les mains sur les hanches. Mathilde revenait vers Lotto. Alléluia.

« Alléluia », dit Chollie en s'envoyant un grog presque uniquement constitué d'alcool. Il était vingt-trois heures. « Le Christ est né. » Lotto et lui s'étaient lancés dans une compétition tacite, c'était à qui serait le plus saoul. Lotto dissimulait mieux son ivresse, il paraissait dans son état normal, pourtant la pièce se mettait à tourner quand il ne fermait pas les yeux.

Dehors, la nuit épaisse. Les réverbères, éclatantes sucettes de neige.

Tante Sallie parlait depuis des heures, à présent elle disait : « … bien sûr, je n'y connais rien, je ne suis pas quelqu'un de sophistiqué comme vous l'êtes, vous, les artistes diplômés, et c'est évident que je n'ai pas à te dire ce que tu dois faire, Lotto, mon garçon, mais si c'était moi, même si ça ne l'est pas, je le sais, oui, si c'était moi, je dirais que j'ai tout donné, je serais diablement fière des trois, quatre pièces où j'ai joué ces dernières années, et je dirais, ben oui, tout le monde ne peut pas être Richard Burton, et peut-être que je peux faire autre chose de ma vie. Par exemple, m'occuper du patrimoine, quoi. Revenir dans les bonnes grâces d'Antoinette. Me faire dé-déshériter. Tu sais, elle ne va pas très fort, avec son cœur malade. Rachel et toi, vous allez beaucoup y gagner quand elle disparaîtra, dieu fasse que ce ne soit pas pour bientôt. » Elle regarda Lotto avec sagacité par-dessus son nez de canari.

Sur la cheminée, le bouddha riait en silence. Autour de lui, de luxuriants poinsettias. En dessous, un feu que Lotto avait eu l'audace de préparer avec des brindilles ramassées dans le parc. Plus tard, il y aurait un grand feu de bois, le bruit du vent tel un train de marchandises qui s'engouffre, et les camions arrivant dans la nuit.

« Je me bats, c'est vrai, accorda Lotto. Mais bon, je suis né riche, blanc et de sexe masculin. Je serais désœuvré si je ne devais pas me bagarrer un peu. Je fais ce que j'aime. Ce n'est pas rien. » La réplique paraissait mécanique, même à ses propres oreilles. Mauvaise interprétation, Lotto. [Mais il joue moins bien qu'auparavant, n'est-ce pas ?] Le cœur n'y était plus.

« Qu'est-ce que c'est la réussite, d'ailleurs ? déclara Rachel. C'est pouvoir travailler autant qu'on veut dans le domaine qui nous fait vibrer. Lotto a eu régulièrement du travail au fil des années.

– Je t'adore », dit-il à sa sœur. Elle était au lycée, et aussi mince que Sallie. Elle avait hérité du côté Satterwhite, brune, poilue, disgracieuse ; ses amis ne parvenaient pas à croire qu'elle était la sœur de Lotto. Et il était le seul à la trouver magnifique, sans défaut. Ses traits fins lui rappelaient les sculptures de Giacometti. Elle ne souriait plus jamais. Il l'attira contre lui et l'embrassa, sentant sa tension intérieure.

« La réussite, c'est l'argent, dit Chollie. Sans blague.

– La réussite, dit Sallie, c'est de découvrir votre talent, mes petits choux. Lotto, tu es né avec. Je l'ai vu à l'instant où tu es sorti d'Antoinette en t'égosillant. Au beau milieu d'une tornade. C'est juste que tu ne l'*entends* pas, ton talent. Gawain me disait toujours qu'il te voyait président des États-Unis ou astronaute. La réussite puissance dix. C'est écrit.

– Désolé de te décevoir, répondit Lotto. Et de démentir les astres.

– Eh bien, tu as aussi déçu notre défunt père, ajouta Rachel en riant.

– À notre défunt père déçu », déclara Lotto. Il leva son verre en direction de sa sœur et ravala son amertume. Ce n'était pas sa faute ; elle n'avait jamais connu Gawain, elle ignorait la peine qu'elle lui causait.

Mathilde apparut, un plateau dans les mains. Majestueuse dans sa robe argent, avec ses cheveux platine, un côté à la Hitchcock : elle s'était remise à se faire belle depuis qu'elle avait eu une promotion, six mois plus tôt. Lotto eut envie de l'emmener dans la chambre pour chasser sa frustration d'un vigoureux élan.

Sauve-moi, s'inscrivit sur ses lèvres, mais sa femme ne lui prêtait pas attention.

« Je suis inquiète. » Mathilde posa le plateau sur le comptoir de la cuisine et se tourna vers eux. « J'ai laissé ce plateau à Bette ce matin, il est vingt-trois heures et elle n'y a pas touché. Est-ce que quelqu'un l'a vue ces derniers jours ? »

Silence, cliquetis de la pendule que Sally avait apportée dans son maigre bagage. Tous levèrent les yeux vers le plafond, comme s'ils pouvaient voir à travers les couches de plâtre, de parquet, de moquette l'intérieur du sombre et glacial appartement [silencieux, excepté le bourdonnement du réfrigérateur, une grosse masse froide sur le lit, la seule chose qui respirât étant le chat affamé se frottant contre la fenêtre].

« Mmm, fit Lotto. C'est Noël. Elle est sûrement partie hier dans sa famille et elle a oublié de nous le dire. Personne passe Noël tout seul.

– Si. Manman, répondit Rachel. Manman est seule dans sa petite maison humide sur la plage, à regarder les baleines avec ses jumelles.

– Mais non. Ta mère avait le choix et elle a préféré obéir à son agoraphobie plutôt que de venir passer Noël en compagnie de ses enfants. Tu peux me croire, je sais bien que c'est une maladie. Je vis avec tous les jours. Je ne sais même pas pourquoi je continue à lui acheter un billet d'avion chaque année. Cette fois, elle avait pourtant préparé ses valises. Elle avait mis sa veste, s'était parfumée. Et puis elle s'est assise sur le canapé. Et ensuite elle a dit qu'elle préférait ranger les boîtes de photos dans la salle de bains qu'on n'utilise pas. Elle fait ses choix, elle est adulte. Ce n'est pas à nous de culpabiliser », affirma tante Sallie, mais ses lèvres pincées démentaient ses propos. Lotto sentit une vague de soulagement l'envahir. Cette façon qu'elle avait de le titiller ce soir, de le chercher, de l'agacer, tout cela prenait racine dans sa propre culpabilité.

« Mais je ne culpabilise pas, rétorqua Rachel, le visage blême.

– Moi, si, dit doucement Lotto. Je n'ai pas vu ma mère depuis si longtemps. Je me sens mal vis-à-vis d'elle. »

Chollie poussa un soupir sarcastique. Sallie lui décocha un regard noir. « Enfin, ce n'est pas comme si vous ne pouviez pas aller la voir, reprit-elle. Je sais bien qu'elle vous a coupé les vivres, mais vous n'avez qu'à passer cinq minutes avec elle et elle vous adorera tous les deux. C'est une promesse que je vous fais. Et je peux la réaliser. »

Lotto ouvrit la bouche, mais il y avait trop à dire, des choses pleines d'amertume à l'égard de sa mère et totalement contraires à l'esprit de Noël, alors il ravala ses paroles.

Mathilde posa une bouteille de vin rouge avec brusquerie. « Écoute. Antoinette n'est jamais venue dans cet appartement. Elle ne m'a jamais vue. Elle s'est mise en colère et a décidé de le rester. On ne va pas la plaindre d'avoir fait ce choix-là. » Lotto s'aperçut que les mains de sa femme tremblaient ; de rage, il en était certain. Il aimait les rares moments où il parvenait à entrevoir combien son calme habituel était en réalité superficiel ; combien elle bouillait au fond d'elle-même. Quand il laissait s'exprimer sa propre perversité, Lotto avait envie d'enfermer Mathilde et sa mère dans une pièce pour qu'elles règlent leurs comptes. Mais non, jamais il n'infligerait ça à Mathilde ; elle était trop vulnérable pour pouvoir demeurer ne serait-ce qu'une minute en présence de sa mère et en ressortir indemne. Elle éteignit le lustre, si bien que seul le sapin étincelait de ses guirlandes lumineuses et cristaux de verre, et Lotto l'attira sur ses genoux.

« Respire », dit-il à mi-voix dans les cheveux de sa femme. Rachel contemplait l'arbre en clignant les yeux.

Sallie avait exprimé des vérités difficiles à entendre, il le savait. Il était devenu évident au cours de l'année passée qu'il ne pouvait plus compter sur son charme, que celui-ci s'estompait peu à peu ; il le testait encore et encore dans les cafés, lors d'auditions éprouvantes ou auprès des gens qui lisaient dans le métro, mais il ne lui restait plus rien en dehors du minimum dont disposait tout homme jeune et plutôt séduisant. Aujourd'hui, les gens se détournaient de lui. Pendant longtemps il avait cru qu'il n'avait qu'à l'actionner pour qu'il fasse effet. Seulement, il les avait perdus, cette grâce, cette séduction, ce rayonnement. Envolées, les paroles faciles. Il ne se souvenait pas d'un soir où il ne se soit endormi ivre.

Alors il ouvrit la bouche et se mit à chanter *Jingle Bells*, chanson de Noël qu'il détestait, mais de toute façon il n'avait jamais prétendu être le meilleur ténor du monde. Qu'aurait-il pu faire d'autre que chanter face au désespoir, à l'image de sa mère obèse, assise seule près d'un majestueux palmier en pot orné d'ampoules colorées ? Les autres se joignirent à lui, comme par miracle, tous excepté Mathilde, toujours roide de colère, même si elle commençait à se radoucir, qu'un sourire fleurissait sur ses lèvres. Enfin, elle se mit à chanter à son tour.

Sallie observait Lotto d'un regard pénétrant. Son garçon. Cœur de son cœur. Elle était lucide, savait que Rachel, dotée d'un sens moral plus fin, plus gentille, plus humble, méritait davantage son affection. Mais c'était pour lui que Sallie priait en s'éveillant. Les années d'absence lui avaient été douloureuses. [... *in a one-horse open sleigh*[1]...] Lui revenait à présent en mémoire le Noël d'avant la fin de ses études, avant qu'il rencontre Mathilde, il avait retrouvé Sallie et Rachel à Boston, ils étaient descendus dans un vieil hôtel imposant, il y avait près d'un mètre de neige et ils étaient comme prisonniers d'un rêve. Lotto avait réussi à obtenir un rendez-vous avec une fille qui dînait à une autre table, il déployait une grâce si semblable à celle d'Antoinette lorsqu'elle était encore belle et jeune que Sallie en était bouche bée. Antoinette, l'ondulante, s'était un instant substituée à son fils. Plus tard, Sallie avait attendu jusqu'à minuit, en embuscade, devant la fenêtre en vitrail blanc au bout du couloir où se situaient leurs chambres, tandis que la neige tombait sans fin derrière elle sur Boston Common, le grand parc de la ville. [... *o'ver the fields we go*[2]...] À l'autre extrémité, toutes petites, trois femmes de chambre avec leurs chariots riaient en essayant de se faire taire mutuellement. Enfin, la porte de Lotto s'ouvrit et il

---

1. « ... dans un traîneau tiré par un cheval... » (Paroles de *Jingle Bells*.)
2. « ... par les champs nous allons... » (Idem.)

sortit nu, à l'exception d'un short de sport. Quel dos magnifique il avait, comme sa mère, enfin à l'époque où elle était mince. Il avait une serviette autour du cou ; il descendait à la piscine. Le péché qu'il avait l'intention de commettre était si douloureusement évident que Sallie rougit en imaginant les fesses de la fille où s'imprimerait le dessin du carrelage, et les genoux de Lotto abîmés au matin. D'où tenait-il cette incroyable assurance ? se demanda-t-elle alors qu'il s'éloignait en direction des femmes de chambre. Il leur dit quelque chose, et toutes trois gloussèrent, l'une d'elles lui donnant un petit coup de chiffon, une autre lançant des objets brillants, des chocolats, contre son torse. [… *laughing all the way, ha, ha, ha*[1] *!*] Il les attrapa au vol. Son rire arriva jusqu'à Sallie. Il devenait de plus en plus ordinaire, songea-t-elle. Banal. S'il n'y prenait garde, une gentille fille lui mettrait le grappin dessus, Sallie le sentait, et Lotto se laisserait glisser vers le mariage, vers un travail sans intérêt mais bien payé, une famille, des cartes de vœux, une maison sur la plage, l'embonpoint lié à l'âge, les petits-enfants, trop d'argent, l'ennui, la mort. Dans sa vieillesse il serait fidèle et conservateur, aveugle devant ses privilèges. Quand Sallie cessa de pleurer, elle s'aperçut qu'elle était seule, un courant d'air froid filtrait par la fenêtre jusque dans son cou, deux rangées de portes de part et d'autres qui allaient, diminuant, jusqu'au néant à l'autre bout. [… *what fun it is to ride and sing a sleighing song tonight, oh*[2] *!*] Mais dieu soit loué ! Mathilde était apparue ; et même si au début, elle avait semblé le

1. « … riant pendant tout le trajet, ha, ha, ha ! » (Idem.)
2. « … comme c'est amusant de glisser en chantant une chanson de traîneau ce soir, oh ! » (Idem.)

portrait craché de la gentille fille redouté par Sallie, en réalité, elle ne l'était pas. Sallie percevait sa dureté de granit. Mathilde saurait sauver Lotto de sa propre paresse, avait-elle pensé ; hélas, des années plus tard, Lotto demeurait un homme ordinaire. Le refrain se grippa dans sa gorge.

Un inconnu qui se hâtait aussi vite que possible sur le trottoir gelé jeta un coup d'œil par la fenêtre. Il vit un cercle de gens qui chantaient, baignés de la lumière pure du sapin, et son cœur fit un bond : l'image resta gravée dans sa mémoire ; elle se fondit en lui lorsqu'il rentra auprès de ses enfants déjà endormis, et de sa femme qui s'efforçait avec difficulté de monter un tricycle sans le tournevis qu'il était justement parti chercher. Elle demeura en lui longtemps après que ses enfants eurent déchiré les emballages de leurs cadeaux et abandonné leurs jouets dans une mer de papiers, lorsqu'ils furent devenus trop grands pour s'amuser avec, qu'ils eurent quitté la maison, leurs parents, leur enfance, si bien que sa femme et lui s'étaient regardés, ahuris, en constatant que tout cela était passé si terriblement vite. Et pendant toutes ces années, l'image de ces gens chantant dans la douce lumière de cet appartement en sous-sol se cristallisa dans son esprit pour devenir l'incarnation même du bonheur.

Presque minuit, et Rachel ne s'en remettait pas, de ce plafond. Quelle mouche avait donc piqué Mathilde d'utiliser de la peinture dorée ? Leurs corps se reflétaient, semblables à des grumeaux dans l'éclat qui les surplombait. Cela transformait réellement la pièce, diffusait une élégante brillance sur les murs sombres. En ce glacial dernier jour de l'année, on aurait dit qu'une main avait retiré le plafond, comme le couvercle d'une boîte de sardines, et qu'on se trouvait sous un soleil d'août.

Cela paraissait incroyable qu'il s'agisse de la même pièce vide et blanche où elle était entrée sept ans plus tôt pour leur pendaison de crémaillère, avec ces enchevêtrements de corps désordonnés et ces relents de bière, la glorieuse chaleur moite des peaux et le jardin rayonnant sous la lumière de ce début d'été à travers les fenêtres. À présent, des stalactites brillaient à la lumière des réverbères. Le bouddha était entouré d'orchidées, il y avait des lianes du diable dans les coins, des chaises Louis XIV recouvertes de sacs de farine français. C'était élégant, étouffant, bien trop beau. Une cage dorée, pensa Rachel. Mathilde s'était montrée impatiente avec Lotto toute la soirée. Elle ne souriait plus en le regardant. D'ailleurs, c'était à peine si elle le regardait. Rachel redoutait que Mathilde, qu'elle aimait aussi tendrement que les autres, ne soit sur le point d'exploser dans un tourbillon d'ailes. Pauvre Lotto. Pauvres eux tous, si Mathilde le quittait.

Elizabeth, la nouvelle petite amie de Rachel, une fille aux cheveux et à la peau si pâles qu'on l'aurait crue de papier, devina qu'elle avait les nerfs à vif et elle lui serra l'épaule. Rachel sentit toute tension disparaître. Elle reprit une respiration hésitante et embrassa timidement Elizabeth dans le cou.

Dehors, le passage rapide d'un chat sur le trottoir. Ça ne pouvait pas être celui de la vieille dame du dessus. Il était déjà vieux quand ils avaient emménagé ; au Noël précédent, il n'avait pas mangé pendant trois jours, jusqu'à ce que Lotto et Mathilde réussissent à contacter le propriétaire, en vacances aux îles Vierges, et que quelqu'un soit mandaté pour ouvrir la porte. Pauvre Bette, morte et déjà décomposée. Lotto avait dû emmener Mathilde, hystérique, chez Samuel, où elle était restée une semaine le temps de se calmer et que les équipes de nettoyage fassent leur travail. Étrange spectacle que de voir Mathilde perdre soudain son calme imperturbable ; tout à coup, Rachel s'était représentée la petite fille maigre aux grands yeux qu'elle avait dû être, et elle l'en avait aimée encore davantage. Un jeune couple habitait désormais au-dessus, ils avaient un bébé, voilà pourquoi le nombre d'invités au réveillon était restreint cette année. Apparemment, les nourrissons n'appréciaient pas le bruit.

« Des pondeurs », dit Mathilde *ex nihilo*, Mathilde qui savait lire dans les pensées. Elle rit devant le visage médusé de Rachel et retourna à la cuisine verser du champagne dans les verres posés sur un plateau d'argent. Lotto songea au bébé, là-haut, puis il imagina Mathilde enceinte : d'une minceur de jeune fille, de dos ; mais de profil, comme si elle avait avalé une calebasse. Cette pensée le fit rire. Bonnet dégrafé, sein débordant à l'air, assez gros même pour sa bouche affamée. Des journées naissant de sa peau propre et tiède, de son lait ; voilà ce qu'il voulait, c'était exactement ça.

Chollie, Danica, Susannah, Samuel, tous assis dans le calme, pâles, trop sérieux. Cette fois, eux seuls étaient venus fêter le réveillon du nouvel an, c'était une mauvaise année avec toutes ces ruptures. Samuel était maigre, la peau craquelée autour de la bouche. C'était sa première sortie depuis qu'il avait été opéré de son cancer du testicule. Il paraissait diminué pour la première fois de sa vie. « En parlant de pondre, la semaine dernière, j'ai vu cette fille avec qui tu sortais à la fac, Lotto, dit Susannah. Comment elle s'appelait ? Bridget. Elle est pédiatre spécialisée en oncologie. Très

très enceinte. Toute gonflée, comme une tique. Elle a l'air heureuse.

— Je ne suis sorti avec personne à la fac. Sauf Mathilde. Pendant deux semaines. Et après, on s'est enfuis tous les deux.

— Non, tu n'es sorti avec personne. Tu as juste baisé toutes les filles de la vallée de l'Hudson. » Samuel éclata de rire. La chimiothérapie l'avait rendu chauve ; sans ses boucles, il ressemblait à une fouine. « Désolé, Rachel, mais ton frère était un vrai queutard.

— Ouais, ouais, on m'a raconté, répondit celle-ci. Je crois que cette Bridget venait à vos soirées au début, quand vous avez emménagé ici. Qu'est-ce qu'elle était ennuyeuse. Vous arriviez toujours à faire tenir un million de gens dans cette pièce. Ça me manque. »

S'élevèrent alors les fantômes de leurs fêtes d'antan, de ceux qu'ils étaient, plus jeunes, trop bêtes pour comprendre qu'ils étaient les plus heureux du monde.

Qu'est-il arrivé à tous nos amis ? se demanda Lotto. Ceux qui semblaient tellement importants avaient peu à peu disparu. Les princes de l'informatique avec leurs jumeaux dans des poussettes, Park Slope et la bière artisanale. Arnie, qui possédait un empire dans les bars de nuit et s'envoyait toujours des filles avec des piercings et des tatouages de taulards. Natalie, à présent directrice administrative et financière d'une start-up à San Francisco, cent autres, tous disparus. Leurs amis s'étaient éparpillés. Seul demeurait le noyau dur, le cœur.

« Je ne sais pas, dit doucement Susannah. Je crois que j'aime vivre seule. » Elle incarnait toujours l'adolescente dans ce soap. Ce serait le cas jusqu'à ce qu'ils tuent son personnage, ensuite elle jouerait les mères et les épouses. Les femmes dans les feuilletons étaient toujours définies par leurs relations aux autres.

« Ça me rend si triste de dormir seule, déclara Danica. J'ai envie de m'acheter une poupée gonflable, rien que pour me réveiller à côté de quelqu'un, le matin.

– Sors avec un mannequin. C'est pareil, répondit Chollie.

– Je te déteste, Chollie, lança-t-elle en se retenant de rire.

– Et patati, et patata. Vas-y, continue à me chanter le même refrain. Toi et moi, on connaît la vérité.

– Dans moins d'une minute, la boule de Times Square va tomber », déclara Mathilde en apportant le champagne.

Tout le monde se retourna vers Samuel, qui haussa les épaules. Même le cancer ne pouvait l'entamer.

« Pauvre Samuel qui n'en a déjà plus qu'une seule », ajouta Lotto. Il avait plongé dans le bourbon après le dîner et n'en était pas ressorti.

« Tu oublies sa boule à zéro, hasarda Chollie non sans sympathie pour une fois.

– Sam semi-scrotum », dit Mathilde, puis elle donna un petit coup de pied à Lotto, étendu sur le canapé. Il se redressa en bâillant. Il avait déboutonné son pantalon. Trente ans, sa jeunesse tirait à sa fin. Il sentait de nouveau les ténèbres l'engloutir, et répondit : « Ça y est, les gars. La dernière année de l'humanité. Au prochain réveillon, ce sera l'an 2000, tous les avions s'écraseront, les ordinateurs exploseront, les centrales nucléaires s'emballeront, on verra un gigantesque éclair, et ensuite le grand vide blanc nous enveloppera tous. Terminé. *Finito*, l'expérience humaine. Alors vivons-la à fond ! C'est la dernière année ! »

Il plaisantait ; il croyait à ce qu'il disait. Il songea combien le monde, sans humains, serait plus magnifique, plus vert, grouillant d'une vie étrange, de rats avec un pouce opposable, de singes portant des lunettes, de poissons mutants bâtissant des palais sous la mer. Comme tout, dans le vaste ordonnancement des choses, serait bien mieux sans humains pour témoins. Il songea au visage de sa mère, jeune, illuminé par la lumière mouvante d'une bougie, frappé par la révélation. « Et sous mes yeux, la femme se saoulait du sang des saints et du sang des martyrs de Jésus. À sa vue, je fus stupéfait[1] », murmura Lotto, alors ses amis le regardèrent, virent là quelque chose de terrible, et ils détournèrent les yeux.

Il avait brisé le cœur de Rachel. Toute sa putain de famille avait brisé le cœur de la jeune fille. Manman, ensevelie dans sa solitude, dans son malheur. Sallie, tel un petit chien obéissant aux quatre volontés d'Antoinette. Lotto, dont elle ne parvenait pas à comprendre l'orgueil ; seul un enfant pouvait rester si longtemps en colère, seul un enfant refusait de pardonner pour retrouver la paix. Mathilde vit les yeux de Rachel s'emplir de pitié et elle secoua la tête : Non. Il le verra.

« Trente secondes », dit Mathilde. Prince diffusé sur l'ordinateur, bien sûr.

Chollie se pencha vers Danica, prêt pour le baiser de minuit. Quel horrible petit homme. Quelle erreur de s'être laissée peloter une nuit dans le taxi qui les ramenait des Hamptons, l'été précédent. À quoi pensait-elle donc ? Elle était entre deux hommes à ce moment-là, mais tout de même. « Tu peux aller te faire foutre, dit-elle, mais il lui disait quelque chose.

« … me dois deux millions de dollars.

---

1. Apocalypse, 17,6.

– Quoi ?

– Vingt secondes et quelques avant 1999. Tu as parié qu'ils divorceraient en 1998, rappela-t-il en souriant.

– Tu fais chier.

– Toi aussi. Mauvaise joueuse.

– On a jusqu'à la fin de l'année.

– Vingt secondes, déclara Mathilde. Au revoir, 1998, sale année trop lente.

– Il n'y a rien de bon ni de mauvais, c'est parce qu'on y pense que c'est comme ça, contesta Lotto, complètement ivre.

– Tu dis vraiment n'importe quoi », rétorqua Mathilde. Lotto se recroquevilla, ouvrit la bouche, la referma.

« Tu vois ? chuchota Danica. Ils se disputent. S'il y en a un qui sort en claquant la porte, j'ai gagné. »

Mathilde prit un verre sur le plateau et entama le compte à rebours. « Dix. » Elle lécha le champagne qui avait coulé sur sa main.

« Je te décharge de ta dette si tu acceptes de sortir avec moi, dit Chollie à l'oreille de Danica dans un souffle chaud.

– Quoi ?

– Je suis riche. Tu es méchante. Alors, pourquoi pas ?

– Huit, dit Mathilde.

– Parce que tu me dégoûtes, répondit Danica.

– Six. Cinq. Quatre », continuèrent les autres. Chollie releva un sourcil.

« C'est bon, d'accord, soupira Danica.

– Un ! Bonne année ! » s'écrièrent-ils tous, et quelqu'un dans l'appartement du dessus frappa trois coups, et le bébé se mit à pleurer, et ils entendirent au-dehors le bruit atténué des voix qui hurlaient dans la nuit cristalline depuis Times Square, puis l'explosion des pétards dans la rue.

« Bonne année 1999, mon amour », dit Lotto à Mathilde ; il y avait si longtemps qu'ils ne s'étaient pas embrassés ainsi. Au moins un mois. Il avait oublié les taches de rousseur de son joli nez. Comment avait-il pu ? Rien de pire qu'une femme qui bosse nuit et jour pour étouffer l'esprit de l'amour. Rien de pire que les rêves moribonds, pensa-t-il, et les déceptions.

Les iris de Mathilde se rétrécirent quand elle redressa la tête. « C'est cette année que tu vas percer, dit-elle. Tu seras Hamlet à Broadway. Tu vas trouver ta voie.

– J'aime ton optimisme », répondit-il, mais il en était malade. Elizabeth et Rachel embrassaient Susannah sur les deux joues parce qu'elle avait l'air si seule. Samuel aussi l'embrassa en rougissant mais elle se moqua de lui.

« Je suis morte », lança Danica en s'écartant de Chollie après avoir échangé un baiser. Elle semblait très étonnée.

Ils s'en allèrent, deux par deux, et Mathilde éteignit les lumières en bâillant, déposa la nourriture et les verres sur le comptoir pour tout nettoyer le lendemain. Lotto la vit se tortiller dans la chambre pour retirer sa robe et se glisser en string sous la couette.

« Tu te souviens quand on baisait juste avant d'aller se coucher, le soir du réveillon ? Une bénédiction corporelle pour la nouvelle année », lui cria-t-il depuis le salon. Il envisagea d'ajouter quelque chose ; que cette année, peut-être, ils pourraient avoir un enfant. Lotto pourrait être le parent qui restait à la maison. C'était sûr que s'il avait eu l'anatomie adéquate, il y aurait déjà eu un oubli de pilule, et un petit Lotto pédalerait à présent dans son ventre. C'était injuste que seules les femmes jouissent de ce bonheur primordial, et pas les hommes.

« Chéri, avant, on baisait le jour des poubelles, et aussi le jour des courses.

– Qu'est-ce qui a changé ?

– On a vieilli. On fait ça plus souvent que la plupart de nos amis qui sont en couple. Deux fois par semaine, c'est pas mal.

– C'est pas assez, murmura-t-il.

– J'ai entendu. Comme si je me refusais à toi. »

Il poussa un soupir, prêt à se lever.

« Très bien, reprit-elle. Si tu viens te coucher tout de suite, tu as le droit de me baiser. Mais ne t'énerve pas si je m'endors.

– Gloire ! Mmm… comme c'est tentant », dit Lotto, et il se rassit avec sa bouteille dans le noir.

Il écouta la respiration de sa femme se transformer en ronflement et se demanda comment il en était arrivé là. Ivre, seul, macérant dans l'échec. Le triomphe était assuré. Simplement il avait effrité son potentiel. Un péché. Trente ans, et il n'était rien. Ça vous tue peu à peu, l'échec. Ainsi que l'aurait dit Sallie, il s'était saigné à blanc petit à petit.

[Peut-être l'aimons-nous mieux ainsi ; devenu humble.]

Ce soir, il comprenait sa mère qui s'était enterrée vivante dans sa maison sur la plage. Ne plus risquer les souffrances qu'inflige le contact avec les autres. Il écouta la force noire qui battait au-dessous de ses pensées, elle était là depuis toujours, depuis la mort de son père. Lâcher prise. Le fuselage d'un avion pourrait tomber et le clouer par terre. Un petit déclic dans son cerveau et il s'éteindrait. Une paix bénie, enfin. Il y avait des cas d'anévrisme dans sa famille. Son père en avait été victime soudainement, à quarante-six ans, bien trop jeune ; et tout ce que Lotto voulait, c'était fermer les yeux, retrouver son père, poser la tête sur sa poitrine, le sentir, entendre les chaudes pulsations de son cœur. Était-ce trop demander ? L'un de ses parents l'avait aimé. Mathilde lui avait suffisamment donné, mais il l'avait écrasée. La foi brûlante qu'elle lui témoignait avait perdu de sa ferveur. Elle avait détourné les yeux. Il l'avait déçue. Mon dieu, il était en train de la perdre, et si elle partait, si elle le quittait – sa valise en cuir à la main, sa fine silhouette qui ne se retourne pas –, alors autant être mort.

Lotto pleurait ; il le comprenait à cette sensation froide sur sa figure. Il essayait de ne pas faire de bruit. Mathilde avait besoin de dormir. Elle travaillait seize heures par jour, six jours sur sept, il lui devait le gîte et le couvert. Il n'avait rien apporté dans leur couple, seulement de la déception et du linge sale. Il sortit l'ordinateur portable de sous le canapé où il l'avait fourré quand Mathilde lui avait demandé de mettre de l'ordre avant que les invités arrivent. Il voulait aller sur Internet, être en lien avec les âmes tristes de ce monde, mais à la place, il ouvrit un nouveau document Word, ferma les yeux et songea à ce qu'il avait perdu. Son État d'origine, sa mère, cette lumière qu'il savait naguère allumer chez les autres, chez sa femme. Son père. Tout le monde avait mésestimé Gawain parce qu'il était discret, peu instruit, pourtant lui seul avait compris la valeur de l'eau emprisonnée sous les terres familiales couvertes de fourrés, il avait exploité cette source, il avait vendu son eau. Lotto pensa aux photos de sa mère jeune du temps où elle incarnait une sirène, sa queue de poisson enfilée comme un bas sur ses jambes, ondulant dans les sources froides. Il se rappela lorsqu'il plongeait sa petite main dans la source, les os glacés, engourdis, combien il aimait cette sensation de douleur.

Douleur ! La lumière du matin dardait des épées dans ses yeux.

Mathilde, entourée d'un aveuglant halo de stalactites à la fenêtre. Elle portait sa vieille robe de chambre minable. Ses pieds étaient blancs de froid. Et son visage – qu'exprimait-il ? Quelque chose n'allait pas. Les yeux rouges, gonflés. Qu'avait-il donc fait ? Sans doute quelque chose d'affreux. Peut-être avait-il laissé des images pornos sur son ordinateur et elle avait trouvé ça au réveil. C'était peut-être du porno vraiment trash, le pire du pire, il craignit que sa curiosité démesurée ne l'ait conduit à cliquer sur des trucs de plus en plus hard, jusqu'à l'innommable. Elle allait le quitter. Il était fini. Gros, seul, échec sur toute la ligne : il ne valait même pas l'air qu'il respirait. « Ne me quitte pas. Je ferai des efforts », marmonna-t-il.

Elle redressa la tête, se leva, traversa le tapis jusqu'au canapé, posa l'ordinateur sur la table basse et prit son visage entre ses mains froides.

Sa robe de chambre s'entrouvrit, dévoilant ses cuisses, deux doux putti roses qui portaient presque des ailes.

« Oh, Lotto », dit-elle, et son haleine aux odeurs de café se mêla à la sienne, tendance rat musqué crevé, et il sentit la caresse de ses cils sur sa tempe. « Mon amour, tu as réussi.

– Comment ?

– C'est génial. Je me demande pourquoi je suis aussi surprise, parce que tu es brillant, évidemment. Mais il y a si longtemps que tu te bats.

– Merci. Excuse-moi, mais qu'est-ce qui se passe ?

– Mais je ne sais pas ! C'est une pièce, je suppose. Qui s'appelle *Les Sources*. Tu l'as commencée cette nuit à une heure quarante-sept. Je n'arrive pas à croire que tu aies pu écrire tout ça en cinq heures. Il faut un troisième acte. Et puis retravailler. Je m'y suis déjà mise. Tu es nul en orthographe, mais bon, ça, on le savait. »

Tout lui revint d'un coup, il avait écrit pendant la nuit. Une pépite d'émotion profondément enfouie, un truc sur son père. Oh...

« Et tout ce temps, il était là, bien caché sous nos yeux. Ton véritable talent. »

Elle le chevauchait, faisait glisser son jean sur ses hanches.

« Mon véritable talent, répéta-t-il lentement. Était caché.

– Ton génie. Ta nouvelle vie. Tu es fait pour être dramaturge, mon amour. Putain, heureusement qu'on s'en est rendu compte.

– Qu'on s'en est rendu compte. » Comme s'il sortait du brouillard : petit garçon, homme adulte. Des personnages qui étaient lui tout en ne l'étant pas, Lotto transformé par le point de vue omniscient. Vague d'énergie en considérant ces deux êtres, ce matin. Il y avait de la vie dans ces personnages. Et soudain il eut envie de revenir en ce monde, d'y habiter encore un peu plus longtemps.

Et sa femme lui disait : « Bonjour, sire Lancelot, hardi gaillard. Venez prendre part à la joute. » Quelle merveilleuse manière de se réveiller tout à fait, sa femme à califourchon qui murmurait des choses à son zob, élevé au rang de chevalier, le réchauffant de son souffle tout en lui chuchotant qu'il était quoi ? Un génie. Lotto en avait depuis longtemps la conviction intime. Depuis qu'il était tout petit, quand il s'égosillait sur une chaise, à en faire rougir et pleurer les hommes. Dieu que c'était bon d'en avoir la confirmation, surtout de cette façon. Sous un plafond d'or, sous une femme en or. Bon, très bien. Il serait dramaturge.

Il vit le Lotto qu'il croyait être se lever, avec son maquillage et sa houppelande, son pourpoint plein de sueur, il haletait, son rugissement intérieur se diffusait au-dehors à mesure que le public se levait pour lui faire un triomphe. Fantôme, il sortit de son corps, exécuta une révérence élaborée et franchit pour de bon la porte close de l'appartement.

Il aurait dû ne rien rester. Pourtant il demeurait une version de lui-même. Un moi séparé, nouveau, sous sa femme dont le visage remontait le long de son ventre tandis qu'elle écartait son string pour le prendre tout entier. De ses mains il ouvrit sa robe de chambre pour dégager ses seins, des petits oiseaux, elle releva le menton pour contempler leur vague reflet au plafond. Elle dit : « Oh, mon dieu », et son poing s'abattit lourdement sur la poitrine de son mari : « Dorénavant, tu es Lancelot. Plus de Lotto. Lotto est un nom d'enfant et tu n'es plus un enfant. Tu es un sacré putain de génie du théâtre, Lancelot Satterwhite. Nous allons réussir. »

Si cela signifiait que les yeux de sa femme allaient de nouveau être rieurs entre ses cils blonds, qu'elle le chevaucherait telle une championne d'équitation, alors il pouvait changer. Il deviendrait ce qu'elle attendait de lui. Ne serait plus un acteur raté. Mais un futur dramaturge. Monta en lui une impression, comme s'il avait découvert une fenêtre dans un placard sans lumière, fermé à clé, derrière lui. Et néanmoins, toujours, une espèce de douleur, de perte. Il referma les yeux pour s'en prémunir et se mit à avancer dans le noir vers ce que seule Mathilde percevait pour l'instant.

4

LES SOURCES, 1999

Il n'avait pas encore dessaoulé. « C'est la plus belle nuit de ma vie, s'exclama-t-il. Un million de rappels. Tous mes amis. Et toi, si magnifique. Ovations. *Off Broadway*. Arrêt au bar ! Retour à la maison, les étoiles dans le ciel !

– Les mots te font défaut, ce soir, mon amour », dit Mathilde.

[Faux. Les mots, ce soir-là, ne lui avaient pas fait défaut. Invisibles dans les recoins du théâtre, les forces du jugement s'étaient rassemblées. Elles avaient observé, elles avaient jaugé et été satisfaites.]

« Le corps reprend le dessus, maintenant », dit-il, et elle était partante, mais quand elle ressortit de la salle de bains, il s'était assoupi, nu sur la couette, et elle le recouvrit, baisa ses paupières, goûta à sa gloire. La savoura. S'endormit.

LE ROI BORGNE, 2000

« Chéri, cette pièce porte sur Érasme. Tu ne peux pas l'intituler *Les Oneiroi*.

— Pourquoi ? demanda Lotto. C'est un bon titre.

— Personne n'arrivera à s'en souvenir. Personne ne sait ce que ça signifie. Je ne sais même pas ce que c'est, les Oneiroi.

— Les Oneiroi sont les fils de Nyx. La nuit. Ce sont des songes. Les frères d'Hypnos, le sommeil, de Thanatos, la mort, et de Géras, la vieillesse. C'est une pièce sur les rêves d'Érasme, chérie. Le prince des humanistes ! Fils bâtard d'un prêtre catholique, rendu orphelin par la peste de 1483. Désespérément épris d'un autre homme...

— J'ai lu la pièce, je le sais déjà...

— Et le mot "oneiroi" me fait rire. C'est Érasme qui a dit : Au royaume des aveugles, les borgnes sont rois. One-eyed roi. *Roi à un œil**. Oneiroi.

— Oh », fit-elle. En l'entendant parler français, elle avait froncé les sourcils ; à l'université, elle obtenait toujours les meilleures notes en français, en histoire de l'art et en littérature de l'Antiquité. Un dahlia violet sombre à la fenêtre du jardin ; au-delà, l'éclat de la lumière d'automne. Elle s'approcha, posa le menton sur son épaule, les mains sur son pantalon. « Oui. C'est une pièce sexy.

— Bien sûr. Tes mains sont très douces, ma femme.

— Oh, je serre la main à ton roi borgne.

— Mon amour. Tu es géniale. Ça, c'est un meilleur titre.

— Je sais. Je te le donne.

— Tu es généreuse.

— Sauf que je n'aime pas la manière dont ton roi borgne me regarde. J'ai l'impression qu'il me jette le mauvais œil.

— Cachons donc sa tête », dit-il en l'emportant dans leur chambre.

ÎLES, 2001

« Ce n'est pas que je sois d'accord avec eux, dit-elle. Mais c'était assez gonflé de ta part d'écrire au sujet de trois femmes de chambre caribéennes dans un hôtel de Boston au beau milieu d'une tempête de neige. »

Il ne releva pas la tête, nichée au creux de son coude. Les journaux étaient éparpillés à travers le salon du nouvel appartement qu'ils avaient acheté au premier étage. Ils étaient encore trop pauvres pour s'offrir un vrai tapis. L'austérité du parquet de chêne luisant lui évoquait Mathilde.

« Phoebe Delmar, c'est ça, répondit-il. Elle hait tout ce que j'ai fait jusqu'ici et ferai à l'avenir. Appropriation culturelle et je ne sais quoi, strident, suraigu. Et pourquoi les critiques du *Times* sont allés ressortir l'argent de ma mère ? Quel rapport ? Alors que je n'ai pas les moyens de me payer le chauffage, mais qu'est-ce que ça peut bien leur fiche ? Et pourquoi ne pourrais-je pas écrire sur les pauvres, même si j'ai été élevé dans une famille qui a de l'argent ? Ils ne comprennent donc pas ce que le mot "fiction" veut dire ?

– On a les moyens de se payer le chauffage. Le câble, peut-être pas. Mais à part ça, c'est une bonne critique.

– C'est mitigé, grommela-t-il. J'ai envie de mourir. »

[Une semaine plus tard, des avions viendraient s'écraser à un kilomètre et demi de là, à son bureau Mathilde laisserait tomber sa tasse par terre, et elle se briserait ; à la maison, Lotto enfilerait ses chaussures de course et remonterait les quarante-trois rues vers le nord, jusqu'au bureau de sa femme, et en franchissant la porte tambour, il la verrait dans l'autre compartiment de verre, s'apprêtant à sortir. Ils se regarderaient, pâles, à travers la vitre, elle dehors, lui dedans, et il ressentirait une espèce de honte confuse mêlée à sa panique, dont la source – cet instant même, avec l'intensité de son minuscule désespoir – aurait déjà sombré dans l'oubli.]

« Tu te prends pour une diva de théâtre, lui dit-elle. C'est Phoebe Delmar qui gagne si tu meurs. Écris-en une autre.

– Sur quoi ? Je suis à cours d'inspiration. Fini, à l'âge de trente-trois ans.

– Reviens vers ce que tu connais le mieux.

– Je ne connais rien.

– Tu me connais, moi. »

Il la regarda et sourit, le visage couvert de l'encre noire des journaux. « C'est vrai », reconnut-il.

LA MAISON DANS LE VERGER, 2003

ACTE II, SCÈNE 1

[Sur la véranda de la maison à la plantation, Olivia en tenue de tennis attend Joseph. La mère de Joseph est installée dans son rocking-chair, un verre de vin blanc pétillant à la main.]

LADYBIRD : Allons, approchez et asseyez-vous. Je suis heureuse que nous ayons une minute pour causer. Il est rare que Joseph amène à la maison l'une de ses petites amies, vous savez. La plupart du temps, pour Thanksgiving, il n'y a que nous. La famille. Mais pourquoi ne me parleriez-vous pas un peu de vous, ma chère. D'où venez-vous ? Et que font vos parents ?

OLIVIA : De nulle part. Et rien. Je n'ai pas de parents, madame Dutton.
LADYBIRD : Sottise. Tout le monde a des parents. Vous êtes sortie de la tête de quelqu'un peut-être ? Navrée, mais vous n'êtes pas Minerve. Peut-être que vous n'appréciez guère vos parents, Dieu sait que je n'aime pas les miens, mais vous en avez, c'est une certitude.
OLIVIA : Je suis orpheline.
LADYBIRD : Orpheline. Personne n'a donc voulu vous adopter ? Une beauté comme vous ? Je n'en crois rien. Naturellement, vous deviez être une enfant renfrognée. Oh, oui. Je vois quelle enfant renfrognée vous étiez. Difficile. Trop intelligente pour votre propre bien.
OLIVIA *[après une longue pause]* : Joseph prend vraiment tout son temps.
LADYBIRD : Ce garçon est vaniteux. Il se regarde dans le miroir, prend la pose, examine sa jolie coiffure. *[Elles rient toutes les deux.]* Quoi qu'il en soit, vous ne désirez pas en parler, et je ne vous en blâme pas. D'anciennes blessures, j'en suis sûre, ma chère. La famille est la chose qui compte le plus au monde. La plus importante. En effet, c'est votre famille qui fait de vous ce que vous êtes. Sans famille, vous n'êtes personne.
[Olivia sursaute, lève les yeux. Ladybird la regarde avec un grand sourire.]
OLIVIA : Je ne suis pas « personne ».
LADYBIRD : Ma chère, sans vouloir vous offenser, j'en doute fort. Vous êtes ravissante, c'est certain, mais vous n'avez pas grand-chose à offrir à un garçon tel que Joey. Certes, il est amoureux, mais c'est un cœur d'artichaut. Ne vous inquiétez pas

à l'idée de lui briser le cœur. Il fera une nouvelle conquête à la minute qui suivra. Vous n'avez qu'à filer en douce. Vous nous ferez gagner du temps à tous. Laissez-le trouver quelqu'un qui lui corresponde davantage.

OLIVIA *[lentement]* : Qui lui corresponde davantage. Vous voulez dire, une fille dont la famille est riche ? C'est drôle, madame Dutton, car j'ai une famille. Et ils sont riches comme Crésus.

LADYBIRD : Seriez-vous une menteuse ? Car soit vous mentez maintenant, soit vous avez menti tout à l'heure en prétendant être orpheline. De toute façon, je n'ai pas cru un mot de ce que vous avez dit depuis votre arrivée ici.

JOSEPH *[il arrive avec un sourire radieux, en sifflotant]* : Salut, mes beautés.

OLIVIA : Je ne mens jamais, madame Dutton. Dire la vérité est pathologique chez moi. À présent, si vous voulez bien m'excuser, je dois aller disputer une partie de tennis avec mon petit mari. *[elle sourit]*

JOSEPH : Olivia !

LADYBIRD *[elle se lève]* : Votre. Votre quoi ? Votre petit mari ? Votre époux ? Joseph !

« Tu y vas un peu fort, non », dit Mathilde en levant les yeux. Une certaine tristesse se dessinant aux commissures de ses lèvres.

« Tu rencontreras ma mère, un jour, expliqua Lotto. Je veux juste que tu y sois préparée. Elle me demande toujours quand je vais m'installer avec une gentille fille.

– Aïe. » Mathilde le regarda depuis l'autre côté de la table, café et bagels à moitié mangés. « Dire la vérité est pathologique chez moi ? »

Il lui renvoya son regard. Attendit.

« D'accord », concéda-t-elle.

GACY, 2003

« "Qu'est-ce qui a bien pu pousser le jeune dramaturge Lancelot Satterwhite, dont le seul talent, jusqu'ici, a consisté à réinventer l'expérience du Sud avec une certaine dose de folie, à écrire une pièce à la gloire de John Wayne Gacy, le clown pédophile, tueur en série ? Comme si les dialogues plombés, les affreuses chansons qu'entonne Gacy a cappella et les scènes très explicites de meurtres et de massacres ne suffisaient pas, le public au bout de trois heures s'en retourne avec cette question désespérante : Pourquoi ? Cette pièce est non seulement exécrable, mais aussi de très mauvais goût. Peut-être est-ce un clin d'œil de Satterwhite à ses maîtres, ou une sorte d'hommage à *Sweeney Todd*, mais, hélas, Lancelot Satterwhite n'est pas Stephen Sondheim, et il ne le sera jamais" », lut Mathilde.

Elle jeta le journal.

« Tu as deviné. C'est cette salope de Phoebe Delmar, ajouta-t-elle.

— Tous les autres adorent, répondit-il. En général, j'éprouve une espèce de honte face à une mauvaise critique. Mais cette bonne femme est tellement à la masse que je m'en fiche complètement.

— Je trouve que la pièce est drôle.

— Oui, elle l'est. Le public était plié en quatre.

— Phoebe Delmar. Cinq pièces, cinq raclées. Cette femme n'y connaît rien. »

Ils se regardèrent, se sourirent.

« Écris-en une autre, dit-il. Oui, je sais. »

GRIMOIRE, 2005

« Tu es un génie, déclara-t-elle en posant le manuscrit.

— Alors baise-moi, dit-il.

— Avec plaisir. »

HAMLIN EN HIVER, 2006

Sallie, Rachel et le jeune époux de Rachel vinrent assister à la première. Époux ? Un homme ? Où était passée Elizabeth ? Mathilde et Lotto se tenaient la main dans le taxi qui les emmenait bruncher : communication non verbale.

Le mari était bavard comme une pie. « Un aimable benêt, dirait Mathilde plus tard.

— Un serpent illettré, trancherait Lotto. Mais qu'est-ce qu'elle fait ? Je croyais qu'elle était lesbienne. J'aimais beaucoup Elizabeth. Elle avait des seins magnifiques. Où donc a-t-elle été chercher ce junkie ?

— Ce n'est pas parce qu'il porte un tatouage dans le cou que c'est un junkie. » Mathilde réfléchit un moment. « Enfin, je crois. »

Ils apprirent toute l'histoire en dégustant leurs œufs Bénédicte. Rachel avait connu une année très difficile après l'université. Elle débordait de tant d'énergie que ses mains s'agitaient comme des colibris, de l'assiette aux couverts, du verre à ses cheveux, à ses genoux, sans cesse.

« On ne se marie pas à vingt-trois ans parce qu'on a eu une année très difficile, dit Lotto.

– Et toi, Lotto, pourquoi tu t'es marié à vingt-trois ans ? demanda Rachel. Je t'en prie, explique-moi.

– Touché », murmura Mathilde. Lotto la regarda. « En vérité, on avait vingt-deux ans. »

Enfin bref, comme l'avait dit Rachel, elle avait passé une très mauvaise année. Elizabeth l'avait quittée à cause d'un truc qu'elle avait fait. Quoi que ça pût être, c'était suffisamment grave pour que Rachel pique un fard et que son mari lui saisisse le genou sous la table. Elle était retournée à la maison sur la plage pour que Sallie s'occupe d'elle. Pete travaillait au Marineland.

« Vous êtes un scientifique, Pete ? demanda Mathilde.

– Non, je nourris les dauphins », expliqua-t-il.

Pete était la personne qu'il lui fallait au moment où il le fallait, déclara Rachel. Oh, et elle allait reprendre ses études de droit, et si ça ne dérangeait pas Lotto, après, elle s'occuperait de gérer le patrimoine familial.

« Manman t'a déshéritée, toi aussi ? s'enquit Lotto. Pauvre dame. On lui a volé la fête grandiose et frivole dont elle rêvait. Elle n'aurait pas su qui inviter et ne serait même pas venue, mais elle aurait adoré tout organiser. Manches bouffantes pour toi, Rachel. Pièce montée, genre pyramide maya. Des jeunes filles en crinoline distribuant des fleurs. Toute sa famille yankee pleine de coups de soleil, dévorée de jalousie. Ça ne m'étonnerait pas qu'elle désigne finalement comme légataire universel un refuge pour pitt-bulls schizophrènes ou quelque chose du genre. »

Pause. Sallie eut un mouvement de recul et s'intéressa soudain à sa serviette. « Elle ne m'a pas coupé les vivres », dit doucement Rachel.

Long silence. Lotto chassa l'affront d'un clignement.

« Mais j'ai dû signer un contrat de mariage. Je n'ai droit qu'à deux millions », précisa Pete, avec une mimique à la fois triste et comique, et tous baissèrent les yeux sur leur bloody mary. Pete rougit et reprit : « Ça, c'est en cas de malheur. Mais il ne va rien arriver, ma chérie », et Rachel eut un minuscule hochement de tête.

Pete ne serait qu'une gêne provisoire ; six mois plus tard, Elizabeth, avec ses gros seins soyeux, ses lunettes semblables à des yeux de chat, ses cheveux et sa peau très clairs, serait de retour pour de bon.

Au théâtre, Lotto observa sa tante et sa sœur. Au bout de dix minutes, leur mascara coulait, alors il soupira, se détendit et se passa la main sur le visage.

Après tous les rappels, les félicitations, les embrassades, le discours aux acteurs qui l'aimaient – l'aimaient d'amour, la manière dont ils le regardaient ne laissait aucun doute –, Mathilde réussit enfin à l'exfiltrer par la porte de derrière pour l'emmener au bar où elle avait demandé à l'assistante de réunir sa famille.

Sallie bondit, fondit en larmes, se pendit à son cou. Rachel le serra par la taille à l'en étouffer. Pete s'agitait en tous sens, tapotant le bras de Lotto. Sallie lui chuchota à l'oreille : « Je ne m'étais pas rendu compte, mon chou, à quel point tu voulais des bébés. »

Il la regarda avec étonnement. « C'est donc ça que tu as retenu de la pièce ? Que je veux des enfants ?

– Ben, oui, renchérit Rachel. Ta pièce parle de la famille, comment on se transmet les choses de génération en génération, le fait qu'à la naissance, on appartient à un territoire familial. C'était tellement évident. En plus, Dorothy est enceinte. Julie a un bébé, à l'étage. Et même Hoover porte le sien contre lui, dans un porte-bébé. Ce n'est pas ça que tu voulais dire ?

– Pas du tout », répondit Mathilde en riant.

Lotto haussa les épaules. « Peut-être. »

ALIÉNOR D'AQUITAINE, 2006

Un petit homme se précipita dans le carré VIP de la réception. Mèches blanches éparses. Il portait une cape verte râpée et, comme il s'agitait, ressemblait à un papillon lune. « Oh, mon garçon, cher, cher Lotto, vous avez réussi, vous l'avez fait, je le savais depuis le début. Vous l'avez dans le sang, le théâtre. Ce soir, Thalie vous embrasse. »

Lancelot sourit en voyant le petit homme mimer Thalie qui l'embrassait. Il prit un verre de champagne sur un plateau qui passait près de lui. « Merci beaucoup. J'adore Aliénor d'Aquitaine. C'était un génie, la mère de la poésie moderne. Mais, pardonnez-moi, je sais que nous nous connaissons, mais rappelez-moi les circonstances où nous nous sommes rencontrés ? »

Lotto sourit, fixant des yeux le petit homme, qui renvoya la tête en arrière prestement et cligna les paupières. « Oh. Mon garçon. Je suis navré. J'ai suivi votre carrière avec un tel bonheur, vous savez, et je vous connais si bien à travers vos pièces que je pensais que vous me reconnaîtriez. Ce vieux mensonge de l'autorité sur autrui. Je suis mortifié. Je fus votre professeur au pensionnat. Denton Thrasher. Cela vous… » Il reprit sa respiration et lança un théâtral : « Cela vous évoque-t-il quelque chose ?

– Je suis vraiment désolé, monsieur Thrasher. Je ne me souviens pas. Je perds un peu la mémoire. Mais je vous remercie beaucoup d'être venu me rappeler tout cela. »

Il sourit au petit homme.

« Vous ne vous souvenez pas », répondit Thrasher d'une voix tremblante ; puis il rougit et sembla disparaître sur place.

Mathilde, qui était restée tout le temps aux côtés de son mari, s'interrogea. Lotto avait une mémoire aussi inentamable qu'un diamant. Jamais il n'oubliait un visage. Il était capable de réciter une pièce mot pour mot, même après l'avoir vue seulement deux fois. Elle l'observa qui se retournait pour saluer une légende de la musique, lui faire le baisemain, et elle décela sous son charme et son rire facile une énergie pleine d'irritation. Denton Thrasher s'éloigna. Elle posa la main sur le bras de son mari. Quand la star s'en alla à son tour, Lotto se retourna vers Mathilde et, sans un mot, appuya sa tête contre son épaule pendant quelques secondes. Ses batteries rechargées, il repartit vers les autres.

MURS, PLAFOND, SOL, 2008

« *Murs, plafond, sol ?* » dit le producteur. C'était un homme aimable, à l'air endormi, qui dissimulait un cœur féroce dans la chair de sa poitrine.

« C'est la première partie de la trilogie des dépossédés, répondit Lotto. Même famille, personnages principaux différents. Ils perdent la maison de famille. C'est là qu'ils entreposent tout. Leur histoire, leurs meubles, leurs fantômes. Une tragédie. Les trois, espérons-nous, se joueront simultanément.

– Simultanément. Dieu du ciel. Ambitieux. Et de quelle partie de la trilogie s'agit-il ?

– De la partie santé mentale. »

DERNIÈRE GORGÉE, 2008

« *Dernière gorgée*, laissez-moi deviner, dit le producteur. L'alcoolisme.

— Saisie immobilière, répondit Lotto. Et la dernière, *Grâce*, c'est l'histoire d'un vétéran de l'Afghanistan qui rentre chez lui. »

GRÂCE, 2008

« Une histoire de guerre appelée *Grâce* ? dit le producteur.

— J'ai partagé le quotidien des Marines en Afghanistan, expliqua Lotto. Deux semaines, mais à chaque seconde, je croyais que j'allais mourir. Et chaque fois que ça n'arrivait pas, j'avais le sentiment d'être béni. Même si j'ai perdu la foi quand j'étais enfant. Croyez-moi, c'est le bon titre.

— Vous voulez ma mort. » Le producteur ferma les yeux. En les rouvrant, il dit : « Très bien. Je vais les lire, et si ça me plaît, on les fait. Je suis dingue des *Sources*. Et de *Grimoire*. Vous avez vraiment quelque chose d'intéressant dans le crâne.

— Marché conclu, lança Mathilde depuis la cuisine où elle disposait des spéculoos tout frais sur un plateau.

— Mais ce sera loin de Broadway. Peut-être dans le New Jersey.

— Pour la première représentation », dit-elle en posant le plateau et le thé sur la table.

Le producteur éclata de rire, il fut le seul.

« Vous êtes sérieuse ? demanda-t-il.

— Lisez. Vous verrez. »

Une semaine plus tard, le producteur téléphona. Mathilde répondit.

« Je vois, fit-il.

— Je le savais. La plupart des gens finissent par le voir.

— Et vous ? C'est un vrai clown en apparence. Tout en humour et poudre aux yeux. Comment diable avez-vous réussi à le percer à jour ?

— À l'instant où je l'ai vu, j'ai su. Une sacrée supernova. Et c'est pareil chaque jour. » *Ou presque*, pensa-t-elle, mais elle ne le dit pas.

Après le coup de fil du producteur, elle vint voir Lotto sur la véranda de leur nouvelle maison de campagne [encore un désastre de bardeaux et de placo ; mais elle avait senti la beauté sous la surface – pierres, vieilles poutres]. Devant la maison, une cerisaie, derrière, une étendue plate, parfaite pour une piscine. Elle avait démissionné de son poste plusieurs mois auparavant pour gérer les affaires de Lotto. Ils avaient gardé leur deux-pièces à New York en guise de pied-à-terre ; elle rendrait cette maison parfaite pour eux. La vie était riche de possibles. Ou possiblement riche ; bientôt, peut-être, elle n'aurait plus à s'inquiéter des factures de téléphone, ni à jongler avec une carte de crédit pour en alimenter une autre. Ces nouvelles l'excitaient.

Soleil froid, les arisèmes petits-prêcheurs perçaient la terre encore gelée. Allongé, Lotto regardait le monde s'éveiller peu à peu. Ils étaient mariés depuis dix-sept ans ; elle habitait la pièce la plus profonde en son cœur. Cela signifiait que parfois le mot « épouse » lui venait à l'esprit avant « Mathilde », son rôle avant son être. L'abstraction de sa fonction avant la personne de chair.

Mais pas à cet instant. Quand elle arriva sur la véranda, c'est Mathilde qu'il vit tout à coup. Le fouet sombre au centre de son être. Comme elle le maniait doucement pour le pousser de l'avant.

Elle posa sa main froide sur son ventre, qu'il exposait au soleil pour en chasser la pâleur hivernale.

« Vaniteux.

— Un acteur dissimulé dans la peau d'un dramaturge, dit-il avec tristesse. Jamais je ne cesserai d'être vaniteux.

— Eh oui. C'est toi, ça. Tu as désespérément besoin d'être aimé par des inconnus. D'être vu.

— Toi, tu me vois », dit-il, et il entendit l'écho de ses propres pensées, une minute plus tôt, et en fut satisfait.

« Oui.

— À présent. S'il te plaît. Dis-moi. »

Elle croisa les bras derrière la tête, découvrant des petits nids de poils d'hiver sur ses aisselles. Elle aurait pu couver là des bébés rouges-gorges. Elle le regarda, savourant les informations qu'elle détenait et qu'il ignorait. Elle baissa les bras en soupirant : « Tu veux savoir ? » et il répondit : « Oh, mon dieu, M., je n'en peux plus d'attendre. » Alors elle dit : « C'est bon. Pour les trois. » Il rit, prit sa main abîmée par les travaux de la maison, et il l'embrassa, chacun de ses doigts aux ongles rongés, puis remonta le bras, jusque dans le cou. Il la hissa sur son épaule et se mit à tourner, au point d'en avoir le vertige, ensuite, puisque l'air était éclatant et les oiseaux curieux, il traça de ses lèvres un long chemin jusqu'à son ventre, et il la baisa sur place.

5

Après l'incompréhension et le poisson cru, il y eut le long vol, puis le court. Enfin, chez lui. De son siège, il vit par le hublot se rapprocher l'escalier mobile sur l'asphalte éclatant de soleil. Une giboulée printanière avait soufflé en bourrasque alors que l'avion roulait sur la piste et, aussi vite, s'était arrêtée. Il avait envie d'enfouir son visage dans le cou de Mathilde, dans le bien-être que dégageait sa chevelure. Il avait été invité deux semaines dans le cadre d'une résidence d'auteurs à Osaka, jamais il n'avait été séparé si longtemps de sa femme. C'était trop. Il était réveillé par son absence dans le lit, il souffrait de la fraîcheur des draps, là où aurait dû se trouver sa chaleur.

L'escalier mobile se traînait et il fallut s'y reprendre à trois fois avant de l'arrimer à la porte de l'avion. Impatient comme un puceau. Mmm, c'était bon d'étirer son grand corps, de se lever et de respirer quelques instants en haut des marches, de savourer l'odeur de kérosène, de fumier et d'ozone du petit aéroport d'Albany, le soleil sur son visage, sa femme à l'intérieur qui l'attendait pour le ramener dans leur jolie maison de campagne et dîner tôt. La fatigue profuse en ses os chassée par le prosecco frais, ensuite une douche chaude, la peau douce de Mathilde, et enfin le sommeil.

Son bonheur déploya ses ailes et s'envola.

Il n'avait pas pris en compte la hâte des autres passagers. Il était déjà dans les airs quand il sentit une main le pousser durement dans le dos.

Insensé ! Se faire pousser !

Soudain, le sol se rapprocha à grande vitesse de lui, telle une nappe qu'on tire, un manche à air au loin dardant vers l'est, le toit crénelé de l'aéroport, l'éclat des marches recouvertes de papier goudronné, le nez de l'avion tout à coup présent dans son champ de vision et le pilote étendant les bras devant la fenêtre ; Lancelot avait fait un tour complet sur lui-même lorsque son épaule droite s'abattit sur le bord d'une marche de l'escalier, et il vit l'ostensible individu qui l'avait ainsi poussé sortir de la bouche sombre de la caverne, tout là-haut, un type aux cheveux et à la figure couleur tomate, avec des rides profondes sur le front, vêtu d'un bermuda de madras entre autres horribles choses. La tête de Lancelot heurta la marche en même temps que son derrière et ses jambes, un peu plus bas peut-être, et tout se mit à tourner ; derrière l'homme qui l'avait poussé, l'hôtesse de l'air qui lui avait donné en douce deux mignonnettes de bourbon après qu'il eut exercé sur elle son charme d'acteur, comme autrefois – bref fantasme de la fille, jupe relevée, les jambes autour de sa taille dans les toilettes en plastique, avant qu'il ne chasse ces images ; il était marié ! et fidèle ! –, et elle portait sa main lentement à sa bouche, tandis que son corps effectuait un *badaboum-badaboum* rythmé tout en dégringolant ; d'instinct, il lança le pied vers la rampe pour arrêter sa chute, mais il ressentit alors une curieuse sensation dans la zone du tibia, puis plus rien. Avec une délicieuse lenteur, il s'immobilisa dans une flaque peu profonde, son épaule et son oreille baignant dans l'eau tiédie par le soleil, les jambes encore sur l'escalier, bien que son pied, semblait-il, soit positionné selon un angle ouvert tout à fait contraire à la dignité de son propriétaire.

À présent, l'homme à la tête de tomate descendait. Pareil à un panneau STOP mobile. Son pas déclencha des vibrations douloureuses chez Lancelot. Quand il fut tout près, Lancelot leva sa main encore valide, mais l'homme passa par-dessus. Lancelot entraperçut l'intérieur de son bermuda, ses cuisses blanches poilues et l'entrelacs sombre de ses parties génitales. Ensuite l'homme se mit à courir sur l'asphalte luisant, avalé par la porte du terminal. Pousser ? Fuir ? Qui serait capable d'une telle chose ? Et pourquoi ? Pourquoi lui ? Qu'avait-il donc fait ?

[Il n'y aurait pas de réponse. L'inconnu avait disparu.]

Le visage de l'hôtesse de l'air apparut dans son champ de vision, douces joues, narines dilatées, il ferma les yeux quand elle lui toucha le cou, et quelque part, quelqu'un se mit à crier.

Sur la radio, la fracture était tectonique, les plaques de son corps étaient entrées en collision. On lui mit deux plâtres, un bras en écharpe, une couronne de gaze, et on lui fit avaler des pilules qui lui donnèrent l'impression d'être enveloppé d'une épaisse couche de caoutchouc. S'il avait pris ce médicament avant sa chute, il aurait touché l'asphalte juste pour rebondir délicieusement haut, surprenant les pigeons en plein vol, et atterrir sur le toit de l'aéroport.

Il chanta d'une voix de falsetto du Earth, Wind & Fire jusqu'à New York. Mathilde le laissa manger deux donuts, et ses yeux s'emplirent de larmes parce que c'était bien là les donuts les plus extraordinaires de toute l'histoire des donuts glacés au sucre, la nourriture des dieux. Il débordait de joie.

Ils resteraient tout l'été à la campagne. Hélas ! *Murs, plafond, sol* en était au stade des répétitions, et il aurait dû être présent, mais il ne pouvait vraiment pas faire grand-chose. Il serait incapable de monter l'escalier jusqu'à la salle de répétition, et ce serait un abus de pouvoir de demander à son employé de le porter ; il ne pouvait même pas grimper les marches jusqu'à leur petit appartement. Il s'assit donc au pied de l'escalier, les yeux posés sur le joli carrelage noir et blanc. Mathilde allait et venait entre le premier étage et la voiture garée en double file, transportant de la nourriture, des vêtements, tout ce dont ils avaient besoin.

La fille du gardien passa sa petite tête timide par la porte et le regarda.

« Eh, salut, l'héritière ! » lui dit-il.

Elle fourra son doigt dans sa bouche et le ressortit, plein de salive. « Pourquoi il est dans les escaliers, le monsieur bobo barjo ? » demanda-t-elle, écho de propos adultes.

Lancelot brailla, le gardien, un peu plus rougeaud que d'habitude, jeta un coup d'œil, il avisa les plâtres, l'écharpe, le pansement sur le crâne. Il adressa un signe de tête à Lancelot, puis il fit rentrer sa fille en fermant bien la porte derrière elle.

Dans la voiture, Lancelot s'émerveilla devant Mathilde : quel visage lisse, on avait envie de le lécher comme un cône à la vanille. Si seulement toute la partie gauche de son corps n'avait pas été soudain coulée dans du béton, il aurait sauté sur le frein à main pour lui administrer ce qu'une vache ferait à un bloc de sel.

« Les gosses, c'est des boulets, dit-il. Bénis soient-ils. On devrait en avoir, M. Peut-être que maintenant, puisque tu es mon infirmière pour l'été, tu pourras faire ce que tu veux de mon corps et qu'au milieu de toute cette frénésie de désir, nous engendrerons une douce petite créature. » Ils n'utilisaient pas de contraceptif, il était impensable que l'un d'eux soit stérile. Tout était question de chance et de temps. Quand il n'était pas shooté, il était plus prudent, sensible au désir stoïque qu'il sentait en elle chaque fois qu'il abordait le sujet.

« Ces médicaments que tu prends, c'est assez spectaculaire, dit-elle. Enfin, ça a l'air.

– Il est temps. Grand temps. On a de l'argent à présent, une maison, tu es encore fertile. Tes ovules sont peut-être un peu ridés, j'en sais rien. Quarante ans. On risque d'avoir un rejeton déjanté du bulbe. Mais c'est peut-être pas si mal d'avoir un petit attardé. Quand ils sont intelligents, ils se tirent dès qu'ils le peuvent. Un retardé reste plus longtemps. D'un autre côté, si on attend trop, à quatre-vingt-treize ans on lui découpera encore sa pizza. Non, il faut s'y mettre tout de suite. Dès qu'on rentre à la maison, je te féconde fissa.

– Voilà sans aucun doute la chose la plus romantique que tu m'aies jamais dite. »

Le chemin de terre, l'allée de gravier. Les membres gracieux des cerisiers dégoulinants, oh, mon dieu, ils vivaient dans *La Cerisaie*. Debout à la porte de derrière, il vit Mathilde ouvrir les baies vitrées de la véranda, sortir sur la pelouse en direction de leur nouvelle piscine étincelante. Deux hommes musclés et bronzés, déroulant du gazon, luisaient dans le jour déclinant. Mathilde dans sa robe blanche, avec ses cheveux platine coupés court, sa mince silhouette, le coucher de soleil, ces hommes jeunes éclatants. C'était insoutenable. *Tableau vivant**.

Il s'assit soudain. Une humidité chaude emplit ses yeux : toute cette beauté, cette chance incroyable. Et puis, la douleur qui venait d'émerger, sous-marin nucléaire sortant des profondeurs.

Il s'éveilla à son heure habituelle, cinq heures vingt-six, au sortir d'un rêve où il se trouvait dans une baignoire à peine assez grande pour lui remplie de tapioca. Il avait beau faire, il ne parvenait pas à s'en extirper. La douleur lui donnait la nausée, et ses grognements réveillèrent Mathilde. Elle se pencha vers lui avec son horrible haleine et ses cheveux qui lui chatouillaient les joues.

Quand elle revint avec un plateau où étaient disposés des œufs brouillés, un bagel avec ciboule et fromage frais, du café noir et dans un vase une rose encore couverte de rosée, il vit combien elle était heureuse.

« Tu me préfères invalide, dit-il.

– Pour la première fois depuis que nous vivons ensemble, tu n'es ni au fond du trou ni emporté par un tourbillon d'énergie démente. C'est agréable. Peut-être qu'on pourra même regarder ensemble un film en entier, maintenant que tu es cloué là avec moi. Peut-être, dit-elle le souffle court en rougissant [pauvre Mathilde !], qu'on pourrait écrire ensemble un roman ou autre chose. »

Il essaya de sourire, mais en une nuit, le monde avait basculé, et la translucidité de Mathilde lui paraissait être à présent de l'anémie, elle n'était plus faite de sucre et de beurre clarifié. Les œufs étaient gras, le café trop fort, et même la rose du jardin dégageait un parfum écœurant.

« Ou pas, reprit-elle. C'était juste une idée.

– Désolé, mon amour. Je crois que j'ai perdu l'appétit. »

Elle l'embrassa sur le front et y posa sa joue fraîche. « Tu es chaud. Je vais te donner une de tes pilules magiques », dit-elle, et il dut contenir son impatience tandis qu'elle farfouillait pour trouver de l'eau, puis la capsule de la bouteille, une compresse, la pilule qui fondit délicieusement sur sa langue.

Elle vint le voir dans son hamac où il rêvassait sombrement tandis que le soleil dansait et jouait avec les feuilles éclatantes et que l'eau glougloutait dans les rigoles de la piscine. Trois verres de bourbon ; il était plus de seize heures, alors quelle importance ? Il n'avait nulle part où aller ; rien à faire ; il était profondément déprimé, fracturé par la dépression, disloqué aux tréfonds de son être. Il avait mis le *Stabat Mater* de Pergolèse qui tonnait depuis le salon jusqu'à son hamac.

Il avait envie d'appeler sa mère, de laisser sa voix douce l'envahir, mais il regarda plutôt un documentaire à propos du Krakatoa sur son ordinateur portable. Il imaginait à quoi le monde ressemblerait sous la cendre volcanique. Comme un paysage gribouillé en noir et gris par un enfant fou : les ruisseaux souillés, les arbres poudrés de cendre, la verdure luisante tel du pétrole. Image d'Hadès. Champ du châtiment, cris dans la nuit, pré de l'Asphodèle. Les morts faisant cliqueter leurs os.

Il se délectait de l'horreur. Du malheur d'avoir les os brisés. La situation n'était pas dépourvue d'un certain plaisir.

« Mon amour, murmura doucement sa femme. Je t'ai apporté du thé glacé.

– Pas de thé glacé », répondit-il et, surprise, sa bouche ne fonctionnait pas très bien. Il avait la langue pâteuse.

Il essaya de loucher, puis déclara : « Qu'il neige, qu'il pleuve ou qu'il vente, nous sommes ensemble pour le meilleur et pour le pire.

– Tout à fait », dit Mathilde. Alors il vit qu'elle portait sa vieille jupe bleue, fringue de hippie sortie du fond des âges, de l'époque où ils venaient de se rencontrer et où il lui sautait dessus quatre fois par jour. Elle était toujours attirante, sa petite femme. Elle s'installa avec précaution dans le hamac, néanmoins ce mouvement éveilla mille morsures en ses os brisés, il gémit mais retint son cri, et il y voyait à peine lorsqu'elle remonta sa jupe par-dessus sa taille et retira son petit haut. Un zest d'intérêt, là en bas, là où son intérêt était toujours vif. Mais la douleur fit tout retomber. Elle tenta de le raviver, en vain.

Elle renonça. « Ah, cet os-là aussi est cassé », plaisanta-t-elle. Il se retint de la balancer du hamac.

Un programme fascinant sur une chaîne publique au sujet des trous noirs : ils créent une aspiration si puissante qu'ils peuvent même avaler la lumière. La lumière ! Il but beaucoup tout en le regardant ; il tenait son propre conseil intérieur. Les répétitions rencontraient des difficultés ; ils avaient absolument besoin de lui, disaient-ils ; il y avait un problème avec *Les Sources* à Boston et une importante série de représentations de *Murs, plafond, sol* à Saint Louis. D'habitude, il acceptait toujours les invitations, pourtant, cette fois-ci, il ne pouvait quitter cette maison entourée de vaches et de maïs. On avait absolument besoin de Lancelot Satterwhite. Mais Lancelot Satterwhite manquait à l'appel. Jamais ça ne lui était arrivé. Il aurait aussi bien pu être mort.

Clip-clop dans la bibliothèque. Y avait-il un cheval dans la maison ? Non, c'était Mathilde qui rentrait avec ses chaussures de cyclisme et ce pantalon matelassé débile. Elle étincelait de sueur et de santé. Elle puait l'ail et les aisselles.

« Chéri, dit-elle en lui prenant son verre et en éteignant la télé. Ça fait deux semaines, et tu as déjà bu quatre bouteilles de Blanton's. Finis, les documentaires sur les catastrophes en tout genre. Tu dois trouver quelque chose pour occuper ton temps. »

Il soupira et se frotta le visage de sa main valide.

« Écris quelque chose, ordonna-t-elle.

— Je ne suis pas inspiré.

— Écris un essai.

— Les essais, c'est pour les imbéciles.

— Écris une pièce pour dire combien tu détestes ce monde.

— Je ne hais pas le monde. C'est le monde qui me hait. »

Elle éclata de rire.

Elle ne peut pas savoir, songea-t-il. Ne la blâme pas. Une pièce, ça ne tombe pas du ciel. Il faut être rempli d'une urgence brûlante pour que ce soit bon. Il lui renvoya un sourire triste et but une gorgée au goulot.

« Tu bois parce que tu es triste, ou bien parce que tu veux me montrer combien tu es triste ? » reprit-elle.

Dans le mille. Il rit à son tour. « Langue de vipère.

— Falstaff ! En plus, tu grossis. Toutes ces séances de jogging pour rien. Et moi qui pensais qu'on en avait fini avec ça. Allez, jeune homme, du nerf, arrête de boire et remets-toi les idées en place.

— Facile à dire pour toi. Tu es en parfaite santé. Tu fais deux heures de sport par jour ! Je m'essouffle rien qu'à me lever du hamac. Aussi, tant que ces maudits os ne se seront pas reconstruits pour aboutir à un semblant de solidité, j'exercerai mon droit à l'ivresse, à la mauvaise humeur et à la paresse.

– On pourrait donner une fête pour le 4 Juillet.
– Non.
– Ce n'était pas une question. »

Ainsi, comme par magie, trois jours plus tard il se retrouva au milieu des chiches-kebabs et des cierges magiques multicolores brandis par les adorables menottes d'enfants qui couraient à travers l'immense pelouse que Mathilde avait tondue elle-même, juchée sur son motoculteur vrombissant. Il n'y avait rien que cette femme fabuleuse ne puisse faire, pensa-t-il, puis il se dit que l'odeur du gazon fraîchement tondu était le cri olfactif de la plante.

Il y avait un tonnelet de bière, des épis de maïs, des saucisses végétariennes, de la pastèque, et Mathilde dans une robe très décolletée, plus que belle, qui nichait sa tête sous son menton et l'embrassait sur la gorge, si bien que toute la soirée, il garda l'empreinte de son rouge à lèvres, telle une blessure.

Tous ses amis tourbillonnant dans le crépuscule, dans la nuit. Chollie avec Danica. Susannah semblable à une chandelle romaine dans sa robe rouge, et sa nouvelle petite amie, Zora, une jeune Noire à la magnifique coiffure afro, qui s'embrassaient sous le saule pleureur. Samuel avec sa femme et ses triplés qui couraient partout en brandissant des tranches de pastèque, et Arnie avec sa nouvelle barmaid stagiaire, une adolescente appelée Xanthippe, presque aussi éblouissante que Mathilde à sa grande époque, cheveux noirs coupés au carré, une robe jaune si courte que les plus petits voyaient sûrement son string et ses reins humides de sueur. Lotto s'imagina allongé dans l'herbe à se rincer l'œil, mais se relever aurait été tellement douloureux qu'il préféra rester debout.

Les feux d'artifice fusant dans le ciel, fracas de la fête. [Des gens condamnés célèbrent la paix par des explosions dans le ciel.] Lotto s'observait de l'extérieur, il jouait son rôle de clown facétieux avec raideur. Il avait de terribles maux de tête.

Il se réfugia dans la salle de bains, et à la lumière éclatante, la vue de ses joues rubicondes et de ses attelles gonflables lui donna le vertige, alors il laissa s'effacer son sourire et considéra le masque défait qui restait sur son visage. À mi-parcours sur le chemin de la vie. « *Nel mezzo del cammin di nostra vita, mi ritrovai per una selva oscura, ché la diritta via era smarrita.* » Il était ridicule. À la fois lugubre et prétentieux. Lutentieux. Prégubre. Il appuya sur ce ventre collé à son abdomen, on aurait dit qu'il était enceint de six mois. Quand Chollie l'avait vu, il avait dit : « Eh, ça va mon vieux ? T'as l'air d'avoir engraissé.

– Salut, l'hôpital qui se moque de la charité », avait répondu Lancelot. Ce qui était vrai car la corpulence de Chollie tendait les boutons de sa chemise à quatre cents dollars. Mais bon, Chollie n'avait jamais été beau garçon ; Lancelot était tombé de beaucoup plus haut. Danica, chic dans sa robe de créateur découvrant une épaule, payée avec l'argent de Chollie, déclara : « Fiche-lui la paix, Chol. Il a les os brisés des pieds à la tête. S'il y a un moment dans la vie où un homme a le droit de prendre du poids, c'est bien celui-là. »

L'idée de retourner dehors juste pour voir ces gens qu'il était parfois certain de détester lui était insupportable. Il se rendit dans sa chambre, se déshabilla comme il put et se mit au lit.

Il était dans l'antichambre vaseuse du sommeil quand la porte s'ouvrit, la lumière du couloir le réveillant d'un coup, puis la porte se referma et soudain, dans cette pièce, il se trouva un corps qui n'était pas le sien. Il attendit, gagné par la panique. Il pouvait à peine remuer. Si quelqu'un se glissait dans son lit pour le violer, fuir serait impossible ! Mais l'inconnu était deux, et ils ne s'intéressaient pas au lit, parce que après des rires étouffés, des chuchotements, des froissements d'étoffe, ils se mirent à cogner en rythme contre la porte de la salle de bains. Une espère de *paf-boum* syncopé avec quelques percussions de cris étonnants.

La porte vibrait bel et bien, réalisa Lancelot. Il lui faudrait vérifier la poignée demain.

Lui vint la pensée, coup de poignard au cœur, que naguère c'était lui qui aurait amené une fille ici pour baiser, et ça aurait été bien bien meilleur que ce qu'on lui faisait, à cette pauvre nana, même si elle semblait apprécier. N'empêche, il y avait quelque chose d'un peu artificiel dans ses gémissements. Autrefois, même, il se serait levé et aurait donné à cette aventure un caractère orgiaque, se joignant à eux si doucement qu'on aurait pu le croire invité à participer. À présent, il gisait étalé dans sa carapace d'os cassés à critiquer leurs performances, aussi mou qu'un bernard-l'ermite. Certain d'être dans le noir, il imita la tête du bernard-l'ermite et sa main valide actionna sa pince.

La femme dit : « Aaaaaah ! », le type : « Ooooh ! », suivirent d'autres rires étouffés.

« Oh la vache, j'en avais besoin, chuchota l'homme. Ce genre de fêtes, c'est nul quand les gens amènent leurs gosses.

– Tu as raison. Pauvre Lotto qui regarde ces bébés avec tellement d'envie. Et Mathilde est tellement maigre maintenant qu'elle en devient laide. Si ça continue, elle va ressembler à une vieille sorcière. Franchement, c'est pas pour rien que ça existe, le Botox.

– Je n'ai jamais compris pourquoi on dit que c'est une bombe. C'est juste une grande blonde mince, elle a jamais été jolie. Et je suis un connaisseur. » Bruit de chair qu'on frappe. Fessée ? se demanda Lotto. [La cuisse.]

« Elle a quelque chose, quand même. Tu te souviens comment elle était au début des années 1990 ? On était tous tellement jaloux. Lotto et elle vivaient la plus belle histoire d'amour de tous les temps, tu te rappelles ? Et ces fêtes chez eux ! Mon dieu ! Je me sens mal pour eux, là. »

La porte se rouvrit. Une tête couleur citrouille, dégarnie. Ah ah, Arnie. Suivi par une épaule dénudée aux os saillants. Danica. Histoire ancienne revisitée. Pauvre Chollie. Cela rendait Lotto malade de constater que certains avaient aussi peu de respect pour le mariage.

Malade de lassitude, complètement désabusé, Lancelot se leva et se rhabilla. Ces gens-là pouvaient bien niquer comme des lapins jusqu'à en mourir d'épuisement, il ne les laisserait pas tenir ces propos doucereux sur Mathilde et lui. Quelle consternation, la pitié de ces moucherons ! Des moucherons adultères. Encore pire.

Il redescendit et alla jusqu'à la porte où, avec sa femme, ils lancèrent de joyeux au revoir à leurs amis, les enfants endormis dans les bras de leurs parents, les adultes ivres morts ramenés chez eux par ceux qui tenaient encore debout. Il déploya tellement de charme auprès d'Arnie et de Danica qu'ils rougirent et se mirent à flirter avec lui timidement, Danica allant jusqu'à passer un doigt dans le coulant de sa ceinture lorsqu'elle l'embrassa.

« De nouveau seuls, dit Mathilde en voyant disparaître les derniers feux arrière. Un moment, j'ai cru qu'on t'avait perdu. Là, je me serais dit qu'on avait un vrai problème. Lotto Satterwhite s'absentant volontairement d'une fête, c'est Lotto Satterwhite qui se coupe une jambe.

– En réalité, je me suis contenté de sourire et j'ai pris sur moi. »

Elle se retourna vers lui, plissant les yeux. Elle fit glisser sa robe sur ses épaules, jusqu'à terre. Elle ne portait rien dessous.

« Alors je me suis méprise.

– Et moi je suis épris.

– Oh oui, prends-moi.

– Comme un prédateur sauvage », dit-il. Mais il ressemblait plus, hélas pour elle, à un chaton qui s'endort à moitié en tétant son lait.

Et puis l'aspiration dans la spirale de la dépression. Tout avait perdu de sa saveur. On lui retira ses plâtres, mais tout son côté gauche était mou, d'un rose tendre, avec la texture d'une nouille trop cuite. Mathilde le regarda, nu devant elle ; elle ferma un œil. « Demi-dieu », dit-elle. Elle ferma l'autre. « Nase. » Il rit, mais se sentit atteint dans sa vanité. Il était encore trop faible pour rentrer à New York. Il rêvait de pollution, de bruit, de lumière.

Surfer sur le Web ne l'intéressait plus. Il n'y avait qu'un nombre limité de vidéos de bébés adorables, en fait, et aussi de chats tombant de très haut. Jusqu'à l'éclat du soleil lui paraissait diminué ! Et la beauté de sa femme, qui avait toujours été si parfaite, faiblissait, s'irritait. Ses cuisses salées et d'une extrême fermeté, comme des *jamones serranos*. À la lumière du matin, ses rides semblaient gravées au burin. Ses lèvres étaient plus fines, ses canines, étonnamment longues, raclaient le bord des mugs, des cuillères à soupe, ce qui insupportait son mari. Et toujours, sa présence ! Soufflant sur lui son impatience ! Il prit l'habitude de rester au lit en attendant qu'elle sorte courir, se rende à son cours de yoga, ou parte à vélo sur les routes de campagne, pour pouvoir se rendormir.

Il était presque midi. Il demeura immobile, à l'écoute de Mathilde qui se glissait dans la chambre. Alors la couette se souleva et une douce fourrure grimpa sur lui, le lécha, du menton jusqu'au nez.

Il rit quand il vit cette tête adorable, comme des cache-oreilles avec des yeux et des oreilles de feutre triangulaires.

« Oh, toi », dit-il au chiot. Puis il regarda Mathilde et il ne put se retenir, des larmes chaudes emplirent ses yeux. « Merci.

— C'est une Shiba Inu, précisa Mathilde en se glissant à son côté. Comment s'appelle-t-elle ? »

Dog, voulut-il répondre. Il avait toujours voulu appeler son chien Dog. C'était drôle. Humour très personnel.

Et chose bizarre, incroyable, quand le mot sortit de sa bouche, il dit : « God.

— God. Salut, God », répéta Mathilde. Elle prit la petite chienne dans ses bras et la fixa du regard. « Le raccourci épistémologique le plus sensé que j'aie jamais entendu. »

Un chiot peut remédier à bien des choses, même si cela ne dure qu'un temps. Pendant une semaine, il fut presque de nouveau heureux. Quel bonheur d'entendre God dévorer ses repas, cette façon qu'elle avait de prendre chaque boulette dans son écuelle pour aller la manger sur le dessus du pied de son maître. Et cette manière douloureuse de ramener ses pattes arrière contre celles de devant tout en remuant la queue, puis son petit anus se dilatait, gonflait et alors, avec une concentration de philosophe, elle déféquait. Elle s'asseyait tranquillement auprès de lui, mâchonnait le bas de son pantalon tandis qu'il rêvait, étendu dans l'herbe sur une couverture. Il avait toujours quelque chose de doux sous la main dès qu'il criait : « God ! », enfin il avait l'impression de jurer pour la première fois de sa vie, même s'il n'en était rien puisqu'il s'agissait d'un nom propre. En retour, il était comblé de joie quand les petites dents s'enfonçaient dans la chair de son pouce. Même ses jappements aigus le faisaient rire, quand elle s'emmêlait dans sa laisse ou se retrouvait prisonnière de sa caisse pour la nuit.

Il ne cessa pas d'aimer sa chienne ; c'est juste que l'attrait de la nouveauté finit par s'émousser sous les assauts de la routine. God ne suffisait pas à combler la distance entre sa vie d'homme solitaire brisé et l'existence qu'il aspirait à retrouver à New York, avec les interviews, les dîners, les gens qui le reconnaissaient dans le métro. Elle n'avait pas le pouvoir de raccommoder ses os plus vite. Sa petite langue rapide ne pouvait cicatriser toutes ses plaies. Comme les chiens ne parlent pas, ils ne peuvent qu'être le miroir de leur maître. Ce n'est pas de leur faute si ceux-ci sont irrémédiablement imparfaits.

Au bout d'une semaine, il se sentit de nouveau sombrer. Il n'était pas sérieux quand il imaginait préparer un soufflé avec la mort-aux-rats que Mathilde conservait dans la cabane de jardinage, ou qu'il envisageait de s'emparer du volant lorsqu'elle le laisserait l'accompagner faire les courses, pour se jeter dans le ravin au fond duquel poussaient les érables. Toutes ces pensées n'étaient pas sérieuses, bien sûr, mais elles revenaient de plus en plus souvent à la surface, jusqu'à ce qu'il se sente complètement noyé dans les idées noires. Une fois encore, il touchait le fond.

Vint son anniversaire, ses quarante ans, il aurait préféré dormir toute la journée mais il fut réveillé par God qui lui soufflait sur le torse, là où elle avait dormi, puis la chienne descendit l'escalier bruyamment à la recherche de Mathilde qui, debout avant l'aube, essayait de ne pas faire de bruit à la cuisine. La porte de derrière s'ouvrit, se referma. Bientôt, Mathilde fut dans sa chambre, sortant le plus beau costume d'été de son mari.
 « Prends ta douche. Enfile ça. Pas de récriminations. J'ai une surprise pour toi. »
 Il s'exécuta, mais de mauvaise grâce, la ceinture de son pantalon si serrée que ça aurait pu être une gaine. Elle l'installa dans la voiture et ils partirent dans l'aurore encore humide de rosée, illuminée par le soleil levant. Elle lui offrit un muffin chaud fourré au fromage de chèvre, des tomates et du basilic de son jardin.
 « Où est God ? demanda-t-il.
 — Ta chienne est chez notre petite voisine, elle nous la ramènera plus tard quand elle lui aura donné un bain, l'aura cajolée et lui aura mis des rubans roses autour des oreilles. Ne t'inquiète pas. »
 Il prit ses aises et laissa le paysage déferler en lui. Cette campagne dépourvue d'humains correspondait parfaitement à son humeur. Il somnola et s'éveilla dans un parking par une belle matinée, près d'un lac de velours, avec, au loin, ce qui ressemblait à une énorme grange marron. Sa femme emporta le panier de pique-nique jusqu'au bord du lac, sous un saule si vieux qu'il

ne pleurait plus mais paraissait incarner son destin avec une équanimité pleine d'épaisseur. Œufs mimosa et champagne, terrine végétarienne et focaccia maison, manchego et cerises bien rouges provenant de leur verger. Deux minuscules cupcakes à fond noir, chocolat et fromage frais, avec une bougie sur le sien.

Il la souffla, tout en espérant l'inexprimable. Quelque chose de supérieur, de plus digne de lui.

Quelqu'un apparut alors de derrière le bâtiment en agitant une cloche et Mathilde se mit à ranger lentement. Il se servit de sa femme comme d'une béquille pour traverser le pré, tout en tiges hérissées et campagnols, jusqu'à l'opéra.

À l'intérieur, il faisait frais ; autour d'eux, une mer de cheveux blancs. « Attention, lui murmura Mathilde à l'oreille. Gériatrisme. Contagieux, mortel. Ne respire pas trop fort. »

Et pour la première fois depuis des semaines, lui sembla-t-il, il éclata de rire.

Les cordes qui s'accordent longuement, tendrement. Il aurait pu écouter cette non-musique anticipatrice pendant des heures et repartir de là revivifié.

Les portes sur les côtés se fermèrent à la lumière du jour, les murmures se turent, la chef d'orchestre apparut et leva le bras. Elle les foudroya d'une vague de… quoi ? Pas tout à fait de la musique. Du son. Rude, étrange, sauvage ; pourtant, peu à peu, la cacophonie se mua en une sorte de mélodie. Il se pencha, ferma les yeux et sentit la couche de moisissure qui avait petit à petit recouvert son être au cours des semaines passées s'en aller lentement, balayée par le son.

L'opéra s'appelait *Néron*. C'était l'histoire d'un incendie à Rome, mais le feu n'était pas sur scène, et le personnage n'était pas l'empereur Néron, mais son double, Néron le gardien du cellier qui aurait pu être le frère jumeau de l'empereur et vivait au palais à l'étage inférieur. Il s'agissait moins d'une histoire que d'une ample créature émergeant des profondeurs ; c'était plus directement audible que narratif. Lancelot en avait le vertige. C'est ça, la vraie reconnaissance. Une ivresse.

À l'entracte, il se retourna vers sa femme, et elle sourit comme si elle essayait de le voir de très haut. Aux aguets, dans l'attente. Il chuchota : « Oh, M., j'arrive à peine à respirer. »

Dans la cour pétrifiée par le soleil, brise douce parmi les peupliers. Mathilde alla chercher de l'eau pétillante. Assise seule à une table au café, une femme le reconnut : cela se produisait de plus en plus souvent. Il était très physionomiste et en général parvenait à se remémorer les visages en l'espace d'une seconde ; pas cette femme. Elle rit et lui assura qu'ils ne se connaissaient pas ; elle avait lu son portrait dans *Esquire*. « C'est sympathique, dit Mathilde quand la femme se rendit aux toilettes. Un petit *shot* de célébrité. » Bien sûr, ces gens-là étaient de la même famille que lui, des gens de théâtre. Il fallait s'attendre à ce que certains aient entendu parler de lui, pourtant, la façon dont cette femme avait rougi, à croire qu'elle se tenait devant une star, avait assouvi une certaine faim en lui.

Traces d'avion dans l'azur. Quelque chose à l'intérieur de lui commençait à se rompre. Une saine cassure ; pas celle des os, cette fois.

Au second acte, l'histoire se fit plus secondaire encore, un poème mélodique ; des danseurs arrivèrent avec une corde, incarnation du feu. Au jaillissement chaud et ferreux qu'il sentit dans sa bouche, il comprit qu'il s'était mordu la lèvre.

Rideau. *Fin**.

Mathilde appliqua sa main froide sur son visage. « Oh, fit-elle. Tu pleures. »

Pendant presque tout le trajet de retour, il garda les yeux fermés, non qu'il ne voulût pas voir sa femme ou l'or bleu-vert du jour, mais parce qu'il ne supportait pas l'idée que l'opéra se dissipe.

Quand il les ouvrit, Mathilde avait les traits défaits. Il ne parvenait pas à se rappeler la dernière fois où il l'avait vue sans son sourire. La lumière faisait ressortir les rides aux coins de ses yeux, autour de son nez, les fins cheveux blancs qui formaient un halo électrique sur sa tête.

« Une madone médiévale, dit-il. À la gouache. Sur fond d'or à la feuille. Merci.

– Bon anniversaire, ami de mon cœur.

– Ce fut un moment de bonheur. C'est vrai. Cet opéra m'a transformé.

– C'est bien ce que je pensais. Je suis contente. Tu commençais à devenir un vrai boulet. »

Le soleil se consumait dans le ciel comme une explosion spectaculaire de pamplemousse. Ils le regardèrent depuis la véranda en ouvrant une autre bouteille de champagne. Il prit God dans ses bras et l'embrassa sur la tête. Il avait envie de danser, alors il alla mettre Radiohead et de son bras le plus fort fit lever Mathilde de son fauteuil pour l'attirer à lui.

« Laisse-moi deviner, dit-elle, la joue contre son épaule. Maintenant tu as envie d'écrire un opéra.

– Oui, répondit-il en la respirant.

– Tu n'as jamais manqué d'ambition », repartit-elle, et elle se mit à rire, et son rire était un triste bruit qui se répercuta sur les dalles de pierre et dans le vol des chauves-souris, là-haut.

À présent, il consacrait à de frénétiques recherches durant les heures où il aurait naguère broyé du noir, regardé des documentaires sur des destructions ou des gens à poil en train de prendre une suée. Il passa une nuit entière à lire tout ce qu'il pouvait trouver sur le compositeur.

Un certain Leo Sen. Sen, nom de famille du Sud-Est asiatique, dérivé d'un mot de sanskrit signifiant « armée » et qu'on accordait à ceux qui avaient accompli une action honorable. Il vivait en Nouvelle-Écosse. Plutôt nouveau dans le monde de l'art, des compositions jouées depuis six ans seulement, assez jeune. Enfin, difficile à dire parce qu'il n'existait aucune image de lui sur Internet, juste un CV vieux de deux ans et une critique élogieuse de son travail. Le *New York Times* le classait parmi les compositeurs étrangers les plus intéressants ; *Opera News* avait publié deux paragraphes sur une œuvre intitulée *Paracelse*. Il y avait quelques extraits audios d'une œuvre en chantier sur un site amateur, mais ça remontait à 2004, c'était si vieux qu'il s'agissait peut-être même d'un travail d'étudiant. Pour autant qu'une personne puisse échapper à Internet, Leo Sen s'était transformé en fantôme.

Un génie ermite, imagina Lancelot. Monomaniaque, les yeux fous, rendu dément par sa propre fulgurance, ou bien, non, un semi-autiste. Une barbe hirsute. Un pagne autour des reins. Socialement incompétent. Le cœur sauvage.

Lancelot envoya des mails à pratiquement tout le monde afin de savoir si quelqu'un le connaissait. Absolument personne.

Il en envoya un ensuite à la directrice du festival à l'opéra où ils s'étaient rendus au milieu des vaches et des champs, pour voir si elle avait un contact à lui transmettre.

Distillat de sa réponse à elle : Qu'avons-nous à y gagner ?

Distillat de celle de Lancelot : La première aurait lieu chez vous.

Distillat de sa réponse à elle : Vous avez ma bénédiction, allez-y.

Septembre ? Déjà ? Les feuilles s'envolaient des arbres. Le ventre de God se couvrit d'un doux duvet. Lancelot boitillait encore de sa jambe faiblarde. Son narcissisme était tel qu'il avait l'impression que le monde s'était mis au diapason de son corps, hésitant, vacillant.

Ils avaient passé la semaine à New York et revinrent à la campagne pour le week-end. Le soir, chaque nuit, il envoyait à Leo Sen un court e-mail. Pas de réponse.

Mathilde restait prudente, aux aguets. Quand enfin il venait se coucher, elle se tournait vers lui dans son sommeil, s'accrochait à lui, elle qui ne supportait pas qu'on la touche quand elle dormait. Il se réveillait avec ses cheveux dans la bouche, un bras devenu fantôme jusqu'à ce qu'il se redresse et sente le sang revenir douloureusement.

Enfin, un jour de début octobre, nouvelle fraîcheur dans l'air, il réussit à avoir Leo Sen au téléphone. Ce n'était pas la voix à laquelle il s'attendait. Elle était douce, hésitante, avec un accent britannique, ce qui le surprit tout d'abord ; mais, à bien y réfléchir, l'Inde avait été colonisée ; les classes privilégiées avaient adopté l'accent de la BBC, c'était certain. Était-ce raciste ? Il s'interrogea.

« Vous êtes Lancelot Satterwhite ? demanda Leo Sen. Quel privilège.

— Tout le privilège est pour moi », répondit Lancelot d'une voix trop forte à son goût. Il s'était si souvent représenté ce moment qu'il était étrange d'entendre cette voix douce lui déclarer son admiration la première. Il imaginait Leo Sen isolé par son génie, s'irritant de tout contact. Le compositeur expliqua : il n'y avait pas Internet sur l'île où il vivait, et le téléphone ne fonctionnait que lorsqu'il y avait quelqu'un sur place pour décrocher. C'était une communauté intentionnelle. Vouée aux humbles tâches du quotidien et à la contemplation.

« On dirait un monastère, remarqua Lancelot.

— Ou un couvent, dit Leo. Ça y ressemble, parfois. »

Lancelot rit. Oh ! Leo avait le sens de l'humour, quel soulagement. Tout à sa joie, Lancelot se retrouva à lui décrire ses réactions lorsqu'il avait assisté à son opéra au cours de l'été, comme cela avait bousculé quelque chose en lui. Il utilisa les mots *génial*, *bouleversement*, l'expression *sui generis*.

« Je suis tellement content, déclara Leo Sen.

— Je ferais à peu près n'importe quoi pour collaborer avec vous sur un opéra », ajouta Lancelot.

Le silence fut si long qu'il faillit raccrocher, vaincu. Bel effort, Lancelot, le destin l'avait prévu autrement, parfois, ça ne marche pas comme on veut, allez, en selle, et fonce, vent debout, en avant, partenaire.

« Bien sûr, acquiesça Leo Sen. Oui, très bien. »

Avant de raccrocher, ils se mirent d'accord pour se retrouver pendant trois semaines en novembre dans une résidence d'artistes. Le lieu en question devait un service à Lancelot et celui-ci pensait pouvoir leur obtenir un séjour là-bas. Les premiers jours, Leo devrait achever une commande pour un quatuor à cordes, mais ils pourraient commencer à réfléchir ensemble, discuter. Le travail à fournir ensuite pendant ces trois semaines serait immense, sans fin, pour parvenir à trouver des idées, peut-être même le début d'un livret. « Qu'en pensez-vous ? dit la voix de Leo à l'autre bout du fil. La partie conceptuelle est la plus difficile pour moi ».

Lancelot regarda le tableau sur le mur de son bureau où il avait épinglé cent idées, peut-être mille. « Je ne pense pas que ça posera de problème ».

Le matin, Mathilde partit faire ses cent trente kilomètres à vélo. Lancelot se déshabilla et se regarda dans le miroir. Oh, quarante ans, quelle horreur. Il avait l'habitude de chercher dans le miroir la beauté perdue de son visage, mais pas de son corps qui avait été grand et fort tout au long de sa vie. Aujourd'hui, hélas, les rides sur son scrotum, les boucles grises sur sa poitrine, le cou de dindon. Une fissure dans l'armure, et la mort s'infiltrait. Il se tourna d'un côté, de l'autre, jusqu'à trouver l'angle nécessaire qui lui redonne son apparence antérieure au vol impromptu au pied de la passerelle, le printemps précédent.

Par-dessus son épaule, il vit God sur le lit qui le regardait, la tête posée sur ses pattes.

Ses paupières battirent. Il lança un sourire éclatant au Lancelot qu'il voyait dans le miroir, puis un clin d'œil, un signe de tête, et il se mit à siffler entre ses dents tandis qu'il s'habillait, époussetant même une poussière imaginaire sur les épaules de son pull, ensuite il prit ses médicaments et poussa un grognement satisfait avant de sortir en hâte, comme s'il venait de se rappeler une affaire urgente.

Vint novembre, et ils filèrent par les champs de plus en plus gris, traversèrent l'Hudson, arrivèrent dans le Vermont, le New Hampshire. Silence dans l'atmosphère, une concentration d'énergie.

Au cours de sa fiévreuse préparation, Lancelot avait perdu quatre kilos. Il avait passé des heures sur son vélo d'appartement car seul le mouvement lui permettait de penser. À présent, ses genoux tressautaient sur une musique inaudible pour Mathilde, qui conduisait.

« Je me suis limité à cinq idées, M., dit-il. Écoute ça. Une adaptation de *La Parure* de Maupassant. Ou de *La Petite Sirène*, à l'opposé de Disney. Andersen, mais dans sa version la plus étrange possible. Ou bien les épreuves de Job, mais vues sous un angle excentrique, avec de l'humour noir. Ou un entremêlement d'histoires de soldats en Afghanistan qui toutes ensemble content une autre histoire plus longue, dans le style *Chronique d'une mort annoncée*. Ou *Le Bruit et la Fureur* sous la forme d'un opéra. »

Mathilde se mordit la lèvre de ses longues incisives sans quitter la route des yeux.

« Excentrique ? répondit-elle. Humour noir ? Les gens ne trouvent pas que l'opéra soit drôle. On pense plutôt à des grosses dames, à quelque chose de solennel, aux filles du Rhin, à des femmes qui se tuent pour l'amour d'un homme.

– Il existe une longue tradition d'humour à l'opéra. L'*opera buffa*. À une époque c'était la principale source de divertissement des masses. Ce serait pas mal de démocratiser tout ça de nouveau, pour que ça redevienne un divertissement populaire. Que le facteur siffle l'air pendant sa tournée. J'ai l'impression qu'il cache une belle voix sous son petit uniforme bleu.

– C'est vrai. Mais tu es connu pour ton lyrisme. Tu es un auteur sérieux, Lotto. Exubérant, parfois, mais pas drôle.

– Tu ne me trouves pas drôle ?

– Moi, je te trouve hilarant. Mais ton œuvre n'est pas vraiment drôle.

– Même pas *Gacy* ?

– *Gacy* est sombre. Sarcastique. C'est de l'humour noir. Mais ce n'est pas *drôle*.

– Tu ne crois pas que je puisse être drôle.

– Je pense que tu peux être sombre, sarcastique et plein d'humour noir. Ça, c'est certain.

– Génial. Je te prouverai que tu as tort. Dis-moi maintenant ce que tu penses de mes idées ? »

Elle fit la grimace et haussa les épaules.

« Ah. Aucune de bien.

– Beaucoup de redites.

– Pas celle sur l'Afghanistan.

– Non. C'est vrai. C'est la seule bonne idée. Mais bon, c'est peut-être un peu trop direct. Trop évident. Essaie de rendre ça plus allégorique.

– Tiens ta langue, femme-sorcière. »

Mathilde rit. « De toute façon, il faudra sans doute vous mettre d'accord là-dessus. Toi et ton Leo Sen.

– Leo. J'ai l'impression d'être un adolescent en smoking qui s'en va à son premier bal.

– Eh bien, mon amour, c'est parfois ainsi que se sentent les gens quand ils te rencontrent », répondit-elle avec une grande douceur.

Son cottage était petit, en pierre, avec une cheminée, pas très loin du bâtiment principal où il se rendrait pour le dîner et le petit déjeuner, et pour la première fois il s'inquiéta du gel, si jamais il tombait à cause de sa mauvaise jambe. Il y avait un bureau, une chaise et un lit de taille normale, ce qui signifiait que ses pieds dépasseraient.

Mathilde s'assit au bord et rebondit. Le sommier poussa un couinement de souris. Lancelot prit place à côté d'elle et rebondit à contretemps. Il posa la main sur sa cuisse et la remonta, bond après bond, jusqu'à ce que ses doigts soient en haut, alors il les passa sous l'élastique et trouva là la moiteur préliminaire qu'il escomptait. Elle se leva, il cessa de rebondir et, sans tirer les rideaux, elle écarta sa petite culotte et grimpa sur lui. Il enfouit la tête sous son chemisier, appréciant la compagnie de l'obscurité qui y régnait.

« Eh, soldat, dit-elle tout en le titillant au bout. Garde-à-vous !

— Trois semaines », déclara-t-il tandis qu'elle le faisait entrer en elle. Elle se mit à le chevaucher. « C'est long, sans permission.

— Pas pour moi. J'ai acheté un vibromasseur, répondit-elle le souffle court. Je l'ai appelé Lancelitto. »

Mais un diminutif n'était sans doute pas la meilleure chose à dire, car il sentit soudain la pression peser sur lui et il dut la prendre en levrette pour conclure cette étreinte qui s'acheva sur un pauvre petit orgasme frustrant.

Depuis la salle de bains où elle se lavait au lavabo, elle l'interpella : « Ça me fait drôle de t'abandonner comme ça, ici. La dernière fois que je t'ai laissé partir loin de moi, tu m'es revenu tout cassé. » Elle retourna vers lui, appliqua ses mains sur ses joues. « Mon vieil excentrique, qui a cru pouvoir s'envoler.

— Cette fois, seuls mes mots voleront », dit-il avec solennité. Ils ne cessaient de s'échanger des compliments. Presque vingt ans ensemble, le brasier s'était certes transformé en bonne chaleur, en humour, leurs sentiments étaient moins sauvages, mais maintenant ils étaient plus faciles à assumer.

Elle ajouta d'une voix hésitante : « Il va y avoir beaucoup de femmes brillantes ici, Lotto. Et je sais combien tu aimes les femmes. Enfin, aimais. Avant. Je veux dire, avant moi. »

Il fronça les sourcils. Jamais au cours de leur vie commune elle n'avait manifesté de jalousie. C'était indigne d'elle. De lui. De leur couple. Il s'écarta un peu. « Je t'en prie », fit-il, et elle changea de sujet, l'embrassa longuement et dit : « Si tu as besoin de moi, je viendrai. Je suis à quatre heures de route, mais je serai là en trois. » Puis elle franchit la porte ; elle était partie.

Seul ! La forêt dans le jour déclinant l'observait par les fenêtres. Plein de vitalité, il fit quelques pompes parce qu'il n'était pas encore l'heure de dîner. Il déballa ses carnets, ses crayons. Arpenta l'allée qui faisait le tour de son cottage et arracha une fougère avec ses racines pour la planter dans un mug bleu marine moucheté de blanc qu'il déposa sur la cheminée, alors que déjà les frondes se racornissaient dans cette chaleur inattendue. Quand sonna la cloche annonçant le dîner, il partit en boitant sur le chemin de terre, longea le pré avec sa statue de chevreuil dans le crépuscule. Ah, non, c'était un vrai chevreuil bondissant. Il passa près de la meule de foin transformée en poulailler au milieu des framboisiers, du potager rempli de potirons luisants dans le clair-obscur, des tiges de choux de Bruxelles montées en graine, et gagna le vieux corps de ferme d'où émanaient de délicieuses odeurs.

Les deux tables étaient déjà au complet et il resta debout à la porte-fenêtre jusqu'à ce qu'on lui fasse signe de venir s'asseoir en désignant un siège vide. Il prit place et toute la tablée se tourna vers lui, comme si un phare venait tout à coup de s'allumer.

Ces gens étaient si beaux ! Il se demanda pourquoi il s'était senti aussi nerveux. Cette célèbre poétesse frisée qui montrait à tout le monde une mue de cigale parfaite dans le creux de sa main. Ce couple d'Allemands qui auraient pu être jumeaux, avec leurs lunettes sans monture identiques, et leurs cheveux, à croire qu'on les leur avait taillés à la serpe pendant leur sommeil. Ce jeune homme roux à peine sorti de l'université, qui rougissait brusquement sous l'emprise d'une timidité maladive : un poète, c'était évident. Cette romancière blonde, athlétique, pas mal malgré son ventre de jeune mère et ses cernes violets sous les yeux. Loin de rivaliser avec Mathilde, mais assez jeune pour la faire réfléchir. Elle avait vraiment de très jolis bras blancs, comme sculptés dans du bois d'épicéa lustré. Autrefois, quand il voyait étinceler la beauté de chaque femme, ces bras-là lui auraient suffi, et le Lotto de naguère réapparut un instant, jeune chien fou de sexe, dans une orgie de coups de langue sur le ventre rond de la romancière strié de marques argentées. Très agréable. Il lui tendit la carafe d'eau et chassa cette image.

Une très jeune cinéaste afro-américaine qui observait Lancelot lui dit : « Satterwhite ? Je sors juste de Vassar. Il y avait une aile Satterwhite, là-bas », et Lancelot soupira avec une petite grimace. Il avait eu une mauvaise surprise au printemps précédent quand il s'était rendu dans son ancienne fac pour y donner une conférence, le doyen s'était en effet levé et, entre autres éloges dans son introduction, avait précisé que la famille de Lancelot avait effectué une donation pour la construction du dortoir de l'université. Lotto fit ses calculs et se souvint d'avoir rencontré Sallie au moment de la remise des diplômes, debout devant un trou immense où s'activaient des bulldozers, visage fermé, sa jupe lui collant aux jambes à cause du vent. Elle lui avait pris le bras et l'avait éloigné de là. C'est vrai qu'il n'avait présenté qu'une seule candidature à l'université et que la réponse avait apparemment été envoyée à son adresse en Floride ; il ne l'avait jamais vue. Quelle perfidie, c'était bien là la signature d'Antoinette. « Ah », répondit-il à la cinéaste qui le regardait d'un drôle d'air. Son expression avait dû le trahir. « Aucun rapport. »

La lumière de la véranda s'alluma : un raton laveur avait déclenché les capteurs. Quand elle se rééteignit, le ciel avait viré au velours marine. On fit passer le saumon entier, scintillant sur son lit de chou kale et de citron, ainsi que la salade de quinoa.

Lancelot s'aperçut qu'il ne pouvait plus s'arrêter de parler. Il était trop heureux d'être là. On ne cessait de verser du vin dans son verre. Au dessert, certains artistes avaient disparu, mais la plupart l'avaient rejoint à sa table. Il raconta l'histoire de son saut de l'ange raté au pied de l'avion ; de cette audition calamiteuse, à l'époque où il était comédien, où on lui avait demandé de se mettre torse nu, hélas il avait oublié que le matin même, sous la douche, Mathilde lui avait dessiné au rasoir un smiley sur la poitrine.

« On m'avait dit que vous étiez un sacré personnage », déclara la poétesse en mangeant sa crème brûlée, la main posée sur son bras. Elle avait tellement ri qu'elle en avait encore les yeux humides. « Mais je n'imaginais pas que c'était à ce point-là ! »

À l'autre table, Lancelot repéra une femme à l'air vaguement indien, vêtue d'une tunique, et il sentit des papillons dans son ventre : Leo pouvait-il être le diminutif de Leona ? Certaines femmes avaient une voix très masculine. Celle-ci arborait une mèche blanche parmi ses cheveux noirs, détail suffisamment excentrique pour l'auteur de l'opéra qu'il avait entendu l'été précédent. Elle avait des mains magnifiques, comme des petites chouettes. Mais soudain elle se leva, rapporta son assiette et ses couverts à la cuisine et partit ; il ravala son amertume. Elle ne voulait pas le rencontrer.

À présent ils étaient réunis dans la grande salle avec billard et table de ping-pong, et il jouait. En dépit de l'alcool, il avait gardé de bons réflexes : comme il fut heureux de le constater, il subsistait encore en lui quelque chose d'athlétique, malgré son été d'immobilité. Quelqu'un apporta du whiskey. Quand il s'arrêta de jouer, haletant, son bras gauche encore faible était un peu douloureux, un petit cercle d'artistes se forma autour de lui. Par automatisme, Lancelot redevint le charmeur qu'il savait être. « Comment vous appelez-vous ? Qu'est-ce que vous faites ? » leur demanda-t-il à chacun.

Artistes ! Narcissiques ! Certains plus doués que d'autres pour le dissimuler, mais pareils à des enfants qui se tiennent à la lisière du terrain de jeux en se rongeant les ongles et en regardant leurs camarades, les yeux écarquillés, tandis que, les uns après les autres, on les invite à jouer. Chacun d'eux, quand on l'invitait à s'exprimer, était intimement soulagé de constater que quelqu'un voyait bien en lui l'être important qu'il était. Et que la personne la plus importante de l'assemblée reconnaissait en lui son égal. Du moins, potentiellement. À l'avenir.

Parce que Lancelot savait parfaitement, tout en leur souriant si gentiment, qu'il était le seul véritable artiste dans cette pièce.

Quand vint son tour, le garçon roux et rougissant prononça son nom si doucement que Lancelot dut se pencher en avant pour le faire répéter, alors le garçon le regarda avec un petit éclat dans les yeux – amusement, entêtement – et dit : « Leo. »

Les lèvres de Lancelot bougèrent, jusqu'à ce que, enfin, les mots sortent de sa bouche. « Vous êtes Leo ? Leo Sen ? Leo Sen le compositeur ?

– En chair et en os. Heureux de vous rencontrer. »

Et, comme Lancelot ne parvenait toujours pas à parler, il reprit un peu plus sèchement : « Vous vous attendiez à voir un Indien, c'est ça ? Ça m'arrive souvent. Mon père est à moitié indien. Ses gènes ont été supplantés par ceux de ma mère. Par contre ma sœur a l'air tout droit sortie d'un film de Bollywood et tout le monde refuse de croire qu'on est de la même famille.

– Et pendant tout ce temps, vous êtes resté là sans rien dire ? À me laisser faire le clown ? »

Leo haussa les épaules : « Ça m'amusait. Je voulais voir comment était mon librettiste en vrai.

– Mais pardonnez-moi, vous ne pouvez pas être compositeur. Vous sortez à peine de la maternelle.

– J'ai vingt-six ans. Il y a un moment que je ne porte plus de couches. » Pour quelqu'un d'aussi timide, il avait du répondant.

« Vous n'êtes pas du tout comme je l'imaginais. »

Leo cilla. Son teint ressemblait maintenant à celui d'un homard en colère. « Eh bien, je trouve ça merveilleux. Qui n'a pas envie d'inattendu ?

– Pas moi.

– Moi non plus », renchérit Leo. Il marqua une pause, observant Lancelot, et finalement il se détendit, lui adressa un demi-sourire.

Il aurait pu attraper un ballon de basket d'une seule main, Leo Sen, quoiqu'il fût assez frêle et voûté malgré son mètre quatre-vingt-trois. Première conversation enivrante sur le divan, tous les autres étaient retournés jouer au ping-pong, au billard, ou bien étaient rentrés chez eux par la forêt plongée dans l'ombre, pour travailler encore un peu, une faible lampe frontale éclairant leur chemin.

L'opéra de l'été précédent était né de sa lutte contre une espèce de tristesse, un sentiment de panique et d'effondrement à mesure que le monde extérieur s'introduisait en lui avec fureur. « Généralement, j'arrive à m'en sortir, dit Leo. Je combats ma musique jusqu'à ce qu'on soit trop épuisés l'un et l'autre pour ressentir quelque chose.

– Je vois exactement ce que tu veux dire. Ça me rappelle le combat de Jacob contre Dieu, répondit Lancelot. Ou de Jésus contre le démon.

– Je suis athée. Mais ça a l'air d'être des mythes intéressants », répliqua Leo en riant.

Sa maison sur cette île de Nouvelle-Écosse était faite de bottes de foin et de boue, raconta-t-il, et son travail consistait à enseigner la musique à ceux qui voulaient l'apprendre. Il ne possédait pas grand-chose : dix chemises blanches, trois jeans, des chaussettes, des sous-vêtements, des bottes, des mocassins, une veste, des instruments de musique, et c'était à peu près tout. Les objets ne l'avaient jamais vraiment intéressé en dehors de la musique qu'il pouvait en tirer. Les livres lui étaient nécessaires, mais il les empruntait. Sa seule extravagance, c'était le football, il était supporter de Tottenham. Sa mère, tu vois, était juive ; elle aimait la manière dont Tottenham avait combattu les insultes antisémites, ce surnom qu'ils s'étaient donné de Yid Army.

Les Yiddos. Le nom aussi avait joué, pour Leo, avec cette richesse, cette métrique. Tottenham Hotspur, une vraie petite chanson en soi. Dans la maison commune, sur l'île, il y avait une télévision reliée à une antenne parabolique, comme une oreille tendue sur le toit, qui servait essentiellement dans les cas d'urgence, avec une exception pour Leo Sen et sa passion du football.

« Je détestais vraiment mon violon quand j'étais petit, dit-il, jusqu'à ce que mon père me demande d'improviser pendant un match de foot à la télé. Tottenham-Manchester, notre équipe perdait. Et soudain, pendant que je jouais, les sentiments que j'éprouvais déjà profondément sans musique se sont amplifiés. La peur, la joie. Et c'était parti, je n'ai plus eu qu'un désir : recréer ces sensations. J'ai appelé cette composition *Audere Est Facere*, dit-il en riant.

— "Oser, c'est faire" ? traduisit Lotto.

— C'est la devise de Tottenham. Pas mal pour un artiste, finalement.

— Ta vie paraît si simple.

— Ma vie est belle », déclara Leo Sen.

Et Lancelot vit que c'était vrai. Il aimait suffisamment les contraintes littéraires pour comprendre l'attrait qu'exerçait un mode de vie aussi strict, combien cela pouvait libérer les forces intérieures. Leo s'éveillant au lever du soleil sur l'océan froid rempli d'oiseaux, des baies fraîchement cueillies et du yaourt au lait de chèvre en guise de petit déjeuner, les tisanes préparées avec les plantes qu'il cultivait, les crabes bleus dans les mares sombres, puis Leo se couchant bercé par les rafales du vent et le ressac des vagues sur les rochers. Le célibat, la tempérance, la vie modérée que menait Leo, en tout cas vue de l'extérieur, dans le froid constant. Et à l'intérieur de lui, cette vie musicale fiévreuse.

« Je savais que tu serais un ascète, dit Lancelot. J'imaginais juste que tu avais une longue barbe, que tu pêchais le poisson au harpon et que tu portais un pagne autour des reins. Et un turban couleur safran. » Il sourit.

« Vous, en revanche, vous avez toujours mené une vie dissolue. C'est évident dans votre œuvre. Les privilèges, voilà ce qui vous a permis de prendre des risques. Une vie entre huîtres et champagne, et maisons sur la plage. Chouchouté. Comme le précieux rejeton que vous êtes. »

Lancelot était piqué au vif, mais il répondit : « C'est vrai. Si j'avais le choix, je pèserais cent cinquante kilos de plaisir et de gaieté. Mais ma femme veille au grain. M'oblige à faire de l'exercice tous les jours. M'empêche de boire le matin.

– Ah, fit Leo en contemplant ses mains énormes. Donc, il y a une femme. »

Cette manière de le dire. Bon. La vision que Lancelot avait de Leo en fut une nouvelle fois bousculée.

« Oui, il y a une femme. Mathilde. C'est une sainte. Une des personnes les plus pures que j'aie jamais connues. Parfaite sur le plan moral, elle ne ment jamais, elle ne supporte pas les imbéciles. Je n'avais jamais rencontré quelqu'un qui soit resté vierge jusqu'au mariage, mais Mathilde l'était. Elle pense qu'il est injuste que d'autres personnes viennent nettoyer nos propres saletés, donc elle s'occupe du ménage elle-même alors que nous avons les moyens d'avoir une employée. Elle gère tout. Absolument tout. Et ce que j'écris, c'est d'abord pour elle que je l'écris.

– Le grand amour, quoi, dit Leo avec légèreté. Mais ça doit être épuisant de vivre avec une sainte. »

Lancelot songea à sa femme, grande, avec sa crinière blond platine. « C'est vrai », acquiesça-t-il.

Alors Leo s'écria : « Ouh, vous avez vu l'heure qu'il est. Je dois aller travailler. Je suis un fervent travailleur nocturne, je le crains. On se voit demain après-midi ? », et Lancelot s'aperçut qu'ils étaient seuls, la plupart des lumières étaient éteintes et son heure habituelle de coucher dépassée depuis trois bonnes heures. De plus, il était saoul. Incapable de trouver les mots nécessaires pour dire à Leo combien il s'était senti proche de lui, profondément proche. Il voulait lui dire que lui aussi avait eu un bon père, qui le comprenait, et qu'il aspirait à une vie simple et saine, que lui aussi connaissait ses joies les plus intenses dans le travail. Mais le cottage de Leo était de l'autre côté du pré et de la forêt, et quand ils sortirent du bâtiment principal, le garçon le salua rapidement et partit, invisible, à l'exception des bouffées blanches de son souffle dans l'obscurité. Lancelot, qui progressait lentement dans le noir d'encre, dut se contenter de la perspective du lendemain. Les révélations tombaient couche après couche, comme des peaux d'oignon. Le cœur révèlerait un véritable ami.

Il s'endormit en regardant les flammes lécher les bûches dans la cheminée, longue et lente subduction, satisfaction fumeuse qui le mena vers un sommeil très profond qu'il n'avait pas connu depuis des années.

Un monde de lait chaud, avec sa peau de brouillard matinal à la fenêtre. Déjeuner sur la terrasse, dans un panier d'osier, soupe de légumes, focaccia, cheddar, bâtons de céleri et de carottes, petit gâteau. Magnifique journée gris-bleu, il ne pouvait rester enfermé. Il voulait travailler. En fin d'après-midi, il enfila ses bottes, sa veste Barbour, et sortit se promener dans les bois. La fraîcheur sur son visage s'estompa et il commença à se réchauffer. La chaleur engendra le désir, et le désir le conduisit jusqu'à un rocher couvert de mousse, un froid profond régnait sous le tiède coussin de velours vert. Pantalon aux genoux, lancé dans d'ardentes caresses. Penser à Mathilde ne l'excitait plus, il fallait passer à autre chose, s'éloigner, et toujours il aboutissait à un entrelacs d'images de nymphettes asiatiques portant des jupes écossaises d'écolière, qui roucoulait à son oreille, comme souvent dans les fantasmes. Les branches des arbres telles des lattes grises au-dessus de lui ; les corbeaux, des points qui dansaient la polka. Mouvements frénétiques dans la région de l'aine, jusqu'à l'inévitable jaillissement vers le ciel, et la paume gluante.

Le lac si calme à ses pieds. Grêlé par la chute de quelques gouttes de pluie.

Quand il se releva, l'angoisse se faisait plus lourde dans sa poitrine : il détestait remettre le travail à plus tard quand il était sur sa lancée. À croire que les muses chantaient [ou plutôt fredonnaient] et qu'il se bouchait les oreilles. Il partit en direction de chez Leo, le silence des bois était si étrange que lui revinrent à l'esprit les anciennes comptines de sa petite enfance. Il se les fredonna. Quand il arriva au cottage de Leo – stucs roses, pseudo-Tudor, flanqué de fougères qui luisaient dans la faible lumière grise –, il comprit qu'il s'était attendu à trouver son collaborateur jouant de la musique sur le pas de sa porte. Mais rien ne bougeait, et à l'intérieur les rideaux étaient tirés. Lancelot s'assit derrière un bouleau en se demandant quoi faire. Quand le jour diminua, il se rapprocha pour regarder par la fenêtre. Les lumières n'étaient pas allumées mais les rideaux étaient désormais ouverts et quelqu'un bougeait dans la pièce.

C'était Leo, debout, torse nu, blanc et maigre, il fermait les yeux, le visage encore jeune, presque adolescent, semé de taches de rousseur, ses cheveux hérissés en touffes blond-roux. Il agitait les bras. De temps en temps, il allait jusqu'aux feuilles posées sur le piano, griffonnait quelque chose, puis revenait se planter au même endroit et refermait les yeux. Ses pieds nus étaient aussi énormes que ses mains et, comme elles, rougis par le froid.

Quel étrange spectacle de voir une autre personne emportée par son élan créateur.

Lancelot songea à toutes ces heures qu'il avait passées habité par cette même force, et combien il aurait paru ridicule si on l'avait vu dans ces moments-là. D'abord dans le cagibi sans fenêtre où ils avaient installé son bureau, à New York, ensuite dans leur maison à la campagne, dans son superbe grenier, avec son Shakespeare abrégé sur le lutrin et le jardin sous les fenêtres où s'affairait Mathilde. Pendant des mois, de là-haut, il avait observé un tournesol en mesurant à quel point il était à l'image de l'existence humaine : sortant de terre avec éclat, plein d'espoir, magnifique ; large et fort, sa corolle parfaitement épanouie dûment tournée vers le soleil ; sa tête si alourdie de pensées mûres qu'elle ployait vers le sol, brunissait, perdait ses pétales vifs, la tige ramollie ; fauché en prévision du long hiver. Là-haut, il faisait les voix, les cent pas, se pavanait, se raidissait, s'exprimait avec affectation. Onze pièces essentielles, deux autres sans doute moindres rétrospectivement, et il les avait toutes répétées pour les murs indifférents tandis qu'il les écrivait, puis pour le public des tournesols et la fine silhouette de Mathilde, penchée vers les mauvaises herbes.

Il retrouva ses esprits en voyant Leo boutonner sa chemise, enfiler son pull, sa veste, et enfin ses mocassins. Il s'en retourna vers le chemin et se dirigea vers l'entrée du cottage, interpella Leo quand il sortit et verrouilla sa porte.

« Oh, salut, fit Leo. Vous êtes venu me chercher ? C'est parfait. Je me sentais un peu coupable. J'avais prévu d'arrêter tôt pour qu'on puisse parler du projet, mais la composition à laquelle je travaille a fortement insisté pour que je m'occupe d'elle jusqu'au bout. On va manger, alors ? On peut parler en marchant, non ?

– Absolument. J'ai un million d'idées. Elles bouillonnent en moi. J'ai dû aller faire un tour pour leur échapper, mais le problème avec les idées, c'est que plus on marche, plus il y en a. Elles se multiplient dans le chaudron de l'esprit.

– Génial. Je suis heureux d'entendre ça. Allez-y, dites-moi tout. »

Lorsqu'ils s'assirent à table, Lancelot avait déjà exposé ses cinq propositions majeures. Leo fronçait les sourcils, rose de froid. Il lui passa la tourte aux légumes grillés et conclut : « Non. Rien de tout ça, il me semble. J'attends l'étincelle, vous voyez. Et ce n'est pas le cas avec ces idées-là, hélas.

– Très bien », dit Lancelot, et il s'apprêtait à énumérer les cinq idées suivantes quand il sentit une main sur son épaule et une voix chaude qui murmurait à son oreille : « Lotto ! », alors il leva les yeux vers Natalie sans comprendre, d'abord. Natalie ! Parmi tous ces gens ! Natalie avec ce nez de patate surplombant sa moustache noire. Elle avait réussi grâce à la bulle Internet, puis, apparemment, elle avait empoché le gros lot et s'était retirée, et elle était si riche qu'elle avait pu retourner à ce qu'elle aimait le plus. C'est-à-dire – comme c'était inattendu – la sculpture ! Elle était blanche de poussière de plâtre, et plus épaisse aussi ; enfin, ils avaient tous épaisi. De fines lignes au coin des yeux, qui paraissaient encore remplis d'une étonnante rancune. Il y eut de grandes embrassades, de grandes déclarations, et elle s'assit à côté de Lancelot pour lui raconter sa vie. Mais quand il se retourna pour la présenter à Leo, celui-ci avait déjà débarrassé son assiette et ses couverts, laissant un mot d'excuse dans la boîte aux lettres de Lancelot : la pression était si forte qu'il lui fallait à tout prix finaliser cette commande, ensuite il pourrait se consacrer tout entier à leur opéra. *Je suis vraiment, vraiment désolé.* Son écriture, aussi minuscule et précise que celle d'une machine à écrire.

S'ensuivirent d'interminables excuses. Quatre jours de suite : « Je sais, je sais, c'est terrible, Lancelot, je suis affreusement désolé, mais je dois coûte que coûte achever cette commande. Ça me tue, ce truc, en vérité. » Son visage virait au rubicond dès qu'il apercevait Lancelot, une nervosité nouvelle née de la honte. Quand Lancelot allait l'observer par la fenêtre, chaque fois, Leo travaillait, écrivait avec ferveur ; et comme il n'était pas en train de dormir, ni de se gratter à la manière d'un paresseux, ni encore de perdre son temps, Lancelot ne pouvait lui en vouloir, ce qui rendait l'attente encore plus difficile.

Au sous-sol de l'ancienne ferme, dans la cabine téléphonique de la laverie d'où il appelait Mathilde – les portables ne passaient pas ici, ils étaient bel et bien coupés du monde –, il exprima sa frustration à mi-voix. Elle répondit par des murmures, des grognements de soutien, mais il était cinq heures du matin et elle n'était pas très réveillée. « Et si on se faisait un câlin par téléphone ? dit-elle enfin. Pour chauffer un peu les câbles ? Ça t'aiderait à te calmer.

– Non, merci, je suis pas d'humeur. »

Long, très long silence, son souffle à l'autre bout du fil. « Ça ne va pas bien du tout, hein ? C'est une vraie crise. C'est la première fois que tu refuses de faire l'amour par téléphone. » Dans sa voix, de la tristesse.

Elle lui manquait, sa femme. C'était bizarre de se réveiller le matin sans qu'il ait besoin de lui apporter son café au lit. Les minuscules attentions dont elle l'entourait lui manquaient, sa façon de lui laver ses vêtements, de lui tailler les sourcils. Une partie de lui était manquante.

« J'ai envie d'être auprès de toi, à la maison.

— Moi aussi, mon amour. Alors rentre.

— J'attends encore quelques jours. Ensuite, je t'appellerai au beau milieu de la nuit.

— Je serai près du téléphone. En retenant mon souffle. Je laisserai la clé sur le contact. »

Après le dîner, le lendemain, il accompagna un groupe d'artistes dans les bois, leurs torches tranchant le noir, jusqu'à l'atelier des sculpteurs allemands. C'était un bâtiment à deux étages avec une façade escamotable et un monte-charge hydraulique pour hisser les œuvres les plus lourdes. Il y avait de la vodka qu'on mettait à rafraîchir dans le ruisseau, derrière la maison, et une espèce de musique mordante, toute en piques électriques. Les lumières étaient éteintes. Dans la pièce du devant, une colonne sur deux étages, des mots d'amour datant du premier mariage de la *Frau* allemande, vaguement attachés à une structure et oscillant dans le vent, sur lesquels on projetait un petit film familial. Une sculpture représentant le mariage, son incarnation.

Lancelot sentit ses yeux s'emplir de larmes. C'était si juste. Les Allemands virent ses prunelles briller, alors ils s'approchèrent – comme des perruches sur leur perchoir – et le prirent par la taille.

En ce cinquième jour d'obstruction artistique, Lancelot se réveilla sous un crachin misérable, il prit un vélo et descendit jusqu'à la piscine du village.

L'eau améliora grandement son humeur. Il n'était pas très bon nageur, mais ses mouvements l'apaisèrent, et chaque fois il glissait un peu plus longuement sous l'eau. Ainsi enveloppé, il se calma, se retrouva tel qu'il était dans la voiture, à son arrivée à la résidence. C'était peut-être le manque d'oxygène. Peut-être que son large corps avait enfin obtenu l'exercice dont il avait besoin, surtout en ces temps de célibat forcé. Peut-être s'était-il fatigué au point que ses angoisses avaient disparu. [Faux. Il aurait dû savoir reconnaître un cadeau quand il s'en présentait un.] Toujours est-il que lorsqu'il atteignit l'extrémité de la piscine, toucha le mur, se hissa sur le bord, il savait ce que serait son opéra. Il s'élevait devant lui, miroitant, plus réel que cette eau qu'il recouvrait.

Il resta si longtemps assis au bord du bassin, s'oubliant lui-même, qu'il était déjà sec quand il leva les yeux et découvrit Leo debout près de lui, en jean, chemise et mocassins. « On m'a dit que tu étais venu nager. Je suis venu te chercher, j'ai emprunté une voiture. Je m'en veux tellement de t'avoir fait attendre si longtemps, mais tu sais, ça signifie qu'on a tous les deux envie de s'y mettre. Si ça te va, je suis prêt », déclara Leo. Il bougea et, enfin, apparut dans sa totalité son visage que, jusqu'à présent, le soleil entrant par la fenêtre dessinait de profil.

« Antigone, répondit Lancelot en lui souriant.
– Pardon ?
– Antigone. L'étincelle.
– Antigone ?

– Antigone souterraine. Notre opéra. Antigone qui ne s'est pas pendue, ou qui a essayé, mais avant qu'elle réussisse, les dieux l'ont maudite en la rendant immortelle. D'abord, ils l'ont fait comme une faveur, parce qu'elle était restée fidèle à leurs lois au mépris de celles des hommes. Ensuite, quand elle s'est mise à vociférer contre eux, ça s'est transformé en raillerie. Elle est toujours dans sa grotte, encore aujourd'hui. Je pensais à la sibylle de Cumes, qui a vécu mille ans, si longtemps qu'elle s'était ratatinée et qu'on l'avait enfermée dans une fiole. Eliot en a tiré une épigraphe pour *La Terre vaine*, extraite du *Satyricon* de Pétrone : « Croiriez-vous que moi qui vous parle, j'ai vu de mes propres yeux la sibylle de Cumes suspendue dans une fiole ; et lorsque les enfants lui disaient : "Sibylle, que veux-tu ?" elle répondait : "Je veux mourir." »

Long silence, l'eau clapotant dans les petits canaux latéraux. Une femme chantonnait toute seule tout en effectuant de lents mouvements de grenouille sur le dos.

« Oh, mon dieu, s'exclama Leo.

– Ouais. Et puis, Antigone au départ était du côté des dieux, contre les hommes, contre l'ordre des hommes, le diktat de Créon interdisant qu'on donne à son frère une sépulture digne de ce nom, mais je pense qu'on peut étendre ça jusqu'à de…

– La misandrie.

– Non, ce n'est pas de la misandrie, peut-être de la misanthropie. Elle méprise les dieux qui l'ont abandonnée, et les humains pour leurs défauts. Elle a tant rétréci qu'elle est en deçà des humains, littéralement sous leurs pieds, et pourtant elle les surplombe aussi. Le temps l'a purifiée. Elle est devenue l'esprit de l'humanité. On devrait changer de titre. Pourquoi pas *Anti-gone*, puisque dans notre langue, *gone* signifie "partie" ? On jouerait sur le fait qu'elle est justement toujours là. Non ? »

Il avait emmené Leo dans les vestiaires et se séchait avec exubérance. Il retira son maillot de bain. Quand il releva la tête, Leo, assis sur son banc les mains jointes, écarquillait les yeux tout en contemplant Lotto, nu. Il rougit.

« *Antigoniste*, proposa Leo en baissant le regard.

– Attends. *L'Antigonade* », lança Lotto, d'abord sur le ton de la plaisanterie, parce qu'il remontait justement son caleçon. Oui, c'est vrai, il avait pris son temps : il avait éprouvé un petit éclat de vanité et de gratitude à se savoir ainsi regardé. Il y avait si longtemps qu'un inconnu ne l'avait vu nu. Bon, il y avait eu ces représentations d'*Equus* vers le milieu des années 1990, mais ils n'avaient joué que douze fois et le théâtre comptait seulement deux cents places. Néanmoins, en lançant cette plaisanterie, il s'aperçut qu'elle lui plaisait. « *L'Antigonade*, répéta-t-il. C'est peut-être une histoire d'amour. Une histoire d'amour, et elle, elle est coincée dans cette grotte. Les amants ne peuvent pas se toucher.

– Pour l'instant. On pourra toujours changer si on se retrouve pro-gonade, j'imagine. » Était-ce une proposition ? Difficile à dire, avec ce garçon.

« Leo, Leo, tu es aussi sec que du vermouth. »

S'en suivit une période prolixe où ils n'arrêtèrent plus de parler. Quatre jours, cinq, puis sept. Sans réellement rédiger quoi que ce soit. Ils travaillaient dans ces étranges limbes crépusculaires. Lancelot, toujours levé tôt, Leo, debout toute la nuit, dormant jusqu'à deux heures de l'après-midi, ils s'étaient mis d'accord pour se retrouver chez Lancelot dès le réveil de Leo. Ils travaillaient jusqu'à ce que Lancelot s'écroule de sommeil tout habillé, ouvrant l'œil juste un instant quand Leo s'en allait et qu'une bouffée d'air froid s'engouffrait par la porte ouverte.

Lancelot lut la pièce de Sophocle à haute voix tandis que Leo, étendu devant la cheminée où brûlait gaiement un feu, l'écoutait en rêvant. Ensuite, pour le contexte, Lancelot lut les deux autres pièces de la trilogie, *Œdipe roi* et *Œdipe à Colone*. Il lut aussi à voix haute des fragments d'Euripide. L'adaptation de Seamus Heaney ; ils lurent Anne Carson, tête contre tête. Ils écoutèrent en silence l'opéra d'Orff, celui d'Honegger sur un livret de Cocteau, celui de Theodorakis, de Traetta. Au dîner, ils poursuivaient leur discussion, absorbés complètement, ils parlaient de leur Antigone, qu'ils surnommaient Go, comme si c'était une de leurs amies.

Leo n'avait pas encore écrit de musique, mais il avait fait des dessins sur du papier d'emballage volé en cuisine. Les feuilles s'enroulaient sur elles-mêmes, accrochées aux murs de son cottage, esquisses d'entrelacements, extensions du corps mince et léger du jeune homme. La forme de la mâchoire de Leo quand il se mettait de profil, dévastatrice ; cette manière qu'il avait de se ronger les ongles jusqu'au croissant, les fins cheveux éclatants au creux de sa nuque. Son odeur, de tout près, pure et propre, blanchie. [Les êtres nés pour la musique sont les plus aimés de tous. Leur corps est le réceptacle de l'esprit qui l'anime ; le meilleur en eux, c'est la musique, le reste n'est qu'instrument de chair et d'os.]

Le temps conspirait contre eux. La neige tombait doucement. Il faisait trop froid pour rester longtemps dehors. Monde sans couleur, paysage de rêve, page blanche. Des relents de feu de bois sur la langue.

Les deux collaborateurs étaient si concentrés que lorsque Natalie voulut se joindre à eux pour le dîner, Lancelot lui sourit à peine avant de se retourner pour dessiner ce qu'il expliquait à Leo sur un bout de papier. Natalie se renfonça dans sa chaise, les yeux humides – leur amitié appartenait au passé pour l'essentiel, mais, oh ! comme son indifférence la blessait encore –, puis chassa tout cela d'un sourire. Elle observa Lotto. Elle écouta. Une véritable électricité circulait entre les deux hommes, épaule contre épaule. Si Lotto s'était montré plus attentif, il aurait compris que cela allait jaser, que le réseau de leurs vieux amis s'émouvrait de ce que Natalie leur rapporterait, de ce qu'elle avait décelé entre Leo et lui. Enfin, elle hocha la tête, reprit son plateau et partit ; or c'était sa dernière nuit à la résidence, il ne la reverrait pas. [Sa mort prochaine serait soudaine. Accident de ski ; embolie.]

Les sculpteurs allemands étaient rentrés à Nuremberg sans que Lotto s'en aperçoive et une jeune femme pâle leur avait succédé. Elle peignait à l'huile l'ombre des objets, et non les objets eux-mêmes, sur des toiles hautes comme un étage. La romancière blonde était retournée dans sa maison pleine de garçons. La colonie rapetissait avec l'hiver : à présent il n'y avait plus qu'une seule table au dîner. La déception se lisait sur le visage de la poétesse frisée, soir après soir, lorsqu'elle retrouvait les deux collaborateurs collés l'un à l'autre. « Lancelot, mon cher. Tu ne veux donc parler à personne d'autre qu'à ce garçon ? » dit-elle, un jour, en se penchant vers lui alors que Leo était parti chercher le plateau des desserts pour toute la tablée.

« Désolé. Je te fais signe bientôt, Emmylinn. Nous en sommes à la phase initiale. Celle où on est raides dingues. »

Elle posa sa joue de papier contre son bras en répondant : « Je comprends. Mais mon trésor, ce n'est pas sain de rester ainsi enfermé si longtemps. Tu dois respirer un peu de temps à autre. »

Et puis il y eut dans le bureau ce message provenant de sa femme, douloureusement bref. Lancelot ressentit un choc et il se précipita à la laverie pour appeler Mathilde.

« M., dit-il lorsqu'elle décrocha. Je suis vraiment désolé. Ce projet me fait tout oublier. Je suis complètement pris dedans.

— Aucune nouvelle de toi depuis une semaine, mon amour. Pas un appel. Tu m'as oubliée.

— Non. Non. Bien sûr que non. Je suis juste à fond dedans.

— Ah, tu es à fond dedans, répéta-t-elle avec lenteur. La question est : dans quoi ?

— Pardonne-moi. »

Elle soupira. « Demain, c'est Thanksgiving.

— Oh.

— On avait prévu que tu reviendrais pour la soirée, pour qu'on puisse recevoir nos amis. Notre première à la campagne. Je devais venir te chercher demain matin à huit heures. Rachel et Elizabeth et les jumeaux viennent. Sallie aussi. Chollie et Danica. Samuel, avec les triplés, mais pas Fiona – tu savais qu'elle avait fait une demande de divorce ? Quel choc, personne ne s'y attendait. Tu pourrais l'appeler. Tu lui manques. Enfin bref, j'ai préparé des tourtes. »

D'interrogateur, le silence devint accusateur.

Enfin, il dit : « Je pense que pour une fois, mes proches pourront se passer de moi. Je célébrerai Thanksgiving en travaillant. Comme ça on pourra acheter des quantités de bouchées de tofu pour les décennies à venir.

– C'est méchant. Et c'est triste.

– Je ne voulais pas être méchant. Et ce n'est pas triste pour moi. Après l'été que j'ai vécu, M., je suis trop heureux de travailler. S'amuser, ce n'est pas ma tasse de thé, là.

– Ta tasse de thé ? Je ne savais pas qu'on utilisait ce genre d'expression dans les résidences d'artistes.

– C'est Leo.

– Leo. Leo. Leo. Leo. Leo. Écoute. Je peux tout annuler, je viens, et on se trouve une chambre d'hôte. On se goinfrera de tourtes. On regardera des films débiles. Et on baisera. »

Long silence, alors elle ajouta : « C'est bon, j'ai compris. »

Il soupira. « Tu ne peux pas me détester parce que je te dis non, Mathilde. C'est mon travail. »

Son silence à elle aussi était éloquent.

« Ce n'est sans doute pas le moment pour te le dire.

– Sans doute que non.

– Leo et moi on a réussi à prolonger notre séjour de deux semaines. Je serai de retour juste avant Noël. Promis.

– Génial », dit-elle, et elle raccrocha.

Il essaya de rappeler, une fois, deux fois, trois fois, mais elle refusait de répondre.

Non, il n'oublia pas cette querelle avec Mathilde, mais quand il sortit, le soleil s'était levé et l'éclat des rayons sur la neige, la glace, donnaient l'impression que le monde était sculpté dans la pierre, le marbre, le mica, de sorte que la minéralité crue de ce qui auparavant était si doux, si frais le ramena à la grotte de

Go, de même que tout ce qu'il voyait, entendait, ressentait à présent était forcément lié au monde de Go. Deux soirs plus tôt, quand était venu le moment pour les résidents de partager avec les autres le produit de leur travail, ils avaient visionné, après le dîner, le film en accéléré et dessiné à la main d'un vidéaste, qui représentait la construction d'un village puis sa destruction par le feu et ensuite sa reconstruction, et cela avait semblé parfait à Lancelot pour leur projet, voire nécessaire. De même, le marionnettiste, qui travaillait avec un morceau d'étoffe et parvenait à transformer une pièce de soie flamboyante en quelque chose de profondément humain, laissa une empreinte profonde sur *L'Antigonade*.

Lotto ne pouvait oublier sa femme, mais elle existait dans une autre dimension, constante, inchangée, il avait son rythme gravé dans ses os. À chaque minute, il savait où elle était. [Là, elle battait des œufs pour faire une omelette ; là, elle traversait les champs gelés pour aller fumer en cachette au bord de l'étang, comme toujours lorsqu'elle était en colère.] Or Lancelot existait, en cet instant, dans une dimension où tout ce qu'il était, tout ce qu'il savait, avait été mis sens dessus dessous et, chose prévisible, avait explosé.

Il fit une sieste et se réveilla quand Leo s'assit près de lui sur son lit. Les derniers feux du jour arrivaient par la fenêtre, illuminant sa peau translucide, ses cils blonds. L'énorme main du jeune homme était chaude sur son épaule, et Lancelot cligna les paupières, encore tout endormi, souriant et, surgissant de son cœur de bon chien loyal, l'envie le prit de sentir cette main contre sa joue. Alors il la déplaça.

Leo rougit, et la main tressauta avant de se retirer.

Lancelot s'étira de tout son long, les bras contre le mur, les pieds dans le vide, puis il s'assit. Électricité statique bleue dans la pièce.

« Je suis prêt, dit Leo. Je veux d'abord écrire l'aria de Go. L'aria d'amour. Rien que la musique pour le moment. Ça décidera du reste de la composition. Je vais disparaître pendant quelques jours si ça ne te dérange pas.

– Non, ne disparais pas », répondit Lancelot. Il éprouvait en lui une pesanteur. « Est-ce que je peux m'asseoir tranquillement dans un coin pendant que tu composes ? Je travaillerai sur le livret. Et j'inventerai un dictionnaire et une grammaire pour la langue de Go. Je ne te dérangerai pas du tout. Tu ne sauras même pas que je suis là.

– Je t'en prie. Comme si tu pouvais ne pas parler pendant une heure. » Leo se leva, s'approcha de la fenêtre, tournant le dos à Lancelot qui était à présent parfaitement réveillé. « Ça nous sera profitable d'être séparés pendant un temps, continua-t-il. En tout cas, à moi. De savoir que tu es là, sans te voir. Tout ça va apparaître dans la musique. »

Lancelot le regarda avec émerveillement. Il semblait si frêle devant la fenêtre, encadré par la forêt de fer. « Mais, Leo, je vais me sentir seul sans toi. »

Leo se retourna, lança un rapide coup d'œil à Lancelot, franchit la porte sans rien dire et s'éloigna parmi les arbres en direction du sentier. Lancelot enroula la couverture autour de ses épaules et sortit pour le voir disparaître.

Plus tard, pour le dîner, il se traîna à travers les bois sombres jusqu'au bâtiment principal ; une seule lumière brillait dans la cuisine. Sur les huit artistes encore en résidence la plupart s'en étaient allés dans des lieux plus cléments où ils recevaient de la part de leur famille et de leurs amis amour, nourriture, caresses sur l'épaule ou sur la joue. Être aimé. Lancelot avait choisi de rester à l'écart. Il aurait agi différemment s'il avait su que Leo allait se transformer en ermite. Elle le rongeait, cette vieille angoisse de se retrouver seul avec lui-même.

Il réchauffa son assiette de tofu, purée de pommes de terre et haricots verts arrosés de sauce. À mi-parcours, il fut rejoint par ce compositeur à moitié sourd qui ne sentait pas très bon et arborait une barbe à la Walt Whitman qui recueillait tout ce qui tombait de sa bouche. Il avait les yeux roses à cause de petites veines éclatées, et la majeure partie du temps il se contentait de grogner en lançant à Lancelot des regards noirs de chèvre féroce.

« Un peu de sauce aux airelles ? » demanda Lancelot en s'en servant. *Grumph*.

« Vraiment ? La meilleure que vous ayez mangée, c'était au Ritz à Thanksgiving, en 1932 ? » *Grumph*.

« Avec qui ? » *Grumph*. « Vous plaisantez ? C'est merveilleux. Membre de la famille royale, dites-vous ? » *Grumph*. « Vous avez fait *quoi* avec la princesse Margaret pendant la guerre ? Je ne me serais jamais douté que ça existait déjà à l'époque, mon vieux. » *Grumph-grumph-grumph*.

Au dessert, il y avait une tarte à la citrouille. « Tarte-à-la-Bouse. » Ils se la partagèrent à deux, Lancelot enfournant toute la douceur sucrée possible pour contrebalancer sa tristesse, tandis que le compositeur l'imitait, bouchée après bouchée comme pour obéir à un sens aigu de la justice. Lancelot, exprès, prit une énorme bouchée pour voir l'autre faire pareil. Il avait l'air d'un serpent avalant un rat. Quand il eut terminé, Lancelot dit : « Je t'aime bien, Walt Whitman. »

Et le compositeur qui avait entendu au moins ça lui rétorqua : « Ah, vous vous croyez drôle ! », puis il se leva et partit sans débarrasser son assiette ni nettoyer les miettes par terre.

« Vous contenez des multitudes », répondit Lancelot à son dos de scarabée.

Le compositeur se retourna, le regard furieux.

« Je rendrai grâce pour vous », acheva Lancelot d'un ton solennel.

Oh, seul, si seul. Mathilde ne répondait pas, ni à la maison, ni à l'appartement, ni sur son portable, mais c'est vrai qu'elle était occupée ; elle avait des invités. Sa famille, ses amis. Ils parlaient sans doute de lui. [En effet.] Il se brossa les dents avec une terrible lenteur et se mit au lit avec un bon vieux classique des familles. Allez, Lotto, ne sois pas parano, tout va pour le mieux, se dit-il à lui-même. Et s'ils parlent de toi, c'est sûr qu'ils racontent des trucs sympas. Pourtant il les imaginait se moquant de lui, le visage déformé en de grotesques trognes d'animaux, Rachel, un rat, Elizabeth, un éléphant avec sa longue trompe sensible, Mathilde, un aigle albinos. Imposteur, ignorant, dans les nuages, voilà ce qu'ils pensaient de lui. Ancien queutard. Narcissique !

Ah, ils s'amusaient bien sans lui lorsqu'ils avaient bu. Rejetant la tête en arrière, avec leurs dents pointues et leurs lèvres tachées de vin, à rire et rire encore. Il balança son livre à l'autre bout de la pièce, si violemment que la reliure craqua en heurtant le sol.

Sa morosité le plomba toute la nuit jusqu'au matin. À midi, il désirait ardemment rentrer chez lui. Pour retrouver God et sa truffe chaude, son oreiller, sa douce Mathilde.

L'après-midi du quatrième jour de confinement de Leo, Lancelot ne put se retenir : il emprunta le long chemin à travers les bois pour se donner une excuse plausible, se munit au passage d'un bâton de bouleau à l'écorce effilochée et atterrit près du cottage de Leo.

Il mit du temps à le repérer dans l'obscurité intérieure. Il s'était accordé un petit feu, le froid était à présent trop rude même pour lui. Dans le faible rougeoiement, on distinguait sa tête, posée contre le piano, et on aurait pu le croire assoupi si sa main ne s'était élevée de temps en temps pour frapper une note ou un accord. Ce son, après une longue période de silence, faisait sursauter, même au loin, derrière l'arbre où se trouvait Lancelot.

C'était apaisant, ce bruit léger. Lancelot vivait chaque fois une petite transe en attendant la note suivante. Elle jaillissait, assourdie par les murs, les fenêtres, les poches d'air, et parvenait à ses oreilles de façon inattendue. C'était comme se croire seul dans une pièce, commencer à s'endormir, et entendre soudain un éternuement étouffé dans le recoin le plus sombre.

Quand ses tremblements devinrent incontrôlables, il partit. Une obscurité inopinée et inquiétante se fit, une tempête, qui arrivait de l'ouest à grande vitesse. Il manqua le dîner et se contenta de nouilles chinoises instantanées, qu'il mangea directement dans leur contenant en polystyrène, accompagnées d'un chocolat chaud, puis il termina une demi-bouteille de bourbon et se mit à danser nu devant le feu qui crépitait, dans la pièce il faisait une chaleur aussi étouffante qu'en Floride à la mi-août. Il ouvrit la fenêtre et regarda la neige tomber en oblique, s'abattre sur le plancher sous forme d'eau, avant de se dissoudre en buée.

Il se sentait bien mieux et s'endormit sur son lit, ivre et en sueur. Son corps semblait soulevé, à croire qu'il était attaché à un cerf-volant et flottait à dix mètres au-dessus du sol, observant les mortels de moindre importance vaquer à leurs petites occupations, là en bas.

Il s'éveilla à l'heure habituelle en frissonnant et voulut faire bouillir de l'eau pour le café, mais il n'y avait ni électricité ni chauffage. Derrière les rideaux, la forêt aurait pu être de verre, vu comme elle étincelait dans le clair de lune. En pleine nuit, il avait fortement gelé, les champs et les arbres étaient nappés d'une couche de résine époxy. Il était si saoul qu'il ne s'était pas réveillé, alors même que de grosses branches s'étaient cassées et gisaient dans le noir, pétrifiées, pareilles à des soldats après une embuscade. Il eut toutes les peines du monde à ouvrir la porte grillagée du cottage. Il avança d'un pas assuré sur la glace et partit en une longue glissade gracieuse, son pied le plus faible tendu en arrière, dessinant des arabesques, mais quand son orteil droit heurta une pierre, arrêtant son élan, son corps continua à avancer, il tourna alors sur lui-même et s'affala si violemment sur le coccyx qu'il dut rouler sur le côté en serrant les dents. Il poussa un long gémissement de douleur. Lorsqu'il voulut se relever, sa joue resta collée à la glace, il réussit à la détacher en y laissant un morceau de peau et quand il la toucha, du sang humecta ses doigts.

Il parvint à grimper sur la véranda, une main après l'autre, tel un alpiniste, rentra dans le cottage et s'écroula épuisé sur le sol, le souffle court.

Ce bon vieux Robert Frost, pensa-t-il. Ceux qui disaient que le monde finirait sous la glace avaient raison. [Faux. Le feu.]

Il allait mourir de faim ici. Sur l'étagère, une pomme conservée après un déjeuner, des barres de céréales pour personnes minces que Mathilde lui avait laissées, une dernière boîte de nouilles chinoises instantanées. Il allait mourir d'une hémorragie à cause de sa joue. Sa fracture du coccyx allait provoquer une infection. Pas d'électricité et il avait brûlé tout le bois dans sa frénésie gloutonne de la nuit dernière : il allait mourir de froid. Pas de café non plus, et l'absence de caféine, ça, c'était une vraie tragédie. Il s'enveloppa de tous les vêtements qu'il put trouver, fit une cape de sa couverture. Transforma la housse de son ordinateur en surbonnet. Aussi épais qu'un pilier de rugby, il allongea les jambes sur le lit et mangea toutes les barres de céréales. Quand il eut fini, il sut que c'était une erreur, car elles avaient un goût de balle de tennis perdue dans les buissons depuis trois saisons. En outre elles contenaient 83 % de la ration de fibres recommandée pour une journée, il venait donc d'ingurgiter 498 % de sa ration de fibres quotidienne et allait mourir d'une indigestion de fibres avant même que l'hémorragie et le froid n'aient réussi à le tuer.

En plus, il avait épuisé la batterie de son ordinateur la veille sans se soucier de le brancher parce qu'il était certain d'avoir de l'électricité au matin ; et il y avait bien longtemps qu'il n'écrivait plus rien à la main. Mais pourquoi n'écrivait-il plus rien à la main ? Pourquoi donc avait-il renoncé à cet art essentiel ?

Il composait dans sa tête, comme Milton, quand il entendit un bruit de moteur et aperçut Blaine, qu'il soit béni. Des chaînes accrochées aux pneus de son pick-up. Arrêté devant chez lui, il jeta du sable devant la fenêtre, puis il descendit de son véhicule et grâce à ses chaussures cloutées atteignit la porte sans difficulté.

« Mon sauveur », s'exclama Lancelot en lui ouvrant, oubliant son accoutrement. Blaine le dévisagea, des pieds à la tête, et son doux visage se fendit d'un grand sourire.

Il y avait des lits de camp dans le bâtiment principal, et des générateurs, des poêles qui marchaient au gaz, ainsi que des quantités de nourriture. Les lignes téléphoniques seraient rétablies dans un jour ou deux, disait-on. Bref, le confort. Les artistes se témoignaient la sympathie pleine de rires des survivants à un désastre, et quand le compositeur Walt Whitman offrit à tout le monde un petit coup de slivovitz, Lancelot trinqua avec lui en lui adressant un signe de tête, et ils se sourirent tous les deux, mettant leurs différends de côté. Une aimable camaraderie s'instaura entre eux, Lancelot alla chercher un peu plus de pain d'épices pour Walt Whitman, le compositeur prêta à Lancelot d'épaisses chaussettes en cachemire.

Tout l'après-midi, Lancelot attendit, attendit, mais Leo ne vint pas. Enfin, il coinça Blaine qui venait de rentrer assez de bois pour tenir un mois et se préparait à retourner dégager sa maison prise dans la glace.

« Oh, répondit Blaine. Leo a dit non, merci, il avait assez de bois, et il m'a montré le pot de beurre de cacahuètes, la miche de pain, le pichet d'eau en ajoutant qu'il préférait continuer à travailler. J'ai pensé que ça n'était pas gênant. Oh là là. J'ai eu tort ? »

Non, non, non, lui assura Lancelot. Mais il pensait : Oui, c'est horrible, on ne laisse pas un homme lutter seul contre le froid, vous n'avez donc rien lu sur Shackleton et l'*Endurance* ? Les glaciers et le cannibalisme. Ou les contes de fées, les gobelins des glaces qui sortent des bois pour frapper à votre porte. Au cœur de la nuit, pendant qu'il travaillerait, Leo entendrait quelqu'un bouger devant chez lui, il irait voir, pieds nus, et lui parviendrait un chant doux et étrange d'au-delà du cercle des arbres, alors, intrigué, il sortirait un instant dans le froid et la porte se refermerait derrière lui. Les gobelins des glaces auraient eu le temps de se faufiler dans le cottage, de tirer le verrou, et malgré tous ses efforts, Leo ne réussirait pas à rentrer pour se réchauffer auprès du feu rugissant, tandis que les créatures danseraient nues à l'intérieur, et que lui, petite fille aux allumettes recroquevillée contre la porte, s'évanouirait dans des visions de bonheur lointain tandis que son souffle diminuerait. Gelé. Mort ! Pauvre Leo, cadavre rigide et bleu. Lancelot frissonna malgré l'atmosphère tropicale de la résidence, cette bonne chaleur du soulagement des artistes mêlée à celle des cheminées.

Même après que les lampes à pétrole furent éteintes, que le romancier eut rangé sa guitare, que le slivovitz eut réchauffé le ventre de chacun et qu'ils se furent tous endormis dans la salle commune, bien au chaud et en sécurité, Lancelot continua de s'inquiéter pour le pauvre garçon seul dans la forêt, cerné par un froid glacial. Il essayait de ne pas se retourner en permanence sur son lit de camp pour ne pas faire couiner les ressorts ni froisser les couvertures, et risquer de réveiller les autres ; aux petites heures du jour il renonça à dormir et descendit à la cabine téléphonique gelée pour voir si la ligne était rétablie et s'il pouvait contacter Mathilde. Hélas, il n'y avait pas de tonalité et le froid était intense au sous-sol. Il remonta à la bibliothèque et s'assit près de la fenêtre qui donnait sur les champs pour regarder la nuit se retirer peu à peu.

Installé là, dans un fauteuil, songeant à la chevelure de feu de Leo et combien il rougissait facilement, Lotto sombra dans un sommeil agité, tout en rêvant qu'il était éveillé.

Lorsqu'il retrouva ses esprits, il vit une petite silhouette sortir de la forêt d'un pas lent et saccadé. Dans l'éclat de la glace et de la nuit éclairée par la lune, on aurait cru un messager sorti d'un conte sinistre. Il observa le visage blanc qui peu à peu se précisait sous le bonnet, et sentit le soleil se lever lentement en lui quand il fut certain qu'il s'agissait bien de Leo.

Il l'accueillit à la porte de la cuisine qu'il ouvrit pour lui en silence, et malgré l'interdiction tacite qu'ils avaient de se toucher, Lancelot ne put se retenir ; il attrapa le corps léger et solide de Leo contre lui, le serra très fort, respirant l'odeur de cannelle qui émanait de derrière ses oreilles, le visage plongé dans ses fins cheveux de bébé.

« J'étais tellement inquiet pour toi », dit-il à voix basse pour ne réveiller personne. Il eut du mal à le lâcher.

Leo fermait les yeux et il dut faire un effort pour les rouvrir. Il semblait à bout de forces. « J'ai terminé l'aria de Go. Évidemment, je n'ai pas dormi ces trois dernières nuits. Je suis mort de fatigue. Je vais rentrer dormir. Mais bon. Si Blaine peut te déposer avec un pique-nique avant de rentrer chez lui pour la nuit, je te jouerai ce que j'ai composé.

– Oui, c'est parfait. Je préparerai un petit pique-nique et on discutera, la nuit prochaine. Mais en attendant, reste et prends un petit déjeuner avec moi. »

Leo secoua la tête. « Si je ne rentre pas, je vais m'écrouler. Je voulais juste t'inviter à venir tout à l'heure. Ensuite, j'espère jouir de l'oubli qu'apporte le sommeil aussi longtemps que possible. » Il sourit. « Ou jusqu'à ce que tu viennes me réveiller. »

Il se dirigea vers la porte, mais Lancelot, qui cherchait le moyen de le retenir, dit : « Comment tu savais que j'étais réveillé ? »

Leo rougit alors si violemment que, de là où il était, Lancelot en éprouva la chaleur : « Je te connais », répondit-il. Puis, avec impétuosité : « Je ne saurais te dire combien de matins je me suis retrouvé sur le sentier pour voir s'allumer ta lumière à cinq heures vingt-deux, avant d'aller me coucher. » La porte s'ouvrit, se referma, Leo n'était plus qu'une esquisse disparaissant sur le sombre chemin, puis sur la page blanche de la neige.

Lancelot mit deux fois du déodorant et se rasa deux fois. Il s'était récuré à fond sous la douche. Il s'examina de près dans le miroir sans sourire. Ce n'était rien, simplement son collaborateur qui jouait le premier morceau de leur projet ; la routine, le boulot habituel ; il avait la nausée, n'avait rien mangé de la journée ; ses membres n'étaient pas en bonne forme, à croire que ses os avaient fondu et qu'on les avait reconstitués au hasard. La dernière fois qu'il s'était senti ainsi, jeune au point d'être étranger à lui-même, il était en compagnie d'une fille avec une face de lune et un piercing qu'elle s'était fait elle-même dans le nez, une nuit sur la plage, et la maison où ils se trouvaient était dévorée par les flammes. Sa première étreinte menée à terme. Si nerveux qu'il oublia un instant son nom. [Gwennie.] Oh, oui, Gwennie, les franges de sa mémoire s'effilochaient, cela ressemblait si peu à son vieux moi à la mémoire d'éléphant. Mais ce que le fantôme de cette fille avait à lui dire ne pouvait être pertinent dans le cas présent.

Quelque chose se passait tout au fond de lui. Un haut-fourneau qui le carboniserait s'il s'ouvrait. Un secret si profondément enseveli que même Mathilde l'ignorait.

Il n'avait pas voulu parler à Blaine de la visite projetée chez Leo, il prépara donc lui-même la soupe et les sandwiches qu'il rangea dans un panier. Sans dire à personne où il allait, il partit d'un pas vacillant sur la glace qui s'était mise à fondre. Elle avait en partie disparu sur les talus et donnait l'impression, dans le crépuscule, de gencives exposant les racines des dents. Les arbres formaient des corps maigres dénudés par le vent. Il était beaucoup plus difficile d'avancer qu'il ne se l'était imaginé : il devait marcher en crabe, les bras tendus, le panier oscillant, et il haletait en arrivant au cottage de Leo où le feu rougissait les fenêtres. Il entrait pour la première fois à l'intérieur et fut stupéfait de constater combien l'endroit était impersonnel. Tout était parfaitement propre, le seul détail qui révélait la présence de Leo, c'étaient ses chaussures noires, brillantes comme des scarabées, bien rangées l'une à côté de l'autre sous son lit, et les partitions sur le piano.

Puis le bruit de l'eau qui coulait au robinet de la salle de bains, et Leo apparut à la porte, s'essuyant les mains dans une serviette.

« Tu es venu.

– Tu en doutais ? » répondit Lancelot.

Leo s'approcha de Lancelot mais il s'arrêta à mi-parcours. Il se toucha le cou, les jambes, enfin ses paumes se joignirent. Il se racla la gorge. « J'avais prévu qu'on mange d'abord, mais je crois que je ne pourrai rien avaler, là. J'ai tellement envie de jouer pour toi, et en même temps je suis beaucoup trop nerveux pour ça. C'est absurde. »

Lancelot sortit du panier une bouteille de malbec munie d'un bouchon à vis, dérobée à la résidence, et déclara : « Alors, buvons. Noté 93 par *Wine Advocate*. Complexe, fruité, avec quelques notes de courage et d'esprit. Quand tu te sentiras prêt, on jouera. » Il voulait dire « tu joueras », et il toussa pour masquer son erreur.

Il versa le vin dans les mugs bleus mouchetés, les mêmes que celui où il avait planté une fougère morte dans son cottage. Leo but une gorgée, s'étrangla, et en riant il se tamponna le visage d'un mouchoir. Enfin, il rendit le mug à Lancelot, lui effleurant la main au passage. Il alla se mettre au piano. Lancelot éprouva un sentiment de transgression en s'asseyant sur le lit de Leo, pourtant il s'y installa avec précaution, conscient de la fraîcheur du matelas, de la blancheur des draps, de la fermeté qui le soutenait.

Leo fit quelques mouvements pour assouplir ses mains monstrueuses et Lancelot perçut soudain leur incroyable beauté, comme pour la première fois. Elles avaient une amplitude de treize touches, ces mains, elles étaient taillées pour du Rachmaninov. Leo les laissa flotter au-dessus du clavier, puis elles s'abaissèrent, l'aria de Go commença.

Au bout d'une mesure, Lancelot ferma les yeux. C'était plus facile, ainsi, de désincarner la musique. Alors, il entendit le son se muer en un doux chant. Qui s'éleva, harmonieux. Si doux qu'il en eut mal aux dents. La chaleur naquit au creux de son estomac et se propagea au reste de son corps, en haut et en bas, dans sa gorge, les os de ses cuisses, c'était une émotion si étrange qu'il eut beaucoup de mal à l'identifier ; mais au bout d'une minute d'écoute, il fut capable de mettre un nom dessus. La peur. Une peur épaisse et blême. Ce n'était pas la bonne musique, ce n'était absolument pas ce qu'il fallait pour leur projet, pas du tout. Il eut l'impression d'étouffer. Il aspirait à l'étrange, à l'éthéré.

À quelque chose d'un peu laid. Une musique qui ait du caractère, nom d'un bourdon ! Une musique qui ait du mordant ! Une musique subversive, de plus en plus intense, au diapason du mythe original d'Antigone, cette histoire étrange et féroce. Si seulement Leo avait reproduit la musique de l'opéra que Lancelot avait entendue l'été précédent. Mais ça. Non. C'était de la guimauve ; il n'y avait là aucun tempérament. C'était souffreteux ; tremblant. Tellement à côté de la plaque que tout en fut bouleversé.

Tout s'était métamorphosé.

Il s'assura que son visage, si attentivement tourné vers Leo, les yeux clos, formait bien un masque impénétrable.

Il eut envie de s'enfermer dans les toilettes pour pleurer. Il eut envie de lui mettre son poing dans la figure pour que Leo s'arrête. Il n'en fit rien. Il demeura assis là, avec un sourire digne de Mathilde, à écouter. Sur son quai intérieur, le grand vaisseau à bord duquel il voulait embarquer pour voguer au loin actionna sa sirène. Les amarres furent larguées. Il s'éloigna en silence dans la baie, laissant Lancelot seul au port, qui le regarda s'enfoncer sur l'horizon, puis s'effacer.

La musique s'arrêta. Lancelot ouvrit les yeux, souriant. Mais Leo avait lu quelque chose sur son visage, et à présent il le fixait, frappé d'horreur.

Quand Lancelot ouvrit la bouche, aucun son n'en sortit. Leo se leva, franchit la porte et sortit pieds nus, sans sa veste, pour disparaître dans la forêt.

« Leo ? » appela Lancelot. Il courut à la porte et cria : « Leo ? Leo ? » Mais Leo ne répondit pas. Il était parti.

Ils ne l'avaient pas remarqué. À pas de loup, l'après-midi d'hiver s'était mué en crépuscule.

Dans le cottage, Lancelot réfléchit. Il pouvait courir après Leo malgré sa jambe gauche faiblarde – et que lui dirait-il s'il le trouvait ? Et s'il le ratait ? Il pouvait rester là à l'attendre. Mais l'orgueil du jeune homme était profondément blessé, et bientôt, le froid le brutaliserait physiquement, pieds meurtris, les engelures s'installant avant qu'il se décide à retourner chez lui, là où était Lancelot. La seule bonne chose qu'il pût faire, la seule qui fût une preuve d'humanité, c'était de quitter les lieux. Laisser le jeune homme rentrer chez lui pour panser ses plaies en privé. Revenir demain et mettre tout au clair, une fois que la situation serait apaisée.

Il griffonna un mot. Ne prêta aucune attention à ce qu'il écrivait, il était trop perturbé pour en comprendre le sens, ou s'en souvenir après que son crayon se fut relevé. Peut-être s'agissait-il d'un poème ; peut-être d'une liste de courses. Il s'en alla dans le froid solitaire, vacillant avec douleur sur le sentier gelé, sentant le poids de chaque journée de ses quarante années, et rejoignit le bâtiment principal. Il arriva trempé de sueur. Quand il entra, les autres avaient commencé à dîner sans lui.

Longtemps avant le lever du soleil, thé léger sur les champs grumeleux, Lancelot faisait les cent pas dans la bibliothèque. Le monde s'était fourvoyé ; tout allait de travers. Il sortit en hâte. Il était désormais plus facile de se déplacer que la veille, la glace avait fondu encore davantage, et le chemin menant jusque chez Leo n'était plus qu'une traînée de boue. Lancelot frappa d'un geste vigoureux à la porte, mais elle était verrouillée. Il contourna le cottage pour regarder par les fenêtres, mais les rideaux étaient parfaitement tirés, n'offrant aucun interstice au regard. Toute la nuit lui étaient revenus des souvenirs de cet affreux moment au pensionnat où il avait découvert le garçon pendu. Le visage bleu, l'odeur affreuse. Le frôlement de l'étoffe sur son visage dans le noir, sa main s'élevant pour toucher cette jambe froide et morte.

Il trouva une fenêtre qui n'était pas fermée, se pencha à l'intérieur, son corps serpentant derrière lui, et tomba si violemment sur sa mauvaise clavicule qu'il en vit trente-six chandelles. « Leo », appela-t-il d'une voix étouffée, mais avant même de s'être relevé, il avait compris que Leo n'était plus là. Les chaussures n'étaient plus sous le lit, le placard était vide. Son odeur demeurait encore. Il chercha en vain un message, n'importe quoi, il découvrit seulement un exemplaire mis au propre de l'aria de Go, dans le tabouret du piano, avec l'écriture précise de Leo au crayon. On aurait pu l'encadrer, c'était de l'art, même sans la musique. Seul le mot *acciaccato* apparaissait à l'encre noire.

Lancelot retourna au bâtiment principal en courant aussi vite qu'il le pouvait, croisa Blaine dans sa voiture et lui fit signe de s'arrêter.

« Oh, fit Blaine. Oh, oui. Leo a appris une très mauvaise nouvelle et il a dû partir en pleine nuit. Je rentre juste de Hartford. Il avait l'air épuisé. C'est un gentil garçon, hein ? Le pauvre. »

Lotto sourit. Ses yeux s'emplirent de larmes. C'était absurde.

Blaine semblait mal à l'aise, il posa une main sur l'épaule de Lotto. « Ça va ? »

Lancelot hocha la tête. « Il faut que je rentre aujourd'hui, moi aussi, j'en ai peur. Vous pouvez leur dire, au bureau, quand ils arriveront ? Je vais appeler un taxi. Ne vous inquiétez pas pour moi.

— Très bien, mon gars, dit Blaine tranquillement. C'est vous qui voyez. »

Lancelot était à la porte de sa cuisine, à la campagne, la limousine s'éloignait dans la neige fondue. Il était chez lui.

God descendit prestement les escaliers, cliquètement de ses griffes, Mathilde assise à table dans un rayon de lumière, les yeux fermés, une tasse de thé fumant devant elle. Un relent de poubelle dans l'air froid de la maison. Le cœur de Lancelot bondit : c'était son boulot de sortir les poubelles. En son absence, Mathilde les avait laissées s'entasser.

Il ignorait si elle voudrait le regarder. Jamais il ne l'avait connue si furieuse qu'elle ne veuille pas le faire. Son visage était terriblement fermé. Elle paraissait plus âgée. Triste. Maigre. Cheveux sales. Elle était bronzée comme si elle avait macéré dans sa propre solitude. Quelque chose en lui se brisait.

Soudain God lui sauta dessus, pissant d'émotion en le voyant, aboyant de son jappement aigu. Mathilde ouvrit les yeux. Il aperçut ses grandes pupilles qui se rétrécissaient au centre de ses iris, il la vit qui le découvrait soudain, et à l'expression de son visage, il comprit qu'elle venait seulement de prendre conscience de sa présence. Elle était là. Son unique amour.

Elle se leva si vite que sa chaise tomba en arrière, et elle vint vers lui, mains tendues, visage ouvert, et il enfouit le sien dans ses cheveux pour les respirer. La terre était coincée, elle tournait dans sa gorge. Et puis son corps robuste et osseux contre le sien, son odeur dans ses narines, le goût du lobe de son oreille dans sa bouche. Elle s'écarta un peu, lui lança un regard féroce, et d'un coup de pied elle referma la porte de la cuisine. Quand il voulut parler, elle lui mit la main sur la bouche, et dans un silence absolu elle le mena en haut, où elle le baisa si rudement qu'en se réveillant le lendemain, il avait des bleus couleur prune sur les hanches et des marques d'ongles sur les flancs, sur lesquels il appuya dans la salle de bains, trop heureux de sentir cette douleur.

Et puis ce fut Noël. Du gui attaché au lustre du couloir, des branches de sapin accrochées à la rampe, odeurs de cannelle, de pommes au four. Au pied de l'escalier, Lancelot souriait à son propre visage buriné dans le miroir tout en nouant sa cravate. À le voir ainsi, on ne pouvait deviner combien son corps avait été meurtri cette année-là. Il avait souffert, mais en était ressorti plus fort. Et peut-être même plus séduisant. Les hommes en sont capables, ils gagnent en charme avec l'âge. Les femmes se contentent de vieillir. Pauvre Mathilde avec son front pareil à de la tôle ondulée. Dans vingt ans, elle aurait les cheveux gris, le visage plein de rides. Mais elle serait toujours belle, songea-t-il avec une impeccable loyauté.

Bruit de moteur, il regarda au-dehors et vit la Jaguar vert foncé quitter la route pour tourner dans l'allée de gravier entre les cerisiers.

« Elles sont là », cria-t-il à Mathilde, en haut de l'escalier.

Il souriait : il y avait des mois qu'il n'avait pas vu sa sœur et Elizabeth, et les jumeaux qu'elles avaient adoptés ; comme ils aimeraient la tortue et la chouette à bascule qu'il avait fait fabriquer par un ébéniste, ermite excentrique qui vivait dans le nord sauvage de l'État. La chouette avait un air studieux et ahuri, la tortue semblait mâcher une racine amère. Oh, ces petits dans ses bras, de vrais feux follets. Le bien-être de sentir sa sœur à ses côtés. D'impatience, il se hissa sur la pointe des pieds.

C'est alors que sous la coupe remplie de biscuits menthe-chocolat posée sur le meuble de l'entrée en merisier, il vit un journal qui dépassait. Bizarre. Mathilde était si ordonnée d'habitude. Chaque chose avait sa place dans la maison. Il poussa la coupe. Ses jambes se dérobèrent sous lui.

Une mauvaise photo de Leo Sen, souriant timidement. Un petit article sous son portrait.

Un compositeur britannique prometteur se noie sur une île de Nouvelle-Écosse. Une tragédie. Un tel potentiel. Eton et Oxford. Jeune prodige du violon. Célèbre pour ses compositions a-harmoniques, profondément émouvantes. Pas de conjoint. Il manquera à sa famille et à sa communauté. Citations de compositeurs célèbres ; Leo était plus connu que ne le pensait Lancelot.

Le plus insupportable, c'était ce qui n'était pas dit. Nouvel effondrement. Quelqu'un était là, et soudain n'y était plus. Leo qui nageait dans ces eaux si froides. Décembre, les courants, les embruns au-dessus des vagues violentes, qui gelaient instantanément pour devenir grêlons. Il imagina le choc de ces eaux noires glaciales sur son corps, frissonna. Rien de tout cela n'allait.

Il dut respirer pour ne pas s'effondrer. Il s'agrippa au meuble, ouvrit les yeux et se vit blêmir dans le miroir.

Au-dessus de son épaule gauche, il aperçut Mathilde en haut de l'escalier. Elle le regardait. Elle ne souriait pas, attentive, telle une lame dans sa robe rouge. La faible lumière hivernale filtrait par la fenêtre au-dessus d'elle, tombant sur ses épaules.

La porte s'ouvrit dans la cuisine, les voix des enfants résonnèrent à l'arrière de la maison, criant après oncle Lotto, Rachel hurla : « Coucou ! », la chienne se mit à aboyer joyeusement, Elizabeth poussa un gros rire, les deux femmes commencèrent à se chamailler doucement, et pourtant Lancelot et sa femme se regardaient toujours dans le miroir. Puis Mathilde descendit une marche, une autre, et son vieux sourire revint. « Joyeux Noël ! » s'écria-t-elle gaiement de sa voix basse et claire. Il eut un mouvement de recul, comme s'il avait posé la main sur un poêle brûlant, et elle continua de le fixer dans la glace tandis qu'elle descendait, lentement, l'escalier.

6

« Est-ce qu'au moins je pourrais lire ce que tu as écrit avec Leo ? lui demanda Mathilde une nuit qu'ils étaient au lit.

– On verra », répondit Lancelot, et il roula sur elle, passant les mains sous sa chemise de nuit.

Plus tard, rouge de chaleur, ressortant de sous les draps où elle s'était glissée. « On verra, ça veut dire que je pourrai ?

– M., dit-il doucement. Je déteste mon propre échec.

– Ça veut dire non ?

– Ça veut dire non.

– D'accord. »

Mais il devait se rendre à New York le lendemain pour voir son agent, alors elle monta dans son nid d'aigle situé tout en haut de la maison, plein de papiers éparpillés et de tasses de café qui se couvraient de moisissures, elle s'assit et lut ce qu'il y avait dans le dossier.

Elle se leva et s'approcha de la fenêtre. Elle pensait au jeune homme qui s'était noyé dans les eaux noires et glacées, à une sirène, à elle-même. « Quelle honte, dit-elle à la chienne. Ça aurait pu être si fabuleux. »

L'ANTIGONADE
*[Première esquisse,
avec annotations pour la musique]*

PERSONNAGES

GO : contre-ténor, en coulisses ; sur scène, une marionnette plongée dans de l'eau, ou un hologramme enfermé dans une citerne de verre pendant tout l'opéra.

ROS : ténor, amant de Go.

CHŒUR DES DOUZE : dieux, ouvriers perçant le tunnel et passagers.

QUATRE DANSEURS

ACTE I : SOLIP

Pas de rideau. Scène noire. Au centre, une citerne cylindrique remplie d'eau, éclairée ou conçue pour imiter une grotte. Dedans : Go. Il est difficile après tous ces millénaires de dire qu'elle est encore humaine. Elle se réduit à l'essentiel.

[Leo : la musique démarre si doucement qu'on la confond avec le bruit ambiant. Goutte à goutte, grondement lointain. Sifflement, pareil au souffle du vent. Froissement. Battement de cœur. Ailes de cuir. Fragments de musique si filtrés que ce n'est plus de la musique. Chuchotements de voix, comme à travers un rocher. On espère que c'est le public qui bavarde, le fracas des gens s'installant en profondeur dans la musique. Le bruit suit un rythme, une harmonie, à mesure qu'il s'amplifie.]

De manière imperceptible, la lumière augmente dans la grotte, diminue sur la maison. Le public se tait peu à peu.

Go s'éveille, s'assied. Elle commence à chanter sa première aria, une lamentation, tandis qu'elle se meut de part et d'autre de la grotte.

Surtitrage en anglais projeté au-dessus du proscenium. Go parle sa propre langue. Du grec ancien dépouillé, sans temps verbaux, ni cas, ni genres. Tordu par des millénaires de solitude, transformé par les fragments de mots qui se sont infiltrés depuis le monde du dessus, de l'allemand, du français, de l'anglais. Elle est enragée dans les deux sens du terme : en colère et folle.

Go raconte sa vie tout en s'agitant : un jardin de mousse et de champignons à entretenir, des vers à traire, des habits de poil et de soie d'araignée à tisser un peu plus chaque jour. Lentes douches avec l'eau qui goutte des stalactites. Une terrible solitude. Des chauves-souris aux visages de bébé qu'elle a élevées, incapables de prononcer plus de dix mots, conversation peu satisfaisante. Go n'est pas résignée à son sort. Elle s'insurge contre les dieux qui l'ont maudite en la condamnant à l'immortalité ; elle a tenté de se pendre, mais n'a pas réussi. S'est réveillée sous un suaire, la brûlure de la corde sur son cou, Hémon mort à ses côtés. De ses os, elle a fabriqué les cuillères et les bols avec et dans lesquels elle mange. Elle saisit son bol, creusé dans le crâne d'Hémon, et la rage l'envahit de nouveau, elle vocifère contre les dieux.

La grotte de Go s'éteint, illumination des choristes vêtus comme des dieux, de petites lumières sont insérées dans leurs habits qui les rendent presque aveuglants. Au début on dirait six piliers en demi-cercle autour de la citerne, jusqu'à ce que l'on distingue les symboles qui permettent de les identifier : les pieds ailés d'Hermès, le flingue de Mars, la chouette de Minerve, etc.

Ils chantent en anglais. Ils voulaient donner à Go l'immortalité, un cadeau, mais ils la gardent enfermée dans la grotte tant qu'elle ne leur aura pas témoigné sa gratitude. Ce à quoi elle se refuse. Go la furieuse. L'arrogante.

Retour en arrière : l'histoire d'Antigone, dansée. Les danseurs sont derrière la citerne, de telle sorte que l'eau déforme leurs corps, les rend étranges et sauvages. Ils miment brièvement la scène de combat entre les frères d'Antigone, Polynice et Étéocle, la façon dont ils meurent tous les deux, dont Antigone enterre deux fois Polynice, bravant l'ordre de Créon, puis Créon s'oppose aux dieux, on emmène Antigone, elle se pend. Hémon se tue, Eurydice se tue, Créon est moribond. Un vrai bain de sang.

Seulement l'un des dieux, Minerve, coupe la corde d'Antigone, la ranime. L'enferme dans la grotte.

Les dieux chantent qu'ils voulaient la laisser vivre, elle, la dernière branche d'une lignée pourrie, fille de l'inceste. Tout ce qu'il fallait, c'était qu'elle courbe l'échine devant eux. Mais millénaire après millénaire, elle s'y est refusée. Incline-toi, Go, et tu seras libre. Car les dieux sont cléments.

Go : AH !

La lumière revient sur elle, elle chante une nouvelle aria, plus rapide, dans sa langue : les dieux ont oublié Go. Elle voudrait les tuer de ses propres mains. Le chaos leur serait préférable. Maudits soient les dieux ; elle les maudit. Les humains, Go le sait, sont de plus en plus chauds, comme des volcans ; ils vont exploser, être réduits à néant. Leur fin est proche et ils font la fête. Lesquels sont les pires : les dieux ou les humains ? Go s'en moque. Go l'ignore.

[Entracte : vidéo de dix minutes superposée à la scène. Un champ brun désert avec un seul olivier, le temps qui file en vitesse accélérée. L'arbre grandit, se dessèche, meurt, une maison se construit. Tremblement de terre, la maison s'écroule et la grotte de Go se détache, commence à voyager sous terre. Mouvement de caméra panoramique. Des villes sont bâties, des armées les envahissent, les brûlent. Sous la Méditerranée, pendant quelques battements, des requins apparaissent. La grotte de Go voyage sous l'Italie, tandis que nous voyons sur terre défiler l'Empire romain, les aqueducs, l'agriculture, la reconstruction de Rome, puis sous les Alpes, les loups, dans la France des âges obscurs – passage rapide du temps –, elle arrive à l'époque d'Aliénor d'Aquitaine à Paris, poursuit sous la Manche, à Londres pendant l'incendie de 1666, où là elle cesse de dériver. On assiste à la croissance organique de la ville jusqu'en 1979.]

ACTE II : DÉMO

[La vidéo se rétrécit jusqu'à n'être plus qu'une étroite bande au-dessus de la grotte de Go, sous les surtitres. Une passiflore s'épanouit à vitesse normale. Quarante-cinq minutes entre le bouton et la fleur.]

Go fait des pompes dans sa grotte. Des planches. Elle court sur un tapis mécanique constitué de soie d'araignée et de stalagmites, au son d'une musique atonale, fantôme, qui se réverbère. Applaudissements des chauves-souris aux visages de bébé, pendues la tête en bas.

Elle se déshabille lentement, s'installe sous le mince écoulement d'une stalactite.

Elle entend quelque chose. Dans les coulisses, des voix se font de plus en plus fortes. Go appuie l'oreille contre la paroi de la grotte et les projecteurs illuminent un chœur d'ouvriers coiffés de casques qui viennent d'apparaître. Leurs voix donnent le rythme et produisent les bruits d'excavation, une scie musicale joue la mélodie. De la masse des travailleurs se détache Ros, qui marque un temps d'arrêt : il est jeune, très beau, mieux habillé que les autres dans ses vêtements de la fin des années 1970. Il est extrêmement grand, avec une barbe touffue. Les hommes chantent une chanson sur la ligne de métro Jubilee, et la façon dont la gloire de l'humanité a tué les dieux.

Les dieux sont morts, chantent-ils en anglais. Nous les avons tués. Les humains les ont vaincus.

Go rit de plaisir en entendant leurs voix si proches, si claires.

Mais Ros intervient en chantant en contrepoint, Nous, les taupes. Aveugles et sans pensée. Rabougries dans les ténèbres. On ne peut pas être bon si on ne peut voir le soleil. Et que cela signifie-t-il d'être un humain si l'on ne peut terminer sa vie mieux qu'on ne l'a commencée ?

Go presse tout son corps contre la paroi. Ses mouvements ont quelque chose d'érotique.

Pause : une soprano en coulisses siffle l'heure du déjeuner en modulant sa voix. La chanson des hommes s'achève. Ils se regroupent pour manger, sauf Ros, qui s'assied avec un livre et un sandwich à l'écart des autres, à l'opposé de Go.

Celle-ci essaie calmement de chanter la chanson de Ros. Il l'entend et appuie aussitôt l'oreille contre la roche. Il a l'air éberlué, puis effrayé. Peu à peu, il commence à lui répondre. Elle transforme sa chanson pour la faire sienne, et tandis qu'ils se donnent ainsi la réplique en une étrange harmonie décalée, Go opère une translittération dans sa propre langue qui confère aux paroles un sens complètement nouveau. [Les surtitres sont coupés au milieu, ses mots à lui, sa traduction à elle.] Leurs visages s'appuient à la même hauteur, Go toute ratatinée, Ros à genoux. Il se présente ; elle lui dit très doucement que son nom est Go.

Les autres ouvriers se lèvent et se remettent au travail en silence tandis que Go et Ros chantent plus fort, plus âprement, la soprano siffle la fin de la journée, interrompant le duo, alors Ros demande à rester, mais le contremaître refuse. Lorsque les hommes repartent, leur chant se transforme pour se moquer de Ros : Ros est un rêveur, clament-ils. Aussi bête que les rochers alentour. Stupide amateur de livres. Ros n'est pas un homme, un vrai.

Go chante une chanson d'amour, une aria presque belle, et la musique de la grotte derrière elle est moins cacophonique, elle paraît être à l'unisson avec elle.

Ros revient et il essaie, frénétique, de creuser le mur, sans comprendre que la roche a été ensorcelée et qu'elle ne peut être entamée. Le temps s'écoule, symbolisé par le mouvement des ouvriers qui longent les rails, la soprano qui chante la fin de la journée, et pourtant Ros n'abandonne toujours pas. L'érotisme de leurs mouvements se transforme en une véritable fornication avec les murs. [Leo : la musique est brûlante de désir.] Ros chante par-delà les jours qui passent, de plus en plus fiévreux, Je ne te quitterai pas, Go. Je t'aiderai à sortir.

Il cesse de dissimuler ce qu'il fait, continue ouvertement, et soudain les autres l'entourent, lui mettent une camisole de force et le traînent au-dehors. Il tente de les convaincre, mais ils deviennent vicieux. Il chante sa chanson d'amour à Go pendant qu'on l'emmène à l'asile, et elle lui répond. Un seul homme semble entendre Go – éclair de reconnaissance –, mais il hausse les épaules et contribue à évacuer Ros.

Go chante, seule, sa chanson d'amour. Elle commence lentement à tisser sa robe de mariée. Rouge.

Dehors, la station de métro est achevée, les gens commencent à monter dans les rames et à en descendre. Ce sont les dieux, en vêtements de tous les jours. On sait que ce sont les dieux à cause du halo qu'ils émettent par rapport aux autres passagers. Nous sommes diminués, chantent-ils. Les dieux ne sont plus aujourd'hui que des légendes. Toujours immortels, mais dénués de pouvoir.

Ils montent et descendent du métro en chantant.

Ros revient vêtu de vieux habits, l'air pressé, hirsute, SDF. Il appuie le visage contre le mur de Go et chante à nouveau sa chanson d'amour. Se détachant du reste, ils entonnent une partie de leur duo, mais la version de Go a encore changé. Elle est plus sombre, de plus en plus frénétique, fervente, elle se débat contre la roche, qu'elle frappe à coups de poing et de pied, tandis que Ros se construit une cabane de carton, étale des journaux par terre, puis déroule un duvet et s'installe.

Je ne te quitterai pas, chante-t-il. Tu ne seras plus jamais seule.

[Entracte : vidéo de cinq minutes superposée comme précédemment. Londres s'agrandit et grossit au-dessus d'eux, le Gherkin, le village olympique, avancée parmi les masses qui débordent, la foule, les émeutes, incendies, obscurité, désastre.]

ACTE III : ESCHAT

Ouverture sur Ros, allongé au même endroit qu'à la fin de l'acte II, mais il est vieux, la station de métro est crasseuse, cauchemardesque, les murs couverts de tags. C'est l'apocalypse. Go est absolument identique, plus belle dans sa longue robe de mariée rouge qui flotte autour d'elle, les chauves-souris sont encore plus étranges ; bébés roses, chauves, avec des ailes, pendus par les pieds. Musique de supermarché, la plus dénuée d'âme sur terre. [Mes excuses, Leo.] Interrompue par un grondement bizarre et lointain qui se rapproche.

Ros chante pour Go au sujet des gens qui passent, il a appris sa langue, mais nous commençons alors à entrevoir qu'il transforme l'horreur de ce monde en beauté.

Bagarre sur le quai, le public s'aperçoit peu à peu que l'un des protagonistes est un dieu, la lumière diminue, il semble aussi sale et vieux que Ros ; c'est Hermès ; on le reconnaît aux ailes de lumière crasseuse sur ses baskets. Ros est bouche bée.

Parle-moi du soleil, dit Go. Tu es mes yeux, ma peau, ma langue.

Mais Ros est perturbé par ce qu'il a vu, les dieux ont oublié qui ils sont, chante Ros, comme pour lui-même. Il appuie les deux mains sur son cœur, soudain plein de douleur. Quelque chose ne va pas, Go. Quelque chose ne va pas en moi.

Elle dit que non. Qu'il est son jeune et beau mari. Il a réussi à lui faire de nouveau aimer l'humanité. Il est bon à l'intérieur.

Je suis vieux, Go. Je suis malade. Je suis désolé, chante-t-il.

Les dieux se rassemblent, chantent, se plaignent de leurs malheurs et de ceux du monde. Là où au début il y avait de la grandeur, une lumière pleine d'éclat, un grand sérieux, ne subsiste plus qu'une décrépitude indicible, presque comique. Go est abasourdie, elle appuie les mains sur ses oreilles.

Ros s'écroule. Le monde n'est pas ce que tu… commence-t-il, mais il ne termine pas.

Go lui chante une chanson d'amour. Vidéo projetée sur le corps de Ros, son âme s'élève, jeune, des pièces sur les yeux ; elle s'éloigne sur un rayon lumineux ; sur le corps du chanteur allongé face contre terre sont projetées des images de dégonflement, d'os blanchis.

Ros ? chante Go. Ce simple mot, encore et encore et encore, pas de musique. Cri.

Enfin, elle hurle aux dieux qu'ils doivent l'aider. Dans la langue de Ros à présent, Aidez-moi, ô dieux. Aidez-moi.

Mais les dieux sont préoccupés, le grondement est si puissant et si proche à présent, leurs colonnes de lumière sont vides, ils se battent, tous sont des clochards, combat de rue grotesque ; pourtant mortel. Minerve garrotte Aphrodite avec un chargeur de portable ; Saturne, vieillard géant, nu et sale, essaie d'attraper son fils Jupiter à l'aveuglette, mais dévore un rat à la Goya ; Héphaïstos apparaît avec de grands robots d'acier ; Prométhée lui jette un cocktail Molotov. Tout est terrible et sanglant, jusqu'à ce que Jupiter fasse entrer en le roulant un gros bouton rouge.

Hadès appelle son ombre, qui apporte à son tour un bouton rouge.

Chanson qui contrebalance l'autre, chacune essaie de feinter l'autre.

[Go tourne à travers sa grotte, lentement d'abord, puis de plus en plus vite.]

Dans le silence, on entend Go gémir, *Ros, Ros, Ros.*

Subitement, les deux dieux appuient sur leur bouton. Immense éclair lumineux, cacophonie. Ensuite le silence, les ténèbres.

Go se met peu à peu à luire. [Toutes les autres lumières s'éteignent dans la salle – le long des allées, et les repères indiquant la sortie. Une obscurité prompte à inspirer la panique.]

S'il vous plaît, crie-t-elle une fois en anglais.

Nul ne répond.

Silence.

[Leo, tiens le silence jusqu'à ce que ça devienne insupportable ; au moins une minute.]

Go est seule, elle chante. Immortelle Go dans un monde mort. Il n'est pas de pire destin. Go est seule. Vivante, la seule. L'unique. Elle tient la dernière note jusqu'à ce que sa voix se brise, et au-delà.

Elle se replie sur elle-même pour se retrouver dans sa position de départ.

Les bruits du vent, de l'eau, c'est tout. Un lent battement de cœur ancien résonne de plus en plus fort jusqu'à supplanter celui du vent, de l'eau et devienne le seul élément audible. Il ne peut y avoir d'applaudissements avec l'intensité de ce bruit. Pas de rideau. Go reste repliée dans la même position jusqu'à ce que le public soit parti.

FIN

7

Quatre dramaturges avaient été invités à ce colloque sur l'avenir du théâtre, l'université était si riche qu'elle avait les moyens de les convier tous les quatre en même temps : il y avait la jeune prodige, d'une vingtaine d'années ; l'Amérindien trentenaire bouillonnant d'énergie ; la voix du théâtre d'antan, dont la meilleure pièce datait de cinquante ans auparavant ; et Lotto, quarante-quatre ans, représentant de l'âge mûr, songea-t-il. Comme la matinée était superbe, gorgée de brise fraîche et de la lumière de néon rose des bougainvillées, et comme ils admiraient tous le travail des uns des autres à différents degrés, les quatre dramaturges et le modérateur profitèrent généreusement de la bouteille de bourbon à disposition tandis qu'ils échangeaient des commérages dans les loges en attendant le début du colloque, voilà pourquoi ils arrivèrent un peu ivres sur la scène. L'amphithéâtre de cinq mille places était plein, ainsi que la salle d'appoint équipée d'un écran LED, et des gens étaient même assis dans les allées, mais les projecteurs étaient si violents que depuis la scène, on ne voyait pas plus loin que le premier rang où étaient installées les épouses. Mathilde occupait le dernier siège de la rangée, élégante blonde platine, la tête appuyée sur son poing, souriant à son mari.

Lancelot planait, il écouta d'une oreille vague les applaudissements puis les longues introductions entrecoupées d'extraits d'œuvres de chacun des dramaturges, joués par de célèbres comédiens. Il avait un peu de mal à suivre. Sans doute avait-il bu plus qu'il ne croyait. Il comprit quand même sa propre pièce ; la Miriam des *Sources* était parfaite, incarnation du sexe, poitrine grondante, larges hanches et cheveux cuivrés. Elle crèverait l'écran au cinéma, il le savait. [Oui, de petits rôles, pour une petite étincelle.]

Ensuite, la discussion. L'avenir du théâtre ! Quelques idées pour démarrer ? Le vieux croûton commença sa complainte avec un accent pseudo-britannique. Bon, la radio n'avait pas tué le théâtre, ensuite le cinéma n'avait pas tué le théâtre, la télévision non plus, alors c'était un peu fort de café de croire que l'Internet, malgré tous ses attraits, allait tuer le théâtre, non ? Le guerrier prit ensuite la parole : les voix marginalisées, les voix de couleur, les voix traditionnellement réprimées seront entendues aussi clairement que les autres, noyant celles de ces vieux Blancs ennuyeux, tenants du patriarcat. Eh bien, répondit aimablement Lancelot, même les vieux Blancs ennuyeux, tenants du patriarcat, avaient des histoires à raconter, et l'avenir du théâtre consistait comme par le passé à inventer de nouvelles techniques narratives et à tromper les attentes. Il sourit ; jusqu'ici, lui seul avait été applaudi. Tous regardèrent la jeune femme, qui haussa les épaules en se rongeant les ongles. « Je sais pas. Je ne suis pas voyante. »

L'impact de l'ère technologique ? Après tout, nous sommes dans la Silicon Valley. Rires dans le public. Le guerrier bondit sur l'occasion, flanquant un coup de pied à son cheval mort : avec YouTube et les MOOC, et toutes les autres innovations, la connaissance s'était démocratisée. Il regarda la fille, cherchant une alliée. Puisque le féminisme a libéré les femmes des travaux domestiques, celles-ci ne sont plus accaparées par les enfants et le ménage. L'épouse d'un fermier du Kansas, qui autrefois n'était qu'une maîtresse de maison, qui mettait les fruits en conserve, torchait les gosses, barattait le beurre, etc., pouvait désormais diminuer de moitié ses corvées et passer du statut d'épouse à celui de créatrice. Être à la pointe de l'innovation grâce à son ordinateur ; regarder des pièces contemporaines depuis chez elle ; apprendre à composer de la musique toute seule ; inventer le prochain spectacle à Broadway sans avoir jamais besoin d'aller vivre dans ce troisième cercle de l'enfer qu'était New York.

L'irritation hérissait Lancelot. Qui était donc ce prétentieux monomaniaque, et qu'est-ce qui lui donnait le droit de cracher sur la manière dont d'autres gens choisissaient de vivre ? Lancelot aimait son troisième cercle de l'enfer !

« Évitons de montrer un tel paternalisme envers les épouses du monde entier, voulez-vous ? » dit-il. Rires. « Parfois, nous, les créateurs, nous sommes si narcissiques que nous croyons que notre mode de vie est le joyau de la couronne de l'humanité. Mais la plupart des dramaturges que je connais sont des ânes bâtés – grognement d'acquiescement de la part du vieux croûton – et leurs épouses sont de bien meilleures personnes. Elles sont plus gentilles, plus généreuses, elles valent mieux qu'eux en général. Il y a de la noblesse à rendre la vie plus lisse, plus saine, plus confortable. C'est un choix au moins égal à celui de passer son temps à se regarder le nombril. C'est l'épouse, le dramaturge du mariage, celle dont le travail est essentiel à la production, même si sa contribution n'est jamais reconnue de manière directe. Il y a de la gloire à tenir ce rôle. Ma femme, Mathilde, par exemple, a abandonné son emploi il y a des années pour que je puisse travailler plus commodément. Elle adore faire la cuisine, le ménage, relire mon travail, s'occuper de ces choses la rend heureuse. Et quelle espèce de perdreau de l'année imbécile condescendrait à dire qu'elle vaut moins parce qu'elle n'est pas la créatrice de la famille ? »

Il était heureux de constater combien les mots lui venaient avec aisance. Il remercia les puissances supérieures de lui prêter cette éloquence. [Rien à voir.]

La jeune dramaturge, acide : « J'ai une femme, et je suis sa femme. Et l'essentialisme de genre que j'entends ici ne me plaît pas du tout.

– Quand je parle d'épouse, je parle de la personne qui aide l'autre, reprit Lancelot. Il y a des épouses masculines. À l'époque où j'étais comédien, je travaillais si peu que je prenais en charge pratiquement tout dans la maison pendant que Mathilde allait gagner l'argent du ménage. [Il faisait la vaisselle, c'est juste.] Enfin, il existe réellement une différence essentialiste entre les genres qu'il n'est pas politiquement correct de mentionner de nos jours. Ce sont les femmes qui portent les enfants, après tout, ce sont elles qui les nourrissent, ce sont elles qui traditionnellement s'en occupent. Cela demande énormément de temps. »

Il sourit, attendant les applaudissements, mais le vent avait tourné. Silence froid dans le public. Quelqu'un criait tout au fond de la salle. Mais qu'avait-il bien pu dire ? Pris de panique, il regarda Mathilde, qui baissait les yeux.

La dramaturge fronçait les sourcils et répondit à Lancelot en articulant sa phrase d'un ton très sec : « Vous êtes en train de démontrer que les femmes ne peuvent être des génies créateurs parce qu'elles conçoivent des enfants ?

– Non. Grands dieux, non. Pas "parce que". Je ne dirais pas ça. J'adore les femmes. Toutes les femmes n'ont pas d'enfants. La mienne, par exemple. Enfin, pas encore. Mais écoutez-moi, on a tous un potentiel de créativité fini, comme on a une durée de vie finie, et quand une femme décide de dépenser le sien en donnant la vie en vrai, pas de façon imaginaire, c'est un choix magnifique. Quand une femme a un bébé, elle crée tellement plus qu'un monde inventé, couché sur une page ! Elle crée la vie même, pas un simulacre. Peu importe ce qu'a fait Shakespeare, c'est tellement moins que ce qu'a fait la femme lambda illettrée de son époque qui, elle, avait des bébés. Ces bébés sont nos ancêtres, ils furent nécessaires pour faire exister tous ceux qui sont ici aujourd'hui. Et personne n'oserait prétendre sérieusement qu'une pièce de théâtre vaut une seule vie humaine. L'histoire même du théâtre corrobore mon propos. Si historiquement les femmes ont montré moins de génie créateur que les hommes, c'est parce qu'elles ont leurs propres créations intérieures et insufflent cette énergie dans la *vie* même. Appelons ça le génie du corps. Vous ne pouvez pas me dire que cela a moins de valeur que le génie de l'imagination. Je pense que nous sommes tous d'accord pour dire que les femmes ont la même valeur que les hommes – elles sont souvent meilleures dans de nombreux domaines –, mais la raison de cette disparité dans la création, c'est que les femmes ont tourné leur énergie créatrice vers l'intérieur, et non vers l'extérieur. » Les murmures semblaient de plus en plus rageurs. Il tendit l'oreille, stupéfait de n'entendre que de très timides applaudissements. « Comment ? » ajouta-t-il.

Le vieux croûton vint à sa rescousse en prononçant un long discours centré sur lui-même, plein de circonvolutions, émaillé des noms de Liam Neeson, Paul Newman, l'île de Wight, qui permit à la sueur froide de Lancelot de sécher, et à son pouls de se calmer. Il regarda en direction de Mathilde, dans l'espoir de capter son regard et d'y trouver du réconfort, mais son siège était vide.

Une énorme faille s'était ouverte dans l'univers. Lancelot vacillait. Mathilde était partie. Mathilde s'était levée et elle était sortie de l'amphithéâtre aux yeux de tous. Furieuse, elle en avait plus qu'assez. Assez de quoi ? Et était-ce irrémédiable ? Peut-être qu'en sortant dans la lumière crue de Palo Alto, elle sentirait le soleil sur son visage, elle comprendrait la vérité : qu'elle était beaucoup mieux sans lui, elle, une sainte, tirée vers le bas par son mari qui n'était qu'une *crotte** de chien. Ses mains nerveuses se retenaient de lui téléphoner. Durant tout le reste du débat, les deux jeunes dramaturges et le modérateur refusèrent de le regarder, ce qui était parfait car il lui fallait déployer toute sa concentration pour demeurer assis. Il marina ainsi dans son désarroi jusqu'à la fin, et lors du pot qui suivit, il dit au modérateur : « Je crois que je vais vous abandonner pour le fromage et les crackers. Pas envie d'être lynché », à quoi le modérateur fit la grimace et répondit : « Je pense que c'est une bonne idée. » Lancelot fila vers les loges à la recherche de Mathilde, mais elle n'était pas là. Un véritable tsunami de gens déferlait à présent dans le couloir, aussi se réfugia-t-il dans des toilettes pour handicapés en vue de l'appeler, mais le téléphone avait beau sonner, sonner, elle ne répondait pas. Il écouta le fracas de la foule s'intensifier au-dehors, puis peu à peu diminuer.

Il resta longtemps à s'observer dans le miroir : ce front aussi énorme qu'un panneau publicitaire, ce nez étrange qui paraissait grossir avec l'âge, ces poils fins sur les lobes des oreilles, longs de plus de deux centimètres quand on les déroulait. Depuis tout ce temps, il arborait sa laideur avec la même confiance que s'il s'était agi de beauté. Comme c'était étrange. Il se lança dans une partie de solitaire sur son portable. Une quinzaine d'autres suivirent, entrecoupées d'appels à Mathilde. Enfin, le téléphone émit un bip ignominieux et s'éteignit. Son ventre se rappela à lui, et il se souvint qu'il n'avait rien mangé depuis le petit déjeuner de l'hôtel à San Francisco, que le déjeuner avait dû être servi, alors il songea à l'habituel thé glacé amer et à la tarte au chocolat du dessert et son cœur se serra, mais puisqu'il était près de quinze heures, le déjeuner était terminé depuis longtemps. Il passa la tête dans le couloir, envahi par la foule lorsqu'il était entré dans les toilettes, vide à présent. Il se glissa le long du mur et jeta un coup d'œil au coin, plus personne à la porte.

Une fois dehors, il s'arrêta sur l'esplanade où des étudiants avec des sacs à dos géants se hâtaient à la conquête du monde, pareils à des fourmis. La brise était agréable sur son visage.

« Quelle honte », fit une voix à droite, et son regard se posa sur une femme : tête desséchée recouverte de fins cheveux teints en noir. « Quand je pense que j'ai toujours adoré votre travail. Je n'aurais pas payé pour voir une seule de vos pièces si j'avais su que vous étiez aussi misogyne.

– Je ne suis pas misogyne ! J'adore les femmes », dit Lotto.

Elle ricana :

« C'est ce que disent tous les misogynes. Ce que vous aimez, c'est les baiser, les femmes. »

Inutile de poursuivre. Certes, il adorait baiser les femmes, même s'il se limitait à une seule depuis qu'il était marié. Il s'éloigna en hâte, longeant le mur en stuc, se précipitant dans l'ombre et à travers les cosses d'eucalyptus, écrasant des baies sous ses pieds, pour déboucher en proie à la confusion sur une rue appelée El Camino Real. Il se sentait tout sauf royal. Il prit la direction de San Francisco. Il transpirait à travers sa chemise, le soleil tapait beaucoup plus qu'il ne l'avait imaginé. La rue semblait sans fin et la tête lui tournait. Il erra à travers un quartier aux étranges maisons surélevées avec des portails de palais, des lauriers-roses et des jardins de cactus. Il arriva sur une autre grande artère, qu'il traversa pour se rendre dans une espèce de cafétéria mexicaine où, c'était certain, il pourrait se nourrir et retrouver un peu d'énergie, aussi mangea-t-il la moitié de son burrito tout en faisant la queue pour payer. Il le mastiquait encore lorsqu'il plongea la main dans sa poche à la recherche de son portefeuille. Dans un sursaut de peur il se souvint l'avoir laissé dans sa chambre d'hôtel. Pendant ce genre de voyage, il n'avait jamais rien à payer, et si c'était le cas, Mathilde avait son sac à main, et pour tout dire, il détestait la manière dont un portefeuille lui déformait les fesses, comme s'il lui était poussé un énorme chancre. Il préférait le profil élégant d'un cul sans portefeuille.

Il haussa les épaules devant le caissier, dont les yeux se plissèrent tandis qu'il proférait quelque menace en espagnol. Il déposa son assiette et balbutia : « Je suis désolé, *lo siento* », avant de reculer vers la porte.

Enfin, il se retrouva dans un centre commercial en forme de fer à cheval où, à la périphérie de son champ de vision, il vit quelque chose qui fit battre son cœur de stupéfaction ; une cabine téléphonique, la première qu'il voyait depuis, quoi, des décennies ? Il se retrouva à donner un coup de fil en PCV, composant le seul numéro qu'il connaissait encore en cet âge des téléphones portables. Quel soulagement de sentir le poids du combiné dans la main, gras et puant l'haleine d'autres personnes. La voix de sa mère s'éleva à l'autre bout de la ligne. Un appel en PCV ? Oh là là, oui, elle le prenait, puis elle dit : « Lancelot ? Mon chéri ? Il y a un problème ? C'est cette femme que tu as épousée ? Bonté divine, elle t'a quitté ? »

Il se raidit. Il avait l'impression d'avoir déjà vécu ce moment-là. Quand ? À l'université, juste après la cérémonie de son mariage quand il était retourné en courant dans sa chambre, qui lui avait paru petite soudain, empreinte de l'enfance. Il avait jeté quelques vêtements dans un sac, avant de partir sur la côte du Maine pour leur lune de miel volée, et il avait décroché le téléphone avec une joie contenue pour annoncer la nouvelle à sa mère. « Non, ce n'est pas vrai », avait-elle dit. « Si, c'est fait. » « Défais-le alors. Un petit divorce rapide. » « Non. » « Quel genre de fille voudrait t'épouser, Lancelot ? Réfléchis. Une immigrée ? Une qui ne s'intéresse qu'à l'argent ? » « Ni l'une ni l'autre. Une Mathilde Yoder. La meilleure personne qu'on puisse trouver sur terre. Tu vas l'adorer. » « Non. Je n'accepterai jamais de la rencontrer. Annule ce mariage, sinon je te déshérite. Plus d'argent. Et alors, comment vas-tu survivre dans cette grande ville dangereuse sans argent ? Comment vas-tu survivre en tant qu'*acteur* ? » Il avait ricané devant ses railleries. Il avait songé à une vie sans Mathilde. Et répondu : « Je préfère mourir. » « Eh bien, mon chéri, tu te repaîtras de ces mots. » Il avait soupiré et rétorqué : « J'espère que toi et ton cœur minuscule vous aurez une belle vie ensemble, manman », puis il avait raccroché. Le clou avait été enfoncé jusqu'au bout.

Il se sentait clairvoyant à présent sous le soleil de Californie. Il avait la nausée. « Qu'est-ce que tu dis ?

– Je suis vraiment désolée, répéta sa mère. Oui. Depuis toutes ces années, je me mords la langue, mon chéri. Toute cette souffrance entre nous, toute cette distance, alors que tout cela n'est pas nécessaire. Quelle horrible créature. Je savais qu'elle finirait par te faire du mal. Reviens à la maison. Rachel et Elizabeth sont là avec les enfants. Sallie irait jusque sur la lune pour pouvoir de nouveau s'occuper de toi. Rentre à la maison, et tes femmes veilleront sur toi.

– Oh. Merci. Mais non.

– Pardon ?

– J'appelais parce que j'ai perdu mon portable. Je voulais que Sallie le sache au cas où Mathilde essaierait par tous les moyens de me joindre. Dis-lui que je serai bientôt à la maison avec le champagne et le fromage pour la fête.

– Écoute, mon chéri », commença Antoinette, mais Lancelot répondit : « Au revoir », et elle : « Je t'aime », dans le téléphone déjà raccroché.

Antoinette reposa le combiné. Non, pensa-t-elle. Il n'avait pas choisi une fois encore sa femme plutôt que sa mère. Pas alors qu'Antoinette lui offrait tout. Sans elle, il ne serait jamais devenu ce qu'il était ; il ne l'aurait jamais inscrite dans l'immortalité, ainsi qu'elle l'y avait préparé. Les garçons appartiennent à leur mère. Le cordon avait été coupé il y a des décennies, mais ils nageront toujours ensemble dans ces eaux tièdes et sombres.

Par la fenêtre, l'océan jetait son filet de vagues sur le sable blanc, puis le retirait, bredouille. Antoinette savait que la petite maison rose sur les dunes était à l'écoute, sa belle-sœur préparait des cookies au beurre de cacahuètes dans la cuisine, sa fille et ses petits-enfants revenaient de la plage, et la douche extérieure crachotait, juste en dessous de là où elle était. Que Dieu lui donne la force, mais elle ne supportait plus ces petits individus craintifs et sinistres. Bien sûr, c'était naturel qu'elle les aime moins que son fils, qui était grand et doré comme elle. C'est mignon, les souris, mais les lions, eux, rugissent.

Dans la cuisine, Sallie roulait la pâte de ses mains grasses, anxieuse. Le téléphone avait sonné et la voix d'Antoinette avait résonné, cinglante, dans sa chambre. « C'est cette femme que tu as épousée ? » avait-elle dit. Sallie considéra sa belle-sœur ; elle avait l'air toute de sucre et d'air, mais en son cœur il y avait une amande amère et noire. Sallie s'inquiétait pour Lancelot, pauvre enfant, dont toute la douceur s'était envolée. Elle envisagea d'appeler Mathilde pour savoir ce qui se passait, mais s'abstint. Il n'y avait rien à y gagner dans l'immédiat ; elle œuvrait à distance, avec patience.

Au bout d'un moment, Antoinette se leva et, dans le mouvement, aperçut son propre visage dans le miroir de la coiffeuse. Pattes d'oie, enflé, exténué. Enfin, pas étonnant. Il lui fallait consentir à de tels efforts pour préserver la sécurité de son fils. Le monde était de plus en plus dangereux, il risquait de se désintégrer si elle ne montrait pas une vigilance constante. Toutes ces choses qu'elle avait faites pour Lancelot, ces sacrifices ! Elle imaginait la grande révélation après sa mort, les actions qu'elle avait menées dont il ne saurait rien tant qu'elle serait là, les horreurs qu'elle avait endurées pour son bien. Avait-elle choisi de prendre racine dans cette pauvre masure rose ? Oh, que non. Avec l'argent de Gawain, elle aurait pu vivre dans le luxe. Au dernier étage du Mandarin Oriental, à Miami, avec room service et musiciens à volonté. Des salles de bains tout en marbre, de la taille de cette baraque. Le soleil comme des diamants à la surface de l'eau, en contrebas. Mais elle n'avait pas voulu toucher à l'héritage de Gawain, s'octroyant juste ce qu'il lui fallait pour survivre. Tout était pour ses enfants, leurs visages sidérés lorsqu'ils découvriraient la vérité. Elle se repassa dans sa tête cette vieille image réconfortante, si réelle que c'était comme une scène qu'elle aurait vue plusieurs fois à la télévision ; son fils en costume noir – elle ne l'avait pas vu depuis des décennies ; dans son esprit, c'était toujours l'enfant boutonneux et gauche qu'elle avait laissé le Nord absorber –, chemise usée, sa femme vêtue d'une robe noire de mauvaise qualité, maquillée avec vulgarité. Fard à paupières bleu, crayon à lèvres marron, mèches décolorées, imaginait-elle. Sallie lui donnerait la lettre où Antoinette expliquait tout ce qu'elle avait fait pour lui. Il se tournerait, le souffle court, l'ouvrirait, lirait. « Non ! » s'écrierait-il. Et quand sa femme poserait une main timide sur son épaule, il l'enverrait paître avec brusquerie, se couvrirait le visage de ses mains et pleurerait sur toutes ces années où il avait négligé de se montrer reconnaissant envers sa mère.

Rachel apparut au bout du couloir et vit sa mère debout dans sa chambre. Dans le miroir, Antoinette aperçut sa fille et substitua un visage souriant à son masque sévère. Ses dents étaient encore très belles. « Je crois que Sallie a préparé des cookies pour les petits, Rachel. » Elle fit franchir la porte à son énorme corps, puis traversa le couloir avec une lenteur douloureuse pour aller se poser dans son fauteuil. « Je ne crois pas que ce soit très grave si j'en goûte un ou deux », ajouta-t-elle avec un sourire plein de coquetterie. Et Rachel se retrouva penchée, l'assiette de biscuits à la main, dans cette ancienne position de soumission. Seul son frère pouvait mettre leur mère dans cet état. Mon Dieu, Lotto ! Maintenant, Rachel devrait passer le reste de sa visite à apaiser la vieille bête ; et la rancœur qu'elle éprouvait autrefois à l'égard de son frère ressurgit aussitôt des profondeurs. [Les nobles cœurs ont les mêmes sentiments forts que les autres ; la différence vient de leur manière d'agir.] Son envie de prononcer quelques mots destructeurs, qui auraient lâché sur l'univers de Lotto un véritable pandémonium, fut aussitôt endiguée, emprisonnée. Elle entendit ses enfants accourir bruyamment dans l'escalier, reprit sa respiration et se pencha un peu plus. « Prends-en encore quelques-uns, manman », dit-elle, et sa mère répondit : « Oh, merci, ma chérie, tu n'as rien vu. »

Il fallut à Lancelot une vingtaine de minutes à l'ombre d'un arrêt de bus, à écouter autour de lui bavarder des jeunes gens nerveux, pour se remettre de ce coup de fil à sa mère. C'est seulement quand le bus s'arrêta en soupirant et s'agenouilla pour laisser descendre les passagers, tel un éléphant de carnaval, qu'il se souvint que sans argent, il ne pouvait même pas emprunter les transports en commun. Il pensa à

Mathilde, se sentit mal. Ses paroles lui revenaient, lui paraissaient à présent venimeuses. En disant que le génie créateur des femmes s'incarnait dans leurs bébés, que cela signifiait-il pour Mathilde, qui n'en avait pas ? Était-elle de moindre valeur ? Inférieure aux femmes qui avaient des enfants ? Inférieure à lui, qui créait ? Simplement, il n'en pensait rien, bien au contraire ! Il savait qu'elle valait mieux que quiconque. Il ne la méritait pas. Elle était rentrée à l'hôtel Nob Hill, avait préparé ses valises, était montée dans un taxi jaune, puis dans un avion, et elle s'était éloignée de lui. Ce jour-là était enfin arrivé. Elle le quittait et il ne lui resterait rien, plus rien.

Comment pourrait-il vivre sans elle ? Il savait cuisiner mais il n'avait jamais récuré les toilettes ; jamais payé une facture. Et comment écrirait-il sans elle ? [Conscience diffuse que l'influence de Mathilde s'exerçait jusqu'au tréfonds de son travail ; ne regarde pas, Lotto. Ce serait vouloir regarder le soleil.]

Sa chemise pleine de sueur avait séché. Il devait agir ; après tout, il fallait qu'il dépense son énergie. Il n'y avait pas plus de cinquante kilomètres jusqu'à San Francisco. Et une seule route, plein nord. C'était une belle journée. Il avait de grandes jambes et une bonne endurance : il pouvait marcher vite, sept kilomètres à l'heure. Il serait à l'hôtel vers minuit. Peut-être qu'elle ne serait pas encore partie. Peut-être qu'elle n'était plus aussi en colère ; qu'elle était descendue au spa, soin du visage, massage ; qu'elle avait dîné dans la chambre et regardé une comédie, ce serait sa vengeance. Passive-agressive. Son style à elle.

Il se mit en marche, prenant soin de garder le soleil sur sa gauche et de boire régulièrement dans les espaces réservés aux chiens. Pas suffisant. Il avait soif. Au crépuscule, il était à proximité de l'aéroport et huma l'odeur des marais salants portée par le vent. La circulation était dense, il faillit être renversé par un peloton de cyclistes, trois semi-remorques et un homme juché sur un gyropode, dans le noir.

Tout en marchant, il remâchait ce qui s'était passé lors de la table ronde. Il revoyait le film, encore et encore. Au bout de quelques heures, l'événement devint une histoire, comme s'il la racontait dans un bar à une bande de copains. À force de répétitions, les amis imaginaires un peu ivres se mettaient à rire de son récit. Petit à petit, l'aspect douloureux s'émoussait. Ça devenait comique, cela n'avait plus rien de honteux. Il n'était pas misogyne. Il pouvait faire témoigner des centaines de femmes fréquentées avant Mathilde qui attesteraient de son absence de misogynie. C'était un malentendu ! Sa crainte que Mathilde le quitte s'estompa aussi. Sa réaction était disproportionnée, c'est elle qui devrait avoir honte. C'était à elle de s'excuser. Elle avait prouvé ce qu'elle voulait ; il le lui accordait. Il ne la blâmait pas. Elle l'aimait. Au fond, Lancelot était un optimiste. Tout irait bien.

Il atteignit San Francisco et pleura presque de gratitude en voyant ces pâtés de maisons plus denses, ces trottoirs et ces lampadaires qui, l'un après l'autre, le tiraient gentiment vers l'avant.

Il avait les pieds en sang, il le sentait. Il avait pris des coups de soleil, la bouche sèche et l'estomac noué par la faim. Il puait comme s'il avait plongé dans une piscine de sueur. Il grimpa en boitant la colline où était situé l'hôtel, entra, et le réceptionniste, le même qui les avait reçus la veille, s'écria : « Oh ! Monsieur Satterwhite, que vous est-il arrivé ? » Lotto répondit d'une voix rauque : « Je me suis fait dépouiller », et d'une certaine manière, c'était vrai, le public lui avait volé sa dignité ; le réceptionniste appela le groom, qui apporta le fauteuil roulant de l'hôtel, escorta Lotto par l'ascenseur jusqu'à sa chambre, sortit une clé et le poussa à l'intérieur, alors Mathilde s'assit dans le lit, nue sous le drap, et lui sourit.

« Ah, te voilà mon amour », dit-elle. Quel magnifique sang-froid. C'était une vraie merveille en ce monde.

Le groom ressortit après s'être incliné et murmura quelque chose à propos d'un complément de room service qui serait monté dans un moment.

« De l'eau, croassa Lotto. S'te plaît. »

Mathilde se leva, enfila un peignoir, puis alla à la salle de bains remplir un verre qu'elle lui apporta avec une extrême lenteur. Il l'avala cul sec. « Merci. Encore, s'il te plaît.

– Je suis heureuse de te servir », répondit-elle avec un grand sourire. Elle ne bougea pas.

« M.

– Oui, mon génie créateur ?

– Finie, la punition. Je suis une saloperie indigne de la société humaine. Je porte mes privilèges comme une cape invisible et j'imagine que ça me confère des superpouvoirs. Je mérite de passer au moins une journée au pilori, et sans doute aussi qu'on me jette des œufs pourris à la figure. Je suis désolé. »

Elle s'assit sur le rebord du lit et le regarda calmement. « Ça serait plus agréable si tu étais sincère. Tu es arrogant.

– Je sais.

– Tes paroles ont plus de poids que celles de la plupart des gens. Tu les balances à tort et à travers et tu blesses beaucoup de monde.

— Mon seul souci, c'est que je t'ai blessée, toi.

— Tu t'imagines tellement de choses à mon sujet. Tu n'as pas à parler pour moi. Je ne t'appartiens pas.

— Tout ce qui te gêne, je ne le ferai plus. S'il te plaît, je t'en prie, tu veux bien m'apporter un verre d'eau ? »

Elle soupira, alla lui remplir un autre verre, et c'est alors qu'on frappa à la porte, elle ouvrit et vit le groom avec une table roulante où trônait un seau à champagne, une assiette de saumon et d'asperges, un panier de petits pains chauds et un gâteau au chocolat, avec les compliments de l'hôtel, désolé que Monsieur se soit fait dépouiller. San Francisco était une ville accueillante en général, et ce genre de chose se produisait rarement. S'il avait besoin de voir un médecin, l'hôtel avait un accord avec un généraliste, etc. N'hésitez pas à nous solliciter si nous pouvons vous aider.

Lotto se jeta sur la nourriture sous les yeux de Mathilde. Mais au bout de quelques bouchées, il se sentit mal ; il se leva, même si ses pieds lui donnaient l'impression d'avoir été sectionnés à la hache, se rendit en titubant jusqu'à la salle de bains, jeta directement à la poubelle ses vêtements et ses chaussures, puis prit un long bain chaud, observant les volutes de sang monter de ses plaies. Il allait perdre tous ses ongles de pied. Il se passa de l'eau froide sur le visage et sur ses bras cloqués par le soleil. En sortant du bain, il se sentait régénéré physiquement et, avec la pince à épiler de sa femme, il arracha les longs poils fins qui recouvraient ses lobes d'oreilles et se massa le front avec la coûteuse crème de Mathilde pour effacer ses rides.

Dans la chambre, Mathilde ne dormait pas, elle contemplait son livre. Elle le posa, releva ses lunettes sur son front et fronça les sourcils.

« Si ça peut aider, je crois que je ne pourrai pas marcher demain.

– Du coup tu passeras la journée au lit avec moi. Et comme ça tu auras gagné. Quoi qu'il arrive, tu gagnes. Tu finis toujours par remporter quelque chose à la fin. Toujours. Quelqu'un ou quelque chose veille sur toi. C'est à vous rendre dingue.

– Tu espérais que je ne m'en tirerais pas ? Que je sois renversé par un camion ? » dit-il en se glissant dans les draps, appuyant la tête sur son ventre. Il gargouillait doucement. Le reste du gâteau avait disparu du plateau.

Elle soupira. « Mais non, idiot. Je voulais seulement que tu aies peur pendant quelques heures. Le modérateur n'a pas bougé de son bureau de toute la nuit parce qu'on était sûrs que quelqu'un te ramènerait de là-bas. Ce qu'une personne saine d'esprit aurait fait, Lotto. Plutôt que de revenir à pied à San Francisco, espèce de fou furieux. Je viens de l'appeler pour lui dire que tu étais bien rentré. Il était toujours là-bas. Il avait complètement perdu les pédales. Il croyait que tu avais été enlevé par une bande de féministes foldingues qui auraient fait s'abattre sur toi leur vengeance et auraient ensuite diffusé les images pour l'exemple. Il imaginait déjà tout un tas de scénarios de castration. » Lancelot se figura le mouvement d'une machette et frissonna.

« Allez, continua-t-elle. Tout s'est calmé pendant le déjeuner. Apparemment, on a découvert aujourd'hui que le prix Nobel de l'année dernière a pompé la moitié de son discours de réception, et ça a été la curée sur les réseaux sociaux. À un moment, j'ai relevé la tête : des tablées entières avaient les yeux rivés sur leurs portables. Toi, mon amour, tu étais du menu fretin à côté. »

Il se sentit dupé ; il aurait dû en rajouter encore davantage. [Goinfre !]

Son anxiété le poursuivit jusqu'à ce que le sommeil le rattrape, et elle le regarda dormir un moment, tournant et retournant les choses dans sa tête, puis elle s'endormit à son tour sans avoir éteint la lumière.

8

DE LA GLACE DANS LES OS, 2013

[Bureau du directeur d'un pensionnat de garçons. Sur le mur, un poster montrant une cascade au soleil couchant, avec en guise de légende ENDURANCE, sans empattement.]

DIRECTEUR : un homme dont les sourcils lui mangent la moitié du visage.

OLLIE : un garçon maigre, qui vient de perdre son père, exilé de chez lui pour cause de délinquance juvénile. Accent du Sud qu'il essaie de gommer ; le visage plein de boutons. Mais un œil de lynx, rien ne lui échappe.

EXTRAIT DE L'ACTE I

DIRECTEUR : On m'a rapporté, Oliver, que vous ne réussissez pas à vous intégrer. Vous n'avez pas d'amis. Votre surnom est *[il regarde une fiche bristol, cille]* Tarte-à-la-Bouse ?

OLLIE : Il paraît, monsieur.

DIRECTEUR : Oliver, vous ne faites guère d'efforts pour vous adapter.

OLLIE : Non, monsieur.

DIRECTEUR : Vos notes ne pourraient être meilleures, mais vous restez muet en classe. Et ne me donnez pas du monsieur à tout bout de champ comme ça. Nos garçons, ici, montrent de la curiosité intellectuelle, ce sont des citoyens essentiels pour ce monde. Et vous, montrez-vous de la curiosité intellectuelle, êtes-vous un citoyen essentiel pour ce monde ?

OLLIE : Non.

DIRECTEUR : Pourquoi ?

OLLIE : Je suis malheureux.

DIRECTEUR : Comment peut-on être malheureux, ici ? C'est fou.

OLLIE : J'ai froid.

DIRECTEUR : Physiquement ? Ou moralement ?

OLLIE : Les deux, monsieur.

DIRECTEUR : Pourquoi pleurez-vous ?

OLLIE : *[il lutte. Ne répond pas.]*

DIRECTEUR *[ouvre son tiroir. Sous des papiers, Ollie aperçoit quelque chose, alors il se redresse, comme si on lui avait pincé les fesses. Le directeur referme le tiroir après en avoir sorti un élastique, qu'il tend sur son pouce. Il vise le nez d'Ollie, tire. Ollie cligne les yeux. Le directeur se cale dans son fauteuil]* : Une personne qui ne serait pas déprimée l'aurait évité.

OLLIE : Sans doute.

DIRECTEUR : Vous, mon jeune ami, vous êtes un geignard.

OLLIE : *[…]*

DIRECTEUR : Ah ! Vous ressemblez à Rudolphe, le petit renne au nez rouge.

OLLIE : *[…]*

DIRECTEUR : Ah, ah !

OLLIE : Monsieur le directeur. Permettez-moi de vous poser une question. Pourquoi avez-vous une arme dans votre tiroir ?

DIRECTEUR : Une arme ? Il n'y a pas d'arme. Quelle folie. Vous ne savez pas ce que vous dites. *[il se renfonce dans son fauteuil, croise les mains derrière sa nuque.]* Enfin bref, écoutez-moi, Oliver. Je fais ça depuis un milliard d'années. J'ai été élève ici, autrefois, comme vous. Moi aussi, j'ai été bousculé, croyez-le ou non. Mais je ne vois pas pourquoi on vous emmerde autant, vous. Vous semblez tout avoir. Vous êtes riche, grand, vous seriez beau si vous vous laviez la figure de temps en temps, nom d'un chien. Un peu de crème contre l'acné et vous seriez beau gosse. Vous avez l'air sympathique. Intelligent. Vous ne puez pas comme ces losers incurables. Vous connaissez Roulé-en-Gelée ? Un cas désespéré. Il sent mauvais et il pleurniche tout le temps. Répugnant. Même ses petits amis du club Donjons et Dragons, même eux se contentent de le tolérer lors de leurs soirées bridge. Et vous ? Vous pourriez être le roi de ce pensionnat. Pourtant vous ne l'êtes pas, parce que, pour commencer, vous êtes nouveau, ce qui finira par passer avec le temps. *Número dos*, vous avez peur, ce qui doit changer. Et vite ! Parce que les enfants qu'on envoie dans ce type d'écoles sont des requins, mon jeune ami. Des bébés requins issus d'une longue lignée de requins, tous autant qu'ils sont. Et les requins sentent l'odeur du sang à des kilomètres à la ronde, et quel est le sang qui les attire ici ? La peur. S'ils la reniflent dans l'eau, ils pourchassent celui qui saigne. Ce n'est pas leur faute. Ils ne peuvent pas s'en empêcher ! Qu'est-ce qu'un requin qui n'attaque pas ?

Un dauphin. À quoi servent les dauphins ? Oh bien sûr, c'est délicieux les dauphins. Leur chair fond sous la langue. Alors, écoutez avec attention ce que je vais vous dire. Vous devez apprendre à devenir un requin. Flanquez votre poing dans la figure à quelqu'un, mais attention, ne lui cassez pas le nez, je ne veux pas être traîné en justice par le papa d'un de ces gamins. Jouez-leur un tour. Recouvrez les toilettes de cellophane, et quand ils iront pisser, le jet rebondira sur leur jean. Ah ! Si on vous jette un œuf dur à la figure, défendez-vous en balançant un steak. Parce que ici, c'est comme en prison. Seuls les plus forts survivent. Le respect, ça se mérite. Faut ce qui faut. Vous m'entendez ? *Capiche ?*

OLLIE : *Capiche.*

DIRECTEUR : Parfait, Oliver. D'ailleurs, Oliver, qu'est-ce que c'est que ce nom ? Un nom de dauphin, si vous voulez savoir. Un nom de gonzesse. Vous êtes une gonzesse ?

OLLIE : Non. Mais je les aime bien.

DIRECTEUR : Ah ! Vous commencez à comprendre. Comment vous appelle-t-on à la maison ?

OLLIE : Ollie.

DIRECTEUR : Ollie. Vous voyez. C'est ça. Ollie, c'est un nom de requin. D'un requin roi. La prochaine fois que quelqu'un vous appelle Tarte-à-la-Bouse, vous leur en mettez plein la gueule, jusqu'à ce qu'ils vous appellent Ollie. C'est compris ?

OLLIE : Parfaitement compris.

DIRECTEUR : Vous sentez vos dents pousser ? Vous flairez l'odeur du sang dans l'eau ? Vous vous sentez un peu requin ?

OLLIE : Peut-être que oui. Ou plutôt, je me sens comme un dauphin avec un aileron de requin sur le dos.

DIRECTEUR : C'est un début. Alors ruez-vous sur eux et massacrez-les.

OLLIE : Les massacrer. C'est compris.

DIRECTEUR : Pas littéralement, hein, mon dieu, imaginez ça. *Le directeur m'a dit de tous les tuer !* C'est au sens figuré, naturellement. Ne tuez personne. Ce n'est pas ce que je vous ai dit.

OLLIE : Non, évidemment. Au revoir, monsieur. *[Il sort.]*

DIRECTEUR : *[Seul, il sort en vitesse l'arme du tiroir et la dissimule sous le canapé.]*

TÉLÉGONIE, 2013

« Des masques. De la magie. Circé, Pénélope, Ulysse, parricide, inceste. Musique, cinéma, danse. Tu es complètement dingue, dit Mathilde.

– *Gesamtkunstwerk*, répondit Lotto. Mêler toutes les formes d'art dans le théâtre. À présent, nous n'avons plus qu'à trouver quelqu'un qui soit assez dingue pour le produire.

– N'aie aucune crainte. Tous les gens que nous connaissons sont dingues. »

NEF DES FOUS, 2014

ACTE I, SCÈNE 1

[Dans un lieu ravagé par une catastrophe nucléaire, une baleine ventre en l'air dans la mer Rouge, deux femmes parmi les décombres.]

PETE : petite, maigre et tout en nerfs, poilue, une femme chimpanzé.

MIRANDA : énorme, un mètre de hauteur de cheveux roux surmontés d'un nid de merlebleu calciné, à la *Madame du Barry**. Elle se balance dans un hamac attaché à deux palmiers noirs, squelettiques.

PETE *[tirant un alligator mort à l'intérieur du campement]* : Y a de la queue d'alligator pour le dîner, ce soir, Miranda.

MIRANDA *[d'un ton vague]* : Très bien. C'est juste que. Enfin. J'espérais. Pourquoi pas des steaks de baleine ? S'il est possible d'avoir des steaks de baleine ? Sincèrement, ce n'est pas grave, tu sais, mais c'est la seule chose au monde que je pourrais digérer ce soir, enfin je mangerai un peu d'alligator. Si j'y suis obligée.

PETE *[ramasse une scie à métaux, disparaît, revient mouillée, avec des morceaux de viande dans les bras]* : Queue d'alligator et steak de baleine pour le dîner, Miranda.

MIRANDA : Oh, quelle surprise, Pete ! Tu sais tout faire ! D'ailleurs, tant qu'on y est, tu pourrais me servir un autre cocktail ? Il est dix-sept heures, quelque part dans le monde !

PETE : Je ne crois pas. Le temps, ça n'existe plus. *[elle prend un bidon de kérosène, en verse, mélange avec un sucre d'orge à la menthe conservé exprès pour ça, le tend.]*

MIRANDA : Magnifique ! Bon. Je crois que c'est l'heure de mon feuilleton ? *Les Étoiles dans tes yeux* ?

PETE : Le temps n'existe plus, ma Miranda. La télé n'existe plus. L'électricité n'existe plus. Les comédiens non plus n'existent plus, j'en suis persuadée, avec cette bombe H qui a explosé au-dessus de Los Angeles. Ou à cause de l'épidémie de peste de la langue noire qui a suivi. Ou du tremblement de terre. L'expérience humaine, c'est foutu.

MIRANDA : Dans ce cas, tue-moi, Petey. Oui, tue-moi pour de bon. Pas la peine de vivre. Prends ta scie et coupe-moi la tête. *[Elle pleure dans ses grandes mains pâles.]*

PETE *[soupir. Ramasse du goémon, le met sur sa tête. Aspire ses joues comme Sylvia Starr, l'héroïne du feuilleton* Les Étoiles dans tes yeux, *et dit d'une voix rocailleuse]* : Oh, qu'allons-nous faire de ce tordu retors de Burton Bailey...

MIRANDA : *[Se renverse en arrière, bouche bée. Elles sont si concentrées qu'elles n'entendent pas le vrombissement mécanique qui enfle jusqu'à ce que, à droite de la scène, la coque d'un bateau battu par les flots apparaisse en vue, des survivants observant les deux femmes depuis le pont.]*

Pleine d'agitation, Rachel arpentait la scène du théâtre plongée dans le noir et totalement vide, à l'exception de son frère, tandis que la réception de la première battait son plein de l'autre côté de la porte. « Zut alors, Lotto. Je n'ai même pas su quelle contenance adopter face à ça », dit-elle en se frottant vivement les yeux.

Il se figea. « Je suis désolé.

— Comprends-moi bien, il y a une partie de moi qui s'est méchamment réjouie de voir manman et Sallie se battre au moment de l'apocalypse. Sallie qui se gratte et se tord, jusqu'à ce qu'elle se brise, tu sais ? » Rachel éclata de rire, puis le regarda en face. « Tu es tellement doué pour te fiche de nous, hein. Tu as tellement de charme qu'on oublie qu'au fond de toi, en fait, tu dois être un tueur en série pour nous infliger des choses pareilles. Nous dépeindre dans tes pièces avec nos défauts et tout ça, nous exhiber comme si on était des monstres de foire. Et le public gobe tout. »

Il fut frappé d'effroi. Rachel, entre tous, qui se retournait contre lui. Mais non. Ce n'était pas ça. Elle ne pourrait pas. Elle se mit sur la pointe des pieds pour lui toucher la joue. Dans la lumière, les yeux de sa petite sœur apparaissaient cernés de fines rides. Oh, pour l'amour de dieu, où s'enfuyait le temps ? [Mouvement d'horloge, sans destination.] « Au moins tu as produit une version améliorée d'Antoinette. En tout cas, à la fin, quand elle s'interpose entre la bête et ses enfants. Le ciel soit loué », dit-elle en imitant la voix de Sallie et en faisant scintiller ses doigts en l'air. Ils rirent aux éclats.

[Mais dans un tiroir en Floride, une note à moitié écrite. *Mon chéri. Je n'ai jamais vu aucune de tes pièces en vrai, tu le sais. C'est un grand regret pour moi. Mais je les lis toutes, je les ai vues en DVD et en ligne. Il va sans dire que je suis fière de toi. Naturellement, je ne suis pas surprise. Il m'a fallu tant d'efforts depuis le jour de ta naissance pour que tu deviennes l'artiste que tu es ! Mais Lancelot, comment oses-tu ?*]

LES CHAUVES-SOURIS, 2014

« Super », dit Mathilde.

Toutefois Lotto détecta quelque chose dans sa voix auquel il ne s'attendait pas, et répondit : « Cela m'a blessé lors de ce colloque qu'ils aient tous conclu à ma misogynie. Tu sais que j'adore les femmes.

— Oui, je sais. Tu les aimes presque trop, même. » Toujours cette froideur dans sa voix, la façon dont elle évitait de le regarder. Il y avait un problème.

« Je trouve que Livvie est plutôt réussie. J'espère que ça ne te dérange pas que je me sois inspiré de toi pour créer son personnage.

— Eh bien, Livvie est une meurtrière, dit Mathilde d'un ton neutre.

— M., j'ai seulement copié ta personnalité.

— Pour la donner à une meurtrière. L'homme avec lequel je suis mariée depuis plus de vingt ans dit que j'ai la personnalité d'une meurtrière. Super !

— Mon amour, ne sois pas hystérique.

— Hystérique. Lotto, je t'en prie. Tu connais l'étymologie de ce mot ? *Hystera*. L'utérus. Tu viens de me traiter de chochotte qui pleurniche à cause de ses parties intimes.

— C'est quoi, ton problème ? Pourquoi tu montes sur tes grands chevaux, là ? »

Elle s'adressa à la chienne : « Il a utilisé ma personnalité pour créer un personnage de meurtrière et il se demande pourquoi je monte sur mes grands chevaux.

— Eh. Regarde-moi. Tu deviens ridicule, là, et ça n'a rien à voir avec tes parties intimes. Livvie s'est fait coincer par deux voyous et elle en a tué un. Si un gros chien méchant mettait God en pièces, tu lui éclaterais la cervelle. Qui te connaît mieux que moi ? Tu es une sainte, mais même les saints ont leurs limites. Est-ce que je pense que tu serais capable de tuer quelqu'un ? Non. Mais dans l'hypothèse où nous aurions un enfant, et dans l'hypothèse où un homme approcherait son zizi de cet hypothétique enfant avec de mauvaises intentions,

tu lui déchirerais sans hésitation la gorge avec tes griffes. Moi aussi. Ça ne signifie pas que tu sois moins bien pour autant.
– Mon dieu. Nous discutons du fait que tu m'as utilisée pour créer un personnage de meurtrière, et sans transition, tu me ressors ces histoires de gosses.
– Ces histoires de gosses ?
– …
– Mathilde ? Pourquoi tu respires comme ça ?
– …
– Mathilde ? Où vas-tu ? D'accord, vas-y, enferme-toi dans la salle de bains. Je suis désolé de t'avoir blessée. Tu acceptes de me parler, quand même ? Je reste assis là. Je t'aurai à force de dévotion. Je regrette qu'on se soit fourvoyés de cette manière. Est-ce qu'on peut parler de la pièce ? Si on oublie que je t'ai utilisée pour mon personnage de meurtrière, qu'est-ce que tu en penses ? Le quatrième acte est un peu déséquilibré. Genre table avec un pied bancal. Il faut le reprendre. Peut-être que tu pourrais m'aider ? Oh. Un bain ? Au beau milieu de la journée ? C'est parfait. Fais donc comme bon te semble. Je parie que c'est agréable. Chaud. Parfumé à la lavande. Waouh, j'hallucine, là. On peut parler à travers la porte ? Dans l'ensemble, je pense que la pièce est solide. Hein ? Mathilde, arrête. C'est vraiment important pour moi. Bon, très bien. Comme tu voudras. Je descends regarder un film, tu peux te joindre à moi si tu en as envie. »

ESCHATOLOGIE, 2014

C'est seulement quand ils s'arrêtèrent dans l'allée, que ses invités imbibés de bourbon descendirent, qu'il vit le skate-board cassé sur une souche, le tas de maillots de bain d'enfants mouillés sur l'herbe, God si exténuée qu'elle ne parvenait même plus à relever la tête, que Lotto réalisa qu'il s'était peut-être un peu emballé. Oh là là. Mathilde était restée seule à s'occuper des trois enfants de Rachel depuis qu'il était parti tôt le matin acheter du lait à l'épicerie pour le petit déjeuner, simplement il avait reçu un appel pendant qu'il faisait ses quelques courses : présence immédiate requise à New York pour une interview d'une heure à la radio, au débotté – la fin de son tour d'honneur pour *Eschatologie*, que même Phoebe Delmar aimait, enfin comme il le disait à Mathilde : « L'éloge d'un plumitif est pire qu'une diatribe. » C'était important, aussi fila-t-il en ville ; il donna l'interview en pantalon de pyjama, se montra aimable sur les ondes et, encore habité par ce matin plein d'éclat, il s'apprêtait à rentrer chez lui lorsqu'il était tombé sur Samuel et Arnie qui rigolaient ensemble sur le trottoir, et waouh, il y avait si longtemps ! Bien sûr, ils avaient déjeuné tous les trois. Bien sûr, après le déjeuner ils continuèrent à boire, et Samuel aperçut au bar un type de son club, qui se joignit à eux, un radiologue ou oncologue ou je ne sais quoi, et quand ils avaient commencé à avoir faim parce qu'il était l'heure de dîner, Lotto avait suggéré qu'ils aillent manger chez lui, Mathilde était un vrai cordon-bleu, tout le monde le savait, et certes il était ivre, mais pas au point de ne pas pouvoir conduire.

Il renifla le lait qui se baladait sur le plancher de la voiture depuis le matin. Il était peut-être encore buvable. Il entra dans la maison et surprit Samuel couvrant de baisers les bras de Mathilde tel Pépé le putois, Arnie qui cherchait dans son bar le vieil armagnac qu'il lui avait offert à Noël, et le médecin qui faisait l'avion avec une petite cuillère devant la jeune nièce de Lotto pour qu'elle accepte de manger ses petits pois. Il embrassa Mathilde, qu'il venait enfin délivrer ; elle eut un sourire pincé. « Où sont les jumeaux ? » demanda-t-il. « Ils se sont écroulés dans la seule pièce de la maison où ils consentaient à dormir. Ton cabinet », répondit-elle. Il y avait peut-être aussi un peu de méchanceté dans ce sourire. « Mathilde ! Personne n'a le droit d'aller là-haut, à part moi. C'est mon lieu de travail ! » s'écria-t-il. Elle lui décocha soudain un regard si acéré qu'il le transperça, et il hocha la tête, contrit, prit la petite fille, l'emmena se coucher en moins de temps qu'il ne faut pour le dire, puis redescendit.

Les invités se saoulaient sur la terrasse. La lune s'était levée, lumineuse sur fond de velours bleu. Mathilde hachait des aromates dans le robot Cuisinart, des pâtes cuisaient. « Désolé », lui murmura-t-il à l'oreille, puis il lui prit le lobe entre les dents, oh, délicieux, peut-être qu'ils avaient le temps, peut-être qu'elle… ? Mais elle le repoussa, alors il alla dehors, et les quatre hommes se retrouvèrent en caleçon dans la piscine, flottant sur le dos en rigolant, et Mathilde apporta à table un énorme saladier blanc, laissant derrière elle un sillage de fumée.

« Je ne me suis pas autant amusé depuis mon divorce », dit Samuel qui dégoulinait sur le dallage, la bouche pleine de pâtes. Il était luisant, une bouée de graisse à la taille, pareil à une otarie. Tout comme Arnie, d'ailleurs, mais lui, c'était normal puisqu'il était devenu un grand restaurateur. Son dos brûlé par le soleil était couvert de taches sombres ; Lotto eut envie de le mettre en garde contre les cancers de la peau, mais bon, Arnie collectionnait les filles, l'une d'entre elles le lui avait sûrement déjà dit.

« Pauvre Alicia ? C'est quoi, ton troisième divorce ? demanda Mathilde. Troisième essai, Sam, tu es disqualifié. »

Les autres éclatèrent de rire et Lotto dit : « Sam-Trois-Essais, ça ferait un meilleur surnom que celui qu'il avait il y a quinze ans, tu te rappelles ? Sam-Une-Boule. »

Sam haussa les épaules, imperturbable. Son assurance d'autrefois vibrait toujours en lui. Le médecin le regarda avec intérêt. « Sam-Une-Boule ?

– Cancer du testicule. Au final, ça n'a pas eu de conséquence. Avec une seule couille, j'ai fait quatre gamins.

– Moi j'ai deux couilles magnifiques, dit Lotto, et j'en ai eu zéro. »

Mathilde restait silencieuse tandis que les autres bavardaient, puis elle prit son assiette et rentra. Lotto racontait l'histoire d'une actrice célèbre qui avait fait une overdose quand une odeur de crumble aux fruits rouges vint le titiller ; il attendit, attendit, mais Mathilde ne revenait pas. À la fin, il alla voir ce qui la retenait.

Elle était toujours dans la cuisine, tournant le dos à la terrasse, mais elle ne faisait pas la vaisselle, elle écoutait. Oh, cette minuscule oreille tendue, ses cheveux blond platine qui balayaient ses épaules. La radio était allumée, le son agréablement bas. Il écouta à son tour et ressentit un agréable petit battement au fond de lui en entendant la voix familière aux voyelles traînantes d'un conteur du Sud, battement qui se transforma en claque de désarroi lorsqu'il comprit que cette voix était la sienne. C'était l'émission de radio à laquelle il avait participé le matin même. Quelle partie ? Il avait du mal à s'en souvenir. Ah oui, une histoire de son enfance solitaire en Floride. Sa propre voix à la radio avait quelque chose d'intime qui le mit mal à l'aise. Il y avait un marais, au milieu d'une doline. Un jour, une sangsue s'était collée à sa cuisse. À cet âge, il éprouvait un tel besoin de compagnie qu'il l'avait laissée lui sucer le sang en rentrant dîner chez lui, réconforté tout du long par la présence de cette compagne sur sa peau. En se retournant dans son lit, la nuit, il l'avait écrasée, et une telle quantité de sang s'était déversée qu'il s'était senti aussi coupable que s'il avait tué quelqu'un.

L'animatrice de radio rit, mais on sentait qu'elle était un peu choquée. D'un geste sec, Mathilde éteignit le poste.

« M. ? » fit-il.

Elle reprit sa respiration et il vit sa cage thoracique se resserrer lorsqu'elle expira. « C'est pas ton histoire », dit-elle. Elle se retourna. Elle avait perdu son sourire.

« Mais si. Je m'en souviens très bien. » Mais oui. Il sentait encore la boue chaude sur ses jambes, son sentiment d'horreur se muant en une sorte de tendresse quand il avait découvert la petite sangsue noire sur sa peau.

« Non », dit-elle, et elle sortit la glace du congélateur, le crumble du four, les coupes et les cuillères étant déjà dehors.

Alors qu'il mangeait, un mauvais sentiment envahit Lotto, remontant de ses entrailles. Il appela un taxi pour ramener ses amis. Au moment où il démarrait, il réalisa que Mathilde avait raison.

Quand il arriva dans la salle de bains, sa femme en était au milieu de ses ablutions et il s'assit sur le bord de la baignoire. « Je suis désolé. »

Elle haussa les épaules, cracha son dentifrice dans le lavabo.

« Pour être honnête, il s'agit d'une sangsue. D'une histoire de sangsue. »

Elle se passa de la crème pour les mains, l'une, puis l'autre, tout en le regardant dans le miroir, et dit : « C'était ma solitude. Pas la tienne. Tu as toujours eu des amis. Ce n'est pas que tu aies volé mon histoire ; tu m'as volé mon amie ! » Et elle rit d'elle-même, mais quand il vint se coucher, elle avait éteint sa lampe de chevet, s'était mise sur le côté, et il eut beau poser la main sur sa hanche, entre ses jambes, l'embrasser dans le cou, lui murmurer : « Ce qui est à toi est à moi, et ce qui est à moi est à toi », elle dormait déjà, ou pire, faisait semblant.

LES SIRÈNES (*inachevé*)

Trop de douleur. Ça la tuerait.
Mathilde posa le manuscrit dans la boîte à archives sans le lire, et les déménageurs l'emportèrent.

9

La scène : une galerie. Ombreuse, comme une caverne, des bouleaux dorés boisant les murs. *Tristan et Isolde* sur la chaîne. Des foules flibustières s'abreuvant aux bars disséminés aux quatre coins de la salle, assoiffées de nourriture et de sang. Sur les plinthes, des sculptures éclairées de lumière bleue : de larges formes amorphes en acier moulé qui se transforment en visages terrifiés, intitulées *The End*. La galerie, les œuvres, évoquent les statues de bois de Dürer représentant l'apocalypse. L'artiste, c'était Natalie. Elle était devenue célèbre après sa mort ; un agrandissement d'une photo d'elle, pâle, crâne rasé, surplombait la scène, triomphante.

Deux serveurs dans un moment de calme. Un jeune, un d'âge mûr, beaux tous les deux.

MÛR : … je peux te le dire, aujourd'hui, je ne bois plus que du jus. Chou kale, carotte, gingembre…
JEUNE : C'est qui ? Le grand qui vient d'entrer, avec une écharpe. Nom d'une pipe.
MÛR [*souriant*] : Ça ? C'est Lancelot Satterwhite. Tu sais qui c'est.

JEUNE : Le *dramaturge* ? Oh mon dieu. Faut vraiment que je le rencontre. Peut-être qu'il me donnera un rôle. On sait jamais. Tu trouves pas qu'il attire à lui toute la lumière ?

MÛR : Tu aurais dû le voir quand il était jeune. Un demi-dieu. Enfin, c'est ce qu'il croyait.

JEUNE : Tu le connais ? J'ai de la veine d'être avec toi.

MÛR : Il a été ma doublure, un été. Il y a des années. Au festival Shakespeare in the Park. On jouait Ferdinand. *Ma propre langue, Ciel ! Moi qui suis le premier d'entre ceux qui la parlent*[1]. Etc. Même si j'ai toujours pensé que Falstaff lui convenait mieux que tout autre personnage. Si bavard. D'une arrogance incroyable. Il n'a jamais percé en tant qu'acteur, note-le. Il y avait un truc, je sais pas, il n'était pas convaincant. Et puis il était beaucoup trop grand, après il a grossi, et il est redevenu mince, visiblement. C'était assez pitoyable. Même si évidemment, il s'en est bien tiré finalement. Parfois je me demande si je n'aurais pas dû emprunter une autre voie, tu sais ? Si je me retrouvais coincé, que mon modeste succès me fasse modestement progresser, et tout ça. Mieux vaut peut-être tout flamber, essayer autre chose. Je me pose la question. Tu ne m'écoutes pas.

JEUNE : Désolé. C'est que. Regarde sa femme. Elle est hallucinante.

MÛR : Elle ? Elle n'a pas de sang dans les veines. Elle est tout en os. Je la trouve hideuse. Mais si tu veux rencontrer Lotto, tu dois passer par elle.

---

1. Shakespeare, *La Tempête*, acte I, scène 2, traduction d'Yves Bonnefoy.

JEUNE : Ah. Je la trouve d'une beauté incroyable. Est-ce qu'il est… fidèle ?
MÛR : Il y a deux écoles de pensée là-dessus. Difficile à dire. Il va flirter avec toi jusqu'à ce que tu te liquéfies sur place et que tu tombes amoureux, et quand tu fais une tentative, il est tout chose. Ça nous est arrivé à tous.
JEUNE : À toi ?
MÛR : Eh oui.

[Ils regardent un type qui s'est glissé à côté d'eux, et qui les écoute, les glaçons cliquetant dans son verre ; il a l'air d'un crapaud.]

CHOLLIE : Eh, mon garçon. Je voudrais que tu accomplisses une petite mission pour moi. Cent balles, faciles à gagner. Qu'est-ce que tu en dis ?
JEUNE : Ça dépend de ce que vous me demandez, monsieur.
CHOLLIE : Il faut que tu renverses accidentellement un verre de vin rouge sur la femme de Satterwhite. Cette belle robe blanche, faut que tu vises bien. Le bonus, c'est que pendant ce temps, tu seras assez proche de Satterwhite pour glisser un mot dans sa poche. Tu verras où ça te mène. Peut-être qu'il t'appellera pour passer une audition. T'es partant ?
JEUNE : Cinq cents.
CHOLLIE : Deux. Il y a sept autres serveurs dans la pièce.
JEUNE : Marché conclu. Je peux vous emprunter votre stylo ? *[Il prend le stylo à plume de Chollie, griffonne quelque chose sur une serviette en papier, la fourre dans sa poche. Puis il regarde*

le stylo, le met aussi dans sa poche.] C'est vraiment dégueulasse. *[Il pose du vin sur un plateau en riant et file.]*

MÛR : Quelles sont ses chances, à ce gamin, avec Lancelot, je me le demande.

CHOLLIE : Moins de zéro. Lotto est hétéro à mort et lamentablement monogame. Mais c'est plutôt marrant. *[Il rit.]*

MÛR : Qu'est-ce que tu manigances, Chollie ?

CHOLLIE : Pourquoi tu me parles ? Tu me connais pas.

MÛR : Eh si, mon vieux. J'allais aux fêtes des Satterwhite dans les années 90. On s'est parlé plus d'une fois, à l'époque.

CHOLLIE : Ah, ouais, tout le monde y allait.

[Bris de verre, la foule se tait un instant.]

MÛR : Mathilde a pris ça avec grâce. Évidemment. Une reine de glace. Partie aux toilettes avec du sel et de l'eau de Seltz. Et tu as raison, tout le monde allait à ces fêtes. Et tout le monde se demandait comment tu pouvais être le meilleur ami de Lotto. Tu n'apportais jamais rien à boire ni à manger, hein. Tu étais tellement désagréable.

CHOLLIE : Eh bien, je suis le plus vieil ami de Lotto, tu sais, ça remonte à l'époque où il n'était qu'un petit Blanc de Floride, avec un sacré problème de boutons. Qui aurait imaginé ça ? Aujourd'hui il est célèbre, et moi je possède un hélicoptère. Mais je vois que toi, tu es passé maître dans l'art des cocktails. Alors, comment dire… Félicitations.

MÛR : Je…

CHOLLIE : Eeeeh, de toute façon, je suis ravi de t'avoir rencontré, bla-bla-bla. Bon, j'ai autre chose à faire. *[Se dirige vers le centre de la salle où le Jeune essuie le pantalon de Lotto avec une serviette en papier.]*
LANCELOT : Non, l'ami, sérieusement, je ne pense pas qu'il y ait du vin sur mon pantalon. Mais merci beaucoup. Non. Arrêtez, s'il vous plaît. S'il vous plaît. Ça suffit. Stop.
JEUNE : Dites à votre femme combien je suis désolé, monsieur Satterwhite. Et je vous en prie, envoyez-moi la facture.
ARIEL : Certainement pas. Je me charge de remplacer la robe. Retournez à votre place. *[Le Jeune s'en va.]*
LANCELOT : Merci, Ariel. Ne t'inquiète pas pour la robe de Mathilde. Je crois qu'elle l'a depuis un moment. En tout cas, tout cela est spectaculaire. On dirait que tu as réalisé la réplique exacte de l'intérieur de mon cerveau. En fait, j'ai vu qu'il s'agissait de Natalie et j'ai entraîné Mathilde ici, même si elle n'était pas très en forme. Natalie était une amie de fac, il fallait qu'on vienne. Quelle tragédie, cet accident. Je suis heureux que tu honores ainsi sa mémoire. À vrai dire, je pense que Mathilde ne s'est toujours pas complètement remise d'avoir quitté la galerie de façon si soudaine pour aller bosser dans ce site de rencontre, il y a toutes ces années.
ARIEL : Je savais qu'elle me quitterait un jour. Les meilleures de mes filles s'en vont toujours.
LANCELOT : Je crois que l'art lui manque. Dès que nous sommes en ville, elle me traîne dans les musées. Ce sera bien pour vous de reprendre contact.

ARIEL : On ne compte jamais trop de vieux amis. Quoi qu'il en soit, j'ai entendu certaines choses à ton propos. On m'a dit que tu avais fait un héritage incroyable. C'est vrai ?

LANCELOT *[prenant une profonde aspiration]* : Ma mère est morte il y a quatre mois. Non, cinq. C'est vrai.

ARIEL : Je suis sincèrement navré. Je ne voulais pas être irrespectueux, Lotto. Je savais que vous n'aviez plus de relations, j'ai parlé trop vite. Pardonne-moi je t'en prie.

LANCELOT : C'est exact, nous n'avions plus de relations. Je ne l'avais pas vue depuis des décennies. Excuse-moi. Je ne sais vraiment pas pourquoi je me mets dans cet état. Ça remonte à cinq mois. C'est assez pour le deuil d'une mère qui ne m'a jamais aimé.

CHOLLIE *[s'approchant]* : Si ta mère ne t'a jamais aimé, c'est parce que c'était une salope sans cœur.

LANCELOT : Salut Chollie ! Il est mal fait de sa personne, bossu, vieux, desséché ; sa figure est laide, sa chair est pire encore, informe en tout point ; il est retors, méchant, stupide, brutal, dénué de douceur, contrefait dans son corps et plus encore dans l'âme[1]. C'est mon meilleur ami.

CHOLLIE : Ton Shakespeare, tu peux te le mettre où je pense, Lotto. Putain, j'en ai ras le bol.

LANCELOT : Charles, sois remercié pour l'amour que tu me témoignes.

ARIEL : Je ne vous serais pas d'une grande aide en la matière. J'expire sur Shakespeare.

CHOLLIE : Oh, Ariel, bel effort, mon vieux. Tu as toujours été presque drôle.

---

1. Shakespeare, *La Comédie des erreurs*, acte IV, scène 2.

ARIEL : Étrange que vous disiez ça, Charles, car nous nous connaissons à peine. Vous m'avez acheté quelques tableaux, l'année dernière, mais cela ne suffit pas pour savoir mieux que moi qui je suis.

CHOLLIE : Toi et moi ? Oh, non, nous sommes de vieux amis. Je te connais depuis très longtemps. Tu ne t'en souviens pas, mais je t'ai vu à New York autrefois. C'était à l'époque où tu sortais avec Mathilde.

LANCELOT *[long silence]* : Tu sortais avec Mathilde ? Comment ça ?

CHOLLIE : Je n'étais pas censé dire ça ? Désolé. Oh, c'est de l'histoire ancienne. Vous êtes mariés depuis un million d'années, ça n'a plus d'importance. Ces petits-fours auront raison de ma volonté. Excusez-moi. *[Il part à la poursuite d'un serveur avec un plateau.]*

LANCELOT : À l'époque où tu sortais avec Mathilde.

ARIEL : Euh. Oui. Je croyais que tu savais que Mathilde et moi… on avait été ensemble.

LANCELOT : Ensemble ?

ARIEL : C'était une relation fondée sur un intérêt matériel uniquement, si ça peut te rassurer. Enfin, de sa part à elle.

LANCELOT : Un intérêt matériel ? Tu étais un mécène, c'est ça ? Ah, je vois ! Tu parles de la galerie. À l'époque où j'essayais de devenir acteur. Et où je multipliais les échecs, surtout. Oui, c'est vrai. Tu nous as aidés matériellement pendant des années, à l'époque, dieu merci. Est-ce que je t'ai jamais remercié pour ça ? *[Rire de soulagement.]*

ARIEL : Eh bien, non. En réalité, j'étais, eh bien, euh, j'étais son amant. Son petit ami. Nous avions un accord. Je suis navré. C'est très embarrassant. Je pensais que Mathilde et toi, vous n'aviez pas de secret l'un pour l'autre. Sinon, je n'aurais jamais rien dit.

LANCELOT : Nous n'avons pas. De secret. L'un pour l'autre.

ARIEL : Non, évidemment. Oh là là. Si cela peut te rassurer, il ne s'est jamais rien passé ensuite. Elle m'a brisé le cœur. Mais je suis à un million d'années de cela à présent. Ça n'a plus d'importance.

LANCELOT : Attends. Attends, attends, attends, attends, attends, attends.

ARIEL *[il se tait pendant un long moment, il est de plus en plus nerveux]* : Il faut que je retourne à…

LANCELOT *[il explose]* : Reste où tu es. Tu as vu Mathilde nue ? Tu as fait l'amour avec ma femme ? Du cul ? Vous avez eu une histoire de cul ?

ARIEL : C'est tellement vieux. Ça n'a plus d'importance.

LANCELOT : Réponds-moi.

ARIEL : Oui. Nous sommes restés ensemble pendant quatre ans. Écoute, Lotto, je regrette que ce soit une telle surprise pour toi. C'est entre toi et Mathilde à présent. Tu as gagné, elle est avec toi, je l'ai perdue. Il faut que je retourne auprès de mes invités. Je ne saurais te dire à quel point tout cela compte peu sur le long terme. Tu sais où me trouver si tu as besoin de parler. *[Exit.]*

[Lancelot demeure seul dans sa sphère de célébrité, la foule forme un cercle respectueux autour de lui, mais personne ne s'approche. Son visage est bleu dans la lumière.]

MATHILDE *[hors d'haleine, un rond transparent sur sa robe, là où le vin l'a tachée]* : Ah, te voilà.

On peut y aller ? Je n'arrive pas à comprendre comment tu as réussi à me convaincre de remettre les pieds dans cette galerie. Mon dieu, c'était bien le signe que nous n'aurions jamais dû venir. Par chance, c'est de la soie, et le vin n'a pas pénétré... Lotto ? Lotto Satterwhite. Lotto ! Ça va ? Hou, hou ! Mon amour ? *[Elle touche son visage.]*
[Il la regarde, comme s'il était à une très haute altitude.]
MATHILDE *[d'une voix qui se fait murmure]* : Mon amour ?

10

Crépuscule. Maison dans les dunes, comme un escargot de mer rejeté par les flots. Des pélicans, tête baissée contre le vent. Une tortue gaufrée sous les palmiers nains.

À la fenêtre, Lotto.

Il était en Floride. En Floride ? Dans la maison de sa mère. Comment il s'était retrouvé là, il n'en avait pas la moindre idée.

« Manman ? » appela-t-il. Mais sa mère était morte depuis six mois.

Les lieux exhalaient encore son odeur, talc et rose ; la poussière, fine peau grise recouvrant le chintz et les figurines de porcelaine Lladró ; et puis le moisi, relents d'aisselles de la mer.

Réfléchis, Lotto. Dernier souvenir. Chez lui, le clair de lune baignant la surface de son bureau, les doigts osseux des arbres hivernaux cueillant les étoiles dans le ciel. Des papiers épars. La chienne respirant de son souffle rauque sur ses pieds. À l'étage du dessous, sa femme endormie, sa chevelure, une aigrette blond-blanc sur l'oreiller. Il lui avait touché l'épaule et il avait grimpé jusqu'à son bureau, des traces de la chaleur de Mathilde encore au creux de sa main.

Une bulle sombre était lentement remontée en lui, ce malaise entre eux, leur grand amour avarié. Cela l'avait rendu furieux. Sa colère voilait tout ce qu'il voyait.

Depuis un mois il était sur la corde raide, hésitait entre rester auprès d'elle ou la quitter. C'était épuisant de se maintenir en équilibre, de se demander où il tomberait, le cas échéant.

Son boulot, c'était de raconter des histoires ; il savait qu'un mot de travers pouvait faire s'écrouler tout un édifice. [Une femme bien ! Une femme juste ! Une femme douce !] Pendant vingt-trois ans, il avait cru avoir rencontré une jeune fille aussi pure que la neige, une jeune fille triste et solitaire. Il l'avait sauvée. Deux semaines plus tard, ils s'étaient mariés. Hélas, telle une pieuvre des profondeurs, l'histoire s'était retournée. Sa femme n'était pas pure. Elle avait été la maîtresse d'un autre. Une femme entretenue. Par Ariel. Ça n'avait aucun sens. Soit c'était une pute, soit Lancelot était cocu ; lui, qui lui avait toujours été fidèle.

[Tragédie, comédie. Tout est question de point de vue.]

Il sentit le froid de décembre s'immiscer par la fenêtre. Combien de temps ce crépuscule durerait-il ? Le temps ne se comportait pas ainsi qu'il s'y attendait désormais. Pas âme qui vive sur la plage. Où étaient passés les vieux en balade, les promeneurs de chien, ceux qui erraient, un peu bourrés, les amateurs de couchers de soleil, les lotophages ? Disparus. Le sable, fait inexplicable, était lisse, pareil à de la peau. Il sentit sa peur grandir. Il s'enfonça dans la maison pour allumer la lumière.

Les lampes étaient mortes, elles aussi. Comme sa mère.

Pas d'électricité ; pas de téléphone. Il baissa les yeux. Il portait un haut de pyjama. Pas de bas. Ce détail eut sur lui l'effet d'un fusible. Il entendit le court-circuit. La panique en lui s'éteignit.

Il se vit courir à travers la petite maison, à croire qu'il s'observait d'en haut. Il inspecta les placards. Se rendit dans la chambre de Sallie, vidée après la mort d'Antoinette.

Pendant ce temps, dehors, le soleil se couchait, les ombres sortaient des flots sur leurs pattes rapides d'amphibiens, avançant vers le golfe, par le canal Intracoastal Waterway, la St John River, les sources froides et les marais remplis d'alligators, les fontaines teintes en turquoise dans les lotissements bon marché en semi-faillite. Par-dessus la mangrove, les lamantins, les clams dans leur lit, fermant un par un leur petite bouche dure, tel un chœur à la fin d'une chanson. Là, les ombres plongèrent en profondeur dans les eaux du golfe pour rouler dans la double obscurité sous-marine vers le Texas.

« Mais putain, qu'est-ce qui se passe ? » demanda-t-il à la maison de plus en plus obscure. C'était la première fois de sa vie qu'il jurait ; il l'avait gagné, ce gros mot. La maison ne lui répondit pas.

Devant la chambre de sa mère, une lampe torche à la main. Qui sait ce qu'il allait y trouver. Sallie et Rachel parlaient d'accumulation compulsive. De folies nocturnes, durant lesquelles Antoinette achetait tout se qui se présentait au télé-achat. La vieille chambre de Lotto remplie de bains de pieds encore emballés, de montres aux bracelets interchangeables. « Ouvre la porte de ton ancienne chambre et tu mourras enseveli sous une avalanche consumériste à l'américaine », avait dit Rachel. Le peu d'argent que s'octroyait Antoinette, claqué dans des conneries.

« Tu veux qu'on nettoie la maison ? » avait-il demandé au téléphone, le matin de la mort de sa mère. Ils avaient tenu bon malgré les larmes et le récit de Sallie : elle s'était levée en pleine nuit pour aller chercher de l'eau et elle avait trouvé l'énorme Antoinette gisant au beau milieu de la pièce.

« Nan. Laisse. La maison finira bien par brûler », avait sombrement décrété tante Sallie. Elle avait annoncé son désir de voyager à travers le monde. Elle avait hérité de l'argent de son frère. Elle n'avait aucune raison de rester là.

« Heureusement que manman était allergique aux animaux, avait dit Lotto. Il aurait pu y avoir des chats. Une odeur de pisse à t'en faire venir les larmes aux yeux, tout du long jusqu'à la plage.

— Des chats écrasés sous les cascades de caisses, avait ajouté Sallie.

— Ah ! Un herbier de chats aplatis. Un bouquet. Encadré, accroché au mur. *Memento miaouri.* »

Il reprit sa respiration et ouvrit la porte de la chambre.

Tout était propre. Un couvre-lit à fleurs, une fuite du matelas d'eau dessinant une auréole brune sur le sol. Au-dessus de la tête de lit, un Jésus vert sur la croix. Oh, quelle triste existence. Oh, sa pauvre mère. Comme un personnage de Beckett. Une femme semblable à un poisson rouge qui aurait grossi jusqu'à occuper tout l'espace de son bocal ; seule issue possible, un bond dans l'éternité.

Une main froide traversa la poitrine de Lotto. Une moitié du visage de sa mère s'éleva à travers la table de chevet : un œil énorme derrière des lunettes, une joue, une demi-bouche.

Il hurla et lança la lampe torche, le faisceau lumineux pirouetta deux fois, il y eut un bruit de verre cassé, et la lumière se stabilisa en travers du lit, éblouissant Lotto. Il découvrit un journal intime à couverture blanche. De la monnaie éparpillée. Les lunettes de sa mère. Un verre d'eau. Sans doute disposés pour créer une illusion d'optique. Mais c'était tellement net, cela ressemblait tant à Antoinette, impossible de s'y tromper, même avec un seul œil. Il frissonna, fouilla les tiroirs pour y dénicher de l'argent afin de pouvoir rentrer chez lui [rien que des flacons de pilules vides, par centaines], et fuit de nouveau à la cuisine.

Debout à la fenêtre. Incapable de bouger.
Un froissement dans la pièce, derrière lui. La chose arrivait, rapide et assurée. Lotto était toujours immobile. Il sentit un visage contre sa nuque. Un visage au souffle froid. Dans la spirale du temps, celui-ci demeura là des décennies. Enfin, il se retira.
« Qui est là ? » interpella-t-il dans le néant.
Il dut forcer la porte-fenêtre pour l'ouvrir, et la maison s'emplit d'un vent froid et cinglant. Le bruit ressuscita. Il sortit sur le balcon et s'appuya à la rambarde, la tête au vent. Quand il leva les yeux, il comprit pourquoi le monde lui paraissait si éteint.
Le ciel, en proie à d'étranges tourments, était d'un noir violacé. Les costumiers tueraient leurs concurrents pour mettre la main sur pareille nuance. Avec une telle couleur, on faisait son entrée en scène telle l'incarnation de l'autorité, déjà Lear ou Othello avant d'avoir prononcé le moindre mot.
Mais c'était la mer, surtout, qui n'était pas normale.
Elle était figée. Les vagues enflaient si lentement qu'il était difficile de définir quand elles se brisaient.

Cette Floride-là n'était pas la Floride. Plus étrange que vraie.

Il s'agissait d'un cauchemar dont il ne parvenait pas à se réveiller, il en était convaincu à présent.

Un instant, on avait la situation bien en main, l'instant d'après, tout vous échappait. Il se retrouva au milieu du caillebotis, pieds nus, la terreur s'abattant sur ses épaules. Plongé dans l'obscurité, au milieu de minuscules grenouilles suspendues à mi-bond à quelques centimètres du sol, au-dessus des dunes défigurées par les plantes rampantes, les palmiers et les trous de serpents. Le glissement du sable sur ses pieds le calma. Il ralentit, puis s'arrêta. Respira. La lune était là, comme s'il l'avait invoquée, rougeoyante. Capricieuse, inconstante, son orbe circulaire changeant au fil du mois.

Les appartements et les maisons alignés qui auraient dû être illuminés ne l'étaient pas. Il y regarda de plus près. Non, tout avait disparu, à croire qu'une main géante avait balayé le rivage.

« Au secours ! » cria-t-il à la face d'une rafale.

« Mathilde ! » appela-t-il.

C'était à la Mathilde des premiers temps de l'amour qu'il s'adressait, celle de la fin de leurs études, de leur première semaine sans sexe passée dans son lit sur Hooker Avenue, au-dessus du magasin d'antiquités. Le grattement de ses jambes pas épilées, ses pieds froids, le goût de cuivre de sa peau. À la lumière du jour, elle marchait vêtue de sa robe bain de soleil, laissant les hommes bouche bée dans son sillage. Sa solitude était une île sur laquelle il s'était échoué. La deuxième nuit qu'il avait passée avec elle, il avait découvert au réveil une chambre étirée par endroits, rétrécie à d'autres, de curieux éclats de lumière grise scintillant sur les murs, une étrangère à ses côtés. La peur l'avait envahi. Quelquefois, par la suite, au fil des années, il s'était réveillé dans une chambre qui était la sienne, mais qui au fond ne l'était pas, et, dormant auprès de lui, une femme dont il ne savait rien. En cette première nuit de terreur, il s'était levé et était parti courir, comme pourchassé par la peur, revenant à l'aube à l'appartement de Mathilde au-dessus du magasin d'antiquités, avec du café chaud dont l'odeur avait tirée celle-ci du sommeil. C'était seulement quand elle lui avait souri qu'il s'était détendu. Mathilde était là, dans l'aurore, la femme parfaite, à la mesure de ses désirs. [L'existence aurait été différente si Lotto avait obéi à la peur : ni gloire ni pièces de théâtre ; mais la paix, la facilité, l'argent. Pas de vie brillante ; mais des enfants. Laquelle valait le mieux ? Il ne nous appartient pas de le dire.]

Il était assis sur la dune depuis des lustres. Le vent était si froid. La mer si étrange. Au loin, des icebergs de détritus de la taille du Texas. Tourbillon de bouteilles, de tongs, de garde-boue, doggie bags, boas, têtes d'animaux gonflables, têtes de poupons, perruques, lignes de pêche, attaches en plastique, flacons d'antibiotiques, faux cils, clés, pneus de vélo, livres invendus, seringues à insuline, sachets de cacahuètes, sacs à dos, rubans utilisés par la police, cadavres de poissons, cadavres de tortues, cadavres de dauphins, de baleines, d'oiseaux de mer, d'ours polaires, tout un nœud grouillant de mort.

Pieds déchirés par les coquillages. Il avait perdu son haut de pyjama. Il ne portait plus que son caleçon pour se protéger des éléments.

Il donnerait sa fortune pour apaiser le dieu en colère qui l'avait amené ici. [Quelle plaisanterie ! L'argent, c'est pour les fous.] Puis il donnerait son travail, songeait-il. Sa gloire. Ses pièces, enfin, sauf *Les Sirènes*. Si, même la dernière, sa toute nouvelle pièce, sa préférée, l'histoire du moi profond des femmes, c'était la meilleure, il le sentait. Oui, même *Les Sirènes*. Prenez son théâtre et il mènera une vie humble, ordinaire. Prenez tout, mais qu'il puisse revenir vers Mathilde.

Étincelles de lumière à la périphérie de son champ de vision, ce qui laissait en général présager une migraine. Les étincelles se rapprochèrent, s'agrégèrent en soleil dans l'arbre à kumquats du jardin de Hamlin. Rayons de soleil obliques à travers la mousse espagnole ; à la lisière de la pelouse, une vigne vierge, et sous la vigne vierge, la maison de ses ancêtres retournant à la terre de Floride, menacée par la mastication de millions de mâchoires de termites ou la gueule béante d'une tornade. Dans l'ombre de la plante grimpante miroitaient les dernières fenêtres.

Derrière Lotto se trouvait la demeure de planteur construite par son père et que sa mère avait vendue un an et un jour après la mort de Gawain pour les emmener vivre dans sa triste petite maison sur la plage. Dans l'univers confus de son enfance, son père se tenait de l'autre côté de la piscine. Il regardait Lotto avec tendresse.

« Papa, murmura Lotto.

– Mon fils », répondit Gawain. Oh, l'amour de son père. Le plus doux que Lotto eût connu.

« Aide-moi, dit Lotto.

– J'peux pas. Désolé, mon fils. Peut-être que ta maman pourra. C'était elle la plus intelligente de nous deux.

– Ma mère était tout sauf intelligente.

– Surveille ta langue. Tu n'as aucune idée de tout ce qu'elle a fait pour toi.

– Elle n'a rien fait. Elle n'aimait personne d'autre qu'elle-même. Je ne l'ai pas vue depuis les années 80.

– Mon fils, tu vois les choses de manière biaisée. Elle t'aimait trop. »

L'eau de la piscine ondula ; Lotto baissa les yeux. Elle était brun-vert, fangeuse, sa surface recouverte de feuilles de chêne. Une blancheur émergea, comme un œuf, c'était le front de sa mère. Elle souriait. Elle était jeune et belle. Ses cheveux roux s'étalaient à la surface, mêlés de feuilles dorées. Elle recracha un liquide sombre.

« Manman », dit-il. Lorsqu'il leva les yeux, son père n'était plus là. De nouveau, cette vieille douleur dans ses entrailles.

« Chéri. Que fais-tu là ?

– À toi de me le dire. Je veux juste rentrer chez moi.

– Auprès de cette femme qui est la tienne. Mathilde. Je ne l'ai jamais aimée. Je me trompais. On ne comprend ces choses que lorsqu'on est mort.

– Non, c'est toi qui avais raison. C'est une menteuse.

– Quelle importance. Elle t'a aimé. C'était une bonne épouse. Elle a su rendre ta vie belle et calme. Elle payait les factures. Tu n'as jamais eu à t'inquiéter de rien.

– Nous avons été mariés pendant vingt-trois ans et elle ne m'a jamais dit qu'elle avait été pute. Ou adultère. Ou les deux. Difficile à dire. Sacré mensonge par omission.

– Sacré ego que le tien. C'est affreux que tu n'aies pas été le seul homme pour elle. Cette femme a récuré tes toilettes pendant vingt-trois ans et tu lui en veux pour la vie qu'elle a menée avant de te connaître.

– Mais elle m'a menti.

– Je t'en prie. Le mariage est un tissu de mensonges. Gentils, pour la plupart. Des omissions. Si tu devais exprimer ce que tu penses au quotidien de ton conjoint, tu réduirais tout en miettes. Elle n'a jamais menti. Elle s'est contentée de ne pas en parler. »

Grondement ; le tonnerre sur Hamlin. Le soleil s'assombrit, ciel de feutre gris. Sa mère plongea, et son menton sombra dans la fange.

« Ne t'en va pas, supplia-t-il.

– Il est temps.

– Comment puis-je rentrer chez moi ? »

Elle toucha son visage. « Pauvre chéri », dit-elle, et elle fut engloutie par l'eau.

Il essaya de revenir vers sa femme par un intense travail d'imagination. À présent, Mathilde devait être seule dans la maison avec God. Cheveux foncés parce qu'ils étaient sales, visage tiré. Elle devait commencer à sentir. Du bourbon en guise de dîner. Elle se serait assoupie dans son fauteuil préféré, près de la cheminée aux cendres froides, les portes de la véranda ouvertes à la nuit pour que Lotto puisse rentrer. Lorsqu'elle dormait, les paupières de Mathilde étaient translucides, et Lotto était toujours persuadé que s'il se concentrait assez, il verrait ses rêves battre comme des méduses dans son cerveau.

Il aurait aimé pénétrer plus profond en elle, s'asseoir sur le siège de son os lacrymal et, minuscule homoncule semblable à un cow-boy de rodéo, le chevaucher pour comprendre ses pensées. Oh, mais cela serait redondant. Leur tranquille intimité quotidienne le lui avait appris. Paradoxe du mariage : on ne connaît jamais entièrement quelqu'un ; on connaît entièrement quelqu'un. Il anticipait la manière dont elle racontait les blagues, sentait la chair de poule sur ses bras quand elle avait froid.

Elle se réveillerait bientôt en sursaut. Sa femme, qui ne pleurait jamais, pleurerait. Visage caché dans ses mains, elle attendrait dans le noir le retour de Lotto.

La lune, un nombril, la lumière sur l'eau, un chemin de cheveux fins menant droit à Lotto.

Venant vers lui sur ce chemin, toutes les filles qu'il avait connues avant Mathilde. Si nombreuses. Nues. Radieuses. La sœur de Chollie, Gwennie, la première, à quinze ans, les cheveux en pétard. Des filles de pensionnats chics très propres sur elles, la fille du doyen, des filles de la ville, de l'université : des seins pareils à des *boules** de pain, des poings, des balles de squash dans des chaussettes de sport, des œils-de-bœuf, des marrons, des tasses, des museaux de souris et des morsures de tique, des ventres et des croupes, glorieux, tous magnifiques aux yeux de Lotto. Quelques garçons minces, son professeur de théâtre. [Détourne les yeux.] Tous ces corps ! Des centaines ! Il s'enfouirait dessous. Vingt-trois ans de fidélité à Mathilde. Sans regret, son corps se roulerait dans cette mer de chair, tel un chien dans l'herbe fraîche et nouvelle.

Cela servirait sa femme. Les mettrait à égalité. Ensuite, il pourrait retourner vers elle, vengé.

Mais il ne pouvait pas. Il ferma les yeux et se boucha les oreilles. Le sable dur contre son coccyx. Il les sentit passer près de lui, des doigts le frôlaient, semblables à des plumes sur sa peau. Il compta lentement jusqu'à mille après la dernière fille, puis regarda le chemin depuis la lune, extension de l'eau figée, sable foulé en une longue ligne.

L'eau était le seul chemin pour retourner vers Mathilde, décida-t-il. Il nagerait à rebrousse-temps.

Il ôta son caleçon et entra dans l'océan. En touchant l'eau, ses pieds déclenchèrent des décharges électriques, tels des éclairs. Il observa, fasciné, ces fulgurances qui s'égaillaient dans les profondeurs et lentement disparaissaient. Conduction saline. Chaque fois que le phénomène s'évanouissait, Lotto recommençait. Il inspira, plongea dans l'eau et se mit à nager, admirant l'effet de phosphorescence quand ses bras crevaient la surface. La lune l'attirait vers elle. Ce n'était pas difficile de nager dans l'eau calme, même s'il devait franchir les crêtes de vagues pareilles à des ondulations de la terre. Poches de chaleur, de froid, toujours éblouissantes. Il s'éloigna en battant des jambes, sentant une bonne fatigue l'envahir. Il nagea jusqu'à ce que ses bras le brûlent, que ses poumons soient salés, puis il nagea encore.

Il s'imagina croiser des bancs de poissons immobiles. Il songeait aux galions qui se trouvaient sous lui, naufragés dans la vase constellée de lingots. Des abysses aussi profonds que le Grand Canyon, par-dessus lesquels il volait comme un aigle sur un ciel aquatique. Au fond de ces canyons, des rivières de boue, des créatures gluantes et le soudain éclat de leurs dents. Il se représenta dans les profondeurs une énorme créature marine, déployant ses bras pour s'emparer de lui, mais il était visqueux, fort, et il s'échappa.

Il nageait depuis des heures, si ce n'est des jours. Des semaines.

Il n'en pouvait plus. Il s'arrêta. Il se retourna sur le dos et coula. Il vit le doux coton de l'aube nettoyer le visage de la nuit. Il ouvrit la bouche, comme pour manger le jour. Il se noyait, et au cœur de la noyade lui vint une vision glorieuse, éclatante.

Il était minuscule, polype de sa mère, encore attaché à elle par le lait et la chaleur. Vacances à la mer. Une fenêtre ouverte, les vagues crépitant au-dehors. [Antoinette, à jamais liée à l'océan, océan qui saisissait ce dont il pouvait s'emparer, l'attirait à lui, avant de recracher les coquilles et les os.] Elle chantonnait. Les stores vénitiens étaient baissés, projetant sur elle des rayures de lumière. Ses magnifiques cheveux lui arrivaient aux hanches. Il y a peu, elle était encore sirène, d'ailleurs elle l'était toujours avec sa peau douce, pâle, humide. Elle fit glisser lentement une bretelle. Sur son épaule, son bras. Puis l'autre. À présent sur sa poitrine, coucou, les voilà, rose tendre comme des escalopes de poulet, ensuite sur son ventre blanc avec sa chapelure de sable. Sur son pubis aux boucles luxuriantes, le long des colonnes blanches de ses jambes. Elle était si mince autrefois. Superbe. Depuis son nid de serviettes, Lotto, tout petit, regardait sa mère aux anneaux d'or et comprit quelque chose. Elle était là-bas ; il était ici. En réalité, ils n'étaient pas liés. Ils étaient deux, ce qui signifiait qu'ils ne faisaient pas qu'un. Ce moment avait été précédé d'un long sommeil tiède, d'abord dans le noir, puis envahi peu à peu de lumière. Maintenant, il était éveillé. Cette affreuse séparation s'échappa de lui dans un hurlement. Sa mère fut tirée de sa rêverie. *Chut, mon petit*, dit-elle en venant vers lui, en le prenant contre sa peau froide.

Un jour, elle avait cessé de l'aimer. [Il ne pouvait pas savoir.] C'était le grand chagrin de sa vie. Mais peut-être qu'à ce moment-là, elle l'aimait vraiment.

Il sombra jusqu'à s'échouer au fond de l'océan. Volutes de sable. Il ouvrit les yeux. Son nez était à peine sous l'eau, où ce qui restait de lune chevauchait la crête d'une vague immobile. Il posa les pieds sur le sol et poussa, alors son corps se dressa hors de l'eau, jusqu'aux cuisses.

Pareil à un chien qui l'aurait suivi, le rivage était à trois mètres derrière lui.

Le jour se leva d'abord sur les nuages. Le bétail doré du soleil. Au moins jouirait-il de ce réconfort. La plage s'étendait, parfaite, les dunes noires de feuillage. Pures de tout contact humain. L'histoire, pendant la nuit, était revenue à son commencement.

Un jour, il avait lu que le sommeil a le même effet sur le cervelet que les vagues sur l'océan. Le sommeil déclenche une série de pulsations qui parcourent les réseaux de neurones comme des vagues ; elles emportent avec elles tout ce qui est inutile, ne laissant derrière elles que l'essentiel.

[Maintenant, il savait clairement de quoi il s'agissait. Son héritage familial. L'ultime salve aveuglante du cerveau.]

Il voulait rentrer chez lui. Auprès de Mathilde. Il voulait lui dire qu'il lui pardonnait tout. Qu'est-ce que ça pouvait bien faire, ce qui s'était passé autrefois, avec d'autres ? Mais tout ça avait disparu. Lui aussi, bientôt, aurait disparu.

Il aurait aimé la connaître dans la vieillesse. Il songea combien elle aurait été belle.

Pas de soleil, rien qu'un or mat. La marée proche du rivage. La maison rose de sa mère. Trois oiseaux noirs perchés sur le toit. Il avait toujours adoré l'odeur de baise fraîche de l'océan. Il sortit de l'eau et s'en vint nu sur la plage, par le caillebotis, dans la maison de sa mère, puis sur le balcon.

Il demeura face à l'aurore pendant ce qui lui parut des années.

[Le fil de la chanson a été tiré jusqu'à la bobine, Lotto. Nous allons chanter la fin pour toi.]

Regarde, à présent. Au loin, quelqu'un vient.

De plus près, ils sont deux, main dans la main, de l'écume jusqu'aux chevilles. L'aube dans leurs cheveux. Blonde, bikini vert ; grand, rayonnant. Ils s'embrassent, elle a les mains dans son caleçon de bain, lui dans son soutien-gorge. Qui n'envierait une telle jeunesse, qui, à voir cela, ne pleurerait ce qui est perdu. Ils arrivent dans les dunes, elle le pousse par-derrière pour grimper. Observe-les depuis le balcon, retiens ton souffle, tandis que ce couple s'arrête dans un doux creux sablonneux protégé par les dunes. Elle lui baisse son maillot ; il lui retire le sien, haut et bas. Oh oui, tu retournerais auprès de ta femme à quatre pattes, tu ramperais jusqu'à la côte Est pour sentir de nouveau ses doigts dans tes cheveux. Tu n'es pas digne d'elle. [Si. [Non.]] Même alors que tu songes à fuir, tu es captivé par ces amants, tu n'oses plus bouger de peur qu'ils s'envolent comme des oiseaux dans le ciel gonflé. Ils se rapprochent l'un de l'autre et il est difficile de dire où commence l'une et où finit l'autre : mains dans les cheveux, chaleur contre chaleur, dans le sable, les genoux rougis de l'une relevés, le corps de l'autre en mouvement. Il est temps. Quelque chose d'étrange se produit, bien que tu ne sois pas prêt, des choses se télescopent ; tu as déjà vu ça, tu as senti son souffle dans ta nuque, sa chaleur sous toi, et l'humidité froide du jour dans ton dos, cette chose qui te dépasse, sensation de franchissement, le désir qui atteint son point culminant [jouis !]. La lèvre mordue jusqu'au sang, qui finit dans un rugissement, et les oiseaux fusent, écroulement dans le repli rose d'une oreille. Pièce de soleil dentelée sur l'eau. Visage tourné vers le ciel : est-ce de la bruine ? [Oui.] Léger bruit de ciseaux qui tranchent. À peine le temps de percevoir cette beauté vertigineuse, et la voilà. La séparation.

FURIES

1

Un jour où Mathilde se trouvait dans une rue du village où ils avaient été si heureux, elle entendit une voiture pleine de garçons arriver derrière elle. Ils lui crièrent des obscénités. À propos d'une partie de leur anatomie qu'ils lui suggéraient de sucer. De ce qu'ils aimeraient faire à son cul.

Le choc se transforma soudain en une onde de chaleur, comme si elle avait bu un whiskey d'un trait.

C'est vrai, pensa-t-elle. J'ai toujours un cul parfait.

Mais quand la voiture parvint à la hauteur de son visage, les garçons se turent. Elle les vit au passage, pâles. Un coup d'accélérateur, et ils disparurent.

Un mois plus tard, au moment de traverser une rue à Boston, quelqu'un l'appela, et elle se rappela cet incident. Une petite femme se précipita vers elle. Mathilde ne savait plus qui c'était. Elle avait les yeux humides, des mèches rousses qui lui tombaient autour des oreilles. Le ventre mou : une pondeuse. À en juger par ce qu'elle voyait, quatre petites filles BCBG habillées en Lilly Pulitzer l'attendaient à la maison, gardées par une jeune fille au pair.

L'inconnue poussa un petit cri en s'arrêtant à deux pas de Mathilde. Celle-ci porta les mains à son visage : « Je sais. J'ai pris un coup de vieux depuis que mon mari… »

Elle ne put finir sa phrase.

« Non, répondit l'autre. Tu es toujours élégante. C'est que... Tu as l'air tellement en colère, Mathilde ! »

Plus tard, Mathilde se souvint enfin de cette femme : Bridget, elles étaient dans la même classe à l'université. Elle eut alors aussi un retour de culpabilité. Le temps, cependant, en avait effacé la raison.

Elle inspira profondément, examina la valse des mésanges sur le trottoir et le soleil à travers les feuilles mortes. Quand elle releva les yeux, l'autre fit un pas en arrière. Un second.

Lentement, Mathilde rétorqua : « En colère. C'est sûr. À quoi bon le cacher, maintenant ? »

Puis elle baissa la tête et poursuivit son chemin.

Des décennies plus tard, quand elle serait vieille, prenant son bain dans une baignoire en céramique montée sur des pattes de lion, le corps bienheureusement immergé, elle songerait que sa vie pouvait être dessinée sous la forme d'un X. Ses pieds en V, talons joints, et se réfléchissant dans l'eau.

Depuis l'étendue terrifiante de l'enfance, sa vie s'était concentrée en un point brûlant dans la maturité de l'âge. De là, elle s'était de nouveau ouverte dans une explosion.

Elle écarta les pieds, si bien que ses talons ne se touchaient plus. Le reflet l'imita.

À présent, sa vie semblait avoir pris une forme différente, égale et opposée à la première. [Complexe, notre Mathilde ; elle supporte les contradictions.]

Maintenant, sa vie s'apparentait à ça : supérieure à, espace, inférieure à.

Ils avaient tous les deux quarante-six ans lorsque le mari de Mathilde, le célèbre dramaturge Lancelot Satterwhite, quitta celle-ci.

Il s'en alla dans une ambulance, sans sirène. Enfin, pas lui. Son cadavre froid.

Elle téléphona à la sœur de Lancelot, Rachel. Celle-ci hurla, hurla, et quand elle s'arrêta, elle dit à Mathilde d'un ton féroce : « Mathilde, on arrive. Accroche-toi, on sera bientôt là. » La tante de Lancelot, Sallie, était en voyage, elle n'avait pas laissé de coordonnées où on puisse la joindre, si bien que Mathilde appela son avocat. À la minute où elle raccrochait, Sallie lui téléphonait de Birmanie. « Mathilde. Attends-moi, ma chérie, j'arrive. »

Elle appela le meilleur ami de son mari. « Je saute dans mon hélico, répondit Chollie. J'arrive. »

Ils allaient lui tomber dessus sans tarder. Pour l'instant, elle était seule. Debout sur un rocher dans le pré, vêtue d'une chemise appartenant à son époux, observant l'aube qui frappait le givre, prismatique. Dans ses pieds, elle sentait une douleur monter de la pierre froide. Depuis environ un mois, quelque chose rongeait son mari. Il promenait son humeur lugubre à travers la maison, la regardait à peine. C'était comme si son rivage s'était éloigné d'elle, mais elle savait que, pareil à la marée, il reviendrait vers elle en temps voulu. Un battement se rapprochait, le vent se mit à tourbillonner, elle ne se retourna pas pour voir l'hélicoptère se poser, mais se pencha pour contrebalancer la force glaciale du souffle. Quand les pales ralentirent, elle entendit la voix de Chollie à ses côtés.

Elle baissa les yeux vers lui. Chollie le grotesque, pourri par l'argent, si riche qu'on aurait dit une poire trop mûre devenue blette. Vêtu d'un jogging. Elle l'avait réveillé, comprit-elle. Il dut se protéger les yeux pour pouvoir la regarder.

« C'est fou, dit-il. Il faisait du sport tous les jours. C'est moi, avec mon gros cul, qui aurais dû partir le premier.

– Oui », acquiesça-t-elle. Il tenta de la prendre dans ses bras. Elle pensa à l'ultime chaleur de son mari que sa peau avait absorbée et l'arrêta. « Non.

– Très bien. »

Le pré redevint net. « Quand on a atterri, je t'ai vue debout, plantée là. Tu avais l'air d'avoir le même âge que lorsque je t'ai rencontrée. Si fragile. Tu rayonnais à l'époque.

– Je me sens vieille, maintenant. » Elle n'avait que quarante-six ans.

« Je sais.

– Tu ne peux pas savoir. Tu l'aimais, toi aussi. Mais tu n'étais pas sa femme.

– Non, c'est sûr. Mais j'avais une sœur jumelle, qui est morte. Gwennie. » Il détourna les yeux, puis ajouta d'une voix froide : « Elle s'est tuée à dix-sept ans. »

La bouche de Chollie se tordit. Mathilde posa la main sur son épaule.

« Ce n'est pas à toi… », dit-il très vite, et elle comprit qu'il voulait dire que son chagrin tout neuf était beaucoup plus ardent que le sien, que c'était elle qu'on devait réconforter à présent. Elle sentait que la souffrance arrivait, elle faisait déjà trembler le sol autour d'elle, comme un train lancé à pleine vitesse, mais elle ne l'avait pas encore fauchée. Il lui restait un peu de temps. Elle savait apporter son aide aux autres ; c'était même ce qu'elle savait faire le mieux. Être une épouse.

« Je suis désolée. Lotto ne m'a jamais dit que Gwennie s'était suicidée.

– Il ne le savait pas. Il croyait que c'était un accident », répondit Chollie, ce qui ne parut pas étrange aux oreilles de Mathilde, là, dans ce pré inondé de la lumière d'hiver. Cela ne lui paraîtrait pas étrange pendant les mois qui suivraient, car l'horreur serait là, qui la labourerait, et pendant très longtemps, elle n'éprouverait rien d'autre que sa force indomptable et stridente.

« Mais peu à peu nous découvrons que le rire clair de celui-là nous ne l'entendrons plus jamais, nous découvrons que ce jardin-là nous est interdit pour toujours. Alors commence notre deuil inévitable […]. »
C'est Antoine de Saint-Exupéry qui a écrit cela. Lui aussi s'était écrasé dans le désert, alors qu'un moment plus tôt, un grand ciel bleu s'ouvrait devant lui.
« Où sont les hommes ? reprit enfin le Petit Prince. On est un peu seul dans le désert…
– On est seul aussi chez les hommes », dit le serpent.

Les proches faisaient surface comme des carpes, mastiquant l'air autour d'elle avant de replonger dans les profondeurs.
On l'installa dans un fauteuil avec une couverture. God était assise dessous, tremblante.
Ses proches passèrent la journée à se pencher vers elle, à s'éloigner. Les nièces et le neveu de Lotto lui grimpèrent dessus pour poser leurs joues sur ses genoux. De la nourriture fut aussi déposée sur ses genoux, puis retirée. Les enfants demeurèrent là pendant tout ce long après-midi. Ils la comprenaient d'instinct, trop jeunes encore en ce monde pour être à l'aise avec les mots. La nuit, soudain, à la fenêtre. Elle restait assise, encore et encore. Elle réfléchissait à ce que son mari avait pu penser au moment où il était mort. Peut-être à un éclat

de lumière. À l'océan. Il avait toujours aimé l'océan. Elle espérait qu'il avait vu son visage à elle, son visage d'autrefois, venir vers lui. Samuel glissa un bras sous le sien, la sœur de Lotto l'imita de l'autre côté, ils la couchèrent dans son lit, encore empreint de son odeur à lui. Elle enfouit le visage dans son oreiller. Elle gisait.

Elle ne pouvait rien faire. Tout son corps s'était recroquevillé vers l'intérieur. Mathilde était devenue un poing serré.

2

Mathilde avait déjà connu le deuil. Ce vieux loup était déjà venu renifler autour de sa maison.

Elle avait une photo d'elle quand elle était toute petite.

Elle s'appelait alors Aurélie. De bonnes joues, des cheveux d'or. Enfant unique issue d'une vaste famille bretonne. Des barrettes retenaient ses mèches, foulard autour du cou, chaussettes bordées de dentelle. Ses grands-parents la nourrissaient de galettes, de cidre, de caramel au beurre salé. Des camemberts s'affinaient dans le buffet de la cuisine. Ça vous sautait à la gorge quand vous l'ouvriez par mégarde.

Sa mère était poissonnière sur les marchés à Nantes. Elle se levait en pleine nuit pour aller travailler et rentrait en milieu de matinée, les mains gercées, miroitante d'écailles, envahie jusqu'aux os par le froid à force d'être en contact avec la glace. Elle avait des traits délicats, mais aucune instruction. Son mari l'avait séduite avec son blouson de cuir, sa coupe à la Elvis et sa moto. Ce n'était pas grand-chose pour engager toute une vie, mais à l'époque, le charme s'était avéré puissant. Le père d'Aurélie était maçon, sa famille vivait dans la même maison à La Chapelle-de-l'Estuaire depuis douze générations. Aurélie fut conçue en plein Mai 68 ; ses parents étaient loin d'être révolutionnaires, mais il y avait dans l'air une telle excitation qu'ils ne parvenaient à l'exprimer que de manière animale. Quand il devint impossible de dissimuler la grossesse de la jeune femme, ils se marièrent, elle portait des fleurs d'oranger dans ses cheveux, il y avait un gâteau à la noix de coco dans le frigo.

Le père d'Aurélie était un homme tranquille qui aimait peu de chose. Les pierres qu'il posait les unes sur les autres, le vin qu'il fabriquait dans son garage, Bibiche, sa chienne de chasse, sa mère qui avait survécu à la Seconde Guerre mondiale en vendant du boudin au marché noir, et sa fille. Elle était trop gâtée, cette petite fille heureuse qui aimait chanter.

Mais lorsque Aurélie eut trois ans, un nouveau bébé arriva. C'était une créature agitée et bruyante. Pourtant, on le choyait, ce navet fripé, niché dans ses couvertures. Aurélie observait tout de sous une chaise, bouillant de rage.

Le bébé fut pris de coliques et la maison maculée de vomi. La mère d'Aurélie arpentait les pièces, comme anéantie. Quatre tantes qui sentaient le beurre vinrent à la rescousse. C'étaient des commères vicieuses, et leur frère leur montra ses vignes, et elles chassèrent Bibiche de la maison avec un balai.

Quand enfin le bébé sut marcher à quatre pattes, il commença à fureter partout, et son père dut fabriquer une barrière qu'il installa en haut de l'escalier. La mère d'Aurélie pleurait dans son lit l'après-midi pendant que ses enfants étaient censés faire la sieste. Elle était si fatiguée. Elle sentait le poisson.

Le bébé aimait par-dessus tout se réfugier dans le lit d'Aurélie, où il suçait son pouce, entortillait les cheveux de sa sœur, et lorsqu'il avait le nez encombré, on aurait dit qu'il ronronnait. Durant la nuit, Aurélie le poussait tout doucement vers le bord de son lit, si bien qu'il finissait par tomber et se réveillait par terre en hurlant. Elle ouvrait les yeux pour voir sa mère accourir, prendre l'enfant dans ses mains rouges et gonflées, puis, en le grondant à mi-voix, le remettre dans son petit lit.

La petite fille avait quatre ans et son frère un quand, un jour en fin d'après-midi, toute la famille partit dîner chez la grand-mère. La maison appartenait à sa famille depuis des siècles, elle l'avait apportée en dot lorsqu'elle avait épousé le fils du voisin. Les champs, tous contigus, étaient aussi à elle. Cette demeure était beaucoup plus belle que celle où vivait la petite fille, les chambres y étaient plus larges, une laiterie en pierre datant du XVIIIe siècle était encore attachée au corps de ferme. On avait fumé la terre ce matin-là et on en sentait le goût dans le lait. La grand-mère était comme son fils, carrée, les traits affirmés, plus grande que la plupart des hommes. Sa bouche formait un demi-cercle renversé, un « n » profondément gravé dans son visage. Elle avait des genoux de granit et une façon bien à elle de casser les blagues des autres en soupirant bruyamment au moment de la chute.

On mit le bébé à dormir dans le lit de la grand-mère tandis que tout le monde se rassemblait dehors, sous le chêne, pour dîner. Aurélie était en bas, sur le pot. Elle écoutait son frère là-haut, qui tapait sur les murs de la chambre et poussait des petits cris de plaisir. Elle remonta sa culotte et grimpa lentement l'escalier, accumulant sur ses doigts la poussière déposée sur les barreaux de la rampe. Depuis le couloir baigné d'une lumière de miel, elle écouta son frère à travers la porte : il chantait tout seul et donnait des coups de pied dans la tête de lit. Elle songea à lui, enfermé dans la chambre, et sourit. Elle lui ouvrit la porte, il descendit du lit et avança d'un pas hésitant dans le couloir pour essayer de l'attraper, mais elle recula, échappant à ses petites mains collantes.

Elle se mit à sucer son pouce tout en l'observant qui continuait d'avancer vers l'escalier. Il la regarda en souriant, vacillant. Il tendit sa menotte, pareille à une marguerite, et elle le vit basculer.

Quand les parents d'Aurélie rentrèrent de l'hôpital, ils étaient silencieux, le visage gris. Le bébé s'était rompu le cou. Ils n'auraient rien pu faire.

Sa mère voulait ramener Aurélie à la maison. Il était tard, et la petite fille avait le visage gonflé à force de pleurer, mais son père refusa. Il ne pouvait plus la regarder, même lorsqu'elle se jeta à ses pieds, le nez enfoui dans son jean raidi par la sueur et la poussière de pierre. Après la chute du petit frère, quelqu'un avait traîné Aurélie en bas des escaliers et son bras était couvert de bleus. Elle le leur montra, mais nul ne voulut regarder.

Ses parents portaient une charge invisible mais terriblement lourde. Ils n'avaient plus la force de soulever quoi que ce soit d'autre, et certainement pas leur fille.

« On la laisse ici ce soir », dit sa mère. Le visage triste aux joues rebondies, les magnifiques sourcils s'approchèrent, embrassèrent la fillette, s'éloignèrent. Son père claqua la porte trois fois avant de parvenir à la fermer. Leur voiture s'éloigna, Bibiche à l'arrière, qui regardait par la lunette. Les feux arrière clignotèrent dans l'obscurité, disparurent.

Le matin, Aurélie se réveilla dans la maison de ses grands-parents, fit une toilette minutieuse tandis que sa grand-mère préparait des crêpes au rez-de-chaussée. Toute la matinée, elle attendit ses parents qui ne vinrent pas. Qui ne vinrent pas. Qui ne vinrent pas.

Le baiser que sa mère lui avait donné sur le front marqua la dernière fois où elle respira son odeur [*Arpège*, de Lanvin, avec quelques relents de musc de cabillaud]. Le contact rigide du jean de son père sur ses mains, quand elle avait voulu l'agripper au moment où il s'éloignait, fut le dernier.

Après qu'elle eut réclamé son père et sa mère cinq fois auprès de ses grands-parents, sa grand-mère cessa de lui répondre.

Ce soir-là, alors qu'elle attendait à la porte et qu'elle ne voyait toujours rien venir, une terrible rage s'empara de la fillette. Pour s'en débarrasser, elle se mit à hurler, taper des pieds, cassa le miroir de la salle de bains, les verres dans la cuisine, un par un ; elle flanqua un coup sous le menton du chat ; elle sortit en courant dans la nuit et arracha de ses poings les plants de tomates de sa grand-mère. Celle-ci la prit dans ses bras, la berça des heures durant pour la calmer mais elle finit par perdre patience et l'attacha au lit avec les cordons des rideaux, qui, comme ils étaient vieux, se déchirèrent.

Trois égratignures sur la joue de sa grand-mère où perlait le sang. *Quelle conne ! Diablesse !** siffla la grand-mère entre ses dents.

Difficile de dire combien de temps dura cette situation. Le temps, à quatre ans, est une inondation ou un tourbillon. Des mois, peut-être. Des années, ce n'est pas impossible. En elle, les ténèbres tournoyèrent, atterrirent. Dans son esprit, les visages de ses parents se réduisaient à deux taches jumelles indistinctes. Son père portait-il la moustache ? Sa mère était-elle blonde ou brune ? Elle oublia l'odeur de la ferme où elle était née, le crissement du gravier sous ses semelles, le crépuscule perpétuel dans la cuisine, même quand la lumière était allumée. Le loup décrivit des cercles, puis il s'installa en elle, dans sa poitrine, et se mit à ronfler.

3

Des milliers de gens vinrent à l'enterrement de Lotto. Elle savait qu'il était aimé, y compris par des inconnus. Mais pas à ce point. Toutes ces personnes qu'elle n'avait jamais vues s'alignaient sur le trottoir, pleurant le défunt. Ô, le grand homme ! Ô, le dramaturge de la bourgeoisie ! Elle était la première d'un convoi étincelant de limousines noires, comme à la tête d'une formation de corbeaux. Son mari avait bouleversé ces gens, et à force d'émotions, il était devenu leur Lancelot Satterwhite à eux aussi. Une partie de lui continuait à vivre en eux. N'appartenait pas à Mathilde. Mais à eux.

Ce n'était pas hygiénique, ce flot de larmes et de mucus. Trop d'haleines empestant le café. Et ces parfums agressifs. Elle détestait le parfum. C'était un artifice qu'on utilisait pour dissimuler une hygiène approximative, ou parce qu'on avait honte de son corps. Les gens propres n'aspiraient pas à exhaler une odeur de fleurs.

Après l'inhumation, elle repartit seule à la campagne. Peut-être une réception était-elle prévue, elle l'ignorait. Et si jamais elle l'avait su, elle avait réussi à l'oublier ; de toute façon, en aucun cas elle n'y serait allée. Elle en avait assez des gens.

Il faisait chaud dans la maison. La piscine miroitait au soleil. Ses vêtements noirs par terre dans la cuisine.

La chienne s'était recroquevillée sur son coussin, des larmes au coin des yeux, sauvage.

[God léchant les pieds bleuis de Lotto sous son bureau, léchant et léchant encore, à croire qu'elle voulait ranimer la vie en lui, pauvre innocente.]

Et puis il y eut cette étrange impression de dissociation du moi et du corps, si bien que Mathilde vit son corps nu de très très loin.

La lumière glissa à travers la pièce et s'éteignit ; ensuite arriva la nuit, furtive. Ce moi impassible vit les amis apparaître à la fenêtre de derrière, avoir un mouvement de recul en découvrant la femme nue assise à la table de la cuisine, baisser les yeux et crier à travers la vitre : « Laisse-nous entrer, Mathilde. Laisse-nous entrer. » La femme nue résista plus longtemps qu'eux, et à regret ils rentrèrent chez eux.

Nue dans son lit, Mathilde répondit *Merci, merci*, à tous les mails qu'elle avait reçus, jusqu'à ce qu'elle se souvienne des fonctions contrôle C, contrôle V, et se mette à copier/coller ses *Merci*. Elle découvrit dans sa main une tasse de thé chaud et remercia la femme nue d'y avoir pensé, plus tard elle se retrouva dans la piscine au clair de lune et s'inquiéta de l'état mental de la femme nue. Cette dernière négligeait d'aller ouvrir quand la sonnette retentissait, elle se réveillait du mauvais côté du lit, à la recherche d'une chaleur qui n'était plus, elle laissait la nourriture déposée sur la véranda se gâter et les fleurs se faner, elle regardait la chienne pisser au beau milieu de la cuisine, lui préparait des œufs brouillés parce qu'il n'y avait plus de croquettes, et un jour elle lui donna un reste de chili végétarien concocté par Lotto, et la vit ensuite lécher son anus enflammé par les épices jusqu'à ce qu'il soit tout rouge. La femme nue avait verrouillé toutes les portes et ne prêtait pas attention aux proches qui surgissaient aux fenêtres et l'interpellaient : « Mathilde, allez ! Mathilde, laisse-nous entrer, Mathilde, je ne partirai pas, je vais camper dans le jardin. » Cette fois, c'était la tante de son mari, Sallie, qui effectivement s'installa dans le jardin jusqu'à ce que la femme nue consente à lui ouvrir la porte. Tante Sallie avait perdu les deux amours de sa vie en quelques mois, mais elle portait le deuil comme un paon, en robe de soie thaïe aux couleurs éclatantes, cheveux teints en noir bleuté. La femme nue remonta les couvertures par-dessus sa tête quand un plateau fut posé sur son lit, puis elle frissonna jusqu'à ce qu'elle se rendorme. Plateau, sommeil, salle de bains, plateau, sommeil, mauvaises pensées, terribles souvenirs, gémissements de God, plateau, sommeil ; et ainsi de suite, à l'infini.

Je demeure là, *veuve froide par vos couloirs*. Andromaque, la femme parfaite, objet de critiques alors qu'elle tient la tête d'Hector mort dans ses bras blancs. *Tu ne m'as laissé qu'amertume et angoisse. Tu n'es pas mort dans ton lit, les bras tendus vers moi. Tu ne m'as pas offert un dernier mot tendre dont j'aurais pu me souvenir au cœur de ma détresse.*
Andromaque, je pense à vous* !

Et ça continuait, ça continuait, à l'infini, si ce n'est que durant sa première semaine de deuil, quelque part sous sa tente de couvertures, dans ce lit qui enveloppait son corps nu, le désir s'éleva, si puissant qu'elle se sentit étouffée. Ce qu'il lui fallait, c'était une bonne baise. Des baises en série. Elle vit une parade d'hommes donnant des coups de reins, en silence et en noir et blanc, comme dans les premiers films parlants. Et en fond sonore, de l'orgue. De l'orgue. Ah !

Elle avait déjà connu ce phénomène plusieurs fois auparavant, ce désir si puissant. La première année avec Lotto. Et puis la première année où elle avait découvert le sexe, bien avant Lotto. Il avait toujours cru qu'il l'avait déflorée, mais elle avait simplement eu ses règles à ce moment-là, c'est tout. Elle l'avait laissé croire ce qu'il voulait. Elle n'était pas vierge, mais il n'y avait eu qu'un seul homme avant lui. C'était un secret que Lotto n'avait jamais appris. Il n'aurait pas compris ; son narcissisme n'aurait pas admis qu'il y ait eu quelqu'un avant lui. Elle fit la grimace en se rappelant ce qu'elle était à dix-sept ans, au lycée, comment après ce premier week-end d'illumination, subitement tout lui évoquait le sexe. La façon dont la lumière éclairait par intermittence les feuilles d'ambroisie dans les fossés, la manière dont ses vêtements excitaient sa peau lorsqu'elle bougeait. Les mots qui sortaient de la bouche des gens, cette façon dont ils étaient roulés, formés par la langue, avant d'émerger sur leurs lèvres. C'était comme si cet homme avait soudain plongé en elle et déclenché un séisme qui s'était répercuté sur sa peau. Pendant ses dernières semaines de lycée, elle avait eu envie de croquer tous ces délicieux garçons. Si elle en avait eu l'autorisation, elle les aurait dévorés tout entiers. Elle leur souriait énormément ; ils détalaient. Ça la faisait rire, et en même temps elle se disait que c'était bien dommage.

Tout ça n'avait aucune importance. Après leur mariage, il n'y avait eu que Lotto. Elle avait été fidèle. Et elle était presque certaine qu'il l'avait été lui aussi.

Dans sa petite maison au milieu de la cerisaie, maison du deuil le plus noir, Mathilde fut envahie de souvenirs, alors elle quitta ses draps sales et prit une douche.

Elle s'habilla dans la salle de bains obscure, longea la chambre où tante Sallie ronflait et sifflait. La suivante, porte ouverte, où la sœur de son mari, Rachel, la regarda s'en aller depuis son oreiller. Dans l'obscurité, un visage de furet ; triangulaire, alerte, tremblant. Mathilde monta dans la Mercedes.

Ses cheveux mouillés étaient ramenés en chignon, elle ne s'était pas maquillée, mais ça n'avait pas d'importance. À trois villages plus au nord, il y avait un bar yuppie ; dans ce bar, un homme au visage triste avec une casquette des Red Sox ; à un kilomètre et demi de là, dans un bosquet, à l'endroit où la route se divisait, où les phares les auraient cloués comme des papillons de nuit sur un pare-brise si une voiture s'était aventurée par là, debout sur une jambe, l'autre passée autour des hanches agitées du tristounet à casquette, elle s'écria : « Plus fort ! » Sur le visage de l'homme très concentré se peignit un sentiment d'alarme, et il continua vaillamment durant un moment, tandis qu'elle lui criait : « Plus fort ! Plus vite, espèce de connard ! », jusqu'à ce qu'il prenne peur, alors il simula un orgasme, se retira, marmonna qu'il allait pisser, et elle entendit le bruit de ses pas s'éloigner dans les feuilles mortes pendant qu'il fichait le camp en hâte.

Rachel était toujours dans le noir lorsqu'elle vit Mathilde remonter l'escalier. La suite conjugale, le lit, obscène dans son énormité de néant. En son absence, on avait refait le lit. Quand elle se recoucha, les draps étaient frais, sentaient la lavande et lui frottaient la peau, comme une accusation.

Une fois, assise dans l'obscurité près de Lotto, à la première d'une de ses pièces du début, les plus délirantes, elle s'était sentie si transportée par ce qu'il avait créé, par la grandeur de sa vision qui se métamorphosait soudain sous ses yeux, qu'elle s'était penchée vers lui et lui avait léché le visage entre l'oreille et les lèvres. Elle n'avait pu s'en empêcher.

De même, alors qu'elle tenait la fille de Rachel et Elizabeth qui venait de naître, elle avait désiré si fort retrouver cette innocence de bébé qu'elle avait pris dans sa bouche le minuscule poing fermé de la petite fille et l'avait gardé ainsi jusqu'à ce que le nourrisson se mette à crier.

Son désir de veuve était à l'opposé de ça.

Veuve. *Le mot se consume de lui-même*, a dit Sylvia Plath, qui s'est elle-même consumée.

4

La peur l'avait envahie quand on avait servi le crumble, au réfectoire ; elle s'était réfugiée aux toilettes où elle était restée très longtemps assise, pétrifiée sur le couvercle de la cuvette. L'année universitaire tirait à sa fin. Depuis un mois, elle redoutait l'avenir tel un gouffre. Elle qui depuis la naissance avait toujours été enfermée dans une cage ou une autre allait bientôt être libre de déployer ses ailes, mais l'immensité de cet espace la paralysait.

La porte s'ouvrit et deux filles entrèrent en parlant de Lancelot Satterwhite, racontant combien il était riche. « C'est le prince de l'eau en bouteille, tu sais, déclara l'une. Sa mère, elle est carrément milliardaire.

– Lotto ? C'est vrai ? Merde alors ! Je suis sortie avec lui en première année. Si j'avais su. »

Elles rirent et la première reprit : « Ouais, c'est vrai. Notre ami queutard. Je dois être la seule fille dans toute la vallée de l'Hudson qui n'ait pas vu son engin. Il paraît qu'il ne couche jamais deux fois avec la même fille.

– Sauf Bridget. Et je comprends pas. Elle est tellement déprimante. Quand je l'ai entendue raconter qu'ils sortaient ensemble, j'ai dit, *C'est vrai ?* Parce que franchement, elle ressemble à une bibliothécaire pour enfants. Comme si elle était tout le temps perdue en pleine tempête, quoi.

— Ouais, enfin, Bridget qui sort avec Lotto, c'est pareil qu'un rémora qui se tape un requin. »

Elles éclatèrent de rire et s'en allèrent.

Ah, pensa Mathilde. Elle rougit, sortit des toilettes, se lava les mains. Elle se regarda dans la glace d'un œil critique. Elle sourit. « Alléluia », dit-elle à voix haute à la Mathilde du miroir, qui le dit à son tour de sa bouche adorable, avec son visage pâle et anguleux.

Elle prétendit avoir des examens à passer et évita de retourner à New York pour le week-end. Elle s'habilla avec soin. Quand elle vit sa proie sur scène ce soir-là, elle fut impressionnée : il était très bon en Hamlet un peu fou, déployant l'énergie d'un jeune chiot, et ce malgré sa grande taille. De loin, les cicatrices ne se voyaient pas sur ses joues, et il rayonnait d'une espèce de lumière dorée qui se répandait sur tout son public. Il donna un côté sexy à ce monologue usé et leur en offrit une version renouvelée. *C'est là un dénouement qu'on doit souhaiter avec ferveur*[1], dit-il avec un sourire de pirate ; et elle imagina que dans tout l'auditoire s'élevait des sièges une chaleur piquante. Prometteur. Grâce à la lumière qui éclairait les allées, elle réussit à lire son nom complet dans le programme, Lancelot « Lotto » Satterwhite, et elle fronça les sourcils. Lancelot. Bon. Ça pouvait marcher.

La soirée qui suivit avait lieu dans un dortoir à l'architecture brutaliste où elle ne s'était jamais rendue. Depuis quatre ans, elle s'était interdit d'aller aux soirées, d'avoir des amis. Elle ne pouvait courir ce risque. Elle

---

1. Shakespeare, *Hamlet*, acte III, scène 1, traduction de François-Victor Hugo.

arriva tôt et demeura à l'extérieur, sous un portique, à fumer. Elle guettait Bridget. Quand elle apparut avec trois de ses tristes copines, se hâtant sous un parapluie, Mathilde les suivit à l'intérieur.

Il lui fut facile d'isoler Bridget de ses amies. Elle n'eut qu'à lui poser une question sur les inhibiteurs de la réabsorption de la sérotonine en vue de leur examen de fin d'année, quelques jours plus tard, et les autres disparurent pendant que Bridget lui expliquait tout cela avec le plus grand sérieux. Alors, Mathilde remplit le gobelet de Bridget de vodka, en y ajoutant une goutte de Kool-Aid.

Bridget était flattée de discuter avec elle : « Non mais, c'est vrai, quoi ! Tu ne vas jamais, jamais aux soirées. Tu es la baleine blanche de Vassar. » Elle rougit et se reprit : « Enfin, la plus mince et la plus jolie baleine blanche qu'on ait jamais vue. Bref, tu vois ce que je veux dire. » Elle buvait, nerveuse. Mathilde la resservait et Bridget buvait, Mathilde la resservait, Bridget buvait, et Bridget se mit à vomir dans l'escalier qui menait à la salle commune, et les gens qui voulaient passer s'écriaient : « Elle est malade ! » Et puis : « Oh mon dieu, Bridget. » Et puis : « Ça craint, espèce de pouf, sortez-la dehors. » On appela ses amies à la rescousse. À l'étage au-dessus, Mathilde les observa à travers les barreaux de la rampe quand elles vinrent chercher Bridget pour la ramener chez elle.

Celle-ci descendait les escaliers quand elle croisa Lotto qui arrivait. « Ouh là ! » s'écria-t-il, et il lui tapota l'épaule avant de grimper quatre à quatre les dernières marches pour se rendre à la soirée.

D'en haut, Mathilde avait tout vu.

Le premier obstacle avait été surmonté. Avec quelle facilité !

Elle sortit dehors sous la pluie glaciale, fuma deux autres cigarettes en écoutant le bruit de la fête. Elle comptait attendre une dizaine de chansons. Quand elle entendit Salt-N-Pepa, elle rentra, remonta les escaliers. Elle balaya la salle du regard.

Il beuglait debout sur le rebord de la fenêtre, ivre, et ce fut pour elle une vraie surprise de constater combien il était musclé. Il portait autour des reins un masque de gel pour les yeux qu'il avait piqué à une fille. Sur la tête, un pichet vide maintenu par une bande Velpeau. Aucune dignité, mais mon dieu, que de beauté. Son visage avait quelque chose d'étrange, comme s'il avait été beau autrefois, et l'était même encore de loin ; mais elle l'avait toujours vu habillé auparavant et n'aurait jamais pu deviner combien son corps était parfait. Elle avait procédé à tant de calculs, pourtant pas une fois elle n'avait imaginé qu'elle allait se liquéfier ainsi devant lui parce qu'elle aurait instantanément envie de le baiser.

Elle voulait qu'il lève les yeux, qu'il la voie.

Il leva les yeux. La vit. Ses traits se figèrent. Il cessa de danser. Elle sentit sa nuque se hérisser. Il bondit dans la foule, écrasant dans sa chute une fille minuscule, et se fraya un passage jusqu'à Mathilde. Il était plus grand qu'elle. Elle mesurait un mètre quatre-vingt-trois, un mètre quatre-vingt-dix avec ses talons ; rares étaient les hommes plus grands qu'elle. Elle aima la sensation inattendue d'être plus petite, plus délicate. Il lui prit la main. Puis il s'agenouilla et s'écria : « Épouse-moi ! » Elle ne savait quelle contenance adopter ; elle éclata de rire, le regarda et répondit : « Non ! »

Lorsqu'il raconterait cette histoire – si souvent dans les soirées, les dîners, elle l'écouterait la tête inclinée, en souriant, voire en riant un peu –, il déclarerait que Mathilde lui avait répondu : « Bien sûr. » Jamais elle ne le corrigerait, pas une fois. Pourquoi ne pas le laisser vivre dans l'illusion ? Ça le rendait heureux. Et elle adorait le rendre heureux. Bien sûr ! Non, ce n'était pas vrai, et ça ne le fut pas non plus durant les deux semaines qui suivirent, jusqu'au moment où elle l'épousa, mais quelle importance ?

Lotto avait fait de leur rencontre l'histoire d'un *coup de foudre**, mais c'était un conteur-né. Il transformait la réalité en une vérité autre. Pourtant, elle savait qu'il s'agissait véritablement d'un *coup de foudre**. Le sexe avait toujours été l'élément essentiel de leur couple. Il y avait eu d'autres éléments essentiels au début, et il y en aurait d'autres plus tard, c'était évident, mais très vite, le sexe était devenu leur centre de gravité. Elle s'était refusée à lui le temps de mettre fin à ses engagements précédents, et cette attente avait enflammé leur désir à tous les deux. Pendant très longtemps, après, la baise avait primé sur tout le reste.

Même alors, elle savait que « bien sûr » n'existait pas. Il n'existe aucun absolu. Les dieux adorent se foutre de nous.

Et néanmoins, c'est vrai que pendant une courte période, ce fut un pur bonheur ; cette fois, oui, c'était « bien sûr », et elle fut tout entière engloutie. Jour nuageux, plage rocheuse. Elle ressentait de la joie malgré les petites irritations, le sable qui volait, fouettait, le froid qui la glaçait jusqu'aux os, les galets durs sur cette plage du Maine qui lui fendaient le coccyx comme un grain de raisin, au point qu'elle rentra en boitant jusqu'à la maison qu'ils avaient empruntée pour passer leur lune de miel. Ils avaient vingt-deux ans. Le monde était riche de possibles. Ils étaient au sommet. Pour se réchauffer les mains, elle les plaqua contre le dos de son jeune époux et sentit ses muscles bouger sous sa peau. Un coquillage lui rentrait dans la colonne. Elle absorbait Lotto totalement en elle. C'était leur première fois en tant que mari et femme. Elle songea à un boa avalant un faon.

Avait-il des défauts ? Elle ne les voyait pas ; alors peut-être était-ce vrai, peut-être qu'elle avait trouvé le seul être qui soit sans défaut en ce monde. Même si elle avait rêvé de lui, elle n'aurait pu approcher la vérité. Innocent, charmant, drôle, loyal. Riche. Lancelot Satterwhite ; Lotto. Ils s'étaient mariés le matin même. Elle sut gré aux grains de sable gênants qui réussirent à s'immiscer dans les replis intimes ; elle refusait de se fier au plaisir dans sa forme la plus pure.

Mais cette première étreinte conjugale prit fin trop vite. Il rit dans son oreille ; elle, dans sa gorge. Ça n'avait pas d'importance. Leurs « moi » séparés s'étaient dissous. Elle n'était plus seule. Se sentait écrasée par la gratitude. Il l'aida à se relever et ils se penchèrent pour ramasser leurs maillots tandis que, par-dessus la dune, l'océan applaudissait. Tout le week-end durant, elle rayonna de bonheur.

Un week-end aurait dû lui suffire. Elle avait reçu beaucoup plus qu'elle ne méritait. Mais elle était gourmande.

Éclatant soleil de mai dans la voiture au retour de leur lune de miel clandestine. Tout en conduisant, Lotto, qui serait toujours aussi changeant qu'un préadolescent, fondit en larmes en entendant une chanson sentimentale. Elle fit la seule chose qui lui vint à l'esprit alors : elle posa la tête sur ses genoux et sortit le petit Lotto pour distraire le grand Lotto. Un poids lourd qui les croisa klaxonna pour manifester son approbation.

De retour à Poughkeepsie, devant son appartement, elle dit : « Je veux tout savoir de toi. Je veux rencontrer ta mère, ta tante et ta sœur tout de suite. Si on allait en Floride après la remise des diplômes ? Je veux dévorer ta vie. » Elle rit un peu de sa propre franchise. Oh, avoir une mère, une famille ! Elle était seule depuis si longtemps. Elle se prit à rêver d'une belle-mère qui l'emmènerait au spa toute une journée, avec qui elle partagerait des blagues en toute complicité, qui lui enverrait des petits cadeaux accompagnés d'un mot : « J'ai vu ça, et ça m'a fait penser à toi. »

Mais quelque chose clochait. Au bout d'un moment, Lotto porta son poing à sa bouche et répondit : « M. Mon amour. On a toute la vie pour ça. »

Un frisson glacial la traversa. Que se passait-il ? Il hésitait ? Peut-être avait-il déjà honte d'elle. Devant elle apparut le diptyque de Cranach représentant Adam et Ève avec de longues cuisses, de petites têtes, d'énormes pieds. C'est vrai, même au paradis il y avait des serpents.

« Il faut que je rédige ma dissert de socio pour l'examen de fin d'année, s'excusa-t-il. Je dois la rendre dans six heures, mais je reviens avec le dîner dès que je m'en suis débarrassé. Je t'aime au-delà de l'amour.

– Moi aussi », dit-elle en refermant la portière, et elle essaya de calmer la panique qui l'envahissait.

Elle rentra dans son appartement, qui lui parut rétréci, rempli qu'il était de sa petite vie grise d'avant. Elle prit un bon bain chaud et se faufila sous la couette pour une sieste. Elle était en plein rêve quand la sonnerie du téléphone retentit. Ça devait être une mauvaise nouvelle. Sinon, on n'aurait pas insisté de la sorte.

Elle rassembla son courage. « Allô, dit-elle.

– Oui. Allô, fit une voix douce et affectueuse. J'apprends que vous êtes ma belle-fille et je ne vous connais ni d'Ève ni d'Adam. »

Il fallut quelques instants à Mathilde pour se remettre, puis elle répondit : « Madame Satterwhite. Je suis si contente de pouvoir enfin vous parler. »

Mais l'autre voix ne s'était pas arrêtée. « Je dois vous avouer que j'ai fait ce que toute mère aimante aurait fait, je me suis renseignée pour savoir qui vous êtes et d'où vous venez. Mon enquête m'a menée dans des directions assez étranges. Vous êtes vraiment magnifique, ainsi qu'on me l'avait dit. J'ai vu vos photos, en particulier celles pour le catalogue de soutiens-gorge, même si votre poitrine me semble plutôt menue et que je me pose des questions sur la personne qui vous a engagée pour la montrer. Pour être parfaitement franche, oserai-je dire, je n'ai pas aimé la double page dans ce magazine pour adolescentes où vous avez l'air d'un terrier à demi noyé, veuillez me pardonner. Bizarre que des gens vous paient pour avoir cette allure-là en public. Mais certaines de vos photos sont très belles. Vous êtes une jolie fille. Digne de mon Lotto, au moins sur le plan physique.

– Merci, dit Mathilde avec prudence.

– Mais vous n'allez pas à l'église, et ça, en toute sincérité, cela me pose problème. Une mécréante dans la famille. Je ne suis pas sûre que ça me plaise. Pire encore, ce que j'ai appris sur votre oncle, ces gens avec lesquels il est en relation. Fort peu recommandables. On ne connaît vraiment quelqu'un que lorsqu'on connaît sa famille. Je dois dire que je n'aime pas ce que j'ai découvert. Ajoutez à cela la peur que j'éprouve vis-à-vis de personnes capables de séduire un garçon au grand cœur comme mon fils et de l'épouser aussi rapidement. Seule une créature très dangereuse et très calculatrice peut faire une chose pareille. Si l'on met tout ça bout à bout, je me dis que j'aurais bien du mal à m'entendre avec vous. En tout cas dans cette vie.

— Ah. Il semble donc que nos relations se limiteront au classique face-à-face belle-mère/belle-fille, Antoinette. » Elles rirent toutes les deux.

« Appelez-moi madame Satterwhite.

— Ça, on verra. J'aurai du mal. Est-ce que "mère" vous conviendrait ?

— Vous ne vous en laissez pas conter, pas vrai ? Enfin, mon Lancelot est un cœur tendre, donc la femme qu'il épousera doit être un peu dure. Hélas, je crains que ce ne soit pas vous.

— Ça l'est déjà. Que puis-je faire pour vous aider ? Que voulez-vous ?

— La question, ma fille, c'est que voulez-vous, *vous* ? Vous savez, je suppose, que Lancelot est issu d'une famille riche. Évidemment que vous le savez ! C'est pour ça que vous l'avez épousé. Vous êtes sortis ensemble pendant deux semaines, aucune chance que vous aimiez ce cher garçon, aussi adorable soit-il. Connaissant mon fils comme je le connais, il ne vous a pas encore dit que vous ne verrez pas un penny de cet argent tant que je respirerai et qu'il restera marié avec vous. Nous en avons parlé toute la matinée d'hier après que vous avez commis cette chose et qu'il m'a appelée pour s'en vanter. Vous êtes des impétueux, tous les deux. Vous vous comportez comme les enfants que vous êtes. Et à présent, vous n'avez plus un sou. Je me demande comment vous vous sentez en cet instant. Je suis vraiment désolée que tous vos plans se voient réduits à néant. »

Malgré elle, Mathilde en eut le souffle coupé.

Antoinette poursuivit : « Bien sûr, cela signifie que vous vous en tireriez beaucoup mieux en annulant tout. Allez, prenez cent mille dollars et topons là.

– Ah ! s'écria Mathilde.

– Ma chère, votre prix sera le mien. Ce n'est pas le moment de mégoter, j'imagine. Dites une somme et le marché sera conclu. Réfléchissez à combien il vous faut pour démarrer dans la vie, une fois que vous serez diplômée, et je vous envoie la somme dès cet après-midi, vous n'aurez qu'à signer les papiers et disparaître. Laissez en paix mon pauvre enfant, laissez-le semer à tout vent jusqu'à ce qu'il finisse par trouver une gentille fille et qu'il revienne auprès de moi en Floride.

– Intéressant. Vous vous montrez très possessive pour une femme qui n'a pas rendu visite à son fils une seule fois dans l'année.

– Eh bien, ma chère, quand on a porté un bébé dans son ventre pendant presque un an, qu'on retrouve dans ses traits son mari et soi-même, il est normal d'être possessive. Il est la chair de ma chair. C'est moi qui l'ai conçu. Vous verrez, un jour.

– Non.

– Alors, cinq cents ? Non ? Un million, ça irait ? Quittez le navire, c'est tout ce qu'il vous suffit de faire. Vous prenez votre argent et vous partez. Vous pourrez faire tout ce que vous voulez avec un million de dollars. Voyager, découvrir des cultures étrangères. Monter votre propre entreprise. Courir après les hommes riches. Le monde est à vous, Mathilde Yoder. Considérez cela comme le premier grain de sable qui vous permettra de fabriquer votre perle.

– Vous avez un réel talent pour la métaphore. D'une certaine manière, cela force mon admiration.

– J'en déduis donc que nous tenons là un accord. Excellente décision. Vous n'êtes pas bête. Je vais appeler mon avocat et un coursier vous apportera les papiers à signer dans quelques heures.

– Oh, waouh ! dit doucement Mathilde. Ça va vraiment être merveilleux.

– Oui, ma chère. C'est très raisonnable de votre part d'accepter cet arrangement. C'est un bon paquet d'argent, assurément.

– Non. Je voulais dire, ça va être merveilleux d'imaginer tout ce que je pourrai mettre en œuvre pour que votre fils demeure loin de vous. Ce sera notre petit jeu. Vous verrez. À toutes les vacances, tous les anniversaires, toutes les fois où vous serez malade, une nécessité urgente contraindra votre fils à rester auprès de moi. Oui, il sera auprès de moi, et pas de vous. C'est moi qu'il choisira, pas vous ! Manman – Lotto vous appelle manman, alors je ferai de même –, tant que vous ne m'aurez pas présenté d'excuses, que vous n'aurez pas décidé d'être gentille, vous ne le reverrez pas. »

Elle raccrocha avec douceur, puis débrancha le téléphone et retourna prendre un bain car son tee-shirt était transparent de sueur. Quelques jours plus tard, elle recevrait l'un des nombreux messages qu'Antoinette lui adresserait au fil des années, tout hérissé de points d'exclamation. En retour, elle lui enverrait des photos d'elle et Lotto, souriant tous les deux ; Lotto et elle au bord de la piscine ; Lotto et elle à San Francisco ; elle dans les bras de Lotto, franchissant le seuil de chacune de leurs nouvelles maisons. Le soir, quand Lotto revint, elle ne lui dit rien. Ils regardèrent une sitcom. Prirent une douche ensemble. Plus tard, ils mangèrent des calzones, nus.

5

Après la mort de Lotto, le temps s'enroula sur lui-même.

Sallie comprit qu'il était inutile de poursuivre ses efforts ; Mathilde était dans un état catatonique. C'était un mur de fureur si épais que nul ne pouvait le transpercer. Sallie retourna en Asie, au Japon cette fois. Elle reviendrait l'année suivante quand Mathilde serait moins en colère.

« Je serai toujours en colère », répondit celle-ci.

Sallie lui toucha le visage de sa main brunie, souriant à peine.

Seule la sœur de Lotto revenait et revenait encore. Douce Rachel au cœur pur. « Pour toi, une tarte aux pommes, disait-elle. Pour toi, une miche de pain. Pour toi, un bouquet de chrysanthèmes. Pour toi, ma fille, prends-la, sèche tes larmes. » Tout le monde lui laissait de l'*espace*. Lui donnait du *temps*.

« Mon Dieu, qui aurait cru que Mathilde pouvait se montrer si dure ? murmuraient ses amis en rentrant chez eux, blessés. Tu l'aurais deviné à l'époque où Lotto était en vie ? Tu te rends compte de ce qu'elle nous a balancé ? »

« Elle est possédée par le démon », ajoutaient-ils.

« Le chagrin », affirmaient-ils tous d'un air entendu en se croyant profonds. Accord tacite : ils retourneraient la voir quand elle serait redevenue aimable, élégante et souriante. De chez eux, ils lui envoyèrent des cadeaux. Samuel, un ananas en pot. Chollie, des tours de chocolats belges. Danica, son masseur personnel que Mathilde ignora complètement. Arnie, une caisse de vin. Ariel, une longue robe noire en cachemire, dans laquelle Mathilde passa des jours entiers, recroquevillée. Étrange que ce doux présent de la part d'un ancien patron fût le seul cadeau parfait.

Une fois, Mathilde se retrouva en pleine nuit sur une longue route droite. Elle conduisait la Mercedes haut de gamme que Lotto avait achetée juste avant de mourir. Sa mère était décédée six mois avant lui et ils avaient touché un héritage si important qu'il aurait été stupide de continuer à rouler dans leur Honda Civic vieille de quinze ans aux airbags douteux. Il ne s'était jamais soucié de l'argent, à part quand cela touchait à son confort personnel ; sinon, il laissait les autres s'en occuper à sa place.

Elle mit le pied au plancher. La vache, ça répondait tout de suite ! La voiture monta à cent trente, puis cent cinquante, cent quatre-vingts.

Elle éteignit les phares et les ténèbres l'enveloppèrent comme un songe.

Nuit sans lune. La Mercedes filait tel un poisson qui frôle les parois d'une grotte. Au bout de ce qui parut être une vie entière, tout s'arrêta, en suspens dans le noir. Calme.

Le véhicule heurta le caniveau, frôla le talus, bondit par-dessus une clôture de barbelés, fit une vrille. Et atterrit au beau milieu d'un troupeau de vaches endormies.

Mathilde saignait de la bouche. Elle s'était presque transpercé la langue. Peu importait. Elle ne parlait plus à personne ces temps-ci. En dehors de ça, elle n'avait rien.

Elle sortit de la voiture, avala les giclées chaudes et cuivrées. Les vaches s'étaient déplacées, elles l'observaient à l'abri d'un alignement de tilleuls. L'une d'elles était restée couchée près de la voiture. Mathilde la contourna et découvrit un mur rouge à la place de la tête.

Elle regarda longtemps le sang s'écouler dans l'herbe. Il n'y avait rien à faire.

Rien à faire ? Soit. Et après ? Mathilde avait quarante-six ans. Elle était trop jeune pour tracer un trait définitif sur sa vie amoureuse. Elle était encore dans la fleur de l'âge. Belle. Désirable. Et cette fois, célibataire pour de bon.

Cette histoire ne correspond pas à ce qu'on nous raconte d'habitude au sujet des femmes.

L'histoire des femmes, c'est celle de l'amour, de la fusion avec l'autre. Légère variante : le désir de fusion n'est pas réalisé. Abandonnée à elle-même après cet échec, la femme prend les choses en main : mort-aux-rats ou roues d'un train russe. Même la version plus douce, plus lisse n'est qu'une légère variante de la première. Dans les classes populaires, comme chez les bourges, c'est la promesse de l'amour dans le grand âge pour toutes les gentilles filles du monde. Le bonheur des corps anciens à l'heure du bain, les mains tremblantes du mari savonnant les seins desséchés de sa femme, une érection émergeant soudain de la mousse à la manière d'un périscope rose. Je te vois ! Et puis les longues promenades cahin-caha sous les platanes, des histoires entières dans un regard en coin, un mot résumant tout. *Fourmilière*, dirait-il ; *Martini !* déclarerait-elle ; et l'épais courant de la vieille blague les emporterait. Le rire, cette superbe réverbération. Puis d'un pas incertain, fatigué, aller dîner tôt dans un restaurant, regarder un film en somnolant main dans la main. Leurs corps, tels des bâtons noueux enveloppés de vélin. L'un couchant l'autre sur son lit de mort, avant de s'envoyer une overdose de médicaments pour mourir le lendemain, le monde n'ayant plus d'intérêt après la perte de l'être aimé. Oh, la complicité. Oh, l'amour. Oh, l'accomplissement de soi. Pardonnez-lui d'avoir cru qu'il en serait ainsi. Elle avait été amenée à cette conclusion par des forces qui la dépassaient.

L'amour triomphe de tout ! Vivre d'amour et d'eau fraîche ! L'amour est enfant de bohème !

Pareil au maïs qu'on fourre dans le gosier des oies, les filles avalent ce genre de conneries dès qu'elles sont en âge de s'habiller de tulle.

D'après toutes ces vieilles histoires, la femme a besoin de l'autre pour être complète, pour atteindre son potentiel maximal.

[La réfutation viendrait. Dans les années crépusculaires de ses quatre-vingts ans, bien au-delà de l'horizon, elle s'assiérait, solitaire, pour prendre le thé dans la salle du petit déjeuner à Londres, et contemplerait ses mains semblables à des cartes anciennes, puis par la fenêtre, elle verrait une perruche bleue l'observer, citoyenne naturalisée dans ce monde artificiellement subtropical. Il lui apparaîtrait soudain clairement à travers ce petit corps d'azur que, dans le fond, sa vie n'avait pas été consacrée à l'amour. L'amour y avait certes joué un rôle capital. Chaleur et magie. Lotto, son mari. Mon dieu, comme il avait compté. Et pourtant – eh oui ! – la somme de sa vie, elle le voyait, était beaucoup plus que la simple somme de l'amour.]

Dans l'immédiat, néanmoins, dans le clair de lune avare qui baignait le métal meurtri, la chair animale, le verre, il n'y avait plus que sa langue transpercée, et tout ce sang. Flot chaud au goût de rouille. Et ce grand point d'interrogation qui s'étendait à l'infini.

6

Un jour, la petite fille qu'elle avait été, Aurélie, se retrouva une valise bleue à la main, les cheveux tirés en arrière. Elle devait avoir cinq ou six ans.

« Tu vas partir à Paris chez ton autre grand-mère », lui annonça son imposante grand-mère bretonne. Il avait toujours plané quelque chose d'étrange au sujet de cette grand-mère de Paris, quelque chose d'embarrassant ; la mère d'Aurélie n'en parlait jamais ; il était rare qu'elles se téléphonent. Aurélie ne l'avait jamais rencontrée. Elle ne lui envoyait pas de jolis cadeaux pour sa fête.

Elles étaient à présent dans le couloir du train. Le froncement de sourcils de la grand-mère s'étendit jusqu'à son double menton. « La mère de ta mère est la seule personne de la famille qui veut bien de toi, dit-elle.

– Je m'en fiche, répondit Aurélie.

– Ben voyons. » La grand-mère lui donna un sac de sandwichs et d'œufs durs, une bouteille de lait tiède, deux *chaussons aux pommes** et elle épingla un mot sur son manteau. « Et ne bouge pas de ta place ! » ordonna-t-elle, avant de déposer avec brusquerie un baiser sur la joue de la petite et de s'en aller en essuyant ses yeux rouges avec son mouchoir amidonné.

Le train siffla. Tout ce qu'Aurélie connaissait de ce monde se déroba sous ses pieds. Le village : des vaches noir et blanc, des poulets, la grande église gothique, la boulangerie. Elle découvrit ce qu'elle cherchait quand la locomotive gagna en vitesse. Là. En un éclair. Une voiture blanche garée sous un if. Oh, sa mère debout, les bras croisés, pâle, dans une robe bleu marine, ses cheveux [oui, blond platine] protégés par un foulard, regardant passer le train. Sa bouche, fente rouge dans son teint clair. Ses vêtements et ses cheveux s'agitèrent au passage. Difficile de lire l'expression de son visage. Puis elle disparut.

Face à Aurélie, un homme qui la dévisageait. Il avait le teint blafard et luisant, des poches sous les yeux. Elle ferma les paupières pour le fuir, mais chaque fois qu'elle les rouvrait, il la dévisageait. Une terrible certitude l'envahit. Elle essaya de lutter, serra les jambes, en vain. Elle appuya des deux mains pour retenir le pipi.

L'homme se pencha. « Petite, je vais t'emmener aux toilettes.

– Non », répondit-elle.

Il voulut la toucher mais elle poussa un cri, et la grosse femme avec son chien sur les genoux, à l'autre bout du compartiment, ouvrit les yeux et lui lança un regard noir. « Silence, grommela-t-elle.

– Viens avec moi aux toilettes », insista l'homme. Il avait des dents minuscules et nombreuses.

« Non », répéta Aurélie en se relâchant. La sensation de l'urine chaude sur ses cuisses fut délicieuse. « Beurk », fit l'inconnu, et il s'en alla, tandis que le pipi refroidissait peu à peu. Pendant des heures, tandis que le train filait vers l'est, la grosse femme demeura engluée dans le sommeil, son petit chien reniflant l'air ambiant avec volupté, à croire qu'il le goûtait.

Soudain, on arriva en gare.

La grand-mère d'Aurélie était debout devant elle. Elle était aussi jolie que sa maman avec ses pommettes hautes et ses épais sourcils, et ce malgré ses yeux cernés de rides. Elle était impressionnante. Ses vêtements, à la fois magnifiques et usés. Son parfum, ses mains élégantes, comme des crayons dans un doux étui de daim. Elle se pencha vers Aurélie, prit le sac de nourriture et regarda à l'intérieur. « Ah, les bonnes choses de la campagne. » Il lui manquait une incisive, en bas, ce qui donnait à son sourire un certain style. « On va bien manger, ce soir », ajouta-t-elle.

Aurélie se leva, révélant qu'elle était mouillée. Sur le visage de sa grand-mère, pareil à un store qu'on relève, le déni.

« Allez, viens », dit-elle avec désinvolture, alors Aurélie prit sa valise et la suivit. Le pipi séchait à mesure qu'elle avançait, lui irritant les cuisses.

Sur le chemin de la maison, elles s'arrêtèrent pour acheter une saucisse chez un boucher qui semblait bouillir en silence. La grand-mère se saisit de la valise et confia le paquet enveloppé de papier blanc à la petite fille. Quand elles parvinrent devant la lourde porte bleue de l'immeuble, ses mains étaient tachées de graisse rouge.

L'appartement de la grand-mère était dépouillé, si ce n'est ordonné. Au sol, un parquet parfaitement lisse. Des cadres autrefois accrochés aux murs, qui avaient laissé des traces sombres sur le papier peint clair au motif de passiflores. Il ne faisait pas plus chaud à l'intérieur qu'au-dehors, mais on ne sentait plus le vent. La grand-mère vit la petite fille frissonner : « Ça coûte cher, le chauffage. » Elle lui conseilla de sautiller sur place cinquante fois pour se réchauffer. « Sautiller, ça ne coûte rien ! » Des coups de manche à balai retentirent, provenant de l'étage du dessous.

Elles dînèrent. La grand-mère montra sa chambre à Aurélie : un placard avec une couverture repliée en deux en guise de matelas, juste au-dessous de la canopée des vêtements de la grand-mère, exhalant la forte odeur de sa peau. « Tu vas t'endormir dans mon lit, et plus tard dans la nuit je t'installerai là », lui annonça la grand-mère. Sous le regard de cette dernière, Aurélie dit ses prières.

Elle fit mine de dormir tandis que sa grand-mère procédait à une toilette soigneuse, se brossait les dents avec du bicarbonate, se remaquillait et se parfumait. Ensuite, elle sortit. Aurélie observa les courbures de l'ampoule au plafond. Elle se réveilla quand elle sentit qu'on la transportait dans son placard. On referma la porte. Dans la chambre, la voix de sa grand-mère, celle d'un homme, le couinement du lit. Le lendemain, il fut décidé qu'elle resterait dans le placard tout le temps, et sa grand-mère lui donna les vieux albums de Tintin de sa mère et une lampe de poche. Avec le temps, elle apprit à reconnaître la voix de trois hommes différents : l'une riche, comme enveloppée de graisse à la manière d'un pâté, l'autre qui gloussait, comme shootée à l'hélium, la dernière, rocailleuse.

La grand-mère conservait les denrées périssables dans le garde-manger, où les pigeons et les rats réussissaient parfois à s'introduire. Les hommes allaient et venaient. Aurélie rêvait d'aventures dans des pays étrangers aux allures de bandes dessinées, elle s'évertuait à ne pas prêter attention aux bruits, et bientôt ne les entendit plus car elle dormait. Elle fut inscrite à l'école, et là, elle adora l'ordre, les stylos à cartouches, les crayons à papier, la propreté, l'orthographe. Elle aimait par-dessus tout les *goûters** qu'on distribuait, les madeleines fourrées au chocolat et les briques de lait. Elle aimait le côté bruyant des autres enfants, les observer la ravissait. Ainsi en fut-il pendant six ans.

Au printemps qui suivit son onzième anniversaire, Aurélie rentra chez elle et découvrit sa grand-mère sur son lit, dans son déshabillé. Elle était rigide, la peau glacée. La langue sortie. Peut-être y avait-il des marques sur son cou, peut-être étaient-ce des baisers. [Non.] Deux de ses ongles avaient été arrachés et ses doigts étaient tachés de sang à l'extrémité.

Aurélie redescendit lentement. La concierge n'était pas dans sa loge. Elle sortit dans la rue, se rendit en tremblant chez l'épicier du coin, attendit qu'il finisse de peser des asperges pour une dame en chapeau de fourrure. L'épicier était gentil avec la fillette ; l'hiver, il lui donnait des oranges. Lorsqu'ils furent seuls, il se pencha vers elle en souriant, elle lui chuchota ce qu'elle avait vu et il pâlit. Puis il détala en courant.

Plus tard, elle se retrouva dans un avion au-dessus de l'Atlantique. Des nuages voguaient en contrebas. L'eau se ridait et se déridait. L'inconnu à côté d'elle avait des biceps rebondis et une main douce, qu'il passa dans les cheveux d'Aurélie jusqu'à ce qu'elle s'endorme. Quand elle se réveilla, elle était arrivée dans son nouveau pays.

Ses professeurs de français à Vassar s'étaient émerveillés : « Vous avez un accent parfait.

– Oh, répondait-elle. Peut-être que j'étais une petite Française dans une vie antérieure. »

Dans celle-ci, elle était américaine et parlait comme une Américaine. Sa langue maternelle demeurait immergée. Mais à la manière dont les racines ressortent entre les pavés, son français émaillait son anglais. La façon dont elle utilisait le mot « forte », par exemple lorsqu'elle disait : « Making your life run on rails, Lotto. That's my forte[1] », et dans sa bouche cela exprimait puissance et féminité. Lotto la regardait d'un air curieux, et la reprenait : « *For-tay ?* » en prononçant à l'américaine.

For-tay : un mot qui n'existait pas en anglais. « Exactement », répondait-elle.

Et puis les *faux amis**. Elle utilisait parfois *actually* à la place de *currently*. *Abuse* à la place de *mislead*. « Je n'arrive pas à respirer », dit-elle une fois dans l'entrée d'un théâtre, un soir de première où la foule se pressait, « avec toute cette *affluence* ». *Affluence* signifiait « richesse » en anglais, mais là, à bien y réfléchir, ça marchait quand même.

Elle avait beau être parfaitement bilingue, il lui arrivait de mal comprendre ou interpréter. Toute sa vie d'adulte, elle crut que l'adjectif « bougie » faisait référence à des bobos qui mettaient des bougies partout, alors qu'en anglais, c'était un raccourci de « bourgeois ». Ironie du sort.

---

1. « Pour te faciliter la vie quotidienne, Lotto. Là, je suis forte. »

7

Sa langue n'était pas encore guérie des blessures dues à l'accident de voiture. Mathilde parlait très peu. Elle avait mal, certes, mais le silence lui convenait. Dès qu'elle ouvrait la bouche, elle affichait son mépris.

Le soir, elle allait se taper des mecs. Le médecin encore en blouse, qui sentait la teinture d'iode et les cigarettes aux clous de girofle. Le jeune pompiste de chez Stewart, avec sa moustache duveteuse et sa capacité à pomper pendant des heures, tel un derrick solitaire sur les plaines désolées du Texas. Le maire du petit village où Mathilde et Lotto avaient vécu si heureux ; le propriétaire d'un bowling ; un divorcé timide avec une prédilection surprenante pour les draps fleuris. Un cowboy portant des bottes à quatre cents dollars, comme il l'en informa fièrement. Un saxophoniste de jazz noir venu là pour un mariage.

Elle était désormais connue, sans avoir jamais rien dit. Le directeur de l'école ; le propriétaire d'un relais de chasse ; un entraîneur de musculation aux deltoïdes pareils à des grenades ; un poète vaguement célèbre qu'elle et son mari avaient connu à New York et qui vint lui rendre visite sur un coup de tête, mû par le chagrin. Quand il lui mit trois doigts, elle sentit le froid de son alliance.

Elle leva un gros type presque chauve qui conduisait le car de ramassage scolaire. Il voulait seulement la tenir dans ses bras et pleurer.

« Répugnant », dit-elle. Elle était encore en soutien-gorge au beau milieu de la chambre du motel. Elle s'était rasé la tête dans la piscine ce jour-là, ne conservant qu'un duvet de velours. Ses boucles flottaient à la surface, semblables à des serpents noyés. « Arrête de pleurer.

– Je ne peux pas, répondit-il. Je suis désolé.

– Tu es désolé ?

– Tu es tellement belle. Et je suis si seul. »

Elle s'assit lourdement sur le bord du lit. Sur la couette, une scène de jungle.

« Je peux poser la tête sur tes genoux ? demanda-t-il.

– S'il le faut vraiment. » Il appuya sa joue contre ses cuisses. Les muscles de Mathilde se contractèrent pour pouvoir supporter le poids de sa tête. Il avait des cheveux doux sentant le savon sans parfum et sa peau paraissait très tendre, rose et lisse, comme celle d'un porcelet.

« Ma femme est morte, dit-il en embrassant ses cuisses. Il y a six mois, d'un cancer du sein.

– Mon mari est mort, il y a quatre mois. Anévrisme. » Pause. « C'est moi qui gagne. »

Ses cils lui effleuraient la peau tandis qu'il méditait ses paroles. « Dans ce cas, tu comprends, reprit-il.

– Oui. »

Les feux de signalisation en face du motel éclairaient par intermittence la chambre en rouge, puis le noir revenait, rouge, puis noir. « Comment tu fais pour vivre ? dit-elle.

– Des dames cuisinent pour moi. Mes enfants m'appellent tous les jours. Je me suis mis à fabriquer des cerfs-volants. Tout ça, c'est tellement con.

– Je n'ai pas d'enfants.
– Je suis désolé.
– Pas moi. C'est la meilleure décision que j'aie jamais prise.
– Et toi, comment tu fais ?
– Je baise à mort des types répugnants.
– Eh ! s'exclama-t-il en riant. Et ça marche ?
– Pas du tout.
– Alors pourquoi tu continues ? »

Elle répondit lentement : « Mon mari est le deuxième homme avec qui j'ai couché. J'ai été fidèle pendant vingt-quatre ans. Je veux savoir ce que j'ai raté.

– Et qu'est-ce que tu as raté ?
– Rien du tout. Les hommes sont vraiment nuls au lit. À part mon mari. »

Elle réfléchit : en fait, elle avait eu une ou deux bonnes surprises, mais c'était vrai dans la plupart des cas.

Il releva sa face de lune. Traces roses sur ses cuisses à elle, humidité. Il la regarda plein d'espoir. « On dit que je suis un excellent amant. »

Elle passa sa robe par-dessus sa tête, remonta la fermeture de ses bottes jusqu'au genou. « Trop tard, tu as raté l'occasion, mon vieux.

– Oh, allez. J'irai vite.
– Dieu du ciel », soupira-t-elle en posant la main sur la poignée de la porte.

D'un ton aigre il ajouta : « Alors amuse-toi bien à faire la pute.

– Pauvre petit homme triste », rétorqua-t-elle, et elle partit sans se retourner.

C'était sans remède. Les images qui lui traversaient l'esprit lui donnaient mal à la tête ; les livres la laissaient sur sa faim. Elle était tellement lasse de cette façon conventionnelle de raconter des histoires, ces schémas narratifs éculés, ces intrigues touffues sans surprise, ces gros romans sociaux. Il lui fallait quelque chose de plus désordonné, de plus affûté, comme une bombe qui explose.

Elle but beaucoup de vin puis s'endormit, et elle se réveilla au milieu de la nuit, dans un lit froid où son mari ne se trouvait pas. Et c'est ainsi que, avec une véritable amertume existentielle, elle sut qu'il ne l'avait jamais comprise.

À un moment, malgré son intelligence et son art d'administrer les choses, elle était devenue une épouse, et les épouses, nous le savons tous, sont invisibles. Les elfes de minuit du mariage. La maison à la campagne, l'appartement en ville, les impôts, la chienne, tout cela relevait de sa responsabilité : il n'avait aucune idée de la manière dont elle organisait son temps. À tout ça auraient pu s'ajouter des enfants ; dans ce cas, elle était heureuse de ne pas en avoir eu. Et il y avait ceci encore : pour nombre de ses pièces, au moins la moitié, elle s'était faufilée en silence la nuit dans son bureau pour retravailler ce qu'il avait écrit. [Elle ne réécrivait pas ; elle coupait, affinait, mettait en valeur.] Elle s'occupait en outre de toute la gestion, de tous les aspects non créatifs de son travail ; elle imaginait avec horreur tout l'argent qu'il aurait laissé s'évaporer par négligence ou gentillesse.

Un jour, peu avant la générale de *La Maison dans le verger*, alors qu'ils semblaient courir droit au désastre, elle s'était rendue au théâtre. Au cœur de l'après-midi, pluie et café. Elle avait sévèrement tancé un des assistants à la mise en scène, avec une habileté si vicieuse que ses jambes s'étaient dérobées sous lui et qu'il avait dû s'asseoir sur un divan écarlate pour rassembler ses esprits. Une fois terminé, elle avait conclu : « Vous êtes viré. »

Le garçon était parti en courant.

Elle n'avait pas vu Lotto, dissimulé dans l'ombre du couloir, l'air attristé.

« Donc, dit-il, quand les metteurs en scène demandent à un membre de l'équipe de venir te voir, j'imagine que ce n'est pas pour que tu leur remontes le moral. Et moi qui l'ai toujours cru. Les petits gâteaux magiques, le café au lait, quelques larmes versées sur ton épaule.

– Certaines personnes ont besoin d'être motivées différemment. » Elle se leva, étira le cou d'un côté, de l'autre.

« Si je ne l'avais pas vu de mes propres yeux, je n'arriverais pas à y croire.

– Tu veux que j'arrête ? » dit-elle. Elle n'en ferait rien. Ils se retrouveraient à la rue. Mais elle pouvait se montrer plus discrète, s'assurer qu'il l'ignore.

Il entra dans la pièce et verrouilla la porte derrière lui. « En réalité, ça m'a excité. » Il s'approcha et ajouta : « En vérité, je la vois telle une jeune Walkyrie, une vierge entrant dans le cercle sur son destrier, au milieu du tonnerre et des éclairs, puis repartant, chargée du corps d'un héros mort en travers de sa selle[1]. » Il attrapa Mathilde, enroula ses jambes autour de sa taille et la plaqua contre la porte.

Était-ce une citation ? Elle s'en moquait. Sa voix était remplie d'admiration. Elle ferma les yeux. « Au galop, mon fier étalon », dit-elle. Il lui hennit à l'oreille.

---

1. Extrait de *The Truants : Adventures among the Intelectuals*, de William Barrett.

Il y avait une partie d'elle qu'elle ne consacrait pas à Lotto. Tout d'abord, elle écrivait, pas seulement de manière invisible à travers ses manuscrits à lui, qui, devait-il penser, se corrigeaient tout seuls la nuit, comme par magie. Non, elle écrivait ses propres textes, qu'elle gardait pour elle : objets littéraires lapidaires et clandestins, moitié récits, moitié poésie. Publiés sous pseudonyme. Elle s'était lancée là-dedans par désespoir peu avant ses quarante ans, quand il avait fait cette chute dramatique qui l'avait éloigné d'elle.

Et puis, il s'était produit autre chose de bien plus grave. Au cours de cette période où elle s'était mise à écrire, elle l'avait quitté. Il était entièrement pris par son travail. Elle était revenue et il n'avait jamais su qu'elle était partie.

Elle avait vu la résidence d'artistes quand elle avait déposé Lotto : on leur apportait le déjeuner dans un panier en osier, on leur attribuait à chacun un cottage de pierre, sans compter ces longues conversations joyeuses le soir, à la lumière des bougies. Ça ressemblait au paradis. Elle avait pris le visage de son mari entre ses mains lorsqu'elle était venue sur lui dans le petit lit grinçant, mais il l'avait retournée, et lorsque, tremblant, haletant, il avait posé la tête sur son dos pour reprendre son souffle, un frisson glacé l'avait parcourue. Elle s'était moquée de cette prémonition et était repartie. Pendant quelques semaines, elle demeurerait seule dans leur petite maison de campagne avec God.

Au début, elle était optimiste. Son pauvre mari avait passé un si mauvais été. Il avait dévalé cette passerelle à l'aéroport et s'était rompu la moitié des os. Après, il s'était mis à trop boire, à trop peu travailler sur sa nouvelle pièce, il était si triste de ne pas être au sommet de sa forme pendant ces longs mois, avec tous ces ateliers, ces productions, ces projets auxquels il ne pouvait participer. Et même si elle avait été heureuse de l'avoir auprès d'elle à la maison, pour s'occuper de lui, l'aimer et lui préparer des cupcakes, du thé glacé, des bains, l'entourer de mille attentions minuscules, elle avait été si contente de l'emmener pour son anniversaire au petit opéra de Podunk, aux milieu des vaches, et de contempler son visage lorsqu'il s'était penché vers la scène, totalement concentré. Des larmes scintillaient dans ses yeux. Elle en avait vu les traînées sur ses joues à l'entracte quand une femme s'était approchée en douce pour le saluer et qu'il avait rougi sous les feux de la célébrité. Lotto, le corps brisé, son expression si légère, en extase. Il y avait si longtemps qu'il ne s'était pas laissé ainsi absorber tout entier.

Donc, ça ne l'avait pas dérangée de le déposer là-bas en ce mois de novembre gris, elle n'aurait plus à prendre soin de lui pendant quelques semaines. Il devait travailler sur un opéra avec un jeune compositeur. Leo Sen.

Mais dès la première semaine sans Lotto, sa vie, sa maison lui semblèrent vides. Elle oubliait les repas, mangeait du thon directement à la boîte pour le dîner, passait trop de temps au lit à regarder des films en streaming. Le temps avançait clic par clic. Les jours étaient de plus en plus froids, de plus en plus sombres. Parfois elle n'allumait même pas la lumière, elle s'éveillait à huit heures quand le soleil faiblard se levait, pour s'endormir à seize heures trente quand il finissait de fondre. Elle était comme une ourse. Norvégienne. Les appels de son mari lui arrivaient au compte-gouttes, chaque jour au début, puis tous les deux ou trois jours. Dans son demi-sommeil, elle faisait des cauchemars enfiévrés où Lotto lui disait qu'il n'avait plus besoin d'elle, qu'il la quittait, qu'il en aimait une autre. Dans son délire, elle imaginait une poétesse, jeune, frêle, avec des hanches larges conçues pour la maternité, une fille qu'on respectait en tant qu'artiste, ce que Mathilde ne serait jamais. Il demanderait le divorce et, avec sa nouvelle amante à la voix de velours, ils iraient vivre dans l'appartement de New York et dans une abondance de sexe, de fêtes et de bébés, des bébés sans fin qui auraient tous son visage à lui en miniature. Elle voyait presque la poétesse pour de vrai. Elle se sentait si seule qu'elle en étouffait. Elle appelait, elle appelait, et jamais il ne répondait. Ses coups de téléphone à lui devenaient de plus en plus rares ; la dernière semaine, il ne la contacta qu'une seule fois. Il ne se livra à aucune excentricité au bout du fil, ce qui était très étrange de sa part, à se demander comment il avait pu s'assagir ainsi.

Il ne vint pas pour Thanksgiving, alors qu'ils avaient prévu une fête dans leur maison de campagne avec la famille et les amis ; elle dut tout annuler et mangea la crème des tourtes à la citrouille qu'elle avait préparées la veille, jetant la croûte par la fenêtre pour les ratons laveurs. Au téléphone, sa voix était tremblante. Celle de Lotto, distante. Il lui annonça qu'il prolongeait son séjour jusqu'à la mi-décembre. Elle rétorqua quelque chose de blessant et raccrocha. Il rappela trois fois, elle ne décrocha pas. La quatrième, elle l'aurait fait, elle l'avait décidé. Mais c'est en vain qu'elle se tint près du téléphone, il ne rappela plus.

Quand il parlait de Leo, on sentait poindre comme une excitation sous ses mots. Et soudain, elle goûta à cet engouement. Il lui laissa une trace amère dans la bouche.

Mathilde rêva de Leo Sen. Les quelques biographies disponibles en ligne lui avaient appris qu'il était jeune.

Et même si Lotto était totalement hétéro – le besoin gourmand et quotidien de ses mains le lui avait appris –, son mari s'était toujours plus attaché à la traque, à la capture de cette lueur qui habite le corps plutôt qu'au corps lui-même. Une partie de lui avait toujours eu faim de beauté. En aucun cas le corps de Leo Sen ne pouvait lui ravir son mari ; il n'était pas impossible en revanche qu'avec son génie, le compositeur prenne sa place dans le cœur de Lotto. Ce qui était pire. Dans son rêve, ils étaient assis à table, Mathilde et Leo, il y avait un gâteau rose géant, et bien que Mathilde fût affamée, Leo mangeait le gâteau, par petites bouchées délicates, et elle devait le regarder faire en souriant timidement, jusqu'à ce qu'il n'y en ait plus une miette.

Elle demeura longtemps, très longtemps assise à la table de la cuisine, et plus elle restait là, plus sa colère prenait de l'ampleur, plus elle se gonflait de ténèbres, se hérissait d'écailles.

« Je vais lui montrer », dit-elle à God. La chienne remua tristement la queue. Lotto lui manquait à elle aussi.

Il lui fallut dix minutes pour prendre ses dispositions, vingt autres pour préparer ses bagages et la chienne. Elle traversa la cerisaie en se gardant de lever les yeux vers la petite maison blanche refletée dans le rétroviseur. God se mit à trembler quand elle la laissa au chenil. Mathilde, elle, trembla pendant tout le trajet jusqu'à l'aéroport, jusqu'à l'avion, elle prit deux somnifères et cessa de trembler pour dormir tout le temps du voyage, jusqu'à l'arrivée en Thaïlande où elle se réveilla dans un état cotonneux, avec un début d'infection urinaire car elle s'était retenue d'aller aux toilettes pendant son sommeil.

Quand elle sortit de l'aéroport et pénétra dans l'humidité, les miasmes humains, la puanteur tropicale et le vent, ses jambes manquèrent se dérober sous elle.

Bangkok défilait à toute vitesse, rose et or, grouillant de corps sous les lampadaires. Des guirlandes lumineuses enlaçaient les arbres, petite attention à l'égard des touristes. La peau de Mathilde avait soif de ce vent moite, qui l'espace d'un instant charriait les remugles des roseaux des marais, et le suivant sentait l'eucalyptus. Elle était trop agitée pour dormir, l'hôtel trop aseptisé, alors elle ressortit dans l'obscurité. Une femme courbée balayait un trottoir avec un fagot de brindilles, un rat était perché au sommet d'un mur. Mathilde avait envie de l'amertume d'un gin tonic sur sa langue, si bien qu'elle suivit à l'aveugle une musique jusqu'au porche d'entrée d'une boîte de nuit encore vide à cette heure. À l'intérieur, des gradins, des balcons, une scène prête à accueillir un groupe. La barmaid lui tapota la main lorsqu'elle lui apporta son verre, éclair de chaleur sur la peau, puis le froid du verre, et Mathilde eut envie de toucher les cils épais de cette femme. Quelqu'un s'était assis près d'elle, un Américain trop gros pour son tee-shirt, le crâne duveteux comme une pêche mûre. À côté de lui, une Thaïe replète qui riait. La voix de l'homme suintait l'intimité ; il avait déjà pris possession d'elle. Mathilde eut envie de s'emparer de ses mots, de les rouler en boule dans son poing et de les lui rentrer au fond de la gorge. À la place, elle retourna à l'hôtel et attendit l'aube, allongée sur son lit, sans sommeil.

Au matin, elle embarqua sur un bateau à destination des îles Phi Phi, le vent déposant sur ses lèvres son haleine salée. Elle avait son propre bungalow. Elle avait payé pour un mois et elle s'imaginait Lotto revenant dans une maison vide, sans chienne, cherchant partout sa femme, ne trouvant personne, rien, la terreur peu à peu lui emplissant le cœur. L'avait-on kidnappée ? S'était-elle enfuie avec un cirque de passage ? Elle était si agréablement souple avec lui qu'elle aurait pu être contorsionniste. Sa chambre était blanche, avec, partout, du bois sculpté ; on avait déposé d'étranges fruits luisants dans une coupe rouge sur la table, et sur le lit, une serviette pliée en forme d'éléphant.

Elle ouvrit les portes-fenêtres aux murmures de la mer, aux cris des enfants sur la plage, retira le couvre-lit parce qu'elle ne voulait en aucun cas que les germes d'autres gens approchent sa peau, puis elle s'allongea, ferma les yeux et sentit ses cauchemars anciens s'éloigner en grinçant.

Quand elle se réveilla, il était l'heure de dîner, les cauchemars étaient de retour et creusaient en elle un grand trou de leurs dents acérées.

Elle pleura devant son miroir, enfila une robe, mit du rouge à lèvres, mais ses larmes l'empêchèrent de se maquiller les yeux. Elle s'installa à sa table, seule, au milieu des fleurs et des couverts étincelants ; les employés aimables la servirent avec gentillesse, ils l'avaient placée face à la mer pour qu'elle puisse pleurer en paix. Elle ne mangea qu'une bouchée et but une bouteille de vin, ensuite elle retourna à son bungalow, pieds nus dans le sable.

Elle resta une seule journée au soleil, vêtue de son bikini blanc qui bâillait car elle avait perdu trop de poids. Les serveurs voyaient les larmes couler sous ses lunettes de soleil, alors ils lui apportaient des jus de fruits frais sans qu'elle le leur ait demandé. Elle demeura sous le soleil brûlant jusqu'à en avoir des cloques sur les épaules.

Le lendemain matin, au réveil, elle vit de sa fenêtre un éléphant qui transportait une petite fille sur la plage, mené par une femme mince en sarong. Pendant la nuit, la colère avait remplacé sa tristesse, l'avait chassée. Son corps brûlait des coups de soleil de la veille. Elle se redressa et découvrit son visage dans le miroir en face du lit, rouge, tranchant comme l'éclair et rempli de détermination.

Elle était de retour cette Mathilde qu'elle connaissait bien, celle qui jamais n'avait cessé de lutter. Le combat qu'elle menait était silencieux, subtil, elle avait toujours été une guerrière. La poétesse n'existait que dans son imagination, il fallait qu'elle se le dise ; et ce musicien tout mince appelé Leo n'avait rien de plus qu'elle car c'était un garçon, et par conséquent, il ne détenait aucun pouvoir. Elle vaincrait, c'était évident. Comment avait-elle osé déserter ?

Deux jours après son arrivée, l'avion décolla et elle était de nouveau dans les airs. Elle avait passé six jours à se liquéfier intérieurement. Au chenil, on lui rendit God, et la chienne était si heureuse de la retrouver qu'elle essaya de se nicher à l'intérieur de sa poitrine. Elles rentrèrent dans la maison glaciale aux relents de poubelles qu'elle avait oublié de sortir en partant. Elle rangea sa valise dans un placard à l'étage, elle la déballerait plus tard, et s'assit à la table de la cuisine avec une tasse de thé pour mettre au point une stratégie. La difficulté, ce n'était pas ce qu'elle était prête à tenter pour ramener Lotto. Mais plutôt ce qu'elle refusait de faire. Il y avait pléthore de possibilités, elles étaient beaucoup trop nombreuses.

Quelques instants plus tard, elle entendit une voiture dans l'allée. Sur le gravier, un pas, un léger boitillement.

Son mari entra. Elle ne se précipita pas vers lui.

Elle le regarda depuis l'autre bout de la maison. Il était plus mince, mieux portant qu'à son départ. Comme sculpté. Sur son visage, quelque chose qu'elle ne voulait pas voir.

Il huma l'air, et pour ne pas qu'il parle de l'odeur des poubelles, du froid qui régnait dans la maison, ce qui aurait brisé l'atmosphère, anéanti pour elle toute possibilité de revenir vers lui, elle traversa la cuisine et vissa sa bouche sur la sienne. Cela faisait si longtemps, le goût en était étrange, la texture caoutchouteuse. Choc de l'étrangeté. Il s'opéra alors en lui un léger changement, une sorte de soumission. Il s'apprêtait à parler, mais elle appuya la main contre sa bouche avec force. Elle l'aurait plongée dedans si elle avait pu, pour empêcher les mots de sortir. Il comprit. Il sourit, lâcha ses bagages, la poussa contre le mur. Son grand corps contre le sien. God geignait à ses pieds. Mathilde saisit son mari par les hanches avec férocité, elle le poussa dans le couloir, puis dans l'escalier.

Elle le poussa encore de toutes ses forces, et il s'abattit durement sur le lit, gémissant d'un vieux reste de douleur dans le côté gauche. Il leva les yeux vers elle, une certaine perplexité se dessinait sur son visage, et il essaya de nouveau de parler, mais elle lui ferma la bouche, secoua la tête, ôta ses chaussures, son pantalon, déboutonna sa chemise, sa braguette. Oh, ce caleçon à l'élastique décousu, ça la fit fondre. Ses côtes étaient apparentes sur son torse pâle. Son corps avait subi d'intenses pressions. Elle prit quatre cravates dans son placard, vestiges de ses années de pensionnat, qu'il ne portait plus jamais à présent. Il rit quand elle lui attacha les poignets aux montants du lit, bien qu'elle en fût malade à l'intérieur d'elle-même. Implacable. Elle noua une autre cravate autour de ses yeux. Il émit un bruit étrange, mais elle utilisa la quatrième pour le bâillonner, serrant fort même si ça n'était pas nécessaire, et la soie bleue lui rentra dans les joues.

Longtemps, elle se tint au-dessus de lui, éprouvant sa puissance. Elle garda son chemisier pour dissimuler ses coups de soleil, sa peau qui pelait ; son visage, elle pouvait l'expliquer par ses longues courses à vélo. Elle le frôlait de son entrejambe, légèrement, au hasard. Il sursautait à chaque caresse. Il était réduit à ce corps longiligne, si impatient, privé de ses yeux, privé de sa langue. Lorsqu'il se mit à haleter sous son bâillon, elle se laissa tomber sur lui, sans se soucier de lui faire mal. Elle pensait à… à quoi ? Des ciseaux découpant du tissu. Il y avait si longtemps. Tout devenait étrange. Ce ventre tendu sous elle, pareil au caramel craquant d'une crème brûlée. Il avait le visage rouge sous ses entraves ; ses lèvres bougeaient à la manière d'un poisson, comme pour se libérer, et elle planta ses ongles dans sa taille, dessinant des croissants de sang. Son dos se cambra sur le matelas. Dans son cou, les veines bleues.

Il jouit le premier, donc c'était cuit pour elle. Ça n'avait pas d'importance. Dans le noir, elle était allée chercher quelque chose à l'aveuglette et avait réussi à se le réapproprier. Elle pensa aux paroles qu'elle l'avait empêché de prononcer, qui s'étaient formées, élevées en lui, jusqu'à ce que la pression soit insupportable. Elle retira le bandeau sur ses yeux, mais ne toucha pas au bâillon, embrassant ses poignets violets. La façon dont il la regardait à présent était comique, avec la soie assombrie par la salive en forme d'œuf. Elle se pencha, déposa un baiser entre ses sourcils. Il la prit doucement par la taille et elle attendit d'être sûre qu'il ne dise rien de ce qu'il avait vécu, alors seulement elle détacha la cravate qui entravait sa bouche. Il se redressa, l'embrassa sous le menton, là où battait son pouls. Cette chaleur avait tant manqué à Mathilde. La palette des odeurs de son corps. Il respecta son silence. Se leva, alla prendre une douche, tandis qu'elle descendait à la cuisine préparer des pâtes. *Puttanesca*. Ironie à laquelle elle ne put résister.

Quand il descendit à son tour, il lui montra la trace de ses ongles dans son flanc. « Une vraie tigresse », dit-il, et c'était avec une espèce de tristesse qu'il la regardait maintenant.

Les choses auraient dû en rester là ; mais ce n'était pas fini. Elle poursuivit ses recherches sur Google au sujet de Leo Sen. Quand dans la semaine qui précédait Noël arriva sur son écran la terrible nouvelle de sa noyade, elle sursauta. Puis la victoire, brûlante et terrible, grandit dans sa poitrine. Elle se détourna de son propre reflet sur l'écran.

Pendant que Lotto travaillait là-haut, absorbé par sa nouvelle pièce, elle alla chez Stewart acheter le journal. Elle le laissa de côté jusqu'au matin du 24 décembre, et là, le déposa près du miroir de l'entrée où, savait-elle, Lotto attendrait Rachel, sa femme et ses enfants. Il aimait les fêtes de fin d'année, car elles étaient à l'unisson du cœur brûlant et joyeux de son être ; il fixerait la petite route de campagne par la fenêtre, impatient, et ne manquerait pas de remarquer ce journal. Et il saurait qu'elle savait. Elle l'entendit siffloter, alors elle sortit de la chambre et se posta en haut de l'escalier pour l'observer. Il se sourit à lui-même dans la glace, examina son profil, et ses mains s'arrêtèrent sur le journal. Il y jeta un œil plus attentif et commença à lire. Il pâlit, s'appuya à la console, comme s'il risquait de défaillir. Rachel et Elizabeth se chamaillaient quand la porte de derrière s'ouvrit et qu'elles entrèrent dans la cuisine, les enfants criant d'excitation, la chienne jappant de contentement en les accueillant. Mathilde avait mis de côté le journal pour ce moment précis, parce que, environné de cette compagnie, il n'essaierait pas d'argumenter, il n'aggraverait pas la situation en l'exprimant par des mots, et s'il ne les disait pas tout de suite, il se tairait pour de bon. Lotto leva les yeux vers le miroir et vit Mathilde dans l'escalier, au-dessus de lui.

Elle le regarda qui la regardait. Une compréhension nouvelle balaya le visage de Lotto, avant de s'effacer ; il fut effrayé d'entrevoir ainsi un instant ce qu'il y avait en elle et refusa d'en apprendre davantage.

Elle posa le pied sur la marche inférieure. « Joyeux Noël ! » s'écria-t-elle. Elle était toute propre. Dégageait une odeur de pin. Elle descendit. C'était une petite fille ; aussi légère que l'air.

Welch dunkel hier ! chante Florestan dans le *Fidelio* de Beethoven, un opéra sur le thème du mariage.

C'est vrai, la plupart des opéras racontent des histoires de mariage. Mais rares sont les mariages qui ressemblent à un opéra.

Qu'il fait sombre ici ! voilà ce que chante Florestan.

Ce 1er janvier fut le seul jour de sa vie où Mathilde crut à l'existence d'un dieu. [Ah !] Rachel, Elizabeth et les enfants dormaient encore là-haut, dans la chambre d'amis. Mathilde prépara des scones, une *frittata*. Sa vie était une longue suite sans fin de tentatives pour divertir les autres.

Elle alluma la télévision. Le chaos en noir et or, un feu dans la nuit. Des corps sous des draps, bien alignés comme des tentes sur une plaine ; un bâtiment aux fenêtres en ogive, noirci, sans toit. Une vidéo prise avec un téléphone portable juste avant l'incendie, un groupe sur une scène criant le décompte avant la nouvelle année, un feu crachant des étincelles, des visages hilares. À présent, à l'extérieur, des gens amenés vers des ambulances ou allongés par terre. La peau dévastée, rose, carbonisée. Incontournable idée de viande. Mathilde sentit un malaise l'envahir lentement. Elle reconnaissait cet endroit, elle s'y trouvait quelques jours plus tôt. La bousculade des corps contre les portes verrouillées, la fumée toxique, les cris. La fille replète contre le gros Américain au bar. La barmaid aux cils voluptueux, le choc de sa main chaude contre celle de Mathilde. En entendant les pas de Rachel dans l'escalier, elle éteignit la télévision et sortit vite dehors avec God pour reprendre ses esprits dans le froid.

Ce soir-là, au dîner, Rachel et Elizabeth leur annoncèrent que cette dernière était enceinte.

Une fois au lit, lorsque Mathilde se mit à pleurer à chaudes larmes, à la fois de gratitude, de culpabilité et d'horreur face à tout ce à quoi elle avait échappé, Lotto crut que c'était parce que sa sœur était si riche d'enfants, alors qu'eux en étaient si terriblement, si cruellement dépourvus. Plus tard, il pleura à son tour dans les cheveux de sa femme. Et la distance entre eux fut abolie, de nouveau ils étaient réunis.

8

L'aéroport était assourdissant. Aurélie, onze ans, seule, ne comprenait rien. Enfin, elle vit un homme qui tenait un panneau avec son nom et elle comprit avec un grand soulagement qu'il devait s'agir de son oncle, le frère de sa mère, bien plus âgé qu'elle. « L'enfant de ma jeunesse débauchée », comme disait sa grand-mère ; mais sa vieillesse aussi avait été débauchée. L'homme était jovial, rond, rouge, d'allure sympathique. Elle l'aimait déjà.

« *No*, mamzelle, dit-il. Non oncle. *The driver.* »

Elle ne comprenait pas, alors par geste il lui montra qu'il conduisait la voiture. Elle ravala sa déception.

« *No* parler français. *Except* voulez-vous coucher avec moi. »

Elle écarquilla les yeux, et il reprit : « *No, no, no, no, no. No* vous. Excusez-moi. *No* voulez-vous coucher avec vous. » Il rougit comme une pivoine, et ne cessa de rire jusqu'à la voiture.

Sur l'autoroute, il lui acheta un milkshake à la fraise ; c'était écœurant et lourd, mais elle le but malgré tout parce que c'était gentil de sa part. Craignant d'en renverser sur les sièges en cuir, elle tint le gobelet avec soin pendant tout le trajet jusqu'à la maison de son oncle.

Ils s'arrêtèrent dans une allée de gravier. La maison était modeste pour un homme avec chauffeur. Un austère corps de ferme dans le style hollandais de Pennsylvanie, aux pierres impénétrables, aux fenêtres anciennes, pleines de petites bulles qui déformaient le paysage. Le chauffeur monta ses bagages dans sa chambre, qui à elle seule faisait deux fois la taille de l'appartement de sa grand-mère à Paris. Dans une pièce communicante, sa propre salle de bains en marbre, avec un tapis de douche vert si épais qu'on aurait cru du gazon printanier dans un parc. Elle eut envie de s'allonger dessus sans tarder pour dormir pendant des jours.

À la cuisine, le chauffeur sortit du réfrigérateur une assiette avec une escalope de poulet panée, de la salade de pommes de terre, des haricots, puis il lui remit un mot de son oncle en français, l'informant qu'il la verrait quand il rentrerait. La télévision, disait-il, était le meilleur moyen d'apprendre l'anglais. Elle ne devait pas sortir de la maison. Elle devait rédiger une liste des affaires dont elle avait besoin, que le chauffeur lui apporterait le lendemain.

Elle eut du mal à ne pas relever les nombreuses fautes d'orthographe qu'il avait commises.

Le chauffeur lui expliqua comment verrouiller la porte et mettre en marche l'alarme. Son visage flasque était empreint d'inquiétude, mais il devait s'en aller.

Elle mangea, collée à la télévision, se réchauffant contre l'écran chargé d'électricité statique, sur lequel elle suivit une émission incompréhensible sur les léopards. Ensuite elle fit la vaisselle, rangea tout selon son instinct, et monta à l'étage sur la pointe des pieds. Elle essaya chacune des portes, mais toutes étaient fermées à clé, sauf sa chambre, alors elle se lava les mains, le visage, les pieds, se brossa les dents, puis elle se mit au lit, mais il était trop grand, et la chambre pleine d'ombres. Elle prit sa couette et un oreiller et pénétra dans le placard vide, où elle s'assoupit sur la moquette qui sentait la poussière.

Au cœur de la nuit, elle fut soudain réveillée par un homme maigre qui la regardait depuis la porte. Ses grands yeux et ses pommettes lui rappelèrent sa grand-mère. Il avait de petites oreilles semblables à des ailes pâles de chauve-souris. Son visage raviva le souvenir de sa mère à travers la brume des années passées.

« Voilà donc la vilaine petite fille », dit-il en français. Il semblait amusé, même s'il ne souriait pas.

Elle s'arrêta de respirer. Dès cet instant, elle comprit qu'il était très dangereux, malgré son air aimable. Elle devrait être prudente. Ne jamais montrer ce qu'elle pensait.

« Je ne suis pas souvent là. Mon chauffeur t'emmènera acheter tout ce dont tu as besoin. Il te conduira aussi à l'arrêt de bus que tu prendras pour aller à l'école. Tu ne me verras pas beaucoup. »

Elle le remercia à mi-voix, parce que le silence aurait été pire.

Il la fixa longuement et ajouta : « Moi aussi, ma mère m'obligeait à dormir dans le placard. Tu dois essayer de dormir dans ton lit.

– Oui », murmura-t-elle. Il referma la porte de la chambre et elle l'entendit s'éloigner, déverrouiller une porte, l'ouvrir, la refermer à clé, et ainsi de suite plusieurs fois. Elle continua d'écouter le silence de la maison, jusqu'à ce qu'il s'insinue en elle et qu'elle se rendorme.

Dès la première heure dans cette école américaine, le garçon qui était assis devant Aurélie se retourna vers elle. Il lui raconta une blague en anglais qu'elle ne comprit pas. « Qu'est-ce que t'es bête ! » conclut-il.

Le déjeuner, une incompréhensible tranche de pain avec du fromage dessus. Du lait qui sentait le moisi. Elle s'assit dans la cour en tâchant de se faire toute petite, alors même qu'elle était très grande pour son âge. Le garçon qui lui avait raconté la blague s'approcha, flanqué de trois copains.

« *Orally* », s'esclaffèrent-ils en pointant la langue dans leur joue et mimant avec leurs doigts un pénis allant et venant dans la bouche.

Soudain, elle comprit. Elle alla voir sa professeure, une espèce de bébé rabougri aux rares cheveux blancs qui toute la matinée avait mis un point d'honneur à s'adresser à elle dans son pitoyable français de collège.

Aurélie lui expliqua que même si c'était bien là son nom officiel, à Paris personne ne l'appelait ainsi.

En entendant le nom de cette ville, le visage de l'enseignante s'éclaira. « *Non ? Et qu'est-ce que c'est, le nom que vous préférez* ?* »

Aurélie réfléchit. Il y avait une fille dans la classe supérieure à Paris, petite, forte, sarcastique, avec de longs cheveux noirs. Elle était cool et mystérieuse, toutes les autres filles lui offraient des *berlingots** et des *bandes dessinées**. Quand elle se mettait en colère, ses paroles devenaient cinglantes. Elle usait de son pouvoir avec parcimonie. Elle s'appelait Mathilde.

« Mathilde, répondit Aurélie.

– Mathilde, répondit l'enseignante. Bon. »

Et c'est ainsi que tout d'un coup, Mathilde enveloppa Aurélie. Elle sentit le calme de l'autre fille l'envahir, son regard tranquille, sa vivacité. Quand le garçon devant elle se retourna encore une fois pour mimer une fellation, rapide comme l'éclair elle lui pinça la langue à travers la joue, il glapit, les larmes lui montèrent aux yeux, mais quand la professeure se retourna, elle vit Mathilde calmement assise. Le garçon fut puni pour avoir crié. Mathilde regarda au cours de l'heure suivante deux grains de raisin se dessiner sur sa joue. Elle eut envie de les croquer.

Un jour, lors d'une fête, à l'époque où ils habitaient dans ce sous-sol bienheureux de Greenwich Village et qu'ils étaient si affreusement fauchés [des trous dans les chaussettes, ils vivaient d'amour et d'eau fraîche], des guirlandes lumineuses de Noël formant une chaîne de citrons sur les murs, tout le monde buvant une mauvaise vodka mélangée à du jus, Mathilde passait en revue des CD, quand elle entendit quelqu'un crier *Aurélie !* et aussitôt, elle se retrouva à l'âge de onze ans, désespérée, seule, en proie à la confusion. Elle fit volte-face. Mais c'était juste son mari, en plein dans une histoire : « Il savait pas que c'était un suppositoire, alors il l'a pris par voie *orale, lui* ! » Leurs amis se saoulaient ; les filles dansaient, un verre à la main. Mathilde se réfugia dans sa chambre, elle longea comme un robot les trois corps enlacés sur le lit sans un regard. Elle espérait seulement qu'ils changeraient la housse de couette après. Elle entra dans le placard qui sentait le bois de cèdre et l'odeur de sa peau. Se nicha parmi ses souliers. S'assoupit. S'éveilla des heures plus tard quand Lotto ouvrit la porte, qu'il éclata de rire et la sortit tendrement de là pour la mettre au lit. Elle était heureuse que le matelas soit nu, qu'elle et son mari se retrouvent enfin tous les deux, sa main chaude et avide dans son cou, sur sa cuisse. « Oui », dit-elle. Elle n'en avait pas vraiment envie, mais ça n'avait pas d'importance. Le poids de son corps la ramenait vers le présent. Mathilde remontait lentement à la surface. [Et Aurélie, la pauvre petite fille perdue, s'évanouit à nouveau.]

Aurélie était douce et docile ; Mathilde bouillait sous son allure tranquille.

Un jour où elle jouait au ballon poteau et qu'un garçon de sa classe gagnait, elle lui envoya la balle en pleine figure, si fort qu'il tomba à la renverse, sa tête heurta le sol, et il eut un traumatisme crânien. Une autre fois, elle entendit son nom surgir au milieu d'un groupe de filles, qui éclatèrent de rire. Elle patienta. Au déjeuner, une semaine plus tard, elle s'assit à côté de la plus populaire d'entre elles, attendit que celle-ci prenne une grosse bouchée de son sandwich et, sous la table, la piqua à la cuisse avec une fourchette. La fille recracha sa bouchée avant de crier, et Mathilde eut le temps de dissimuler la fourchette. Elle regarda le professeur de ses grands yeux, et on la crut.

Désormais, les autres élèves la craignaient. Mathilde voguait tranquillement à travers les jours, comme si elle était au milieu des nuages et contemplait dans l'indifférence ce qui se déroulait plus bas. La demeure de son oncle en Pennsylvanie n'était qu'un lieu où dormir, froid et sombre, ce n'était pas chez elle. Elle s'imaginait une vie à part, un désordre chaotique avec six sœurs, de la musique pop à fond à la radio, des émanations de vernis à ongles, des épingles à cheveux sur la coiffeuse. Des soirées passées à jouer en mangeant du pop-corn, à se battre en hurlant. Une voix venant de l'autre lit, dans la nuit. Chez son oncle, seul le ronron chaleureux de la télévision était toujours là pour l'accueillir. Elle imitait les comédiens d'un soap opera, *Les Étoiles dans tes yeux*, faisait les différentes voix, jusqu'à se débarasser de son accent. Son oncle n'était jamais là. Est-ce qu'elle mourait d'envie de découvrir ce qu'il y avait derrière toutes ces portes fermées à clé ? Bien sûr que oui. Mais elle ne tenta pas de forcer les serrures. [Déjà un miracle de retenue.] Chaque dimanche, le chauffeur l'emmenait faire ses courses à l'épicerie, et si elle était assez rapide et qu'ils avaient le temps, il la conduisait jusqu'à un petit parc près d'une rivière où elle donnait des tranches de pain blanc aux canards.

Sa solitude était si puissante qu'elle ressemblait au couloir de l'étage, sombre alignement de portes verrouillées.

Un jour qu'elle nageait dans la rivière, une sangsue s'accrocha à sa cuisse, si proche de son intimité qu'elle en frissonna d'excitation et ne la retira pas, et pendant la journée, elle pensa à elle, son amie invisible. Quand la sangsue tomba dans la douche et qu'elle l'écrasa par mégarde, elle pleura.

Pour être le moins souvent possible à la maison, elle s'inscrivit dans tous les clubs de son école qui nécessitaient qu'on y consacrât du temps sans qu'on ait besoin de parler. Elle se mit à nager, jouer aux échecs, et apprit la flûte pour entrer dans l'orchestre, instrument peu valorisant, elle le sentait bien, mais facile à maîtriser.

Des années plus tard, au sommet du bonheur, elle songerait à cette fille solitaire, les yeux baissés comme une putain de campanule timide, alors qu'à l'intérieur une tornade l'habitait. Elle avait envie de frapper telle élève. Ou bien de la prendre dans ses bras, de lui couvrir les yeux et de fuir loin avec elle, en sécurité.

Mais au lieu de cela, lorsqu'elle eut douze ans, son oncle l'adopta. Elle ignora tout de la procédure, jusqu'à la veille du passage devant le tribunal. Ce fut le chauffeur qui le lui apprit.

Il avait pris tellement de poids au cours de l'année précédente qu'il avait du ventre maintenant. Quand il déposait ses courses dans le coffre de la voiture, elle avait envie d'enfouir sa figure au milieu de ses bourrelets.

« Adoptée ! Quelle bonne nouvelle ! À présent, vous n'avez plus à vous inquiéter d'avoir à déménager, *mamzelle**. Vous êtes ici chez vous. »

Quand il remarqua son expression, il posa la main sur sa tête – était-ce la première fois qu'il la touchait ? – et dit : « Oh, petite fille. Ne le prenez pas si mal. »

Sur le chemin du retour, son silence fut à l'image des champs qu'ils traversaient. Pétrifié de glace, las des oiseaux noirs.

Dans la voiture, il déclara : « Je dois vous appeler mademoiselle Yoder, désormais.

– Yoder ? Mais ce n'est pas le nom de ma grand-mère ? »

Dans le rétroviseur, les yeux du chauffeur s'emplirent de joie : « On raconte que votre oncle a pris le premier nom venu quand il est arrivé à Philadelphie. C'était au marché de Reading Terminal. La pâtisserie Yoder. »

Une expression d'alarme balaya son visage et il se reprit : « Vous ne direz pas que je vous ai raconté ça, hein ?

– À qui pourrais-je le répéter ? Je ne parle à personne d'autre que vous.

– Douce enfant. Ça me fend le cœur. Oh oui. »

Le jour de ses treize ans, Mathilde trouva une porte entrouverte au rez-de-chaussée. Son oncle avait dû la laisser ainsi exprès pour elle. Pendant un instant, son désir prit le pas sur le reste et elle ne put résister à la curiosité. Elle entra. C'était une bibliothèque, avec des canapés en cuir et des lampes Tiffany et, à l'exception d'une vitrine qui abritait des estampes érotiques japonaises, comme Mathilde le comprendrait plus tard, elle avait accès à tous les livres de la pièce, sans même avoir à se mettre sur la pointe des pieds. Ces livres étaient étranges, et malgré leurs vieilles reliures identiques et leurs pages irrégulières, ils paraissaient néanmoins avoir été rangés au hasard. Lorsqu'elle en saurait un peu plus sur les usages du monde, elle comprendrait qu'il s'agissait d'ouvrages vendus au mètre, essentiellement pour des raisons décoratives. Mais en ces années difficiles du début de l'adolescence, c'était un escadron débarquant tout droit d'une époque victorienne plus tendre. Elle les lut tous. Elle était si familière de Ian Maclaren et Anthony Hope, Booth Tarkington et Winston Churchill [l'Américain], de Mary Augusta Ward et Frances Hodgson Burnett, que le style de ses dissertations devint de plus en plus élaboré et fleuri. L'instruction aux États-Unis étant ce qu'elle est, ses professeurs virent dans son style rococo la preuve de prodigieuses facilités d'écriture qu'elle n'avait pas en vérité. La dernière année de collège, elle serait première en anglais. Cela se poursuivrait au lycée. Le jour de son treizième anniversaire, quand elle referma la porte de la bibliothèque derrière elle, elle pensa qu'à ce rythme-là, la visite de toutes les pièces la mènerait à ses trente ans.

Seulement, un mois plus tard, son oncle oublia par mégarde de verrouiller une porte.

Elle n'était pas censée être là. Elle était rentrée à pied de l'école car les élèves avaient été renvoyés chez eux à la mi-journée – une tempête de neige approchait – et on n'avait pas réussi à joindre le chauffeur au bureau, de toute façon elle avait raté le bus scolaire. Elle était donc revenue à pied par un froid glacial, ne sentant plus ses jambes nues au bout de cinq minutes. Elle avait lutté pour franchir les trois derniers kilomètres en avançant de biais, protégeant ses yeux de ses mains en visière.

Quand elle arriva à la maison, elle dut s'accroupir devant la porte, les mains plongées dans son soutien-gorge afin de les réchauffer et de pouvoir ensuite manier la clé. Elle entendit des voix à l'intérieur, au bout du couloir, dans la bibliothèque. Elle ôta ses chaussures, ses pieds étaient des blocs de glace, puis elle se glissa dans la cuisine où des sandwichs à demi mangés avaient été abandonnés sur le comptoir. Un sachet de chips répandait ses entrailles goût barbecue. Dans une tasse, une cigarette était encore allumée, pour un quart réduite en cendre. À la fenêtre, la tempête était presque noire.

Elle essaya d'atteindre l'escalier sans bruit, mais s'arrêta net : sous les marches se trouvait une petite pièce dont elle n'avait encore jamais vu la porte ouverte. Elle entendit un bruit de pas et se réfugia à l'intérieur, refermant la porte en silence derrière elle. La lumière était allumée. Elle l'éteignit. Elle s'accroupit derrière une étrange statue figurant une tête de cheval et souffla sur ses doigts. Le bruit de pas s'éloigna. Ensuite, elle entendit de fortes voix d'hommes et d'autres pas. Dans le noir, sa peau se réchauffait et elle avait la sensation que mille fourmis la grignotaient.

La porte d'entrée de la maison claqua, elle attendit, attendit, mais elle sentit qu'à présent la demeure était vide, qu'elle était seule.

Elle ralluma la lumière et vit ce qu'elle n'avait qu'entraperçu auparavant. Le long du mur, des toiles tournées contre la cloison, et de petites statues. Elle prit un tableau. Il était lourd, massif. Elle le retourna et faillit le laisser choir. Jamais de sa vie elle n'avait contemplé d'objet aussi parfait. En bas, au premier plan, un cheval blanc tout en courbes monté par un homme vêtu d'une robe bleue d'une étoffe si précieuse qu'elle eut envie de la toucher pour s'assurer qu'elle n'était pas réelle. Derrière lui, d'autres hommes, d'autres chevaux, un paysage rocheux accidenté. Se détachant sur le ciel bleu, une cité douce et pâle, si parfaite qu'elle paraissait constituée d'os.

Elle mémorisa le tableau. Enfin, elle le remit à sa place et enleva son pull pour éponger la neige fondue qui avait coulé de ses vêtements et de ses cheveux. Elle tira la porte derrière elle et en entendant le pêne se glisser dans la serrure, elle éprouva un sentiment de perte.

Elle monta à l'étage et s'allongea dans le noir, paupières baissées, pour se représenter la peinture. Quand le chauffeur arriva, qu'elle l'entendit l'appeler d'un ton inquiet, elle ouvrit la fenêtre, ramassa une poignée de neige, la répandit sur ses cheveux et courut à la cuisine.

« Oh, ma fille, dit-il en s'asseyant lourdement. J'ai cru qu'on t'avait perdue dans cette tempête. » Peu lui importait qu'il se soit soucié autant d'elle que de lui, et que, s'il l'avait réellement perdue, il aurait lui-même couru un véritable danger.

« Je ne suis là que depuis quelques minutes », répondit-elle en frissonnant, alors il lui prit la main, sentit combien elle était froide, la fit asseoir, et avec ce qu'il avait sous la main, il lui prépara un chocolat chaud et des cookies aux pépites de chocolat.

Pour son quatorzième anniversaire, son oncle emmena Mathilde dîner dehors. En trois ans, c'était la première fois qu'ils partageaient un repas. Elle ouvrit la porte de sa chambre et découvrit la robe rouge qu'il avait déposée sur son lit, on aurait dit une fille maigre allongée sur le dos. À côté, sa première paire de chaussures à talons, sept centimètres et demi, noires. Elle s'habilla avec lenteur.

Il faisait bon dans le restaurant, c'était une ancienne ferme qui ressemblait un peu à la maison où elle vivait, mais un feu brûlait dans l'âtre. Son oncle avait l'air malade dans la lumière dorée, sa peau semblait de cire à moitié fondue. Elle se mit en condition pour pouvoir le regarder tandis qu'il commandait pour eux deux. Salade césar. Steak tartare surmonté d'un œuf de caille, suivi d'un filet mignon. En garniture, pommes de terre sautées et asperges. Côtes-du-rhône. Mathilde était végétarienne depuis qu'elle avait vu un reportage à la télévision sur l'élevage industriel, des vaches pendues à des crochets, écorchées vives, des poulets enfermés dans des cages si étroites que ça leur cassait les pattes et qu'ils grandissaient enveloppés dans leurs propres excréments.

Quand les salades furent servies, son oncle enroula un anchois sur sa fourchette et la complimenta en français pour sa façon de se tenir et son autonomie. Il avalait sans mâcher ; comme les requins, elle l'avait vu à la télévision.

« Je n'ai pas le choix. Je suis complètement livrée à moi-même », dit-elle. Elle se détesta de s'être trahie par une moue.

Il posa sa fourchette, la regarda. « Oh, je t'en prie, Aurélie. Personne ne t'a battue. Ni laissée mourir de faim. Tu vas à l'école, chez le dentiste, chez le médecin. Moi, je n'ai rien eu de tout ça. Tu donnes dans le mélo, là. On est loin d'*Oliver Twist*, tu n'es pas une enfant qu'on envoie à la mine. J'ai été bon pour toi.

– Une fabrique de cirage. Dickens a travaillé dans une fabrique de cirage », corrigea-t-elle. Puis elle passa à l'anglais. « Non, je ne dirais pas que vous n'avez jamais été pas bon pour moi. »

Il sentit l'insulte plus qu'il ne la comprit vraiment. « Peu importe. Je suis tout ce que tu auras jamais. *Diablesse**, ils t'appelaient. Je dois dire que je n'ai vu aucun démon en toi, à ma grande déception. Donc, soit il n'existe pas, soit tu as appris à le dissimuler, comme toutes les personnes réellement mauvaises.

— Peut-être que vivre dans la peur chasse les démons qui nous habitent. L'exorcisme par la terreur. » Elle avala son eau, remplit son verre de vin et le but.

« Tu n'as rien vu qui puisse t'effrayer. » Il se pencha vers elle en souriant. « Mais je peux arranger ça si tu veux. »

Un instant, elle cessa de respirer. Peut-être était-ce le vin qui lui faisait tourner la tête. « Non, merci.

— À ta guise. » Il termina sa salade, s'essuya la bouche et ajouta : « Personne ne t'a dit que tes parents avaient de nouveaux bébés. Enfin, nouveaux. L'un a trois ans, l'autre cinq. Des petits garçons. Tes frères, j'imagine. Je te montrerais bien la photo que m'a envoyée ma sœur, mais je crois que je l'ai égarée. »

[Étrange, comme nous associons les choses à certaines souffrances : la salade César, à jamais une douleur suffocante.]

Elle sourit en regardant un point situé au-dessus de la tête de son oncle, où le feu de bois se reflétait sur un baromètre ancien. Il se reflétait aussi sur les oreilles pointues de son oncle. Elle ne dit rien.

Quand fut servi le filet mignon, il déclara : « Tu es très grande. Mince. Une drôle d'allure, mais on dirait que c'est à la mode. Peut-être que tu pourrais devenir mannequin. Tu pourrais te payer tes études comme ça. »

Elle but son eau lentement, par gorgées régulières.

« Ah, reprit-il. Tu croyais que j'allais t'envoyer à l'université. Seulement mes obligations s'arrêtent à tes dix-huit ans.

– Vous avez les moyens.

– C'est vrai. Mais ça m'intéresse de voir comment tu vas t'en sortir. La lutte forge le caractère. Pas de lutte, pas de caractère. On ne m'a pas fait de cadeaux dans la vie. Jamais. J'ai tout obtenu par moi-même.

– Et voilà le résultat », dit-elle.

Il lui sourit, et la ressemblance avec sa grand-mère, sa mère, dépourvue de toute chaleur, lui donna la chair de poule. « Fais très attention », répondit-il.

Dans son assiette, la viande à laquelle elle n'avait pas touché devint floue, puis de nouveau nette. « Pourquoi me haïssez-vous ? demanda-t-elle.

– Oh, mon enfant. Je n'éprouve aucune espèce de sentiment à ton égard ». Ce fut la chose la plus gentille qu'il lui dirait jamais.

Il goba sa *panna cotta*. Un peu de crème demeura aux commissures de sa bouche.

L'addition arriva, et un homme vint serrer la main de son oncle, lui murmurant quelques mots à l'oreille ; Mathilde en profita pour détourner les yeux car elle avait repéré un léger mouvement du côté de la porte. Un chat blanc avait passé la tête à l'intérieur et étirait son corps robuste sur ses pattes avant, tout en observant fixement une pile de bûches. Un tigre miniature à la chasse. Pendant un moment, elle se laissa duper par l'immobilité du chat, seuls de minuscules mouvements à l'extrémité de sa queue attestaient qu'il était vivant ; et soudain, il bondit. Quand il se retourna, une chose grise, douce et molle pendait de sa gueule. Un campagnol, pensa Mathilde. Le chat s'en alla en trottinant, la queue vibrante d'orgueil. Quand elle se retourna vers son oncle et son ami, tous deux la regardaient, amusés.

« Dmitri vient de dire que tu es ce chat. Oui, le chat, c'est toi », déclara son oncle.

Non. Elle avait toujours détesté les chats. Ils lui paraissaient si pleins de colère. Elle posa sa serviette sur la table et sourit de toutes ses dents.

9

Rachel était la seule qui revenait et revenait sans cesse.

Rachel préparait de la soupe et des focaccias, que Mathilde donnait à manger à la chienne.

Rachel revint seule ; avec Elizabeth ; avec les enfants, qui coururent dans les champs en compagnie de God, jusqu'à ce qu'elle s'écroule de fatigue, puis ils peignèrent sa fourrure pour en retirer toutes les herbes et les brindilles, et elle demeura toute molle et pantelante pendant des heures.

« Je ne veux pas te voir », cria Mathilde à Rachel, un matin où elle était venue seule lui apporter du jus de fruits frais et des roulés au fromage. « Va-t'en.

— Insulte-moi autant que tu voudras », répondit Rachel. Elle posa les roulés sur le paillasson et se releva, opiniâtre dans la lumière grise du matin. Cet affreux tatouage sur le bras, tout en toile d'araignée et sirène, avec un petit navet, espèce de fantaisie bondage, ou tout au moins métaphore enchevêtrée. Cette famille avait un vrai talent pour les nœuds figuratifs. Rachel reprit : « Je ne m'en irai pas. Je reviendrai encore et encore et encore, jusqu'à ce que tu ailles bien.

— Je te préviens, lui dit Mathilde par la porte vitrée. Je suis la personne la plus mauvaise que tu connaisses.

– Ce n'est pas vrai. Tu es l'une des personnes les plus gentilles et les plus généreuses que j'aie jamais rencontrées. Tu es ma sœur et je t'aime.

– Ah ! Tu ne me connais pas.

– Mais si. » Et Rachel éclata de rire et, alors que toute sa vie Mathilde avait éprouvé une sorte de chagrin à constater que Rachel ne ressemblait en rien à son frère, si grand, si éblouissant, à présent elle voyait Lotto en sa jeune sœur, avec cette même petite fossette sur la joue, ces dents solides. Mathilde ferma les yeux et verrouilla la porte. Malgré tout, mue par cette énergie nerveuse inépuisable, Rachel revint, revint, revint.

Elle s'était endormie dans le bungalow qui bordait la piscine. Six mois après la mort de Lotto, terrible chaleur d'août. Leur vieil ami Samuel était venu ce matin-là pour la secouer, la narine palpitante, et elle avait attendu dans le bungalow pendant qu'il faisait le tour de la maison en beuglant son nom.

Oh, le petit Samuel ! songeait-elle en l'écoutant. Gentil fils d'un sénateur corrompu. C'était devenu une incroyable plaisanterie, les procès de Samuel, les épisodes de conduite en état d'ivresse, les divorces, le cancer, la maison qu'il avait brûlée vers ses trente ans. Le raciste qui un an plus tôt lui était tombé dessus, alors qu'il rentrait chez lui à pied du cinéma, et qui l'avait tabassé au point de lui infliger un traumatisme crânien. Ce n'était pas le plus intelligent ni le plus courageux, mais il était né avec une assurance surnaturelle. À côté de lui, Job n'était qu'un pleurnichard.

Samuel n'était plus là quand elle se réveilla. Sa peau était nappée de sueur. Sa bouche, papier de verre et goudron, et elle pensa aux baies posées sur le comptoir de la cuisine, elle sentait déjà le goût de la tarte. Beurre, zeste de citron, l'essence de l'été, du sel. Elle entendit une autre voiture dans l'allée. God aboya dans la cuisine. Mathilde parcourut l'herbe trop éclatante, entra dans la maison et grimpa l'escalier pour voir depuis sa chambre de qui il s'agissait. Même les lys tigrés qu'elle avait cueillis dans le jardin semblaient transpirer.

Un jeune homme descendit d'une petite voiture bon marché : une Hyundai ou une Kia. Un véhicule de location. Un gars de la ville. Enfin, un garçon... La trentaine, quoi. À force d'être seule, Mathilde s'était crue vieille, desséchée. Se voir dans le miroir fut pour elle une onde de jouvence inattendue.

Quelque chose dans la démarche détachée de cet homme quand il traversa l'allée retint son attention. De taille moyenne, cheveux bruns, beau avec ses longs cils et sa mâchoire prononcée. Impression de ronronnement gênante qu'au cours des mois passés elle avait appris à identifier comme une étrange chimère de rage et de désir. Bon ! Une seule façon d'exorciser les choses ! Elle renifla ses aisselles. Ça irait.

Elle sursauta lorsqu'elle s'aperçut que le garçon la regardait par la fenêtre tout en s'approchant de la porte : elle avait pris l'habitude de porter les tee-shirts blancs de Lotto et elle avait tellement sué dans celui-là qu'il était devenu transparent, de sorte que ses seins le saluaient de concert. Elle enfila une tunique et descendit ouvrir au visiteur. God flaira ses chaussures et il s'agenouilla pour la caresser. Quand il se releva pour serrer la main de Mathilde, la sienne était moite et couverte de poils de chien. Dès qu'il la toucha, il fondit en larmes.

« Ah. Je vois que vous êtes de ceux qui pleurent mon mari. »

Son mari, saint patron des acteurs ratés. Car c'était évident que ce garçon était comédien. Il avait l'air trop sûr de lui, et puis, ce sens aigu de l'observation. Ils étaient si nombreux à s'être déplacés pour toucher le bas du manteau du grand homme, mais il ne restait rien, Mathilde avait tout brûlé ou donné, à part les livres et les manuscrits. Il ne restait qu'elle, la coquille vide de Lotto. Sa bonne vieille petite femme.

« Je ne l'ai jamais rencontré. Mais oui, vous pouvez dire que je le pleure », répondit-il en se détournant pour s'essuyer le visage. Quand il fut de nouveau face à elle, il était rouge d'embarras. « Je suis vraiment navré.

– J'ai préparé du thé glacé, s'entendit-elle proposer. Attendez-moi là, je vais le chercher. »

Lorsqu'elle revint, il avait retrouvé son calme. La sueur faisait boucler ses cheveux sur ses tempes. Elle mit en marche le ventilateur de la véranda, posa le plateau sur une petite table et prit un carré au citron. Pendant des mois, elle s'était nourrie de vin et de sucre parce que, merde alors, elle n'avait pas eu de véritable enfance, or qu'était-ce donc que le chagrin sinon une longue colère qu'il fallait soigner avec du sexe et des bonbons ?

L'homme-garçon prit son thé et toucha le plateau qu'elle avait acheté chez un brocanteur de Londres. Il lut ce qui était écrit sur les armoiries : *Non sanz droict*. Il sursauta dans son fauteuil, renversant du thé sur lui, et s'exclama : « Oh mon dieu, c'est la famille de Shakespeare…

– Du calme. Ça date de l'époque victorienne. C'est une copie. Il avait réagi exactement de la même manière que vous. Il croyait que nous possédions un objet qui était passé entre les mains de ce bon vieux Willie, il a failli faire sous lui.

– Pendant des années, j'ai rêvé de venir ici. Juste pour le saluer. Je rêvais qu'il m'invite à entrer et qu'on dîne tranquillement ensemble en discutant. J'ai toujours su qu'on se serait parfaitement entendus, lui et moi. Lancelot. Et moi.

— Ses amis l'appelaient Lotto. Moi, je suis Mathilde.
— Je sais. La femme dragon. Moi, c'est Land. »

Avec une lenteur extrême, elle reprit : « Vous m'avez appelée la femme dragon ?

— Oh. Pardonnez-moi ! C'est comme ça que vous appelaient les comédiens de la troupe quand j'ai joué dans *Grimoire* et *Le Roi borgne*. Une reprise, hein, pas à la création. Mais vous le saviez. Parce que vous le protégiez. Vous vous assuriez qu'il soit payé à temps, vous écartiez les gens qui voulaient l'approcher, et vous accomplissiez tout ça avec tant de gentillesse. Je croyais que c'était un titre honorifique. Une plaisanterie qu'on partageait avec vous.

— Eh bien, non. Je n'étais pas dans la confidence.
— Oups.
— Mais c'est vrai, dit-elle au bout d'un moment. Je crache du feu. »

Elle se rappela qu'à la fin de sa vie, on avait surnommé Lotto « le Lion ». Quand on le cherchait, il pouvait rugir. Et puis c'est vrai qu'il avait l'air d'un lion avec sa crinière de cheveux d'or semée de blanc, ses pommettes saillantes. Parfois il bondissait sur scène, mécontent du massacre qu'un comédien infligeait à ses précieuses répliques, alors il arpentait les planches en grondant, de son grand corps vif et souple. Il pouvait s'avérer mortel. Féroce. Ce nom n'était pas inintéressant. Mais bon, franchement, Mathilde savait ce qu'il en était des lions. Le mâle, un paresseux magnifique, vautré au soleil. La femelle était beaucoup moins belle, mais c'était elle qui chassait.

Le garçon transpirait. Des auréoles apparaissaient sous les bras de sa chemise bleue. Il dégageait une odeur qui n'était pas déplaisante. La transpiration du jour. C'est drôle, songea-t-elle en observant les touffes de mufliers qui poussaient du côté de la rivière. Sa mère autrefois sentait le froid et les écailles, son père le chien et la poussière minérale. Elle imaginait la mère de son mari, qu'elle n'avait jamais rencontrée, exhalant des relents de pomme pourrie, même si son papier à lettres puait le talc et la rose. Sallie, c'était l'amidon et le cèdre. Sa grand-mère défunte, le santal. Son oncle, le fromage suisse. Les gens disaient d'elle qu'elle sentait l'ail, la craie, ou rien du tout. Et Lotto, propre comme du camphre dans le cou et sur le ventre, le penny électrifié sous les aisselles, le chlore à l'entrejambe.

Ce genre de détails, qui ne faisaient qu'effleurer sa pensée, ne lui resteraient pas en mémoire.

« Land, reprit Mathilde. Drôle de nom pour un garçon.
– C'est le diminutif de Roland. »

Un nuage vert se formait à l'endroit où le soleil d'août vaporisait l'eau de la rivière. La chaleur était terrible et les oiseaux avaient cessé de chanter. Un chat sauvage remonta la route en courant sur ses pattes agiles. Il allait pleuvoir.

« Très bien, Roland, dit Mathilde en réprimant un soupir. Crachez le morceau. »

Il lui raconta ce qu'elle savait déjà : il était comédien. Avait un rôle récurrent dans un soap opera, un rôle mineur, certes, mais ça payait les factures. « *Les Étoiles dans tes yeux*. Vous connaissez ? » Il la regarda plein d'un espoir qui vira à la grimace. « Je vois. Les soaps, c'est pas votre truc. Moi non plus, d'ailleurs. C'est alimentaire. Mais j'ai trouvé ce boulot quand je suis arrivé à New York. Il y a quinze ans, c'était ma toute première audition. Et ça rapporte pas mal. Et je peux jouer dans des pièces, l'été, quand on ne tourne pas. » Il haussa les épaules. « Je ne suis pas une superstar, mais je travaille tout le temps. C'est une certaine forme de réussite.

— Vous n'avez pas besoin d'argumenter pour me convaincre de l'importance d'avoir un travail régulier. » Elle se sentit soudain irresponsable, déloyale. « Lotto n'a jamais eu de revenus réguliers quand il était comédien. Ça aurait été un immense soulagement d'avoir des rentrées d'argent pendant toutes ces années. Je bossais comme une folle, et lui, il gagnait au grand maximum sept mille dollars par an à l'époque où il a commencé à écrire.

— Dieu merci, il s'est mis à écrire. » Land lui apprit qu'à chacun de ses anniversaires, il prenait sa journée pour aller à la plage et relire *Les Sources*. Le génie de Lancelot n'avait jamais obtenu la reconnaissance qu'il méritait.

« Il aurait été d'accord avec vous, répondit Mathilde sèchement.

— J'adore ça, chez lui. Son arrogance.

— Moi aussi, j'adorais ça. »

Dans le ciel, les nuages semblables à de la confiture de mûres et au nord, assourdi, le grondement de cocotte-minute du tonnerre. Toutes les choses qu'elle aurait pu faire au lieu de rester assise là, se rassemblèrent dans l'ombre fraîche de la maison derrière elle, épiant par la fenêtre. Elle était clouée dans son fauteuil.

Elle aimait bien ce garçon, il lui plaisait énormément, plus que tous ceux qu'elle avait rencontrés depuis la mort de Lotto. Elle aurait pu ouvrir la bouche et l'avaler tellement il était tendre ; il avait une certaine aisance, une gentillesse qu'elle avait toujours appréciée chez les hommes virils.

« À vrai dire, je voulais vous rencontrer presque autant que lui, dit Land.

– Pourquoi ? » Elle rougit. Est-ce qu'il la draguait ? Ce n'était pas impossible.

« Vous êtes la partie de l'histoire qu'on ne raconte pas. Le mystère.

– Quel mystère ?

– La femme avec laquelle il a choisi de passer sa vie. C'est facile de le connaître, lui. Il y a des milliards d'interviews, et puis ses pièces parlent de lui, elles ouvrent une fenêtre sur la personne qu'il était. Mais vous, vous demeurez dans l'ombre, cachée. C'est vous la plus intéressante. »

Il fallut un très long moment à Mathilde, ainsi assise sur la véranda, à suer en silence, avant de pouvoir lui répondre : « Non, je ne suis pas la plus intéressante. »

Elle savait qu'il avait raison.

« Vous mentez mal », fit-il.

Elle le regarda et l'imagina au lit, ces jolis doigts aux lunules bien dessinées, ce cou aux tendons visibles, cette mâchoire affirmée, ce corps robuste sous ses vêtements, ce visage sensible, et elle sut que ce serait un bon coup.

« Rentrons », dit-elle en se levant.

Une expression surprise s'afficha sur son visage. Puis il se leva à son tour, lui ouvrit la porte et la suivit à l'intérieur.

Il se montra attentif, doux quand il le devait, fort entre ses bras. Mais quelque chose ne collait pas. Ce n'était pas qu'elle fût tellement plus âgée que lui ; une dizaine d'années, estimait-elle. Quinze, au maximum. Et ce n'était pas parce qu'elle ne le connaissait pas. Elle ne connaissait aucun de ceux avec qui elle avait couché au cours des six derniers mois. L'absence d'histoire, c'était ça qui lui plaisait avec eux. Mais ils étaient dans la salle de bains, et elle voyait derrière elle ce visage aux pommettes hautes, la main qui s'accrochait à ses cheveux courts, l'autre posée sur son épaule, et ça avait beau être délicieux, elle ne parvenait pas à se concentrer.

« Je ne vais pas pouvoir tenir bien longtemps », dit-il. Il était luisant de sueur.

« Pas grave » répliqua-t-elle, alors en vrai gentleman, il se retira, gémit, et elle sentit une chaleur se répandre au bas de son dos, juste au-dessus du coccyx.

« Pas mal, reprit-elle. Supersexy, dans le genre scène porno. »

Il rit et l'essuya avec un gant tiède. Dehors, les buissons près de la rivière étaient couchés sous les assauts du vent et des grosses gouttes éparses qui commençaient à tomber. « Désolé, dit-il. Je ne savais pas quoi faire d'autre. Je ne voulais pas, tu sais. Risquer que tu tombes enceinte. »

Elle se redressa, croisa les bras derrière la tête. « N'aie aucune crainte. Je suis vieille.

– Mais non.

– Enfin… Je suis stérile. » Elle n'ajouta pas : par choix. Il hocha la tête, rentra en lui-même, et soudain s'écria : « C'est pour ça que vous n'avez pas eu d'enfants ? » Puis il rougit et croisa les bras sur la poitrine. « Pardon. Je me mêle de ce qui ne me regarde pas. Mais je me demandais pourquoi, tous les deux, vous n'aviez pas… eu d'enfants, quoi.

– C'est pour ça.

– Une raison médicale ? Je suis trop curieux. Ne me réponds pas si cela te gêne.

– On m'a ligaturé les trompes quand j'étais plus jeune. » Land resta volontairement silencieux. Elle précisa : « Il n'en savait rien. Il a cru que j'étais naturellement stérile. Il jugeait ça noble de souffrir ainsi en silence. »

Pourquoi lui racontait-elle tout ça ? Parce qu'il n'y avait plus le moindre enjeu. Lotto n'était plus là. Révéler ce secret ne blesserait personne. En outre, elle aimait bien ce garçon, elle voulait lui offrir quelque chose ; ceux qui avaient accompli le pèlerinage avant lui avaient presque tout emporté. Elle soupçonnait qu'il avait d'autres motivations. Un article à écrire, un livre, un rapport quelconque. S'il racontait leurs ébats, l'orage, elle paraîtrait désespérée, ou triste, ou désespérément triste. Tout cela était juste. Ainsi soit-il.

« Mais pourquoi ne lui as-tu rien dit ? » demanda-t-il. Oh, le pauvre petit, il semblait blessé au nom de son mari.

« Parce que personne au monde n'a besoin de mes gènes.

– Oui, mais ses gènes à lui ? C'est vrai, son enfant aurait pu être un génie lui aussi. »

Mathilde enfila son peignoir et passa la main dans ses cheveux courts. Elle se regarda dans le miroir et admira ses joues roses. La pluie redoublait de violence sur le toit ; elle aimait ce bruit, cette sensation de confort face à la grisaille, au jour mourant.

« Lotto aurait été un père génial. Mais les enfants des génies ne sont jamais eux-mêmes des génies.

– C'est juste. »

Elle lui toucha le visage, et il se rétracta, puis se pencha pour que sa main vienne contre sa joue. Petit animal, songea-t-elle. « J'ai envie de te préparer à dîner, dit-elle.

– J'adorerais ça.

– Et après, j'ai envie que tu me baises encore.

– J'adorerais te baiser », répondit-il en riant.

À l'aube, lorsqu'elle s'éveilla, la maison était redevenue silencieuse et elle sut que Land était parti.

Quel dommage. J'aurais bien aimé le garder quelque temps auprès de moi, pensa-t-elle. Je m'en serais servi comme piscinier. Comme cardio-training humain. God grondait à la porte car on l'avait bannie. Quand Mathilde sortit, la chienne rentra et se jeta sur le lit.

Dans la cuisine, une salade de fruits macérait dans son jus. Il avait préparé du café, à présent tiède. Dans le saladier bleu où mûrissaient lentement des tomates du jardin encore vertes, le gentil garçon avait laissé un mot dans une enveloppe. Mathilde attendit plusieurs semaines avant de l'ouvrir. En le voyant là, blanc sur fond rouge et bleu, elle avait pour la première fois depuis la mort de son mari la sensation d'une compagnie douce et aimable auprès d'elle, dans la maison. En elle, quelque chose de brûlant commença à refroidir et, en se rafraîchissant, à se solidifier.

Rends-moi heureux, le monstre de Frankenstein suppliait-il son créateur, *alors je serai vertueux de nouveau.*

10

Mathilde avait seize ans. Un jour, elle se réveilla et découvrit son oncle penché vers elle ; elle avait appris à dormir dans un lit. Il lui dit : « Aurélie, c'est important. Ne descends pas au rez-de-chaussée », et dans le silence qui suivit ces paroles, elle entendit des voix d'hommes en bas qui criaient, et de la musique. Son visage était dépourvu d'expression, mais ses joues étaient d'un rouge intense. Sans que personne lui ait rien raconté, elle avait peu à peu compris que son oncle était plus ou moins à la tête d'une organisation illégale. Il était souvent à Philadelphie. Il assenait des ordres dans un énorme appareil malcommode, ancêtre du téléphone portable, s'absentait pendant des semaines sans explication et revenait bronzé, voire noir. [Pourtant, toujours visible en lui, le tout petit enfant, miaulant de froid et de faim. C'est beaucoup moins adorable, la méchanceté, quand elle est le fruit de la survie.] Il repartit et elle demeura pétrifiée un moment dans son lit. Les cris en bas n'avaient rien de joyeux. Elle discerna de la colère, de la peur. Dès qu'elle put de nouveau bouger, elle déplaça le canapé qui longeait le mur et se réfugia avec sa couette et son oreiller dans cet espace dont la forme était exactement celle de son corps, puis elle s'assoupit très vite, comme enveloppée. Elle était à peu près convaincue que personne n'était entré dans sa chambre pendant la nuit. Néanmoins, quelque chose semblait avoir perturbé l'atmosphère, à croire qu'elle avait échappé de peu à une menace.

Elle avait traversé l'adolescence à la manière d'une petite souris. Flûte, natation, livres, tous les arts sans paroles. Elle se faisait minuscule pour que son oncle l'oublie.

Dernière année de lycée, elle ouvrit la lettre qui lui annonçait son admission dans la seule université où elle avait postulé, très tôt, simplement parce qu'elle aimait les questions excentriques du formulaire de candidature. Le destin repose parfois sur de minuscules détails. Mais la déflagration pétillante de joie avait été réduite en cendres quelques jours plus tard quand elle avait compris qu'elle ne pourrait pas payer. Si elle ne pouvait payer, elle ne pourrait y aller. C'était aussi simple que ça.

Elle prit le train pour New York. Sa vie, elle le réaliserait par la suite, serait profondément marquée par ces trajets.

L'express du samedi. Son cœur chantait avec des accents désespérés dans sa poitrine. Les pages d'un journal se tournaient lentement dans le vent, sur le quai.

Elle portait la robe rouge que lui avait offerte son oncle pour ses quatorze ans, et des talons hauts qui lui blessaient les pieds. Elle avait tressé ses cheveux blonds, puis les avait coiffés en couronne sur sa tête. Dans le miroir, elle n'avait rien vu de beau dans son visage anguleux, ses cils étranges, ses lèvres épaisses, mais elle espérait que les autres ne seraient pas de cet avis. Plus tard, elle serait mortifiée de découvrir l'ampleur de son ignorance. Qu'elle aurait dû porter un soutien-gorge, s'épiler le maillot pour ressembler à une adolescente prépubère, apporter des photos. Elle apprendrait même l'existence de portraits qui ne montrent que le visage.

Un homme l'avait vue monter dans le wagon depuis son siège, à l'arrière du train. Il sourit devant sa façon de se mouvoir le menton dangereusement lancé en avant, à croire que son corps était tout neuf, à peine sorti de la boîte. Au bout d'un moment, il remonta l'allée et s'assit en face d'elle, alors que le wagon était vide. Elle sentit qu'il la regardait et joua l'indifférence aussi longtemps qu'elle le put, mais quand elle leva les yeux, il était toujours là.

Il rit. Son visage était laid, une gueule de mastiff, tout en bajoues et yeux globuleux. Des sourcils de clown, relevés haut, qui lui donnaient des airs de fauteur de troubles, comme s'il s'apprêtait à lui murmurer une blague à l'oreille. Malgré elle, elle se pencha en avant. Il avait cet effet sur les autres, un agréable jeu de miroirs, l'accord s'établissait vite. Il était l'élément stabilisateur de toutes les fêtes ; il ne disait pas un mot, mais tout le monde le trouvait sympathique.

Il la regardait toujours, elle fit semblant de continuer à lire son livre, bouillant en secret. Il se pencha vers elle à son tour. Posa les mains sur ses genoux, les pouces sur l'intérieur tendre de ses cuisses. Il sentait délicieusement bon, un parfum de verveine et de cuir.

Elle releva la tête. « J'ai seulement dix-huit ans, dit-elle.

– C'est encore mieux. »

Elle partit se réfugier en tremblant aux toilettes, où elle demeura assise malgré les cahots du train, serrant ses bras autour d'elle, jusqu'à ce que le conducteur annonce Penn Station. En descendant, elle se sentit libérée – New York ! –, elle avait envie de rire, de courir. Mais alors qu'elle se rendait d'un pas rapide vers ce qu'elle savait être son avenir, elle regarda dans la porte-miroir d'une boutique de donuts et vit derrière elle l'homme du train, à quelques mètres. Il n'était pas pressé. Elle sentit qu'un de ses talons la brûlait, une ampoule se forma et, là en pleine rue, une chaude vague de soulagement quand elle éclata, puis la douleur mordante. Elle était trop fière pour s'arrêter.

Elle continua donc ainsi jusqu'à l'agence. Les gardiens, habitués à voir défiler de jolies adolescentes tremblantes, s'écartèrent pour la laisser passer.

Elle y resta des heures. Et durant tout ce temps, il attendit dans le café d'en face, avec un livre et une limonade.

Quand elle ressortit, elle avait perdu de sa superbe, et avait les yeux rouges. Ses tresses avaient frisé dans l'incroyable chaleur. Il la suivit dans la rue, un sac en plastique et un livre à la main, jusqu'à ce qu'elle se mette à boiter et qu'il vienne se planter devant elle pour lui proposer un café. Elle n'avait rien mangé depuis la veille. Elle cala ses mains sur les hanches, le dévisagea et entra dans une sandwicherie où elle commanda un cappuccino et un panini mozzarella. « *Porca madonna*, dit-il. *Panino*. C'est du singulier. »

Elle se retourna vers la serveuse et demanda : « J'en voudrais deux. *Panini*. Deux *cappuccini*. »

Il paya en gloussant. Elle mangea ses sandwichs lentement, en mâchant trente fois chaque bouchée. Elle regardait partout, sauf dans sa direction. Elle n'avait jamais pris de caféine auparavant et cela se traduisit par une sorte d'euphorie qui parcourut ses doigts. Elle avait décidé de se débarrasser de ce type à force d'exigences, elle commanda donc un éclair et un autre cappuccino, mais il paya sans rien dire et l'observa pendant qu'elle mangeait.

« Vous ne mangez pas ? dit-elle.

– Pas beaucoup. J'étais gros quand j'étais enfant. »

À présent, elle distinguait l'enfant triste et obèse dans les bajoues mal assorties aux épaules fines, et elle sentit en elle quelque chose de lourd basculer en sa faveur.

« Ils disent qu'il faudrait que je perde cinq kilos.

– Vous êtes parfaite. Qu'ils aillent se faire voir. Ils ont dit non ?

– Il faut d'abord que je perde cinq kilos, puis je leur envoie des photos, et après je débuterai dans des catalogues. Pour gravir les échelons. »

Une paille au coin de la bouche, il la considéra. « Mais ça ne vous plaît pas. Parce que vous n'êtes pas le genre de fille qui débute au bas de l'échelle. Vous êtes une jeune reine.

– Non. » Elle lutta contre l'émotion qui envahissait son visage, se maîtrisa. Il commençait à pleuvoir dehors, de grosses gouttes violentes sur la chaussée brûlante. De lourds relents montaient du sol, l'air fraîchissait.

Elle écouta l'averse tambouriner tandis qu'il se penchait vers elle pour prendre son pied dans ses mains, lui retirer sa chaussure. Il examina l'ampoule percée qui saignait. La tamponna avec une serviette en papier imbibée d'eau très froide, puis il prit dans le sac en plastique de la pharmacie (où il s'était rendu pendant qu'elle était à l'agence) une grosse boîte de pansements et un tube de crème. Quand il eut fini de la soigner, il lui présenta une paire de sandales de douche en plastique avec des semelles de massage.

« Tu vois », dit-il en reposant son pied par terre. Elle en aurait pleuré de soulagement. « Je m'occupe de tout. » Il sortit une lingette d'une de ses poches et se nettoya soigneusement les mains.

« Je vois, fit-elle.

– On pourrait être amis, toi et moi. Je ne suis pas marié. Je suis gentil avec les jeunes filles. Je ne fais de mal à personne. Je veillerai à ce qu'on s'occupe de toi. Et je suis clean. »

Bien sûr qu'il l'était ; ses ongles étaient pareils à des perles ; sa peau étincelait comme une bulle de savon. Plus tard, elle entendrait parler du sida, et elle comprendrait le sens de ce mot.

Elle ferma les yeux et serra fort contre elle la Mathilde d'autrefois, celle de la cour d'école, à Paris. Elle rouvrit les paupières et se remit du rouge à lèvres sans miroir. Elle pinça ses lèvres sur une serviette, croisa les jambes et répondit : « Et alors ? »

– Alors, répéta-t-il d'une voix grave. Viens chez moi. Je te préparerai à dîner. On pourrait… – ses sourcils se relevèrent – … parler.

– Non, pas dîner. » Il la regarda, calculateur.

« Eh bien, passons un accord. Négocions. Reste toute la nuit. Si tu réussis à convaincre tes parents. Dis que tu es tombée sur une copine de classe en ville. Je peux passer pour un père à peu près crédible au téléphone.

– Les parents, c'est pas le problème. Je n'ai qu'un oncle. Il s'en fiche.

– Donc, quel est l'obstacle ?

– Je suis chère.

– Très bien. » Il se renfonça dans son siège. Elle avait envie de stopper net la blague latente qu'il se retenait encore d'exprimer, de l'écraser sous son poing. « Dis-moi. Que désires-tu le plus au monde, jeune reine ? »

Elle prit une inspiration profonde et serra les jambes pour empêcher ses genoux de trembler. « Me payer des études. Quatre années à l'université. »

Il posa les mains à plat sur la table et eut un petit rire sec. « Et moi qui pensais à un sac à main. Toi, tu as en tête la servitude à durée déterminée. »

Elle songea : Oh. [Si jeune ! Si apte à la surprise.] Puis : Oh, non, il se moquait d'elle. Elle s'en alla, le visage en feu. Il la rattrapa à la porte ; utilisa sa veste pour la protéger de la pluie et héla un taxi de sous la marquise du snack. Peut-être était-il en sucre filé et fondrait-il sous l'averse.

Elle se glissa dans le taxi, il se pencha vers la porte, mais elle ne bougea pas, l'empêchant de monter. « Nous pourrions discuter de tout ça, dit-il. Je suis désolé. Ta réponse m'a réellement surpris. C'est tout.

– Laissez tomber.

– Comment le pourrais-je ? » Il lui prit délicatement le menton, elle dut réprimer l'envie de fermer les yeux et de poser la tête dans sa main.

« Appelle-moi mercredi », ajouta-t-il en lui mettant sa carte dans la main, et malgré l'envie qu'elle avait de lui dire de nouveau non, elle se tut et ne froissa pas la carte. Il tendit un billet au chauffeur et referma doucement la portière. Plus tard, par la fenêtre du train, le visage de Mathilde se reflétait, pâle et flottant sur le tourbillon vert de la Pennsylvanie. Mais elle était si profondément plongée dans ses pensées qu'elle ne voyait ni visage ni paysage.

Elle revint à New York le samedi suivant. Il y avait eu un échange téléphonique, une proposition d'essai. Même robe, mêmes talons, même coiffure. Un essai ? Elle songea à sa grand-mère de Paris, à son élégance froissée, au fromage rongé par les rats dans le garde-manger, à sa dignité ardente et brisée. Mathilde écoutait alors depuis son placard en pensant : Jamais. Je ne ferai jamais ça. Plutôt mourir.

Il ne faut jamais dire jamais. Elle n'avait pas d'autre solution et le temps pressait. L'homme l'attendait à l'extérieur de la gare, mais il ne la toucha pas lorsqu'elle s'installa sur le siège en cuir du coupé. Il prit une pastille pour la gorge dont l'odeur se répandit dans la voiture. Elle avait les yeux secs, pourtant le monde autour d'elle s'était embué. Un grumeau dans la gorge, plus gros que son gosier ne pouvait en contenir.

Sans le regarder directement, elle avisa le portier, un Méditerranéen râblé et poilu. À l'intérieur, tout était de marbre lisse.

« Comment tu t'appelles ? lui demanda l'homme argenté dans l'ascenseur.

– Mathilde. Et vous ?

– Ariel. »

Elle vit son reflet dans les portes de cuivre, une trace rouge, blanc et or, puis à voix basse elle ajouta : « Je suis vierge. »

Il sortit un mouchoir de sa poche de poitrine et s'essuya le front. « Je n'en espérais pas moins de toi », ensuite il fit une courbette élaborée, comme pour plaisanter, et lui tint la porte.

Il lui tendit un verre d'eau pétillante glacée. L'appartement était immense, enfin, c'est ce qui lui sembla, avec des parois de verre sur deux côtés. Les autres murs étaient blancs, d'immenses tableaux qui lui parurent scintillants de couleurs y étaient accrochés. Il ôta sa veste, l'accrocha, s'assit et lui dit : « Mets-toi à l'aise. »

Elle hocha la tête, s'approcha de la fenêtre et regarda la ville. Au bout d'un moment, il reprit : « Quand je t'ai demandé de te mettre à l'aise, ce qu'il fallait comprendre, c'est : s'il te plaît, déshabille-toi. »

Elle se détourna. Retira ses chaussures, défit la fermeture de sa robe et la laissa tomber à ses pieds. Elle portait une culotte de petite fille en coton noir, laquelle avait déclenché les rires des gens de l'agence, la semaine précédente. Elle n'avait pas de soutien-gorge ; elle n'en avait pas besoin. Elle se mit de face, les bras dans le dos, le fixa d'un air grave.

« Enlève tout », dit-il, et elle retira lentement sa petite culotte. Il prit tout son temps pour la détailler. « S'il te plaît, retourne-toi », et elle s'exécuta. Dehors, les bâtiments se dérobaient dans le brouillard, à tel point que quand ils s'éclairèrent, on aurait cru des carrés flottants dans l'espace.

Elle frissonna lorsqu'il se leva et s'approcha d'elle. Il la toucha entre les jambes et sourit en s'apercevant que le bout de ses doigts était mouillé.

Son corps était trop osseux pour son visage charnu, il n'avait presque pas de poils, à part un cercle brun autour des tétons et une flèche sombre entre le nombril et l'aine. Il s'allongea sur le canapé, la forçant à s'accroupir au-dessus de lui jusqu'à ce que ses cuisses en tremblent. Alors il l'attrapa par les hanches et l'attira d'un coup sur lui, souriant en voyant la douleur sur son visage.

« Il est plus facile de plonger que de marcher dans l'eau, ma chère. Leçon numéro un. »

Elle ne savait pas ce qui la retenait de se lever et de se rhabiller pour s'enfuir. Douleur brûlante comme la haine. Elle supporta la pression en comptant, en fixant le carré d'or d'une fenêtre dans le noir. Il saisit son visage entre ses mains et la força à se tourner vers lui. « Non, regarde-moi s'il te plaît. » Elle le regarda. Un objet technologique émettait une lumière dans un coin de la pièce, une horloge digitale qui éclairait son profil de légers éclats verts. Il semblait attendre qu'elle capitule, mais elle s'y refusait ; elle se voulait inflexible et elle sentit une pression croître, exploser, puis le soulagement, le retrait, et elle se releva, des nœuds dans les jambes, une sensation cuisante en elle.

Il découpa une banane en rondelles qu'il disposa sur le corps de Mathilde et mangea tranquillement, en guise de dîner. « Si j'avale autre chose, je grossis. » Il commanda pour elle au petit restau d'en face un sandwich grillé au fromage et des frites, et observa sa bouche qui mâchait chaque bouchée. « Un peu plus de ketchup, disait-il. Lèche ce fromage sur tes doigts. »

Au matin, il la lava avec beaucoup de soin et lui apprit à tailler ses poils, et tandis qu'il prenait un bain chaud, il la regarda poser une jambe sur une chaise en teck et s'exécuter.

Ensuite, il lui demanda de s'allonger sur son immense lit blanc, les genoux relevés. Sur l'écran accroché au mur, il mit un film où l'on voyait deux femmes, une rousse et une brune, lancées dans un 69. « Au début, personne n'aime ce que je vais te faire maintenant. Il faut que tu imagines des choses pour que ça marche. Concentre-toi. Bientôt, tu comprendras. »

C'était terrifiant, ce visage disgracieux. La chaleur de sa bouche, sa barbe naissante qui l'irritait. La façon dont il la dévisageait livrée à la honte. Jamais personne ne s'était trouvé aussi proche d'elle. Jamais on ne l'avait embrassée sur la bouche. Elle se cacha le visage sous un oreiller, elle respira et songea à un jeune homme sans visage, rien qu'un corps musclé et luisant. Elle sentit une grande vague monter lentement en elle, puis la vague devint énorme, sombre, explosa, alors elle cria dans l'oreiller.

Il s'écarta, flot soudain de lumière blanche. « Quelle surprenante créature ! » déclara-t-il en riant.

Elle ne savait pas qu'elle détestait la nourriture chinoise avant qu'il en commande et lui ordonne de tout manger sur le tapis, depuis le tofu moo shu jusqu'au dernier grain de riz, en passant par les crevettes à la vapeur et les brocolis. Il ne prit rien ; il la regarda. « Si tu dois rentrer chez toi, je te ramènerai à la gare quand tu te seras douchée. » Il y avait une sorte de bonté en lui malgré sa tête de gargouille.

Mathilde acquiesça ; elle s'était déjà lavée trois fois dans la douche en marbre, chaque fois après avoir mangé. Elle commençait à le comprendre. « J'ai juste besoin d'être rentrée pour aller en cours demain.

– Est-ce que tu portes un uniforme ?

– Oui, mentit-elle.

– Oh mon dieu, grommela-t-il. Mets-le le week-end prochain. »

Elle posa les baguettes. « Vous avez décidé.

– Tout dépend de l'université que tu as choisie. »

Elle le lui dit.

« Tu es intelligente. Je suis heureux de l'entendre.

– Pas sûr », fit-elle en désignant l'appartement autour d'elle, son corps nu où un grain de riz demeurait collé sur sa poitrine. Elle sourit, puis chassa ce sourire. Il ne remarqua pas qu'elle avait le sens de l'humour.

Il se dirigea vers la porte. « C'est bon. Marché conclu. Tu viendras ici du vendredi après-midi au dimanche soir. Je dirai que tu es ma filleule pour éviter toute question embarrassante. Quatre ans. On commence tout de suite. Tu seras stagiaire à la galerie, l'été, avec moi. J'ai hâte de voir comme je vais réussir à t'enseigner tout ce que tu as besoin de savoir. Pose pour des catalogues si tu éprouves le besoin d'expliquer d'où vient ton argent. On va te mettre sous pilule. Tant que nous serons ensemble, pour éviter les maladies, entre autres horreurs, merci de ne toucher ni même regarder aucun garçon ni aucune fille. Si j'apprends que tu as ne serait-ce qu'embrassé quelqu'un, notre accord est rompu.

– Je n'aurais pas même une pensée salace », affirmat-elle, tout en disant exprès dans sa tête : bite noire. « Où allez-vous ? demanda-t-elle.

– Je vais t'acheter de la lingerie et un soutien-gorge. C'est un vrai manque d'élégance de se balader avec des dessous comme les tiens. Prends une douche et fais une sieste, je serai de retour dans quelques heures. »

Il allait sortir quand il se ravisa. « Mathilde, dit-il gentiment. Quoi qu'il arrive, il faut bien que tu comprennes que tout ça, c'est juste un échange de services. Je ne veux pas que tu t'imagines qu'il y a autre chose derrière. »

Elle lui adressa pour la première fois un large sourire. « Un échange de services. Pas la moindre émotion entre nous. Nous serons comme des robots.

– Excellent », fit-il en refermant la porte.

Une fois seule, elle se sentit mal, prise de vertige. Elle regarda son reflet dans la vitre, la ville s'écoulant lentement au-delà. Elle toucha son ventre, sa poitrine, son cou. Elle regarda ses mains et s'aperçut qu'elles tremblaient. Elle n'était pas plus corrompue que ne l'était la jeune fille du train, pourtant elle se détourna de la Mathilde que reflétait la vitre.

Deux mois. Ce fut la fin du lycée et elle emménagea dans l'appartement d'Ariel. Elle avait si peu de chose à emporter. Quelques livres, la robe rouge, une photo d'elle cornée – jolie, de bonnes joues, Française – d'avant qu'elle devienne une mauvaise fille. Tout cela tenait dans son sac d'école. Elle laissa un mot sous le siège du chauffeur pendant qu'il était aux toilettes ; elle ne pourrait dire adieu à ses bourrelets sans fondre en larmes. Pour la première fois, elle alla frapper à la porte du bureau de son oncle, et sans attendre sa réponse, elle entra. Il leva les yeux par-dessus ses lunettes. Un rayon de lumière tombait de la fenêtre sur les papiers de son bureau.

« Merci de m'avoir hébergée au cours de ces dernières années, dit-elle.

– Tu t'en vas ? » demanda-t-il en français. Il retira ses lunettes et se renfonça dans son fauteuil en la regardant. « Où vas-tu ?

– Chez un ami.

– Menteuse.

– Exact. Je n'ai pas d'amis. Disons que c'est mon protecteur. »

Il sourit. « Voilà une solution efficace à tous tes problèmes. Nettement plus charnelle que je ne l'espérais. Mais je ne devrais pas être surpris. Tu as grandi auprès de ma mère, après tout.

– Au revoir, dit-elle en se retournant pour partir.

– Franchement », reprit-il, et elle s'arrêta, la main sur la poignée de la porte. « Je m'attendais à mieux de ta part, Aurélie. Je pensais que tu aurais travaillé pendant quelques années, puis que tu serais partie à Oxford, ou quelque chose comme ça. J'imaginais que tu te battrais davantage. Que tu me ressemblais plus, quoi. Je dois admettre que je suis déçu. »

Elle ne répondit pas.

« Sache que si tu n'as plus rien, tu trouveras ici le gîte et le couvert. Et rends-moi visite de temps en temps. Je suis curieux de savoir comment tu vas évoluer. Je te prédis un avenir féroce, ou un embourgeoisement total. Tu dévoreras le monde à pleines dents, ou tu seras mère de huit enfants.

– Je ne serai pas mère de huit enfants. » Et elle ne reviendrait pas le voir non plus. Elle ne voulait plus rien qui vienne de son oncle. Elle le regarda une dernière fois, ses adorables oreilles qui ressemblaient à des ailes, ses joues rondes qui donnaient à son visage un air trompeur, alors un demi-sourire fleurit sur ses lèvres, après quoi elle fit ses adieux silencieux à la maison, au chef-d'œuvre clandestin dissimulé sous l'escalier qu'elle aurait tant désiré revoir, au long couloir sombre et ses accès verrouillés, et enfin à l'énorme porte de chêne. Puis elle fut dehors. Elle se mit à courir sur l'allée de terre dans l'embrasement du soleil blanc, ses jambes martelant au revoir, au revoir, aux ruminants des champs mennonites, à la brise de juin, aux phlox bleus sauvages qui poussaient sur la berge. À force elle se mit à transpirer, et cette sueur était splendide.

Le long été de sa dix-neuvième année. Ces choses qu'on peut faire avec la langue, avec un souffle. Le goût du latex, l'odeur du cuir huilé. La salle de concert de Tanglewood, des places dans une loge. Son sang devenu ardent. Lui, sa voix chaude à son oreille devant une toile de Jackson Pollock, et soudain, elle vit son génie. Une chaleur torride, l'amertume du pisco sur la terrasse, la fonte douloureusement lente de glaçons sur ses seins, tandis qu'il l'observait depuis la porte. Il s'occupait de son éducation. Voilà comment on doit couper sa nourriture, commander le vin. Voilà comment on laisse croire aux gens qu'on partage leur opinion sans rien dire.

Quelque chose s'adoucissait autour de ses yeux, mais elle feignait de ne pas s'en rendre compte. « C'est juste un échange de services », se répétait-elle, les genoux brûlants sur le carrelage de la douche. Il passait la main dans les cheveux de Mathilde. Lui apportait des cadeaux : des bracelets, des vidéos qui lui mettait le visage en feu, des dessous qui n'étaient qu'un morceau de dentelle avec trois liens.

Ensuite, l'université. Cela passa bien plus vite qu'elle ne l'aurait cru. Les cours défilaient en un éclair, dissonance sombre des week-ends, puis de nouveau la lumière. Elle buvait les cours. Elle n'avait pas d'amis ; Ariel lui prenait tellement de temps, et elle consacrait le reste à ses études, en outre elle savait que si elle commençait à se lier avec quelqu'un, elle ne pourrait plus s'arrêter. Par les beaux jours du printemps, les forsythias explosaient à la lisière de son regard, son cœur se rebellait ; elle aurait volontiers baisé le premier garçon venu, mais elle avait tellement à perdre pour un petit moment de plaisir fugace. En se rongeant les ongles de désir, elle regardait les autres étudiants qui s'embrassaient, riaient, échangeaient des plaisanteries. Le vendredi après-midi, dans le train qui longeait l'Hudson illuminé par le crépuscule, elle faisait le vide en elle. Quand elle avait une séance de photos, elle jouait la fille à l'aise en bikini, heureuse de montrer son nouveau soutien-gorge en dentelle aux yeux d'un monde béat. Ses meilleures photos avaient été prises quand elle s'imaginait violenter le photographe. Dans l'appartement : brûlures causées par le tapis, lèvres mordues. Il lui caressait le bas du dos, lui écartait les fesses : échange de services, pensait-elle. Le train la ramenant à l'université, chaque kilomètre parcouru, un élargissement. Une année, deux. Les étés entre l'appartement et la galerie, comme un poisson dans un aquarium. Elle apprenait. Trois ans, quatre.

Le printemps de la dernière année. Toute sa vie devant elle. Un éclat presque trop violent pour le regarder en face. Ariel devenait nerveux. Il l'emmenait à des dîners qui duraient quatre heures, lui disait de le retrouver dans les toilettes. Elle s'éveillait le dimanche matin et le surprenait en train de l'observer. « Viens travailler avec moi », la pressa-t-il un jour, alors que sous l'emprise de la cocaïne, elle lui avait livré en direct tout un essai sur le génie de Rothko. « Viens travailler avec moi à la galerie, je t'apprendrai le métier et nous dominerons le marché new-yorkais. » « Peut-être », répondit-elle pour lui être agréable, tout en pensant : Jamais. Échange de services. Bientôt, se promettait-elle à elle-même. Bientôt, elle serait enfin libre.

11

Elle était seule cet après-midi-là. Elle descendit et remarqua que God avait mangé le tapis de la cuisine, fait pipi partout et la fixait d'un air belliqueux. Mathilde prit une douche, enfila une robe blanche, laissant ses cheveux mouiller le tissu. Elle mit la chienne dans une caisse, ses jouets et sa nourriture dans un sac en plastique, et fourra le tout dans la voiture. À l'arrière, la chienne commença à hurler, puis elle se tut.

Mathilde patienta devant l'épicerie du village jusqu'à ce qu'elle voie arriver une famille qu'elle connaissait vaguement. Un hiver, ils avaient embauché le père pour creuser leur allée, il était vigoureux, sans doute pas très futé. La mère était secrétaire chez un dentiste, c'était une femme imposante aux petites dents d'ivoire. Les enfants avaient de magnifiques yeux de biche. Mathilde s'agenouilla pour être à leur hauteur et leur dit : « J'aimerais vous donner ma chienne. »

Le garçon regarda God, tout en suçant trois de ses doigts, enfin il acquiesça. La fillette murmura : « On voit tes seins.

– Madame Satterwhite ? » fit la mère. Elle parcourut Mathilde de la tête aux pieds, alors celle-ci comprit qu'elle n'avait pas la tenue appropriée. Une robe de créateur ivoire. Elle n'y avait pas pensé. Elle flanqua la chienne dans les bras du mari. « Elle s'appelle God », précisa-t-elle. La femme s'étrangla et répéta : « Madame Satterwhite ! », mais Mathilde s'en retournait déjà vers sa voiture. « Tais-toi, Donna, entendit-elle dire le mari. Laisse donc cette pauvre femme. » Elle rentra chez elle. La maison résonnait, vide. Mathilde était libérée. Elle n'avait plus de souci à se faire pour quoi que ce soit.

Très longtemps auparavant. Ce jour-là, la lumière tombait du ciel comme si elle avait traversé un vitrail vert.
À l'époque elle avait les cheveux longs, blanchis par le soleil. Ses fines jambes croisées, elle lisait *La Pierre de lune*. Elle se rongeait les ongles jusqu'au sang tout en songeant à son petit ami, à un amour qui datait d'une semaine et qui rendait le monde lumineux. Lotto, dit le train entrant en gare : *Lotto-Lotto-Lotto*.
Le petit mec pas net qui l'observait depuis le banc était invisible pour elle à cause de son livre ; et de sa joie. Pour être juste, elle n'avait pas encore rencontré Chollie. Depuis que Mathilde et Lotto s'étaient trouvés, celui-ci passait tout son temps auprès d'elle ; il avait abandonné sa chambre universitaire à son ami d'enfance qui assistait clandestinement aux cours car il n'était pas inscrit à la fac. Lotto n'avait plus de temps pour rien, à part Mathilde, l'aviron et ses cours.
Mais Chollie la connaissait. Il était présent à cette fête où Lotto avait levé les yeux et vu Mathilde, qui le regardait elle aussi ; où il avait écrasé une foule de gens pour venir jusqu'à elle. Cela remontait seulement à une semaine. Ça ne pouvait pas encore être très sérieux, croyait Chollie. Elle était jolie, si on aimait le genre longiligne, mais il était certain qu'à vingt-deux ans jamais Lotto ne se contenterait d'une seule chatte, alors

qu'une vie entière de baise s'étalait devant lui. Chollie était également persuadé que si Lotto avait été d'une beauté parfaite, il n'aurait pas eu autant de succès. Sa peau grêlée, son grand front, son nez légèrement bulbeux donnaient un air sexy à ce qui autrement n'aurait été qu'un joli visage, presque efféminé.

Et puis la veille, il avait surpris Lotto et Mathilde ensemble sous la pluie de confettis d'un cerisier en fleur, et soudain, il en avait eu le souffle coupé. Regardez-les ensemble. Si grands, si lumineux. Elle, son visage pâle et blessé, jusque-là aux aguets, et ne souriant jamais, eh bien à présent elle ne cessait plus de sourire. C'était comme si elle avait vécu toute sa vie dans une ombre glacée et que quelqu'un l'avait subitement attirée dans le soleil. Et lui, regardez-le. Son inépuisable énergie totalement concentrée sur elle. Elle aiguisait quelque chose qui menaçait de se diffuser en lui. Il observait ses lèvres tandis qu'elle parlait, puis il prit son menton entre ses doigts avec douceur et l'embrassa, ses longs cils refermés, alors même qu'elle parlait encore, de sorte que sa bouche remuait et qu'elle riait en l'embrassant. Chollie avait immédiatement su que c'était vrai, ils étaient seuls au monde. Ce qu'il y avait entre eux était explosif, même les professeurs qui passaient étaient stupéfaits de les voir ainsi. La menace que représentait Mathilde était réelle, avait compris Chollie. Lui, le guerrier, savait reconnaître ses semblables quand il en rencontrait un ou une. Lui, qui n'avait plus de foyer, en avait trouvé un en Lotto ; et elle l'avait usurpé.

[Le samedi suivant celui de l'épisode à la gare, Chollie sommeillait dans le lit de Lotto, dissimulé sous une pile de vêtements, quand celui-ci entrerait, avec un sourire si ravageur que Chollie ne se manifesterait pas. Lotto, euphorique, prendrait le téléphone et appellerait sa grosse truie de mère en Floride, elle qui avait menacé de castrer Chollie quelques années plus tôt. Ils bavarderaient gentiment. Quelle relation bizarre. Puis Lotto annoncerait à sa mère qu'il s'était marié. Marié ? Mais, c'étaient encore des bébés ! Pétrifié, Chollie raterait une bonne partie de la conversation, jusqu'à ce que Lotto reparte. Ça ne pouvait pas être vrai. Pourtant, il savait bien que si. Au bout d'un certain temps, il verserait des larmes amères sous son tas de fringues, pauvre Chollie.]

Mais en ce samedi-là, une semaine avant le mariage, il était encore temps de sauver son Lotto des griffes de cette fille. Voilà pourquoi il était là. Il monta dans le train après Mathilde, s'assit derrière elle. Une mèche de cheveux s'était glissée entre les sièges, il la respira. Romarin.

Elle descendit à Penn Station et il la suivit. De la puanteur des souterrains vers la chaleur et la lumière. Elle se dirigea vers un coupé noir, le conducteur lui ouvrit la porte et elle s'y engouffra. Midi dans Midtown encombré, Chollie était à pied, il fut vite en sueur, sa poitrine soulevée par l'effort. Quand la voiture s'arrêta devant un immeuble art déco, elle en descendit et pénétra dans le bâtiment.

Le portier était un vrai gorille en uniforme, avec une espèce d'accent de Staten Island : le truc, c'était d'y aller sans détour. Chollie demanda : « C'est qui, la blonde ? » Le portier haussa les épaules. Chollie sortit un billet de dix et le lui donna. « C'est la copine du 4-B. » Chollie le regarda, mais le portier tendit la main et Chollie lui fila tout ce qui lui restait, c'est-à-dire un joint. L'homme sourit et ajouta : « Ça fait trop longtemps qu'elle vient ici pour une fille aussi jeune, tu piges ? Lui, c'est un genre de marchand d'art. Il s'appelle Ariel English. » Chollie attendit, mais le type lui dit gentiment : « C'est tout ce que tu auras en échange d'un petit pèt', petit père. »

Plus tard, Chollie alla s'asseoir à l'entrée du snack, de l'autre côté de la rue, en observation. Sa chemise trempée sécha, et la serveuse en eut vite assez de lui demander s'il voulait commander, elle lui apporta un café et repartit.

Quand les ombres commencèrent à envahir l'immeuble d'en face, il faillit abandonner pour retourner squatter à Vassar. Il y avait d'autres possibilités. Il regarderait dans l'annuaire pour avoir les adresses des galeries. Il tenterait toutes sortes de recherches. Mais alors, le portier se redressa, ouvrit la porte avec rigidité et une chimère apparut, un homme avec des bajoues, au corps telle une volute de fumée enveloppée dans un costume. Sa richesse était perceptible dans sa façon de se tenir, sa mise parfaite. Derrière lui, un mannequin animé. Il fallut un moment à Chollie pour reconnaître Mathilde. Elle portait des hauts talons, une microjupe d'écolière, ses cheveux étaient ramenés en un chignon très haut, et elle était bien trop maquillée. [Elle venait de refuser de prolonger leur accord au-delà des quatre années ; pour se venger, Ariel l'avait habillée lui-même, il la connaissait, savait comment la blesser.] Son éternel petit sourire, à la fois envoûtant et protecteur, avait disparu de son visage. Dépourvu d'expression, il ressemblait à un édifice désaffecté. Elle marchait comme si elle n'avait pas conscience de son environnement, ni du fait que ses seins étaient visibles sous son chemisier de gaze.

Ils traversèrent, et Chollie eut peur en s'apercevant qu'ils venaient justement s'installer dans le même endroit que lui.

Ils s'assirent dans un coin à l'écart. L'homme commanda pour eux deux – une omelette de blancs d'œuf à la grecque pour lui, un milkshake au chocolat pour elle. Chollie voyait leurs corps se refléter à l'envers dans le distributeur de serviettes chromé. Elle ne mangeait rien, son regard se perdait dans le vague. Chollie vit l'homme lui murmurer quelque chose à l'oreille, puis sa main disparaître entre les jambes de Mathilde. Elle le laissa faire, passive. [En surface ; à l'intérieur, un brasier sous contrôle.]

Chollie était tétanisé. Il ressentit une sorte de tourbillon intérieur. Il était furieux pour Lotto ; il avait peur de perdre ce qu'il avait eu autant de mal à gagner. Très agité, il retourna à la gare à la tombée de la nuit, appuya son visage brûlant contre la vitre fraîche et, enfin de retour à Vassar, s'écroula sur le lit de Lotto, où il se reposa un moment en cherchant le moyen de dire à son ami la vérité au sujet de sa nouvelle copine, qui elle était réellement. Une pute. Mais il s'endormit. Des rires provenant de la salle commune le réveillèrent, le bruit de la télévision. Il était minuit passé d'après l'horloge qui clignotait.

Il sortit et en tomba presque à la renverse. Une seule explication possible : Mathilde avait une jumelle. Il avait suivi en ville la mauvaise personne. Une fille était assise sur les genoux de Lotto, en pantalon de sport et queue-de-cheval en bataille, riant de ce qu'il lui murmurait à l'oreille. Elle était si différente de celle qu'il avait vue auparavant et il comprit qu'il s'était trompé. Était-ce un rêve ? Une espèce de chausson aux pommes caramélisées à demi mangé était posé sur la table, Chollie se jeta dessus, il avait si faim.

« Eh ! beugla Lotto. Chollie ! Tu n'as pas encore rencontré ma... – il rit –... Mathilde. La fille dont je suis fou amoureux. Mathilde, je te présente Chollie, mon plus vieil ami.

– Oh ! » fit-elle en se levant d'un bon, et elle s'approcha de Chollie qu'elle dépassait largement. « Je suis si heureuse de te rencontrer. Je connais toutes vos histoires. » Elle s'arrêta, le serra dans ses bras, elle sentait le savon et, ah ah !, le shampoing au romarin.

Bien des années plus tard, quand le jardinier voudrait faire pousser du romarin dans le patio de son penthouse, Chollie balancerait trente étages plus bas les pots qui exploseraient dans des nuages de poussière terreuse.

« Toi, répondit-il, je t'ai déjà vue.

– Difficile de la rater. Un mètre quatre-vingt-trois, des jambes parfaites qui montent jusqu'au ciel, déclara Lotto.

– Non. Aujourd'hui. Dans le train pour New York. Je suis sûr que c'était toi. »

Très légère hésitation, puis Lotto dit : « Ça devait être une autre beauté. Elle a passé toute la journée en salle d'informatique pour terminer sa dissertation de français. Pas vrai, M. ? »

Mathilde se mit à rire, mais ses yeux s'étaient rétrécis. Chollie sentit leur froideur sur lui. « Toute la matinée, oui, reprit-elle. Mais j'ai vite terminé. Je n'avais que dix pages à écrire. Pendant que tu étais à ton déjeuner d'aviron, j'ai pris le train pour aller au Met. Je dois rédiger une ekphrasis sur une œuvre d'art pour mon cours d'écriture et je ne voulais pas m'inspirer comme tous les autres des *Nymphéas* de Monet qui sont au musée du campus. En réalité, je viens juste de rentrer. Et merci de me l'avoir rappelé ! dit-elle à Chollie. J'ai acheté un petit cadeau pour Lotto à la boutique du musée. »

Elle attrapa son immense sac et en sortit un livre. Il y avait un tableau de Chagall en couverture, ainsi que Chollie le constaterait plus tard, quand il le subtiliserait. Mathilde elle-même l'avait volé en quittant pour la dernière fois l'appartement d'Ariel. Il lui avait donné son dernier chèque. À présent elle était libre de coucher avec Lotto.

« *Cupidon ailé représenté aveugle. L'art d'inspiration shakespearienne*, lut Lotto. Oh, c'est parfait », ajouta-t-il en l'embrassant sur le menton.

Elle regarda Chollie. Nouvelle étincelle dans le noir. Cette fois, peut-être moins neutre.

Très bien, pensa-t-il. Tu vas voir à quel point je suis patient. Quand tu t'y attendras le moins, ta vie t'explosera à la figure. [Ce n'était que justice : elle avait fait voler la sienne en éclats.] Un plan commençait à s'échafauder à l'arrière de son cerveau. Il lui sourit et vit son propre reflet dans la fenêtre obscurcie. Il aimait se voir ainsi, si différent ; beaucoup plus mince, plus pâle, plus flou que dans la réalité.

12

Son mari ne l'avait pas réveillée en lui apportant une tasse de café. Chaque jour qu'ils avaient vécu sous le même toit, il lui préparait ainsi son café au lait. Quelque chose n'allait pas. Elle ouvrit les yeux au matin bien avancé. En elle, un abîme. Elle n'en voyait même pas le fond ténébreux.

Elle traîna. Se lava le visage. Parla à la chienne qui se précipita à la porte. Elle ouvrit les rideaux sur un monde envahi par la mélancolie hivernale. Regarda longuement au pied de l'escalier.

Canon de fusil, songea-t-elle.

Il m'a quittée, pensa-t-elle. Dès le moment où je l'ai vu, je savais que ce moment viendrait.

Elle descendit les marches sombres, il n'était pas dans la cuisine. Elle se murmura des choses pour se calmer tout en grimpant jusqu'à son bureau, dans le grenier. Effondrement de soulagement lorsqu'elle arriva à la porte et le vit à sa table de travail. Tête baissée. Il avait dû travailler toute la nuit et s'était endormi. Elle le regarda, sa crinière de lion aux tempes grisonnantes, ce front magnifique, ces lèvres pleines et douces.

Mais quand elle le toucha, sa peau était tiède. Ses yeux ouverts, vides comme des miroirs. Il ne se reposait pas, non, pas du tout.

Elle se coula derrière lui dans le fauteuil et s'appuya contre lui, des fesses à la nuque. Elle glissa ses mains sous sa veste de pyjama, sentit le fin caoutchouc de son ventre. Son doigt rentra dans son nombril jusqu'à la deuxième phalange. Elle glissa les mains ensuite dans son pantalon, son caleçon, là où c'était encore chaud. La laine de ses poils. Le gland satiné, humble sous ses doigts.

Longtemps, elle l'étreignit. Elle sentit sa chaleur peu à peu s'évaporer. Elle ne se releva que lorsqu'elle ne reconnut plus son corps, comme un mot qu'on répète jusqu'à ce qu'il perde tout son sens.

13

Chollie surprit Mathilde dans la piscine. Il y avait six mois et une semaine qu'elle avait perdu son mari.

Il s'était garé à un kilomètre et demi plus bas sur la route et avait fini le chemin à pied pour qu'elle ne puisse pas l'entendre arriver et filer se cacher dans le bungalow attenant.

Elle avait laissé son bikini de côté ce matin-là pour bronzer intégralement. Qui cela pouvait-il choquer, les corneilles ? Le corps sec et privé d'amour d'une veuve. Mais Chollie était là, au bord du bassin, il grognait. Elle l'observa à travers ses lunettes de soleil et s'essuya les joues de ses mains.

Petit homme-gobelin. Un jour, à une fête, il avait essayé de l'attirer dans une salle de bains, elle avait dû lui coller un coup de genou dans les parties pour qu'il la lâche.

« Putain, Chollie. » Elle nagea jusqu'au bord de la piscine et sortit. « Je ne peux pas avoir un peu de solitude ? Passe-moi cette serviette », lui dit-elle, ce qu'il fit avec une insupportable lenteur.

« Il y a la solitude, et puis il y a le suicide. Tu as l'air d'une patiente en chimio avec cette coiffure. Ou plutôt, cette absence de coiffure.

— Qu'est-ce que tu fiches là ?

– Tout le monde s'inquiète. Rien que la semaine dernière, j'ai reçu dix coups de fil. Danica a peur que tu te foutes en l'air.

– Bon, ben maintenant tu peux rentrer leur annoncer que je suis en vie.

– C'est ce que je vois, dit-il en souriant. De manière éclatante. En chair et en os. Mais j'ai trop faim pour conduire. Donne-moi à manger. »

Elle soupira. « Tout ce que j'ai, c'est de la glace. À la pistache. »

Il la suivit à la cuisine et pendant qu'elle lui servait de la glace, il s'empara de la lettre posée dans le saladier bleu au milieu des tomates. Il touchait à tout, avidement, s'intéressait à des choses qui ne le concernaient pas. Elle l'avait surpris un jour dans son bureau à lire une des étranges histoires tordues qu'elle écrivait sur des bouts de papier.

« Pas touche, dit-elle. C'est pas pour toi. »

Ils allèrent s'asseoir sur les pierres chaudes de la terrasse tandis que Chollie mangeait sa glace.

« Il s'avère que j'ai une longue expérience pour ce qui est de t'espionner », dit-il. Il rota et planta la cuillère dans le sol.

Elle songea à ses mains sur son bras, à une fête, longtemps auparavant, le désir qu'exprimait son visage. Un jour, il avait introduit sa langue dans son oreille. « Oui. On sait tous que tu es un pervers.

– Non. Enfin, oui, mais ce n'est pas à ça que je pense. Tu sais que je t'ai suivie un jour ? C'était à Vassar. On ne se connaissait pas encore. Toi et Lotto, vous veniez de vous rencontrer et il y avait un truc qui ne me plaisait pas chez toi. Alors je t'ai suivie à New York. »

Mathilde se figea.

« Ça m'a fait drôle de voir la nouvelle copine de mon meilleur ami grimper dans une espèce de limousine. Je ne sais pas si tu te souviens, mais j'avais la ligne à l'époque et je t'ai couru après. Tu es descendue de la voiture pour monter dans un appartement. Du coup j'ai été m'asseoir dans un petit restau en face. Tu te rappelles ce truc ?

– Comment pourrais-je l'oublier ? Mais tu étais gros à l'époque. Tu n'as jamais eu la ligne, Choll.

– Ah ! Bref, tu es ressortie accoutrée de ces fringues atroces. Le chemisier transparent, la minijupe ras la touffe. Et tu étais avec ce type bizarre au visage flasque, qui a passé la main entre tes cuisses. Et là j'ai pensé, oh bordel ! Mon pote Lotto est le meilleur gars du monde. D'une loyauté sans faille et gentil, il me laisse crécher avec lui, il est plus ma famille que ma propre famille, il est superintelligent, un vrai génie, même si à l'époque, personne ne le savait, n'empêche qu'il avait ça en lui. Du charisme. De la bonté, il acceptait les gens tels qu'ils étaient. C'est rare, tu sais ? Quelqu'un qui jamais, jamais ne juge. La plupart des gens poursuivent en permanence une espèce de monologue intérieur aigri, mais pas Lotto. Il était bienveillant avec les autres. C'était plus facile comme ça. Et il était si généreux avec moi. Ma famille, c'était un tas de cons sadiques, j'ai abandonné le lycée en plein milieu de la dernière année pour me tirer, et la seule personne au monde qui m'a toujours témoigné de la gentillesse, c'était Lotto. Depuis mes dix-sept ans, Lotto, c'était ma famille. Donc, voilà ce mec génial, la meilleure personne que j'aie jamais rencontrée, et sa copine qui se tire en douce à New York pour aller baiser avec un vieux ? Après je suis rentré, prêt à raconter à mon meilleur ami que sa nana couchait avec un autre, parce que franchement, qui aurait pu traiter Lotto comme ça ? Quelqu'un qui pendrait un chiot pour s'amuser. Ou qui épouserait un mec pour son pognon. Seulement tu as réussi à être de retour avant moi. Ou bien je me suis endormi. Je ne me souviens plus. Mais quand j'ai débarqué et que j'ai vu comment vous étiez ensemble, tous les deux, j'ai compris qu'il valait mieux que je me taise. Enfin, pour l'instant. Parce qu'il était dingue de toi. À tel point que si j'avais dit quoi que ce soit, c'est moi qui me serais fait lourder, pas toi. »

Elle concentrait son attention sur une troupe de fourmis envahissant la pierre grise brûlante.

Il attendit, mais puisqu'elle gardait le silence, il reprit : « Du coup, j'ai décidé que j'attendrais mon heure et que je distillerais mon venin quand plus personne n'y penserait.

– Vingt-quatre ans. Et il est mort avant que tu l'aies fait, remarqua-t-elle doucement. Quel dommage. Une tragédie.

– Ben non. »

Elle le regarda, rose, en sueur. Le mois qui avait précédé la mort de Lotto lui revint. Son humeur maussade, ses monosyllabes. Cette espèce de défiance quand il la regardait. Elle essaya de se souvenir quand ils avaient vu Chollie pour la dernière fois. Et soudain, elle se rappela cette soirée à la galerie d'Ariel, Lotto l'avait traînée au vernissage posthume de l'exposition de Natalie, d'énormes sculptures métalliques avec des visages qui hurlaient, l'endroit transformé en forêt de conte de fées, tout en ombres et ténèbres. Peut-être qu'après tout ce temps, s'était-elle dit, Ariel ne représentait plus aucun danger. Mais un joli petit serveur avait renversé du vin rouge sur sa robe de soie, alors elle était partie en hâte la nettoyer, et à son retour, son mari avait été remplacé par un robot, un robot à l'allure identique qui lui parlait sans la regarder et qui, quand il la regarda enfin, ne lui souriait plus et semblait bouillir. À un moment, entre l'instant où il l'embrassa doucement sur le front, avant que le verre ne tombe du plateau et, avec une terrible lenteur, ne se renverse sur sa robe, et celui où elle était revenue des toilettes, Chollie lui avait tout raconté de son arrangement avec Ariel. Le monde vacilla sous ses yeux.

Il vit qu'elle avait compris et éclata de rire. « J'ai mis le paquet, ma poule. Je joue sur le long terme.

– Pourquoi ?

– Tu me l'as pris », dit-il d'un ton râpeux, trop rapide. Il remonta ses lunettes sur son nez, croisa les mains. « C'était la seule personne au monde que j'avais et tu me l'as enlevée. En plus, tu n'es pas quelqu'un de bien, tu ne l'as jamais mérité.

– Je voulais dire pourquoi maintenant ? Pourquoi pas il y a dix ans ? Pourquoi pas dans vingt ans ?

– On sait tous les deux combien notre vieil ami aimait les chattes. N'importe lesquelles. Et franchement, ma chère, j'ai toujours su que la tienne finirait par être périmée. Toute molle et informe. Bientôt la ménopause. Et puis ce pauvre Lotto avait toujours voulu avoir un gosse. Toi hors course, il aurait pu l'avoir, son môme. Et nous, on avait tous envie de lui donner ce qu'il voulait. Pas vrai. »

Le tuer avec la petite cuillère était trop tentant. Alors elle se leva et rentra en verrouillant la porte derrière elle.

Après avoir vu Chollie redescendre l'allée de gravier, Mathilde resta assise dans la cuisine pendant des heures. La nuit tomba, elle n'alluma pas la lumière. Pour le dîner, elle ouvrit une bouteille de vin, extrêmement coûteux, long en bouche, fumé, cadeau du producteur d'une pièce de Lotto, des années plus tôt. Une fois la bouteille vide, elle se leva et monta au bureau de son mari, en haut de la maison. Son crassula, depuis si longtemps négligé, était devenu tout noir. La pièce était jonchée de livres ouverts, ses papiers encore sur son bureau.

Elle s'assit dans le fauteuil en cuir, se laissa glisser dans le creux façonné par le corps de Lotto au fil des années. Elle appuya la tête contre le mur derrière elle, lustré à l'endroit où il appuyait la sienne. Elle regarda par la fenêtre ce qu'il avait contemplé en rêvant durant des heures, perdu dans son imagination, et elle sentit un picotement sombre l'envahir. Elle avait l'impression d'être énorme, aussi vaste que la maison, couronnée de lune, du vent dans les oreilles.

[Le chagrin, c'est la douleur intériorisée, l'abcès de l'âme. La colère est douleur aussi, mais énergie, explosion soudaine.]

Cette fois, ce serait pour Lotto. « On va bien rigoler », dit-elle tout haut à la maison déserte.

14

La remise des diplômes. Collines violettes, soleil astringent. La procession allait trop vite, de sorte que tout le monde riait, hors d'haleine. Le gros visage de Chollie aperçu un instant, coincé entre les spectateurs, sévère. Mathilde n'avait pas pris la peine d'informer son oncle de la cérémonie. Elle aurait aimé voir le chauffeur, mais elle ne connaissait pas son vrai nom. Elle n'avait pas parlé à Ariel depuis sa dernière visite à New York, juste après qu'il lui eut remis l'ultime chèque de son loyer signifiant la fin de leur contrat. Nul n'était là pour la voir. Mais bon. Elle n'attendait personne.

Ils se déversèrent dans la cour carrée et durent subir les longs discours et la prestation d'un comédien qu'elle n'écouta pas, Lotto se trouvait dans le rang juste devant elle et elle ne pouvait détacher son regard de la conque rose de son oreille qu'elle avait envie de prendre dans sa bouche et de sucer. Elle monta sur scène sous des applaudissements polis. Pour Lotto, ce fut une ovation. « C'est terrible, une telle popularité », lui dit-elle plus tard, après que tous eurent lancé leurs chapeaux de diplômés en l'air, et qu'ils se retrouvèrent pour s'embrasser.

Un coup rapide avant qu'il fasse ses bagages. Elle, assise sur le solide bureau de chêne, rires étouffés quand on frappa à la porte. « Je vais prendre une douche ! s'écria-t-il. Je me retire dans une minute.

– Quoi ? » C'était la voix de sa petite sœur, Rachel, elle arrivait à la hauteur de la poignée.

« Oh, mince, murmura-t-il. Une seconde », lança-t-il en rougissant tandis que Mathilde lui mordait l'épaule pour ne pas éclater de rire.

Quand Rachel entra, Lotto criait sous l'eau froide dans la douche et, à genoux, Mathilde emballait ses chaussures dans une boîte en carton. « Bonjour ! » dit-elle à la petite fille qui, la pauvre, ne partageait nullement la beauté de son frère. Long nez fin, minuscule mâchoire, des yeux rapprochés, des cheveux châtains éteints, raides comme des cordes de guitare. Quel âge ? À peu près neuf ans. Elle regarda Mathilde, bouche bée dans sa jolie robe à volants, et parvint à lui dire : « Oh ! Vous êtes si belle !

– Je t'aime déjà », répondit Mathilde, qui se leva, s'approcha de la fillette et se baissa pour lui faire un bisou. Alors, Rachel vit son frère sortir de la douche, les épaules encore fumantes, une serviette nouée autour de la taille, et elle courut vers lui pour le serrer dans ses bras, il poussa un ululement et s'écria : « Rachel ! Rachelita ! »

Derrière Rachel, tante Sallie, visage de furet, issue de la même lignée génétique que la petite fille. « Ouh là », fit-elle, s'arrêtant net devant Mathilde. Le rouge envahit son visage au-dessus de son col montant en dentelle. « Vous devez être l'amie de mon neveu. On se demandait quelle jeune femme pouvait avoir suffisamment de qualités pour se l'attacher, mais à présent je comprends. Je suis heureuse de faire votre connaissance, vous pouvez m'appeler Sallie. »

Lotto fixait la porte, son visage s'assombrit. « Manman est restée aux toilettes ? Elle est encore dans les escaliers ? » Clair comme de l'eau de roche : il suffisait que sa mère et sa femme se retrouvent dans la même pièce pour qu'elles tombent amoureuses l'une de l'autre, voilà ce qu'il pensait. Quel gentil garçon.

Mathilde redressa les épaules, lança le menton en avant, attendant de voir surgir Antoinette, leur échange de regards, leur appréciation mutuelle. Elle avait reçu un message ce matin-là dans sa boîte aux lettres à l'université. *Ne croyez pas que je ne vous vois pas*, disait le mot. Non signé, mais exhalant le parfum de rose d'Antoinette. Mathilde l'avait rangé dans une boîte à chaussures laquelle, un jour, serait remplie de ce genre de messages.

Mais Sallie répondit : « Non. Désolée, mon petit chéri. Elle t'embrasse. Elle m'a donné ça pour toi », ajouta-t-elle en lui tendant une enveloppe où un chèque apparaissait par transparence à la lumière de la fenêtre, signé de la main de Sallie et non de celle de sa mère.

« Oh, soupira Lotto.

– Elle t'aime, déclara Sallie.

– Bien sûr », acquiesça-t-il en se détournant.

Ce que Lotto ne pouvait entasser dans son break, il le laissa dehors pour qui en voudrait. Il avait si peu d'affaires ; Mathilde aimerait toujours cette indifférence qu'il manifestait envers les objets. Après qu'il eut tout déposé dans son appartement à elle, dont la location s'achevait dans une semaine, ils allèrent dîner avec Sallie et Rachel.

Mathilde sirotait son vin pour dissimuler son émotion. Elle ne parvenait pas à se rappeler la dernière fois où elle s'était sentie appartenir à une famille, sans parler de se retrouver dans un endroit aussi paisible et joliment aménagé que cette salle bordée de fougères, avec ses nappes blanches et ses lustres de cuivre, deux jeunes diplômés avec leur famille, un peu ivres. En face d'elle, Lotto et Sallie faisaient assaut d'anecdotes en riant aux éclats.

« Tu croyais que je ne savais pas ce que tu fabriquais avec la fille du gardien dans l'ancien poulailler quand tu étais petit ? » dit-elle, et Lotto devint rouge de plaisir. « Vous jouiez au docteur, et tu ressortais en sueur, la tête comme une citrouille ? Oh, mon chou, tu oublies que je vois à travers les murs. » Une grimace apparut sur son visage quand elle se souvint que Rachel était là, mais la fillette ne lui prêtait guère attention. Elle dévorait Mathilde des yeux, en cillant si rapidement que cette dernière craignit pour ses paupières.

« J'aime bien ton collier », chuchota l'enfant.

Mathilde porta la main à son cou. C'était un bijou en or avec une grosse émeraude qu'Ariel lui avait offert au Noël précédent. La pierre était censée être assortie à ses yeux ; mais ses prunelles étaient changeantes. Elle l'ôta pour le passer au cou de Rachel. « Il est à toi. »

Plus tard, elle repenserait à ce cadeau si impulsif, un collier à dix mille dollars donné à une petite fille, et cela lui réchaufferait le cœur, même pendant les dix années qu'ils avaient passées dans leur sous-sol à Greenwich Village, même quand elle sauterait le déjeuner pour pouvoir payer leur facture de téléphone. Ce n'était pas grand-chose en échange d'une amitié à vie.

L'enfant écarquilla les yeux, serra l'émeraude dans sa main et se blottit contre Mathilde.

Quand celle-ci leva les yeux, elle fut pétrifiée sur place. À la table d'à côté, Ariel. Au-dessus de la salade qu'il n'avait pas touchée, sourire aux lèvres, il la fixait de ses prunelles aussi froides que des écailles.

Elle ne se détourna pas. Ses traits devinrent impassibles et elle soutint son regard jusqu'à ce qu'il appelle un serveur. Il lui murmura quelque chose, et l'autre repartit prestement.

« Tu as la chair de poule », remarqua Rachel en touchant le bras de Mathilde ; ensuite le serveur s'approcha tout près d'elle, ouvrit une bouteille de champagne coûteux, tandis que Sallie lançait avec sécheresse : « Je n'ai pas commandé ça », à quoi le serveur répondit d'un ton apaisant : « Je sais, je sais. C'est un cadeau de la part d'un admirateur. Puis-je ?

– Comme c'est gentil ! Allez-y. Lotto a des quantités d'admirateurs, déclara Mathilde. Son Hamlet l'a rendu célèbre par ici. Il est génial.

– Oh, je sais », approuva Sallie. Et un sourire resplendissant de plaisir s'esquissa sur le visage de Lotto qui exultait, et il se mit à chercher partout autour de lui quelle bonne âme dans l'assistance avait pu lui offrir ce champagne, son regard exprimant une telle joie que, chaque fois qu'il se posait sur quelqu'un, la personne relevait la tête, s'arrachant à son assiette ou à sa conversation, une espèce de stupéfaction se peignant instantanément sur ses traits, une rougeur, et peu à peu presque tous les clients présents dans le restaurant lui rendirent son sourire, en ce début de soirée étincelant où le soleil versait ses rayons d'or à travers les vitres, où la cime des arbres bruissait sous la brise, où les rues étaient pleines de gens soulagés qui se retrouvaient ensemble, Lotto ayant réussi à déclencher d'inexplicables sursauts d'euphorie dans des douzaines de poitrines, illuminant d'un seul élan l'humeur déjà bonne de l'assemblée. Le magnétisme animal existe vraiment ; il traverse les corps pour se propager. Même Ariel lui sourit. La joie demeura sur certains visages, expression de l'espoir grandissant d'être regardés à nouveau, tout en se demandant qui Lotto était, parce que ce jour-là, en ce monde, il était quelqu'un.

« Puisque nous buvons du champagne, dit Mathilde en observant les minuscules bulles sautiller telles des puces hors de son verre, Lotto et moi nous avons quelque chose à vous annoncer. »

Il lui lança un regard, cilla, puis il sourit et se retourna vers sa tante et sa sœur. « Je regrette que manman ne soit pas là pour partager ce moment. Mais j'imagine qu'on ne peut plus attendre. On s'est mariés. » Il embrassa Mathilde sur la main. Elle le regarda. Des vagues de chaleur grandissaient en elle, battant les unes sur les autres. Oui, elle ferait n'importe quoi pour cet homme.

Au milieu de l'excitation, des exclamations qui suivirent, les tables les plus proches se mirent à applaudir, car tout le monde avait entendu, Rachel versa des larmes de bonheur, Sallie dut s'éventer de ses mains, même s'il était évident qu'elle savait déjà, et Mathilde fixa longuement Ariel. Mais il s'était déjà levé pour quitter les lieux, et son fin dos bleu marine disparut. Elle était débarrassée de lui. Pour de bon, pensa-t-elle. Le vent froid du soulagement se mit à souffler à travers elle. Elle avala son verre et éternua.

Une semaine après la remise des diplômes, à travers une lucarne, Mathilde contemplait un jardin où un érable du Japon agitait ses feuilles au vent comme des mains minuscules.

Elle le savait déjà. Cet appartement serait son premier havre véritable après tant d'années passées à la dérive. Elle avait vingt-deux ans. Elle était terriblement fatiguée. Ici, elle pourrait enfin trouver le repos.

Elle sentait Lotto, derrière elle sur sa droite, qui diffusait sa lottitude. Dans un instant, c'est sûr, il allait se retourner, lancer une plaisanterie, alors l'agente immobilière éclaterait de rire, et une chaleur nouvelle résonnerait dans le son de sa voix ; elle avait beau savoir que ce n'était pas une bonne idée de miser sur un jeune couple sans le sou, malgré elle, elle s'intéresserait soudain à eux. Elle leur apporterait une quiche, le jour où ils emménageraient ; s'arrêterait de temps à autre quand elle serait dans le quartier pour leur offrir des chocolats. Oh, Lotto, pensa Mathilde avec une espèce de désespoir amoureux. Comme la plupart de ceux qui débordent de charme, il y avait un vide au centre de son être. Ce que les gens aimaient le plus chez son mari, c'était à quel point leurs propres paroles semblaient mélodieuses lorsqu'elles se réverbéraient sur lui.

Mathilde sentit l'odeur de cire du parquet. Elle entendit le chat du voisin miauler dans le couloir. Le doux frottement des feuilles contre le ciel. Et la bienveillance des lieux l'emplit.

Elle dut réprimer la minuscule voix criarde en elle qui lui ordonnait de dire non, de s'en aller. Elle ne méritait rien de tout cela. Elle pouvait encore tout détruire en secouant la tête d'un air triste, en disant qu'ils devaient continuer à chercher. Mais bon, le problème de Lotto demeurerait. Au bout du compte, c'était lui, son foyer.

Et presque sur commande : la plaisanterie, l'éclat de rire. Mathilde se retourna. Son mari – mon dieu, oh mon dieu, il était sien, pour la vie – souriait. Ses mains se relevèrent, enveloppèrent le visage de sa femme, ses pouces lissèrent ses sourcils. « Je crois que ça lui plaît », dit-il, et Mathilde acquiesça, incapable de prononcer un mot.

Ils auraient pu vivre d'amour et d'eau fraîche dans la pauvreté romantique de cet appartement. Ils étaient minces comme des faunes dans leur dénuement ; l'endroit en devenait spacieux. Le cadeau de Rachel – son argent de poche économisé – fut dissipé en trois fêtes et autant de mois de loyer et de courses. Le bonheur nourrit l'âme mais pas le corps. Elle essaya de trouver une place de serveuse, de faire du porte-à-porte pour le Sierra Club, mais échoua dans les deux cas. On leur coupa l'électricité ; ils allumèrent des bougies qu'elle avait volées sur la terrasse d'un restaurant, et se couchèrent à vingt heures. Ils organisèrent des dîners où chacun apportait quelque chose, pour pouvoir manger autant qu'ils voulaient, et cela ne gênait personne qu'ils gardent les restes. En octobre, ils n'avaient plus que trente-quatre cents sur leur compte en banque, alors Mathilde se rendit à la galerie d'Ariel.

Il observait une très grande toile verte tout au fond de la pièce. Il la regarda lorsqu'elle prononça son nom, « Ariel », mais ne bougea pas.

L'assistante était nouvelle, une mince brune, blasée. Harvard, sans aucun doute. Cet air de propriétaire, la longueur et l'éclat de ses cheveux. C'était Luanne. « Vous avez rendez-vous ? demanda-t-elle.

– Non », répondit Mathilde.

Ariel croisait les bras, il attendait.

« Je cherche un boulot, l'interpella-t-elle de l'autre bout de la pièce.

– Il n'y a rien en ce moment, dit l'assistante. Désolée ! »

Mathilde fixa longuement Ariel, jusqu'à ce que l'autre lui lance sèchement : « Excusez-moi. Mais vous êtes dans une galerie privée. Vous devez vous en aller. Excusez-moi, vraiment !

– Vous êtes excusée, rétorqua Mathilde.

– Luanne, veuillez aller nous chercher trois cappuccini », dit Ariel.

Mathilde soupira : *cappuccini*. La fille sortit en claquant la porte.

« Viens là. » La lutte intérieure que menait Mathilde demeura invisible lorsqu'elle s'approcha. « Mathilde, fit-il doucement, de quel droit est-ce que je te devrais un boulot ?

– Tu ne me dois rien du tout. Je suis d'accord là-dessus.

– Comment peux-tu me demander quoi que ce soit après la manière dont tu t'es comportée ?

– La manière dont je me suis comportée ?

– Ton ingratitude.

– Ariel, je n'ai pas fait preuve d'ingratitude. J'ai rempli ma part du contrat. Comme tu l'as toujours dit, c'était un échange de services.

– Un échange de services. » Il était rouge. Les sourcils relevés. « Tu as épousé ce Lancelot deux semaines avant la remise des diplômes. Je ne peux en déduire qu'une chose : que vous viviez maritalement. Tu n'as donc pas rempli ton contrat.

– Je t'ai rencontré en avril de ma dernière année de lycée. Si tu calcules bien, j'ai donc prolongé notre contrat de deux semaines. »

Ils se sourirent. Il ferma les yeux et soupira. Quand il les rouvrit, ils étaient embués. « Je sais parfaitement que c'était un échange de services. Mais tu m'as profondément blessé. Je ne t'ai jamais témoigné aucune méchanceté. Tu es partie sans plus me donner aucune nouvelle, cela m'a beaucoup surpris, Mathilde.

– Échange de services. »

Il la détailla des pieds à la tête. C'est lui qui lui avait acheté les belles chaussures qu'elle portait, aux bouts usés. Il lui avait aussi acheté son tailleur noir. Elle n'était pas allée chez le coiffeur depuis l'été. Il plissa les yeux, pencha la tête sur le côté. « Tu as maigri. Tu as besoin d'argent. Je comprends. Tout ce que tu as à faire, c'est me supplier, dit-il d'une voix douce.

– Je ne te supplierai pas. »

Il éclata de rire, l'assistante désagréable revint, bruyante, avec un plateau de cappuccinos à la main, et Ariel ajouta à mi-voix : « Tu as de la chance que j'aie encore de la tendresse pour toi, Mathilde. » Puis, plus haut : « Luanne, je vous présente Mathilde. Elle sera des nôtres à partir de demain.

– Oh. Super », déclara Luanne, et elle se réinstalla dans son fauteuil, les observant avec attention, sentant quelque chose.

« Je suis une employée de la galerie, précisa Mathilde lorsqu'ils revinrent lentement vers la porte. Je ne suis pas à toi. Je suis zone interdite. »

Ariel la regarda, et Mathilde qui avait passé tant de temps avec lui le vit penser : On verra bien.

« Si tu me touches, ajouta-t-elle, je m'en vais. Je te le promets. »

Plus tard, quand elle eut soixante ans et Ariel soixante-treize, elle apprit qu'il était malade. Par quelle source eut-elle vent de cette nouvelle, elle n'aurait su le dire. Peut-être le ciel le lui avait-il chuchoté à l'oreille. L'air, lui-même. Elle sut seulement qu'il souffrait d'un cancer du pancréas. Féroce et fulgurant. Elle tint deux semaines et finit par aller le voir.

Il était couché dans un lit d'hôpital sur la terrasse de son appartement. Cuivre, art topiaire, panorama. Yeux grands ouverts, elle reprit sa respiration. Il n'était plus qu'une goutte de chair avec des os à l'intérieur.

« J'aime voir les oiseaux », dit-il d'une voix râpeuse. Elle leva les yeux. Aucun oiseau.

« Prends ma main », demanda-t-il. Elle considéra sa main, mais ne bougea pas. Il tourna la tête vers elle. La peau glissa le long de sa mâchoire.

Elle attendit. Lui sourit. Les immeubles étincelaient de soleil au coin de ses paupières.

« Ah », fit-il. Une chaleur empreignit son visage. Son sens de l'humour lui revint. « Elle ne veut pas qu'on la force.

– Exact. » Mais elle pensa, Salut, la meurtrière, il y a longtemps que je ne t'avais pas vue.

« S'il te plaît. Mathilde. Prends la main froide d'un homme qui se meurt. »

Alors elle prit sa main entre les siennes, la serra contre sa poitrine et la garda là. Les paroles inutiles ne furent pas prononcées. Il s'endormit et l'infirmière arriva sur la pointe de ses pieds mécontents. Mathilde revint dans l'appartement stérile et plein de goût, elle ne s'attarda pas à contempler ces toiles qu'elle connaissait trop bien pour les avoir fixées naguère avec férocité, comptant les minutes qui lui restaient avant de pouvoir s'en aller. Plus tard, elle traversa les ombres froides et les feux de la lumière concentrée de l'après-midi qui se déversait entre les immeubles, sans plus pouvoir s'arrêter ; elle parvenait à peine à respirer ; c'était trop bon d'être de nouveau sur ces jambes terrifiées de jeune pouliche, sans savoir, une fois encore, où elle allait.

15

Le détective privé que l'avocat de Mathilde avait engagé ne ressemblait en rien à ce qu'elle avait imaginé. Pas le genre gros dur fatigué bâti comme un tonneau de whiskey. Ni grand-mère anglaise aux cheveux permanentés. Mathilde fut amusée de constater qu'elle s'était laissée influencer par ses lectures. Trop de Miss Marple et de Philip Marlowe. La fille était jeune, un nez comme une machette, cheveux décolorés, emmêlés. Une grosse poitrine largement exhibée, un dauphin tatoué sur le haut du sein, comme s'apprêtant à bondir dans son décolleté. D'énormes boucles d'oreilles. Tout excitée en surface, aux aguets en profondeur.

« Beurk », fit Mathilde à voix haute quand elles se serrèrent la main. Ça lui avait échappé. Elle était restée seule trop longtemps, négligeait la politesse de base. Ça faisait deux jours que Chollie l'avait surprise nue dans la piscine. Elles s'étaient retrouvées dans la cour d'un torréfacteur de Brooklyn, le vent agitait la cime des arbres.

La fille ne s'offusqua pas ; elle se mit à rire. Elle ouvrit un dossier avec la photo de Chollie, son adresse, son numéro de téléphone, et tous les détails que Mathilde avait pu lui indiquer.

« Je ne sais pas jusqu'où vous en êtes arrivée dans vos recherches, dit Mathilde. C'est lui qui a lancé le fonds Charles Watson. Vous savez, le cabinet d'investissement. J'ignore si vous en êtes déjà là. Il a mis ce truc en place il y a vingt ans environ, il était très jeune. Il s'agit d'un système de Ponzi, j'en suis à peu près certaine. »

La fille leva les yeux, soudain intéressée. « Vous avez investi ? C'est ça ?

— Je ne suis pas conne à ce point. »

La fille la regarda, s'appuya contre le dossier de la chaise. Mathilde reprit : « Bref. Le montage financier frauduleux, c'est par là qu'il faut commencer, et j'ai besoin de preuves, mais je veux autre chose. Des éléments personnels. Le pire que vous pourrez trouver. Il suffit de rester trois secondes avec ce type pour savoir qu'il a des cadavres plein son placard. Peut-être même au sens propre. C'est un gros salopard de fouineur de mes deux et je m'en vais l'écorcher vif. » Elle affichait un sourire radieux.

La fille observait Mathilde. « Je suis assez bonne dans mon boulot pour choisir les dossiers dont je veux m'occuper, vous savez.

— Heureuse de l'entendre. Je n'embauche pas de demeurés.

— La seule chose qui me fasse hésiter dans votre cas, c'est que ça ressemble beaucoup à de la vengeance personnelle. Et ça, ça tourne souvent au vinaigre.

— Vous avez raison. Mais le meurtre, c'était trop facile. »

La fille sourit et ajouta : « J'aime les dames qui ont de l'esprit.

— Oui, mais je ne suis pas une dame », rétorqua Mathilde qui, déjà lasse de cet étrange flirt, avala son café pour pouvoir s'en aller au plus vite.

Quand elle se leva, la fille l'arrêta : « Attendez. » Elle retira ses bras de ses manches et tourna son haut, si bien que le décolleté passa derrière et lui donna tout de suite une allure professionnelle. Elle enleva sa perruque ébouriffée, découvrant des cheveux bruns coiffés à la garçonne. Puis elle ôta ses boucles d'oreilles et ses faux cils. C'était à présent une autre personne, sévère et à l'écoute. On aurait dit la seule fille présente à une soirée du département de recherche en mathématiques.

« C'est du déguisement à la James Bond, remarqua Mathilde. Hilarant. J'imagine qu'en général, ça bluffe les clients.

– En général », répondit la détective. Elle semblait gênée.

« Et le dauphin sur le sein ?

– Une erreur de jeunesse.

– On a tous connu ça. J'adore les erreurs de jeunesse. » Elles se sourirent de part et d'autre de la table mouchetée de pollen. « C'est bon. Vous faites l'affaire.

– Ma chère, je ferai beaucoup plus que ça », dit la fille en se penchant pour lui prendre la main un instant afin que tout soit clair.

La colère est mon plat de viande ; je dîne de moi-
même,
Aussi m'affamerai-je tout en me nourrissant[1].

Volumnia prononce ces paroles dans *Coriolan*, de Shakespeare. Dominatrice, en acier trempé, elle est beaucoup plus intéressante que Coriolan lui-même.

Hélas, personne n'irait voir une pièce intitulée *Volumnia*.

---

1. Shakespeare, *Coriolan*, acte IV, scène 2.

16

Le ciel était plombé même si le soleil brillait par la fenêtre.

Elle venait d'arriver dans cette start-up. Un site de rencontre qui serait un jour revendu pour un milliard de dollars. Elle était restée trois ans à la galerie ; tous les matins, elle s'arrêtait devant la porte, reprenait sa respiration, fermait les yeux et se blindait avant d'entrer. Toute la journée, elle sentait les yeux d'Ariel posés sur elle. Elle faisait son boulot. Elle prenait soin des artistes, apaisait leurs angoisses, leur envoyait des cadeaux d'anniversaire. « Mon prodige, disait Ariel lorsqu'il la présentait. Plus tard, c'est elle qui sera aux commandes. » Chaque fois qu'il prononçait ces mots, le visage de Luanne se crispait. Vint le jour où un artiste nerveux arriva de Santa Fe, qu'Ariel emmena dîner longuement ; à leur retour, Mathilde était au fond de la galerie plongée dans le noir, où elle rédigeait le catalogue d'une exposition. Elle leva les yeux, se figea. Ariel était à la porte, il la regardait. Il s'approcha, plus près. Posa les mains sur ses épaules et commença à la masser. Il se colla contre son dos. Après en avoir attendu si longtemps la fin, elle fut obscurément déçue par cette faute de style : un geste déplacé inattendu, un frottement. Elle se leva en disant : « J'en ai assez » et passa devant Luanne qui avait tout vu depuis l'autre bout de la salle, puis elle prit tous ses congés à la suite et en quelques jours trouva un nouvel emploi sans jamais avoir dit à Ariel qu'elle quittait la galerie pour de bon.

Mais ce matin-là, elle ne parvenait pas à se concentrer sur son travail. Elle demanda à son patron si elle pouvait prendre sa journée et il la regarda partir en plissant les yeux derrière ses lunettes, un rictus déformant sa bouche.

Dans le parc, les feuilles d'érable avaient un éclat particulier, à croire qu'on avait doré leurs nervures. Elle marcha longtemps, elle était si perdue que lorsqu'elle rentra chez elle, elle avait les jambes en coton. Un goût amer au fond de la gorge. Elle prit un bâtonnet dans la boîte de vingt qu'elle conservait, dans la terreur, derrière les serviettes de toilette. Elle fit pipi dessus. Attendit. But toute une bouteille d'eau. Recommença, encore, et encore, et encore, mais chaque fois le bâtonnet lui disait *oui*. Positif. T'es foutue ! Elle fourra les bâtonnets dans un sac qu'elle enfouit tout au fond de la poubelle.

Elle entendit Lotto arriver et se passa les yeux à l'eau froide. « Salut, chéri, lança-t-elle. Ça a été, ta journée ? » Entrée bruyante, il évoqua une audition, un petit truc pourri pour une pub, il n'avait même pas envie d'être pris, c'était humiliant, mais il avait rencontré ce type qui apparaissait dans une émission de télé à la fin des années 1970, celui avec un épi dans les cheveux et de drôles d'oreilles, tu te souviens ? Elle se sécha le visage, peigna ses cheveux avec ses doigts et régla son sourire pour qu'il ne soit plus aussi féroce. Elle vint à sa rencontre, encore vêtue de son manteau, et lui dit : « Je vais juste chercher une pizza. » « Une méditerranéenne ? » demanda-t-il. « Ouais ! » répondit-elle, et il ajouta : « Je t'adore jusque dans la moelle de mes os. » « Moi aussi », fit-elle en lui tournant le dos.

Elle referma la porte de l'appartement et s'effondra sur les marches qui menaient chez la voisine du dessus, étendue sur le dos, bras croisés sur les yeux parce que vraiment, qu'est-ce qu'elle allait bien pouvoir faire ? Hein, qu'est-ce qu'elle allait bien pouvoir faire ?

Elle eut soudain conscience d'une forte odeur de pieds. Elle vit sur la marche à hauteur de son visage une paire de vieux chaussons brodés, maintenus par de la ficelle.

Bette, la voisine du dessus, la toisait d'un air sévère. « C'est bon, venez », dit-elle avec son accent britannique affecté.

Sonnée, Mathilde suivit la vieille dame. Un chat se jeta sur elle, tel un clown minuscule. L'appartement était d'une propreté méticuleuse, avec un design années 1950 qui la surprit. Des murs d'un blanc pur éclatant. Un bouquet de feuilles de magnolias sur la table, un vert profond, brillant, sur une surface d'un brun chaud. Sur la cheminée, trois chrysanthèmes bordeaux jetaient leurs feux. Elle ne s'attendait pas à cela.

« Asseyez-vous », dit Bette. Mathilde obéit. Bette s'éloigna en traînant les pieds.

Elle revint aussitôt. Avec une tasse de camomille et des Petits Écoliers au chocolat noir. Mathilde en prit un, et cela la ramena dans la cour de l'école, la lumière traversant les arbres où flottait de la poussière, le claquement d'une nouvelle cartouche dans son stylo à plume.

« Je ne vous blâme pas. Moi non plus, je n'ai jamais voulu avoir d'enfant », dit la vieille dame au long nez en regardant Mathilde. Elle avait des miettes sur les lèvres.

Mathilde cilla.

« À mon époque, on ne savait rien. C'était un temps où on n'avait pas le choix. Je faisais des lavements au désinfectant, vous imaginez. Quelle méconnaissance. Quand ça a été mon tour, c'est une dame de la papeterie qui s'en est occupée, avec un couteau très fin. C'était terrible. Je voulais mourir. Ça aurait pu arriver très facilement d'ailleurs. À la place, j'ai eu la chance de devenir stérile.

– Mon dieu, j'ai parlé à haute voix ?
– Non.
– Mais comment savez-vous ? Je viens à peine de le découvrir moi-même.
– J'ai des superpouvoirs. Je le vois à la manière dont se tiennent les femmes. Plus d'une fois, je me suis attiré des ennuis en mentionnant la chose alors que c'était une mauvaise surprise. Dans votre cas, je le sais depuis deux semaines. »

Elles demeurèrent assises là par ce long après-midi. Mathilde fixait les chrysanthèmes en se rappelant de boire son thé tiède.

« Pardonnez-moi, reprit Bette. Mais je dois dire que de mon point de vue, du moins, un enfant ne serait pas la pire des choses. Vous avez un mari qui vous adore, un travail, un appartement. Vous devez avoir presque trente ans, c'est le bon âge. Non, un enfant dans cette maison ne serait pas la pire des choses. J'aurais même plaisir à garder un bébé de temps en temps, à lui apprendre les comptines de ma grand-mère écossaise. *Eenity feenity, fickety feg*. Ou non, *As eh gaed up a field o neeps*, hein ? À le gâter en le gavant de biscuits. Enfin, quand il pourrait en manger. C'est pas ce qu'il y a de pire.

– Si, ce serait la pire des choses. Ce ne serait pas juste pour le monde. Ni pour l'enfant. Et puis je n'ai que vingt-six ans.

– Vingt-six ans ! Mais votre utérus est presque antique ! Vos ovules vont devenir bancals là-dedans. Et quoi, vous vous imaginez que vous allez donner naissance à un monstre ? Un nouvel Hitler ? Je vous en prie. Regardez-vous donc. Vous avez gagné à la loterie génétique, vous.

– Moquez-vous. Mes enfants naîtraient avec des griffes et des crocs. » Bette la regarda. « Je cache bien les miens, reprit Mathilde.

– Ce n'est pas à moi d'en juger.

– En effet.

– Je vous aiderai. Ne montez pas sur vos grands chevaux. Je vous donnerai un coup de main. Je ne vous laisserai pas seule. »

« Mince alors, tu as mis des siècles ! » s'écria Lotto quand elle revint avec la pizza. Il était trop affamé pour regarder Mathilde avant d'avoir engouffré quatre parts. Lorsqu'il leva enfin les yeux vers elle, elle avait recouvré ses esprits.

Durant la nuit, elle rêva de créatures enfouies dans les ténèbres. D'orvets à l'éclat de perle qui se tortillaient, d'un tas de feuilles de parchemin veiné de bleu. Glissant et dégoulinant.

Elle avait toujours détesté les femmes enceintes. Le cheval de Troie originel.

Quelle horreur de penser qu'à l'intérieur d'un être humain, il pouvait y avoir un autre être humain. Un cerveau séparé, doué de ses propres pensées. Beaucoup plus tard, à l'épicerie, Mathilde verrait une femme au ventre énorme essayer d'attraper des glaces à l'eau sur l'étagère la plus haute du congélateur, et elle imaginerait ce que ça pouvait être d'avoir à l'intérieur de soi une personne qu'on n'avait pas avalée tout entière. Qui n'était pas condamnée dès le départ. La femme jetterait un regard énervé sur Mathilde qui était immense et bien assez grande pour atteindre cette étagère ; puis sur son visage fleurirait cette expression que Mathilde détestait par-dessus tout chez les femmes enceintes : le réflexe de la sainte. « Je peux vous aider ? » lui dirait l'inconnue, toute mielleuse. Mathilde ferait volte-face avec brutalité.

Pour l'heure, incapable de dormir, elle finit par se lever, abandonnant Lotto qui respirait calmement dans son sommeil, prit une bouteille de rhum et monta chez Bette. Elle resta devant la porte sans frapper, pourtant Bette lui ouvrit, en chemise de nuit froissée, ses cheveux gris en bataille.

« Entrez donc », dit-elle. Elle installa Mathilde sur le canapé, la recouvrit d'une couverture de laine, déposa le chat sur ses genoux. Et dans sa main droite, un chocolat chaud avec une goutte de rhum. À la télévision, Marilyn Monroe en noir et blanc. Bette s'enfonça dans son fauteuil avec repose-pied et se mit à ronfler. Mathilde rentra chez elle sur la pointe des pieds avant que Lotto se réveille, s'habilla comme pour aller travailler, puis elle appela son bureau pour dire qu'elle était malade. Bette, la tête dans le volant, assise sur des coussins de son canapé, la conduisit à la clinique.

[La prière de Mathilde : Puissé-je devenir la vague. Et si je ne peux devenir la vague, puissé-je être ce qui se rompt au fond. Cette terrible première faille dans l'ombre.]

Pendant longtemps, Mathilde demeura moite à l'intérieur. Glaise grise s'effondrant à la surface. Oh, elle ne regrettait rien ; mais elle s'en était tirée de justesse. Lotto était loin d'elle, au sommet d'une colline qu'elle n'avait pas la force de grimper. Elle laissa la vie suivre son cours, et les jours l'entraîner de l'avant.

Cependant, de minuscules miracles l'aidèrent à se relever. Un macaron à l'eau de rose dans la boîte aux lettres en cuivre, dans une enveloppe de papier ciré. Un hortensia bleu, comme un chou devant sa porte. Des mains froides et ridées autour de son visage, en montant l'escalier. Les petits cadeaux de Bette. Lumières éclatantes dans le noir.

« C'est difficile, lui avait dit Bette dans la salle d'attente. Mais ça ira. Ce que tu ressens va peu à peu diminuer. » Elle avait raison.

Mathilde avait vingt-huit ans quand son mari dut se rendre une semaine à Los Angeles pour un petit rôle de flic dans une série, elle programma alors sa ligature des trompes.

« Vous êtes sûre ? lui demanda le médecin. Vous êtes assez jeune pour avoir le temps de changer d'avis. On ne sait jamais quand l'horloge se mettra en marche.

– La mienne est cassée », répondit-elle. Il la regarda, depuis ses hautes bottes jusqu'à sa chevelure blonde, en passant par l'eye-liner qu'elle étirait bien pour se faire des yeux de chat. Il crut comprendre qui elle était et la jugea superficielle. Acquiesça et se détourna sèchement. Il lui obtura les trompes ; elle mangea de la gelée en regardant des dessins animés tandis que les infirmières changeaient son cathéter. Finalement, ce fut un après-midi agréable.

Elle aurait recommencé si elle avait dû. Pour s'épargner cette horreur. Pour se préserver. Elle l'aurait fait encore et encore et encore et encore et encore et encore et encore si ça s'était avéré nécessaire.

17

Mathilde ne reconnut pas la détective qu'elle attendait sur les marches du Met. Elle cherchait la fille avec laquelle elle avait pris un café à Brooklyn, deux semaines plus tôt, sous l'une ou l'autre de ses incarnations, frisée et tatouée d'un dauphin, ou pro et austère. Il y avait là une famille de touristes bien en chair, un jeune homme à la peau de cachemire que Mathilde regarda attentivement, ainsi qu'une écolière blonde boudeuse, en kilt et blazer, avec un sac à dos qui débordait. C'est à côté d'elle qu'elle alla s'asseoir, alors l'écolière se retourna et lui adressa un clin d'œil.

« Mon dieu, fit Mathilde. La gestuelle et tout. Cette attitude, ces jambes dégingandées. J'ai cru voir mon double d'il y a trente ans.

– J'étais en mission de surveillance, tout à l'heure. J'adore ce boulot.

– Vous étiez le genre de petite fille qui aime se déguiser, hein. »

La détective lui sourit, avec une trace de tristesse. Un instant, elle parut son âge. « En fait, j'ai été comédienne. Une jeune Meryl Streep, voilà ce que je voulais être. »

Mathilde ne dit rien et la détective poursuivit : « Eh oui. Évidemment, je connaissais votre mari. Je veux dire, je l'ai rencontré. J'ai joué dans une de ses pièces dans ma jeunesse. *Grimoire*, à l'ACT à San Francisco. Tout le monde était amoureux de lui. Je l'ai toujours considéré comme un canard, vous savez ? Lancelot Satterwhite baignait dans l'adoration comme un canard dans sa mare. Il voulait juste nager dans un océan d'adoration, mais sans jamais se mouiller, en restant à la surface.

– C'est assez juste. Je vois que vous l'avez vraiment connu.

– Je ne devrais peut-être pas dire ça. Mais il n'y a pas de mal maintenant qu'il n'est plus là. Vous, plus que tous les autres, vous savez comment il était. Avec les comédiens et les techniciens, on avait lancé une espèce de pari. Quand on se plantait en répèt', on mettait une pièce de vingt-cinq cents dans un pot, et celui ou celle qui réussirait le premier à séduire Lancelot toucherait le jackpot. On était douze.

– Et qui a gagné ? » demanda Mathilde. Elle sentit sa lèvre frémir.

« Ne vous inquiétez pas. Personne. Le soir de la première, on a tout donné à notre régisseur qui venait d'avoir un bébé. » Elle sortit un dossier de son sac à dos et le tendit à Mathilde. « Je bosse encore sur les trucs perso. Il y a quelque chose, là, j'en suis sûre, mais je n'ai pas encore trouvé quoi. En attendant, j'ai graissé la patte à un type de chez Charles Watson. Directeur général. Il se voit comme un noble lanceur d'alerte, mais seulement après avoir amassé une fortune, une maison dans les Hampton, *ad nauseam*. Ce dossier-là, c'est l'écume du reste. On en a le vertige tellement ça va profond. »

Mathilde lut le dossier et lorsqu'elle releva la tête, la rue était illuminée de soleil. « Putain de merde.

– Il y a plus, reprit la détective. C'est assez terrible. Y a beaucoup de gens riches qui vont pas être contents.

Quelles que soient nos motivations, nous allons rendre au monde un grand service.

– Ah, très bien. Je me suis toujours méfiée de l'autosatisfaction. On fêtera ça seulement quand vous m'aurez transmis les trucs perso.

– Fêter ça ? Vous voulez dire vous et moi, avec du champagne, dans une suite au St Regis ? » demanda la détective en se levant.

Mathilde regarda ses puissantes jambes nues, ses hanches minces, son visage aux aguets enfoui sous la perruque blonde. Elle sourit, sentit le mécanisme rouillé de la séduction se remettre en marche. Elle n'avait jamais essayé avec une femme. Ce serait sans doute plus tendre, moins musclé, davantage comme du yoga tantrique. Au moins, ce serait nouveau. « Peut-être, répondit-elle. Tout dépendra de ce que vous me rapportez. »

La détective poussa un sifflement et dit : « Je file bosser tout de suite. »

Quatre ans après la mort de Lotto, à cinquante ans, Mathilde prit l'avion pour Paris.

Quand elle débarqua, tout était si éclatant qu'elle dut mettre ses lunettes de soleil. Mais malgré cela, l'éclat la traversa, rebondit sur son cerveau à la manière d'une balle. Et puis elle ne voulait pas qu'on voie combien l'odeur des lieux où elle revenait la bouleversait, faisait couler ses larmes.

Elle redevint toute petite. Dans cette langue, elle redevint invisible. Elle recouvra ses esprits dans un café après avoir récupéré ses bagages. Quand le serveur lui apporta un expresso et un *pain au chocolat** emballé dans du plastique, il s'adressa à elle en français, alors même qu'il parlait aux personnes sophistiquées de la table d'à côté dans un anglais dénué d'accent. Quand arriva le moment de payer, elle ne comprit rien aux euros. Elle chercha des francs au fond de son sac.

Dans la grisaille granuleuse, les relents de Paris lui montèrent à la tête. Pots d'échappement, crottes de pigeon, pisse, pain, poussière, platanes perdant leurs feuilles, et le vent.

Le chauffeur de taxi au nez vermiculé la regarda longuement dans le rétroviseur et lui demanda si ça allait. Comme elle ne répondait pas, il ajouta, pour l'apaiser : « Vous pouvez pleurer ici, mon chou. Pleurez autant que vous voudrez. Y a pire que de voir une jolie femme pleurer. »

À son hôtel, elle prit une douche et se changea, puis elle loua une Mercedes blanche et quitta la ville. Le flot de la circulation vrombissante rassura l'Américaine en elle.

Les ronds-points se firent moins larges. Les routes plus petites. Des villages à moitié abandonnés en pierre grise et sale. Enfin, le chemin de terre. Des vaches, des tracteurs.

Les choses immenses dont elle se souvenait étaient en réalité terriblement petites. Le stuc avait été rafraîchi, les murs repeints en blanc sous le lierre. Le gravier dans l'allée était neuf, des petits cailloux ronds, couleur crème. Les ifs avaient poussé, ils étaient bien taillés à leur sommet, tels des garçons aux cheveux coupés en brosse pour la rentrée. Les vignes, à l'arrière, formaient de tortueuses lignes vertes aussi loin qu'elle pouvait voir, s'enfonçant dans la vieille pâture des vaches de sa grand-mère.

Un homme un peu plus jeune que Mathilde réparait une roue de moto dans l'allée. Il avait un blouson de motard, et ses mèches en pétard travaillées au gel saillaient au-dessus son front. Mathilde reconnut ses longs doigts dans les siens. Son long cou. Le même repli à l'extrémité de l'oreille gauche.

« Papa », dit-elle tout haut, mais non, il était trop jeune.

Dans la baie vitrée apparut une femme. Costaude, les yeux chassieux, vieille malgré ses cheveux teints en noir. Sa paupière inférieure était soulignée d'une épaisse couche d'eye-liner. Elle dévisagea Mathilde assise dans sa voiture, et sa bouche remua, comme si elle mâchait quelque chose. La main qui tenait le rideau était rouge, usée, à croire qu'elle avait passé toute sa vie à vider des poissons froids.

Mathilde se rappela un buffet plein de fromages qui s'affinaient, leur odeur entêtante. Aveuglée, elle repartit.

Dans le petit village, l'église lui causa une certaine gêne. Un galet de style roman, là où elle se souvenait d'une majestueuse cathédrale gothique. Le *tabac** vendait des œufs de poule encore crottés. Il était à peine midi et déjà la *boulangerie** fermait. Elle entra dans un bâtiment où l'on vendait des pizzas à emporter et qui servait aussi de *mairie**.

La maire s'assit, et quand Mathilde lui expliqua ce qu'elle voulait, elle cligna des yeux si fort que des traces de mascara apparurent sur les verres de ses lunettes. « Mais vous êtes absolument sûre ? Cette maison-là. Elle leur appartient depuis des siècles.

– Pour moi, c'est la seule maison qui existe au monde. » Son accent français lui était vite revenu. Aussi robuste que les vaches dans les prés, aussi solide que les pierres dans les champs.

« Ça va vous coûter cher. Ils sont pingres, ces gens-là, très près de leurs sous. » La maire fit la moue et leva la main en frottant son pouce contre son index.

« Je sens que je serai heureuse, là-bas, reprit Mathilde. Et seulement là-bas. J'ai envie de venir passer l'été ici. Peut-être d'ouvrir une petite boutique d'antiquités, avec un salon de thé, pour attirer les touristes. » En entendant cela, le visage de la maire se détendit. Mathilde sortit la carte couleur crème de son avocat et la posa sur le bureau. « Vous mènerez les tractations par l'intermédiaire de cet homme. Bien entendu, vous toucherez une commission de 5 %.

– 6 %.

– 7 %. Ça m'est égal. Peu m'importe le prix », dit-elle, la maire acquiesça et Mathilde se leva : « Je laisse votre magie opérer », ajouta-t-elle en s'en allant.

Elle rentra à Paris avec l'impression que quelqu'un d'autre tenait le volant. Il y avait vingt-quatre heures qu'elle n'avait rien mangé quand elle s'assit à sa table de La Closerie des Lilas. Ce n'était pas le meilleur restaurant de Paris. Mais c'était le plus littéraire. Elle avait revêtu un fourreau de soie argentée, ramené ses cheveux en arrière, et elle avait le visage joliment rosi.

Lorsque le serveur vint la voir, elle lui dit seulement : « Il y a longtemps que je ne suis pas venue en France. La cuisine me manque comme un membre fantôme. »

Les yeux marron du serveur étincelèrent. Sa moustache sursauta, pareille à une souris. « Je vous servirai donc ce que nous avons de meilleur, promit-il.

– Et le vin qui va avec. »

Il feignit l'exaspération. « Naturellement, madame. Ce serait un blasphème. »

Quand il apporta le champagne, ainsi que les langoustines et la mayonnaise aux herbes, elle le remercia. Elle mangea, les yeux mi-clos.

Pendant tout ce temps, elle avait la certitude que Lotto était auprès d'elle, assis juste en face, et qu'il se délectait lui aussi de cette nourriture. Il aurait adoré cette soirée, sa robe, les plats, le vin. Le désir monta en elle jusqu'à en devenir insupportable. Si jamais elle levait les yeux, elle le savait, elle ne verrait qu'une chaise vide. Alors elle ne lèverait pas les yeux.

Après le fromage, le serveur lui apporta une assiette de minuscules fruits en pâte d'amandes, et Mathilde lui sourit. « *À la victoire**, dit-elle.

– *À l'amour** », répondit-il, pétillant.

Elle prit son temps pour rentrer à l'hôtel, marchant sur les pavés fumants après l'orage d'été qui s'était déversé sur la ville pendant qu'elle dînait. Son ombre marchait à ses côtés. Elle réussit à atteindre la salle de bains et à s'asseoir tranquillement sur le bord en travertin jaune de la baignoire avant de se pencher et tout vomir.

Elle reprit l'avion pour retourner dans sa modeste demeure au milieu de la cerisaie. L'achat de la maison en France prit des mois. Le jour de la vente – pour une fraction de ce que Mathilde était prête à payer, mais visiblement bien plus que ne valait réellement la propriété –, son avocat lui fit envoyer une bouteille de château-d'yquem.

Elle l'appela. « Excellent travail, Klaus.

– Merci, madame Satterwhite. Ils se sont montrés… exigeants.

– Eh oui, ce sont des gens exigeants, dit-elle avec légèreté. Je suis désolée de vous l'annoncer, mais j'ai encore du travail pour vous.

– Naturellement. Je suis là pour ça.

– À présent, s'il vous plaît, je voudrais que la maison soit rasée. Détruite de fond en comble. Les vignes arrachées. Entièrement. Je sais que le bâtiment est ancien et que c'est contraire à toutes sortes de lois, mais si vous procédez en hâte, personne n'aura le temps de s'apercevoir de ce que vous faites. Et je souhaite que les choses aillent le plus vite possible. »

À peine une once d'hésitation. Elle adorait cet homme discret. « Comme vous voudrez. » Sur les photos qu'il lui envoya une semaine plus tard, le ciel apparaissait à l'endroit où se trouvait autrefois la cheminée, et l'on voyait nettement un verger là où naguère s'élevaient les murs de pierre vieux de quatre siècles. Le sol était recouvert d'un tapis de terre aplatie.

Elle eut moins l'impression de regarder un cadavre que l'endroit où le cadavre avait été enterré.

Son cœur se brisa net et se mit à couler. Ce coup-là était pour elle.

Elle offrit à Klaus une voiture bien plus belle que la sienne. C'est d'une voix amusée qu'il lui répondit, cette fois : « Le travail est accompli, mais cela ne s'est pas fait sans hurlements ni explosions de rage. Des torrents de larmes. Je crains que vous ne puissiez pas retourner dans ce village de sitôt.

– Ah, oui. Ce n'est pas nouveau. »

Elle avait dit cela d'un ton badin, il est vrai. Pourtant, elle sentait encore la bête ancienne remuer en elle.

18

« Tu es une diseuse de vérité pathologique », avait un jour déclaré Lancelot, alors elle avait ri et concédé que c'était vrai. Mais à cet instant-là, elle ne savait pas vraiment si elle disait la vérité ou si elle mentait.

De grands pans de sa vie restaient inconnus de son mari. Ce qu'elle taisait était contrebalancé avec justesse par ce qu'elle lui racontait. Toutefois, il y a des non-vérités fondées sur des mots et d'autres sur des silences, et si Mathilde avait menti à Lotto, c'était toujours par omission.

Elle ne lui avait jamais avoué que ça ne la dérangeait pas de les entretenir tous les deux pendant la première décennie où ils avaient vécu ensemble, ni même d'être pauvres, de sauter le déjeuner et dîner de riz et de haricots, ni de prendre de l'argent sur leur compte presque vide pour payer une facture urgente, ni même d'accepter l'argent de poche économisé par la petite sœur de Lotto, qui le leur donnait parce que c'était l'une des rares personnes en ce bas monde qui fût profondément bonne. La gratitude qu'il éprouvait envers Mathilde, pour ce qu'il estimait être son sacrifice, le rendait redevable envers elle.

Il y avait bien quelque chose qui la gênait et qu'elle n'avait jamais exprimé : elle aurait aimé que son mari soit meilleur dans ce qu'il entreprenait.

Tout ce temps passé à faire la queue sous la pluie. Entrer pour dire un monologue. Revenir à la maison et attendre un coup de téléphone qui ne venait pas. Bouder, boire, faire la fête. Grossir, perdre ses cheveux, voir son charme se faner. D'année en année en année.

Lors du tout dernier hiver passé dans leur appartement en sous-sol, elle peignit le plafond en doré, imitant le soleil pour se remonter le moral et avoir le courage de prendre Lotto à part afin de lui dire la vérité en douceur : que même si elle croyait en lui, il vaudrait peut-être mieux qu'il trouve une carrière en laquelle il croyait aussi. Sa tentative pour devenir comédien n'aboutissait pas.

Elle ne s'était pas encore résolue à le faire quand arriva le réveillon. Il se saoula comme à son habitude, mais au lieu de sombrer dans le sommeil, il veilla et, emporté par l'émotion, écrivit ce qu'il avait sur le cœur depuis des décennies. Quand elle s'éveilla, au petit matin, elle vit l'ordinateur, et la jalousie qu'elle parvenait à dompter avec une telle assiduité l'envahit soudain, elle s'imagina qu'il chattait sur Instant Messenger avec une jolie blonde, avatar d'une triste adolescente incomprise de seize ans. Elle prit l'ordinateur pour voir ce qu'il avait écrit et, à son grand étonnement, s'aperçut qu'il s'agissait d'une pièce et qu'il y avait là les prémices d'un chef-d'œuvre.

Alors, elle s'enferma dans le placard de la chambre et se mit à retravailler le texte à toute vitesse. Elle coupa, condensa, nettoya les dialogues, donna une autre forme aux scènes. À son réveil, il ne se souvenait plus de ce qu'il avait écrit. Elle n'eut pas de mal à présenter le texte comme étant entièrement de lui.

Quelques mois plus tard, *Les Sources* étaient achevées. Policées. Mathilde relisait la pièce sans cesse la nuit, dans le placard, pendant que Lotto dormait, elle savait qu'elle était bonne.

Hélas, même si c'était une magnifique pièce, qui allait par la suite transformer leur vie, personne ne voulait la lire. Lotto en distribuait des exemplaires à des producteurs, des directeurs de théâtre, mais aucun ne le rappelait. Et Mathilde vit peu à peu l'éclat redoré de son mari se ternir de nouveau. C'était comme une lente nécrose, de minuscules et constantes saignées.

C'est grâce à un message d'Antoinette qu'une idée lui vint, un petit article découpé dans un magazine au sujet de Han Van Meegeren, ce faussaire qui avait réussi à convaincre le monde entier que ses propres tableaux étaient de Vermeer, bien qu'il ait donné à tous ses Jésus son propre visage. Antoinette avait entouré la radiographie d'un faux tableau où, à travers le visage fantomatique d'une fillette, on voyait apparaître l'image peu inspirée du XVIIe siècle par-dessus laquelle Meegeren avait peint : une scène de ferme, avec des canards et des abreuvoirs. *Une image fausse recouvrant une mauvaise base. Cela me rappelle quelqu'un*, commentait Antoinette.

Mathilde se rendit à la bibliothèque un week-end où Lotto était parti camper dans les Adirondacks avec Samuel et Chollie, virée qu'elle avait elle-même organisée pour être tranquille. Elle trouva la reproduction qu'elle cherchait dans un gros livre. Au premier plan, un magnifique cheval blanc portant un homme en robe bleue, une foule confuse de têtes et de chevaux, un étonnant bâtiment sur une colline, sur fond de ciel. Jan Van Eyck, avait-elle découvert quelques années plus tôt à l'université. Quand on leur avait montré la diapositive en cours, son cœur s'était arrêté.

Mon dieu, elle l'avait tenu entre ses mains dans la minuscule pièce sous l'escalier, chez son oncle. Elle l'avait humé : bois ancien, huile de lin, siècles lointains.

« Volé en 1934, avait annoncé le professeur. Ce panneau appartenait à un retable. On pense qu'il a été détruit il y a fort longtemps. » Il montra ensuite une autre diapo représentant un chef-d'œuvre volé, mais elle n'avait plus que des étoiles dans les yeux.

À la bibliothèque, elle paya pour faire une photocopie en couleurs et tapa une lettre. Pas de salutations. *Mon oncle**, commença-t-elle.

Elle envoya par courrier la photocopie et la lettre.

Une semaine plus tard, elle préparait des spaghettis et du pesto, tandis que sur le canapé Lotto fixait *Fragments d'un discours amoureux* d'un œil vague, respirant par la bouche.

Il décrocha quand le téléphone sonna. Écouta. « Oh, bonté divine, dit-il en se levant. Oui, monsieur. Oui, monsieur. Oui, monsieur. Bien sûr. Je ne pourrais me réjouir davantage. Demain, à neuf heures. Oh, merci. Merci. »

Elle se retourna, une cuillère fumante à la main. « Qu'est-ce qui se passe ? »

Il était pâle et se frottait la tête. « Je ne sais pas. » Il se rassit lourdement.

Elle s'approcha, s'agenouilla devant lui, le prit par les épaules. « Chéri ? Il y a un problème ?

– C'était Playwrights Horizons. Ils veulent monter *Les Sources*. Un producteur privé en est dingue et il est prêt à payer. »

Il appuya la tête contre Mathilde et fondit en larmes. Elle embrassa ses cheveux pour dissimuler son expression, qui, elle le savait, était sombre, féroce.

Quelques années plus tard, un avocat la contacta par téléphone au théâtre où Lotto participait au casting de sa nouvelle pièce, elle l'écouta attentivement. Son oncle, disait l'avocat, était mort [vol de voiture ; barre de fer]. Il avait légué son argent à une maison de retraite pour mères indigentes. Cependant, il avait aussi légué une collection d'anciennes estampes érotiques japonaises à Aurélie. Elle répondit : « Je ne suis pas la personne que vous cherchez. Je m'appelle Mathilde », et raccrocha. Quand on lui livra malgré tout les estampes, elle se rendit chez Strand et, avec l'argent qu'elle en obtint, acheta à Lotto une montre étanche à plus de cent mètres.

Le soir de la première des *Sources*, Mathilde était aux côtés de Lotto.

Broadway ! Quels débuts retentissants ! Il était ébloui par sa chance ; elle sourit, sachant que la chance n'avait rien à voir là-dedans.

Le casting s'était déroulé à merveille ; il avait attiré une comédienne récompensée par un Tony Award pour jouer le rôle de Miriam : ondulante, paresseuse, bouillante, la mère. Les acteurs qui interprétaient Manfred et Hans, le père et le fils, étaient à peine connus, mais dix ans plus tard, leur nom serait en haut des affiches de film.

Il y avait un petit groupe d'inconnus, d'avant-gardistes intrépides. Mais la veille, le metteur en scène avait pris Mathilde à part pour lui annoncer à quel point les préventes étaient médiocres, alors elle avait passé toute la matinée et tout l'après-midi au téléphone pour remplir la salle de leurs amis. Avant que les lumières ne s'éteignent, le public était dissipé, l'atmosphère bon enfant et frivole. Seul Lotto pouvait convoquer trois cents personnes à la dernière minute par simple sympathie. Les gens lui vouaient un amour unique, profond.

À présent, dans le noir, elle assistait à la transformation subtile de son mari à mesure qu'il se perdait. Il s'était montré si anxieux ces derniers mois qu'il était redevenu le jeune homme mince, trop grand, qu'elle avait épousé. Le rideau s'ouvrit. Elle observa d'abord avec amusement, puis avec une ferveur qui se mua en admiration, la manière dont les répliques se peignaient sur ses lèvres, dont ses traits imitaient ceux des comédiens qui entraient et sortaient. C'était un one-man-show dans l'ombre.

Durant la scène où Manfred meurt, le visage de Lotto était humide et brillant. De sueur, pas de larmes, du moins le croyait-elle. Difficile à dire. [Larmes.]

Les gens se levèrent huit fois pour lui faire un triomphe, et les comédiens revinrent, et revinrent, et revinrent, non seulement parce que le public présent adorait Lotto, mais aussi parce que la pièce avait pris corps, par magie, au moment où elle avait été jouée. Quand Lotto apparut à son tour sur scène, le public se déchaîna au point qu'on l'entendit jusque dans le petit bar, au bout de la rue, où les amis qu'on avait priés de venir et qui étaient arrivés après la vente des dernières places s'étaient retrouvés pour s'amuser de leur côté.

L'éclat perdura à travers la nuit et même après la fermeture du bar, à une heure où il n'y avait plus de taxis disponibles, aussi Mathilde et Lotto décidèrent-ils de rentrer à pied, bras dessus bras dessous, parlant de tout et de rien, le souffle chaud et désagréable du métro émanant des grilles. « Chtonien », dit-il, l'alcool autorisant la libération de ses prétentions intérieures, ce qu'elle trouva touchant, la rançon de la gloire. Il était si tard qu'il n'y avait presque plus personne dehors et ils eurent l'impression, à cet instant précis, que la ville était à eux.

Elle songeait à toute la vie qui se trouvait sous leurs pieds, ce fourmillement qu'ils piétinaient à leur insu. « Tu savais que le poids total de toutes les fourmis de la terre est égal au poids total de tous les humains ? » lui demanda-t-elle.

Elle, qui ne buvait jamais à l'excès, était un peu ivre, c'est vrai ; cette soirée avait été un tel soulagement. Quand le rideau était retombé, l'énorme rocher qui bloquait leur avenir avait roulé sur le côté.

« Elles seront encore là quand nous aurons disparu », dit-il. Il buvait une flasque au goulot. Une fois chez eux, il serait saoul. « Les fourmis, les méduses, les cafards. Ce seront les rois de la terre. » Elle l'amusait ; lui, qui était si souvent ivre. Son pauvre foie. Elle se l'imagina, à l'intérieur de son corps, un rat brûlé, rose et plein de cicatrices.

« Ils la méritent plus que nous, ajouta-t-elle. On a fait n'importe quoi de ce qui nous a été donné. »

Il sourit et leva les yeux. Pas d'étoiles ; trop de pollution pour ça. « Tu savais, demanda-t-il à son tour, qu'on venait de découvrir qu'il existe des milliards de mondes qui peuvent accueillir la vie, rien que dans notre galaxie ? » Et de sa meilleure imitation de l'astronome Carl Sagan : « Des milliards et des milliards ! »

Elle sentit que ses yeux la piquaient, sans comprendre pourquoi cette pensée la touchait ainsi.

Il s'en aperçut, et comprit. [Il la connaissait ; ce qu'il ignorait à son sujet aurait coulé un paquebot ; mais il la connaissait.] « Nous sommes bien solitaires, ici-bas, reprit-il. C'est vrai. Mais nous ne sommes pas seuls. »

Dans l'espace vaporeux ouvert la mort de Lotto, quand elle vivait dans une espèce de chagrin souterrain hors du temps, Mathilde vit sur Internet une vidéo anticipant le destin que connaîtrait notre galaxie dans des milliards d'années. Nous dansons un tango immensément lent avec la galaxie d'Andromède, les deux galaxies formant des spirales aux bras étendus et s'avançant l'une vers l'autre comme des corps qui tournent sur eux-mêmes. En se rapprochant, les galaxies gagneront en vitesse, émettant des étincelles bleues, de nouvelles étoiles, jusqu'à se dépasser l'une l'autre. Puis leurs longs bras s'étendront jusqu'à ce que leurs mains se saisissent au dernier moment, après quoi elles se remettront à tourner dans le sens inverse, leurs jambes enlacées, mais sans jamais se heurter, jusqu'à ce que ce second tournoiement devienne étreinte, baiser. Ensuite, quand elles seront toutes proches, en leur cœur s'ouvrira un énorme trou noir.

Le lendemain matin, après cette première nuit de gloire, alors que tout se passait bien, que la lumière était douce et pleine de possibles, elle sortit acheter le journal et tout un assortiment de viennoiseries, *pains au chocolat, chaussons aux pommes, croissants** et dévora en quelques bouchées un croissant aux amandes bien gras, sur le chemin du retour. Une fois à la maison, dans leur douillet terrier au plafond doré, elle se versa un verre d'eau tandis que Lotto feuilletait le journal, les cheveux en pétard au sortir du lit, mais quand elle se retourna, son beau visage était blême. Il eut une curieuse grimace, sa lèvre inférieure repliée, découvrant ses dents du bas, et pour une fois, peut-être la première, il fut à court de mots.

« Oh, oh », fit-elle en venant très vite vers lui pour lire par-dessus son épaule.

Quand elle eut terminé, elle dit : « Qu'elle aille se bouffer une botte de bites.

– Ne sois pas si vulgaire, mon amour », mais cette réponse était une sorte d'automatisme.

« Non mais, franchement. Cette critique, là, Phoebe Delmar. Elle dit du mal de tout le monde. Elle a détesté la dernière pièce de Stoppard. Elle a écrit qu'il était complaisant. Elle a osé raconter que Suzan-Lori Parks ne parvenait pas à faire du Tchekhov, ce qui est vraiment n'importe quoi parce que bien entendu Suzan-Lori Parks ne cherche pas à faire du Tchekhov. C'est déjà assez dur d'être Suzan-Lori Parks. C'est quand même le critère de base de la critique, non, évaluer les œuvres par rapport à elles-mêmes ! Elle se comporte comme une putain de poétesse ratée qui ne connaît rien à rien et qui essaie de se faire un nom en descendant les autres. Cette salope ne sait que casser les gens. Ne prête pas attention à ce qu'elle écrit.

– Ouais », répondit-il d'une voix trop basse. Il se leva, tourna un moment sur lui-même en vain tel un grand chien qui s'apprête à se laisser tomber dans l'herbe pour dormir, puis il retourna dans la chambre, se remit sous la couette et resta là, sans bouger, même quand Mathilde entra dans la pièce à quatre pattes, nue, souleva la couette au bout du lit et se glissa le long de son corps, le remontant depuis les orteils, sa tête émergeant à la hauteur de son cou ; mais il était complètement amorphe, les yeux clos, sans aucune réaction, et même quand elle plaça ses deux mains à lui sur ses fesses à elle, celles-ci glissèrent toutes seules, à croire que dans sa misère il n'avait plus d'os pour le tenir.

Il fallait une frappe nucléaire. Elle rit toute seule ; oh, elle aimait cet homme infortuné. Elle se rendit au jardin, à l'abandon maintenant que cette pauvre Bette n'était plus là pour l'entretenir, passa quelques coups de fil, et à seize heures, Chollie sonna à la porte, donnant le bras à Danica – « Bisous bisous », cria Danica aux oreilles de Mathilde, et : « Putain, je te déteste, t'es trop belle » –, ensuite Rachel et Elizabeth entrèrent main dans la main, des tatouages de navet assortis sur le poignet, dont elles refusèrent en gloussant d'expliquer la signification, puis ce fut Arnie qui arriva, et entreprit de préparer des gin-fizz, et enfin Samuel, avec son enfant dans le porte-bébé. Quand Mathilde réussit à vêtir Lotto d'une chemise bleue et d'un pantalon de toile, à le traîner jusqu'à ses amis, que chacun le serra dans ses bras en lui disant en toute sincérité combien la pièce était géniale, elle vit un peu d'énergie renaître en lui ; les couleurs réapparaître sur son visage. Lotto avalait les compliments comme un coureur de fond une boisson aux électrolytes.

Quand on sonna pour les pizzas, Mathilde ouvrit la porte et elle avait beau être en legging et porter un haut semi-transparent, le livreur n'avait d'yeux que pour Lotto qui, en plein milieu de la pièce, imitait les bras d'un monstre, les yeux exorbités, pour raconter la fois où il s'était fait agresser dans le métro et s'était retrouvé un pistolet braqué sur l'arrière de la tête. Il rayonnait de nouveau comme à son habitude. Il vacilla, tomba à genoux et le livreur se pencha pour le regarder, sans même voir l'argent que lui tendait Mathilde.

Lorsqu'elle referma la porte, Chollie était à ses côtés. « De porc, il redevient homme en une seule petite heure. Tu es une Circé inversée. »

Elle rit en silence ; il prononçait « Tchirtché », à croire que Circé était italienne. « Oh, espèce de sale autodidacte. Ça se prononce "sirsé". »

Il eut l'air blessé, mais haussa les épaules. « J'aurais jamais pensé dire ça un jour, mais tu lui fais du bien. Bon allez, merde ! reprit-il, cette fois avec un épais accent de Floride. La mannequin blonde écervelée, sans amis et croqueuse de diamants s'avère une bonne personne. Qui c'est qu'aurait cru ça ? D'abord, j'ai pensé que t'allais lui piquer son pognon et te tirer avec. Mais non. Il a eu du bol. » Puis, d'une voix normale : « S'il réussit à devenir quelqu'un, ce sera grâce à toi. »

Malgré les pizzas brûlantes qu'elle tenait entre ses mains, Mathilde eut soudain froid. Elle soutint son regard. « Il n'a pas besoin de moi pour être quelqu'un. » Les autres, toujours sur le canapé, riaient en regardant Lotto, mais Rachel, elle, fixait Mathilde depuis le comptoir de la cuisine en se tenant les coudes.

« Non, même toi tu n'aurais pas pu faire de lui ce qu'il est, sorcière », conclut Chollie, et il lui prit des mains la première boîte, l'ouvrit, empila trois parts de pizza, puis reposa la boîte sur les autres pour pouvoir manger, tout en souriant à Mathilde de sa bouche luisante.

Pendant toutes ces années où Lotto eut le sentiment d'avoir réussi, d'être en sécurité, alors qu'il avait en permanence du travail, que ses pièces étaient toutes publiées et montées de plus en plus fréquemment à travers le pays, de sorte que cela suffisait à lui procurer un niveau de vie confortable, eh bien même alors, il continuait d'être irrité par cette Phoebe Delmar.

Quand fut monté *Télégonie*, Lotto avait quarante-quatre ans, le succès fut instantané et quasi unanime. Mathilde avait planté l'idée dans sa tête ; c'était Chollie qui la lui avait soufflée des années plus tôt avec son commentaire sur Circé. Il s'agissait donc de l'histoire du fils de Circé et Ulysse, Télégonos, qui, après qu'Ulysse les eut abandonnés, est élevé par sa mère dans une demeure au cœur des bois de l'île d'Ééa, protégés par des tigres et des porcs enchantés. Quand il quitte la maison comme tous les héros, sa mère qui est magicienne lui remet une lance surmontée d'un dard de raie venimeux ; il vogue jusqu'à Ithaque sur son petit bateau, commence à voler le bétail d'Ulysse, après quoi s'ensuit une terrible bataille avec un homme qu'il ne connaît pas, son père, qu'il finit par tuer.

[Télégonos épouse Pénélope, la femme longanime d'Ulysse ; Télémaque, le fils que Pénélope a eu avec Ulysse, finit par se marier avec Circé ; les demi-frères deviennent beaux-pères. C'était une véritable déclaration d'amour aux femmes mûres, comme Mathilde l'avait toujours compris.]

La pièce de Lotto était également un clin d'œil rusé au concept de télégonie tel qu'on l'envisageait au XIXe siècle : c'est-à-dire que les enfants pouvaient recevoir les caractères génétiques des anciens amants de la mère. Dans la version de Lotto, Télégonos avait un groin de porc, des oreilles de loup et des rayures de tigre, héritage des amants de sa mère transformés en animaux. Le personnage à la voix douce portait toujours un masque terrifiant, et cette fixité le rendait encore plus puissant. Comme par plaisanterie, Télémaque avait également un masque, doté de vingt yeux, dix bouches et dix nez différents, à cause des prétendants qui avaient voulu épouser Pénélope pendant qu'Ulysse errait à travers la Méditerranée.

Toute l'histoire se déroulait à Telluride, à l'époque moderne. Il s'agissait d'une accusation à l'encontre de la société démocratique, qui en somme était capable d'abriter en son sein des milliardaires.

« Mais Lancelot Satterwhite lui-même n'est-il pas l'héritier d'une grosse fortune ? Est-ce que ce n'est pas de l'hypocrisie ? » entendit-on un homme demander à l'entracte devant le théâtre. « Oh, non, il a été déshérité parce qu'il s'est marié. Quelle histoire tragique, sincèrement », répondit une femme en passant. Et le bouche à oreille fit son œuvre, telle une traînée de poudre. L'histoire de Mathilde et Lotto, la romance épique ; il avait été rejeté par sa famille, mis dehors, banni de Floride. Tout ça pour Mathilde. À cause de son amour pour elle.

Oh mon dieu, pensa Mathilde. Quelle dévotion ! Ça la rendait malade. Mais, pour lui, elle laissa l'histoire se répandre.

Et puis, environ une semaine après la première, alors que toutes les places étaient vendues pour les deux mois à venir, que Lotto était noyé sous les mails et les appels élogieux, il vint se coucher au beau milieu de la nuit et elle se réveilla aussitôt en disant : « Tu pleures ?

— Moi ? Jamais. Je suis un homme, un vrai. Je me suis juste mis du bourbon dans les yeux.

— Lotto.

— En fait, j'épluchais des oignons dans la cuisine. Qui n'aime pas découper des oignons en pleine nuit ? »

Elle se redressa. « Raconte-moi tout.

– Phoebe Delmar », répondit-il en lui donnant l'ordinateur. Dans la faible lueur, son visage paraissait affligé.

Mathilde lut l'article et laissa échapper un sifflement. « Elle devrait prendre garde à ses fesses, commenta-t-elle sombrement.

– Elle a le droit d'avoir sa propre opinion.

– Elle ? Non. C'est la seule critique négative que tu aies eue pour *Télégonie*. Elle est folle.

– Calme-toi, dit-il, tout en semblant réconforté par sa colère. Peut-être qu'elle a raison. Qu'on me surestime. »

Pauvre Lotto. Il ne pouvait supporter qu'une seule personne ne lui soit acquise.

« Je te connais par cœur, répliqua Mathilde. Je connais chaque point de ponctuation, chaque ellipse de ton œuvre, j'étais là quand tu l'as écrite. Je peux te certifier mieux que n'importe qui au monde, et surtout mieux que cette sangsue emphatique qui lance ses bombinettes, que tu n'es pas surestimé. Pas d'un cheveu. C'est elle qu'on surestime. On devrait lui couper les doigts pour l'empêcher d'écrire.

– Merci de ne pas être grossière.

– Et en plus, elle peut aller se faire enculer à loisir avec une fourche chauffée à blanc. Dans son petit cul tout noir de star de la critique, ajouta Mathilde.

– Ah, ah. Ton esprit est très subtil et affûté, c'est un flot extrêmement fleuri.

– Essaie de dormir, dit Mathilde en l'embrassant. Écris-en une autre. Encore plus formidable. Ton succès, c'est comme la gale, pour elle.

– Elle est la seule au monde qui me déteste », conclut-il avec tristesse.

Quelle était donc cette manie de vouloir que le monde entier l'adore ? Mathilde savait qu'elle n'était digne de l'amour de personne, et lui voulait celui de tous. Elle réprima un soupir. « Écris une autre pièce, tu finiras par la convaincre », dit-elle, comme elle le lui disait toujours. Alors il écrivit une autre pièce, comme il le faisait toujours.

19

Mathilde s'était mise à courir de plus en plus longuement dans les collines. Deux, voire trois heures.

Parfois, quand Lotto était encore en vie, qu'il était complètement immergé dans son travail, là-haut au grenier dans son bureau, et que depuis le jardin elle l'entendait donner leur voix aux différents personnages, elle était obligée d'enfiler ses baskets et de partir sur les routes pour se retenir de monter se réchauffer auprès de son bonheur à lui ; elle courait, courait, afin de se rappeler à elle-même que posséder ce corps résistant était en soi un privilège.

Mais après la disparition de Lotto, le chagrin avait commencé à irradier à travers son corps, et un jour, plusieurs mois après qu'elle fut devenue veuve, elle avait dû s'arrêter à une vingtaine de kilomètres de chez elle et s'asseoir un long moment sur un coteau parce que, visiblement, son corps ne répondait plus. Quand elle avait réussi à se relever, elle n'avait pu qu'avancer clopin-clopant comme une vieille femme. Il s'était mis à pleuvoir, ses vêtements étaient trempés, ses cheveux lui collaient au front et aux oreilles. Elle avait mis du temps pour rentrer chez elle.

La détective attendait Mathilde dans la cuisine, la lumière était allumée au-dessus de l'évier. Le triste crépuscule brun d'octobre tombait au-dehors.

« Je me suis permis d'entrer, annonça la détective. Il y a une minute. » Elle était maquillée et portait une petite robe noire. Elle avait l'air d'une Allemande, élégante sans être jolie. Elle portait des boucles d'oreilles en forme de 8, qui bougeaient dès qu'elle tournait la tête.

« Oh », fit Mathilde. Elle retira ses chaussures, ses chaussettes, son tee-shirt, et se sécha les cheveux avec la serviette de God. « Je ne savais même pas que vous connaissiez mon adresse. »

La détective eut un geste vague. « Je suis une bonne pro. Je nous ai servi un verre de vin à toutes les deux. J'espère que ça ne vous dérange pas. Vous allez en avoir besoin quand vous allez apprendre ce que j'ai découvert au sujet de votre vieil ami, Chollie Watson. » Elle rit de plaisir.

Mathilde prit l'enveloppe brune qu'elle lui tendait et elles allèrent sur la véranda où le soleil liquide se couchait derrière les collines bleues et froides. Elles restèrent à le regarder en silence, jusqu'à ce que Mathilde frissonne.

« Vous m'en voulez », dit la détective.

Mathilde répondit très doucement : « Ceci est mon espace. Je ne laisse jamais personne y entrer. Vous trouver ici, c'est comme une agression.

– Je suis désolée. Je ne sais pas où j'avais la tête. J'ai cru qu'il y avait un truc entre nous. Parfois, je m'emballe un peu.

– Vous ? Vraiment ? » s'étonna Mathilde en s'apaisant, puis elle but une gorgée de vin.

La détective sourit et ses dents miroitèrent. « Vous serez moins énervée contre moi dans quelques minutes. J'ai trouvé des trucs intéressants. Disons juste que votre copain a beaucoup d'amis. Tous en même temps. » Elle désigna l'enveloppe qu'elle avait donnée à Mathilde et se détourna.

Mathilde sortit les photos. Qu'il était étrange de voir quelqu'un qu'elle connaissait depuis si longtemps enchevêtré de cette manière. Après en avoir regardé quatre, elle frissonna, et cette fois, ce n'était pas de froid. Elle les regarda toutes, résolue. « Excellent travail. C'est répugnant.

— Et cher. Je vous ai prise au mot quand vous avez dit que l'argent n'était pas un problème.

— En effet, ça ne l'est pas. »

La détective s'approcha, la toucha. « Vous savez, votre maison me surprend. Elle est parfaite. Dans le moindre détail. Mais si petite pour quelqu'un qui possède tant. C'est tout en légèreté, en surfaces planes, en murs blancs. Presque puritain.

— Je mène une vie monacale », dit Mathilde, ce qui bien sûr signifiait beaucoup plus. Elle avait les bras croisés, le verre dans une main, les photos dans l'autre, mais cela n'arrêta pas la détective qui se pencha par-dessus le bras du fauteuil pour l'embrasser. Ses lèvres étaient douces, pleines de curiosité, mais puisque Mathilde souriait sans répondre à ses avances, la fille se renfonça dans son fauteuil en disant : « Bon, d'accord. Excusez-moi. Ça valait le coup d'essayer.

— Ne vous excusez pas, fit Mathilde en lui serrant le bras. Mais ne me tombez plus dessus comme ça sans prévenir. »

On aurait pu enfiler bout à bout, comme les perles d'un collier, les fêtes où Lotto et Mathilde s'étaient rendus, cela aurait été un condensé de leur vie de couple. Elle sourit à son mari sur la plage en contrebas, à l'endroit où les hommes faisaient des courses de voitures téléguidées. Il était un séquoia parmi les pins, la lumière dans ses cheveux clairsemés, son rire qui portait par-dessus les vagues, tout cela sur fond de musique émanant mystérieusement du plafond, de conversations entre femmes sur la véranda ombragée à siroter des mojitos en regardant les hommes. C'était l'hiver et le temps était très froid ; tout le monde portait une polaire. Et feignait de ne pas s'en soucier.

C'était presque la fin quand cette fête eut lieu, même si Mathilde et Lotto l'ignoraient encore.

Juste un déjeuner pour célébrer la promotion sociale de Chollie et Danica dans les Hamptons. Mille mètres carrés, une femme de ménage, un cuisinier et un jardinier à demeure. Stupide, songea Mathilde, leurs amis étaient des imbéciles. Antoinette disparue, Lotto et elle auraient pu s'acheter plusieurs fois cette maison-là. Mais plus tard, dans la voiture, ils se moqueraient de leurs amis, de ce genre de gaspillage stupide dans lequel Lotto avait été élevé jusqu'à ce que son père casse sa pipe, de ce genre qui, ils le savaient, ne manifestait rien d'autre qu'un orgueil criard. C'était toujours Mathilde qui s'occupait du ménage dans leur maison de campagne et dans leur appartement, elle qui sortait les poubelles, nettoyait les toilettes, les vitres, payait les factures. Elle cuisinait et faisait la vaisselle, mettant de côté les restes pour le déjeuner du lendemain.

Détachée des humbles nécessités du corps, une personne n'est plus qu'un fantôme.

Ces femmes autour d'elle étaient des fantômes. La peau tendue sur le visage. Elles prenaient trois bouchées des excellents plats préparés par le chef avant de déclarer qu'elles n'avaient plus faim. Toutes cliquetantes de platine et de diamants. Des abcès de l'ego.

Il y en avait une que Mathilde ne connaissait pas et qui semblait bienheureusement normale. Elle était brune avec des taches de rousseur, sans maquillage. Sa robe était jolie, mais pas luxueuse. Elle affichait un air sarcastique. Mathilde se tourna vers elle.

Elle lui dit à voix basse : « Encore un mot sur le pilate et j'explose. »

La femme rit en silence et répondit : « On pratique tous le renforcement musculaire alors que le grand vaisseau américain est en train de couler. »

Elles parlèrent de livres, de ce manuel de bondage déguisé en roman pour adolescents, de ce roman laborieusement constitué à partir de photos de graffitis de rue. La femme était d'accord pour dire que le nouveau restaurant végétarien de Tribeca qui faisait fureur était pas mal, mais bon, un repas entier autour du topinambour, plat après plat, c'était un peu monotone.

« Oui, ils pourraient envisager d'autres légumes. Comme l'artichaut, dit Mathilde.

– Je crois qu'ils en ont déjà trop fait dans le genre arty », répondit la femme.

Elles s'éloignèrent à pas minuscules du groupe des femmes, jusqu'à se retrouver seules au pied des marches. « Excusez-moi, demanda Mathilde, mais je ne suis pas certaine de connaître votre nom. »

La femme inspira. Soupira. Serra la main de Mathilde. « Phoebe Delmar.

– Phoebe Delmar. Ouh là là. La critique.

– Eh oui.

– Je suis Mathilde Satterwhite. Mon mari est Lancelot Satterwhite. Le dramaturge. C'est lui, là-bas, le grand escogriffe au rire tonitruant dont vous étrillez les pièces depuis quinze ans.

– Je le savais. Hasard des rencontres. J'ai tendance à débarquer dans les fêtes comme une vieille tante grincheuse. C'est mon ami qui m'a amenée. J'ignorais que vous seriez là. Je ne voudrais pas gâcher votre plaisir par ma présence. » Elle paraissait triste.

« J'ai toujours pensé que si je vous rencontrais, je vous démolirais.

– Merci de ne pas l'avoir fait.

– Disons que je n'en ai pas encore complètement éliminé la possibilité. »

Phoebe posa la main sur l'épaule de Mathilde. « Je n'ai jamais voulu causer du tort. C'est mon travail. Je prends votre mari très au sérieux. Je veux juste qu'il s'en sorte. » Sa voix était douce et sérieuse.

« Je vous en prie, à vous entendre, on dirait qu'il est malade.

– Il l'est. Il souffre de la maladie du "Grand Artiste américain". Toujours plus grand. Toujours plus bruyant. Se battant pour avoir la place la plus en vue dans une lutte hégémonique. Vous ne croyez pas qu'une sorte de mal s'abat sur les hommes de ce pays quand ils s'essaient à l'art ? Dites-moi, pourquoi Lotto a-t-il écrit une pièce sur la guerre ? Parce que les œuvres sur la guerre ont toujours davantage de succès que les œuvres sur les émotions, même si ces pièces plus petites, intimes, sont mieux écrites, plus intelligentes, plus intéressantes. Ce sont les histoires de guerre qui remportent les prix. Mais c'est quand elle parle le plus doucement, le plus clairement, que la voix de votre mari est la plus percutante. »

Elle regarda Mathilde, recula d'un pas et déclara : « Waouh ! »

« Le déjeuner est servi ! » s'écria Danica en faisant sonner une grosse cloche de cuivre sur la véranda.

Les hommes ramassèrent leurs voitures téléguidées, écrasèrent leurs cigares, remontèrent les dunes d'un pas maladroit, pantalon roulé jusqu'au genou, la peau rosie par le vent froid. Ils s'assirent à une longue table, leurs assiettes débordant des victuailles du buffet. Des chauffages déguisés en buissons exhalaient leur chaleur. Mathilde prit place entre Lotto et la femme de Samuel, qui leur montrait des photos de leur fillette – le cinquième enfant de Samuel – sur son téléphone. « Elle a perdu une dent au square, la coquine. Elle n'a que trois ans. »

À l'autre bout de la table, Phoebe Delmar écoutait sans rien dire un homme qui parlait si fort que des bribes de sa conversation parvenaient jusqu'à Mathilde. « Le problème, à Broadway aujourd'hui, c'est que c'est pour les touristes !… Le seul grand dramaturge qu'aient produit les États-Unis, c'est August Wilson… N'allez pas au théâtre. C'est seulement pour les snobs et les gens qui viennent du fin fond de l'Idaho. » Le regard de Phoebe croisa celui de Mathilde, et celle-ci pouffa dans son saumon. Mon dieu, comme elle aurait voulu ne pas aimer cette femme. Cela lui aurait rendu les choses plus faciles.

« C'est qui la nana avec qui tu discutais tout à l'heure ? » lui demanda Lotto dans la voiture.

Elle lui sourit et l'embrassa sur les mains. « Je n'ai pas réussi à savoir son nom », répondit-elle.

Quand *Eschatologie* fut joué pour la première fois, Phoebe Delmar adora.

Six semaines plus tard, Lotto était mort.

« J'ai souvent dit que j'écrirais *Les femmes des génies que j'ai côtoyées*. J'en ai rencontré tant. J'ai connu des épouses, qui n'en étaient pas, de génies qui l'étaient pour de bon. J'ai connu les vraies épouses de génies qui n'étaient pas de vrais génies. Bref, j'ai passé beaucoup de temps avec beaucoup d'épouses, et avec les épouses de nombreux génies. » Gertrude Stein a emprunté la voix de sa compagne, Alice B. Toklas, pour écrire cela. Stein étant, apparemment, le génie ; Alice, apparemment, l'épouse.

« Je ne suis rien, dit Alice après la mort de Gertrude, qu'un souvenir d'elle. »

Après la sortie de route de la Mercedes, un policier arriva sur les lieux. Mathilde ouvrit la bouche et laissa le sang couler pour renforcer l'effet dramatique. L'alternance des gyrophares rouge et bleu donnait alternativement au policier l'air malade, en bonne santé, malade, en bonne santé. Mathilde se voyait comme refletée dans le visage du policier. Pâle, maigre, la tête rasée, le menton dégoulinant de sang, et puis le cou, les bras, les mains.
Elle leva les mains, elle s'était blessée en franchissant la clôture en barbelés du champ.
« Stigmates », dit-elle en essayant le moins possible de solliciter sa langue. Et elle rit.

20

Elle avait presque pris la bonne décision. D'abord, en cet éclatant matin d'avril qui avait suivi la représentation d'*Hamlet*, à Vassar, après ce vol vers Lotto, plein et enivrant, l'amour dans ses veines bourdonnant déjà, semblable à une ruche.

Elle s'était réveillée dans un sursaut d'ombre quand les lampadaires s'étaient éteints à l'extérieur. Ses vêtements encore sur elle, pas d'irritation révélatrice entre les jambes. Elle avait tenu sa promesse à Ariel ; elle n'avait pas couché avec Lotto. Elle n'avait pas rompu ses engagements. Elle s'était contentée de dormir auprès de ce charmant garçon. Elle souleva les draps. Il était nu. Ô combien.

Ses poings étaient ramenés sous son menton, et dans son sommeil, où se faisait sentir l'absence de son esprit, il était quelconque. Les cicatrices sur ses joues. Ses cheveux encore épais qui bouclaient autour des oreilles, ses cils, cette mâchoire sculptée. Jamais de sa vie elle n'avait rencontré quelqu'un d'aussi innocent. Chez presque tous les êtres qui avaient vécu sur cette terre, il existait au moins une once de malice. Rien de tel chez lui : elle l'avait su dès qu'elle avait posé les yeux sur lui, debout sur ce rebord de fenêtre, la veille au soir, tandis que la foudre s'abattait sur le monde derrière lui. Son désir intense, sa bonté profonde, c'était le bénéfice de ses privilèges. Ce sommeil paisible, quand on est né homme, riche, blanc, américain, en ces temps de prospérité, à une époque où les guerres se déroulent au loin. Ce garçon, à qui on avait dit dès sa naissance qu'il pourrait entreprendre ce qu'il voudrait. Il lui fallait juste essayer. Il pourrait rater, rater encore, tout le monde attendrait qu'il réussisse enfin.

Elle aurait dû lui en vouloir. Mais nulle part en elle, elle n'éprouvait de ressentiment à son égard. Elle avait envie de se coller contre lui jusqu'à ce que cette belle innocence l'imprègne à son tour.

À son oreille, la petite voix qu'elle avait essayé de museler durant toutes ces années lui ordonnait de partir. De ne pas infliger sa personne à Lotto. Nul n'avait jamais réussi à la dompter, seulement elle l'imagina se réveillant auprès d'elle et elle sut que les dommages seraient irréparables, alors elle obéit ; elle s'habilla et fuit.

Elle remonta le col de sa veste sur ses joues pour que personne ne voie sa détresse, le jour se levait à peine.

Il y avait un snack en ville, loin, dans les rues mornes et sans éclat, où n'allaient jamais les étudiants de Vassar. Voilà pourquoi elle aimait ce lieu. Et puis : le gras, l'odeur, le cuisinier à l'air assassin qui écrasait les steaks hachés, à croire qu'il les détestait, et la serveuse qui semblait déséquilibrée sur le plan neurologique, avec sa queue-de-cheval tirée involontairement vers une oreille, un œil qui regardait au plafond pendant qu'elle prenait les commandes. D'un côté, elle avait les ongles longs ; de l'autre, courts et vernis de rouge.

Mathilde s'assit à sa table habituelle, dissimula son visage derrière le menu et renonça à sourire, la serveuse ne dit mot, elle posa à côté d'elle le café noir, un toast de seigle et un petit mouchoir en tissu aux broderies bleues, comme si elle avait su que Mathilde était près de pleurer. Enfin. Peut-être. Même si elle n'avait pas versé la moindre larme depuis qu'elle n'était plus Aurélie. La bonne moitié du visage de la serveuse lui adressa un clin d'œil, puis celle-ci retourna écouter la radio qui diffusait une émission provocatrice sur la perdition et les flammes de l'enfer.

Mathilde savait quelle direction prendrait sa vie si elle ne tentait pas d'influer sur le cours des événements. Déjà, elle devinait que Lotto et elle se marieraient si elle semait l'idée dans son esprit. La question était : pourrait-elle lui rendre sa liberté ? À peu près n'importe quelle autre fille eût été préférable pour lui.

Elle vit la serveuse passer derrière le cuisinier à l'air assassin pour attraper un mug sur une étagère, sous le comptoir. Elle l'observa qui posait les mains sur les hanches de l'homme, puis celui-ci lui donna un bon coup de fesses, une petite tape pour rire avec les hanches.

Mathilde attendit que le café et le toast refroidissent. Elle paya, laissant un pourboire bien trop élevé. Puis elle se leva et repartit à travers la ville, s'arrêtant au Caffè Aurora pour acheter des *cannoli* et du café, et elle arriva à la chambre de Lotto avec deux aspirines, un verre d'eau et le petit déjeuner, à l'instant où ses cils se mettaient à battre et qu'il sortait de ses rêves – de licornes, de lutins, de joyeuses bacchanales forestières –, la découvrant à ses côtés.

« Oh, dit-il, j'ai cru que ça ne pouvait pas être vrai. Que tu étais le plus beau rêve que j'aie jamais fait.

– Je ne suis pas un rêve. Je suis réelle. Je suis là. »

Il posa la main de Mathilde contre sa joue à lui. « Je vais mourir... murmura-t-il.

– Tu as une sacrée gueule de bois. Et nous allons tous mourir », répondit-elle, alors il éclata de rire, tandis qu'elle conservait au creux de sa main sa joue chaude, rugueuse, car elle s'était déjà vouée à lui pour l'éternité.

Elle n'aurait pas dû, elle le savait. Mais son amour pour lui était neuf, et celui qu'elle éprouvait pour elle-même, ancien, or elle n'avait eu personne d'autre qu'elle-même pendant si longtemps. Elle était lasse d'affronter le monde seule. Lotto était apparu au meilleur moment possible, il représentait sa planche de salut, même s'il aurait mieux valu pour lui qu'il épouse le genre de jeune femme douce et pieuse que souhaitait sa mère, ainsi qu'il le saurait très bientôt. Cette Bridget aurait rendu tout le monde heureux. Mathilde n'était ni douce ni pieuse. Mais elle se promit à elle-même que jamais il ne découvrirait l'étendue de ses ténèbres intérieures, que jamais elle ne lui montrerait le mal qui l'habitait, qu'il ne connaîtrait d'elle que la lumière et le grand amour. Et elle voulait croire qu'il en serait ainsi toute leur vie.

« Peut-être qu'après la remise des diplômes on pourrait aller en Floride », lui murmura Lotto dans le cou.

Ils venaient juste de se marier. Ça remontait à quelques jours. Elle songea à la mère de Lotto, au téléphone, à l'argent que celle-ci lui avait laissé miroiter. Un million. Pitié. Un instant, elle envisagea de tout lui raconter, mais cela le blesserait, pensa-t-elle, et elle sut qu'elle se tairait. Qu'elle le protégerait. Mieux valait qu'il croie sa mère dure plutôt que cruelle. L'appartement de Mathilde au-dessus du magasin d'antiquités de style mission paraissait bizarrement allongé dans la lumière des lampadaires qui filtrait. « Je suis pas rentré chez moi depuis l'âge de quinze ans. Je veux t'exhiber.

Te montrer tous les endroits où j'ai juvénilement délinquancé, acheva-t-il d'une voix grave.

– Ce mot-là n'existe pas », chuchota-t-elle. Et elle l'embrassa si longuement qu'elle lui fit tout oublier.

Puis : « Chérie », dit-il en essuyant du pied avec de l'essuie-tout l'eau qu'il avait renversée sur le parquet de chêne de leur nouvel appartement en sous-sol, à Greenwich Village, toujours aussi étincelant et dépourvu de mobilier. « Je pensais qu'on pourrait aller passer un week-end à la plage auprès de Sallie et de ma mère. J'aimerais tellement voir ton petit corps avec des marques de bronzage.

– Très bonne idée, approuva Mathilde. Mais attendons plutôt que tu aies décroché ton premier grand rôle. Il faut que tu reviennes en héros conquérant. En plus, grâce à ta mère, on n'a pas d'argent. » Il semblait sceptique, alors elle s'approcha, glissa la main dans son jean en murmurant : « Si tu reviens avec un beau rôle, tu seras le coq de la basse-cour. » Il la regarda. Poussa un cocorico.

Puis : « Je crois que je souffre de dépression saisonnière », se plaignit-il en observant la neige fondue tomber et ternir peu à peu la rue, grelottant à cause des courants d'air froid que les fenêtres à hauteur de trottoir laissaient entrer. « Si on rentrait à Noël, pour profiter du soleil ?

– Oh, Lotto. Avec quel argent ? Je viens de faire les courses de la semaine avec trente-quatre dollars et quelques cents. » Ses yeux se mouillèrent de frustration.

Il haussa les épaules. « Sallie paiera. Trois secondes au téléphone et c'est bon.

– J'en suis convaincue. Seulement nous sommes trop fiers pour accepter la charité de quiconque. Pas vrai ? » Elle omit de lui dire qu'elle avait appelé Sallie la semaine passée ; que Sallie avait payé deux mois de loyer plus la note de téléphone.

Il frissonna. « C'est vrai », admit-il tristement. Les yeux fixés sur son visage de plus en plus sombre reflété sur la fenêtre. « Nous sommes très fiers, trop fiers, non ? »

Puis : « Je n'arrive pas à y croire », lança Lotto en sortant de la chambre, le téléphone encore à la main après sa conversation hebdomadaire avec sa mère et Sallie. « Nous sommes mariés depuis deux ans et tu n'as jamais rencontré ma mère. C'est dingue.

– Complètement », répondit Mathilde. Elle était encore piquée au vif par la lettre d'Antoinette reçue à la galerie. Pas un mot écrit, cette fois. Rien qu'une peinture déchirée dans un magazine de papier glacé, *La Reine Jézabel punie par Jéhu* d'Andrea Celesti, où une dame défenestrée est dévorée par les chiens. Mathilde avait ouvert l'enveloppe et ri de surprise ; Ariel, jetant un coup d'œil par-dessus son épaule, avait commenté : « Ça. Oh. Pas notre genre. » Elle songea à ce message et toucha le foulard qu'elle portait sur la tête, ses cheveux récemment coupés au carré et teints dans une nuance d'orange éclatant. Elle repositionnait sur le mur une toile récemment récupérée dans les poubelles de la galerie ; un bleu bouleversant qu'elle garderait jusqu'à la fin de sa vie, longtemps après le temps des amours, des ardents désirs du corps. Elle regarda alors Lotto et ajouta : « Je ne suis pas si sûre qu'elle veuille me rencontrer, mon amour. Elle est toujours si fâchée que tu m'aies épousée que pas une fois elle n'est venue nous rendre visite. »

Il l'attrapa et la plaqua contre la porte. Elle passa ses jambes autour de sa taille. « Elle s'adoucira. Donne-lui du temps. » Si transparent, son mari, persuadé que s'il parvenait à démontrer à sa mère à quel point il avait eu raison d'épouser Mathilde, tout irait bien. Mon dieu, comme ils avaient besoin de cet argent.

« Je n'ai jamais eu de maman, dit-elle. Ça me fend le cœur à moi aussi qu'elle ne veuille pas me connaître, moi, sa nouvelle fille. À quand remonte la dernière fois où tu l'as vue ? Tu étais au lycée ? Pourquoi ne vient-elle pas te voir ? Quelle saloperie, la xénophobie.

– L'agoraphobie, corrigea-t-il. C'est une vraie maladie, Mathilde.

– C'est ce que je voulais dire. » [Elle, qui disait toujours précisément ce qu'elle voulait.]

Puis : « Ma mère dit qu'elle serait heureuse de nous payer les billets d'avion pour le 4 Juillet, cette année, si on a envie d'aller le fêter là-bas.

– Oh, Lotto, j'aimerais tant », répondit Mathilde en posant son pinceau brun, sourcils froncés en contemplant le mur, qui était d'un étrange bleu marine tirant sur le vert. « Simplement, rappelle-toi, il y a cette expo majeure à la galerie qui va absorber tout mon temps. Mais vas-y, toi. Oui, vas-y ! Ne t'inquiète pas pour moi.

– Y aller sans toi ? Mais tout l'intérêt, c'est qu'elle puisse t'aimer.

– La prochaine fois. » Elle reprit son pinceau et lui effleura le nez avec, éclatant de rire lorsqu'il colla son visage contre son ventre nu, laissant des traces colorées sur sa peau blanche.

Et ainsi de suite. Jamais il n'y avait assez d'argent, et quand il y en eut, alors il avait un engagement au théâtre, et quand il n'était pas pris par la scène, elle devait travailler très dur sur tel projet d'une importance capitale, et non, sa sœur venait les voir ce week-end-là, et il y avait cette fête à laquelle ils avaient déjà promis d'aller, et puis ne serait-ce pas plus simple qu'Antoinette vienne les voir ? C'est vrai, ça, elle est pleine aux as, elle, elle ne travaille pas, donc si elle voulait les voir à ce point, elle n'avait qu'à monter dans un avion, non ? Ils avaient tellement de choses à faire, tout le temps débordés, et les week-ends, c'était leur temps à eux, les précieuses petites heures qu'ils partageaient ensemble à se rappeler pourquoi ils s'étaient mariés ! Et ce n'était pas comme si elle avait jamais consenti le moindre effort pour eux, franchement, elle ne s'était même pas déplacée pour la remise du diplôme de Lotto. Pour aucune de ses pièces lorsqu'il était comédien ; aucune des premières de celles qu'il avait écrites. Écrites. Lui. Même. Putain. Sans parler du fait qu'elle n'était jamais venue voir leur premier appartement dans ce sous-sol de Greenwich Village, ne s'était jamais déplacée non plus pour leur rendre visite dans le suivant, plus coquet, à l'étage, et qu'elle n'était même pas allée dans leur maison de campagne au milieu des cerisiers, joie de Mathilde, cette ruine qu'elle avait entièrement rénovée de ses mains. Oui, bien sûr, l'agoraphobie, c'était une terrible chose, mais Antoinette n'avait jamais manifesté non plus le désir de parler à Mathilde au téléphone. Ses cadeaux, chaque année, pour Noël et les anniversaires, portaient la marque de Sallie. Lotto ne savait-il pas combien c'était douloureux d'être ainsi rejeté ? Pour Mathilde, qui n'avait jamais eu de mère, ni de famille, être rejetée par la mère de l'amour de sa vie était une terrible souffrance.

Lotto aurait pu y aller seul. Absolument. Mais c'était toujours elle qui s'occupait de l'intendance ; jamais il n'avait acheté un billet d'avion ni loué une voiture. Il y avait certes une autre raison, plus sombre, dont il se détournait très vite chaque fois qu'il s'en approchait, une rage sans cesse repoussée à plus tard, de sorte qu'à présent elle était trop imposante pour qu'il ose s'y confronter.

La nécessité se dissipa quelque peu lorsqu'ils achetèrent un ordinateur à Antoinette et que les conversations du dimanche passèrent du téléphone à l'écran. Antoinette n'avait pas besoin de quitter son domicile pour que son visage blanc apparaisse dans la chambre sombre, flottant tel un ballon. Pendant dix ans, chaque dimanche, la voix de Lotto redevint celle de l'enfant brillant à l'élocution parfaite qu'il avait été autrefois. À chaque appel, Mathilde devait quitter les lieux.

Une fois, durant la conversation, il partit chercher quelque chose, une critique, un article, pour le montrer à sa mère, et Mathilde, sans le savoir, entra dans la pièce après son footing, ruisselante de sueur, en brassière de sport, repoussant ses cheveux mouillés qui lui collaient aux joues, et elle sortit son rouleau de massage, s'étendit sur le côté, dos à l'écran, et le fit rouler sous elle d'avant en arrière jusqu'à ce que sa tendinite au genou se calme. C'est en se retournant pour s'occuper de l'autre jambe qu'elle s'aperçut qu'Antoinette la regardait depuis l'écran, si proche de la caméra que son front était énorme, son menton réduit à une pointe, ses lèvres une trace de rouge à lèvres rutilant, elle avait mis les mains dans ses cheveux et la fixait avec une telle intensité que Mathilde en fut comme paralysée. Un tracteur remontait le chemin de terre, puis il s'éloigna de nouveau dans un bruit assourdi. C'est seulement lorsqu'elle entendit les pas de Lotto dans l'escalier qu'elle put se lever et décamper. Depuis le couloir, elle l'entendit encore, qui disait : « Manman. Du rouge à lèvres ! Tu t'es faite belle pour moi », et l'autre de répondre d'une voix douce et mielleuse : « Comment, tu veux dire que je ne suis pas toujours belle ? » Lotto rit et Mathilde sortit dans le jardin, les jambes en coton.

Puis : « Oh, ne pleure pas, mais bien sûr, il faut aller rendre visite à Antoinette, elle est si malade à présent, elle pèse au moins cent quatre-vingts kilos, elle est diabétique, trop grosse pour faire autre chose que tituber du lit au canapé. Il faut y aller. Absolument. On ira. » [Cette fois, Mathilde le pensait réellement.]

Avant qu'elle ait eu le temps de lancer le projet, pourtant, Antoinette, souffrante, appela Mathilde chez eux au beau milieu de la nuit, d'une voix presque trop douce pour être audible.

« Je vous en prie. Laissez-moi voir mon fils. Laissez mon Lancelot venir auprès de moi. »

Capitulation. Mathilde attendit, savourant l'instant. Antoinette soupira, mais dans ce soupir, il y avait de l'irritation, de la supériorité, alors Mathilde raccrocha sans rien dire. Depuis son bureau, où il travaillait, Lancelot cria : « C'était qui ? » Et Mathilde répondit : « Une erreur.

– À cette heure de la nuit ? Les gens exagèrent. »

Une erreur. Elle se servit un bourbon. Le but face au miroir de la salle de bains, observa le rouge qui peu à peu quittait ses joues, son regard qui s'embrasait, tout en pupilles.

Alors, un sentiment curieux l'envahit, comme si une main plongeait en elle et lui saisissait les poumons. Les serrait. « Mais qu'est-ce que je fais ? » dit-elle à voix haute. Demain. Elle rappellerait Antoinette et lui dirait : mais oui, naturellement, Lotto viendra. C'était son fils unique après tout. Il était trop tard à cette heure ; ce serait la première chose dont elle s'occuperait le lendemain matin. Enfin, après ses cent trente kilomètres à vélo. Il ne serait même pas réveillé quand elle rentrerait. Elle dormit bien et sortit au moment où l'aube bleuissait la nuit. Brume matinale, ascension rapide des magnifiques collines, la bruine rafraîchissante, le soleil vaporisant l'humidité. Elle avait oublié sa gourde ; elle revint au bout d'une trentaine de kilomètres seulement. Elle descendit en roue libre la route de campagne jusqu'à sa petite maison blanche.

Quand elle arriva, Lotto était à la porte, la tête entre ses mains. Il leva les yeux vers elle, pâle, l'air ravagé. « Ma mère est morte », dit-il. Il lui faudrait encore une heure avant de se mettre à pleurer.

« Oh, non », fit Mathilde. Elle ne croyait pas qu'Antoinette puisse mourir un jour. [Ce qui se jouait entre elles était si énorme, immortel.] Elle vint vers son mari, il appuya son visage sur son flanc humide de sueur et elle le serra contre elle. C'est à ce moment que le chagrin la saisit, foudre surprenante dans ses tempes. À présent, contre qui allait-elle se battre ? Les choses n'étaient pas censées se dérouler ainsi.

À l'époque où elle était à l'université, Mathilde avait accompagné un jour Ariel à Milwaukee.

Il avait des affaires à traiter là-bas, et Mathilde était sienne pour le week-end, il pouvait donc faire d'elle ce que bon lui semblait. Elle passa l'essentiel de son temps à grelotter devant le bow-window de sa chambre d'hôte. En bas : cuivres polis, assiettes de scones, murs recouverts de tableaux peints par de vieilles filles de l'époque victorienne, une femme dont les narines dilatées exprimaient ce qu'elle pensait de Mathilde.

Dehors, il était tombé un mètre de neige pendant la nuit. Les déneigeuses avaient dégagé la rue et empilé la neige en tas énormes le long du trottoir. Contempler ce blanc immaculé avait quelque chose de profondément apaisant.

Mathilde regardait la rue, quand elle vit une petite fille en combinaison de ski rouge avec des rayures violettes. Des moufles et une casquette trop grande pour elle. Désorientée, la fillette tenta plusieurs fois de contourner la montagne de neige qui obstruait le passage. Elle entreprit de la gravir. Mais elle était si frêle. À mi-pente, elle glissa. Elle recommença, enfonçant les pieds plus profond. Chaque fois, Mathilde retenait son souffle, et expirait quand la petite redescendait. Elle songea à un cafard dans un verre à vin, essayant de grimper sur les bords lisses.

Quand Mathilde porta le regard vers le long immeuble de brique, style années 1920, qui bordait toute la rue, en face, elle aperçut trois femmes, chacune à une fenêtre différente, qui observaient la progression de la fillette.

Mathilde les regarda regarder. L'une riait avec quelqu'un en jetant un coup d'œil par-dessus son épaule nue, toute rouge après l'amour. Une vieille buvait son thé. La troisième, l'air pincé, le teint jaune, faisait la moue, ses maigres bras croisés.

Enfin, la petite fille, épuisée, dégringola jusqu'en bas et ne bougea plus, le visage dans la neige. Mathilde fut certaine qu'elle pleurait.

Lorsqu'elle releva les yeux, la femme aux bras croisés la fixait, elle, l'air fâché, par-delà la vitre, le froid et la neige. Mathilde sursauta, elle était pourtant certaine d'être invisible. La femme disparut. Et réapparut sur le trottoir en vêtements d'intérieur d'un tweed trop fin. Elle se jeta dans la congère qui se trouvait devant l'immeuble, traversa la rue, attrapa la petite par ses moufles et la hissa sur le tas de neige. Puis elle la porta de l'autre côté de la rue, et recommença. Quand elles rentrèrent, la mère et la fille étaient toutes les deux couvertes de poudre blanche.

Mathilde songea à cette femme longtemps après qu'elle fut repartie. À ce qu'elle s'était imaginé en voyant la petite retomber, et retomber, et retomber. Elle se demanda quel genre de colère pouvait vous étreindre le cœur si durement au point de laisser une fillette ainsi lutter, échouer dans son effort et pleurer longuement, avant de se décider à aller l'aider. Les mères, Mathilde le savait depuis toujours, étaient des personnes qui vous abandonnaient à votre propre sort.

Elle se surprit à penser que la vie avait une forme conique, le passé s'évasait à mesure qu'il s'éloignait du moment présent, à la pointe du cône. Plus on vivait, plus la base s'élargissait, de sorte que des blessures et des trahisons, quasi imperceptibles au moment où elles s'étaient produites, s'étiraient comme des points minuscules sur un ballon de baudruche qu'on gonfle peu à peu. Une petite tache sur l'enfant frêle se transformait en une difformité énorme sur l'adulte, impossible à franchir et aux bords effrangés.

La lumière s'alluma chez la mère et l'enfant. La fillette était assise avec un carnet. Sa petite tête penchée. Quelque temps après, sa mère posa une tasse fumante à côté d'elle, et l'enfant la prit, bien entre ses deux mains. Dans sa bouche, Mathilde sentit le goût oublié du lait chaud, sucré-salé.

Peut-être que je me suis trompée, pensa-t-elle en regardant les flocons tomber dans l'obscurité de la rue déserte. Peut-être cette femme avait-elle vu sa fille essayer vainement, encore et encore, et s'était retenue d'aller l'aider pour une raison insondable que Mathilde ne parvenait pas à se représenter et qui prenait sa source dans un amour infini.

À minuit, le jour où Mathilde s'était débarrassée de la chienne auprès de cette petite famille, elle se réveilla dehors, dans la nuit nuageuse et sans lune, la piscine telle une fosse de goudron. Toujours vêtue de sa longue robe fourreau ivoire, elle appela la chienne en hurlant.

« God ! cria-t-elle. God ! » Mais la chienne ne revint pas en trottinant. Il n'y avait aucun bruit, tout était calme, sans lumière, aux aguets. Son cœur se mit à battre plus fort. Elle rentra en l'appelant : « God ? God ? » Elle regarda dans tous les placards, sous tous les lits ; elle retourna dans la cuisine et, en s'apercevant que la caisse manquait, elle se souvint de ce qu'elle avait fait.

Elle avait donné l'animal à des étrangers, comme si la chienne n'était pas une partie d'elle-même.

Elle eut du mal à tenir jusqu'à l'aube. Le jour n'était encore qu'une traînée orange sur fond noir quand elle frappa à la porte de la maison au milieu des champs. Le mari vint ouvrir en mettant son doigt sur la bouche et sortit pieds nus. Puis il se pencha à l'intérieur et siffla un coup, alors God bondit dehors, un ruban violet autour du cou, geignant, gémissant et se roulant aux pieds de Mathilde. Celle-ci s'accroupit pour la serrer longuement contre elle, puis elle leva les yeux vers l'homme.

« Je suis vraiment navrée. Dites-le à vos enfants.

– Pas besoin de vous excuser. Vous êtes en deuil. Si ma femme mourait, vous savez, je brûlerais la maison.

– C'est la prochaine étape », répondit-elle, et il eut un petit rire sans joie.

Il alla chercher la caisse, les jouets, mit le tout dans sa voiture, puis repartit. Quand il ressortit de la maison, sa femme le suivait, sur la pointe des pieds dans l'herbe couverte de givre, quelque chose de fumant entre les mains. Elle n'était ni contente ni mécontente ; elle avait juste l'air fatiguée, les cheveux ébouriffés. Par la fenêtre de la voiture, elle tendit à Mathilde des muffins aux myrtilles et se pencha pour lui dire : « Je ne sais pas si je dois vous gifler ou vous embrasser.

– C'est l'histoire de ma vie », rétorqua Mathilde.

La femme tourna les talons et s'éloigna. Mathilde la regarda, elle se brûlait les mains sur la boîte.

Dans le rétroviseur, elle jeta un coup d'œil à God à l'arrière, avec sa tête de renard et ses yeux en amande. « Tout le monde m'abandonne. Je t'interdis de faire pareil. »

La chienne bâilla, découvrant ses crocs pointus, sa langue humide.

Pendant la dernière année, même si Mathilde ne disait rien, Ariel dut sentir qu'elle devenait de plus en plus forte. Leur contrat tirait à sa fin. Le monde s'ouvrait devant elle, presque douloureux devant tant de possibilités. Elle était si jeune encore.

Elle avait une idée de ce que serait sa vie après ses études, après Ariel. Elle habiterait dans une pièce haute de plafond, aux murs d'un doux ivoire, au sol clair. Elle s'habillerait tout en noir, aurait un métier où elle rencontrerait plein de monde et nouerait des amitiés. Elle n'avait jamais vraiment eu d'amis. Elle ne savait pas de quoi les amis pouvaient parler ensemble. Elle irait dîner dehors tous les soirs. Passerait ses week-ends seule dans sa baignoire avec un livre et une bouteille de vin. Elle serait heureuse de vieillir, de se trouver parmi les gens quand elle le voudrait, mais seule.

Et puis, à tout le moins, elle avait envie de baiser avec quelqu'un de son âge. Quelqu'un qui la regarde dans les yeux.

En mars, juste avant que Lotto ne vienne ajouter un peu de couleur à son univers, elle arriva chez Ariel et le trouva, qui l'attendait. Elle posa son sac prudemment. Il était sur le canapé. Très calme.

« Qu'est-ce que tu aimerais manger ? » demanda-t-il. Elle n'avait rien avalé depuis la veille. Elle avait faim.

« Des sushis », répondit-elle sans réfléchir. Plus jamais elle ne pourrait manger de sushis.

Quand le livreur sonna, Ariel l'obligea à lui ouvrir la porte et à le payer nue. Le garçon la regarda et en eut le souffle coupé.

Ariel prit le contenant en polystyrène, l'ouvrit, mélangea la sauce de soja et le wasabi, ensuite il prit un nigiri et l'y trempa. Il déposa le morceau sur le sol de la cuisine. Il était parfaitement propre, comme tout ce qui concernait Ariel.

« Mets-toi à quatre pattes, dit-il en souriant de toutes ses dents. Rampe. »

« N'utilise pas tes mains. Prends-le avec tes dents. »

« Maintenant lèche pour nettoyer ce que tu as sali. »

Le parquet était dur sous ses paumes et ses genoux. Elle haït cette partie d'elle-même, chaude et étroite, que cette posture à quatre pattes excitait. Petite salope. Elle bouillait. Elle se fit une promesse : plus jamais elle ne ramperait devant un homme. [Les dieux adorent se foutre de nous, dirait plus tard Mathilde ; elle devint une épouse.]

« Encore un ? » demanda Ariel. Il le trempa dans la sauce, le déposa au bout du couloir, à vingt mètres. « Rampe », dit-il. Il éclata de rire.

Le mot *wife*, « épouse » en anglais, vient du proto-indo-européen *weip*.

Weip signifie « tourner, tordre, envelopper ».

Il existe une étymologie alternative d'après laquelle le mot *wife* viendrait du proto-machin-chose, *ghwibh*.

Ghwibh signifie « organes génitaux ». Ou « honte ».

21

La détective réapparut pendant que Mathilde faisait ses courses. Quand elle sortit du supermarché, elle rangea tout dans le coffre de sa voiture, puis elle se glissa sur le siège avant et trouva la fille qui l'attendait là, une boîte de documents sur les genoux. Maquillage tout en *smoky eyes* et rouge à lèvres sexy.

« Mon dieu ! s'exclama-t-elle. Je vous avais dit de ne plus me sauter dessus sans prévenir. »

La détective rigola. « Disons que c'est ma signature. » Elle lui désigna la boîte. « Ta-da ! J'ai tout. Ce type ne ressortira jamais de la prison fédérale. Quand est-ce que vous allez balancer la purée ? Je veux être bien installée avec du pop-corn quand ça passera à la télé.

– Phase un, les photos privées. C'est pour dans quelques jours. Il y a une fête à laquelle je dois me rendre. Je veux qu'il souffre un peu avant la phase deux. » Elle démarra la voiture et ramena la détective chez elle.

Ce n'était pas aussi bizarre que Mathilde se l'imaginait, ni aussi excitant. Elle se sentit triste en contemplant le lustre tandis que la vague de chaleur familière montait en elle ; on aurait pu penser qu'une lesbienne était une experte, mais en vérité, Lotto était meilleur. Seigneur, il était meilleur que tout le monde. Jamais plus elle ne tomberait sur un amant comme lui, c'était fichu. À quoi bon tout cela ? Il ne pouvait pas y avoir d'acte II dans cette petite pièce en chambre, juste une reprise de l'acte I, en inversant les rôles, pas d'excitation, pas de dénouement désordonné, et franchement, elle n'était pas tout à fait sûre de ce qu'elle ressentait, le nez ainsi plongé dans l'intimité d'une autre fille. Elle laissa l'orgasme exploser dans sa tête et sourit à la détective quand elle émergea des draps.

« C'était… », commença Mathilde, mais la détective l'interrompit : « Non, j'ai compris. C'est parfaitement clair. Les filles, c'est pas ton truc.

– Ce n'est pas que je n'ai pas aimé…

– Menteuse. » La détective secoua sa tête brune et ses cheveux gonflèrent à la manière d'un champignon. « Mais c'est mieux ainsi. Maintenant, on peut être amies. »

Mathilde se redressa, la regarda remettre son soutien-gorge. « À part ma belle-sœur, je crois que je n'ai jamais eu d'amie fille.

– Ah, tu n'as que des mecs comme amis ? »

Il fallut un très long moment à Mathilde avant de répondre simplement : « Non. » La détective la contempla quelques instants, se pencha vers elle et déposa un long baiser maternel sur son front.

L'agent de Lotto lui téléphona. Il était temps qu'elle reprenne les affaires en main, lui dit-il avec des trémolos dans la voix. Quelquefois, il avait été l'objet de sa douce colère.

Elle mit si longtemps à lui répondre qu'il hésita : « Allô ? Allô ? »

Une grande partie d'elle voulait mettre tout ça de côté. Foncer vers l'inconnu.

Mais elle garda le téléphone contre son oreille. Promena le regard autour d'elle. Lotto n'était plus dans cette maison, il n'était plus de son côté du lit, ni dans son bureau, au grenier. Il n'occupait plus les vêtements dans le placard. Ne se trouvait plus dans leur petit appartement en sous-sol où, quelques semaines plus tôt, elle s'était surprise à regarder par les lucarnes basses, ne voyant que le canapé violet d'un inconnu et un carlin bondissant devant la porte. Son mari ne viendrait pas se garer dans l'allée, même si elle était toujours aux aguets, l'oreille tendue. Il n'y avait pas d'enfant ; son visage n'apparaîtrait pas dans celui d'un autre, en version réduite. Il n'y avait ni paradis ni enfer ; elle ne le rejoindrait pas sur un nuage, dans un puits de flammes, ni dans un champ d'asphodèles quand son propre corps l'aurait quittée. Le seul endroit où elle pouvait encore retrouver Lotto, c'était dans son œuvre. Un miracle, cette capacité à prendre une âme et à l'implanter tout entière dans une autre personne, ne serait-ce que pour quelques heures. Toutes ces pièces étaient des fragments qui, ensemble, formaient un tout.

Alors elle répondit à l'agent de lui envoyer les papiers nécessaires. Personne n'oublierait Lancelot Satterwhite. Ni ses pièces. Ni les bribes de lui-même qui habitaient ses pièces.

Huit mois après être devenue veuve, presque jour pour jour, Mathilde ressentait encore les chocs dans le sol à chaque pas qu'elle faisait. Elle descendit du taxi dans la rue sombre. Dans sa robe argent, maigre comme elle l'était à présent, cheveux peroxydés blancs, coupés à la garçonne, elle était une amazone. Elle portait des clochettes aux poignets. Elle voulait qu'ils l'entendent arriver.

« Oh mon dieu », s'écria Danica quand Mathilde ouvrit la porte et entra dans l'appartement, donnant son manteau à une domestique. « Putain, ça te va bien le veuvage. La vache, mais regarde-toi ! »

Danica n'avait jamais été jolie, seulement elle le dissimulait désormais sous sa peau orange gonflée au botox et ses muscles dessinés à force de yoga. Elle était si mince qu'on distinguait ses côtes délicates, là où elles se rejoignaient au milieu de sa poitrine. Le collier qu'elle portait coûtait une année de salaire de cadre moyen. Mathilde avait toujours détesté les rubis. Corpuscules desséchés, polis pour briller, songeait-elle.

« Oh, fit Mathilde. Merci. » Elle la laissa l'embrasser sans la toucher.

« Mon dieu. Si j'étais sûre que, veuve, j'allais être comme toi, j'autoriserais Chollie à manger du bacon à tous les repas.

– Mais c'est terrible de dire ça », répondit Mathilde. Et Danica se reprit, ses yeux noirs tout humides : « Oh, excuse-moi. Je voulais juste plaisanter. Je suis horrible. Il faut toujours que je mette les pieds dans le plat. J'ai bu trop de gin Martini et je n'ai encore rien mangé, je voulais rentrer dans cette robe. Mathilde, je suis désolée. Je suis nulle. Ne pleure pas.

– Je ne pleure pas », elle prit le verre des mains de Chollie et avala le gin. Sur le piano, elle posa le cadeau de Danica, un foulard Hermès qu'Antoinette – enfin, Sallie, bien sûr – lui avait envoyé pour son anniversaire quelques années plus tôt, encore emballé dans son ostentatoire boîte orange. « Oh, comme c'est généreux ! » s'exclama Danica, et elle embrassa Mathilde sur la joue.

Elle retourna à la porte accueillir d'autres amis, un ancien candidat aux élections municipales et sa femme, ivre.

« Pardonne-lui. Elle est bourrée », dit Chollie. Il s'était faufilé jusqu'à elle discrètement. Comme d'habitude.

« Oui, mais quand ne l'est-elle pas ? releva Mathilde.

— Touché. N'empêche, elle le mérite. La vie est difficile pour elle. Elle se sent tellement insignifiante, à essayer de se faire accepter de tous ces gens issus de la bonne société. Tu veux aller te repoudrer le nez, histoire de retrouver tes esprits ?

— Merci, mais je ne perds jamais mon sang-froid.

— C'est juste. Sauf que, ton visage, tu sembles… Je ne sais pas comment dire : bizarre.

— Oh. C'est parce que j'ai cessé de sourire. Pendant toutes ces années, je n'ai jamais laissé personne me voir autrement que souriante. J'ignore pourquoi je n'ai pas arrêté plus tôt. C'est tellement plus confortable. »

Il parut attristé. Ses deux mains se serrèrent, il rougit et dit en la regardant droit dans les yeux : « J'ai été surpris que tu acceptes l'invitation, Mathilde. C'est une preuve de maturité après la conversation que nous avons eue. Après ce que je t'ai révélé. Le pardon. La bonté. Je ne pensais pas que tu avais ça en toi.

— Tu sais, Chollie, j'étais dans une colère folle. Je voulais t'attacher avec mes lacets. J'ai failli te tuer à la petite cuillère. Et puis j'ai réalisé que tout ça, c'étaient des conneries. Jamais Lotto ne m'aurait quittée. Je le sais au plus profond de moi-même. Qu'importe ce que tu lui as raconté, tu n'aurais pas pu nous faire de mal. Ce que nous vivions était bien trop fort pour que toutes tes petites manigances puissent le détruire. Tu n'es qu'un petit moustique, Chollie. Quand tu piques, ça gratte un peu, mais ça n'a rien de venimeux. Tu es un moins que rien. »

Il s'apprêtait à répondre mais, l'air las, il soupira.

« Quoi qu'il en soit, malgré tout, nous sommes de vieux amis, reprit-elle en lui serrant le bras. On n'en a pas tant que ça au cours d'une vie. Tu me manquais. Tous les deux vous me manquiez. Même Danica. »

Il resta immobile, la fixant longuement. Enfin, il dit : « Tu as toujours été trop gentille, Mathilde. On ne te mérite pas. » Il transpirait. Il se détourna, d'agacement ou d'émotion. Un moment, elle feuilleta les pages d'un beau livre posé sur la table basse, intitulé *Cupidon ailé représenté aveugle*, il lui paraissait vaguement familier, mais les illustrations se mêlèrent les unes aux autres et elle ne vit plus rien du tout.

Plus tard, alors que tout le monde se dirigeait vers la salle à manger, elle demeura quelques secondes en arrière, plongée dans la contemplation ostensible d'un petit Rembrandt que Chollie venait d'acheter. Si tant est que Rembrandt puisse être ennuyeux, cette toile-là l'était. Composition classique, trois personnages dans une pièce sombre, l'un versant un onguent d'un vase, un autre assis, le troisième en train de parler. Enfin, personne n'avait jamais accusé Chollie d'avoir du goût. Elle retourna vers le piano. Sortit de son sac un second cadeau, celui-là enveloppé dans du papier bleu pâle. Il était fin. De la taille d'une enveloppe. Il n'y avait pas de carte cette fois, mais elle était certaine que c'était le meilleur cadeau du lot. Presque artistique, Chollie nu au milieu de toutes ces chairs étrangères, dans la lumière du stroboscope.

À midi, le lendemain de l'anniversaire de Danica, Mathilde patientait. Elle lisait le journal dans le salon, confortablement installée en pyjama. Elle prit l'appel à la première sonnerie, le sourire déjà aux lèvres.

« Elle m'a quitté ! cracha Chollie. Espèce de monstre des enfers, salope à gueule de chienne ! »

Mathilde remonta ses lunettes de lecture sur sa tête. Elle donna à God un morceau de pancake. « Voyez-moi ça. J'ai mis le paquet, ma poule. Je joue sur un plus long terme que toi. Attends un peu de voir ce qui va te tomber dessus la prochaine fois.

– Je vais te tuer.

– Tu ne peux pas. Je suis déjà morte il y a huit mois », dit-elle. Et elle raccrocha doucement.

Assise dans la cuisine, elle savourait l'instant. La chienne sur son lit, la lune à la fenêtre. Dans le beau compotier bleu, les tomates du jardin s'étaient ridées, elles émettaient une senteur puissante, douceâtre et terreuse, celle qui précède la pourriture. Depuis deux mois, elle n'avait pas touché à la lettre de Land, à cause des paroles qu'elle imaginait y trouver. Quoi ? De la gratitude ? Des mots érotiques ? Une invitation à lui rendre visite en ville ? Elle l'avait immensément apprécié. Quelque chose en lui était un véritable baume pour elle. Elle aurait pu aller passer la nuit dans son loft coûteux aux briques apparentes, sûrement dans un quartier à la mode au bord du fleuve, et elle serait rentrée à l'aube en se trouvant ridicule. Mais elle se serait aussi sentie souple et bien dans sa peau, chantant à tue-tête des tubes d'il y a trente ans. Sexy. De nouveau jeune.

Elle rentrait juste de son avant-dernier rendez-vous avec l'inspecteur du FBI. Il avait salivé devant tout ce qu'elle lui avait raconté. Les photos de cul de Chollie avaient eu l'effet désiré. [Dans trois mois, Danica serait divorcée et riche au-delà de toute mesure.] La boîte de dossiers que demain elle remettrait au petit agent en sueur portant des favoris lui servait de repose-pieds dans la cuisine, ce soir-là. Elle ne cessait de regarder par terre, à travers l'obscurité, cette boîte d'une pâleur de lune, tel un champignon.

Sur son ordinateur, un film français. Dans sa main, un verre de malbec. Une partie d'elle était rassasiée ; calmée. Elle imaginait la chute de Chollie. Elle voyait sa grosse tête à la télé, coincée entre deux policiers ; une allure de gamin, l'air égaré.

La sonnette retentit. Elle ouvrit la porte à Rachel et Sallie. Son mari lui apparut un bref instant sur la véranda, en double exemplaire.

Mathilde se pencha, le temps de quelques respirations, contre les arcs-boutants de leurs bras, et sentit le poids de son propre corps soutenu pour la première fois depuis si longtemps.

Elle ouvrit une bouteille de champagne au frais. [Mince alors, et pourquoi pas ?]

« On fête quoi ? demanda Rachel.

– À toi de me le dire », répondit Mathilde. Elle avait noté que le col de Sallie était de travers, que la bague de Rachel avait tourné sur son doigt. Nerveuses. Il se passait quelque chose. Mais elles ne dirent rien, pas tout de suite. Elles s'assirent pour boire. Dans le crépuscule, avec son long visage osseux, Rachel ressemblait à un moulage en résine ; Sallie, très élégante avec sa veste de soie, coupe de cheveux chic. Mathilde pensa à elle qui faisait le tour du monde, elle imagina la luxuriance, des fruits en forme de cygne, des amants dans des draps humides. Le mot « vieille fille » cachait en réalité une liberté incandescente ; comment cela avait-il pu échapper à Mathilde jusque-là ?

Rachel posa son verre et se pencha en avant. L'émeraude fit trois lents va-et-vient contre sa clavicule, d'un éclat atténué quand elle s'arrêta en l'air.

Mathilde ferma les yeux : « Crachez le morceau. »

De son sac, Sallie tira une épaisse pochette en carton qu'elle posa sur ses genoux, Mathilde en souleva un coin du bout de l'index et l'ouvrit. De fraîche date, puis en remontant loin dans le passé, une galerie du vice. La plupart ne la montraient même pas, elle. Des plus récentes aux plus anciennes ; toutes prises avant la mort de Lotto. Une photo granuleuse de Mathilde en bikini sur une plage de Thaïlande, la tentative de séparation. Mathilde embrassant Arnie sur la joue au coin d'une rue. [Ridicule, même si elle avait eu des tendances à l'infidélité, il était bien trop visqueux.] Mathilde, à bout de forces, squelettique, jeune, entrant dans la clinique pour se faire avorter. Son oncle, étranges pages brillantes volées dans une sorte de dossier secret recensant ses méfaits supposés depuis 1991 – elle le lirait plus tard, à la manière d'un roman. Enfin, sa grand-mère de Paris et un extrait de son casier judiciaire en français, elle souriait avec malice au photographe, le mot *prostituée** comme des petites taches en travers de la page.

De grands vides aussi : une dentelle du tissu de sa vie. Dieu merci, le pire avait sombré dans les trous. Ariel. La ligature des trompes, l'espoir infondé d'avoir un enfant, qu'elle avait laissé vivre en Lotto. Ce qu'Aurélie avait fait, toutes ces années auparavant. Cette absence de bonté qui constituait une Mathilde fantôme.

Elle se rappela qu'il lui fallait respirer, leva les yeux.
« Vous avez mené des recherches sur moi ?

– Pas nous. Antoinette, dit Sallie en cognant son verre contre ses dents. Depuis le début.

– Pendant tout ce temps ? Elle y est allée à fond. » Pincement au cœur. Toutes ces années, elle avait été une présence constante dans la vie d'Antoinette.

« Manman était une femme patiente », dit Rachel.

Mathilde referma le dossier et remit les feuilles en place. Elle versa le reste du champagne dans les verres, à niveau égal. Quand elle leva les yeux, Sallie et Rachel avaient le visage gonflé de manière grotesque, ce qui la surprit. Elles éclatèrent de rire.

« Je crois que Mathilde s'attend à ce qu'on s'en prenne à elle, dit Sallie.

– Ma douce M., enchaîna Rachel. Jamais on ne te ferait du mal. »

Sallie soupira et s'essuya le visage. « Ne t'inquiète pas. Nous t'avons protégée. Deux fois, Antoinette a voulu envoyer des éléments de son dossier à Lotto, la première au sujet de ton oncle et de ton avortement, et la seconde quand tu es partie. Elle avait oublié que c'était moi qui déposais et prenais le courrier au bout de l'allée. »

Rachel rit de plus belle. « Le testament qu'elle m'a envoyé pour que j'aille le déposer chez le notaire s'est perdu. Elle y donnait la part de Lotto à un foyer d'accueil pour chimpanzés. Les pauvres singes nécessiteux se passeront de bananes. » Elle haussa les épaules. « Tout ça, c'est la faute de manman. Elle n'a jamais envisagé qu'elle puisse être trahie par les doux et les faibles. »

Mathilde vit son propre visage se refléter sur la vitre, mais non, c'était une chouette effraie perchée sur une branche basse d'un cerisier.

Elle avait du mal à se contrôler. Jamais elle n'aurait imaginé cela. Ces femmes. Une telle bonté. Leurs yeux brillants dans la pièce sombre. Elles la voyaient. Elle ne savait pas comment c'était possible, mais elles la voyaient telle qu'elle était et elles l'aimaient quand même.

« Il y a autre chose, dit Rachel, si vite que Mathilde dut se concentrer pour suivre. Quelque chose que tu ignores. Nous aussi, on n'en savait rien avant la mort de ma mère. Ça a vraiment été un choc immense. On a dû bien tout peser avant d'entreprendre quoi que ce soit. Et on voulait en parler à Lotto, une fois que tout serait clair. Mais il… » Elle n'acheva pas sa phrase. Mathilde vit son visage se décomposer lentement. Rachel lui tendit un album de photos en cuir bon marché. Mathilde l'ouvrit.

Dedans : la confusion. Un visage étonnamment familier. Beau, brun, souriant. À chaque page, le visage rajeunissait, jusqu'à ne plus être qu'un bébé rouge et fripé dormant sous une couverture d'hôpital.

Un certificat d'adoption.

Un certificat de naissance. Satterwhite, Roland, né le 9 juillet 1984. Mère : Watson, Gwendolyn, âge : 17 ans. Père : Satterwhite, Lancelot, âge : 15 ans.

Mathilde laissa choir l'album.

[Une énigme qu'elle croyait avoir résolue se révélait sans fin.]

22

En vérité, Mathilde avait toujours été un poing fermé. Auprès de Lotto seulement elle s'était ouverte.

La même nuit ; tomates pourrissantes. Le parfum de Sallie flottait encore dans l'air, bien que Rachel et elle soient allées faire des rêves alcoolisés dans la chambre d'amis, à l'étage. À la fenêtre, une pelure de lune. Bouteille de vin, table de cuisine, ronflements canins. Devant Mathilde, une étendue de papier blanc, fraîche comme une joue d'enfant. [Écris-le, Mathilde. Comprends.]

Floride, nota-t-elle. Été. Années 1980. Dehors, l'insoutenable incendie du soleil sur l'océan. Dedans, moquette beige. Plafonds de polystyrène. Maniques dans la cuisine olive, imprimés dessus les symboles obscènes de la Floride, sirènes à gauche, fusées à droite. Fauteuils inclinables en similicuir ; un bestiaire de la vie moderne américaine par flashs à la télé. En suspens, seuls dans la grotte chaude de la maison : un garçon et une fille. Des jumeaux, quinze ans à peine. Charles, surnommé Chollie ; Gwendolyn, surnommée Gwennie.

[Étrange combien il est facile de convoquer tout cela. À la manière de la douleur dans un rêve. Une vie qu'on a si longtemps imaginée qu'elle est presque devenue un souvenir ; cette enfance américaine des classes moyennes dans les années 1980 que tu n'as jamais connue.]

Dans sa chambre, la fille appliqua de la vaseline sur ses lèvres, soufflant une nuée blanche dans le miroir.

Quand son père rentrerait, elle en sortirait en pyjama rose, ses cheveux aux boucles indomptables tressés en deux nattes, elle lui réchaufferait le dîner qu'elle avait mis de côté, du poulet et des légumes bouillis. Elle bâillerait et feindrait d'aller dormir. Tout en tenant compagnie à son père dans la cuisine, son frère imaginerait la métamorphose en cours dans la chambre de sa sœur : jambes dénudées, pâles sous la minijupe, yeux noircis de maquillage. Une créature étrange, très différente de la sœur qu'il connaissait, faisant le mur dans la nuit en passant par la fenêtre.

Ces transformations nocturnes ne s'effectuaient pas sans crainte ; c'était la crainte qui les motivait. Petite, même pour une fille de quinze ans, elle aurait pu être agressée par le premier venu. L'opposée de la fille qui avait déjà étudié l'algèbre et gagné un prix de sciences en fabriquant ses propres robots. Elle frissonnait dans les rues sombres en se dirigeant vers l'épicerie, avec la sensation aiguë de cet endroit intact sous sa jupe. Elle parcourut les allées du magasin. Burt Bacharach ; le caissier qui la suivit des yeux, bouche ouverte, la peau tachée par le vitiligo. Un type en combinaison blanche, qui la regarda au rayon des sodas en faisant tinter la monnaie dans sa poche. *Donne-moi un de ceux-là*, dit-il, mais il parlait des hot-dogs gras qui tournaient dans la machine. Dehors, dans la méchante lumière qui attirait les bestioles, trois ou quatre mecs faisaient des flips avec leurs skates. Elle ne les connaissait pas. Ils étaient plus vieux, mais quand même pas à la fac, pensa-t-elle – cheveux sales, avec des sweats à capuche de style mexicain.

Elle s'approcha du téléphone public, plongea le doigt plusieurs fois dans le réceptacle pour les pièces, pas de monnaie, pas de monnaie, pas de monnaie. Lentement l'un des garçons s'approcha. Des yeux d'un bleu éclatant sous des sourcils qui se rejoignaient.

On ne sait pas très bien combien de temps dura la séduction. Plus la fille est intelligente, plus ça va vite. L'audace physique, tel un funambulisme intellectuel : le plaisir non pas du plaisir, mais de la performance, la revanche sur les contraintes, la flûte, le paquet d'espérances. Du sexe comme rébellion contre la manière dont les choses devraient être. [Ça paraît familier ? Ça l'est. Il n'est pas d'histoire plus banale sur terre.]

Pendant presque une année, un enivrement de doigts et de langues. Par la fenêtre, dans l'obscurité, elle s'en allait, encore et encore ; et le lycée reprit, le club de débat, les répétitions de l'orchestre. Une lente solidification sous les côtes, pareille à de la colle forte exposée à l'air. Le corps sait ce que le cerveau réfute. Elle n'était pas stupide. Cette année-là, la mode allait dans son sens : des sweats beaucoup trop grands qui tombaient au genou. La mère rentra tard le soir de Noël. La fille se dénonça le lendemain matin en arrivant dans sa chemise de nuit de coton, sa mère se retourna en chantonnant. Elle vit sa fille, son ventre gonflé, et laissa échapper le gâteau qu'elle préparait pour le petit déjeuner.

On emmena la fille dans un endroit climatisé. Personne ne se montra désagréable. On lui fit un curetage. Voix douces. Elle repartit ; elle n'était plus la même qu'à l'arrivée.

[La vie des autres nous parvient par fragments. Un rayon qui éclaire une autre histoire peut mettre en lumière ce qui était resté dans l'ombre. Les morceaux épars se rassemblent et forment alors un tout.]

Les jumeaux eurent seize ans au printemps. La fenêtre de Gwennie était maintenant cadenassée, ainsi que sa porte, de l'extérieur. Son frère mesurait désormais huit centimètres de plus qu'elle. Il se mit à la suivre partout, telle une ombre ridicule. « Tu veux jouer au Monopoly ? » lui demanda-t-il lorsqu'elle traversa la pièce, un samedi soir plein d'ennui. « T'inquiète pas pour moi », répondit-elle. Elle avait les pieds sur terre, elle devait se contenter de chuchoter avec les skaters qui traînaient du côté des grilles du lycée, avec les filles qu'elle connaissait depuis la maternelle et qui voulaient qu'elle vienne avec elles voir *Dark Crystal*, manger du pop-corn et se crêper les cheveux. Elle avait toujours été plus populaire que son frère, mais bientôt, l'odeur du sexe vint la souiller. Elle n'avait plus que son frère. Et Michael.

Michael était beau, à moitié japonais, grand, rêveur, avec une mèche noire qui lui couvrait un œil, coiffure très à la mode. En classe, Gwennie avait passé des semaines à imaginer furtivement qu'elle léchait la peau blanche de l'intérieur de son poignet. Il rêvait de garçons ; Gwennie rêvait de lui. Chollie l'appréciait avec une certaine réticence ; il avait besoin d'absolu : de loyauté, de générosité, choses que Michael ne pouvait offrir. Mais la marijuana qu'il partageait avec eux aidait Chollie à se détendre, au point qu'il commença à faire des blagues, à sourire. Les choses continuèrent ainsi jusqu'à la fin de l'année. Leur mère était à San Diego, Milwaukee, Binghamton ; c'était une infirmière volante qui s'occupait de bébés presque trop fragiles pour survivre.

Ils rencontrèrent Lotto. Douloureusement grand, le visage ravagé par l'acné, un doux cœur de garçon.

L'été s'étalait devant eux : différentes drogues, bière, colle à sniffer, toutes sortes de jeux, du moment que les jumeaux étaient rentrés pour le dîner. Gwennie était au centre de ce cercle ; les garçons tournaient autour d'elle tels des satellites.

[Qu'il fut bref, ce *ménage à quatre**. Le temps d'un été prolongé en octobre, mais qui changea tout.]

Sur les créneaux de la vieille forteresse espagnole, ils sniffèrent du protoxyde d'azote dans des bidons qu'ils avaient volés. En contrebas, Saint Augustine et ses hordes de touristes. Michael prenait un bain de soleil, bougeant au rythme de la musique qui sortait du magnétophone, la peau sublimement lisse. Lotto et Chollie étaient plongés dans leur conversation comme d'habitude. La mer miroitait. Elle avait besoin qu'ils la regardent. Elle se mit en équilibre sur les mains, tout au bord d'un à-pic de douze mètres. Elle avait pratiqué la gymnastique jusqu'au moment où son corps l'avait trahie en lui donnant des seins ; elle tint la posture. À l'envers, leurs visages sur fond bleu, son frère qui s'était relevé sous le coup de la peur. Elle redescendit de la margelle, faillit s'évanouir quand le sang reflua de sa tête, mais s'assit. Son pouls battait si fort dans ses oreilles qu'elle n'entendait plus ce qu'il lui disait, alors elle agita la main et l'envoya paître : « Fous-moi la paix, Choll. Je sais ce que je fais. »

Lotto éclata de rire. Les abdos de Michael se contractèrent pour lui permettre de regarder Lotto. Gwennie, les yeux rivés sur ses abdos.

Au début d'octobre, ils passèrent un samedi à la plage. Leur père recommençait à leur faire confiance, ou tout du moins à croire en la capacité de Chollie à tenir sa sœur, si bien qu'il partit rejoindre leur mère à Sacramento pour le week-end. Deux jours de liberté ouverts comme une bouche. Ils burent de la bière toute la journée au soleil et finirent par s'endormir, et quand elle se réveilla, elle avait des coups de soleil partout, c'était le crépuscule et Lotto avait commencé à construire ce truc énorme en sable, déjà haut de plus d'un mètre, et long de trois, pointant vers la mer. Debout, un peu dans les vapes, elle lui demanda ce que c'était. Il répondit : « Une jetée en spirale. » « En sable ? » Il sourit : « C'est ce qui fait sa beauté. » Quelque chose en elle s'ouvrit d'un coup, se mit à grandir. Elle le regarda. Elle ne l'avait pas vu auparavant, mais il y avait là un truc spécial. Elle eut envie de creuser un tunnel en lui pour comprendre de quoi il s'agissait. Il y avait de la lumière sous la jeunesse et la timidité. Une douceur. Soudain se réveilla en elle le désir ancien qu'une partie de lui vienne en elle, qu'il soit à elle pour un moment.

Au lieu de cela, elle se courba et l'aida, ils l'aidèrent tous, et au matin, quand ce fut terminé, ils s'assirent en silence, blottis les uns contre les autres pour se préserver du vent froid, et ils regardèrent la marée avaler entièrement la jetée. Mais tout avait changé. Ils rentrèrent chez eux.

C'était dimanche. Sandwichs à la dinde et aux œufs avalés au-dessus de l'évier, le jaune qui coule. Grasse matinée jusqu'à quinze heures. Quand elle sortit manger, Chollie avait des cloques sur le visage, mais il souriait : « J'ai trouvé des acides », dit-il, seule manière de supporter la fête dans la maison abandonnée, à côté des marais, cette nuit-là. Elle ressentit un sursaut de peur. « Génial », répondit-elle d'un ton tranquille. Ils allèrent à la plage avec des hamburgers. La chaise haute de sauveteur qui avait été enterrée au bout de la jetée en spirale était désormais dégagée et redressée, relevée comme un doigt d'honneur. Elle ne prit pas d'acides, les garçons se les partagèrent. Ce truc bizarre entre elle et Lotto s'intensifiait. Il se tenait près d'elle. Chollie grimpa en haut de la chaise, se détachant sur fond d'étoiles, il cria, une petite bouteille de rhum à la main. « Nous sommes des dieux ! » Cette nuit-là, elle y crut. Son avenir était une de ces étoiles, froid, brillant et sûr. Elle accomplirait quelque chose qui ébranlerait le monde. Elle le savait. Elle se moqua de son frère, illuminé par le feu et les astres, et Chollie poussa un hurlement et il sauta, restant longuement suspendu en l'air à la façon d'un pélican, avec son cou charnu, ses membres gauches. Il atterrit dans un craquement. Puis il se mit à beugler, elle lui tint la tête, Lotto courut chercher la voiture de sa tante, et quand il revint avec à la plage, Michael prit Chollie dans ses bras, le jeta à l'arrière, bondit à la place du conducteur et fila sans Gwennie ni Lotto.

Désolés, ils virent les phares disparaître sur la rampe d'accès à la route. Une fois les cris de Chollie évanouis, le vent hurlait trop fort.

Elle demanda à Lotto de l'accompagner pour annoncer la nouvelle à son père, et il répondit bien sûr. [Lo, jeune cœur tendre.]

Chez elle, elle se démaquilla, retira ses piercings, natta ses cheveux en deux tresses, enfila un jogging rose. Il ne l'avait jamais vue aussi quelconque, mais il garda son rire pour lui, par gentillesse. L'avion du père atterrissait à dix-neuf heures ; vingt minutes plus tard, la voiture se garait. Il entra, ruisselant de déception : le week-end en compagnie de la mère des jumeaux avait dû mal se passer, leur couple ne tenait plus qu'à un fil. Lotto était déjà beaucoup plus grand que lui, mais le père remplissait la pièce et Lotto recula d'un pas.

Le visage du père, rempli de colère. « Gwennie, je te l'avais dit, pas de garçons dans la maison. Fais-le sortir.

– Papa, c'est Lotto, l'ami de Chollie, Chollie a sauté du haut d'un truc et il s'est cassé la jambe, il est à l'hôpital, Lotto vient d'arriver il y a une seconde pour te le dire parce qu'on n'arrivait pas à te joindre. Je suis désolée. »

Le père se tourna vers Lotto. « Charles s'est cassé la jambe ?
– Oui, monsieur, répondit Lotto.
– Il avait bu ? Pris des drogues ?
– Non, monsieur, mentit Lotto.
– Gwennie était là ? »

Elle retint sa respiration. « Non, monsieur, répondit-il calmement. Je la connais seulement du lycée. Ses amis à elle, c'est les intellos. »

Le père les regarda. Il hocha la tête, et la place qu'il occupait dans la pièce sembla diminuer.

« Gwendolyn, reprit-il, appelle ta mère. Je vais à l'hôpital. Merci de nous avoir informés de tout ça, mon garçon. Maintenant, dehors. »

Elle jeta un coup d'œil à Lotto, la voiture du père redémarra en trombe, et quand Gwennie sortit de la maison, elle portait sa jupe la plus courte, un chemisier noué sous les seins, et son maquillage lui balafrait le visage. Lotto l'attendait parmi les azalées. « Il fait chier, dit Gwennie. On va à cette fête.
– T'as peur de rien, toi, dit-il d'un ton admiratif.
– T'as pas idée ! »

Ils partirent sur le vélo de Chollie. Elle, assise sur le guidon, Lotto pédalant derrière. Ils filèrent par le tunnel noir de la route, dans le chant triste des grenouilles, les effluves de pourriture des marais. Il s'arrêta, ôta son sweat pour le lui mettre sur les épaules. Il sentait bon l'adoucissant. Chez lui, quelqu'un l'aimait. Quand ça descendait tout seul, Lotto se mettait debout sur les pédales et posait la tête sur son épaule, alors elle s'appuyait contre lui. Ses joues ravagées avaient le parfum d'une lotion astringente. La maison était éclairée par un grand feu et des phares laissés allumés. Des centaines de jeunes étaient déjà présents, la musique était assourdissante. Ils restèrent là, dos aux bardeaux en mauvais état, à boire une bière qui n'était surtout que mousse. Elle sentait que Lotto la regardait. Feignait de ne pas s'en apercevoir. Il s'approcha de son oreille comme pour lui murmurer quelque chose, mais que faisait-il ? Il la léchait ? Soudain, un autre choc, et elle s'approcha du feu. « Qu'est-ce que tu fous ici ? » dit-elle en donnant un grand coup dans une épaule. Une tête se redressa, la bouche maculée, Michael. Son visage s'était détaché de celui d'une blonde.

« Oh, eh, Gwennie, dit Michael. Lotto, mon pote.

– Qu'est-ce que tu fous ici ? répéta Gwennie. T'étais censé être avec mon frère. Avec Chollie.

– Ben, non. Je suis parti quand ton père est arrivé. Putain, il est flippant, le mec. C'est cette nana qui m'a amené à la soirée.

– Moi, c'est Lizzie. Je suis bénévole le week-end à l'hôpital ? dit-elle en nichant sa tête contre la poitrine de Michael.

– Waouh, murmura Lotto. Quelle fille. »

Gwennie prit la main de Lotto et l'attira à l'intérieur de la maison. Bougies sur les rebords de fenêtres, lampes torches projetant des cercles lumineux sur les murs, et des corps sur des matelas qu'on avait placés là exprès, des culs, dos, bras et jambes nus, luisants. Des flots de musiques émanaient des différentes pièces. Elle l'emmena à l'étage, jusqu'à la fenêtre qui ouvrait sur le toit de la véranda. Ils s'assirent dans la nuit fraîche et écoutèrent le bruit de la fête, ne distinguant plus que le reflet du feu. Ils partagèrent une cigarette en silence, puis elle s'essuya le visage et l'embrassa. Leurs dents s'entrechoquèrent. Il avait déjà évoqué ces fêtes où tout le monde se roulait des pelles, là d'où il venait, mais elle ne s'attendait pas à ce qu'il sache se servir de sa bouche et de sa langue. Et pourtant, si. Elle ressentit cette vieille sensation de liquéfaction. Elle lui prit la main et la posa sur elle, le laissa glisser ses doigts sous l'élastique, qu'il sente combien elle était mouillée. Elle le fit s'allonger sur le toit. Se mit à cheval sur lui, sortit son sexe, le vit grossir, le mit en elle. Il eut un sursaut de surprise et l'attrapa par les hanches, déployant toute son ardeur. Elle ferma les yeux. Les mains de Lotto remontèrent son chemisier, descendirent son soutien-gorge, ses seins se retrouvèrent pointés comme des fusées. Il y avait un truc nouveau, une chaleur très excitante, comme celle au centre du soleil. Elle ne se souvenait pas d'avoir jamais ressenti ça les autres fois. Il se cabra sous elle et elle le sentit se retirer, alors elle ouvrit les yeux et le vit rouler par-dessus la véranda, le visage plein de terreur, et tomber. Elle jeta un coup d'œil autour d'elle et découvrit un rideau de feu à la fenêtre. Elle sauta, sa jupe se souleva, ce qu'il avait fait jaillir en elle se mit à couler.

[Il y a quelque chose de gênant à s'exciter en ramenant à la vie cette jeune fille morte, ce garçon mort, pour qu'ils puissent baiser.]

Elle passa la nuit à grelotter dans la prison. Quand elle rentra chez elle, sa mère et son père affichaient un visage sévère, rigide.

Lotto fut absent pendant une semaine, puis deux, puis un mois, et Chollie trouva sur sa table de nuit une lettre disant que la mère de Lotto l'avait envoyé dans un pensionnat de garçons, le pauvre. Il le dit à Gwennie, mais elle ne s'intéressait plus à lui. Tous les gens présents à la fête, les pompiers et le policier avaient assisté à ses ébats avec Lotto. Tout le lycée savait que c'était une pute. Point final. Une paria. Michael ne savait pas quoi dire ; il s'éloigna, se fit de nouveaux amis. Gwennie cessa de parler.

Au printemps, quand de nouveau il devint impossible de dissimuler l'état de Gwennie, les jumeaux volèrent la voiture du voisin. Il n'avait qu'à pas laisser les clés sur le tableau de bord. Ils remontèrent l'allée, s'interrogeant sur les sagoutiers et les graminées, la minuscule boîte rose sur pilotis. Chollie soupira de déception ; il espérait que la famille de Lotto serait démesurément riche, mais ça n'avait pas l'air d'être le cas. [On ne sait jamais.] De gros asters au cœur hypertrophié, comme des tétons au milieu de l'herbe. Ils frappèrent à la porte. Une femme minuscule à l'air sévère vint ouvrir, la bouche pincée. « Lancelot n'est pas là, dit-elle. Vous devriez le savoir.

– Nous sommes venus voir Antoinette », répondit Chollie. Il sentit la main de sa sœur sur son bras.

« Je m'en allais faire les courses. Mais entrez donc. Je suis Sallie, la tante de Lancelot. »

Assis depuis dix minutes, ils buvaient du thé glacé en mangeant des biscuits, quand une porte s'ouvrit et qu'une femme arriva. Elle était grande, majestueuse, en chair, les cheveux relevés de manière sophistiquée sur la tête. Il y avait quelque chose d'aérien en elle, dans ses vêtements de gaze, sa façon de bouger les mains, une sorte de douceur désarmante. « Quelle bonne surprise, murmura-t-elle. Nous n'attendions pas d'invités. »

Chollie afficha un rictus, il lisait en elle et détestait ce qu'il découvrait.

Gwennie s'aperçut qu'Antoinette la regardait, alors d'un geste, elle désigna son ventre.

Sur le visage d'Antoinette, une expression, comme un papier qui prend feu. Puis elle eut un grand sourire. « Je suppose que mon fils y est pour quelque chose. Il adore les filles. Oh, là, là. »

Chollie s'avança sur son fauteuil pour dire quelque chose, mais à cet instant un bébé en couches sortit de la chambre, deux touffes de cheveux sur la tête. Il se tut. Antoinette prit le bébé sur ses genoux et fit d'une voix mélodieuse : « Dis bonjour, Rachel ! », et elle agita la main potelée de la fillette. Rachel se remit à mâchouiller son poing tout en fixant des yeux inquiets sur les visiteurs.

« Eh bien, que voulez-vous de moi ? reprit Antoinette. Vous savez que mettre un terme à une grossesse condamne une fille à l'enfer. Je ne paierai pas pour ça.

– Nous demandons justice, répondit Chollie.

– Justice ? répéta Antoinette d'un ton suave. Nous voulons tous la justice. Et la paix dans le monde. Et des licornes qui batifolent. Que demandes-tu précisément, petit garçon ?

– Si vous m'appelez encore petit garçon, espèce de grosse truie, je vous fous mon poing dans la gueule.

– Tu ne fais qu'afficher ta pauvreté spirituelle quand tu jures ainsi, petit garçon. Mon fils, que son cœur pur soit béni, ne serait jamais aussi vulgaire.

– Va te faire foutre, espèce de vieille sorcière avec ta tronche de cul.

– Chéri, dit Antoinette d'une voix très douce en posant la main sur celle de Chollie, ce qui l'arrêta net. C'est tout à ton honneur de te battre pour ta sœur. Mais à moins que tu ne veuilles que je dispense à ta virilité un bon coup de tranchoir, je suggère que tu ailles attendre dans la voiture. Ta sœur et moi nous trouverons un accord sans toi. »

Chollie pâlit, ouvrit la bouche, les mains, les referma, puis sortit et alla s'asseoir dans la voiture, fenêtres ouvertes, où pendant une heure il écouta de la pop des années 1960 à la radio.

Une fois seules, Antoinette et Gwennie sourirent poliment à Rachel, jusqu'à ce que la petite retourne dans sa chambre. « Voilà ce que nous allons faire », dit Antoinette en se penchant en avant. Gwennie raconterait à son frère et à ses parents qu'elle avait subi un avortement. Une semaine plus tard, elle s'enfuirait, mais en réalité elle se rendrait dans un appartement à Saint Augustine. Les avocats d'Antoinette arrangeraient tout. On s'occuperait d'elle tant qu'elle resterait dans cet appartement. L'adoption serait également prise en charge. Après la naissance, Gwennie laisserait le bébé à l'hôpital et elle retournerait vivre sa vie. Jamais elle ne soufflerait mot de tout cela à quiconque, sans quoi sa bourse mensuelle disparaîtrait.

[Des échos qui résonnent partout. Douloureuses, les manipulations en coulisses, la façon dont l'argent peut tromper le cœur. Mais oui. Appuie fort là où ça fait mal.]

La fille écouta le bruit de l'océan, assourdi par la fenêtre. Rachel revint dans la pièce, alluma la télévision et s'assit sur le tapis en suçant son pouce. Gwennie la regarda, elle avait envie de frapper cette femme qui puait la rose et le talc pour bébé. Enfin, elle regarda Antoinette sans sourire. « Vous ne reconnaîtrez même pas votre petit-enfant ?

– Lancelot a un brillant avenir. Il serait terni par ce genre d'histoire. La tâche d'une mère consiste à ouvrir toutes les portes possibles à ses enfants. En outre, il y aura de meilleures candidates pour me donner des petits-enfants. » Elle se tut, sourit gentiment. « Et par conséquent, de meilleurs petits-enfants. »

Gwennie sentit un serpent se tordre dans son ventre. « D'accord. »

[Quelle est ici la part de supposition, de projection ? Totale. Nulle. Tu n'étais pas là. Mais tu connaissais Antoinette, sa douceur paresseuse qui démentait sa férocité. Elle le répéterait, son petit discours, mais la fléchette raterait sa cible la seconde fois. Ah, oui. Tu connaissais Antoinette au plus profond de toi.]

De nouveau dans la voiture. Chollie conduisait, il se sentait mal en voyant sa sœur qui pleurait, la tête enfouie dans son coude. « Tu peux lui dire d'aller se faire foutre ? » proposa-t-il. Il intenterait un procès contre cette grosse truie, lui prendrait tout ce qu'elle avait, peu importait qu'elle soit la mère de Lotto. Il récupérerait toutes ses richesses et irait vivre dans la maison sur la plage jusqu'à la fin de ses jours, riche, triomphant.

Gwennie sortit la tête de son bras et répondit : « De l'argent en échange de mon silence. Ne t'y oppose pas. J'ai signé le contrat. »

Il essaya de lui exprimer par un geste ce pour quoi il n'avait pas les mots, mais elle ne voulait rien entendre. « Je l'aime bien », dit-elle, même si c'était un terrible mensonge.

Ils revinrent chez leurs parents parce qu'il n'y avait nulle part d'autre où ils avaient envie d'aller. Gombo, poulet, pain de maïs dans une boîte, leur mère lâchant sa spatule, venant à leur rencontre, les bras ouverts. Gwennie leur annonça à la fois qu'elle était enceinte et qu'elle s'était fait avorter en dégustant de la crème au caramel – c'était pour Chollie, pour qu'il ne s'en mêle pas. Son père appuya la tête contre le rebord de la table et pleura. Sa mère se leva sans dire un mot et prit l'avion le lendemain matin pour aller travailler à El Paso. Ce fut facile pour Gwennie de prétendre qu'elle fuguait. Elle prit un duvet et monta dans la voiture venue la chercher à l'heure où elle aurait dû se trouver au lycée, puis on l'installa dans un deux-pièces avec de la moquette couleur avoine partout, des mugs en plastique, où chaque semaine elle recevait la visite d'une infirmière et une livraison de courses, où elle pouvait regarder la télé autant qu'elle voulait, ce qui était parfaitement bienvenu parce qu'il lui aurait été impossible de lire un livre même si elle en avait eu à sa disposition, ce qui n'était sans doute pas le cas, pas dans cette triste résidence avec ses fontaines turquoise et son paillis de cyprès teint en rouge.

Le bébé lui pesait. Lui pompait ses forces, sa jeunesse, jour après jour. Elle mangeait peu, suivait des talk-shows toute la journée. *Cher Lotto*, écrivit-elle un jour au garçon banni dans la froide misère du Nord, mais la moitié des mots étaient déjà des mensonges, aussi elle déchira sa lettre et la mit à la poubelle, sous le filtre à café. Prendre des bains était la seule chose qui la soulageait.

Sa vie était sur pause ; enfin elle passa sur avance rapide et le bébé naquit. Gwennie eut une péridurale ; ce fut un rêve. Son infirmière personnelle vint à l'hôpital et s'occupa de tout. Elle mit le bébé dans les bras de Gwennie, mais dès qu'elle quitta la chambre, la jeune fille remit l'enfant dans son berceau. Ils l'emmenèrent, mais ne cessèrent de le ramener, alors qu'elle leur avait demandé de ne pas le faire. Son corps guérit. Ses seins durcirent. Deux jours. Trois jours. De la gelée verte dans des ramequins, du fromage américain sur du pain. Un jour, elle signa un papier, et le bébé disparut. Dans son sac à dos, une enveloppe pleine d'argent. Elle sortit de l'hôpital dans la chaleur terrible de juillet. Elle était vide au-delà du vide.

Elle rentra chez elle à pied, plus de quinze kilomètres. En arrivant dans la maison, elle trouva Chollie dans la cuisine qui buvait du Kool-Aid. Il lâcha son verre. Il devint tout rouge et se mit à lui hurler dessus, disant que leurs parents avaient signalé sa disparition à la police, que leur père passait toutes ses nuits dehors à arpenter les rues, que lui-même en avait des cauchemars dans lesquels elle se faisait violer. Elle haussa les épaules, posa son sac à dos et alla regarder la télé. Au bout d'un moment, il lui apporta des œufs brouillés et des toasts, puis s'assit à côté d'elle, observant le reflet des images sur son visage. Les semaines s'écoulèrent. Son corps existait indépendamment de son cerveau, qui se trouvait ailleurs, dans un autre hémisphère. Quelque chose la tirait vers le bas, une ancre accrochée à un support invisible, au fond d'elle-même. Il lui fallait fournir de gros efforts pour se mouvoir.

Ses parents se montrèrent gentils. Ils la laissèrent manquer le lycée, l'emmenèrent voir un thérapeute. Ça n'avait aucune importance. Elle ne bougeait pas de son lit. « Gwennie, lui disait son frère, tu dois te faire aider. » À quoi bon ? Sans la regarder, il lui prit la main. C'était si gentil, si tendre qu'elle ne ressentit aucune gêne. Il y avait des semaines qu'elle ne s'était pas douchée. Elle était trop fatiguée pour manger. « Tu pues », s'exclama Chollie en colère. Tu pues toujours, toi, pensa-t-elle sans le dire. Chollie était inquiet, il ne s'absentait que pour aller en cours. Leur père, que pour aller travailler. Elle ne restait seule que trois heures par jour, c'était court. Un jour où elle avait davantage d'énergie que d'habitude, elle appela le voisin de Michael qui vendait de la drogue. Il vint, vit ses cheveux crasseux, sa chemise de nuit de petite fille, hésita à lui donner le sachet en papier. Elle lui fourra l'argent dans la main et lui claqua la porte au nez. Elle rangea le sachet entre son matelas et son sommier. Jour après jour, c'était pareil. Une couche de poussière collante au bord des pales des ventilateurs accrochés au plafond. Assez.

Chollie lui montra son stock d'ecstasys en ajoutant d'un air rusé : « Voilà où commence ma quête pour devenir le maître du monde. » Il lui dit qu'il serait parti toute la nuit pour les vendre dans une rave, est-ce que ça irait pour elle ? « Vas-y, dit-elle, va gagner du fric. » Il s'en alla. Leur père était dans sa chambre, il dormait. Elle déposa l'enveloppe contenant l'argent d'Antoinette sous l'oreiller de son frère ; ensuite elle changea les draps puants et remit l'enveloppe sous l'oreiller. Elle sortit le sachet de drogue de sous son propre matelas, avala une pilule, attendit qu'elle fasse effet, puis avala tout le flacon avec du lait, qu'elle but directement dans la brique. Très vite elle eut mal au ventre.

Déjà elle était un peu dans les vapes. L'air devenait épais. Elle s'écroula sur son lit. De loin, elle entendit son père partir au travail. Le sommeil l'envahit par vagues. Dans ces vagues, de la douceur, de la paix.

[Continue, pleure dans ton vin, femme en colère, à une demi-vie de distance de ces événements. Qu'espères-tu extraire de l'ombre ? Le matin apparaît à la fenêtre comme tous les matins, la chienne se réveille sur le lit après avoir rêvé d'écureuils ; mais la résurrection est impossible. Enfin, tu l'as fait quand même, pas vrai, tu as ramené à la vie cette pauvre fille. Et maintenant, quelle est la suite ? Elle est là, devant toi, aussi vivante qu'elle pourra jamais l'être, et toutes tes excuses n'auront aucun sens.]

Chollie rentra chez lui dans un lourd silence, et il comprit instantanément que quelque chose n'allait pas. Le père parti à son travail, lui en retard à cause du concert. Il se tint devant la porte, n'entendit rien, alors il fonça. Trouva ce qu'il y avait à trouver. Tout en lui était sens dessus dessous. Pendant qu'il attendait l'ambulance, un plan naquit dans sa tête, ce qu'il ferait, les années que cela prendrait. Il prit la tête de sa sœur sur ses genoux et la garda là. À un kilomètre, les bruits. Les sirènes.

C'était l'aube, une pâleur ténue à l'horizon. Mathilde tremblait, mais pas de froid. Elle avait pitié d'eux, des lâches. Car elle aussi était au désespoir ; elle aussi était aveuglée par les ténèbres, mais tourner le dos eût été trop facile. Une tromperie. La poignée de pilules, le verre froid, tout avaler. La chaise qu'on repousse d'un coup, la morsure dans le cou. Une minute de souffrance, puis le calme. Méprisable, un tel manque d'orgueil. Mieux valait tout endurer. Mieux valait cette brûlure longue et lente.

Mathilde avait le cœur amer, prompt, plein de vengeance. [Exact.]

Mathilde avait bon cœur. [Exact.]

Mathilde songeait au dos magnifique de Land, allongé, musclé, à sa colonne vertébrale, délicate partition. C'était aussi le dos de Lotto. Les lèvres, les pommettes, les cils, absolument pareils. Le fantôme apparaissait à travers la chair vivante. Elle ferait ce cadeau à ce jeune homme. Si ce n'est un père ou une mère, un lien de sang, un oncle. Chollie était celui qui avait le mieux connu Lotto après elle, en fin de compte ; il pourrait lui parler de lui, faire revivre une personne à travers ce qui pour Land n'avait été que détails, informations glanées : interviews, pièces, un bref moment passé avec la veuve, mais Mathilde savait combien elle était hermétique, elle lui avait seulement dévoilé son corps, rien de réel. Chollie ressusciterait Gwennie pour lui, sa mère. Mathilde pouvait laisser à Land quelque chose de vivant. Elle pouvait donner du temps à l'oncle et au neveu.

Elle se leva. La légèreté qu'elle avait retrouvée ces derniers mois s'évanouit, ses os étaient de granit, sa peau comme une vieille bâche huilée posée sur son corps. Elle prit la boîte, sentant entre ses mains le poids maléfique de Chollie, et la déposa dans l'évier.

Elle frotta une allumette, vit la flamme bleue grignoter le bâtonnet de bois, et un instant, elle recouvra sa légèreté, le souffle pour éteindre la flamme juste derrière ses lèvres – merde alors, Chollie méritait le pire pour ce qu'il avait infligé à Lotto aux derniers jours de sa vie, ce doute semé en lui –, mais quelque chose l'arrêta. [Quelque chose d'interne ; pas nous.] Juste avant que la flamme ne lui brûle la peau, elle lâcha l'allumette sur la boîte. Elle vit les papiers se mettre à brûler, deuil, le sort qu'elle voulait jeter à Chollie disparaissait en fumée. Elle enverrait une lettre de sa propre main aux deux hommes, plus tard. Land pourrait voir son oncle tous les jours de sa vie. Ce qu'il ferait. Chollie organiserait le mariage de Land dans son palais du bord de mer. Chollie assisterait à la remise des diplômes des enfants de Land, il arriverait chaque fois au volant de la Porsche qu'il leur offrirait. Land serait aimé.

« Et ce n'est pas rien », dit-elle à haute voix.

La chienne s'éveilla, la fumée la fit aboyer. Quand Mathilde leva les yeux au-dessus des vestiges de cendres, la petite fille sombre qu'elle avait rappelée avait disparu.

23

Des décennies plus tard, l'aide ménagère entrerait dans le salon de Mathilde. [Toile bleue aux murs ; un sentiment frais de crépuscule, d'être jeune et sans amour.] Elle apporterait un plateau avec des gâteaux, seule chose que Mathilde acceptait de manger à présent. Elle parlerait, cette femme, parlerait, parlerait, parce qu'un sourire s'affichait sur les lèvres de Mathilde. Mais en la touchant, l'aide ménagère s'apercevrait que la vieille dame n'était plus. Plus un souffle. La peau refroidie. La dernière étincelle dans le cerveau de Mathilde la ramena vers la mer, la plage de galets, un amour flamboyant telle une torche dans la nuit, presque imperceptible le long du rivage.

Chollie, qui apprit la nouvelle une heure plus tard, monta dans un avion. En milieu de matinée, il réussit à déjouer les verrous de l'appartement de Mathilde à Londres, et entra à petits pas haletants. Il était désormais aussi vieux et obèse que ces gros poêles d'autrefois. Il avait survécu à tout, comme les rats, les méduses et les cancrelats. Il repéra les trois minces volumes que Mathilde avait écrits sans le moindre succès, et les fourra dans son sac. [*Alazôn*, *Eirôn*, *Bômolochos* ; elle était rusée, mais là, elle ne s'était pas montrée très subtile. Dans une pièce, chez lui, les autres exemplaires étaient stockés dans des cartons, grignotés par les cafards.] Il avait beau être vieux, il avait toujours l'esprit aussi vif. Dans la maison au milieu des cerisiers, il se versa un bourbon et, oubliant le verre, emporta la bouteille au grenier avec lui. Il passa une nuit à chercher dans les boîtes d'archives soigneusement rangées les premiers brouillons des pièces de Lancelot Satterwhite, d'une grande valeur, et en particulier la première version dactylographiée, ridiculement jaunie, des *Sources*. Cela valait plus que toute la maison. Il ne la trouverait pas. Elle n'était déjà plus avec les autres, elle avait quitté Mathilde des décennies plus tôt un beau matin, emportée par la main d'un jeune homme qui s'était réveillé honteux et furieux dans une maison étrangère, avait laissé sortir le chien dans l'obscurité pour aller faire ses besoins, et préparé une salade de fruits et du café sans allumer la lumière. Il avait glissé les feuilles sous sa chemise, les avait réchauffées contre sa peau tandis qu'il retournait à New York. Au fond, ça n'avait pas d'importance. Land avait autant de droits que les autres sur ces textes, c'est vrai ; il avait expliqué ce vol dans une lettre, qu'il avait déposée dans le grand compotier bleu rempli de tomates qui mûrissaient, il avait senti dans sa chair ce qu'une seule autre personne savait de source sûre.

Après deux ans de veuvage, Mathilde était allée voir Land dans le New Jersey. On donnait *La Tempête*. Il jouait Caliban. Il se débrouillait bien, mais hélas, il n'avait pas le feu sacré. Les enfants des génies sont rarement eux-mêmes des génies, etc. Son plus grand talent, c'était ce magnifique visage qui se cachait derrière le latex.

Après que le rideau fut tombé, elle sortit dans le crépuscule. Elle ne s'était pas déguisée, songeant que cela n'était pas nécessaire ; elle était mince, ses cheveux avaient repoussé, naturellement châtain clair. Mais il était là, devant le théâtre, à fumer une cigarette malgré son maquillage grumeleux, sa bosse sur le dos, ses haillons. « À quoi tu t'attendais, Mathilde ? » l'interpella-t-il par-delà le flot de gens qui s'en allaient dîner, libérer la baby-sitter ou boire un verre.

Ce regard qu'il lui lança. Mon dieu. À croire qu'il voyait au fond de son cœur sombre et que ce qu'il voyait le dégoûtait.

Mais c'est vrai, Lotto possédait cette même rigueur morale. S'il avait su – tout ce qu'elle avait fait ; tout ce qu'elle était ; la colère qui lançait des espèces d'éclairs sous sa peau ; les fois où elle l'entendait se vanter dans une soirée, l'alcool le rendant guilleret, et où elle détestait les mots qui sortaient de cette bouche si belle ; combien elle avait eu envie de brûler les chaussures qu'il laissait traîner partout ; et cet ego plus lourd que la plaque de granit sur laquelle était bâtie leur maison ; comme elle en avait parfois ras-le-bol de son corps, qui naguère avait été sien, de son odeur, de ces bourrelets à la taille, des poils disgracieux qui poussaient sur ce corps désormais poussière –, comment aurait-il pu lui pardonner ? Mais enfin, bien sûr qu'il aurait pardonné !

Elle s'arrêta net. Tiens-toi droite, se dit-elle. Elle adressa au pauvre Land son plus beau sourire. « Ne perds pas courage. Fonce ! » s'écria-t-elle.

Elle revit son visage, encore et encore, tandis qu'elle rentrait à toute vitesse dans la nuit vers sa maison, sa chienne. Qu'un bel homme peut être laid, parfois ! Peut-être Land était-il meilleur comédien qu'elle ne le croirait jamais ; meilleur en tout cas que Lotto, c'était certain. Enfin, elle savait ce que c'était.

Les théâtres vides sont plus silencieux que tout autre lieu désert. Quand ils dorment, ils rêvent de bruit, de lumière, de mouvement. Elle trouva une porte donnant sur la rue qui n'était pas verrouillée, et elle échappa au vent glacial. Au même moment, la maigre Danica et la jolie Susannah avaient épuisé leurs petits bavardages, elles indiquaient d'un signe au serveur de ne pas les déranger, prêtes à dire du mal de Mathilde qui les faisait attendre. Ainsi soit-il. Toute la journée, au travail, celle-ci avait senti l'anxiété grandir en elle, et comme Lancelot ne répondait pas à ses SMS, qu'il n'était pas rentré à la maison, elle était partie à sa recherche. *Gacy* en toutes lettres sur la façade. Une pièce sur le mal qui le rongeait au fond de lui. Elle suivit l'éclat assourdi de sa voix à travers le théâtre, mains tendues en avant, le pas lent, avançant à tâtons dans le noir ; elle ne voulait pas allumer pour ne pas l'avertir de sa présence. Enfin, elle fut dans les coulisses, juste à côté de la scène, et il était là, dans une faible lumière, disant :

> *Pauvre et honnête seigneur, conduit si bas par son propre cœur,*
> *Vaincu par la bonté ! Étrange humeur, inhabituelle,*
> *Quand le plus grand péché de l'homme est d'avoir trop fait le bien !*
> *Qui alors oserait à nouveau une demi bonté ?*
> *Car le bien, qui fait les dieux, cause la ruine des hommes.*

C'est à la fin de la scène qu'elle put l'identifier : *Timon d'Athènes*. La pièce de Shakespeare qu'elle aimait le moins. Il se lança dans la scène suivante. Oh. Il jouait la pièce tout entière. Seul. Sans public.

En sécurité dans l'ombre, elle se permit un sourire moqueur – quel homme doux et ridicule –, et ce sourire se répandit jusque dans son diaphragme, de sorte qu'elle dut inspirer profondément, avec sévérité, pour ne pas rire. Mais c'est vrai, regardez-le, trop grand, arpentant la scène. Maintenant en vie son rêve moribond par des perfusions de comédie ; ce vieux moi qu'elle croyait mort, encore secrètement vivant. Mais cabotin, trop bruyant. Pas l'acteur qu'il croyait être.

Elle resta dissimulée dans les replis noirs du rideau, il acheva la pièce et salua, salua ; puis il reprit son souffle et redescendit en lui-même. Éteignit les lumières. À la lueur de son portable, il retrouva son chemin, mais elle prit soin de se tenir éloignée du rayon lumineux. Il passa tout près d'elle et elle sentit une bouffée de son parfum : sueur, café, son odeur d'homme, et peut-être un peu de bourbon pour se détendre. Elle attendit que la porte se referme, et plus rapidement, à tâtons, elle gagna à son tour la sortie, fut bientôt dans la rue glacée, sauta dans un taxi et rentra chez elle à toute vitesse. Il arriva, quelques minutes après elle, et elle huma l'hiver dans ses cheveux quand il se pencha dans son cou. Elle tint sa tête doucement, sentant le bonheur secret qui l'animait.

Plus tard, sous son *nom de plume**, elle écrivit une pièce intitulée *Volumnia*. Elle fut jouée dans un théâtre de cinquante places. Elle donna tout.

[Elle n'aurait pas dû s'étonner que personne ne vienne.]

24

Il y avait si longtemps et elle était si petite. D'épaisses ténèbres s'étendaient entre ce dont elle se souvenait et les conséquences que cela avait entraînées. Quelque chose de contradictoire. À quatre ans, on est encore un petit enfant. C'était bien trop dur de haïr un petit enfant parce qu'il était un petit enfant ; parce qu'il avait commis une erreur de petit enfant.

Peut-être cela avait-il toujours été là ; peut-être qu'on en avait tiré une explication, mais tout du long, elle avait nourri en elle une autre version tapie sous la première, qui menait une lutte terrible et silencieuse aux côtés de sa certitude. Elle devait croire en elle, croire que la version la plus positive était la bonne, même si la version négative se montrait insistante.

Elle avait quatre ans, elle entendait son petit frère qui jouait en haut, dans la maison de sa grand-mère, tandis que le reste de la famille dégustait des faisans tués par son père. Par la fenêtre, la famille rassemblée sous l'arbre, baguettes et haricots sur la table, du vin. Le visage de sa mère, coloré, renversé en arrière, le soleil sur sa peau. Son père donna un morceau à Bibiche. La bouche de sa grand-mère ressemblait davantage à un trait qu'à un « n », preuve qu'elle était heureuse. Le vent se levait, le feuillage bruissait. Une odeur de fumier dans l'air, et un délicieux *far breton** attendant dans la cuisine, tout collant. Elle était sur le pot où elle tentait de faire ses besoins, mais son frère était beaucoup plus intéressant avec ses petites chansons et ses coups frappés là-haut. Il était censé dormir. Vilain garçon, il ne voulait pas.

La fillette grimpa l'escalier, la poussière de la rampe restant sur ses doigts.

Elle ouvrit la porte de la chambre. Son petit frère la vit et se mit à gazouiller de bonheur. « Viens », lui dit-elle. Il arriva en trottinant. Elle le suivit vers l'escalier, vieux chêne doré luisant à force d'être briqué jour après jour par les chaussons.

Son frère était en haut de l'escalier, mal équilibré, il voulait lui donner la main, bien sûr qu'elle l'aiderait. Il s'appuya contre elle, mais au lieu de prendre sa menotte dans la sienne, elle bougea la jambe contre laquelle il s'appuyait. Elle n'avait aucune mauvaise intention, enfin pas vraiment, ou peut-être un peu, peut-être que oui. Il vacilla. Et puis elle vit le bébé tomber lentement dans l'escalier, sa tête comme une noix de coco, *boum, boum, boum*, jusqu'en bas.

Le paquet immobile qu'il formait au pied des marches. Tas de linge sale.

Quand elle leva les yeux, elle vit sa cousine, âgée de dix ans, qui venait d'apparaître et qui la regardait bouche bée, à la porte des toilettes de l'étage.

Ça, c'était la mauvaise version. Ce que les événements lui confirmèrent plus tard. Elle était aussi vraie que l'autre. Les deux existaient en parallèle et tournaient en boucle.

Mais Mathilde ne parvint jamais à y croire. Ce mouvement de la jambe, on l'avait rajouté plus tard. Elle ne pouvait y accorder foi, et cependant quelque chose en elle s'y résignait, et cette contradiction qu'elle abritait en elle devint la source de tout le reste.

Tout ce qui demeurait, c'étaient les faits. Avant, on l'avait tant aimée. Après, tout amour lui avait été retiré. Elle l'avait poussé, ou pas ; le résultat était le même. Il n'y avait eu aucune clémence. Pourtant elle était si jeune. Comment était-ce possible, comment ses parents avaient-ils pu lui infliger ça, comment avait-on pu ne pas lui pardonner ?

25

Le couple, c'était mathématique. Pas additionnel, comme on aurait pu s'y attendre. Mais exponentiel.

Cet homme nerveux dans un costume trop petit pour son long corps mince. Cette femme en minirobe de dentelle verte avec une rose blanche derrière l'oreille. Mon dieu qu'ils étaient jeunes.

Devant eux, une pasteure unitarienne, ses cheveux gris brillaient dans le rayon de soleil qui perçait le rideau de dentelle à la fenêtre. Dehors, Poughkeepsie s'éveillait. Derrière eux, un homme en uniforme pleurait doucement près d'un autre homme en pyjama accompagné d'un basset : leurs témoins. Chacun, une étincelle dans les yeux. L'air était chargé d'amour. Ou bien était-ce de tension sexuelle. À moins que ce ne soit la même chose.

« Oui », dit-elle. « Oui », dit-il. Ils l'avaient fait ; ils le voulaient.

Putain, nos enfants seront tellement beaux, songea-t-il en la regardant.

Je suis chez moi, pensa-t-elle en le regardant.

Puis ils remercièrent tout le monde en riant, on signa les papiers, on présenta des félicitations, et ils demeurèrent tous là sans bouger, ils n'avaient pas envie de quitter ce beau salon qui offrait tant de douceur. Les jeunes mariés remercièrent encore tout le monde avec timidité et sortirent dans la fraîcheur du matin. Ils éclatèrent de rire, pleins de gaieté. Ils étaient arrivés : un plus une ; ils ressortirent : au carré.

Sa vie. À la fenêtre, la perruche. Morceau de bleu méridien dans le crépuscule londonien. À des années-lumière de ce qui avait été le plus intensément vécu. Une journée sur une plage de galets, des bestioles dans une mare. Tous ces après-midi ordinaires à écouter des pas sur le parquet de la maison en sachant quels sentiments ils portaient en eux.
Parce que c'est vrai : plus que dans les grands moments, les événements exceptionnels, ce sont les petites choses du quotidien qui avaient constitué sa vie. Les centaines de fois où elle avait retourné le sol de son jardin, chaque fois, la satisfaisante morsure de la bêche dans la terre, à tel point que cet acte, la pression, le glissement et le riche arôme du sol avaient défini la chaleur qu'elle trouvait dans cette maison au milieu des cerisiers. Ou encore ça : chaque matin ils se réveillaient à la même place, son mari venait la tirer du sommeil avec une tasse de café, la mousse tournant encore dans le liquide noir. Détail peu remarquable que cette gentillesse. Il l'embrassait sur la tête avant de partir et elle sentait quelque chose s'élever dans son corps pour aller à sa rencontre. Ce sont ces intimités silencieuses qui font les couples, pas les cérémonies ou les fêtes ou les avant-premières ou les grandes occasions ou les baises spectaculaires.
Enfin bref, cette partie-là était terminée. Quel dommage. Ses mains qui se réchauffaient contre son thé ressemblaient à des boules de laine qu'un enfant aurait malaxées de ses doigts sales. Au fil de longues décennies, un corps se transforme peu à peu en une crispation

douloureuse. Mais il fut un temps, jadis, où elle était sexy, et si ce n'est sexy, du moins assez étrange pour s'attirer les regards. À travers la clarté de cette fenêtre, elle voyait combien tout cela avait été bon. Elle n'avait aucun regret.

[Ce n'est pas vrai, Mathilde ; murmure à l'oreille.]

Oh. Seigneur. Si, elle en avait un. Solitaire, étincelant. Un regret.

Celui d'avoir dit *non* toute sa vie. Dès le début, elle avait admis si peu de gens auprès d'elle. Cette première nuit, son jeune visage qui brillait face à elle sous la lumière noire, les corps qui s'agitaient en cadence autour d'eux, et en elle, cette reconnaissance fulgurante et inattendue ; oh, ça ! une paix soudaine qui s'offrait à elle, elle qui n'en avait pas connu depuis toute petite. Surgie de nulle part. De cette nuit surprenante avec ses éclairs qui déchiraient le campus noir et tempétueux au-dehors, avec sa chaleur, ses chansons, le désir sexuel et la peur animale à l'intérieur. Il l'avait vue, il avait bondi et s'était frayé un chemin à travers la foule, il lui avait pris la main, ce garçon brillant qui lui offrait un lieu où se reposer. Il lui donnait non seulement son être tout entier, plein de rire, le passé qui l'avait construit, ce corps chaud, palpitant, dont la beauté l'émouvait, l'avenir qui, elle le devinait, l'attendait, compressé, mais aussi la flamme qu'il portait devant lui à travers les ténèbres, et puis l'évidence immédiate, éblouissante : qu'il avait senti cette bonté profonde en elle. Avec ce don émergea le germe amer du regret, le fossé infranchissable entre la Mathilde qu'elle était et la Mathilde qu'il voyait en elle. Une question, finalement, de vision.

Elle aurait voulu être la gentille Mathilde qui possédait un bon fond. Telle qu'il la voyait. Alors elle l'aurait regardé en souriant ; elle aurait distingué au-delà des mots « Épouse-moi » tout l'univers qui était derrière. Il n'y aurait pas eu d'instant de battement, pas d'hésitation. Elle aurait ri, touché son visage pour la première fois. Senti sa chaleur au creux de sa main. « Oui, aurait-elle dit. Bien sûr. »

Remerciements

Ma gratitude va d'abord à Clay, que j'ai vu pour la première fois en 1997 comme il sortait des vestiaires d'Amherst College avec ses longs cheveux noirs attachés, alors je me suis retournée vers mes amies, bouche bée, et je leur ai dit que je l'épouserais, même si à l'époque je ne croyais pas au mariage. Ce livre a commencé sa vie sur le papier à la MacDowell Colony, avec l'aide des œuvres d'Anne Carson, Evan S. Connell, Jane Gardam, Thomas Mann, William Shakespeare, et bien d'autres encore, trop nombreux pour les citer ; il s'est démesurément amélioré après être passé entre les mains de mon agent, Bill Clegg, et de mes brillants amis, Jami Attenberg, Kevin A. Gonzalez, Elliott Holt, Dana Spiotta, Laura van den Berg et Ashley Warlick. Riverhead nous a offert, à lui et moi, un autre foyer chaleureux, et je remercie tous ceux que j'ai rencontrés là-bas, en particulier Jynne Martin et Sarah McGrath, qui m'a sidérée par son calme imperturbable et son incroyable œil de lynx en matière éditoriale. Que soient bénis tous les relecteurs et vérificateurs de ce monde. Bénis également les lecteurs de ce livre. Et tant qu'on y est, les lecteurs de tous les livres. Beckett et Heath représentent mes joies les plus pures sur cette terre, mes remparts contre le désespoir, comme les personnes qui veillent sur eux pour que je puisse travailler. Et si ce livre commence avec Clay, il se termine également avec lui : ses cheveux sont désormais coupés, nous sommes plus âgés, plus lents, et même si j'entretiens encore des doutes à l'égard du mariage, je n'arrive pas à croire à la chance que nous avons eue, tous les deux.

RÉALISATION : NORD COMPO À VILLENEUVE-D'ASCQ
IMPRESSION : CPI FRANCE
DÉPÔT LÉGAL : FÉVRIER 2018. N° 132283-5 (3030110)
IMPRIMÉ EN FRANCE